Martin Österdahl
Der Kormoran

MARTIN ÖSTERDAHL

DER KORMORAN

Thriller

Deutsch von Leena Flegler

blanvalet

Die Originalausgabe erschien 2016 unter dem Titel
»Be inte om nåd« bei Bokförlaget Forum, Stockholm.

MIX
Papier aus verantwortungsvollen Quellen
FSC® C014496

Verlagsgruppe Random House FSC® N001967

1. Auflage

First published by Bokförlaget Forum, Schweden
Published by arrangement with Nordin Agency AB, Schweden

Redaktion: Nike Müller
Umschlaggestaltung: © www.buerosued.de
Umschlagmotiv: © plainpicture/Goto-Foto/
Neville Mountford-Hoare
JaB · Herstellung: sam
Satz: Vornehm Mediengestaltung GmbH, München
Druck und Bindung: GGP Media GmbH, Pößneck
Printed in Germany
ISBN 978-3-7341-0443-5

www.blanvalet.de

Für Ellina

Prolog

Den ganzen Weg von der Uni bis zur Straße am Gribojedow-Kanal fuhr ihr ein schwarzer Mercedes nach. Er blieb hinter ihr und verfolgte sie, als sie auf den Newski-Prospekt einbog. Max hatte ihr immer eingeschärft, sie müsse vorsichtig sein, wenn sie in der Dunkelheit allein unterwegs sei, aber wie sollte sie sich ständig umschauen, ohne sofort aufzufallen?

Sie ging schon, so schnell sie konnte, ohne in den Laufschritt zu verfallen. Ihr Verfolger sollte nicht merken, dass er ihr aufgefallen war. Den Umschlag mit dem Buch presste sie unter ihrem Mantel fest an sich. Er durfte unter keinen Umständen in falsche Hände geraten.

Als sie den U-Bahnhof am Gostiny Dwor erreichte, eilte sie in Richtung Gleis und versuchte dort, zwischen den anderen Reisenden unterzutauchen. An der Majakowskaja stieg sie um in die Rote Linie. Bis zum früheren Fernbahnhof nach Finnland spürte sie, wie ihr der Schweiß den Rücken hinabrann. Sie atmete erleichtert aus, als sie sah, dass der Zug, der sie aus der Stadt bringen sollte, noch am Gleis stand.

Kaum dass sie eingestiegen war, setzte der Zug sich in Bewegung. Doch erst als er die Innenstadt hinter sich ließ und in Richtung Vororte rollte, ging ihr Atem ruhiger. Von dem Bahnhof gingen jede Menge Züge ab, zu jeder Tages- und Nachtzeit. Unwahrscheinlich, dass er sie trotz des Umsteigens und der Menschenmassen bis in ihren Zug verfolgt hatte.

Vielleicht hatte sie sich das alles auch nur eingebildet? Und sich von den Warnungen des Journalisten ins Bockshorn jagen lassen?

»Lass die Finger davon. Komm diesem Unternehmen nicht zu nahe.«

Aber sie hatte nicht die Finger davon lassen können.

Als sie vierzig Minuten später aus dem Zug stieg, stach ihr sofort der Mercedes ins Auge. Sie musste sich zusammenreißen, um nicht in Panik zu geraten, zog im Gehen den Umschlag hervor, kritzelte eilig eine Adresse darauf und warf ihn in einen der Bahnhofsbriefkästen. Für einen winzigen Moment schloss sie die Augen und dachte an Max.

Ich hätte dir lieber alles erklärt, aber ich hoffe, du verstehst es auch so.

Fünf Minuten später hatte sie das Haus fast erreicht und rannte los. Die dunkle Straße war verwaist und leer. Vielleicht war es ihr ja doch gelungen, den Verfolger abzuschütteln. Doch im nächsten Augenblick glitt der Mercedes um die Ecke, und Scheinwerferlicht blendete sie.

Sie konnte den Fahrer des Wagens schließlich nicht zu ihr nach Hause führen! Dort bewahrte sie viel zu viel Material auf, das mit ihren Recherchen zu tun hatte, und andere Dinge, die eine Spur zu ihren Kollegen legen konnten.

Aber wohin sollte sie stattdessen laufen?

Sie griff in die Tasche und nahm das Handy in die Hand. Mittlerweile hatte der Mercedes aufgeblendet, sodass sie kaum noch sehen konnte. Dann ein Geräusch, als eine Tür aufgeschoben wurde, gefolgt von harten Sohlen auf Asphalt. Im Gegenlicht konnte sie nur eine große dunkle Silhouette ausmachen, die auf sie zukam. Der Mann kam viel zu schnell näher.

Das Arretieren eines Pistolenhahns.

Ein langer Arm, der sich in ihre Richtung hob.

Mit einer einzigen Bewegung schleuderte sie das Handy ins Gebüsch und riss die Arme hoch. Wenn er das Telefon in die Hände bekäme, wäre alles umsonst gewesen.

Der Mann war ein paar Meter vor ihr stehen geblieben. Er war breit gebaut, hatte einen auffällig kleinen Kopf und einen ungewöhnlich langen Hals. Und er war elegant gekleidet, trug Mantel und Smoking. Das Gesicht war nicht deutlich zu erkennen, wirkte aber alt. Wie jemand aus einer anderen Zeit.

»Wer sind Sie?«, fragte sie. »Nicht schießen!«

»Rücken zu mir«, befahl der Mann. »Auf die Knie. Hände hinter den Kopf.«

Sie tat wie geheißen. Schloss die Augen.

Der Mann beugte sich zu ihr hinunter. Dann schloss sich sein eiserner Griff um ihren Körper, und auf Nase und Mund legte sich ein Lappen. Die Kraft in seiner Hand war schier unmenschlich.

Ein paarmal keuchte sie schwer durch den Stoff, dann setzte die Wirkung ein, und schlagartig erschlafften ihre Muskeln. In seinem Griff sackte sie zusammen. Der Mantel legte sich über sie. Sie war den Blicken der Welt entzogen.

Der Mann hob sie hoch wie ein schlafendes Kind. Das Letzte, was sie mitbekam, war ein Klicken, als er den Kofferraum des Wagens öffnete.

Samstag, 24. Februar 1996

1

Das Murmeln drang bis hinauf in Nestor Lasarews Privatloge. An sich gab es dort Platz für zwölf, doch heute wollte er allein sein. An diesem Abend wurde *Eugen Onegin* aufgeführt, und ein erwartungsvolles Publikum strömte in das Sankt Petersburger Mariinski-Theater.

Die Kleider der Damen schimmerten mit den frisch gestrichenen, sahneweiß-goldenen Wänden um die Wette. Allmählich füllten sich die Nachbarlogen, und Stoff raschelte, als die Besucher sich auf ihren Sitzen niederließen. Aus dem Parkett konnte man das Lachen eines jungen Mannes hören, der sich auf einen breiten Sitz neben eine bildhübsche Frau setzte.

Nestor Lasarew saß kerzengerade auf seinem Stuhl. Weder hatte das Alter seine Wirbelsäule gekrümmt, noch war sein Rücken durch Krankheiten geschwächt worden. Dank allmorgendlichem Systema-Training – einer ganzheitlichen waffenlosen Nahkampftechnik – war sein Körper immer noch gestählt.

Als der Vorhang aufging, schoss sein Puls in die Höhe, und die Härchen in seinem Nacken richteten sich auf, sowie das Orchester zu spielen begann.

Mit dem rechten Zeigefinger verfolgte Lasarew den ersten Akt in der Partitur. Tief versunken genoss er die Musik. Dieser Abend war für ihn etwas Besonderes; seine ganze Kindheit hatte er darauf verwendet, Tschaikowskys Stücke zu meistern. Und ausgerechnet diese Oper – die auf Puschkins Versepos basierte und nun von der Opernkompanie des Mariinski aufgeführt wurde – kam der perfekten Zurschaustellung russischer Überlegenheit gleich.

Ein leises Klopfen, dann ging vorsichtig die Tür zur Loge auf.

Der Moment war zunichte.

Lasarew drehte sich um. In der offenen Tür stand ein Mann. Stocksteif und wortlos ließ Marcel Rousseau den Blick über das Publikum im Parkett schweifen und nestelte an seinem Goldring. Er wich Lasarews Blick aus.

Wenn das hier nicht wichtig ist, schoss es Lasarew durch den Kopf, dann werf ich dich eigenhändig vom Balkon zu diesem neureichen Aas dort unten.

»Herr Vorsitzender«, hob Rousseau an, »wir müssen reden.«

»Warten Sie draußen. Wir können uns in der Pause unterhalten.«

Er schloss die Augen und versuchte, sich wieder von der Musik umspielen und verzücken zu lassen. Doch bis der Akt zu Ende war, kreisten seine Gedanken nun mehr um Rousseau, der draußen auf ihn wartete.

Warum war er hier? Ausgerechnet heute?

Als die Türen zu den Logen aufgingen, wurden auf der Stelle Stimmen laut. Rundherum lachten sie, die ausgelassenen, die begeisterten Operngänger, und gierten nach *sowjetskoje schampanskoje.*

Er marschierte auf Rousseau zu, der ebenfalls ein Glas in der Hand hielt.

Rousseau beugte sich zu Lasarew vor. »Erinnern Sie sich an den Journalisten, von dem ich Ihnen letzte Woche erzählt habe?«, flüsterte er ihm ins Ohr. »Der wissen wollte, woher die Technologie stammt?«

»Wie könnte ich das vergessen.«

»Mir ist am Nachmittag die gleiche Frage wieder gestellt worden.«

Lasarew runzelte die Stirn. Er hatte sein Geheimnis bereits sehr viel länger bewahrt, als ihm lieb war. All die langen, düsteren Jahre, ehe er das Unterfangen endlich in Angriff hatte nehmen können. Kein einziges Mal war ihm diese Frage gestellt worden – niemand hatte je darüber nachgedacht. Bis jetzt.

»Von wem?«

»Von einer jungen Frau«, antwortete Rousseau. »Eine Universitätsangestellte – vom Institut für Wirtschaftswissenschaften.«

Was Rousseau da sagte, konnte zweierlei bedeuten: Entweder hatten sie es mit einem mehr als verwunderlichen Zufall zu tun – oder mit einem Echo aus Lasarews Vergangenheit. Ersteres bräuchte sie nicht weiter zu beunruhigen. Doch wenn es sich um Zweiteres handelte, würde er sich auf der Stelle damit auseinandersetzen müssen, das war ihm klar.

»Sie wirken bekümmert, Marcel.« Lasarew legte Rousseau freundschaftlich eine Hand um den Nacken. »Ich kann Ihnen versichern, dass Sie sich um nichts Sorgen machen müssen.«

Dann zog er ihn an sich heran und gab ihm drei Küsse auf die Wangen.

»Fahren Sie heim und ruhen Sie sich aus. Sie machen sich zu viele Gedanken.«

Dann ließ er ihn stehen und kehrte in seine Loge zurück, glitt auf den weichen Polstersitz, wartete noch eine Minute, um sicherzugehen, dass Rousseau auch wirklich nicht wiederkommen würde. Zu seinen Füßen lag das Programmheft zur Vorstellung des Abends mit dem Porträt der Sopranistin, die die Hauptrolle sang. Unter dem Foto standen die berühmten Verse aus dem Libretto: *»Ein jeder kennt die Lieb' auf Erden, ein jeder muss ihr Sklave werden.«*

Seine Gedanken wanderten weiter, zu einer anderen Premiere, in einem anderen Opernhaus. Zu Kriegszeiten.

Sie war von Menschen umringt gewesen. Überall an den Wänden im Foyer hatten vergoldete Spiegel gehangen, und in einem dieser Spiegel hatte er den Mann entdeckt – seine Nemesis. Die Art und Weise, wie der Mann sie angesehen hatte, würde er nie vergessen. Lasarew war nur kurz unaufmerksam gewesen, hatte für einen winzigen Moment die Deckung fallen lassen und hätte um ein Haar alles verloren.

In gewisser Hinsicht fühlte es sich an, als würden ihn jene Ketten, jene Schlösser immer noch nach unten ziehen.

Ein Trommelwirbel vom Orchester. Der zweite Akt hatte begonnen. Die Trommeln beschworen andere Bilder in ihm herauf – Flugzeuge, die sich vor dem Himmel abzeichneten. Die Rettung.

Das hier war kein Zufall. An den Zufall hatte Lasarew nie geglaubt. Es war an der Zeit, die finale Operation in Gang zu setzen.

Dass dies gleichzeitig bedeutete, einer anderen Sache ein für alle Mal ein Ende zu setzen – einer Sache, von der er eigentlich geglaubt hatte, sie wäre längst beendet –, würde das Ganze nur umso zufriedenstellender machen.

Diesmal würde es keinen Raum für Fehler geben.

Dienstag, 27. Februar

2

Unruhig wanderte Max Angers Blick zwischen seinem Handy und der Wand des Konferenzraums hin und her, an der auf mehreren Bildschirmen Nachrichtensender aus ganz Zentral- und Osteuropa liefen. Dann las er erneut Paschies SMS. Sie hatte ihm am Freitag geschrieben, dass sie versucht habe, ihn zu erreichen. Daraufhin hatte er es am Wochenende mehrmals auf ihrem Vektor-Handy probiert. Doch das Handy war ausgeschaltet gewesen. Was in aller Welt ging da vor?

Er blickte erneut zu den Bildschirmen. Der Ton war abgestellt, stumme Bilder blitzten ihm entgegen. Wie immer interessierte ihn der russische Kanal am meisten. Max rutschte auf seinem Stuhl herum, als Bilder des zugefrorenen Wassers rund um Archangelsk an einem sonnigen und klaren Spätwintermorgen gezeigt wurden.

Durch eine Rinne im Eis fuhr ein rostiger Fischkutter auf den Fähranleger zu. Als das Boot den Kai erreichte, stießen die Männer an Deck ihre Jagdstöcke gen Himmel und riefen den Demonstranten, die sich an Land versammelt hatten, trotzige Antworten entgegen.

Dann wurden Bilder eines offenen Lkws mit einer Ladefläche voller Robbenjungen eingeblendet. Wieder andere Bilder zeigten, wie die Jungtiere an einer Laderampe bei lebendigem Leib gehäutet wurden.

Das ist nicht korrekt – das müssen sie noch auf dem Eis machen!

Max rutschte wieder nervös auf seinem Stuhl hin und her. Die Fernsehbilder erweckten alte Erinnerungen zum Leben. Er sah aus dem Fenster auf den Valhallavägen hinunter, wo die Wipfel der großen Bäume im Wind hin- und herschaukelten wie schäumende Wellen, die einander nachjagten.

Er war zwölf Jahre alt gewesen, als er von Arholma aus – der Insel vor der schwedischen Ostküste, wo er aufgewachsen war – nach Osten übers Eis zur unbewohnten nächsten Insel lief. Die Strecke war deutlich länger, als er gedacht hatte, und er schwitzte aus allen Poren. Als er die Jacke aufknöpfte, hörte er plötzlich ein merkwürdiges Röcheln. Er drehte sich um – und bei dem unerwarteten Anblick des schlafenden Robbenjungen verschlug es ihm den Atem. Es war schneeweiß, im Schnee annähernd unsichtbar, lag flach auf dem Bauch und tankte Sonne. Es war allerhöchstens ein paar Tage alt. Max wusste, dass der Pelz maximal zwei Wochen so strahlend weiß blieb.

Das Robbenjunge schlug seine rabenschwarzen Augen auf und sah Max neugierig an.

Er wusste, was zu tun war, wenn er auf dem Eis auf so ein Jungtier traf. Er wusste, dass er ihm den Schlagstock einmal hart über die Schnauze ziehen musste. Wenn er richtig traf, setzte der Blinzelreflex aus, und das Junge starrte ihn mit leerem Blick an.

Diese Tat würde ihn zum Mann machen, der unter Beweis gestellt hatte, dass er dem altehrwürdigen Mannesideal gerecht wurde, das sein Vater immer noch in Ehren hielt. Die Freunde seines Vaters würden ihre Sachen packen, zu ihnen nach Hause kommen und mit ihnen Max' erstes Robbenjunges feiern.

Doch Max vermochte sich nicht zu rühren.

Je mehr Zeit verstrich, desto unmöglicher fühlte es sich an. In diesem Moment und an dieser Stelle begriff Max, dass er anders war. So ein unschuldiges Wesen totzuschlagen war keine Großtat – nichts, was aus einem Jungen einen Mann machte. Er sollte nie auf der anderen Insel ankommen. Er machte kehrt und lief wieder nach Arholma, erzählte niemandem von dem weißen Robbenjungen und hängte auch kein Robbenfell vor dem Haus auf.

Irgendeines Tages würde es wieder eine Gelegenheit geben. Und da würde alles komplett zum Teufel gehen.

Mit einem Mal gingen die Bildschirme aus.

»Violet hat mir gesagt, dass ich dich hier finde.«

Sarah Hansen stand mit der Fernbedienung in der Hand hinter ihm und sah ihn an. Womöglich hatte sie dort schon eine ganze Weile gestanden.

»Du siehst echt schlimm aus, Rospigg«, sagte sie und fuhr sich mit den Fingern durch das strubbelige weißblonde Haar.

Sarah Hansen war Max' Chefin und die einzige Person in seinem Leben, die ihn Rospigg nennen durfte – eine uralte Bezeichnung für jemanden, der aus der Region Roslagen stammte.

Sie hatten sich während der Ausbildung beim Militär im Russischunterricht kennengelernt. Max war Kampfschwimmer gewesen, Sarah hatte die Dolmetscherschule besucht. Aus Kameraden wurden Freunde, und auch wenn sie nach der Ausbildung getrennter Wege gingen, blieben die beiden in Kontakt. Max verfolgte ihre steile Karriere bei einer Investmentbank und war beeindruckt von ihrem Unternehmergeist, als sie später einen Thinktank namens Vektor gründete, der sich der Demokratisierung und Sicherheit schwedischer Nachbarstaaten widmete. Als er selbst einige Jahre später die Kürzungen beim schwedischen Militär leid war und sie ihn fragte, ob er sich vorstellen könne, als Analyst mit Schwerpunkt Russland für sie zu arbeiten, hatte er nicht lange gezögert. Es war an der Zeit gewesen, das Soldatenleben hinter sich zu lassen und neue Wege zu beschreiten.

»Was du in deiner Freizeit machst, ist wirklich deine Sache, aber dir ist schon klar, dass du hier auch arbeitest, oder?« Sarah bedeutete ihm, ihr ins Büro zu folgen. »Und dass ich diejenige bin, die dich dafür bezahlt?«

Sie setzte sich an ihren ausladenden Mahagonischreibtisch und musterte ihn durch Brillengläser, die so dick waren, dass sie mehrere Millimeter über das zierliche schwarze Metallgestell hinausragten. Max wich ihrem Blick aus und ließ sich in einen himmelblauen Sessel fallen, den Sarah bei Christie's in London ersteigert hatte.

»Wie könnte ich das vergessen«, murmelte Max. »Immerhin hast du mich zum Rubelmillionär gemacht.«

Sarah grinste schief.

Er sah zu dem Foto hoch, das über ihr an der Wand hing – darauf schüttelte sie König Carl XVI. Gustaf die Hand. Max kannte niemanden, der auch nur annähernd so patriotisch war wie Sarah. Sie war in Polen zur Welt gekommen, hatte aber mit sechzehn die schwedische Staatsbürgerschaft angenommen. Inzwischen liebte sie Schweden mehr als alles andere auf der Welt, konnte im Schlaf die Namen sämtlicher Regierungschefs von De Geer bis Carlsson herunterrattern und selbst einem Vierjährigen aus dem Kindergarten ihrer Tochter die Besonderheiten des parlamentarischen Systems erklären.

Sarah sah ihn besorgt an.

»Ganz ehrlich, Max, du siehst aus, als hättest du seit einer Woche nicht geschlafen.«

Max antwortete nicht. Im Grunde gab es darauf auch nichts zu erwidern. Sarah hatte recht.

»Hast du Carl Borgenstierna erreicht?«

Max starrte auf seine Knie, auf die Schwielen an seinen Händen. Und nickte dann bedächtig.

»Ich hab ihn besucht, ja.«

»Hat er sich gefreut, dich zu sehen?«

»Schwer zu sagen. Er war nicht bei Bewusstsein … und er hatte so eine Maske auf dem Gesicht, die einem hilft zu atmen. Sie hatten ihm gerade zwei Nieren transplantiert.«

Max hatte immer noch vor Augen, wie jämmerlich der Alte an dem Dialysegerät ausgesehen hatte. Wie oft hatte er in seiner Kindheit und Jugend den Namen Carl Borgenstierna gehört, insbesondere immer dann, wenn Jakob – sein Vater – betrunken gewesen war. Es war ihm eher wie ein Traum vorgekommen, dem Mann nach all den Jahren leibhaftig gegenüberzutreten.

Am Bett auf seinem Nachttisch hatte ein Album mit der Prägung einer Lilie gelegen, daneben ein gerahmtes Bild, das sepiabraune Porträt einer jungen, wunderschönen Frau, die ausgesehen hatte wie ein Filmstar aus einem alten Hollywood-Streifen. Irgendetwas an ihrem Blick hatte sich in Max verhakt – da war eine Glut gewesen, eine Sehnsucht, die ihn an jemand anderen erinnert hatte. An Paschie.

Nach dem Tod seiner Mutter vor einem Monat hatte Max beschlossen, endlich die Wahrheit über die Namen herauszufinden, die sein Vater immer derart hasserfüllt ausgesprochen hatte.

Wallentin und Borgenstierna.

Max wusste immer noch nicht, wie alles zusammenhing. Aber bislang hatten seine Nachforschungen ergeben, dass sein Vater 1944 als Pflegekind auf Arholma gelandet war. Und dass Borgenstierna auf irgendeine Weise damit zu tun gehabt hatte. Wenn der alte Mann tatsächlich für das Unglück von Max' Familie verantwortlich war, dann würde er auch dafür bezahlen.

Max hatte den Mann gerüttelt und versucht, ihn aufzuwecken. Er hatte sich zusammenreißen müssen, um nicht kurzerhand die Schläuche aus dem Dialysegerät zu ziehen.

»Was weißt du über Borgenstierna?«, fragte Max.

Sarah sah ihn überrascht an.

»Das habe ich dir doch erzählt. Ich weiß im Grunde nicht viel mehr, als dass er vor rund fünfzig Jahren die Ostseestiftung ins Leben gerufen hat, die wiederum seit ein paar Jahren Vektor finanziell unterstützt. Ich bringe diesem Mann größten Respekt entgegen und bin ihm wirklich dankbar, auch wenn ich ihn bisher noch nicht persönlich kennengelernt habe.«

Sie rekelte sich in ihrem Stuhl und legte dann die Hand auf eine dicke Akte vor ihr auf dem Schreibtisch.

»Du musst endlich einen Schlussstrich unter deine kleine Privatermittlung ziehen. Dein Urlaub ist hiermit vorbei.«

Dann schob sie Max die Akte über den Tisch.

»Das hier sind deine Hausaufgaben für heute Abend.«

Vergebens versuchte Max, enthusiastisch auszusehen, als er den Wälzer aufschlug.

»Nur Schulkinder haben Skiferien, Max. Du hattest letzte Woche frei. Hättest eigentlich schon gestern wieder da sein müssen.«

Sie zeigte auf die Akte.

»Fahr nach Hause und lies dir das durch. Und schlaf in Gottes Namen ein paar Stunden. Ich krieg heute Abend Besuch, wenn du also irgendwelche Fragen haben solltest, müssen die bis morgen früh warten.«

»Wie heißt denn die Süße?«

»Gabbi heißt sie«, antwortete Sarah.

»Herrlich. Na, da will ich mal nicht stören.«

Sarah nickte vielsagend. *Nein, darfst du verdammt noch mal auch nicht.*

Dann stand sie auf. Die Besprechung war zu Ende. Sie selbst würde gleich den nächsten von unzähligen Kandidaten treffen, die allesamt Beratung in Sachen Russland und Osteuropa brauchten. Doch auf halbem Weg zur Tür blieb sie stehen.

»Und sei so nett, ruf du *deine* Süße an. Ich hab seit einer knappen Woche nichts mehr von ihr gehört.«

Max hatte seine Beziehung mit Paschie Kowalenko zunächst geheim gehalten, weil er sich nicht sicher gewesen war, wie Sarah darauf reagieren würde, dass er und die Sankt Petersburger Vektor-Mitarbeiterin ein Paar waren. Aber genau wie Max vermutet und gehofft hatte, hatte sie für ihn mal wieder eine Ausnahme gemacht.

Und seine Süße anzurufen war genau das, was Max jetzt vorhatte.

3

Er drückte die Wohnungstür hinter sich zu, hängte seine Jacke auf und warf einen Blick in den Spiegel. Genau wie jedes Mal, seit ihm die Veränderung erstmals aufgefallen war. Seine braunen Augen waren heute noch dunkler als sonst. Ihm war klar, dass das eine Nebenwirkung der Benzodiazepine war und dass er sie vorübergehend würde absetzen müssen.

Seine Augen waren rot geädert, die umliegende Haut gefurcht und schlaff. Er war drauf und dran, sich in seinen Vater zu verwandeln – in denjenigen, der er kurz vor seinem Tod gewesen war.

Aber mit sechsundzwanzig?

Natürlich hatte Sarah recht. Er sah schlimm aus. Oder so, als wäre er dem Teufel begegnet.

Im Wohnzimmer zog er die Vorhänge zur Seite und riss die Fenster auf, um frische Luft hereinzulassen. Es war ein düsterer Tag gewesen, die Sonne über Stockholm hatte es nicht geschafft, die dichte dunkelgraue Wolkendecke zu durchbrechen, und es kam ihm so vor, als wäre der Frühling noch eine Ewigkeit entfernt.

Die einzigen Lichtquellen in seiner Wohnung waren die Lämpchen an den Elektrogeräten: das rote Blinklicht am Anrufbeantworter und die angsteinflößende Ziffer daneben, die besagte, dass acht Nachrichten auf ihn warteten. Das blaue Stand-by-Licht des Fernsehers. Das grüne am Videorekorder.

Seit er auf die Militärhochschule gegangen war, hatte sich sein Mobiliar nicht verändert. Sarahs Begeisterung für exklusive Einrichtungsgegenstände und Antiquitäten teilte er kein bisschen. In seinem Wohnzimmer standen ein braunes Ikea-Sofa und ein schwarzer Kunstledersessel. Auf dem Sofa lagen zwei Decken, die er aus seinem Elternhaus auf Arholma mitgebracht hatte: eine graue Mohairdecke, die seine Mutter mal von einem isländischen Gast geschenkt bekommen hatte, und eine Schottenkarodecke, die er sich selbst gekauft hatte, als er auf dem Marineschulschiff *Gladan* zu den Shetlands gesegelt war.

Über dem Sofa hing eine große Karte der Sowjetunion an der Wand.

Er drückte auf den Knopf am Anrufbeantworter, um die Nachrichten abzuspielen. Die erste war eine knappe Woche alt. Er war einfach nicht dazu gekommen, sich darum zu kümmern, hatte sich auf nichts anderes konzentrieren können als auf seine Nachforschungen zu Wallentin und Borgenstierna. Nachdem er so lange mit der Suche gewartet hatte, war es nun so, als würde er davon vollkommen absorbiert. Er hatte tatsächlich weder geschlafen noch etwas gegessen. Hatte sich nicht mal mehr bei Paschie gemeldet. Sie hätte ihm angemerkt, wie sehr ihm diese ganze Sache naheging. Und sie hätte ihn aufgefordert, die Sache ruhig angehen zu lassen.

Max übersprang eine Nachricht nach der anderen: die der Bibliothekarin, Nachrichten von Vektor-Kollegen, Sponsoren, Mitarbeitern aus dem Archiv von Sveriges Radio – Nachrichten von Personen, mit denen er im Zuge seiner Nachforschungen in den vergangenen Wochen in Kontakt getreten war.

Eine Nachricht war von Hein Espen, einem frühpensionierten Norweger, der im Amphibiengeschwader gedient hatte. Er meldete sich jedes Jahr um diese Zeit – immer zum Jahrestag des Vorfalls. Während einer Übung im Becken des Marinestützpunkts Haakonsvern hatte ein technischer Fehler in Hein Espens Ausrüstung dazu geführt, dass ihm mit einem Mal die Luft ausgegangen und er in Panik geraten war. Max hatte ihn aus den Unterwassertunneln gerettet, hatte seine Luft mit ihm geteilt und ihn festgehalten, während Hein Espen um sich getreten und geschlagen hatte. Am Ende war es ihm gelungen, den Kameraden an die Oberfläche zu bringen.

Max sollte ihn zurückrufen. Aber noch nicht jetzt.

Und dann, endlich: *»Hej, du!«*

Der Klang ihrer Stimme aus dem kleinen Lautsprecher des Anrufbeantworters wärmte ihm das Herz.

»Hier ist dein Mädchen. Ich glaub, ich hab da was für dich. Was Neues, womit du nicht gerechnet hast. Allerdings musst du dafür herkommen und es dir selbst holen. Wann kannst du hier sein, Baby?«

Max hatte Paschie Kowalenko vor gut einem Jahr bei einer Konferenz in Helsinki kennengelernt. Vor einer langsamen, dafür umso lauter gurgelnden Kaffeemaschine waren sie ins Gespräch gekommen, und als der Kaffee fertig war, waren sie nur widerwillig zu ihren jeweiligen Terminen zurückgekehrt. Beide hatte ein unverhofftes, starkes Verlangen gepackt.

Sie hatte einen abgetragenen, dunkelblauen Dufflecoat und Stonewashed-Jeans getragen, und die meisten hatten aufgrund ihrer dunklen Haut gemutmaßt, sie wäre Südamerikanerin. Doch die hohen Wangenknochen und die verhältnismäßig kleinen, strahlend grünen Augen hatten Max verraten, dass sie asiatische Wurzeln hatte. An dem gelockten schwarzen Haar, das ihr weich über die Schultern fiel, hatte Max sich gar nicht sattsehen können. Erst später hatte er bemerkt, dass das offene Haar eine seltene Ausnahme gewesen war: Sehr viel häufiger flocht sie sich einen Zopf oder band die Haare zu einem Knoten zusammen.

Sie hatten Visitenkarten ausgetauscht. Ihre Karte war handgemacht gewesen – eine silberfarbene Handschrift auf schwarzem Papier: nur ihr Name, eine russische Telefon- und Faxnummer und eine Hotmail-Adresse.

Max riss den Blick vom Anrufbeantworter los. Überall in seiner Wohnung konnte er Spuren von ihr entdecken. Die bunt gemusterten Holzkellen, die sie im Gostiny Dwor in Sankt Petersburg gekauft hatten. Das rotbraune Plaid, das zusammengefaltet am Fußende des Bettes lag. Ihre neuen weißen Gummistiefel von NK im Flur. Und dann natürlich die Schneiderpuppe, die sie unbedingt hatte haben wollen, weil sie wieder anfangen wollte, Kleider zu nähen, wie es ihre Mutter früher getan hatte. Paschie hatte zwar ein paar Versuche unternommen, dann aber bald eingesehen, dass sie weder genug Zeit noch Geduld aufbringen konnte. Inzwischen stand die Puppe nur noch herum – mit einem halben Kleid über den Schultern und einem ihrer Hüte auf dem Kopf, einem gelben Cowboyhut.

»Nachzudenken heißt, im Nachhinein zu denken, Max, nicht schon im Vorfeld.«

Genau wie er selbst war auch sie chaotisch. Sie waren permanent in unterschiedliche Himmelsrichtungen unterwegs, versuchten aber doch, sich zu sehen, so oft es eben ging.

Seit einem Jahr schon. Ihre Fernbeziehung fußte auf ausgedehnten Telefonaten und E-Mails, in denen sie alles Mögliche besprachen: von gewitzten Geschäftsideen, die sie unbedingt in die Tat umsetzen wollten, bis hin zu Plänen für den Sommer an all den Orten in den Stockholmer Schären, die Max ihr zeigen wollte.

Aber würden sie je ein gemeinsames Leben an einem Ort führen?

»Ich glaub, ich hab da was für dich.«

Was hatte sie herausgefunden? Mal abgesehen von Sarah war Paschie die Einzige, die über Max' private Nachforschungen Bescheid wusste. Sie war an jenem strahlend schönen und gleichzeitig schrecklichen Nachmittag in der Kirche dabei gewesen. Sie hatte seine zitternde Hand genommen, als die Orgel »Schönster Herr Jesu« anstimmte, und während Max den Blick nicht von dem Sarg abwenden konnte, der ganz vorne stand, drückte sie behutsam seine Hand. In dem Sarg lag seine Mutter.

Paschie hatte Verständnis dafür gezeigt, dass er sich nicht länger seinem Versprechen verpflichtet fühlte, nicht zurückzublicken, nicht über all das nachzugrübeln, was geschehen war. Sie wusste, wie es sich anfühlte, der eigenen Familie beraubt zu werden und die eigenen Wurzeln vorenthalten zu bekommen. Und sie wusste, dass ihn jetzt nichts mehr davon abhalten konnte, in seiner Familiengeschichte zu stöbern. Niemals würde sie ihn dafür verurteilen, dass er endlich tat, was er tun musste. Und sie würde auch nie zulassen, dass ihre Beziehung ihm dabei im Wege war.

»Was Neues, womit du nicht gerechnet hast.«

Max nahm den Hörer ab und rief erneut Paschies Handynummer an. Das Handy war immer noch ausgeschaltet. Nach ein paar Minuten versuchte er es erneut. Diesmal hatte er plötzlich ein Störsignal im Ohr, und dann sagte eine Frauenstimme: »Ihr Anruf kann momentan nicht entgegengenommen werden. Versuchen Sie es später noch einmal.«

Max ließ den Blick über die wolkenverhangene Stadt schweifen. Dann rief er ihre letzten SMS noch einmal auf, um sicherzugehen, dass er auch wirklich keine frühere Nachricht überlesen hatte. Hatte er nicht.

Was treibst du eigentlich, Paschie?

Er legte das Handy aus der Hand und fuhr sich frustriert durchs Haar.

Dann warf er einen Blick in die schlichte, leere Küche. Erinnerte sich wieder daran, wie Paschie dort eine halbe Ewigkeit Orangen ausgepresst hatte – nur mit einem von Max' ausgewaschenen weißen T-Shirts auf dem Leib. Sie hatte über das Misstrauen gesprochen, das der Westen gegenüber Russland hegte, über die anstehende Präsidentschaftswahl und darüber, dass sich Russland jetzt, nachdem es sich wirtschaftlich geöffnet hatte, nicht mehr würde abschotten können. Dass ein Bürgerkrieg ausbrechen würde, wenn der Staat sich all die Reichtümer zurückholte, die gerade erst neu verteilt worden waren. Wenn die Privatisierungsmaßnahmen erst abgeschlossen wären, würden die Lebensumstände für die breite russische Bevölkerung besser werden, und der Staat an sich würde als Wirtschaftssupermacht wiederauferstehen.

»Wartet nur, ihr werdet schon sehen.«

All die Unkenrufe – dass schon bald massenhaft Russen in die nordischen Länder einwandern könnten – entbehrten jeder Grundlage. Russen verließen ihr Heimatland nicht, und für die alte Angst vor Iwan gab es schon lange keinen Anlass mehr. Das Land und seine Einwohner wollten endlich weiterkommen, die überholte Abschottung vom restlichen Europa überwinden und in Sachen Handel, Tourismus und kulturellem Austausch ein ebenbürtiger Partner werden.

Sowohl Max als auch Paschie wussten sehr wohl, dass sie sich mit der anstehenden Präsidentschaftswahl einem Scheideweg näherten: Immerhin handelte es sich dabei um die erste wirklich freie Wahl seit dem Zerfall der Sowjetunion. Vor fünf Jahren, als Jelzin die Wahl für sich hatte entscheiden können, hatte das Land immer noch unter einer

Art nationalen Schockstarre gestanden, in der weder politische Parteien noch Wahlberechtigte genügend Zeit gehabt hatten, sich vernünftig zu positionieren. Und wie sich der Rest der Welt über die 1991er Wahlen ausgelassen hatte!

Jetzt aber, nachdem der Staat wieder halbwegs auf die Beine gekommen war und ein heftigerer, kälterer Wind wehte, würde der Westen sich zusammentun müssen, wenn er die demokratische Entwicklung in Russland vorantreiben wollte. Ehe es zu spät dafür sein würde.

Um auf Dauer mit Informationen aus erster Hand beliefert zu werden, hatte Vektor jemanden gebraucht, auf dessen Urteil die Firma vertrauen konnte. Jemanden, der vor Ort war, in Sankt Petersburg, dem russischen Tor zum Westen. Diese Schlüsselrolle hatte Paschie eingenommen.

Wann hatte er zuletzt mit ihr gesprochen? Am Freitag? Dass sie schon so lang nicht mehr miteinander telefoniert hatten, war ungewöhnlich für die beiden. Er war mit seinen eigenen Angelegenheiten beschäftigt gewesen und hatte versucht, das Beste aus der Woche zu machen, die er freibekommen hatte. Diesbezüglich war Paschie genau wie er. Auch sie hatte sich in die Arbeit gestürzt. Bestimmt hatte sie in den vergangenen Tagen diverse Sankt Petersburger Geschäftsleute mit klugen Fragen gelöchert. Hatte sie deshalb das gesamte Wochenende ihr Handy ausgeschaltet?

Er setzte sich an seinen PC und schob die Maus ein paarmal hin und her, um den Bildschirm aufzuwecken. Dann checkte er die Inbox. Keine neue Nachricht von Paschie. Die letzte stammte von Freitag.

»Ist alles in Ordnung bei dir, Max? Am Telefon hast du so gehetzt geklungen, ich mache mir ein bisschen Sorgen. Wir müssen uns bald wiedersehen. Es bleibt doch bei deinem Besuch? Ich hab einen spannenden Hinweis bekommen, den ich mit dir besprechen muss. Ruf mich an!«

Er hatte die E-Mail am Wochenende zwar gelesen, aber nicht beantwortet.

»Klar bleibt es bei meinem Besuch«, schrieb er jetzt. *»Ruf mich bitte an, sobald du das hier liest.«*

Dass er nach Sankt Petersburg fliegen würde, war schon länger geplant. Er hatte erst eine Woche zu Hause bleiben, dann im Büro ein paar Dinge für die Reise vorbereiten, nach Sankt Petersburg fliegen und zum alljährlichen Vektor-Fest wieder zurückkommen wollen. Diesbezüglich hatte Sarah sich nicht beirren lassen: Das Fest dürfe er nicht schwänzen.

Max sah in dem Ordner mit den gesendeten Objekten nach, ob seine E-Mail an Paschie tatsächlich rausgegangen war.

»Du hast so gehetzt geklungen.« Der Kloß in seinem Hals wurde größer. Er las die E-Mail noch einmal. Im Großen und Ganzen entsprach der Inhalt der Nachricht auf seinem AB – mit einer Ausnahme. Der Hinweis. Über welchen Hinweis wollte sie so dringend mit ihm sprechen?

Max schlug die Akte auf, die Sarah ihm gegeben hatte. Genau genommen handelte es sich dabei nicht um *eine* Hausaufgabe, sondern um zwei. Sie hatte ihm eine Woche freigegeben, doch als er jetzt durch ihre Unterlagen blätterte, dämmerte ihm, dass sie seine Aufmerksamkeit schon sehr viel früher gebraucht hätte.

In der Akte lag eine Studie zum Thema Wahlbetrug aus der Feder zweier Mitarbeiter der IFES, der *International Foundation of Electoral Systems.* Er las die Studie – alle hundertzwanzig Seiten –, während er gleichzeitig mit jeder Seite, die er umblätterte, sein E-Mail-Postfach aktualisierte, um zu sehen, ob Paschie auf seine Nachricht geantwortet hatte. Es war eine zähe Lektüre. All das hatte er schon mal gehört. *»Bei Weitem nicht alle Staatsbürger Russlands ver-*

fügen über einen amtlichen Lichtbildausweis. Insbesondere in weniger privilegierten Bevölkerungsgruppen, unter Gefängnisinsassen, Angehörigen ethnischer Minderheiten und Menschen, die in Armut leben, ist die Verbreitung gering.« Erfahrungsgemäß zehn, fünfzehn Prozent, schrieb Max in seinen Notizblock. *»Desinformation und Drohungen. Gezielte Versuche, über Verbindungen zum organisierten Verbrechen in Sankt Petersburg auf die Stimmabgabe einzuwirken. Tägliche Großdemonstrationen auf den meistbefahrenen Straßen der Stadt, Stimmung gewaltbereit. Gelegentliche Messerattacken, wenn sich Widerstand äußert oder Wortwechsel entstehen.«*

Messerattacken in Sankt Petersburg. Nichts Neues unter der Sonne.

»Stimmabgabe am Arbeitsplatz in Russland üblich. In den Vorstädten zeichnen sich Arbeitgeber verantwortlich für Informationen im Vorfeld der Wahl sowie für Stimmabgabe, inkl. Wählerverzeichnis und Auszählung. Schuhputzmethoden wahrscheinlich.« Max kannte sich mit derlei Tricks und Kniffen aus, die schon bei diversen Wahlen in der ehemaligen Sowjetunion beobachtet worden waren. Bei der Schuhputzmethode wurde auf den Hebel der Wahlmaschine Schuhcreme aufgetragen, sodass man an der Hand des Wählers erkennen konnte, für wen er seine Stimme abgegeben hatte. Üblicherweise ging dies mit Drohszenarien und körperlicher Gewaltanwendung einher.

Die IFES-Studie war alles andere als erbaulich; das nächste Dokument war allerdings noch schlimmer. Es handelte sich um die jüngsten Umfrageergebnisse. Max' Aufgabe bestand nicht nur darin, die Daten zu studieren, sondern auch Auffälligkeiten aufzuspüren und zu prüfen, wo die Datengrundlage möglicherweise zu dünn war. Aus der Umfrage ging eine eindeutige Tendenz hervor, und die entsprach mitnichten ihren Hoffnungen. Die Präsidentschaftswahl war nur wenige Monate entfernt, und Schuganow mit seiner retrokommunistischen Partei lag in den Prognosen klar in Führung. Wenn die Erhebung stimmte, waren sie auf dem besten Weg, die alte Sowjetunion wieder zu errichten.

Das Telefon klingelte, und Max griff danach. Allerdings hatte er vergeblich gehofft – es war nicht Paschie, die ihn zurückrief.

»Max«, sagte Sarah, »du musst sofort kommen.«

»Brauchst du Hilfe mit Gabbi?«

»Mischin hat sich gemeldet. Paschie hätte heute an zwei Meetings an der Uni teilnehmen müssen, ist aber nicht erschienen. Sie haben den ganzen Tag nach ihr gesucht. Sie ist spurlos verschwunden.«

4

David Julins Hände zitterten immer noch leicht, als er am Rednerpult stand. Ehe er vor sein Publikum getreten war, hatte er mehrmals sein Mantra wiederholt. *Wenn du nicht an dich glaubst, wer dann?* Fast wäre es ihm gelungen, sich zu beruhigen.

David fuhr sich durch das schulterlange braune Haar und ließ den Blick durch die Aula der Handelshögskolan schweifen. Er kniff leicht die Augen zusammen, um nicht von den Scheinwerfern geblendet zu werden, die auf ihn gerichtet waren und die sich in seinen achteckigen Brillengläsern spiegelten. Die jungen Studenten sahen erwartungsvoll zu ihm hoch. Sie alle waren gekommen, um zu erfahren, wie sie seinen Erfolgen in der Telekommunikationsbranche nacheifern, wie auch sie – wie es der Titel der Vorlesung versprach – GSM gewinnbringend weiterentwickeln konnten.

Für die Studenten war er fast ein Promi. Er hatte sein Unternehmen SwitchCom aus eigener Kraft aufgebaut und dann teuer verkauft. Die rosafarbenen *Dagens-Industri*-Seiten, die so etwas wie die Bibel für sie waren, hatten den kometenhaften Aufstieg der Firma ausführlich geschildert: von den ersten Schritten vor dem heimischen PC zum erfolgreichen IT-Consult-Unternehmen, das mit Großkunden wie Ericsson und Telia aufgewartet hatte und schließlich mit gigantischem Gewinn an einen neureichen Player aus dem kalifornischen Silicon Valley verkauft worden war.

David Julin war die personifizierte Erfolgsgeschichte. Und er war einer von ihnen.

Zwei Jahre zuvor hatte er auf einer wesentlich größeren Bühne gestanden und die Auszeichnung zum Unternehmer des Jahres entgegengenommen, der von Ernst & Young ausgewählt wurde. Im vergangenen Jahr hatte er an deren alljährlicher Alumni-Konferenz in Doha in Katar teilgenommen. Dieses Jahr würde er nicht dabei sein. Er hatte sich eine Notlüge zurechtgelegt, und bis heute kannte niemand den wahren Grund für seine Absage.

Vor ihm stand sein Laptop, und daneben lag sein Handy, das er während seines Vortrags immer wieder in die Höhe hielt, um seinem Publikum zu zeigen, wovon genau er sprach. Das Bild auf der großen Projektionsleinwand war mit *Fernsteuerung* überschrieben – dann das Schaubild, wie sich das Ganze aufbaute.

»Der volldigitale Mobilfunk-Standard eröffnet uns eine riesige Bandbreite an Möglichkeiten«, erklärte David. »Es dauert nicht mehr lang, und wir können aus der Ferne die Heizung in unserem Sommerhaus anstellen, das Licht aus- und wieder einschalten, Informationen aus Mikrochips auslesen, die unter unserer Haut sitzen, und unsere Herzfrequenz, den Puls und noch vieles mehr aufzeichnen.«

Ein Surren ging durch die Lautsprecher im Saal. Das Handy, das er stumm geschaltet hatte, wanderte über das Pult. Erst befürchtete David, seine Frau würde ihn anrufen, womöglich war etwas mit den Kindern. Doch es war nicht sie, die ihn zu erreichen versuchte.

Ray.

David starrte auf den Namen auf dem Handydisplay. Beim Anblick der drei Buchstaben lief es ihm eiskalt den Rücken hinunter.

Aus einiger Distanz drang Gemurmel an sein Ohr, und

schlagartig wurde ihm bewusst, dass er mitten im Satz aufgehört hatte zu sprechen. David drückte den Anruf weg, sah von seinem Pult auf und ließ den Blick über das Meer von Gesichtern schweifen, das ihm jetzt schier endlos vorkam. Er schluckte trocken und zwang sich zu einem Lächeln.

Du hast alles im Griff. Du bist ein reicher Mann.

»Die Kehrseite der modernen Technologie – dass man jederzeit erreichbar ist, sogar für diejenigen, mit denen man gar nicht sprechen will«, sagte er. »Schönen Gruß von meiner Frau.«

Schallendes Gelächter in der Aula.

Wo war ich? David klickte vor zur nächsten Seite der Präsentation.

»GSM bietet Raum für eine Menge personalisierter Daten«, fuhr er fort, »mit deren Hilfe User über ihre Mobiltelefone Anwendungen steuern können, die sogar mit einer Bezahlfunktion ausgestattet sein könnten.«

Wieder surrte es durch die Lautsprecher, diesmal allerdings nur kurz.

»Entschuldigung …«

David nahm das Handy und rief die Nachricht auf.

»Incubus landet heute Nacht. Antworte J für Ja.«

Er musste mehrmals schlucken, krallte sich regelrecht ans Rednerpult. Incubus. Der Dämon, der einem Albträume bescherte, die für alle Zeiten andauerten.

Was sollte er tun?

Ihm war klar, dass er im Grunde keine Wahl hatte. Aber wenn er machte, was Ray wollte, hätte er sich irgendwann aus dessen Griff befreit, und sein Leben würde wieder in die Normalität zurückkehren.

Er tippte ein J und drückte auf Senden.

5

Er solle aufs Tempolimit pfeifen, hatte Max dem Taxifahrer gesagt. Trotzdem kam es ihm so vor, als würden sie bloß in Zeitlupe vorankommen. Er starrte aus dem Fenster auf die Häuser an der Straße und auf die Menschen, die aus diversen Geschäften in Richtung U-Bahn schlenderten. All das in der grauen Februardämmerung.

Wieder rief er Paschies Nummer auf. Zum wievielten Mal, hätte er nicht sagen können. Wieder nur die Bandansage.

Was ist passiert, Paschie?

Mit einigem Glück hatte Sarah ein Strandgrundstück auf Tyresö ergattert, einer Halbinsel im Süden Stockholms. Ein Stück Sandstrand mitsamt Steg, an dem ein Segelboot anlegen konnte, plus Bootshaus. Die alte Hütte hatte sie abreißen und ein neues Haus errichten lassen, das ihre Liebe zu Schweden und zur schwedischen Architektur widerspiegelte: offene Räume, riesige, deckenhohe Fenster.

Eine junge Frau machte die Tür auf.

»Du bist bestimmt Max?«, fragte sie und lächelte ihn zaghaft an. »Sarah meinte, sie erwartet dich unten am Bootshaus.«

»Ich finde den Weg schon.«

Er lächelte ihr freundlich zu und kehrte ihr den Rücken. Sie hatte nicht zurückgelächelt.

Die Wiese war nass vom Schmelzwasser, und um nicht in den Schneematsch und die aufgeweichte Erde einzusinken, verlagerte er sein Gewicht, so wie er es als Kind auf

Arholma gelernt hatte, wenn er durch den verschneiten Wald gelaufen war.

Eine beleuchtete Treppe führte nach unten an den Strand. Max zog die Tür zum Bootshaus auf und erspähte am Rand des Bootsstegs einen glimmenden Zigarillo. Die Glut wies ihm den Weg. Der Mond spiegelte sich auf der stillen Wasseroberfläche. Davon abgesehen war es stockfinster.

Sarah saß auf dem Steg und baumelte mit den Beinen. Max setzte sich neben sie. Vom Wasser zog es kalt herauf, doch Sarah schien sich nicht darum zu scheren. Würde sich die Eisdecke noch einmal schließen?

Sie zog an dem Zigarillo.

»Das hier war mir am allerwichtigsten, als wir das Haus gebaut haben«, sagte sie. »Der Platz für die Sauna. Ich hab gehört, dass die Sauna in Schweden schon diverse Ehen gerettet hat. Nur meine nicht, wie sich zeigen sollte.«

Das alles hatte Max schon mal gehört, deshalb entgegnete er nichts. Inzwischen hatten seine Augen sich an die Dunkelheit gewöhnt, und er konnte die Anspannung in ihren Gesichtszügen erahnen.

»Was hat Mischin eigentlich genau gesagt?«, wollte er wissen.

»Er hatte so ein Gefühl, dass irgendjemand in Paschies Büro gewesen ist und etwas gesucht hat.«

Mischin leitete die Wirtschaftswissenschaften an der Staatlichen Universität für Wirtschaft und Finanzen in Sankt Petersburg. Die Fakultät war mit der Unterstützung von Vektor aufgebaut worden.

Max war an der Planung der dortigen Vektor-Außenstelle beteiligt gewesen. Sich vor Ort an russische Militärakademien anzuschließen war tabu, und auch das Institut für Politikwissenschaften wäre ihnen zu heikel gewesen.

Am Ende war Charlie Knutsson, der Vektor-Vorstandsvorsitzende, auf die Idee gekommen, sich an eine wirtschaftswissenschaftliche Fakultät zu wenden. Immerhin konnte man in Russland endlich auch offen über marktwirtschaftliche Themen und Unternehmertum sprechen, und beides waren grundlegende Faktoren, die eine demokratische Entwicklung vorantreiben konnten.

»Was meinst du, könnte sie zu Verwandten gefahren sein?«, fragte Sarah.

Max schüttelte den Kopf.

»Nicht ohne Bescheid zu sagen.«

Sarah zog erneut an ihrem Zigarillo und warf dann den Stummel ins Wasser. Mit einem Zischen erlosch er. Dann drehte sie sich vom Wasser weg und sah Max an.

»Woran arbeitet Paschie im Moment?«

»Sie untersucht die Wechselbeziehungen zwischen jüngeren Privatunternehmen und den unterschiedlichen politischen Kampagnen. Wühlt sich durch die Firmenlisten, die sie von uns bekommen hat.«

»Um was herauszufinden?«

»Wer wen unterstützt. Welche Unternehmen von der Liste je nach Wahlausgang in der Versenkung verschwinden könnten. Wie sie in diesen unruhigen Zeiten ihre Geschäfte führen.«

»Weißt du, um welche Unternehmen es da geht?«, hakte Sarah nach.

Max hatte die Liste zur Stellungnahme an ihre Sponsoren und Investoren geschickt. Einige Unternehmen hatte er selbst, andere hatten ihre Geldgeber und ein Vorstandsmitglied hinzugefügt.

»Teilweise. Ich kenne nicht alle«, antwortete er.

In letzter Zeit war er mit anderen Dingen beschäftigt gewesen. Aber wie sollte er das Sarah verständlich machen?

Die Planken knarzten, als er sein Gewicht verlagerte.

Worüber schwiegen sie sich eigentlich gerade an? Über die Gefahren ihrer Arbeit – gerade in instabilen Zeiten, gerade wenn man bereit war, Risiken einzugehen? Dabei war Paschie weder naiv noch unvorsichtig. Mit dünnem Eis konnte sie umgehen. Und auch wenn es ihre Arbeit mit sich brachte, dass sie es gelegentlich mit gefährlichen und obendrein gewaltsamen Akteuren zu tun hatten, wurden Drohungen nur äußerst selten wahr gemacht.

Was hatte trotzdem dazu geführt, dass Paschie gleich zwei Meetings an ein und demselben Tag versäumt hatte? Sie war in vielerlei Hinsicht chaotisch und spontan, aber einen Geschäftstermin hatte sie noch nie verpasst. »Man verschwendet nicht anderer Leute Zeit, Max«, hatte sie immer wieder gesagt.

»Mischin hat darüber nachgedacht, zur Polizei zu gehen, war aber nicht gerade optimistisch«, fuhr Sarah fort.

Und das wäre wirklich Zeitverschwendung, das wussten sie beide.

»Von hier aus können wir nichts tun«, murmelte sie. »Wir können nicht einmal die Schwedische Botschaft kontaktieren, weil sie keine schwedische Staatsbürgerin ist.«

»Ich fahre morgen hin«, sagte Max. »Das sieht Paschie gar nicht ähnlich. Irgendetwas ist da passiert.«

Den Beschluss hatte er bereits im Taxi gefasst.

Sarah hatte ihm zwar das Gesicht zugewandt, trotzdem konnte er ihre Miene nicht deuten. Vermutlich war das auch der Grund, warum sie ihn hier draußen in der Dunkelheit hatte treffen wollen – so musste sie weder seinem Blick begegnen noch wegsehen. Sie hätte ihn weder dazu zwingen noch daran hindern können, nach Sankt Petersburg zu fliegen. Insofern war auch kein weiteres Wort zu diesem Thema nötig.

Die Vektor-Geldgeber erwarteten den letzten Lagebericht

in der Woche vor der Wahl, die inzwischen so nah bevorstand, dass das Timing langsam, aber sicher kritisch wurde. Sie konnten sich keine Verzögerungen oder Reportlücken mehr leisten. Es standen große Investitionen auf dem Spiel.

Doch Max wollte sich nicht verrückt machen. Womöglich war Paschie wirklich einfach nur aufs Land gefahren, wo sie keinen Handyempfang hatte, vielleicht um dort auch noch die allerletzte Person aufzuspüren, die ihr helfen würde, die Wahlkampfmaßnahmen in der jeweiligen Gegend zu verstehen. Vielleicht würde er sie ja auch in ein Buch vertieft in irgendeiner traditionsreichen Bibliothek antreffen.

Trotz allem herrschten unsichere Zeiten in Sankt Petersburg. Das Risiko, dass etwas richtig Schlimmes passiert war, war einfach zu groß. Wenn er nur daran dachte, drehte sich ihm der Magen um.

Er selbst würde das Briefing für diesen Auftrag schreiben. Und er würde sich selbst darum kümmern müssen, bei der Suche nach Paschie Hilfe zu organisieren, ohne dabei seine eigene Sicherheit aufs Spiel zu setzen. Er mochte es nicht, zu solchen Reisen derart schlecht vorbereitet aufzubrechen, aber er hatte keine Wahl – und er war dafür ausgebildet worden zu improvisieren.

»Gibst du Mischin Bescheid, dass ich komme?«

Sarah nickte.

»In Polen sagen wir: Die Wahrheit ist eine Droge, die man genau dosieren muss«, meinte sie.

»Das gilt für alle Drogen, die ich nehme.«

6

Manchmal gab es einfach nichts Heilsameres als Stille. Wenn Stimmen und Geräusche ihm keine Ruhe ließen, sehnte er sich nach nichts mehr als nach Stille. Doch dann gab es da auch diese ganz bestimmte Art der Stille, die er nie hatte abschütteln können. Da waren selbst Schreie und Detonationen besser.

Von dieser ganz bestimmten Stille wachte Carl Borgenstierna auf. Sie katapultierte ihn um Jahrzehnte zurück: in den Februar 1944, zu jenem Abend, an dem mit einem Mal aller Motorenlärm verstummt war und nur noch lautlose Flugzeuge über Stockholm gekreist waren.

Das war jetzt zweiundfünfzig Jahre her.

Die Krankenschwester hatte dafür gesorgt, dass er es bequem hatte. Hatte ihm die Fernbedienung erklärt, mit der er das Kopfende seines Bettes hoch- und runterfahren konnte. Das Bett stand etwas zu nah am Fenster, aber damit hatte er sie nicht behelligen wollen. Nicht jetzt.

Zumindest war er endlich die Sauerstoffmaske los. Die Schwester hatte ihm mit einem Lächeln im Gesicht erklärt, dass sie die gleichen Masken auch für Frühchen verwendeten. Womöglich hatte sie ihn damit aufheitern wollen, nur hatte dies bei ihm den gegenteiligen Effekt gehabt.

Immer wieder fiel Borgenstierna in einen medikamentenbefeuerten Schlaf. Ihm gegenüber an der Wand hingen ein paar Kunstdrucke. Bruno Liljefors. Carl Larsson. In seinem Elternhaus in Gamla stan hing die Replik eines berühmten

Kurbitsbildes. Darauf war das Leben als Treppe zu sehen, auf der man erst hinauf- und dann wieder hinunterstieg. Jede Stufe symbolisierte ein Jahrzehnt. Der höchste Punkt entsprach der fünfzig, und dahinter führte die Treppe hinab bis zur letzten Stufe, der neunzig.

Auf jeder Stufe standen ein Mann und eine Frau, die einander an den Händen hielten. Auf den ersten Stufen sahen sie noch jugendlich aus und standen kerzengerade da, während sie auf den letzten Stufen alt und krummgebeugt waren. Der Mann und die Frau verbrachten ihr ganzes Leben miteinander, Seite an Seite, bis ins Grab.

Unter der Treppe wuchs ein dicht belaubter Baum, und links davon hockte ein nacktes Kind auf der Erde. Zur Rechten des Stammes – direkt neben der letzten Treppenstufe – stand ein Skelett mit einer Sense in der Hand. Der Tod.

Der Lauf des menschlichen Lebens, von der Wiege bis zur Bahre.

Den Baum hatten sie in das Logo der Ostseestiftung integriert – jener Stiftung, der Carl Borgenstierna den Großteil seines Lebens gewidmet hatte. Er sah zum Nachttisch hinüber, zu den beiden Gegenständen, die in seinem Leben eine so wichtige Rolle spielten. Das Album, das er von Wallentin bekommen hatte. Mit der violetten Lilie auf der Vorderseite. Und dann ihr Foto. Sie hatte lediglich auf einer einzigen Stufe mit ihm auf der Alterstreppe gestanden. Anderthalb Jahre – mehr war ihnen nicht vergönnt gewesen. Das war mittlerweile über fünfzig Jahre her. Da hatten *sie* ihr ein Ende gesetzt – ihr und ihren gemeinsamen Träumen.

Vor einigen Tagen hatte ihn jemand besucht, während er dagelegen und geschlafen hatte. Ein junger, gut aussehender Mann, vielleicht fünfundzwanzig, dreißig Jahre alt. Die Krankenschwester hatte erst angenommen, er wäre ein Verwandter oder Freund. Doch dann erzählte sie, dass er von irgendeinem Institut in Stockholm gekommen sei, das mit Carl Kontakt aufnehmen müsse.

Institution, nicht Institut, dachte Carl. Und zwar Vektor. Ich selbst war an der Gründung beteiligt.

Der junge Mann, von dem die Krankenschwester erzählt hatte, hatte zuvor bereits mehrere Briefe geschrieben und an Carls Familiensitz in Gamla stan geschickt.

Ich weiß genau, wer du bist, Max Anger. Wenn ich deine Kontaktanfragen beantwortete, würde ich dich damit in den sicheren Tod schicken.

Und dein Überleben ist das Einzige, was ich noch habe.

Stockholm, im April 1943

Noch während Carl Borgenstierna durch das verspiegelte Foyer des Opernhauses hetzte, schälte er sich aus dem Mantel.

Wallentin lehnte an einem Tischchen und musterte ihn vom Kopf bis zu den Zehen.

»Na, in Eile?«

»Kein bisschen.« Carl sah auf seine Armbanduhr. »Neun Minuten. Wir haben noch Zeit.«

»Ja, ja. Hier, probier das.«

Wallentin drückte ihm eins von zwei Gläsern mit einem Rum-Cola-Getränk in die Hand, die auf dem Tisch gestanden hatten. Carl musste grinsen. Wallentin hatte wirklich jederzeit die neuesten Trends im Blick. Die Wahl des Getränks war genauso vorhersehbar gewesen wie die weiße Smokingjacke.

»Also, wo soll es hingehen, Wolfgang? In den Pazifik?«

»Die Insel heißt Costadero.« Wallentin warf einen Blick in das Programmheft, das auf dem Tischchen lag. »Dort lernen wir das Indiomädchen Zorina und den gut betuchten Don Pedro kennen.«

»Lass mich raten. Die kleine Zorina ist kreuzunglücklich, weil sie einen reichen Mann heiraten muss, obwohl sie einen anderen liebt?«

Wallentin nippte an seinem Drink und verzog leicht das Gesicht.

»Du suchst dir die Liebe nicht aus, Herr Borgenstierna. Die Liebe sucht sich dich aus.«

Carl schüttelte den Kopf. Er nahm noch einen letzten Schluck und stellte das Glas beiseite. Auf der anderen Seite des Foyers hatte eine soeben eingetroffene Gruppe seine Aufmerksamkeit erregt.

»Schau einer an«, sagte er. »Besuch aus Russland.«

Der Mann, der gerade das Foyer betreten hatte, fiel auf: groß gewachsen, stämmig und mit einem ungewöhnlich langen Hals. Er hielt eine junge Frau an der Hand. In ihrem schwarzen Kleid und mit ihren Locken sah sie eher aus wie ein italienischer Filmstar als wie ein armes Mädchen aus dem Sowjetimperium. Die ganze Operngesellschaft schien sie anzustarren.

»Warum ziehst immer du die Spannung an, Borgenstierna?«, fragte Wallentin, während das russische Pärchen geradewegs auf sie zuflanierte.

Das ungleiche Paar war fast bei ihnen angekommen, als die Frau sich plötzlich vorbeugte, um ihr Kleid freizuzupfen, das sich unter ihrem Absatz verfangen hatte.

Als sie sich wieder aufrichtete, trafen sich ihre Blicke.

»Kennt ihr euch?«, wollte der große Mann von ihr wissen.

Er hatte ihre Hand so fest gepackt, als hielte er einen Hund an der Leine. Dann bedachte er Carl mit einem eisigen Blick. Als die Frau den Kopf schüttelte, wandte er sich um und zog sie hinter sich her in Richtung Loge.

Sobald sie ihre Plätze eingenommen hatten, versuchte Carl, die Frau ausfindig zu machen. Sein Herz schlug schneller, als er sie in der Loge neben dem Mann mit dem ungewöhnlichen Aussehen entdeckte.

Sie drehte sich in seine Richtung, und ihre Blicke trafen sich erneut. Carl stockte der Atem. Sie schien regelrecht zu ihm zu sprechen.

Sieh mich nicht an … Bring mich hier weg!

Mittwoch, 28. Februar

7

Die Hündin zerrte derart an der Leine, dass Sergei Gatschow schon glaubte, sie würde ihn hinter sich her ins Meer ziehen. *Was in aller Welt ist heute mit dir los, Scharik?* Er sah sich um. Waren hier in der Dämmerung noch andere Hunde unterwegs? Doch alles, was er sehen konnte, war die verwaiste, baufällige Strandpromenade entlang des einstigen Marinestützpunktes am Stadtrand von Sankt Petersburg, in dem früher einmal jede Menge los gewesen war.

Scharik war Gatschows einzige Freundin im Leben. Sie folgte ihm überallhin, ob in den Hörsaal oder auf die Toilette, und verlieh seiner ansonsten recht eintönigen Existenz eine gewisse Lebendigkeit. Er wusste, dass er mit seiner Lebensweise – so ganz ohne jede physische Aktivität – eigentlich nicht zum Besitzer eines kraftstrotzenden Bluthundes taugte, aber ein Leben ohne Scharik konnte er sich nicht mehr vorstellen.

Der beißende Wind, der vom Meer herauffegte, schien die Hündin nicht zu schrecken. Sie hatte eine Fährte aufgenommen, und Gatschow fiel es zusehends schwer, sie zu halten. Er ging in die Hocke und beugte sich zu ihr hinunter.

»Du läufst mir jetzt nicht weg, verstanden? Du bleibst in meiner Nähe.«

Als er sich wieder aufrichtete, tat ihm der Lendenbereich weh.

Du wirst allmählich alt, Sergei.

Am Ende musste er dann doch zusehen, wie Scharik sich

unter dem Zaun vor der Strandpromenade hindurchschob und auf die dünne silbrige Linie am Horizont zulief, die das tiefgraue Meer vom grauen Himmel trennte. Was war heute Morgen nur in sie gefahren?

Am Wasser blieb sie abrupt stehen. Von der Ostsee spülte die flache Morgenbrandung über den Strand. Rund um die Betonpfeiler und Uferkiesel schäumte das Wasser. Scharik warf den Kopf hin und her und fing an zu jaulen.

Gatschow blickte sich um, entdeckte eine Treppe, die hinab zum Strand führte, und schlenderte von dort aus vielleicht zwanzig Meter weiter.Ochariks Jaulen wurde immer durchdringender.

»Still!«, rief er und stapfte durch den Sand. »Du siehst doch, dass ich komme. Andere liegen um diese Uhrzeit immer noch im Bett.«

Das traf sicherlich zu – nur dass in unmittelbarer Nachbarschaft der graffitibeschmierten, fensterlosen sowjetischen Marinebasis, die sich wie ein steinerner Riese in den Himmel reckte, weit und breit keine Menschenseele mehr wohnte. Stumm wachte die alte Anlage über die verrammelten Lagerhallen.

Wieder ging Gatschow neben Scharik in die Hocke, strich ihr über den zitternden Körper und massierte ihr die schmerzende Hüfte.

»Gutes Mädchen«, murmelte er. »Was hat dich denn so aufgeregt?«

Die Antwort fand Gatschow am Spülsaum. *Ein paar Knochen. Na klar. Ein Hund bleibt nun mal ein Hund.*

Doch dann runzelte er die Stirn. Was waren das für Knochen? Er zog einen aus dem seichten Wasser. Von einem einheimischen Vogel stammte der mit Sicherheit nicht. Er war bräunlich und für einen Vogelknochen viel zu dick.

Gatschow hielt sich den Knochen vors Gesicht, drehte

ihn hin und her und ins Licht. Es hingen noch Fleischreste daran, obwohl sich jemand allem Anschein nach mit großem Appetit darüber hergemacht hatte.

Er sah hinunter ins Wasser. Dort lagen noch mehr Knochen und schaukelten in den Wellen, die über die Steine schwappten. Gatschows Magen krampfte sich zusammen, und Schariks dumpfes Winseln rückte in weite Ferne. Das sah doch aus wie ein Brustkorb?

Er drehte sich um. Beobachtete ihn jemand, oder war das bloß eine Erinnerung aus der Vergangenheit, die ihn gerade heimgesucht hatte? Die von dieser Entdeckung wieder wachgerufen worden war?

Als blutjunger Student hatte Gatschow im Rahmen eines Forschungsprojektes mehrere entlegene Gegenden in der Ukraine besucht, wo in den Dreißigern eine entsetzliche Hungersnot geherrscht hatte. Dort hatte er Gräber mit menschlichen Überresten gefunden – Überresten von Verhungernden, die anderen Verhungernden zum Opfer gefallen waren.

Die Bilder aus der Ukraine hatten sich für alle Zeiten in sein Gedächtnis eingebrannt. Die Menschen dort waren unfassbar verzweifelt gewesen.

Konnte das wirklich stimmen? Oder bildete er sich das gerade ein?

Der Knochen in seiner Hand und die im Wasser stammten ohne jeden Zweifel von einem Menschen.

Es war genau wie damals. Im ukrainischen Hinterland.

Holodomor.

Wieder krampfte sich sein Magen zusammen, und diesmal konnte er nicht mehr dagegen ankämpfen. Er ließ den Knochen fallen und beugte sich vor. Leerte seinen Magen.

Irgendwann ließen die Krämpfe nach, und er spürte, wie Scharik ihn anstupste. Leise winselte. Behutsam tätschelte er sie und wischte sich mit der anderen Hand den Mund ab.

Fünf Jahre nach dem Fall der Sowjetunion. War es wirklich wieder *so schlimm* geworden?

Gatschow griff nach Schariks Halsband und leinte sie wieder an. *Ist ja gut, feines Mädchen.* Ihm war klar, dass er die Polizei nicht rufen konnte. Das hier durfte er nur mit seinen alten Vertrauten teilen.

Gatschow warf einen letzten Blick aufs Meer.

»Komm, Scharik«, sagte er. »Zeit, wieder nach Hause zu gehen.«

8

Von seinem Fensterplatz aus hatte Max die Flugroute über die Ostseeinseln verfolgt. Er konnte sie fast alle benennen.

Die Stockholmer Schären hatten sie längst hinter sich gelassen. Trotzdem war Max in Gedanken immer noch dort. Er konnte sich noch gut erinnern, wie allgegenwärtig sich die Bedrohung aus dem Osten während seiner Kindheit angefühlt hatte.

Als er noch ein kleiner Junge gewesen war, war er oft den Schotterweg hinauf zur Norra gefahren, hatte sein Fahrrad hinter einem Baum versteckt und war dann über die Klippen und an den Warnschildern vorbeigestreift, um einen Blick auf die Batteri Arholma zu erhaschen – eine geheime Küstenverteidigungsanlage, von der alle auf der Insel wussten. Einmal hatte alles um ihn herum angefangen zu wackeln, noch während er auf den Klippen saß und übers Meer blickte. Es hatte so geklungen, als hätte sich ein gigantisches eisernes Zahnrad in Bewegung gesetzt. Max war aufgesprungen und weiter auf die Klippen hinausgelaufen. Im selben Moment hatte sich der Fels aufgetan, und ein riesenhafter Arm hatte aufs Meer gezeigt. Gen Osten.

Es war die größte Kanone, die Max jemals gesehen hatte. Ein unversehens erwachter Drache, der seinen Zorn über das weite, wogende Meer gerichtet hatte. Dann lösten sich mehrere Schüsse, und um ihn herum bebte die Erde. So schnell er konnte, rannte Max zurück zu seinem Fahrrad, und noch während er den Abhang hinabraste, kreisten die

Fragen in seinem Kopf. *Warum wohnt da eine Kanone im Berg?*

Ein paar Jahre später war er wieder dort. Er und Papa standen nebeneinander vor dem Zaun, der um die Anlage herum verlief, und Papa unterhielt sich mit dem Mann auf der anderen Seite. Der Mann sah sich um und machte dann das Tor für sie auf. Max hatte ihn schon ein paarmal bei ihnen zu Hause in der Küche sitzen sehen: Papa und er hatten Poker gespielt und sich eine Flasche Whisky geteilt.

Der uniformierte Mann führte sie über einen Weg bis zur höchsten Erhebung. Jenseits des Ufers mit zwei großen Birken erstreckte sich der weite Horizont. Als sie sich der Kuppe näherten, streckte Papa die Hand nach Max aus und flüsterte ihm zu: »Du weißt, was ich zu dir gesagt habe. Kein Wort zu niemandem.«

Der Offizier hob ein tarnfleckiges Gumminetz hoch, das den Eingang zu einer Felskammer verdeckte. Der Durchgang erinnerte an eine Grotte. Als die schwere Tür hinter ihnen zufiel, war mit einem Mal alles pechschwarz. Max griff nach Papas Unterarm und presste sich an ihn.

Irgendwann erreichten sie eine zweite schwere Metalltür. Sowie der Mann sie aufgeschlossen und das Licht eingeschaltet hatte, drehte er sich zu Papa um.

»Fünfzehn Minuten, haben wir gesagt.«

Papa nickte und schob Max über die Schwelle. Von der Kammer aus wanderten sie schweigend weiter durch ein Labyrinth aus Gängen, kamen an einem Krankenzimmer vorbei, an einem OP, am Schlafsaal und am Speisesaal. An einer Wand entdeckte Max eine Tafel, auf der stand, dass hier während der kritischsten Tage im Kalten Krieg bis zu einhundertzehn Mann beschäftigt gewesen waren. Die gesamte Stellung war in den Fels gesprengt worden.

Papa deutete in einen angrenzenden Raum.

»Das da ist das Herzstück der Anlage. Die Kommandozentrale. Hier werden sämtliche Informationen aus den Radarstationen zusammengetragen, und hier wird auch der Feuerbefehl gegeben.«

Und wieder sah Max den großen Drachen vor sich, der ihn in seinen Träumen immer noch heimsuchte.

»Warum gibt man denn einen Feuerbefehl?«

Papa ging vor ihm in die Hocke.

»Dort draußen gibt es einen mächtigen Feind. Einen Feind, den wir niemals aus den Augen lassen dürfen. Wir Inselbewohner haben eine Verantwortung für Schweden, eine Verantwortung, die uns der König übertragen hat. Irgendwann wirst du das auch verstehen, und dann musst du alles tun, um dein Land zu verteidigen.«

Er strubbelte Max durchs Haar.

»Du kennst doch Brote-Erik, der unten neben der Kirche wohnt?«

Max nickte. Der alte Mann saß immer auf seinem Traktor neben dem Kaufladen und wartete auf Tagesbesucher aus Stockholm, die er über die Insel fahren konnte. An seinem Traktor hing sogar ein Schild, auf dem *Inseltaxi* stand.

»Eriks Familie lebt auf dieser Insel schon seit Hunderten von Jahren«, erklärte Papa. »In seiner Familie erzählt man immer noch, wie die Russen die Insel besetzt und alles in Brand gesteckt haben. Die Kerben in den Klippen hast du doch gesehen, oder?«

Max nickte erneut. Überall auf der Insel waren in der Zeit der sogenannten Russeninvasion Kerben in den Fels geschlagen worden: sowohl von den russischen Angreifern als auch von fliehenden Schweden. Sie erinnerten an die Hölle, durch die sie damals gegangen waren.

»Wir hier vor der Küste haben dem Feind damals ins Auge

geblickt«, erklärte Papa. »Nur wir wissen, wozu er tatsächlich imstande ist. Wenn alle anderen das vergessen, dann sind wir diejenigen, die sich erinnern müssen. Deshalb ist es auch so wichtig, dass du diese Anlage hier kennst.«

Papa stand wieder auf und marschierte tiefer in die Anlage hinein zu einer schmalen Wendeltreppe, die nach oben führte.

»Warum ist denn keiner hier?«, wollte Max wissen.

Papa blieb auf der Treppe stehen und drehte sich um.

»Die Armee zieht sich von Arholma zurück, Max, weil sie dort der Meinung sind, der Krieg wäre vorbei.«

»Und stimmt das?«

Papa schüttelte den Kopf.

»Er hat noch gar nicht angefangen.«

Dann ging er weiter die Treppe hoch, bis sie oben ankamen – im Hirn des Drachen. Mit Bewunderung musterte Papa die großen Artilleriegeschosse, die in die riesige Kanone eingeführt wurden. Die messingfarbene Munition schimmerte in der gedimmten Beleuchtung der Lafette.

Papa hob eins der Geschosse hoch und demonstrierte, wie man die Kanone lud.

»Auf Ovanskär gab es noch so eine«, erklärte er, »aber die haben sie schon abtransportiert.«

Max sah sich um. Die rückwärtige Wand war voller Knöpfe und Hebel. Für einen türkisfarbenen Hebel waren zwei mögliche Positionen vorgesehen. Im Augenblick lag er über einer Markierung mit dem Wort *Frieden.* Über der anderen Position stand *Krieg.*

Papa legte Max die Hand auf die Schulter.

»Tatsächlich geht es nicht um die Frage, ob der Krieg angefangen oder aufgehört hat. Es geht um die Frage, ob wir willens sind, unser Land zu verteidigen. Zu jeder Zeit, in jeder Lage, um jeden Preis. Bist du dazu bereit, Max?«

War er das wirklich? Damals hatte Max seinem Papa keine Antwort geben können.

Endlich tauchte im Flugzeugfenster die weitläufige Stadt am Finnischen Meerbusen auf. Bloß eine Stunde entfernt ... Er hatte Erfahrungen im Krieg gesammelt, wie vor drei Jahren in Bosnien, als ein junger Mann aus Luleå vor seinen Augen ums Leben gekommen war.

Nichts war schlimmer als Krieg. Trotzdem gab es Dinge, die Max unter allen Umständen verteidigen würde. Bekämpfen würde. Zu jeder Zeit, in jeder Lage, um jeden Preis.

In der Ankunftshalle standen überall Männer in dicken Wintermänteln und mit großen Pelzmützen herum und Frauen, um deren Beine Kinder sprangen. Die Mentalität war hier tatsächlich eine andere. Die Gesichter, in die er blickte, waren zwar müde und grau, aber die wachen, neugierigen Augen schienen allesamt nur ihn wahrzunehmen.

Ausgerechnet das Gesicht, das Max bei seiner Ankunft in Sankt Petersburg am liebsten gesehen hätte, das jedes Mal eine solche Lebendigkeit ausstrahlte – dieses Gesicht glänzte durch Abwesenheit.

Paschie, wo steckst du?

Max ging in die Hocke, um die Schnürsenkel seiner schwarzen Lederschuhe festzuziehen. Sie waren perfekt verknotet, und auch die Schuhcreme vom Morgen glänzte noch. Er blickte nach links und rechts, zu den Menschen in der Ankunftshalle und zwischen ihnen hindurch. Suchte mit dem Blick den Mann, der im Flieger auf der anderen Seite des Mittelgangs gesessen und Max neugierig gemustert hatte, während der erneut Sarahs Unterlagen durchgesehen hatte. Und er hielt nach dem Zollbeamten Ausschau, der ihn ein wenig zu lang angestarrt hatte.

Er schwitzte in seinen warmen Wintersachen. Trotzdem

stellte er am Ende fest, dass anscheinend beide Männer das Interesse an ihm verloren hatten.

Er atmete tief durch. Es war wieder so weit.

Russland.

Max rutschte auf die Rückbank seines vorbestellten Taxis. Der Fahrer drehte sich zu ihm um, doch Max hob abwehrend die Hand, um ihm zu signalisieren, dass ihm der Sinn nicht nach einem Gespräch stand. Brummelnd schüttelte der Fahrer den Kopf, trat das Gaspedal durch und fuhr los.

Vor den Wechselstuben entlang der breiten Straßen rund um den Flughafen Pulkowo hatten sich Schlangen gebildet. In der Haltung der Menschen, an denen das Taxi vorbeifuhr, erahnte Max einen gewissen Stolz.

Anfangs blieb sein Blick an jedem Rücken einer jungen Frau, an jedem Mantel und an jeder Mütze hängen, die aussah, als könnte sie Paschie gehören.

Er konnte sogar ihre Stimme hören.

»Hier wird sich niemand zurücklehnen, Max. Diese Chance lässt sich keiner entgehen. Kein Präsidentschaftskandidat, kein Oligarch, keine der kleinen Buden an der Straße. Jetzt oder nie. Das musst du begriffen haben, wenn du reich werden und zur russischen Zukunft gehören willst. Diejenigen, die am Gleis stehen bleiben und dem Zug nachschauen, sind zu Armut und Elend verdammt. Und dazu, für alle Zeiten der Vergangenheit anzugehören.«

Als sie sich zuletzt getroffen hatten, hatte Paschie begeistert darüber gesprochen, wie sie sich die Zukunft Russlands vorstellte. Er hatte versucht, ihr zuzuhören, hatte sich aber nicht richtig konzentrieren können, zu sehr hatte ihn das beschäftigt, was er herausgefunden hatte. Sein Leben lang hatte er sich gefragt, wer seine Großeltern gewesen waren, und jetzt spürte er, dass er der Antwort näher war denn je.

Am Ende hatte er es nicht länger für sich behalten können. Er hatte Paschie von den beiden Männern erzählt, deren Namen er seit seiner Kindheit kannte und auf die alles zuzulaufen schien, was er bei seinen Nachforschungen über die Herkunft seines Vaters in Erfahrung gebracht hatte. Der Rechtsanwalt Carl Borgenstierna und der Arzt Wolfgang Wallentin hatten eine Stiftung ins Leben gerufen, die seit 1944 dafür gesorgt hatte, dass Max' Familie Jahr für Jahr eine ansehnliche Summe erhielt. Allerdings war nur noch Borgenstierna am Leben.

Wie immer hatte Paschie ihm neue Blickwinkel eröffnet und Zusammenhänge hergestellt, die er selbst nicht gesehen hatte. Und wie immer mit dieser besonderen Wärme in der Stimme. Mit dieser Intensität. Sie war es gewesen, die ihm zugeraten hatte, Borgenstierna aufzusuchen und von Angesicht zu Angesicht mit ihm zu reden.

Max zählte die Ladengeschäfte auf dem Weg vom Flughafen. Alles in allem neun, eine Buchhandlung, ein Loch in der Wand, wo raubkopierte CDs verkauft wurden, ein Elektronikgeschäft, ein paar Kioske, die diverse Wodkasorten verkauften, und drei Lebensmittelläden: zwei mit einheimischen Produkten und ein anscheinend gerade neu eröffneter finnischer Laden mit Importwaren.

Die wenigen Passanten, die unterwegs waren, hetzten in wärmender, gefütterter Kleidung die Straße entlang. Hier war es kälter als in Stockholm. Der Winter hielt länger an, und wenn der Frühling irgendwann kam, war er aufgrund des kalten Ostseeklimas unangenehm und nass.

Der Wagen fuhr am Newski Palace Hotel vorbei, dem Luxushotel, in dem erst wenige Tage zuvor bei einer Schießerei ein unbeteiligter englischer Geschäftsmann ums Leben gekommen war. Wenn es dem Engländer rechtzeitig gelungen wäre, seine Rechnung zu begleichen und aus der Schusslinie zu verschwinden, wäre in den ausländischen Medien von diesem Vorfall kaum berichtet worden, denn dann hätten die Kugeln nicht ihn, sondern die zwei russischen Gangster getroffen, die hinter ihm gestanden hatten, und das Ganze wäre als einer von unzähligen Auftragsmorden im Sankt Petersburger Milieu zu den Akten gelegt worden.

Inzwischen waren ein paar Tage vergangen, und die Stadt war wieder zur Normalität zurückgekehrt. Die Tische hinter den Fenstern waren wieder voll besetzt, und von der Schießerei war keine Rede mehr.

Der Gribojedow-Kanal, der das Universitätsgelände säumte, lief senkrecht auf den Newski-Prospekt zu, die Hauptschlagader der Stadt. An der Ecke Gribojedow-Newski stand die weltberühmte Kasaner Kathedrale, die aussah wie ein toter brauner Hummer, der seine Scheren vor sich ausstreckte. Das Fleisch hatte man aus ihm herausgeschnitten, der alte Sakralbau war in ein Museum für Religionsgeschichte verwandelt worden. Vierzig Jahre lang hatte es der antireligiösen Propaganda gedient. Mittlerweile war das Gebäude so marode, dass es hatte geschlossen werden müssen.

Auf dem Platz, der von den majestätischen Säulenreihen der alten Kathedrale umrahmt wurde, stand ein Mann mit einem Megafon vor Hunderten von Menschen, die rote Fahnen schwenkten und Plakate mit Lenins Konterfei hochhielten. Max konnte nur einen kleinen Teil der Menschenmenge zwischen den Säulen sehen, aber er wusste auch so, wer diese Leute waren. Bürger, deren Lebensumstände sich radikal verschlechtert hatten. Früher hatten sie staatliche Urlaubsscheine erhalten, mit denen sie in Badeorte an der Schwarzmeerküste fahren konnten. Jetzt, da sie frei waren, konnten sie es sich nicht einmal mehr leisten, in ihren Wohnungen zu bleiben. Freiheit war einfach nichts wert, wenn man ein unfreies Leben führte.

9

Das Erste, was Sarah Hansen spürte, war die warme Schwere. Langsam schlug sie die Augen auf und musste lächeln, als ihr dämmerte, dass Gabbis Arm quer über ihrem Bauch lag. Die Härchen darauf kitzelten ihre nackte Haut. Aber was hatte sie geweckt?

Vorsichtig wand sie sich aus Gabbis Umarmung. Sie nahm ihren blauen Kimono mit dem Drei-Kronen-Muster vom Schlafzimmerboden, setzte sich die Brille auf und schlich dann über den violetten Wollteppich, der den ganzen Flur bedeckte, zu den Kindern.

Lisa schlief wie immer in einem Meer aus Kuscheltieren. Sarah wurde warm ums Herz, als sie ihre Tochter dort liegen sah – in Sicherheit gehüllt. Und auch Björn schlief tief und fest, eingewickelt in seine Decke, die mit Pocahontas-Figuren bedruckt war. Die kleinen Plastikfiguren von Woody und Buzz Lightyear aus *Toy Story* warteten am Boden darauf, dass der kleine Indianer wieder aufwachte.

Lisa und Björn Hansen.

Sarah hatte bei der Hochzeit Lisettes Namen angenommen. Fast ein Vierteljahrhundert lang hatte sie Sarah Balcerak geheißen, und dann war sie für knapp zehn Jahre Sarah Hansen gewesen. Und jetzt? Sollte sie sich wieder in Sarah Balcerak zurückverwandeln, oder würde das die Kinder durcheinanderbringen?

Das Wasser unten am Steg glitzerte in der Sonne. So früh an einem derart schönen Wintermorgen aufzuwachen bedeutete für sie pures Glück. Bevor die anderen aufwachten, wollte Sarah sich mit einem großen Becher starkem Kaffee ein paar Minuten Frühstücksfernsehen gönnen.

Mit der Fernbedienung von der Kücheninsel schaltete sie den Küchenfernseher ein. Dann gab sie frisch gemahlenen Kaffee in die Kaffeemaschine. Ihre Gedanken wanderten zu Max. Wann war sein Flieger nach Sankt Petersburg gestartet? Was er wohl gerade machte?

Dann erregte die Meldung des Morgens ihre Aufmerksamkeit. Auf dem TV-Sofa saß Frank Ståhl, Sprecher des Telefonanbieters Telia, der sich auch oft bei Vektor-Veranstaltungen sehen ließ. Er entschuldigte sich bei den Zuschauern für die Probleme, die infolge eines fehlerhaften Signals an dreihunderttausend Mobilfunkkunden entstanden waren. Ein Signal, das irrtümlich sämtliche persönlichen Daten von den Telefonen gelöscht hatte.

Frank Ståhl versicherte, man habe die Lage unter Kontrolle und etwas Vergleichbares werde nicht wieder vorkommen. Zum Zeichen des Bedauerns und als Eingeständnis der Verantwortlichkeit werde Telia für ihre Kunden die Grundgebühr für einen Monat übernehmen – und zwar nicht in Form einer Gutschrift, sondern als Gratisverlängerung der Vertragslaufzeit um einen Monat.

Ein bisschen sehr selbstsicher und zu billig, schoss es Sarah durch den Kopf, während gleichzeitig das Gurgeln der Kaffeemaschine verkündete, dass gleich der Kaffee fertig war. War diesem Frank überhaupt klar, wie vorsichtig man mit persönlichen Kundendaten umgehen musste? Er gehörte jener jungen Garde an, die sich in den Sechzigern Revolutionäre genannt und die anschließend Karriere und ein Vermögen gemacht hatten. Und dann die Vorstadt gegen den Stureplan eingetauscht hatten. Das waren die Schlimmsten.

Am Vorabend hatte Sarahs Telefon urplötzlich angefangen, Mucken zu machen, und sie hatte es nicht mehr benutzen können: nicht für ausgehende Anrufe, nicht, um alte SMS aufzurufen – nichts ging mehr. Sie hatte das Handy aus- und wieder eingeschaltet, aber das Telefon war mausetot geblieben.

Und jetzt erzählte dieser selbstverliebte Mistkerl, dass ihre persönlichen Daten flöten gegangen waren?

Was genau war denn flöten gegangen? Die Kontaktdaten ihrer Geschäftspartner notierte sie immer noch in ein altmodisches Adressbuch, das in ihrem Büro lag. Aber was war mit ihren privaten Kontakten? Auf dem Handy hatte sie die Nummern der Eltern von Lisas Spielkameraden gespeichert, die sie im Ivar-Lo-Park in Stockholm kennengelernt und die sie zu Lisas viertem Geburtstag eingeladen hatten. Die Nummer der Frau, die Sarah im vergangenen Jahr bei einem Mittsommerfest auf einer Schäreninsel kennengelernt hatte – sie hatte Tracht getragen und den Tanz um die Maistange angeführt.

Wer hatte diese Nummern jetzt? Waren sie irgendeinem Fremden in die Hände gefallen oder einfach nur im Cyberspace verschüttgegangen?

Sarah griff nach dem angeschlagenen The-White-Company-Becher und schenkte sich Kaffee ein.

Wieder wanderten ihre Gedanken zu Max. Ausgerechnet jetzt hätte sie gern eine Nachricht von ihm erhalten. Wie üblich hatte er einen auf selbstsicher gemacht – gute Miene zum bösen Spiel – und behauptet, er werde die Sache mit Paschie klären, was immer vorgefallen sei. Doch Sarah hatte ihm angemerkt, wie besorgt er wirklich war.

»Da hängt jemand aber düsteren Gedanken nach«, sagte eine Stimme in ihrem Rücken.

Als Sarah sich umdrehte, stand Gabbi vor ihr. Sie hatte

sie gar nicht kommen hören. Gabbi war bereits vollständig angezogen und hielt ihre Tasche mit der Wechselkleidung in der Hand. Sie war auch ungeschminkt eine der schönsten Frauen, die Sarah je gesehen hatte.

»Guten Morgen«, brachte sie noch rechtzeitig hervor. »Gut geschlafen?«

Gabbi lächelte und sah von Sarah zum Fernseher.

»Ich bin auch eine davon«, sagte sie und nickte in Richtung Bildschirm. »Mein Telefon ist komplett ausradiert.«

»Anscheinend haben sie keinen Schimmer, was passiert ist«, sagte Sarah.

»Da muss ich wohl mal mit meinem IT-Berater sprechen.«

Sarah versuchte, sich ein Grinsen zu verkneifen. Wie Gabbi IT-Berater betont hatte – die Art und Weise sagte einfach alles. Ein Schicksal, das sie mit so vielen Schwestern teilte, die sich noch immer nicht geoutet hatten. Ein solcher Schritt war nicht leicht, das war ihr klar, und womöglich hatte Gabbi gar nicht vor, sich je zu outen. Aber eigentlich spielte das auch keine Rolle. Auf alle Fälle noch nicht jetzt.

»Kaffee?«, fragte sie.

»Nein danke«, antwortete Gabbi. »Ich muss mich langsam auf den Weg machen.«

Sarah nickte. Es war noch ein bisschen zu früh, um sie den Kindern vorzustellen.

10

David Julin schlug langsam die Augen auf und hob vorsichtig den Kopf. Konnte das Geräusch in seinen Ohren erst nicht zuordnen, ehe ihm dämmerte, dass im Wohnzimmer ein Videospiel lief. Er machte die Augen wieder zu und ließ sich in sein Kissen zurücksinken. Nur wenige Stunden zuvor hatte er noch selbst vor einem Bildschirm gesessen und Befehle eingetippt.

»Incubus landet heute Nacht. Antworte J für Ja.«

Hatte er es wirklich getan? Alles, was Ray von ihm verlangt hatte? Bis er zu guter Letzt ins Bett gefallen war, hatte er am ganzen Leib gezittert. Hatte sich hin- und hergewälzt. Hatte nicht einschlafen können, bis der Wecker irgendwann halb vier angezeigt hatte. Die andere Hälfte des Bettes war leer geblieben, sodass er die schweren Seufzer von dort nicht hatte hören müssen.

So kann das nicht weitergehen, dachte er bei sich.

Draußen im Wohnzimmer schrie irgendwer.

Wie spät war es überhaupt? Doch noch nicht mal sieben? Wenn ihre Mutter zu Hause war, wachten die Kinder nie so früh auf.

David schlug die Decke zurück. Anfangs war es ihm noch schwergefallen zu schlafen, wenn sie nicht an seiner Seite lag. Und wenn sie da war, hatte er nie einfach nur neben ihr liegen können, ohne sie auch zu berühren. Ob das Begehren je zurückkommen würde?

Ich bin noch nicht mal fünfunddreißig!

David lief zum Treppenabsatz und schaute nach unten in Richtung Wohnzimmer und Küche. Die Kinder saßen vor dem Fernseher. Caspar spielte NHL-Hockey, und seine kleinen Geschwister sahen ihm mit großen Augen dabei zu. In der Küche hatten sie sich mit den Resten des gestrigen Abendessens versorgt. Die Beweislast war erdrückend … und auf dem gesamten Küchenboden verteilt.

»Guten Morgen!«, rief David, als er das Wohnzimmer betrat.

Keine Reaktion, weder von Caspar noch von Vilma. Nur der kleine Teodor drehte sich zu ihm um.

»Mama?«, fragte er.

David deutete auf das Videospiel auf dem Bildschirm.

»Jetzt schaltest du das aus, Caspar.«

Immer noch keine Reaktion.

»Caspar!«, rief er ein wenig lauter. »Caspar, verdammt!«

Er schnappte sich die Fernbedienung, und Caspar war so überrascht, dass er unwillkürlich nach Davids Arm schlug. Nicht dass es wehgetan hätte. Trotzdem musste David sich zusammenreißen, um nicht loszufluchen. Dann fing Vilma an zu kreischen, und David schlug für einen Moment die Augen nieder, weil er genau wusste, was gleich kommen würde. Im selben Moment begann Teodor zu heulen.

David stellte das Videospiel ab und zappte zu den Morgennachrichten. Als er den Telia-Sprecher Frank Ståhl auf dem Studiosofa sitzen sah, traten das Kreischen und die Proteste seiner Kinder schlagartig in den Hintergrund. *»Eilmeldung: Krise bei Telia.«*

Ihm brach der Schweiß aus, obwohl es dafür viel zu kalt war.

Incubus.

Die beiden Moderatoren nahmen Frank Ståhl ordentlich in die Mangel, doch er beteuerte, dass derlei Schwierigkeiten nicht noch mal vorkommen würden. Sämtliche Fragen zur Glaubwürdigkeit und Spekulationen zu den Auswirkungen auf die nationale Sicherheit wies er weit von sich.

Nationale Sicherheit? Was habe ich getan, verdammt?

Hatte er allen Ernstes geglaubt, dass die Ereignisse der vergangenen Nacht keine Konsequenzen haben würden?

Erneut griff David nach der Fernbedienung und schaltete den Fernseher aus. Dann streckte er sich nach Caspar aus, der sich in seinem Griff wand, und drückte ihn fest an sich, bis der Junge sich langsam entspannte.

»Entschuldige, wenn ich wütend geklungen habe, Caspar. Entschuldige bitte. Ich hab dich lieb.«

Es war das erste Mal, dass er diese Worte laut aussprach, und das erste Mal seit langer Zeit, dass er seinen ältesten Sohn auf diese Weise umarmte.

Er war selbst überrascht, was dies bei ihm auslöste. Hinter seinen Lidern brannten Tränen.

David warf einen Blick auf den schwarzen Fernsehbildschirm, auf das Spiegelbild ihrer beider Körper. Was immer man tat – alles hatte Konsequenzen. Ihm schnürte sich die Brust zusammen, und irgendwann konnte er die Tränen nicht mehr zurückhalten.

Ich war ein Idiot. Aber damit ist jetzt Schluss. Ab sofort mache ich alles richtig. Und zwar für euch.

Die Küchenuhr schlug sieben. Im selben Moment meinte David zu hören, dass ein Auto die Einfahrt herauffuhr.

11

»Was ist das, Wladislaw?«, fragte Max und deutete auf den Arm des Praktikanten.

»Das hier?« Der junge Mann sah auf sein Armband, und Max nickte.

Sie hatten die Willkommensrunde hinter sich gebracht. Nachdem der Institutsleiter der Wirtschaftswissenschaften, Afanassi Mischin, Max sämtlichen Angestellten vorgestellt hatte, war er zu einem Termin weitergeeilt und hatte seinen Praktikanten Wladislaw Bagajew gebeten, sich um Max zu kümmern.

Mischin war zum Professor für Wirtschaftsgeschichte berufen worden, nachdem er sich in seiner Forschungsarbeit ursprünglich mit Militärgeschichte befasst hatte. Innerhalb der Grenzen des Warschauer Pakts hatte er sich in der akademischen Welt einen Namen gemacht und schließlich die Gelegenheit bekommen, die einstige Hochschule für Finanzwirtschaft – die sogenannte FINEC – neu zu etablieren.

Die Räumlichkeiten der jungen Uni stellten das komplette Gegenteil zu den Vektor-Büroräumen dar: Den Geschäftssitz in Stockholm hatten schwedische Innenarchitekten designt – und großzügige Sponsoren finanziert. In der FINEC hatte man stattdessen Überbleibsel aus Sowjetzeiten zusammengeklaubt, die man noch im Keller oder buchstäblich auf der Straße hatte finden können.

Wladislaws Schreibtisch beispielsweise bestand aus einem

großen Pappkarton. Er hielt Max ein Ablagefach hin, in der noch mehr Armbänder lagen.

»Meine Schwester fertigt sie und verkauft sie samstags auf dem Markt.«

»Darf ich mal sehen?«, fragte Max.

Man konnte sehen, dass die Armbänder handgemacht waren – mit großer Präzision und Liebe. So etwas würde man im Westen nirgends kaufen können. Er nahm eins in die Hand. Es bestand aus einem dünnen Draht, auf den zylinderförmige Perlen in Grün, Orange und Silber aufgefädelt waren.

»Verkaufst du die?«

»Klar«, antwortete Wladislaw. »Willst du eins haben?«

»Wie viel?«

»Fünftausend Rubel.«

Die Tür ging auf, und Mischin gesellte sich wieder zu ihnen. Wladislaw sah zu ihm hinüber, und Mischin nickte.

Max ahnte, dass die beiden eine Abmachung getroffen hatten. Dass Mischin seinem Praktikanten diesen Handel durchgehen ließ, weil er ihm vermutlich kein Gehalt zahlen konnte.

Sobald sie ihr Geschäft abgewickelt hatten, geleitete Mischin Max in Paschies Arbeitszimmer und zog die Tür hinter ihnen zu. Max ließ sich auf ihren Stuhl fallen.

»Das ist ihr Schreibtisch.« Mischin stützte sich mit beiden Händen darauf ab. »Wir haben sie seit Freitag hier nicht mehr gesehen.«

»Und immer noch kein Lebenszeichen?«

»Nichts.«

»Haben Sie schon bei ihr zu Hause angerufen?«

»Dort nimmt niemand ab«, erklärte Mischin und räusperte sich. »In letzter Zeit hat sie sich irgendwie zurückgezogen … hat kaum noch mit uns Kaffee getrunken, und um ganz ehrlich zu sein, wissen wir nicht mal genau, was sie aktuell für Vektor getan hat.«

»Paschie holt im Hinblick auf die anstehende Präsidentschaftswahl Informationen ein und analysiert sie«, erwiderte Max.

Außerdem ist sie die Einzige, mit der ich meine Geheimnisse und Hoffnungen teile, dachte er, behielt dies aber für sich.

»Verstehe«, sagte Mischin. »Aber Sie sind Wirtschaftswissenschaftler, oder?«

»So was in der Art.«

Für eine Lektion in Sachen Demokratisierungsbestrebungen waren Russen selten dankbar. Wenn er Mischin jetzt erzählte, was das eigentliche Ziel, die wahre Absicht hinter der Arbeit von Vektor war, würde er da noch unterscheiden zwischen Lobbyarbeit und all dem, was Nachrichtendienste während des Kalten Krieges getan hatten? Mitunter war dieser Grat mehr als schmal – und selbst einem Schweden schwer verständlich zu machen.

Mischin räusperte sich.

»Wie gesagt, wir machen uns große Sorgen.«

»Wir finden sie«, sagte Max. »Könnten Sie jemanden bitten, einmal in der Stunde bei ihr zu Hause anzurufen, bis wir ihre Vermieterin, Frau Bili, ausfindig gemacht haben?«

Mischin nickte und zog sich zurück.

Nachdenklich sah Max sich um. An der Wand zur Linken des Schreibtisches hing eine Pinnwand mit Zetteln und verschiedensten Gegenständen: ein Wimpel der Sankt Petersburger Küstenartillerie, Retschflot. Ein Foto von David Hasselhoff und Pamela Anderson aus *Baywatch*, auf dem quer über Hasselhoffs Stirn FUCK geschrieben stand. Eine leere Chipstüte, aus der es immer noch nach Salz und Zwiebelpulver roch. Außerdem hingen dort eine Kette mit Holzperlen, ein orthodoxes Kreuz und ein Notizzettel, auf den jemand geschrieben hatte: *»Die Leute, die Stimmen abge-*

ben, entscheiden nichts. Die Leute, die die Stimmen auszählen, entscheiden alles.« Ein Zitat von Josef Stalin.

An der Wand gegenüber hing das Werbeposter für einen Skisprungwettbewerb: zwei Sprungschanzen im Sonnenschein, die eine ein Stück länger als die andere. Auf dem Plakat standen ein Datum aus dem vergangenen Jahr und der Name des Austragungsorts: Toksowo. Gut eine halbe Autostunde entfernt, hatte sie einmal erzählt, auch wenn sie immer mit dem Zug nach Hause fuhr.

Wo bist du, Paschie?

Um effizient nach ihr zu suchen, musste er zuallererst eine Art Basis einrichten. Aber wie sollte er das tun – an diesem Institut? Als sie einmal in ein Hotel eingecheckt hatten, hatte Paschie ihn regelrecht ausgelacht. Denn wann immer Max ein Hotelzimmer bezog, verschaffte er sich zunächst einen Überblick darüber, was er dort vorfand, wo im Gesamtgebäude das Zimmer lag, wo sich Zu- und Fluchtwege befanden. Dann erst packte er seine Tasche aus. Ein Schrank mit Kleiderbügeln war ein Muss, und seine Kleidung hängte er immer sofort auf, nichts durfte in seiner Reisetasche bleiben.

»Kann das nicht noch etwas warten?«, hatte sie ihn oft gefragt.

Aber nein. Nur wenn man alles akkurat in Ordnung hielt, sah man, wenn ein Fremder an den eigenen Sachen gewesen war.

Mischin hatte den Verdacht geäußert, dass irgendwer in Paschies Arbeitszimmer gewesen sein könnte – jemand, der hier nicht hätte sein dürfen. Max durchsuchte ihren Schreibtisch, fuhr mit den Fingerspitzen an den Tischbeinen und unter der Tischplatte entlang. Dann zog er eine Schublade heraus und wog sie in der Hand. Sie bestand aus leichtem, billigem Material, hätte wohl kaum zur Verteidigung gedient, wenn ein ungebetener Gast hier eingedrungen wäre. An der Wand neben der Tür war ein Feuerlöscher montiert. Nirgends ein Feuermelder oder eine Axt, wie es in vergleichbaren Gebäuden in Schweden Vorschrift war. Der Feuerlöscher sah uralt aus. Schwer und massiv, wie die Pressluftflasche eines Tauchers. Max wusste, wie man damit im Notfall jemanden bewusstlos schlagen konnte.

Ihm fiel nichts Ungewöhnliches auf. Trotzdem wurde er den Gedanken nicht los, dass jemand hier gewesen war. Geschnüffelt hatte.

Er hielt sich die Hände vors Gesicht und bemühte sich, die Bilder beiseitezuschieben, die sich ihm aufdrängten.

Wenn er Paschie finden wollte, würde er Hilfe benötigen. Außer Mischin und ein paar Kollegen von der Uni kannte er noch eine Handvoll Leute, die er kontaktieren konnte. Insbesondere eine Person kam ihm in den Sinn. Als Austauschstudent während seines halbjährigen Russisch-Intensivkurses hatte er Ilja kennengelernt, einen Tausendsassa und *tolkatsch* von der Uni Moskau. Dort hatte er ein kleines Büro gehabt, und sein offizieller Titel war so etwas Lächerliches wie »Vorsitzender des Sportkomitees« gewesen. Tatsächlich hatte Ilja in seinem Büro alle möglichen und unmöglichen Strippen gezogen: Dort hatten Gadgets und Geldscheine den Besitzer gewechselt, und zwar sowohl Rubel als auch harte Devisen. Ilja hatte einfach alles verkauft: Jeans, Rockmusik, Drogen und Liebe.

Zwei Jahre nach Max' Moskauaufenthalt hatte Ilja dann bei ihm in Stockholm gewohnt. Er war in die Breite gegangen, hatte Muskeln aufgebaut, sah zunehmend verlebt aus. Die Energie war immer noch da, aber sein jugendlicher Leichtsinn war in Zynismus umgeschlagen. Er behauptete, er sei nach Sankt Petersburg gezogen, weil ihn dort eine strahlende Zukunft erwarte, was Max wiederum augenblicklich als Lüge entlarvte. Niemand glaubte allen Ernstes, dass diese Stadt im Westen je die Rolle Moskaus als pulsierendes Herz des neu erwachenden Riesen einnehmen würde. Max argwöhnte vielmehr, dass Ilja die Hauptstadt verlassen hatte, weil er dort in Schwierigkeiten geraten war. Aber darüber hatten sie niemals gesprochen.

Doch wenn er je im Leben einen Freund wie Ilja gebraucht hatte, dann jetzt in diesem Moment.

Er fischte sein Handy aus der Tasche. Seit seiner Ankunft in Sankt Petersburg hatte es sich in kein einziges hiesiges Mobilfunknetz einwählen können. Inzwischen schien es komplett tot zu sein. Er schaltete es aus und wieder ein. Auf dem Display tauchte das Nokia-Logo auf – und blieb hängen. Danach passierte gar nichts mehr.

Er lief auf den Flur und erkundigte sich bei Wladislaw, ob er eins der Uni-Telefone für ein Ortsgespräch benutzen dürfe. Dann zückte er sein Adressbuch und schlug Iljas Nummer nach.

»Ja?«, meldete sich eine Frauenstimme.

»Ist Ilja da?«

Eine lange Pause.

»Wer ist denn da?«, gab die Frau schließlich zurück.

»Ich bin ein alter Bekannter, der mit Ilja Kontakt aufnehmen will.«

»Das will die Polizei auch. Kein Mensch weiß, wo er abgeblieben ist.«

»Könnte ich vielleicht eine Nachricht hinterlassen?«

»Was denn für eine Nachricht?«

»Sagen Sie ihm, er soll Max Anger an der Uni besuchen. Bei den Wirtschaftswissenschaftlern.«

»Ich würd nicht darauf wetten, dass ich sein verdammtes Face je wiederseh«, sagte die Frau. »Aber wenn, dann sag ich schöne Grüße.«

12

Mit ihrem Saab Cabrio bog Gabbi in die Einfahrt zu ihrem Haus in Danderyd ein. Sie stellte den Motor ab und blieb noch im Wagen sitzen, trommelte aufs Lenkrad und ließ erst einmal alles sacken.

Wie jedes Mal verlangsamte sich ihr Puls, als sie das Haus betrachtete. Es war von einem der renommiertesten Architekten des Landes entworfen worden, der sämtliche kritischen Momente beim Bau persönlich überwacht hatte – jeden einzelnen der kompletten sechshundert Quadratmeter.

Damals waren sie unendlich glücklich gewesen.

Gabbi schüttelte den Kopf. Es fühlte sich an, als wäre das Ewigkeiten her.

Während der guten halben Stunde, die die Fahrt von Tyresö bis hierher gedauert hatte, war sie sich vorgekommen wie ein Filmstar – wie Thelma, die sich gerade von Louise verabschiedet hatte. Vorübergehend? Oder für immer? Seit sie das Haus gebaut hatten, hatte sie sich nicht mehr so jung und so lebendig gefühlt.

Was erwartete sie hinter dieser wunderschönen Tür? Die gleiche alte Routine wie immer. Wenn sie im Leben noch irgendwelche Überraschungen erleben wollte, musste sie anscheinend selbst dafür sorgen. Viel zu viele Menschen legten ihr Lebensglück und Schicksal in die Hände eines anderen. Sie nicht.

Sie griff nach der Tasche auf dem Beifahrersitz, in der ihre

Wechselklamotten lagen, schlug die Fahrertür hinter sich zu und ging auf das Haus zu. Irgendjemand hatte Schnee geschippt und den Weg von Eis befreit.

Vor der Tür hielt Gabbi kurz inne. Von drinnen war kein Mucks zu hören. Das Einzige, was sie wahrnahm, war der Wind, der um den großen Wacholder strich, der stattlich hoch und ausladend neben der Haustür wuchs.

Sie atmete tief durch.

Auf dem Schild neben der Eingangstür stand der Familienname, den sie jener überholten Konvention halber angenommen hatte, die nun mal besagte, dass dies von der Frau erwartet wurde. So richtig hatte sie sich nie daran gewöhnt. Der Name gehörte nicht ihr, sondern einer anderen Person.

Julin.

Als sie gerade den Schlüssel ins Schloss schieben wollte, ging die Tür von innen auf.

»Hallo, Mama!«, rief Caspar.

Ein Strahlen breitete sich auf seinem Gesicht aus, als er zu ihr aufblickte und sich ihr in die Arme warf. Irgendetwas stimmte da nicht – hatte er geweint?

»Wie geht es Oma? Ist sie immer noch krank?«

Gabbi hielt Caspar im Arm, und sein kleines Herz wummerte gegen ihren Brustkorb.

»Ihr geht es schon viel besser«, sagte sie und strich ihm übers Haar, das im Nacken noch leicht feucht war.

»Ich hab dich vermisst!«

»Und ich hab dich vermisst.«

Von Caspars warmem Körper ging ihr das Herz auf. Wie war es möglich, seine Kinder so sehr zu lieben und gleichzeitig zu empfinden, was sie gerade empfand? Wie immer es ausgehen würde – die Kinder durften unter keinen Umständen Schaden nehmen.

Ein Schatten fiel auf sie beide, und Gabbi blickte auf.

»Hej, Gabbi. Du bist ja früh zurück! Ich dachte schon, ich würde die Kinder mit zur Arbeit nehmen müssen. Aber jetzt bist du ja da.«

Die Arbeit, die Arbeit … Im kommenden Jahr würde Caspar erstmals Skiferien haben. Würde auch da der Job an erster Stelle stehen?

Sie lächelte ihn an.

»Fahr du nur in Ruhe zur Arbeit, David. Ich kümmere mich hier um alles.«

13

Max trat ans Schlafzimmerfenster der Studentenwohnung, die sie ihm zugewiesen hatten. Von hier aus konnte er die Universität, die Kasaner Kathedrale und den Gribojedow-Kanal sehen.

Strebor, der greise Wachmann des Studentenwohnheims, hatte ihn auf eine Führung durch die Flure im obersten Stockwerk mitgenommen. Dort war kürzlich renoviert worden, alles war blitzblank und funktionell, es gab einen großen Aufenthaltsraum mit Fernseher und Stereoanlage, der an die Gemeinschaftsküche grenzte.

Abgesehen von einigen Kindern, die im Innenhof spielten, war es hier genauso still und leise, wie Max es sich erhofft hatte. Durch den Schneematsch auf dem Asphalt jagten die Kinder mit Zweigen in der Hand einer leeren Bierdose nach.

Er zog den Kleiderschrank auf, zählte die Kleiderbügel und kontrollierte dann sämtliche Schubladen. Er war mit kleinem Gepäck gereist, insofern würde der Platz voll ausreichen. Er fing immer mit den Hemden, Hosen und Anzugjacken an. Dann stellte er die Schuhe und sein Schuhputzzeug auf den Schrankboden. Am Schluss legte er Pullover, Unterwäsche und Strümpfe in die Schubladen.

Auf den kleinen Schreibtisch kamen sein Notizblock und die Akte, die Sarah ihm gegeben hatte. Seinen Kulturbeutel mit den Beruhigungsmitteln stellte er auf den Nachttisch. Dann griff er erneut zu seinem Adressbuch und blätterte zu Frau Bilis Nummer. Dort ging immer noch niemand ans Telefon.

Über Frau Bili wusste Max nicht viel mehr, als dass sie Witwe und schon etwas älter war. Konnte es nicht sein, dass Paschie weggefahren war, um ihr bei irgendwas zu helfen?

Max sah sich im Zimmer um und fühlte sich an seine Zeit beim Militär erinnert. Während einiger ziemlich anstrengender Tage hatten er und Sarah damals ihre russischen Verbtabellen an die Zimmerwand gepinnt, um sämtliche potenzielle Beugungsformen vor Augen zu haben. Nächtelang hatten sie auf ihrer jeweiligen Bettkante gesessen und einander mit Vokabeln bombardiert und den anderen in Sachen Prüfung gezeigt, was eine Harke war.

Max griff erneut zum Hörer. Doch diesmal rief er in Stockholm an. Sarah ging sofort ran.

»Ich werde Hilfe von einem alten Freund brauchen.«

»Ich wusste gar nicht, dass du so viele Bekannte in Sankt Petersburg hast.«

»Kannst du dich noch an Ilja erinnern, von dem ich dir mal erzählt habe? Von der Uni Moskau?«

»Ja«, antwortete Sarah nach einem kurzen Augenblick. »Der ist jetzt in Sankt Petersburg?«

»Zumindest war er hier, als ich zuletzt von ihm gehört habe. Ich hab versucht, ihn zu erreichen …«

Irgendjemand klopfte bei Sarah an die Tür, er konnte hören, wie sie leise sagte: »Einen Moment noch, bitte«, und sich dann räusperte. »Bist du dir sicher, dass das eine gute Idee ist? Wenn ich mich recht erinnere, hatte Ilja doch einen ziemlich … ausschweifenden Lebenswandel, oder nicht? Hört sich ganz danach an, als könnte das teuer werden.«

»Ich muss mich außerhalb unserer etablierten Kanäle bewegen«, erklärte Max. »Die zusätzlichen Kosten werden sich bezahlt machen, und ich bin sicher, dass ich mich auf ihn verlassen kann.«

Sie seufzte.

»Halt mich einfach auf dem Laufenden. Und pass auf dich auf.«

Nachdem er aufgelegt hatte, starrte Max noch eine Weile auf das Telefon. Dann drehte er sich wieder zum Schreibtisch.

Darüber hing ein Bild – die Replik eines klassischen Naturgemäldes mit einem Fluss, der sich durch eine dicht bewachsene, üppig grüne Landschaft schlängelte. Max nahm es vom Haken und legte es in den Kleiderschrank.

Dann schrieb er Paschies Namen auf ein leeres Blatt in seinem Notizblock.

»Ich glaub, ich hab da was für dich. Was Neues, womit du nicht gerechnet hast.«

Er runzelte die Stirn. Konnte das mit seinen Nachforschungen zu tun haben? Hatte er selbst all das in Gang gesetzt? Weil Paschie ihm hatte helfen wollen? Auf das nächste Blatt schrieb er die Namen *Borgenstierna* und *Wallentin*. Dann fügte er die Jahreszahl *1944* hinzu. Die Blätter befestigte er an der Wand. Anschließend zog er den Abschlussbericht zur jüngsten Meinungsumfrage heraus, die Schuganows Partei KPRF in sämtlichen Wahlbezirken vorne sah, und hängte auch diesen an die Wand.

Dann trat er einen Schritt zurück und betrachtete die Aufzeichnungen. Ließ die Gedanken schweifen. Gab es hier irgendeinen Zusammenhang?

Als es klopfte, wirbelte er herum.

Er trat an die Tür. Draußen stand Strebor mit der Hand an seiner Kalaschnikow. Die Waffe baumelte an einem viel zu langen Gurt um seinen Hals und schlug bei jeder Bewegung gegen sein Knie.

»Haben Sie noch etwas vergessen?«, fragte Max.

»Ja, ich soll Ihnen etwas von einem gewissen Ilja ausrichten. Anscheinend wartet er auf Sie im Fontanka 44.«

Das Fontanka lag am gleichnamigen Fluss in der Innenstadt. Er hatte dort bereits diverse feuchtfröhliche Abende mit Paschie verbracht.

»Die Vierundvierzig«, fuhr Strebor fort, »ist das einzige Lokal in ganz Sankt Petersburg, in dem man nicht mehr rauchen darf.«

Max nickte ihm dankend zu.

Um zu dem Club zu gelangen, brauchte er nur ein Stück den Newski-Prospekt entlangzugehen, die Anitschkow-Brücke zu überqueren und dann rechter Hand der Fontanka zu folgen.

Als es über der Stadt dunkel wurde, leerte sich die sonst so belebte Hauptstraße. Es waren nur noch wenige Autos unterwegs, die Bürgersteige waren komplett verwaist. Durch die feuchte Luft schwebten Flocken, die nur im blassgelben Licht der Straßenlaternen sichtbar waren. Das Stadtbild war nachts ein vollkommen anderes. Die Entfernungen zwischen den Hotels – den einzigen Orten, an denen man noch Menschen erahnen konnte – wirkten zusehends weit und die Gebäude rundherum im Dunkeln riesig.

Als er endlich vor der richtigen Hausnummer stand, einem schmalen, dreigeschossigen Gebäude, stieg er die Eingangstreppe hinauf bis zur Tür. In den Putz an der Fassade waren zwei Vierer eingeritzt.

Kaum hatte er an die Tür geklopft, wurde sie auch schon von einem breiten Mannsbild in Uniform aufgerissen.

Polizei?, schoss es Max durch den Kopf, ehe ihm klar wurde, dass dieser Kerl eher einer ganz anderen Körperschaft angehörte.

»Ja?«

»Ich bin hier mit Ilja verabredet.«

Der Mann musterte ihn von Kopf bis Fuß. Dann breitete sich ein Lächeln auf seinem Gesicht aus. Mit einem heiseren »Willkommen« zog er die Tür sperrangelweit auf und trat zur Seite, damit Max an ihm vorbeischlüpfen konnte. In seiner Hand hielt er eine halb volle Flasche, auf der ein grün-weißes Moskowskaja-Etikett klebte.

Gemurmel und Livemusik schlugen Max entgegen, als er über die Schwelle trat. In dem schmalen Gang hingen Bilder und Erinnerungsstücke desjenigen Korps, das dieses Lokal zu betreiben schien, unter anderem Porträts von Zugführern und verstorbenen Helden der Sankt Petersburger Feuerwehr.

»Das einzige Lokal in ganz Sankt Petersburg, in dem man nicht mehr rauchen darf.« Jetzt verstand er auch, warum.

Das warme rote Licht wurde intensiver, je weiter Max den Flur entlangging, und die Musik wurde lauter. Schließlich erreichte er einen Raum, der vage an eine Offiziersmesse erinnerte. Er war im klassischen Petersburger Stil gehalten: mit einer hohen Decke, von der Messingleuchter hingen, mit geschwungenen roten Plüschsofas und -sesseln und alten Holzpaneelen.

In einer Ecke spielte ein Trio ein bekanntes russisches Volkslied auf Akkordeon und Balalaika. Mehrere Feuerwehrmänner mit aufgekrempelten Hemdsärmeln und Frauen in kurzen Röcken und mit hohen Absätzen hielten einander an den Schultern und kickten seitlich aus.

Eine junge Frau in einem kurzen hellblauen Kleid drohte auf ihren hohen Schuhen umzuknicken, doch der Mann an ihrer Seite legte seine riesige, kräftige Hand um ihre Taille, zog sie an sich und ließ die Hand gewagt ihren Rücken hinunterwandern.

Körperlich und von der Frisur ähnelte die Frau Paschie.

Zwei Monate zuvor im Vasapark waren sie zusammen Schlittschuh gelaufen, Max in seinen alten Eishockeyschuhen, während eine von Sarahs Freundinnen Paschie ihre Schlittschuhe geliehen hatte. Er hatte sie mit beiden Händen festgehalten, damit sie nicht stürzte.

»Ich hab's dir doch gesagt. Ich bin ein Mädchen aus dem Süden.«

Max sah sich nach Ilja um. Es hing zwar kein Zigarettenrauch in der Luft, trotzdem schien man für den Abend sämtliche Sicherheitsvorschriften beiseitegeschoben zu haben. In dem Raum befanden sich gut hundert Feuerwehrmänner und ebenso viele Frauen.

Um in der Menge nicht allzu sehr aufzufallen, ging Max an die Bar und bestellte sich ein Bier. Mehrere junge Frauen tanzten mit hochgereckten Armen mitten im Raum. Studentinnen, mutmaßte Max – ihre Art zu tanzen war definitiv moderner als die Musik.

An einem der Tische wandte sich ein Riesenkerl Max zu und grinste ihn an. Er war älter als die Mädchen, aber jünger als die meisten Feuerwehrmänner im Raum. Sein ölig schwarzes Haar war zu einem Mittelscheitel frisiert, und unter dem linken Auge zeichnete sich eine Ader ab wie eine Wurzel, die aus der Erde drängte.

Ilja hatte sich verändert, seit Max ihn zuletzt gesehen hatte. Über seinen Hals verlief eine breite Narbe. Die ehrfurchtgebietenden Muskelberge konnten nur von gewissen Präparaten herrühren. Trotz all der Stunden, die Max im Fitnessstudio verbrachte, schien er im Vergleich zu seinem russischen Freund geschrumpft zu sein.

Ilja war bester Laune. Unversehens fand Max sich in einer stürmischen Umarmung wieder, und dann drückte Ilja ihm Küsse auf beide Wangen.

»Max!«, rief er euphorisch.

Auf sein Zeichen hin brachte jemand ein Tablett voller Gläser an den Tisch: *sowjetskoje schampanskoje*, Bier und Wodka-Shots.

»Was machst du denn hier?«, fragte Max. »Bei der Feuerwehr?«

Ilja grinste ihn an – herzlich, aber auch wachsam.

»Ich unterstütze sie bei gewissen Besorgungen.«

»Und was feiern wir?« Max nickte in Richtung der tanzenden Feuerwehrleute.

»Natürlich dass du da bist!«, rief Ilja und hob sein Glas. »Du hättest mir allerdings ein bisschen mehr Zeit geben können, um alle zusammenzutrommeln.«

Max stieß mit ihm an, Wodka schwappte über den Rand des Glases und landete auf dem Tisch. Ilja wischte mit der Hand darüber und trocknete sie an der Jeans ab.

»Hast du die ganze Zeit hier in Sankt Petersburg gewohnt, seit wir uns zuletzt getroffen haben?«, wollte Max wissen.

»Nein, ich war eine Weile im Baltikum, in Riga«, antwortete Ilja, ohne Max dabei anzusehen. »Aber das ist inzwischen Geschichte.«

Das Trio stimmte ein neues, deutlich schnelleres Stück an. Der Saal tobte.

»Riga? Erzähl.«

Max musste sich vorbeugen, damit Ilja ihn hören konnte, doch der zuckte bloß mit den Achseln.

Er konnte dessen Fahne riechen. Ilja musste bereits ordentlich gebechert haben. Trotzdem wirkte er kein bisschen betrunken.

»Ich hab für eine Organisation gearbeitet, die eine Blindenschule mit Hilfsgütern beliefert hat. Antibiotika gegen den Grauen Star. Simple, billige Medikamente im Westen – aber für die kranken Kinder dort unmöglich zu bekommen.«

»Immer im Dienste der Armen und Schwachen, nicht wahr, Ilja?«

»Du kannst dich vielleicht noch an meinen kleinen Bruder erinnern. Boris.«

»Der hat Grauen Star?«

»Blind seit dem vierten Lebensjahr – komplett unnötig.« Ilja nahm einen Schluck Baltika Pilsner. »Als ich vielleicht sechs Monate dort war, wurde ich … von einer Lehrerin nach Hause eingeladen. Die hat mir dann erzählt, was mit den Hilfslieferungen passiert, sobald sie in der Schule ankommen.«

»Und was?«

»Der Schuldirektor hatte ein paar Kumpels, die alles in eine Lagerhalle außerhalb der Stadt geschafft haben. Dort haben sie die Medikamente dann für teuer Geld an die Eltern der Kinder verkauft. Medikamente, die sie umsonst bekommen sollten! Als ich gesehen hab, was diese Eltern durchmachen mussten, um an das Geld zu kommen, ist mir der Kragen geplatzt.«

Max hatte schon mal erlebt, was passieren konnte, wenn Ilja der Kragen platzte.

»Verstehe«, murmelte er.

»Insofern ist dieses Kapitel abgeschlossen.« Ilja nahm noch einen Schluck. »Aber was führt dich hierher?«

Er hörte nicht mal mehr die Musik, als er ihm von Paschie erzählte. Davon, dass sie unauffindbar war. Wenn Max nur an sie dachte, schien sich der Saal um ihn herum im Kreis zu drehen, und er blinzelte nervös. Er durfte jetzt nicht durchdrehen, nicht ausgerechnet jetzt.

Als Max zu Ende erzählt hatte, lehnte Ilja sich noch weiter zu ihm rüber. Der Trubel um sie herum war inzwischen noch ausgelassener.

»Was bedeutet dir diese Frau, mein Freund?«

Alles, hätte Max am liebsten geantwortet. Stattdessen erklärte er, dass sie Arbeitskollegen seien und womit Paschie sich zuletzt beschäftigt habe.

»Dann hat das Mädchen also etwas angestellt«, mutmaßte Ilja. »Die Leute sind dieser Tage ziemlich empfindlich. Und jetzt willst du, dass ich dir suchen helfe? Deshalb hast du angerufen?«

Max nickte.

Ilja zog eine Augenbraue hoch. Er spürte, dass Max ihm nicht die ganze Wahrheit gesagt hatte.

Plötzlich flog ein Bierkasten quer durch den Raum auf sie zu, und unter den Feuerwehrmännern entstand ein Handgemenge. Das Trio stimmte ein neues Stück an, und im Handumdrehen waren alle im Raum aufgesprungen und sangen, was das Zeug hielt.

Ilja bestellte noch zwei Wodka-Shots. In Russland bestellte man Getränke hundertgrammweise, und einhundert Gramm jedweden Gesöffs – erst recht Wodka – in einem Zug hinunterzukippen war gar nicht so einfach.

»Los, steh auf«, forderte Ilja ihn auf. »Das ist der Feuerwehrmarsch – jetzt geht das Fest erst richtig los!«

Er schlang seinen Arm um Max' Hals und zog ihn an sich.

»Jetzt trinken wir wie früher, alter Freund. Und morgen ziehen wir los und finden deine Freundin.«

Stockholm, im Mai 1943

Carl Borgenstierna saß im Arbeitszimmer in seinem Haus an der Själagårdsgatan und blätterte die Unterlagen zur morgigen Verhandlung am Stockholmer Amtsgericht durch. Die Angelegenheit würde für Carls Gesinnungsgenossen, den amtierenden Justizminister, eine besondere Bedeutung haben. Minister Gyllenswärd war für ihn immer schon wie ein Mentor gewesen.

Carl war allein zu Hause, der Rest der Familie war zu Besuch bei Freunden auf Gotland. An der Tür zu den Geschäftsräumen im Erdgeschoss klingelte es, doch der Laden war heute geschlossen, und er hatte keine Lust, Leute einzulassen, die dann bloß einen Blick auf die Antiquitäten seines Vaters werfen wollten. Der Grundstein für den Wohlstand der Familie war vor Generationen gelegt worden, insofern hatte der Vater sich tatsächlich diesen alten Dingen widmen können, ohne sich je um eine Arbeit und ein regelmäßiges Einkommen kümmern zu müssen.

Es klingelte schon wieder. Da war aber jemand hartnäckig. Carl schob die Unterlagen beiseite, löschte die Petroleumlampe auf dem Schreibtisch und ging die Treppe hinunter ins Erdgeschoss, wo er die Tür aufzog, die ihre Privaträume vom Ladenlokal trennte. Im matten Licht des Spätnachmittags war das Geschäft kaum hinreichend beleuchtet, sodass Carl sich vorsehen musste, um im Vorbeigehen nicht die eine oder andere alte Kostbarkeit umzuwerfen: Regale, Tischchen, jeder nächstbeste Absatz – alles war vollgestellt. Sein Vater hatte sämtliche russischen Antiquitäten der Familie geerbt – Zierteller mit Goldrand und handgemalten Soldaten der Zarenarmee, Kaviarkühler, Karaffen, Zigarettenetuis, goldene Döschen, Gemälde. Die russischen Antiquitäten teilten sich das Ladenlokal mit der wahren Passion seines Vaters: mit nautischen Instrumenten, die er in Antiquitätenläden und auf Messen in der ganzen Welt entdeckt hatte.

Carl war zwischen all diesen Gegenständen aufgewachsen – Seekarten, Dampfpfeifen, Taue, mit denen Seesäcke verschnürt wurden, Laternen, Kompasshäuser, Barometer. Er war mit dem Geruch von Reinigungspolitur und Teer in der Nase groß geworden.

Durch das Schaufenster sah Carl, dass Wolfgang Wallentin draußen stand und in den Laden spähte.

»Carl!«, rief er. »Du musst sofort mitkommen!«

Carl schloss die Tür auf, und Wallentin stürzte ihm entgegen.

»Was ist denn passiert?«

»Sie ist zu mir ins Krankenhaus gekommen – die Frau aus der Oper.«

Sofort hatte Carl die wunderschöne Frau vor Augen. Die schwarze Kopfbedeckung, den ebenso schwarzen Blick.

»War ihr Mann auch dabei?«

»Nein, sie hatte einen anderen Mann dabei, einen Vertrauten … Priester Stefan. Sie wartet auf dich in der russischen Gemeinde. Sie braucht deine Hilfe, Carl.«

Seite an Seite eilten sie hinunter zur Skeppsbron, wo ein Volvo-Taxi mit laufendem Motor und Taxameter auf sie wartete. Wallentin lief vorn um den Wagen herum, um nicht die Abgase einatmen zu müssen, die das hinten aufmontierte Aggregat ausstieß, das aus einer Sauna hätte stammen können. Carl hatte schon von diversen Unglücksfällen gehört, die solche Wagen ausgelöst hatten. Man hatte sie wieder in Betrieb genommen, nachdem Benzin inzwischen Mangelware war. Außer den Unfällen und Bränden, die ausbrechen konnten, sobald der Motor startete, landeten auch immer wieder Patienten mit chronischer Holzgasvergiftung im Stockholmer Krankenhaus.

»Warum ist sie zu dir gekommen?«, wollte Carl wissen, als er auf der Rückbank Platz genommen hatte.

»Sie hat erzählt, sie bräuchte einen Arzt.«

»Ist sie krank?«

»Nein, nicht im medizinischen Sinne, das würde ich jetzt nicht sagen.«

»Schwanger?«

Wallentin warf ihm einen Blick zu, den er schon oft gesehen hatte und in dem all seine Humanität, aber auch Autorität und Selbstgefälligkeit lagen. Wolfgang Wallentin, der junge, erfolgreiche Oberarzt und Leiter des Sophiahemmet, der im kommenden Jahr die Leitung des neu gebauten Söder Krankenhauses, übernehmen sollte.

»Nein, alles, nur nicht das. Ich kann dir versichern, dass sie nicht schwanger ist.«

Carl nickte. Alles, nur nicht das. *Wolfgang wählte seine Worte immer mit Bedacht. Warum hatte er ausgerechnet diese Aussage auf eine solche Weise betont?*

Sibirien, schoss es ihm durch den Kopf, als er aus dem Taxi stieg. Die russisch-orthodoxe Kirche befand sich an der Birger Jarlsgatan 98 in einem Viertel, das so weit entfernt von den zentralen Teilen der Innenstadt lag, dass es nach der abgelegensten Region Russlands benannt worden war.

Im Eingangsbereich gleich hinter der Tür wartete Priester Stefan schon auf sie. Er trug zivil und reichte Carl die Hand, sowie dieser eingetreten war.

»Danke, dass Sie kommen konnten. Die junge Dame arbeitet für Madame Kollontai in der Botschaft. Sie geht ein enormes Risiko ein, indem sie versucht, mit Ihnen Kontakt aufzunehmen, Herr Borgenstierna. Sie wartet vorn auf einer Bank. Ich glaube, es ist besser, wenn Sie allein mit ihr sprechen.«

Carl sah zu Wallentin, der ihm zunickte. Worum in aller Welt ging es hier?

Langsam schritt er durch die Kirche. Sowie die schwere Holztür hinter ihm zugegangen war, verstummte der Straßenlärm, und ihn überkam eine ruhigere, erwartungsfrohe Stimmung.

Die letzten Strahlen der Nachmittagssonne fielen durch das blau- und goldfarbene Glasdach und brachten die in Gelb- und Rosatönen marmorierten Wände zum Schimmern. Allerdings war das Glasdach an mehreren Stellen gesprungen, Regenwasser war in die Kirche eingedrungen, und der Boden war an einigen Stellen nach unten gesackt. Das kommunistische Regime hatte bereits zwanzig Jahre zuvor jede finanzielle Unterstützung eingestellt. Carl wusste, dass die Stockholmer Gemeinde mit kümmerlichsten Mitteln und der Mitmenschlichkeit auskommen musste, die es hier und da in dieser Stadt noch gab: Mitbürger, die Kriegsflüchtlinge aus Sankt Petersburg und aus dem Baltikum nicht als Feinde betrachteten.

Sie hatte den Blick fest auf die Ikonostase gerichtet. Carl schlüpfte zwischen die Bankreihen und ließ sich gleich am Mittelgang nieder, sodass zwischen ihnen ein paar Meter Platz blieben. Sie sah kein bisschen mehr so aus wie die Frau aus der Oper, war in einen dunkelgrauen Wollmantel gehüllt und hatte eine hellbraune Filzmütze auf dem Kopf. Der Mantel war aufgeknöpft, und darunter konnte man eine weiße Bluse aus Kunstflanell und einen weiten hellgrauen Faltenrock erahnen. Sie trug Pumps aus schlichtem braunem Leder mit einem kleinen Absatz und beigefarbene Kunstseidenstrümpfe. Wie jede andere junge Frau in Stockholm auch. Wie eine Frau, die ganz im Gegensatz zu jener, die Carl in der Oper gesehen hatte, so wenig Aufmerksamkeit wie möglich erregen wollte.

Als sie sich zu Carl umdrehte, stockte ihm der Atem. Ihre Alltagsversion übertraf seine Erinnerung an die Femme fatale aus der Oper um Längen. So war sie noch viel schöner – wenn das überhaupt möglich war.

Er schenkte ihr ein Lächeln.

»Mein Name ist Carl Borgenstierna«, stellte er sich ihr auf Russisch vor. »Es ist mir eine Freude, Sie wiederzusehen.«

Ihr Blick schien direkt durch ihn hindurchzugehen.

»Wie kommt es, dass Sie Russisch sprechen?«, fragte sie.

»Mein Großvater war gegen Ende des vorigen Jahrhunderts schwedischer Konsul in Sankt Petersburg. Ich bin mit seinen Bildern an der Wand, mit russischen Volksmärchen und Liedern aufgewachsen und habe später Russischunterricht genommen.«

»Aus politischen Beweggründen oder um der Karriere willen?«

»Weder noch«, antwortete Carl. »Wie heißen Sie?«

»Tatjana.«

»Nur Tatjana?«

Statt zu antworten, wandte sie sich wieder der Ikonostase zu.

»Was machen Sie in Schweden?«, hob Carl erneut an. »Der Mann, mit dem Sie in der Oper waren … Ist das Ihr Ehemann?«

»Wir sind im selben Teil der Sowjetunion aufgewachsen. Sie meinten wohl, das wäre praktisch.«

Sie? Wer waren sie?, *fragte sich Carl. Doch danach würde er sich bei einer anderen Gelegenheit erkundigen, sofern er denn eine bekäme.*

»Wenn ich es recht verstanden habe, bleibt uns nicht viel Zeit«, fuhr er fort. »Sie haben versucht, mit uns Kontakt aufzunehmen, weil Sie Hilfe brauchen. Ich habe zwar einen gewissen Einfluss … Aber in welcher Hinsicht brauchen Sie überhaupt Hilfe?«

Als Tatjana sich wieder zu ihm umdrehte, sah sie ihn plötzlich irgendwie anders an. Als hätte er eine erste Prüfung bestanden.

»Ich und mein … Mann … kommen beide aus Russland, stammen aber ursprünglich aus der Ukraine. Wegen unserer besonderen Talente hat man uns dort vor der Hungersnot gerettet und nach Moskau geholt. Ich hatte mich in einer Turnhalle mit Hunderten gleichaltriger Mädchen in einer Reihe aufstellen müssen. Als ich schließlich dran war und auf eine Gruppe Männer und Frauen zutreten sollte, die uns beurteilen würden, musste ich alle möglichen Kunststücke aufführen – mich hierhin und dorthin beugen, mir völlig unverständliche Wörter wiederholen und den Klang mehrerer Fremdsprachen imitieren, unter anderem den Ihrer Muttersprache. Sie pickten mich heraus und führten mich in ein kleineres Zimmer. Als ich ihn dort sitzen sah, wusste ich, dass das Ganze bloß eine Scharade gewesen war. Dass sie das alles schon im Vorhinein besprochen hatten und mir bloß das Gefühl geben wollten, auserwählt worden zu sein.«

»Wie kommen Sie darauf?«

»Seinetwegen … Das Genie aus Bairak. Schon als junger Mann war er bekannt für seine einzigartigen Talente – Begabungen, die ihrer Ansicht nach der großen Sache nützlicher

sein würden, wenn er sie nicht auf das Meistern klassischer Klavierstücke verschwendete.«

»Was macht er jetzt?«

»Er hat keine einzige menschliche Eigenschaft mehr. Er ist eine Maschine.«

Carl schwieg eine Weile und versuchte zu begreifen.

»Und welches war Ihr Talent?«, fragte er schließlich.

Tatjana hielt seinem Blick stand.

»Die Schauspielerei«, antwortete sie.

»Wer, glauben Sie, hatte das Treffen arrangiert?«

»Derselbe Mann, der uns vermählt hat. Er ist ein Ungeheuer. Sie haben keine Ahnung, welche Grausamkeiten er seinem Volk antut. Grausamkeiten, die nicht innerhalb der Sowjetgrenzen bleiben, sondern sich im Zuge der Roten Revolution über den ganzen Erdball ausbreiten werden.«

Carl wusste nicht, was er darauf erwidern sollte.

»Ich kam als Tatjana Sedowa zur Welt. Der Mann, den ich geheiratet habe, ist hier in Ihrem Land, um zu spionieren, und es ist meine Pflicht, das Gleiche zu tun. Zu diesem Zweck wurde ich in Moskau ausgebildet und genauestens vorbereitet. Ich bin eine sowjetische Spionin wider Willen.«

»Aber warum suchen Sie den Kontakt mit mir? Was kann ich für Sie tun?«

»Mir ging unsere Begegnung in der Oper nicht mehr aus dem Kopf. Aber auch mein Mann konnte Sie nicht vergessen und hat Nachforschungen über Sie und Ihren Bekannten angestellt. Ich habe zufällig mit angehört, wie er einem Genossen erzählte, wie Sie heißen und was Sie beruflich machen.«

Sie nestelte an ihrer weißen Bluse.

»Nachdem Ihr Freund Wallentin Mediziner ist, habe ich zunächst versucht, mit ihm Kontakt aufzunehmen. Das hat keinen Verdacht erregt – ich konnte einfach eine Krankheit

vorschützen. Dann habe ich ihn gebeten, ein Treffen mit Ihnen zu arrangieren. Irgendetwas habe ich in Ihrem Blick gesehen, als wir uns in der Oper begegnet sind, irgendetwas sagte mir, dass ich mich auf Sie würde verlassen können, dass Sie mir möglicherweise wirklich helfen könnten, das Unmögliche zu schaffen.«

»Das Unmögliche?«, hakte Carl nach.

»Ich will den Mann verlassen, der mich besitzt, und ich will diese Bestie aus Moskau hinter mir lassen. Ich bin mir sämtlicher Konsequenzen bewusst. Auf Verrat an Mütterchen Russland steht für mich die Todesstrafe.«

Donnerstag, 29. Februar

14

Max setzte die Füße auf den Boden und starrte auf sie hinab. Er wackelte kurz mit den Zehen und ließ seinem Körper Zeit, vollends wach zu werden. Es war spät geworden am vergangenen Abend, viel zu spät. Und damit war er Paschie kein bisschen näher gekommen. Als er irgendwann ins Bett gefallen war, hatte er jedes Mal, wenn er die Augen schloss, Paschies Lächeln vor sich gesehen. Als er dann auch noch geglaubt hatte, dass sie ihm etwas zuflüsterte, hatte er auf sämtliche Empfehlungen seiner Ärzte gepfiffen und eine Benzo geschluckt, obwohl er reichlich Alkohol getrunken hatte.

Er stand auf und lief zum Spiegel im Flur. Nahm seinen Körper in Augenschein, der sich erschöpfter anfühlte, als er aussah. Auf der kleinen Konsole unter dem Spiegel lag eine Broschüre mit einem Kosmonauten, der durchs Weltall schwebte – vollkommen unbeeinflusst von der Erdanziehungskraft. Er hielt ein Mobiltelefon an seinen großen, runden Helm, lächelte unter seinem Visier, plauderte fröhlich mit irgendjemandem aus der russischen Heimat. Die Broschüre warb für St. Petersburg GSM, eine örtliche Telefongesellschaft.

Womöglich sollte er sich ein neues Handy besorgen und sich um einen hiesigen Vertrag kümmern? Sein eigenes Handy funktionierte immer noch nicht. Er schüttelte leicht den Kopf und stöhnte. Im Gegensatz zu dem Kosmonauten stand er eindeutig unter dem Einfluss der Erdanziehungskraft. Er kam sich so vor, als würde auch er einen großen, runden Helm auf dem Kopf haben – allerdings einen Bleihelm. Er schmeckte Metall, und wenn er schluckte, war sein Mund trocken wie Sandpapier.

Als das Telefon am Bett losklingelte, zuckte er zusammen.

Paschie?

Der Puls hämmerte in seinen Schläfen, als er auf den Hörer zustürzte.

»Max?«, hörte er Mischins Stimme. »Wir haben Frau Bili erreicht.«

»Ist Paschie bei ihr?«

Mischin seufzte.

»Nein, leider nicht. Frau Bili war einige Tage nicht zu Hause … und weiß auch nicht, wo Paschie steckt. Aber sie meint, sie hätte etwas gefunden, was Paschie gehört.«

»Was hat sie denn gefunden?«

»Ein Handy.«

Nach einer schnellen Dusche lief Max hinunter zum Gribojedow-Kanal, wo Ilja wie verabredet schon auf ihn wartete. Er saß am Steuer eines roten Niva-Jeeps und sah aus wie ein B-Schauspieler, der nebenbei Werbefilmchen für ein Fast-Food-Unternehmen drehte: einen Hamburger in der einen, einen Softdrink in der anderen Hand, schwarze Lederjacke, Sonnenbrille.

»Herrlich, wieder mit dir Geschäfte zu machen, Max!«

»Wieder?«

»Du weißt, wie sehr ich dich mag.«

Ilja grinste ihn breit an.

Max kannte diesen Tonfall aus ihrer gemeinsamen Zeit in Moskau. Damals war alles, was aus Iljas Mund gekommen war, entweder der Einstieg in eine Verhandlung oder aber eine Drohung gewesen.

Der Geruch des Hamburgers vermischte sich mit dem Gestank der Abgase. Max verzog das Gesicht.

»Wie viel?«, fragte er.

»Ich brauch fünfzehntausend.«

»Rubel?«, hakte Max nach. »Okay, wir haben einen Deal.«

»Dollar.«

Fünfzehntausend Dollar, um Paschie zu finden. Aber hatte Max bei dieser Verhandlung denn überhaupt eine Alternative? Nein zu sagen und zu riskieren, Paschie nie wiederzusehen – und sich dann für alle Zeit zu fragen, ob es anders gelaufen wäre, wenn der *tolkatsch* mit von der Partie gewesen wäre? Die Summe war ihm einerlei. Paschie war alles Geld der Welt wert.

»Wofür braucht ein Großverdiener wie du«, sagte Max, »denn so viel Geld?«

»Für weitere Wohltätigkeitsarbeit«, antwortete Ilja und grinste erneut. »Nein, mal im Ernst, ich will Jura studieren.«

Max stellte sich vor, wie Ilja mit einer Aktentasche in der einen und einem Handy in der anderen Hand bei Gericht erschien, mit Krawatte und in einem engen Anzug, den sein breiter Brustkorb und der aufgepumpte Bizeps jeden Augenblick zu sprengen drohten. Er wäre unter Garantie ein ganz fantastischer Anwalt – mit seiner Krampfader unter dem Auge und der breiten Narbe am Hals. Er würde allen eine Heidenangst einjagen: den Geschworenen, dem Sicherheitspersonal, den Zeugen, sogar den schlimmsten seiner potenziellen Mandanten.

»Okay, fünfzehntausend Dollar«, sagte Max. »Sobald wir unser Mädchen wiederhaben.«

Ilja drehte sich zu ihm herum, und Max glaubte schon, er würde gleich um die Zahlungsmodalitäten streiten, doch stattdessen beugte Ilja sich so dicht zu ihm rüber, dass er die Ader unter dem Auge pulsieren sah.

»*Dein* Mädchen, Max. Nicht *unseres.*«

Sie wählten nicht den direkten Weg, fuhren über den Newski-Prospekt und die Alexander-Newski-Brücke und dann zunächst vorbei am Denkmal für die heroischen Verteidiger Leningrads mit der ewigen Gasflamme und dem hoch aufragenden Obelisken – die ständige Erinnerung an das unbeschreibliche Leid, das der Stadt im Zweiten Weltkrieg während der Belagerung neunhundert Tage lang widerfahren war, sodass am Ende sogar Mitmenschen erschlagen worden waren, um an deren Fleisch zu kommen. Um selbst zu überleben.

Max hatte eine typisch russische Vorstadt erwartet: willkürlich aus dem Boden gestampfte, rasch hochgezogene Wohnblöcke. Doch Toksowo glich eher einer modernisierten Kleinstadt, was in Russland überaus selten war. Das Dorf schien harmonisch gewachsen zu sein, in einem gesunden, langsameren Tempo. Hier waren nie über Nacht und von oben herab Industrialisierungsmaßnahmen angeordnet worden, die wie an so vielen anderen Orten dieses Landes die alten Gebäude verdrängt hatten.

Auch wenn die Instandhaltung von Straßen und Häusern genau wie überall im Land auch hier vernachlässigt wurde, erinnerte Toksowo mit seinen breiten Straßen und Villenvierteln fast an eine Kleinstadt im US-amerikanischen Süden. Doch im Gegensatz zum Süden der Vereinigten Staaten war hier im Hintergrund eine zwar nicht allzu hohe, aber noch immer schneebedeckte Bergkette zu sehen, an der sich Skilifte emporwanden.

Frau Bili wohnte in einem kleinen Haus mit einem Gärtchen, einer Hundehütte und einem Schuppen, der in der Witterung komplett aus dem Leim gegangen war und inzwischen eher aussah wie ein Zelt, bei dem eine Zeltstange fehlte und das nur noch stand, weil es sich hilfesuchend an die Außenwand des Wohnhauses lehnte.

Ilja stellte den Wagen direkt vor dem Haus ab. Dass er damit den vorbeifahrenden Verkehr behinderte, schien ihn nicht weiter zu kümmern.

Sowie sie den Vorgarten betraten, entdeckte Max Frau Bili hinter einem Fenster. Für einen winzigen Moment trafen sich ihre Blicke, und er hob die Hand zum Gruß. Frau Bili war etwa Mitte sechzig, klein, dünn und blass und hatte ein Kopftuch auf, mit dem sie als Abziehbild einer russischen Arbeiterin hätte durchgehen können, wäre sie ein wenig kräftiger gewesen.

Sie erinnerte ihn an seine Mutter, Josefin, die immer Partei für die Schwachen ergriffen und Max beigebracht hatte, alle Menschen gleichzubehandeln. Insofern war es in gewisser Weise folgerichtig gewesen, dass sie Jakob geheiratet hatte: einen elternlosen Jungen, über dessen unbekannte Herkunft auf der Insel wilde Gerüchte kursierten. Welche Märchen über die leiblichen Eltern ihres Mannes hatte Josefin in all der Zeit nicht über sich ergehen lassen! Während die einen argwöhnten, es habe sich um obdachlose Säufer aus den Rinnsteinen der Hauptstadt gehandelt, behaupteten andere, Jakob Anger sei das Kind irgendeines hohen Tieres aus der schwedischen Gesellschaft, das Resultat einer leidenschaftlichen Nacht. Ein Unfall.

Nach Frau Bilis Äußerem, der Schlichtheit und der Reinlichkeit zu urteilen, die in ihrer Küche herrschten, lebte sie allein. Hier draußen war das Leben statt groß und aufregend immer noch überschaubar und eng mit ihrer Person verknüpft.

Allerdings wirkte die vollkommene Abwesenheit einer zweiten Person auch ein wenig unheilvoll. Max hatte gehofft, hier irgendetwas vorzufinden, was er mit Paschie in Verbindung bringen konnte.

Frau Bili bot ihnen Tee an, und Ilja und Max schoben sich

an ihren kleinen Küchentisch und nahmen Platz. Argwöhnisch spähte sie zu dem mächtigen Ilja hinüber.

»Wir haben mehrmals versucht, Kontakt mit Paschie und mit Ihnen aufzunehmen«, sagte Max. »Waren Sie verreist?«

Frau Bili nickte, während sie kochend heißen Tee in zwei Becher goss.

»Als ich vor ein paar Tagen heimgekommen bin, ging es Awesta nicht gut.«

Awesta? Ein afghanischer Mädchenname. Max musste an die Hundehütte denken, die er draußen gesehen hatte. Vielleicht hatte ihr Mann in Afghanistan gedient. Dass man seine Hunde nach Menschen benannte, die man im Krieg kennengelernt hatte, war nicht ungewöhnlich.

»Was ist passiert?«, fragte er.

»Es war ganz schrecklich.« Frau Bili schüttelte den Kopf und schlug die Hände vor die Augen. »Sie war immer so ein gesunder Hund – aber am Donnerstag ging es ihr auf einmal ganz furchtbar schlecht. Sie hatte schlimme Schmerzen. Der Tierarzt wohnt fast eine Stunde von hier. Ich durfte währenddessen dort bleiben … bis es vorbei war.«

Max nickte.

»Tut mir sehr leid. Wann haben Sie Paschie denn zuletzt gesehen?«

»Am Tag, bevor Awesta krank wurde.«

»Und als Sie heimgekommen sind, haben Sie keine Nachricht von ihr vorgefunden, keinen Hinweis darauf, wohin sie verschwunden sein könnte?«

»Nein, nichts. Aber man hört ja grässliche Geschichten, man will gar nicht darüber nachdenken.«

»Was denn für Geschichten?«

»Hier draußen wohnen diverse Skinheads. Die haben keine Skrupel, jemanden zu verletzen … oder Schlimmeres. Und wenn man bedenkt, wo sie herstammt …«

Vorurteile und Rassismus blühten auf dem Land regelrecht auf, vor allem vor den Toren russischer Großstädte. Horden von Anhängern des Nationalisten Schirinowski zogen durch städtische und außerstädtische Straßen und sorgten für Probleme. Tataren passten besser besonders gut auf … Aber eigentlich war Paschie es gewöhnt, ihre Herkunft zu verbergen.

Dann erzählte Frau Bili, dass erst vor Kurzem eine Skinhead-Gang einen älteren Mann mit dunkler Hautfarbe vor einen Zug gestoßen habe. Damit hatte der Rassismus ein weiteres Opfer gefordert. Max wusste, dass Paschie immer wieder mit diskriminierenden Äußerungen konfrontiert gewesen war, aber für gewöhnlich handelte es sich dabei meist um Alltagssituationen – ein Barkeeper, der sich weigerte, ihr Alkohol zu servieren, weil sie doch Muslima sei –, dabei stimmte das gar nicht. Ihre Mutter, die Halbrussin gewesen war, hatte darauf bestanden, dass Paschie wie alle anderen in ihrem Umfeld zu einer orthodoxen Christin erzogen wurde.

»Stehen Sie Paschie sehr nahe?«, wollte Max wissen.

»Nein, das kann ich nicht behaupten. Kann nicht sagen, dass ich sie gut kenne … Aber sie war in all der Zeit eine vorbildliche Mieterin, hat immer pünktlich bezahlt, keine Feste gefeiert, keine Männer mitgebracht.«

Klar, wir sind ja immer ins Hotel gegangen, dachte Max und wandte sich kurz ab.

»Dürfen wir vielleicht ihr Zimmer sehen?«

Frau Bili zog sich ein anderes Paar Schuhe an und schlüpfte in eine grüne Strickjacke. Dann zeigte sie durchs Fenster zu dem Schuppen draußen im Garten.

»Dort wohnt sie?«, fragte Max.

»In der ehemaligen Garage, hinter dem Haus.«

Sie durchquerten das Gärtchen und betraten den Schuppen. Max und Ilja mussten sich ducken, um sich nicht die Köpfe an der Decke anzustoßen. Auf einer Bank standen ordentlich aufgereiht einige Küchenkräuter, leere Blumentöpfe waren ineinandergestapelt, an der Wand hing Gartenwerkzeug an mehreren Haken, und auf dem gestampften Boden stand eine Schachtel mit Hundeknochen.

Als sie den Schuppen durch die Hintertür verließen, fiel Max' Blick auf ein altes Garagentor. Dass hier ein Wagen durchkam, war ein Ding der Unmöglichkeit. Bestimmt hatte dies alles noch deutlich anders ausgesehen, als das Haus errichtet worden war. War Paschie abends nach ihren langen Arbeitstagen in Sankt Petersburg dreißig, vierzig Minuten mit dem Zug hierhergefahren und durch den baufälligen Schuppen gelaufen, um in einem Außengebäude unterzuschlüpfen, das einst für ein Auto gebaut worden war? Sie hatte immer erzählt, dass sie in einer Garage hauste, aber Max war nie zuvor hier gewesen und hatte keinen Gedanken daran verschwendet, dass sie es wörtlich gemeint haben könnte. Konnte man dort drinnen überhaupt atmen?

»Ist Paschie denn schon mal für längere Zeit weg gewesen?«, fragte er.

»Ja, ein paarmal, aber nie, ohne Bescheid zu sagen.«

»Und Sie sind sicher, dass sie nicht da ist?«, mischte sich Ilja ein.

»Seit ich wieder zu Hause bin, war dort kein Licht mehr an. Ich sehe das durch die Ritzen in den Wänden.«

»Sie haben erwähnt, dass Sie etwas gefunden hätten, was ihr gehört.«

Max wartete geduldig, bis Frau Bili schließlich die Hand in ihre Tasche steckte.

»Das hier habe ich drüben im Gebüsch gefunden. Es scheint allerdings nicht mehr zu funktionieren.«

Als Max das Handy sah, stockte ihm der Atem. Es *war* Paschies Handy. Er nahm es entgegen und strich vorsichtig darüber, als könnte er darauf noch ihre Wärme spüren. Dieses Telefon hatte Paschie in der Hand gehalten und es sich ans Ohr gedrückt, wenn sie mit ihm gesprochen hatte. Jetzt war es kalt, vollkommen kalt.

Frau Bili räusperte sich, und Max zuckte zusammen. Dann sah er erneut auf das Handy. Ein Nokia, genau wie seins, das über einen Telia-Vertrag lief, den Vektor bezahlte.

»Ich nehm das mal«, sagte Ilja. »Ich kenn jemanden, der die Daten auslesen kann.«

Das Handy verschwand in der Tasche seiner Lederjacke.

»Können wir jetzt bitte das Tor aufmachen?«

Frau Bili drehte den Schlüssel herum, und Ilja half ihr, das Tor nach oben zu bugsieren. Brandgeruch wehte ihnen entgegen, und Frau Bili wich ein paar Schritte zurück.

Max blinzelte ein paarmal. Dann machte er einen langen Schritt in den kleinen Raum hinein. Sein Blick fiel auf ein Bett, ein altes Sofa, einen Couchtisch und einen kleinen Fernseher. An einer Wand befand sich eine kleine Kochnische, gegenüber stand ein hohes Bücherregal. Es sah aus, als wäre sein gesamter Inhalt über den Boden und die anderen Möbel verteilt worden. In der Mitte stand ein Ölfass. Daraus stiegen der Brandgeruch und der Gestank von Asche.

Mit jedem Schritt, den Max auf das Ölfass zumachte, schlug sein Herz schneller. Die Zeit schien immer langsamer zu verstreichen und am Ende stillzustehen. Er zwang sich, seine schlimmsten Befürchtungen und die Bilder beiseitezuschieben, die sich ihm aufdrängten.

Irgendetwas ragte aus dem Ölfass, irgendwas Verkohltes, das sich nach ihm auszustrecken schien.

Als Max erkannte, dass es sich dabei um einen Ast handelte, atmete er erleichtert aus und stocherte damit in dem Fass herum. Keine Knochen, keine Haare, kein geschmolzenes Fett.

Dem Himmel sei Dank.

Allerdings lagen in dem Fass die Überreste dessen, womit Paschie im Auftrag von Vektor gearbeitet hatte: Dokumente, Bücher, Aufzeichnungen, Fotos und ein halb verkohlter Laptop.

»Darf ich den mal sehen?«, fragte Ilja.

Er zog den Laptop aus der Tonne, untersuchte den zersplitterten Bildschirm und die geschmolzene Tastatur. Der Akku fehlte, und die gesamte Unterseite war durchlöchert wie ein Schweizer Käse. Er ließ ihn wieder in das Ölfass fallen.

»Max!«

Frau Bilis blecherne Stimme kam aus der hintersten Ecke der Garage. Max eilte auf eine Tür zu, die von einem Kleiderschrank zu stammen schien und hinter der sich ein improvisiertes Bad befand. Er musste sich unter dem Türstock hindurchducken, doch das Bad dahinter war geräumiger und höher als erwartet.

Zur Linken ragte ein Duschkopf aus der Wand oberhalb der Toilettenschüssel. Daneben hing ein Handwaschbecken aus Metall, das eher in einen Gartenschuppen als in ein Badezimmer gepasst hätte.

Sein Blick blieb an dem roten Muster auf der Wand hängen.

Nur dass es gar kein Muster war. Es war der Abdruck einer blutigen Hand. Entlang der Waschbeckenränder klebte noch mehr Blut, das inzwischen geronnen war und dicke, trockene Klumpen gebildet hatte.

Über der gesamten Breite des Spiegels über dem Waschbecken hatten blutige Finger weitere Spuren hinterlassen.

Max schlug die Augen nieder. Im Spiegel hatte er Paschies Gesicht sehen können. Als er die Augen wieder aufmachte, war ihr Gesicht verschwunden, doch die blutigen Schmierspuren auf dem Spiegel schienen ihm etwas sagen zu wollen.

Finde mich.

15

Als Afanassi Mischin auf seinem Stuhl hin und her rutschte, wehte ein unangenehmer Geruch auf. Der Stuhl hatte im Keller gestanden und noch nicht völlig unbrauchbar ausgesehen. Doch dann und wann erinnerte ihn der Mief wieder daran, dass die Universität in Wahrheit fast genauso alt war wie er selbst.

Aus dem Augenwinkel nahm er eine Bewegung wahr und blickte von der Studie auf, in die er sich seit einer halben Stunde zu vertiefen versuchte. Ein Hundekopf war in der Tür aufgetaucht. Dem Kopf folgte erst der unverkennbare Geruch des Hundes selbst, der schon seit Längerem nicht mehr gebadet worden war, dann das Keuchen eines alten Freundes, der sich noch nie um seine körperliche Verfassung geschert hatte.

»Scharik, alte Töle!«, rief Mischin. »Wir müssen dir einen Anhänger bauen, damit du dein altes Herrchen hinter dir herziehen kannst.«

Dann trat Sergei Gatschow durch die Tür, ohne Mischin eines Blickes zu würdigen. Schnurstracks steuerte er ein altes Ledersofa an – Mischins Leseplatz, der sich in der Ecke seines Arbeitszimmers befand.

Dort ließ er sich zurücksinken, atmete tief aus und ruckte kurz an der Hundeleine, woraufhin Scharik sich erst hinsetzte und sich dann zu seinen Füßen auf den Boden legte.

Gatschow, dachte Mischin, wann gehst du endlich in Pension?

»Alles in Ordnung, Afanassi?«, keuchte Gatschow. »Du scheinst es dir hier häuslich einzurichten.«

Sein Blick wanderte von dem hellblau-violetten Glasleuchter, einem Familienerbstück, über das riesige Bücherregal, das die ganze Wand bedeckte und mit Büchern zur Wirtschaftsgeschichte und zu finanztheoretischen Themen vollgestellt war, weiter bis zu dem rot-schwarzen aserbaidschanischen Teppich am Boden.

»Aber sicher, Sergei«, erwiderte Mischin. »In ein paar Jahrzehnten wird das alles hier wie eine echte Uni aussehen – mitsamt Mitteln, um ernst zu nehmende Forschung zu betreiben und sogar Ergebnisse zu erzielen.«

Sie hatten beide viel gesehen, sowohl innerhalb der schützenden Mauern der akademischen Welt als auch außerhalb: Beide waren zu Zeiten der Hungersnot zur Welt gekommen, waren im Krieg aufgewachsen, hatten die Säuberungen in den Fünfzigern miterlebt und dann den Optimismus der Sechziger- und Siebzigerjahre, den Stillstand der Achtziger mitsamt Glasnost und Perestroika und zu guter Letzt die Achterbahnfahrt des nunmehr freien Markts.

Aber ob sie auch noch erleben würden, dass Wissenschaft und Forschung wieder in den Fokus des Staates rückten, so wie es früher mal gewesen war?

»Und selbst?«, fragte Mischin. »Liest du deinem Hund immer noch deine anthropologischen Fachzeitschriften vor, bis er so laut schnarcht, dass du dich nicht mehr konzentrieren kannst?«

Der Nachdruck in Gatschows Lachen überraschte Mischin.

»Sie ist eine gute Seele. Und meine beste Freundin.«

»Ganz ohne jeden Zweifel. Aber was hat dich heute hergeführt?«

Gatschow war ein Arbeitstier, und er schien immer noch

daran zu glauben, dass er eines Tages wieder aus dem Schatten treten könnte. Doch von sämtlichen Disziplinen wurde wohl auf keine weniger Wert gelegt als auf die Archäologie. An Zeugnissen der Vergangenheit hatte das neue Russland nicht das geringste Interesse – nichts schien derzeit uninteressanter zu sein. Aber davon ließ sich jemand wie Sergei Gatschow nicht abbringen.

»Der Grund für meinen Besuch ist sie«, sagte er und nickte in Richtung der Hündin, die zu seinen Füßen eingeschlafen war.

Mischin sah den Bluthund an.

»Sag nicht, dass sie krank ist, Sergei. Wenn es das sein sollte, dann hast du dir den falschen Professor ausgesucht.«

»Absolut nicht. Von der kaputten Hüfte einmal abgesehen geht es ihr so gut, dass sie mich sicher um diverse Jahre überleben wird. Und für den Zweck unseres Besuchs haben wir uns genau den richtigen Professor ausgesucht. Oder zumindest die richtige Person.«

Gatschow sah ernst aus.

»Scharik hat heute bei unserem Morgenspaziergang eine Entdeckung gemacht. Und über diese Entdeckung würde ich gern mit dir reden.«

»Hat sie eine Kiste voller US-Dollar gefunden?«

Inzwischen war Gatschows gute Laune vollends verflogen.

»Leider nicht. Sie hat Menschenknochen gefunden.«

»Wo macht ihr denn bitte euren Morgenspaziergang?«, platzte es aus Mischin heraus. »Auf dem Friedhof?«

»An der Strandpromenade draußen an der Baltischen Bucht. Und zwar gestern Morgen.«

»Und du bist sicher, dass die Knochen von einem Menschen stammten?«

Sowie Mischin es ausgesprochen hatte, war ihm klar, wie

dumm die Frage war. Er gestand seinen Fehler mit einer Grimasse ein. *Du brauchst nicht darauf zu antworten.*

»Und was hast du gemacht, Sergei? Hast du die Polizei gerufen?«

»Findest du, dass ich das hätte tun müssen?«

Mischin runzelte die Stirn. Er hatte so eine Ahnung, warum Gatschow damit ausgerechnet zu ihm gekommen war. Nicht weil er hinsichtlich solcher Entdeckungen Experte wäre, sondern weil Gatschow sich zu hundert Prozent auf ihn verlassen konnte.

»Nein … musstest du nicht, nehm ich an.«

»Scharik war komplett außer sich, hat gekläfft und angeschlagen.«

»Vielleicht irgendein Bootsunfall?«, schlug Mischin vor. »Irgendwer, der über Bord gegangen und ertrunken ist? Womöglich solltest du es anonym melden. So kriegen zumindest die besorgten Angehörigen Bescheid.«

Gatschow schüttelte den Kopf.

»Mein Freund, es hat mich augenblicklich zurückversetzt … in die Hungersnot. Ist es wieder so weit?«

Wovon redete sein alter Freund? Was er da andeutete, war doch undenkbar! Davon waren sie vor über fünfzig Jahren befreit worden – so etwas hatte es in der Sowjetunion seit ihren Kindertagen nicht mehr gegeben.

Holodomor.

Im Zuge der sowjetischen Industrialisierung in den Dreißigerjahren und der Kollektivierung der Landwirtschaft war es in Teilen der Ukraine zu schweren Hungersnöten gekommen. Im gesamten sowjetischen Einflussgebiet wurden Lebensmittel knapp, und Ernten wurden konfisziert. Bis heute wurde spekuliert, ob Stalin die Hungersnöte vorsätzlich herbeigeführt hatte, um mit dieser Terrormaßnahme die Ukrainer in Schach zu halten.

»Was meinst du mit *wieder so weit*?«, fragte Mischin.

»Dass Menschen zu Kannibalen werden.«

»Bist du verrückt geworden?«

»Nein«, erwiderte Gatschow bestimmt. »Ich habe mir die Knochen genau angesehen. Sie stammten von einem Menschen, Afanassi. Und jemand hatte sie abgenagt.«

Mischin stemmte sich aus seinem Stuhl und zwang sich, die Übelkeit hinunterzuschlucken. Dann sah er wieder zu Gatschow, in dessen Blick die Entschlossenheit und die Überzeugung eines Mannes lagen, der genau wusste, wovon er sprach.

»Aber kann das nicht ein Tier gewesen sein?«, hakte Mischin nach.

»Das Fleisch war rosa, Afanassi. Irgendwer hatte es gekocht, bevor es abgenagt wurde.«

»Gekocht?«

Mischin schüttelte den Kopf. Es waren harte Zeiten, keine Frage. Aber derlei Vorkommnisse gehörten der Vergangenheit an und hatten im zeitgenössischen Sankt Petersburg nichts mehr zu suchen.

»Sag's mir, Afanassi«, fuhr Gatschow fort. »Welche Bestie treibt sich hier an unserem Ufer herum?«

16

»Irgendetwas stimmt doch nicht mit dir, Sarah«, sagte Charlie Knutsson auf der anderen Seite des Tisches.

Mit der Stoffserviette tupfte Sarah sich den Mundwinkel ab. Sie musste eingestehen, dass sie mit den Gedanken zu weit abgeschweift war, während sie über den Saltsjön geblickt hatte. Als sie zuvor auf der Skeppsbron gewartet hatte, hatten Wind und Sonne sie umspielt. Die Luft war rein und klar gewesen – sie liebte diese Luft. In ihrem Heimatland kannte man die nicht. Doch hier schien die Luft unendlich sauerstoffgesättigt zu sein, sodass sie davon zugleich energiegeladen und müde wurde. Dieser Tag war wie geschaffen dafür, sich ein paar Dinge durch den Kopf gehen zu lassen und alles, was sie bedrückt hatte, auszulüften.

Sarah fing Charlies vielsagenden Blick durch die runden Gläser seiner Hornbrille auf. Im Gegensatz zu den anderen Vektor-Vorstandsmitgliedern war ihr Vorsitzender jemand, dem man sich anvertrauen konnte. Sarah hatte nichts dagegen, dass Charlie sich nach gewissen Vorkommnissen erkundigte – seien sie nun privater oder beruflicher Natur. Mit den Jahren betrachtete sie ihn fast schon als ihren Mentor.

Charlie war der Inbegriff des südschwedischen Adligen. Sein Kleidungs- sowie Lebensstil wirkten eher anglophil. Er war ein Mann, der stolz auf seinen Grundbesitz war und demjenigen, der diesen Grund beackerte, mit Freundlichkeit und großem Respekt begegnete. Altes Geld und alte Tugenden – das war Charlie K.

»Die gute oder die schlechte Nachricht zuerst?«

»Fang immer mit der guten an«, erwiderte Charlie.

Erneut ließ Sarah den Blick übers Wasser schweifen.

Sie saßen in Charlies Lieblingsrestaurant, einem französischen Bistro nur ein paar hundert Meter von seinem Büro auf Riddarholmen entfernt.

»Ich hab jemanden kennengelernt«, sagte sie und konnte sich dabei ein Lächeln nicht verkneifen. »Ich glaube, daraus könnte etwas werden.«

»Eine Konvertitin?«

Als Sarah nickte, grinste er schief.

Er wusste über ihre Ehe mit Lisette Bescheid. Er war sowohl bei der ausschweifenden Hochzeitsfeier als auch bei der Taufe der Kinder dabei gewesen. Hatte sie während der glücklichen Jahre stets ermuntert und war für sie da gewesen, als alles den Bach runtergegangen war und Sarah kein Land mehr gesehen hatte. Nicht für die Ehe und nicht für ihr Leben.

»Das freut mich«, sagte er. »Sieh zu, dass du jeden Moment genießt.«

»Danke. Ich halte dich auf dem Laufenden.«

Ein Kellner räumte ihre Teller ab. Einen Kaffee lehnten sie beide ab.

»Und die schlechte Nachricht?«, hakte Charlie nach und lehnte sich leicht vor.

Er wusste, was in Russland vor sich ging. Charlie war der Einzige im Vorstand, der sämtliche Reports von Sarah und Max las – und derjenige, der ihnen die Sichtweise eines Mannes vermitteln konnte, der sein Leben dem Erhalt der schwedischen Kultur und schwedischer Interessen im In- und Ausland gewidmet hatte.

Sarah seufzte.

»Paschie, unsere Sankt Petersburger Mitarbeiterin, ist vor ein paar Tagen spurlos verschwunden. Das fühlt sich nicht gut an.«

»Sind sie und Max nicht ...?«

»Doch«, sagte Sarah. »Er ist hingeflogen, um sie zu suchen. Er wollte ohnehin fliegen, um die letzten Wahlprognosen fertigzustellen, aber als er erfahren hat, dass sie verschwunden ist, ist er sofort aufgebrochen.«

Charlie nickte.

»Und jetzt machst du dir um ihn genauso viele Sorgen wie um sie?«

»Genau.«

Sarah wusste, dass Charlie Max für eine ungesicherte Zeitbombe hielt, die explodieren konnte, wenn man am wenigsten damit rechnete. Sowohl sie als auch Charlie wussten um den Vorfall, dem er seinen Führungsposten bei den Kampfschwimmern verdankte: Während einer Übung hatte er derart instinktiv gehandelt, dass er dabei beinahe einen anderen Kampfschwimmer umgebracht hätte. Max war komplett unerschrocken, was aber mitunter dazu führte, dass er sich selbst in Gefahr brachte.

»In letzter Zeit war er sehr mit eigenen Angelegenheiten beschäftigt«, sagte Sarah. »Er hat in der Vergangenheit gewühlt ... seine Zeit verschwendet, wenn du mich fragst. Er bildet sich wohl ein, Carl Borgenstierna könnte irgendetwas über die unbekannte Herkunft seiner Familie wissen.«

Charlie nahm die Serviette vom Schoß und wischte sich damit über den Mund.

»Und warum macht dir das Sorgen?«

»Weil Borgenstierna und die Ostseestiftung für Vektor ziemlich wichtig sind. Ich will nicht, dass Borgenstierna damit behelligt wird. Erst recht nicht jetzt, da er so krank ist.«

Charlie zerknautschte die Serviette.

»Borgenstierna ist krank? Das wusste ich gar nicht.«

»Max versucht schon seit einer Weile, mit ihm Kontakt aufzunehmen. Anscheinend war er viel unterwegs, aber zu guter Letzt hat Max ihn im Södersjukhuset aufgespürt, wo er nach einer Nierentransplantation noch nicht wieder aufgewacht war. Max ist von diesen Nachforschungen zu seiner Familiengeschichte völlig besessen. Es ging sogar so weit, dass er überhaupt nicht mitbekommen hat, dass Paschie sich nicht mehr bei uns gemeldet hat.«

»Oder die beiden haben eine eigene Agenda«, gab Charlie zu bedenken. »Vielleicht haben sie ja auf eigene Faust recherchiert und dich nicht informiert?«

17

Der blutige Handabdruck ging Max nicht mehr aus dem Kopf. Das Bild verfolgte ihn, als er die schwere Eingangstür zum Universitätsgebäude aufzog, und er sah es immer noch vor sich, während er mit langen Schritten hinauf zu den Wirtschaftswissenschaften lief.

Auf Paschies Schreibtisch lag ein Fax, ganz ohne jede persönliche Mitteilung. Trotzdem wusste Max, dass Ilja es geschickt hatte. Es handelte sich um eine handgeschriebene Liste aller Telefonnummern, die Paschie zuletzt mit ihrem Handy angerufen hatte.

Max setzte sich an Paschies Schreibtisch. Für einen kurzen Augenblick glaubte er, ihren Duft wahrzunehmen. Dann sah er wieder den Handabdruck vor sich. Er atmete ein paarmal tief durch, griff zum Telefon und rief die Auskunft an. Eine Viertelstunde später hatte er die elf Nummern von der Liste abgehakt. Zu fünf der Nummern hatte er einen Namen in Erfahrung gebracht, zu dreien nur eine Anschrift, bei einer handelte es sich um eine ausländische Nummer, und zu zwei Nummern hatte er gar nichts herausfinden können. Die Dame von der Auskunft hatte allerdings gemutmaßt, dass es sich dabei um neuere Handynummern handeln dürfte.

Die fünf Namen waren Paschies Vermieterin, Frau Bili, die Fakultät, die Redaktion der englischsprachigen *St. Petersburg Times*, eine gewisse Margarita Juschkowa und das Unternehmen Brice & Stadthaller.

Max beschloss, mit Margarita Juschkowa anzufangen.

Vielleicht war sie eine Bekannte von Paschie. Sobald er die Nummer gewählt hatte, konnte er hören, wie sein Anruf umgeleitet wurde. Dann meldete sich eine junge Frauenstimme: »Guten Tag, willkommen bei St. Petersburg GSM.«

»Guten Tag«, sagte Max. »Ich würde gern mit Margarita Juschkowa sprechen.«

»Sie sitzt gerade in einer Besprechung und ist danach außer Haus. Ich glaube, sie muss die Kinder von der Krippe holen. Kann ich etwas ausrichten?«

»Danke, schon gut, dann versuche ich es morgen noch einmal.«

Max runzelte die Stirn. St. Petersburg GSM? Er musste an den lächelnden Kosmonauten denken und machte sich eine Notiz.

Für einen Anruf bei der englischsprachigen *St. Petersburg Times* hätte es für Paschie viele Gründe geben können, aber Max hatte das Gefühl, dass die Zeitung mit ihrer Nachricht auf seinem Anrufbeantworter zu tun hatte.

»Ich hab da was für dich.«

Max griff erneut zum Hörer.

»Domaschow«, meldete sich ein Mann.

»Guten Tag, ich heiße Max Anger. Ich nehme an, Sie haben mit meiner …«

»Sie rufen zur falschen Zeit unter der falschen Nummer an. Ich hab gleich eine Deadline – Unternehmerseite. Außerdem mach ich nur Russen.«

»Sie machen nur Russen?«

»Wissen Sie was, Max, ich bin mir sicher, dass Sie was richtig Spannendes für uns haben, aber probieren Sie's besser in der Zentrale. Fragen Sie nach jemand anderem. Viel Erfolg und *ciao.*«

Max zog die Augenbrauen hoch und legte auf. Grinste unwillkürlich. Trotz der wenig hilfsbereiten Art hatte

Domaschow ihm einen wertvollen Hinweis gegeben. Die Unibibliothek verfügte über ein großes Zeitungs- und Zeitschriftenarchiv. Mit dem Namen des Journalisten und der Ressortbezeichnung würde Max dort unter Garantie Artikel heraussuchen können, die der Mann in letzter Zeit veröffentlicht hatte.

Es war ein Strohhalm, das war ihm klar. Aber zumindest hatte er jetzt etwas, womit er anfangen konnte.

Max zog die Tür zum Haupteingang der Bibliothek auf und trat erst mal zur Seite, als ihm eine Gruppe Studenten lautstark diskutierend entgegenkam.

Das Ausbildungsniveau in Russland konnte es beileibe mit dem im Westen aufnehmen. In gewissen wissenschaftlichen und künstlerischen Bereichen war man hier sogar an allen anderen vorbeigezogen. An klugen Köpfen hatte es hier nie gemangelt. Die jungen Studenten hatten gerade erst ihre Freiheit erlangt. Waren sie wirklich bereit, sie wieder aufzugeben, wenn die Kommunisten die Wahl für sich entschieden, wie die Umfragen vermuten ließen?

Als die Tür hinter ihnen ins Schloss fiel, verstummten ihre Stimmen, und Stille senkte sich herab. Ein Mann mittleren Alters saß in eine Zeitung vertieft hinter dem Informationstresen. In seinem Rücken befanden sich reihenweise Leseplätze.

Max machte sich auf die Suche nach dem Regal, in dem die *St. Petersburg Times* gelagert wurde, und blätterte durch ein paar Ausgaben. Allem Anschein nach war die Unternehmerseite nur jeden zweiten Tag Bestandteil der Zeitung. Wenn Domaschows Veröffentlichungen der Grund gewesen waren, warum Paschie mit ihm Kontakt aufgenommen hatte, war der Artikel unter Garantie erst kürzlich erschienen, vermutlich in derselben Woche, die Max seinen privaten Nachforschungen gewidmet hatte.

Er nahm die vier aktuellsten Ausgaben mit zu einem Leseplatz. Dort ließ er sich auf einen Stuhl sinken und blätterte vor zu den Wirtschaftsseiten.

Über dem ersten Feature war mitten auf der Seite das große Foto einer attraktiven Unternehmerin aus Nowosibirsk abgebildet, die kürzlich eine Unterwäscheboutique in Sankt Petersburg eröffnet hatte. Domaschow hatte sich in seinem Artikel überwiegend mit dem Porträtfoto an sich beschäftigt – und das Ganze ähnelte eher einem Werbebeitrag als irgendetwas anderem. Max schob die Zeitung beiseite. Das hier hätte Paschie ganz gewiss nicht interessiert.

Die nächste Ausgabe widmete sich zwei Kleinstunternehmen. Das eine, Beyond Audio, produzierte Röhrenverstärker. Offenbar wurde ihre Technik von Audiofreunden auf der ganzen Welt gefeiert. Während überall sonst die Röhren von Transistorverstärkern abgelöst worden waren, hatte man in Russland weiter an der alten Technik festgehalten, unter anderem weil sie angeblich sogar einem Atomschlag standhalten würde. Wenn die USA also eine Bombe über Russland abgeworfen hätten, hätte man in Russland weiter Musik abspielen können. Max bezweifelte, dass dieser Artikel Paschies Neugier geweckt hatte.

Der zweite Artikel handelte von einem Unternehmen, das in Handarbeit mit Juwelen und breiten Goldketten verzierte Gummistiefel herstellte. Sie wurden lediglich in einem Luxusladen in Moskau verkauft und kosteten achtzehntausend Dollar und mehr.

In der dritten Zeitung stieß er auf einen Artikel unter der Überschrift *Der Telefonkrieg*. Ein verhältnismäßig junges Telekommunikationsunternehmen hatte sich auf die Fahne geschrieben, in einem rasant wachsenden Markt zumindest im nordwestlichen Teil Russlands Marktführer zu werden. Von den Geschäftsleuten selbst gab es zwar kein Foto, aber

Max erkannte das abgedruckte GSM-Logo wieder: den Kosmonauten, der mit dem Handy am Helm schwerelos durchs All schwebte.

Auch Margarita Juschkowa arbeitete für St. Petersburg GSM … oder war das nur ein Zufall?

Sofern Paschie auf diesen Artikel hin Domaschow kontaktiert hatte, war dann St. Petersburg GSM vielleicht eins der Unternehmen, die sie im Auftrag von Vektor hatte durchleuchten sollen?

Das Mobilfunknetz, das die Firma unterhielt, war russlandweit das erste, das über den neuen digitalen GSM-Standard verfügte – definitiv ein großes Plus für Kunden –, und entsprechend waren die Kennzahlen für St. Petersburg GSM durch die Decke gegangen. Die Firma wurde als »durch und durch russische Organisation« beschrieben. Im Unterschied dazu arbeiteten die meisten anderen russischen Anbieter mit verschiedenen US-amerikanischen und westeuropäischen Unternehmen zusammen.

Dem Artikel zufolge war St. Petersburg GSM der Stolz der Stadt. Die Firma repräsentiere, so Bürgermeister Anatoli Sobtschak, die Zukunft Sankt Petersburgs und werde schon bald eine substanzielle Zahl von Arbeitsplätzen schaffen. Der Vorstandsvorsitzende sei ein medienscheuer Magnat, der angesichts der Wachstumsbestrebungen und Millioneninvestitionen in sein ohnehin schon umfassendes Geschäftsimperium keine Zeit gehabt habe, mit der Zeitung zu sprechen. Er wurde in dem Artikel mit einem einzigen Satz zitiert: »Unsere Vision ist, dass Russlands Arbeiterschaft ungeachtet von Ort und Zeit mit all ihren Lieben in Kontakt bleiben kann.«

In Max' Ohren klang das schwer nach klassischer Sowjetrhetorik.

Und es hatte sicher auch für Paschie so geklungen.

18

Nestor Lasarew rieb sich über den Hals. Die Steifheit war wieder da – und zwar schlimmer als zuvor. Er drehte den Kopf von rechts nach links, dann legte er die Hand auf die Klinke zum Abstellraum.

Es war alles wie geplant verlaufen. Sowie die chemischen Substanzen ihre Wirkung entfaltet hatten, war sie in seinem Griff zusammengesackt. Anschließend hatte er sie nur noch in den Kofferraum seines Mercedes legen müssen.

Er hatte die Garage gründlich durchsucht, aber nichts gefunden, was mit der Frage, die sie Rousseau gestellt hatte, in Verbindung gestanden hätte. Die Frage, woher die Technologie stammte. Allem Anschein nach hatte alles, womit sie gearbeitet hatte, mit der bevorstehenden Wahl zu tun.

Er hatte ihre Fingerkuppen aufgeschnitten, mit ihrem Blut die kleine Inszenierung in ihrem Bad vorgenommen und alles so arrangiert, als hätte es dort einen Raubüberfall gegeben. Sie war zu diesem Zeitpunkt ausgeschaltet gewesen, sodass sie nichts gespürt hatte. Aber inzwischen taten ihr mit Sicherheit die Finger weh.

Lasarew schob die Tür auf und legte den Lichtschalter um, und eine nackte Glühbirne unter der Decke flackerte sich langsam ins Leben. Da saß sie – in der Ecke zwischen den Metallregalen. Paschie Kowalenko. Sie wand sich, versuchte, ihre gefesselten Hände aus den Handschellen und Ketten zu befreien, die an der Wand befestigt waren. Als sie ihn näher kommen sah, fing sie wieder an zu kreischen.

Sie heulte nicht, sie kreischte einfach nur wie eine Wahnsinnige. Angst war das nicht – es war der reine Widerstand. Eine mutige Frau. Und spannend. Er ahnte, was sie ihm entgegenfeuern würde, hätte er ihr nicht Panzerband über den Mund geklebt. Es wären sicher keine freundlichen Worte einer feinen jungen Dame. Eher das Keifen einer Tatarenhündin. Sie hatte keine Ahnung, wo sie sich befand oder warum sie gekidnappt worden war, so viel war sicher.

Aber wie war sie auf diese alten Fragen gestoßen? Lasarew konnte es einfach nicht nachvollziehen. Erst ein Journalist und dann dieses Flittchen – er musste dringend herausfinden, von welcher Organisation die beiden kamen. Er war sich sicher, dass Paschie Kowalenko der Schlüssel zu dem Rätsel war und dass sie ihm alsbald alles erzählen würde.

Er beugte sich vor und sah ihr ins Gesicht.

Du hast kein Recht, mich so zu behandeln, schien ihr Blick zu sagen.

Ich habe alles Recht der Welt, gab er mit seinem Blick zurück. Jetzt hast du Angst, nicht wahr? Noch bring ich dich nicht um, erst müssen wir uns noch ein bisschen unterhalten.

Als er glaubte, sie hätte sich ein klein wenig beruhigt, riss er ihr das Panzerband von den Lippen. Ihm war klar, dass sein fortgeschrittenes Alter auf Personen, die sich in ihrer Lage befanden, einen beruhigenden Effekt hatte, als ginge von einem Alten weniger Gefahr aus.

Paschie schien die Augen sekündlich weiter aufzureißen.

War da immer noch Widerstand in ihrem Blick? Oder hatte die Angst sie schlussendlich gepackt?

»Wie ich höre, bist du an meiner Firma interessiert«, sagte er.

Sie antwortete nicht.

»Du hast dich nach der Herkunft der Technologie erkundigt, auf die das Unternehmen zurückgreift. Warum?«

Immer noch machte Paschie keine Anstalten zu antworten.

»Wenn du mir antwortest, tu ich dir nicht weh. Wenn nicht, werden deine schlimmsten Befürchtungen wahr.«

Sie schluckte angestrengt, dann räusperte sie sich. Sie sah jetzt anders aus. Die Verwunderung in ihrem Gesicht war einem festen, fokussierten Blick gewichen. Sie schürzte die Lippen, und dann feuerte sie ihm unversehens ein Schleim- und Speichelgeschoss ins Gesicht.

»Fahr zur Hölle, Motherfucker!«

Lasarew richtete sich gerade auf. Er zog ein Taschentuch aus der Jackentasche und wischte sich den Rotz aus dem Gesicht. Dann streckte er sich nach einem Gegenstand hoch oben im Regal. Für einen kurzen Augenblick betrachtete er das graue Plastikrohr, das er seit Jahren nicht mehr in der Hand gehalten hatte.

Das Plastik war hart wie Stahl, das Rohr selbst vielleicht zehn Zentimeter lang mit einem Durchmesser von sechs Zentimetern. Außen saßen Stifte, an denen weitere Rohre angebracht werden konnten.

Er griff ihr zwischen die Kiefer und drückte so fest in die Muskeln, wie er konnte, damit sie den Mund aufsperrte. Als junger Kerl war er für seine harten Pranken bekannt gewesen, und angesichts der Höllenschmerzen, die er ihr allem Anschein nach bereitete, stellte er zufrieden fest, dass er immer noch Kraft hatte. Die Eisenfaust.

Er schob das Rohr ins Maul der Hündin. Als er es ihr tief genug in den Rachen gepresst hatte, ließ er ihre Kiefer los. Ihre Gesichtsmuskeln konnten jetzt nichts anderes mehr tun, als die Lippen um das graue Plastik zu schließen.

In ihren Blick schlichen sich der Schmerz und die Verzweiflung, die Lasarew schon so oft gesehen hatte.

Läuft jetzt dein Leben vor dir ab, während du mich hohl-

äugig anstarrst? Dein Leben ist demnächst vorbei, ganz richtig. Aber erst demnächst. Noch nicht jetzt gleich.

Und jetzt versuch noch mal, mich anzuspucken.

»Auch wenn du nicht reden willst, finde ich am Ende trotzdem alles über dich heraus«, sagte Lasarew.

Sie schüttelte den Kopf, versuchte wieder zu kreischen, aber verständliche Wörter brachte sie jetzt keine mehr hervor. Inzwischen klang sie vollends wie die jaulende Hündin, die sie war.

»Ich habe deine Behausung durchsucht, Paschie. Ich weiß, dass du für dieses Institut arbeitest.«

Sie verstummte. In ihrem Blick loderte der Hass. Trotzdem gab es nicht das geringste Anzeichen, dass sie aufgeben könnte.

»Dort fange ich an, und dort bringe ich sie alle um, kapiert? Ich bringe jeden um, der dir jemals etwas bedeutet hat.«

Wieder versuchte Paschie zu schreien. Sie trat mit beiden Beinen aus und warf in dem verzweifelten Versuch, sich zu befreien, den Oberkörper hin und her.

Lasarew richtete sich wieder auf, trat auf ein anderes Regal zu und griff nach einem schweren Gummiknüppel. Dann holte er weit aus und wirbelte mit Hüfte und Schultergürtel herum, um ihr den Knüppel mit voller Wucht in den Bauch zu hämmern. Der Schlag schickte eine Schockwelle durch ihren Körper. Verzweifelt versuchte sie, das Rohr auszuspucken, doch es saß fest in ihrem Mund, und die Stifte bohrten sich nur noch tiefer in die Zunge. Er schlug erneut zu – diesmal noch härter. Und noch mal. Noch härter.

Mit jedem Schlag krampfte sich ihr Körper unter Schmerzen zusammen, und sie rang nach Luft. Ihre Abwehrreaktion war so heftig, dass sie beinahe die Stirn auf ihre Kniescheiben geschmettert hätte. Es fühlte sich an wie die Schockwelle nach einem Stromstoß, ihr Körper hatte einfach keine Chance, dagegen anzukämpfen.

Nach dem dritten Schlag ließ er den Knüppel auf den Boden fallen und verließ den Raum.

19

Er hatte überraschend lang gebraucht, um herauszufinden, in welchem Kindergarten Margarita Juschkowa ihre Kinder angemeldet hatte. Max hatte auf der Rückbank eines Taxis gesessen, war kreuz und quer durchs ganze Viertel rund um den Firmensitz von St. Petersburg GSM gefahren und hatte ertragen müssen, dass der Taxifahrer in einer Tour zwischen den Radiosendern hin und her geschaltet hatte. Als Max die einzige moderne Kindertagesstätte in der Umgebung entdeckte, hatte er den Fahrer gebeten, bei angeschaltetem Taxameter außer Sicht auf ihn zu warten.

Die Räumlichkeiten sahen brandneu aus. Die Innenräume waren lichtdurchflutet, in Weiß, Apricot und Grün gestrichen, und am Boden standen rote Plastikwannen mit Büchern und Spielsachen. Das hier war ganz eindeutig kein Allerweltskindergarten. Der russische Durchschnittsarbeiter brachte seine Kinder jedenfalls nicht hier unter.

St. Petersburg GSM schien anständig zu bezahlen.

Eine Weile sah Max dem Treiben auf dem kleinen Vorplatz zu. Eltern kamen, um schnell ihre Kinder abzuholen, und eilten sofort weiter. Nach ein paar Minuten näherte sich eine Frau in einem roten Mantel. Die Haare reichten ihr bis zur Taille. Sie kam aus einer anderen Richtung als die anderen Eltern. Aus Richtung des Firmensitzes von St. Petersburg GSM.

Max überquerte die Straße.

»Margarita?«

Die Frau blieb stehen, drehte sich zu ihm um und zog den Mantel enger.

»Ja?«

»Ich muss Sie kurz sprechen.«

»Wer sind Sie?«

»Ich heiße Max und komme aus Stockholm in Schweden. Eine Freundin von mir hat Sie vor etwa einer Woche angerufen. Sie ist verschwunden, und ich versuche herauszufinden, was ihr zugestoßen ist.«

Margarita sah zum Kindergarten hinüber, wo sich gerade eine junge Frau mit einem Kleinkind an der einen und einem Handy in der anderen Hand auf den Weg machte.

»Davon weiß ich nichts.«

»Ich habe doch noch nicht einmal erwähnt, um wen es geht.«

Margarita machte ein paar Schritte auf den Kindergarten zu, und Max streckte den Arm aus. Er hielt sie zwar nicht fest, versperrte ihr aber den Weg. Sie blickte erst auf seinen Arm und ihm dann ins Gesicht.

»Sie müssen wissen, dass sie mir sehr viel bedeutet«, sagte er. »Ich hab in ihrem Badezimmer Blutspuren gefunden. Irgendwer hat sie erst verletzt und anschließend verschleppt.«

»Das klingt ja furchtbar. Aber was habe ich damit zu tun?«

»Ich glaube, dass sie mit Ihnen über Ihren Arbeitgeber sprechen wollte – St. Petersburg GSM. Sie heißt Paschie. Können Sie sich jetzt an sie erinnern?«

Max meinte, in ihrem Gesichtsausdruck eine Veränderung wahrzunehmen. Sie hatte den Namen wiedererkannt.

»Wie gesagt, darüber weiß ich nichts. Und jetzt entschuldigen Sie mich, ich muss meine Kinder abholen.«

»Margarita, ich habe den Verdacht, dass Sie mit dem organisierten Verbrechen zu tun haben.«

Max nickte in Richtung Kindergarten.

»Wer kümmert sich um Ihre Kinder, wenn Sie im Gefängnis landen?«

»Organisiertes Verbrechen?« Margaritas Wangen erröteten. »Ich arbeite in der Buchhaltung …«

»Warum hat Paschie Sie angerufen?«

Margarita holte tief Luft und atmete dann langsam aus. Zog den Mantel noch ein bisschen enger.

»Sie hat sich nach den Firmeneinlagen erkundigt. Aber darüber kann ich nicht mit Außenstehenden sprechen – das muss sie doch verstehen?«

»Nach den Firmeneinlagen der St. Petersburg GSM?«

Ein Auto raste dicht an ihnen vorbei, und Max sah ihm irritiert nach. Als er sich wieder umdrehte, war Margarita bereits auf dem Weg in Richtung Kindergarten.

Max lief ihr nach. Ihr Gesicht war mittlerweile feuerrot, und sie atmete schwer.

»Was wollen Sie, verdammt?«, fauchte sie ihn an.

»Wie gesagt bedeutet Paschie mir sehr viel. Mit Ihrer Hilfe finde ich vielleicht heraus, was passiert ist.«

Er verstärkte seinen Griff um ihren Arm.

»Erzählen Sie mir, wie sich St. Petersburg GSM finanziert.«

Margarita schüttelte den Kopf. Inzwischen wirkte sie verängstigt.

»Ich arbeite in der Buchhaltung«, wiederholte sie mit brüchiger Stimme. »Ich hab nie jemanden von der Organisation getroffen.«

Von der Organisation? Eine merkwürdige Formulierung. Max fragte sich, ob sie damit die Gesellschafter meinte.

»Worüber unterhalten Sie sich, wenn Sie Kaffeepause machen und der Chef nicht in der Nähe ist? Was erzählt man sich so?«

Wieder blickte sie in Richtung Kindergarten. Dann sah sie erneut Max an. In ihren Augen standen Tränen.

»Man erzählt sich … dass diese Männer mächtig sind. Sehr mächtig. Dass sie in den Besitz eines gigantischen Vermögens gekommen sind.«

»Und wie?«

»Das weiß ich nicht.«

»Von welcher Größenordnung reden wir? Es geht um die Kapitaleinlagen, ja? Wie viele Rubel steuert so ein durchschnittlicher Gesellschafter bei?«

»Wie viele Dollar«, korrigierte Margarita ihn.

»Sind es Millionen?«

»Abertausende …«

Ihm kroch die Kälte in die Knochen. Bis ins Mark.

Im organisierten Verbrechen war es durchaus keine Seltenheit, dass eine Geschäftstätigkeit auf diversen Kleineinlagen basierte. Aber das hier schien eine andere Dimension zu haben. Wie hoch mussten die Einlagen sein, um ein GSM-Netzwerk zu finanzieren? In Schweden, schätzte er, wäre dafür mindestens eine Milliarde Kronen nötig. Hier hingegen, wo alles umso größer ausgelegt war, musste man womöglich mit dem Fünffachen kalkulieren. Aber da waren diese Kleineinlagen wohl kaum realistisch?

»Abertausende Dollar?«, hakte er nach.

»Abertausende *Millionen* Dollar«, antwortete Margarita.

20

Nestor Lasarew zog die schwere Tür auf und betrat die große Eingangshalle des Universitätsgebäudes. Dem Sicherheitspersonal draußen hatte er erzählt, er hätte Stents, die seine Herzkranzgefäße offen hielten. Obwohl die Leuchte rot geblinkt hatte, war er ohne Schwierigkeiten durch den Metalldetektor gewinkt worden.

Vor der breiten Granittreppe blieb er kurz stehen und nahm die Umgebung in Augenschein. Junge Männer und Frauen liefen mit Notizblöcken, Büchern, Plastikflaschen und Lunchboxen im Arm die Treppe hoch und runter und hatten bunte Plastiktüten mit westlichen Logos in den Händen – moderne Statussymbole, die den Newski-Prospekt schier überschwemmt hatten.

Er schüttelte den Kopf. Eine verlorene Generation.

Dann stieg er die Treppe hinauf in den dritten Stock. Sein Gang war geschmeidig, in Sachen Kondition konnte er es mit den jungen Leuten immer noch spielend aufnehmen. Und er musste gut in Form sein, wenn er die Vision des großen Führers in die Tat umsetzen wollte.

Lasarew klopfte an, zog die Tür auf und trat ein, ohne auf eine Reaktion zu warten.

Von seinem Schreibtisch blickte der Präsident der Universität zu ihm auf. Sowie er ihn erkannte, sprang er mit einem unsicheren Lächeln auf den Lippen auf.

»Herr Vorsitzender«, rief er und hielt ihm die Hand hin, »was für eine Ehre!«

Lasarew sah über die ausgestreckte Hand hinweg. Musterte den kleinen Mann mit dem ausladenden Bauch. Der Schädel war kahl und von einem rötlichen Ausschlag gezeichnet. Auf der krummen Nase saß eine runde schwarze Brille.

Einen Apfel ins Maul, einen Spieß durch deinen Wanst, und du wärst das perfekte Schwein.

»Setzen Sie sich«, brachte der Präsident schließlich hervor und machte eine einladende Geste.

Auf einem Silbertablett auf seinem Schreibtisch standen eine Flasche *schampanskoje*, eine Flasche Wodka und eine Handvoll Kristallgläser.

»Was kann ich Ihnen anbieten?«

»Ein Glas Wasser«, antwortete Lasarew.

Der Präsident zögerte einen Augenblick.

»Natürlich«, sagte er dann und eilte zu einer Seitentür. »Katja, zwei Gläser mit Eis und eine Flasche gekühltes Wasser, bitte.«

»Für mich kein Eis.«

»Vergessen Sie das Eis!«, legte er schrill nach.

Nachdem der Präsident zwei Gläser mit Wasser gefüllt und sich gesetzt hatte, beugte Lasarew sich nach vorn.

»Wie läuft es hier an der Universität, Levi?«

Der Präsident räusperte sich und nahm ein paar Schluck Wasser.

»Ganz ordentlich. Auch in diesem Semester haben wir eine Rekordzahl von Studenten angenommen.«

»Und in Sachen Liquidität? Verfügen Sie über genügend Mittel?«

Irgendetwas veränderte sich in Levis Gesicht. Lasarew konnte ihm die Furcht regelrecht ansehen.

»Es sind harte Zeiten, Herr Vorsitzender, aber ich kann Ihnen versichern, dass wir jederzeit alles tun, um die besten akademischen Ergebnisse zu erzielen, und mit den Mitteln, die uns zur Verfügung stehen, das Beste erreichen.«

Sehr gescheit, dachte Lasarew, dass er nicht direkt damit rausrückt.

»Wie man hört, haben Sie einen neuen Bereich gegründet«, fuhr er fort. »Innerhalb der Wirtschaftswissenschaften. Wie kam es dazu?«

»Das war allerhöchste Zeit, finden Sie nicht?« Levi lachte – ehe er bemerkte, dass Lasarew nicht mal mit dem Mundwinkel zuckte. »Ähm … Wir versuchen, uns die Regeln der Marktwirtschaft neu zu erarbeiten.«

Lasarew sagte nichts, änderte nur leicht die Sitzposition.

»Der Mann, der den Bereich leitet, ist ein hoch angesehener Kollege – Afanassi Mischin. Er war zuvor im Bereich Wirtschaftsgeschichte tätig. Den neuen Fachbereich haben wir mithilfe eines internationalen Kooperationspartners aufbauen können – Seite an Seite mit einer überaus renommierten Institution. Von Weltruhm.«

»Aus welchem Land?«, wollte Lasarew wissen.

»Schweden.«

Ausdruckslos sah Lasarew in Levis fettes Gesicht. Dieses ahnungslose Schwein konnte seinen Stolz gar nicht verbergen.

»Stockholm, um genau zu sein«, fuhr der Präsident fort.

Stockholm. Wie befürchtet.

Lasarew dehnte leicht den Nacken und drehte dann den Kopf nach rechts. Als es endlich knackste, fühlte er sich ein klein wenig besser. Er hatte auf die harte Tour gelernt, jede Gefühlsregung für sich zu behalten. Er wusste, dass man ihm den Zorn nicht ansehen konnte, der in ihm loderte. Das war mal anders gewesen – da hatte er sich von seinen Gefühlen überwältigen lassen, und um ein Haar hätte das für ihn das Ende bedeutet. Damals in Stockholm.

Durch die geschlossene Tür konnte man das Gelächter einiger Studenten hören. Nervös spähte Levi über Lasarews Schulter in Richtung Flur.

Seit Stockholm waren unzählige Schlachten geschlagen worden ... mit unterschiedlichem Ausgang. Doch keine Schlacht war je persönlicher gewesen. Und jetzt hatte der schwedische Nachrichtendienst sich allen Ernstes hier in Russland eingeschlichen und an der Sankt Petersburger Uni eine Dependance eingerichtet. In der Wirtschaftswissenschaftlichen Fakultät. Für die Schweden unbestreitbar ausgeklügelt.

»Zahlt die Universität Mitgliedern dieser Institution Gehälter?«

Der Präsident zuckte zusammen.

»Selbstverständlich nicht! Im Rahmen dieses internationalen Austauschs arbeitet zwar eine Kollegin hier vor Ort, aber die Universität bezahlt sie nicht, das kann ich Ihnen versichern. Sie hat hier bloß ein Arbeitszimmer. Dafür entrichtet die Institution sogar Miete.«

Paschie Kowalenko. Die jetzt in diesem Augenblick in meiner Vorratskammer an einem Plastikröhrchen nuckelt, dachte Lasarew. Wer immer mit diesen Eindringlingen zu tun hatte, musste verschwinden.

Er hob das Glas an die Lippen. Waren es die Wasserrohre in der Universität, oder warum schmeckte das Wasser nach Eisen? Oder war es die Erinnerung an das Blut? Er schluckte, leckte sich über die Lippen.

Dieser kleine Störfaktor durfte sich nicht zu etwas Größerem auswachsen. Die anderen in der Organisation durften davon auf keinen Fall Wind bekommen – das wäre verheerend, nicht zuletzt für seine Position und ausgerechnet jetzt, da das Ziel in greifbarer Nähe war.

Ihm wurde eigenartig warm, als er wieder an die Aufgabe

dachte, die vor ihm lag. Wieder war er gebeten worden, *sein* besonderes Werk zu tun. Allein bei dem Gedanken fühlte er sich wieder jung.

Er wies mit seinem langen Finger auf den Präsidenten.

»Levi«, sagte er. »Ihre Universität wurde vom schwedischen Militärgeheimdienst unterwandert. Direkt vor Ihrer Nase.«

»Aber Herr Vorsitzender!«, protestierte der Präsident. »Das können Sie doch nicht ernst meinen!«

»Begreifen Sie überhaupt, was für ein Skandal das ist? Und was das für Ihre Karriere bedeuten könnte?«

Levi starrte Lasarew mit offenem Mund an.

»Was kann ich tun, um Sie zufriedenzustellen, Herr Vorsitzender?«

»Tatsache ist, dass ich Sie retten könnte.«

Lasarew lehnte sich zur Seite und angelte eine kleine Kuckucksuhr aus der Manteltasche.

»Lassen Sie dieses Geschenk in Herrn Mischins Fakultät bringen. In das Zimmer, das die Schweden gemietet haben. Wenn das Vögelchen morgen um Punkt vierzehn Uhr zwitschert, sitzen Sie in einem der besseren Restaurants der Stadt. Gönnen Sie sich das hervorragende Essen, das Sie sich verdient haben.«

Der Präsident starrte erst auf das Geschenk in Lasarews Hand, dann auf Lasarew selbst.

Er war ein Hasenfuß, aber er war nicht dumm. Er hatte selbstredend begriffen, wozu Lasarew ihn aufgefordert hatte. Und er hatte begriffen, dass er würde tun müssen wie geheißen. Wenn er es nicht täte, würde er sein Leben oder aber die Finanzierung der Universität riskieren – die beiden einzigen Dinge im Leben, um die sich Levi ernstlich sorgte.

Der Präsident nickte.

»Natürlich, Herr Vorsitzender. Ihre Großzügigkeit ist wirklich …«

Mit erhobener Hand brachte Lasarew ihn zum Schweigen.

»Eine Sache noch.«

Der Präsident schluckte, sein Adamsapfel wippte auf und ab.

»Wie steht es um Ihre Kontakte zu Ihrem einstigen Kollegen? Ist er es nicht langsam leid, die Rathausgeschäfte zu lenken? Und bereit für neue Herausforderungen?«

Levi starrte auf die Tischplatte hinab.

»Mit dem Bürgermeister habe ich seit Jahren kein Wort mehr gewechselt, Herr Vorsitzender.«

»Dann bekommen Sie ein weiteres Geschenk von mir. Rücken Sie Ihr Verhältnis zu ihm vor morgen vierzehn Uhr wieder gerade. Seine rechte Hand – der Vorsitzende des Komitees für Auslandsbeziehungen und Internationale Fragen – ist ein kluger Kopf, der einiges bewegen kann.«

»Ja, von ihm habe ich bereits gehört.«

»Geben Sie ihm einen Hinweis, dass die Universität vom schwedischen Militärgeheimdienst unterwandert wurde. Lassen Sie ihn außerdem wissen, Sie wären vonseiten Ihres Gasversorgers mehrfach gewarnt worden, dass die Leitungen in diesem Haus alt und marode wären und dass es jederzeit zu einer Katastrophe kommen könnte. Es gibt da einen Kommissar, einen gewissen Papanow, der sich der Sache kompetent annehmen kann.«

»Ich verstehe, Herr Vorsitzender.«

Lasarew stellte die Kuckucksuhr vor den Präsidenten auf den Tisch. Dann stand er auf.

»Ich bin froh, dass wir uns in der Sache einigen konnten.«

Der Präsident blieb wortlos sitzen und starrte auf die Uhr.

An der Tür drehte Lasarew sich noch einmal um.

»Ich wünsche Ihnen viel Erfolg mit der Aufzucht dieser jungen Kapitalisten, die Mütterchen Russland wieder auf die Beine bringen sollen.«

Lasarew schlenderte hinüber zur Mauer mit den schmiedeeisernen Einsätzen, die das Universitätsgelände säumte und von der aus er über den Kanal und zur Kasaner Kathedrale blicken konnte. Dann zückte er sein Satellitentelefon und rief seine ausländischen Kontakte auf. Spanien, Slowenien, Slowakei, Schweden. Da war er.

Sein schwedischer Kontakt hatte sich aus freien Stücken der Organisation angeschlossen. Er hatte den perfekten Hintergrund, perfekte Familienverhältnisse und war inzwischen perfekt in die schwedische Gesellschaft integriert.

Mit ihm hatte Lasarew einen veritablen Soldaten an der Hand, einen herausragenden Mann, der mit ihm einst durch afghanische Dörfer gestreift war. Treu ergeben und vom Leben jenseits der Grenzen seines Vaterlands kein bisschen verweichlicht.

Lasarew rief die Nummer auf. Es klingelte viermal, ehe jemand den Anruf entgegennahm.

»Ich höre«, sagte der Mann.

»Wunderbar. Ich hab noch einen Auftrag, der innerhalb Schwedens ausgeführt werden soll.«

21

Als Max die Treppe zu seiner Stundentenwohnung hocheilte, sah er immer noch Margarita Juschkowas verängstigten Blick vor sich. Dann entdeckte er Licht im Gemeinschaftsraum – und Mischin, der sich einen Becher Tee aus der Küche geholt hatte. Vor ihm auf dem Couchtisch lag ein weißes, wattiertes Kuvert, auf dem ein großer roter Stempel prangte: *Zurück an den Absender.*

»Strebor hat mir erzählt, Sie wären mit einem Helfer irgendwo hingefahren«, sagte Mischin. »Wie ist es gelaufen?«

Max ließ sich ihm gegenüber auf einen Stuhl fallen. Dann berichtete er, was sie in Toksowo vorgefunden hatten. Das Durcheinander. Die vernichteten Unterlagen. Das Blut am Badezimmerspiegel. Seine feste Überzeugung, dass Paschie entführt worden war. Sie musste einfach noch am Leben sein – irgendjemand hatte sie verschleppt, und er würde sie finden.

Mischin blieb eine Weile still.

»Das tut mir wahnsinnig leid«, brachte er schließlich hervor. »Ich habe über alle möglichen und unmöglichen Szenarien nachgedacht – dass sie unter einen Zug geraten oder von einem dieser durchgedrehten Heroinsüchtigen niedergestochen worden sein könnte – von denen gibt es ja immer mehr …«

Mischin legte beide Hände um den Becher und sah Max ins Gesicht. Er sah aus wie ein erschöpfter Forscher, der sich in seinen eigenen Theorien verrannt hatte. In Naturgesetze, die mit einem Mal nicht mehr zu stimmen schienen.

»Irgendwann bin ich zu dem Schluss gekommen, dass ihr Verschwinden mit ihrer Herkunft zu tun haben muss«, fuhr er mit einem trockenen Seufzer fort. »Man kann nun mal nicht hinter sich lassen, wer man ist.«

Mischins düstere Schlussfolgerung jagte Max' Puls in die Höhe. Das Geheimnis seiner Herkunft hatte er immer noch nicht ansatzweise lüften können. Äußerlich betrachtet wirkte er wie jemand, der sein Leben komplett unter Kontrolle hatte, und trotzdem versuchte er in einem fort, dem Gefühl der Minderwertigkeit, der Scham zu entfliehen.

Er hatte keine Ahnung, ob es daran lag, dass sein Vater ein Waisenkind gewesen war; aber in seiner Kindheit hatte Max sich immer wie ein Außenseiter gefühlt. Er hatte sich mit dem bisschen, das er in Gestalt von Familie und Freunden um sich scharte, mit den Elementen, mit dem Meer und mit der Jagd zufriedengeben müssen. Genau wie Paschie hatte er sein Bestes getan, um seine einfache Herkunft hinter sich zu lassen und etwas Besseres aus sich zu machen als einen simplen Insulaner.

Paschies Geheimnis war schwerer zu verbergen, aber auch sie hatte ihr Möglichstes getan. Allerdings war ihre Scham zugleich ihr ganzer Stolz.

Als Tatarin sah Paschie sich gezwungen, doppelt so hart wie andere Frauen zu arbeiten, um ihre Leistungsfähigkeit unter Beweis zu stellen. Die Konflikte zwischen den ethnischen Gruppierungen in Russland wurzelten tief in der Vergangenheit. Die russischen Tataren – entfernte Verwandte Dschingis Khans – waren beschuldigt worden, während des Zweiten Weltkriegs mit den Nazis kooperiert zu haben, und während der sogenannten Säuberungen durch Stalin waren sie fast komplett ausgelöscht worden.

Paschies Familie stammte vom Schwarzen Meer, aus dem Khanat der Krim. Ihr Vater war dunkelhäutig gewesen, während die halbrussische Abstammung der Mutter Paschie eine hellere Hautfarbe beschert hatte. Trotzdem konnte sie all die positiven Eigenschaften, die man den Tataren für gewöhnlich nachsagte, für sich in Anspruch nehmen: Sie war ehrlich, arbeitete hart, hatte unverrückbare Ansichten, und unter der olivfarbenen Haut, dem schwarzen Haar und den abgetragenen Kleidern verbarg sich eine wahre Nomadenseele. Sie hatte sich den Namen Paschie nach dem russischen Wort *pascha* für Ostern ausgesucht, weil sie vor fünfundzwanzig Jahren am Karfreitag zur Welt gekommen war. Ihr richtiger Name lautete Elza.

»Auf dem Universitätsgelände ist es zu einigen unangenehmen Zusammenstößen mit Nationalisten gekommen«, erklärte Mischin.

Über Max' Netzhaut flackerte erneut das Bild des blutverschmierten Waschbeckens in Paschies provisorischem Bad. Dann der Umriss von Iljas massigem Körper. Es mochte durchaus ein Mann wie Ilja gewesen sein, der Paschie verschleppt hatte. Max stellte sich vor, wie sie sich gegen ihn zur Wehr gesetzt hätte. Keine Möglichkeit zur Flucht. Niemand, der hätte hören können, wie sie schrie. Niemand, der je Fragen stellen würde.

Mischin machte sich bereit zu gehen.

»Das hier ist heute mit der Post gekommen«, sagte er noch und hielt Max den gefütterten Umschlag hin. »Sieht ganz so aus, als hätte Paschie gewollt, dass Sie den kriegen.«

Auf dem Umschlag standen Max' Name und Heimatadresse in Stockholm.

Der Straßenname war falsch buchstabiert, und Paschie hatte die Postleitzahl verkehrt herum notiert. Sie hatte sogar vergessen, *Schweden* draufzuschreiben. Kein Wunder, dass die Post nicht gewusst hatte, was sie damit anfangen sollte.

Aber diese Nachlässigkeit sah Paschie gar nicht ähnlich. Sie kannte die Adresse doch, hatte bereits mehrere Nächte dort verbracht. Und warum hatte sie nicht die Adresse von Vektor gewählt, wenn sie ganz sichergehen wollte?

Zurück an den Absender. Das Kuvert stammte aus der Uni und war an die Fakultät für Wirtschaftswissenschaften zurückgeschickt worden. Max riss ihn auf und angelte ein Buch heraus: *Paradigm Shift Next – Foreseeing the Future in the Information Technology Revolution* von John B. Colsanto.

Mit einem Liebesroman hatte er auch nicht gerechnet.

»Wie läuft's?«, fragte Sarah, als Max sich meldete.

»Irgendwer hat Paschie entführt. Oder Schlimmeres.«

Auch ihr erzählte er, was er in Paschies Wohnung vorgefunden hatte: das Durcheinander, die umgekippten Möbel, Laptop und Aufzeichnungen, die verbrannt worden waren. Der blutige Handabdruck im Bad.

»Verdammt, Max, das tut mir so leid!«

In der Stille seiner Wohnung nickte er nur.

»Max?«

»Entschuldigung, ich war in Gedanken.«

»Ich will nur wissen, ob ich irgendetwas tun kann.«

»Danke, aber Ilja hilft mir schon. Wenn es Neuigkeiten gibt, melde ich mich wieder.«

Als er auflegte, überkam ihn ein nur allzu bekanntes Gefühl von Einsamkeit.

Er wusste noch genau, wann er dieses Gefühl zum allerersten Mal gehabt hatte – und es hatte ihn seither nie mehr richtig losgelassen. Es war am Abend des 6. Juni 1982 gewesen, am schwedischen Nationalfeiertag. An dem Tag war sein Vater, Jakob Anger, gestorben. Da hatten auch die Schlafstörungen angefangen.

In seinem großen Zimmer im Studentenwohnheim in Sankt Petersburg spürte er, wie sich die Kälte um seinen Körper legte wie an all den Winterabenden, die auf den Tod seines Vaters gefolgt waren.

Max erinnerte sich noch gut daran, wie er am Fenster seines Kinderzimmers gestanden hatte und hinter dem Spiegelbild seines Gesichts, hinter den verschneiten Bäumen irgendetwas gesucht hatte. Doch er hatte nie etwas gefunden. Trotzdem hatte er dort Abend für Abend gestanden und hinausgeblickt.

Die Mutter, Josefin, war regelmäßig zu ihm gekommen und hatte ihn bekümmert angesehen. Zu all dem, was es dort draußen nicht länger zu finden gab, hatte sie kein Wort gesagt – sie hatte ihm immer nur eine gute Nacht gewünscht. Sobald sie gegangen war, hatte Max die flache Hand an die Wand gelegt, um die Kälte von draußen zu spüren. Er hatte die Hand so lange dort gelassen, bis die Kälte durch die Knochen in seinem Arm gesickert war wie eine Blutvergiftung, die sich in Richtung seines Herzens vorarbeitete.

Josefin hatte Max das Versprechen abgenommen, dass er für alle Zeiten nur nach vorn blicken dürfe, ganz gleich was um ihn herum passiere. *»Grab dich nicht in die Vergangenheit ein, mach das Beste aus dem, was du hast. Lass all das, was zu den Stimmungsschwankungen deines Vaters und zu seiner Sucht geführt hat, mit seiner Seele ruhen.«*

Doch Max hatte nie vergessen können, wie wutverzerrt das Gesicht seines Vaters mitunter gewesen war. Dieser schwarze Blick, die tief gefurchte Stirn, wenn sein Brustkorb sich zusammengekrampft hatte, als wäre alle Luft aus ihm gewichen.

Eines Nachts war Max von einem dumpfen Geräusch aufgewacht. Es war von der Kellertreppe gekommen, und er war hinaus auf den Flur geschlichen und hatte die Ohren gespitzt.

Nach unten wollte er nicht gehen, er wollte seinen Vater nicht in dem kleinen Arbeitszimmer sitzen sehen, in das er sich Nacht für Nacht zurückzog, um Briefe zu schreiben und zu lesen. Er wollte ihn nicht sturzbetrunken erleben, wollte lediglich sichergehen, dass er in Sicherheit war und wieder auf die Beine käme.

Jakob Anger atmete schwer und murmelte in einem fort zwei Namen wie ein Mantra vor sich hin.

Wallentin. Borgenstierna. Wallentin. Borgenstierna.

Max stand von der Sofaecke auf, wo er mit Mischin gesessen hatte, und ging ins Schlafzimmer. Er warf einen Blick auf das leere Bett, auf die Bücher und die Unterlagen, die dort kreuz und quer verstreut lagen.

Dann drehte er sich zu der Wand um, wo er seine Notizen aufgehängt hatte. Direkt neben Paschies Namen befestigte er zwei neue Blätter. Auf einem stand *Margarita Juschkowa, St. Petersburg GSM, unbekannte Investoren, mehrere Milliarden Dollar.* Auf das andere hatte er geschrieben: *St. Petersburg Times – Domaschow.*

Er war Paschie auf der Spur, da war er sich ganz sicher. Aber es ging ihm alles viel zu langsam.

Er trat ans Fenster, legte die flache Hand auf die Glasscheibe, um die Kühle von draußen zu spüren.

Sankt Petersburg war in eine Dunkelheit gehüllt, die so dicht war, dass die Straßenlaternen kaum noch den Gribojedow-Kanal und die Kasaner Kathedrale im Hintergrund ausleuchteten. Unter Garantie war es heute zehn Grad unter null.

Irgendwo dort draußen bist du, Paschie. Du musst einfach dort draußen sein. Und ich gebe keine Ruhe, bis ich dich gefunden habe.

Stockholm, im Juni 1943

Vor der Kirche blieb Carl stehen. Atmete ein paarmal tief durch, um seinen Herzschlag zu beruhigen. Sein ganzer Körper kribbelte, wie jedes Mal, wenn ein Wiedersehen mit Tatjana bevorstand.

Zwischen ihren kurzen Treffen in der Kirche hielten sie Kontakt über Briefe, die Priester Stefan und Wallentin überbrachten. Ihre Treffen selbst liefen chaotisch ab, manchmal war Tatjana so nervös und stand dermaßen unter Strom, dass sie kaum mehr als einen Blick oder ein paar Worte wechselten. Manchmal hatten sie auch mehr Zeit und konnten sich konstruktiv der Planung widmen. Dann unterhielten sie sich über das Leben in der Botschaft, weil sich doch irgendein Umstand finden musste, von dem Carl seinen Kontakten berichten konnte, um ihr den Absprung zu ermöglichen.

Tatjanas Briefe wurden häufiger, und sie wurden immer länger. Ihr Mut überraschte ihn – wie offen sie war, wie ausführlich. Mit einem Stift als Schutzschild schien sie mitteilsamer zu sein. Was immer ihren Mann betraf, blendete sie aus. Als würde er überhaupt nicht existieren.

Sie schilderte die Bäume, die in der – wie sie es nannte – schwarzen Erde wuchsen. Sie litt unter extremem Heimweh, sehnte sich aber nicht nach Moskau – sie hasste diese Stadt –, sondern nach dem friedvollen Leben in der ländlichen Ukraine, nach dem Leben, das sie als junges Mäd-

chen in einer Dorfgemeinschaft jenseits der Stadtgrenzen von Bairak geführt hatte, wo sie noch mit Welpen und mit Katzenjungen hatte spielen können, ehe diese im Zuge der Hungersnot von den Straßen verschwanden.

In ihren Briefen stellte sie ihm eine Menge Fragen. Sie wollte mehr über Carls Familie erfahren, von deren Verbindungen ins alte zaristische Russland. Wie war Russland damals gewesen? Stimmte es wirklich, dass das Volk in Elend leben musste? Dass der Adel es behandelte wie Sklaven?

Sie wollte mehr über seine Freunde wissen, vor allem ob diese wiederum auch Freundinnen hatten, nicht aus Eifersucht, nicht aus irgendeiner Form von Misstrauen, sondern um zu verstehen, wie sie lebten, wie Schwedinnen lebten, deren Leben sich so eklatant von ihrem unterschied und die eines Tages vielleicht ihre Freundinnen sein würden. Selbst an Carls Arbeit war sie interessiert, an seinem Leben als Mann des Gesetzes und daran, wie das schwedische Rechtswesen funktionierte.

Und mehr als bereitwillig erzählte Carl es ihr.

Je länger sie einander Briefe schrieben, umso enger wurde das Band zwischen ihnen beiden. Zwischen den Treffen in der Kirche konnten drei, mitunter sogar vier Briefe von Tatjana kommen.

Heute würden sie sich zum allerersten Mal unter vier Augen begegnen. Ohne dass Priester Stefan dabei wäre. Carl hatte den Schlüssel zum Seitenportal erhalten.

Er lief den Mittelgang entlang und warf einen Blick auf die niedrigen Doppeltüren, hinter denen Räume lagen, zu denen lediglich Geistliche Zutritt hatten. Die rechte führte in die Sakristei. Die mittlere – die sogenannte Königstür – führte ins Allerheiligste, wo der Altar stand. Hinter der linken Tür befand sich ein kleiner Raum, die Prothesis, in der sie sich heute treffen würden.

Vorsichtig schob Carl die reich bemalte Tür auf, steckte den Kopf hinein und betrat den verbotenen Raum.

Mit dem Rücken zu ihm saß Tatjana an einem kleinen Tisch mit einem Silberkreuz und einer silbernen Schale.

»Eigentlich dürfen Frauen gar nicht hier sein«, sagte sie und drehte sich zu Carl um. »Nur Männer wahren Glaubens.«

»Ich glaube nicht an Gott«, gab Carl zurück.

»Ich kenne wenige gottesfürchtige Männer. Zu wenige.«

Sie hatte ein schlichtes graues Baumwollkleid an. Teile ihres Gesichts lagen hinter einem mit Blumen gemusterten Tuch verborgen. Doch als er die Entschlossenheit in ihrem Blick sah, stockte ihm der Atem. Es war fast, als würde dieser Blick ihn entwaffnen und ihm zugleich neue Kraft verleihen.

Sie stand auf und trat auf ihn zu.

»Du hast mir von deinem Großvater erzählt, der in Sankt Petersburg gewohnt hat«, sagte sie. »Gibt es diese Stadt denn wirklich?«

Sein Kopf fühlte sich frei an, während ihm gleichzeitig das Atmen ungeheuer schwerfiel. War es ein Fehler gewesen herzukommen? Hatte sich irgendjemand hinter der Ikonostase versteckt und spionierte sie aus?

»Ehe ich sie nicht mit eigenen Augen gesehen habe, existiert diese Stadt für mich nur im Märchen.«

Carl nahm ihre Hände. Jetzt oder nie, das war ihm klar. Er musste alles über diese Frau erfahren. Und er konnte sich nicht länger selbst belügen. Er wollte ihr nicht mehr nur dabei helfen, ihr altes Leben hinter sich zu lassen, er wollte, dass sie ihr neues Leben mit ihm teilte.

Der erste Kuss versetzte seinen ganzen Körper in Brand – und die Flammen waren stark genug, sie beide zu verbrennen.

Freitag, 1. März

22

Max löffelte Zucker in seinen Tee, um den Metallgeschmack in seinem Mund loszuwerden. Von der Benzo hatte er einen schweren Kopf, und er hatte eine geschlagene halbe Stunde unter der heißen Dusche stehen müssen, um seinen Körper auch nur ansatzweise in Schwung zu bringen.

Mit dem Becher in der Hand trat er an die Wand mit den Zetteln. Ließ den Blick von einer Notiz zur anderen schweifen. Erst der Name Borgenstierna. Dann diese Firma, Brice & Stadthaller.

Domaschow, der Journalist. Den würde er treffen und fragen müssen, worüber er und Paschie sich unterhalten hatten. Als Journalist war Domaschow sicher geübt darin, sich diplomatisch auszudrücken, trotzdem hoffte Max, dass er herausfinden würde, worum es gegangen war. In seiner Zeit bei der Armee hatte er gelernt, anderen selbst nichtigste Geheimnisse zu entlocken. Genau genommen hatte das schon früher angefangen.

Als er noch klein war, hatte sein Vater sich immer neue Spiele für ihn ausgedacht, die sie auf Arholma und den benachbarten Inseln spielen konnten. Spiele wie Erinner dich, Wir wissen alles, Schnellfeuer, Isolation, Druckbelastung, Schlafentzug. Erst sehr viel später hatte er begriffen, dass es sich dabei um unterschiedliche Verhörmethoden des Militärs handelte.

An einem nebligen Novembermorgen hatte Max mit seinem Vater Jakob und zwei Freunden zur Ostseite von

Ovanskär fahren sollen. Die Freunde hatten sehen wollen, ob mit dem Nebel auch die Eisenten gekommen waren. Außerdem hatte der Lotse angeblich eine Menge Treibholz am östlichen Ende anstranden sehen, das ihnen im Winter gute Dienste leisten würde.

Über die enorme Treibholzmenge waren die Vögel im Nu vergessen. Nachdem sie so viel Holz wie nur möglich aufgeladen hatten, machten sie ein Lagerfeuer. Die Männer unterhielten sich lebhaft über eine Frau, die einige Tage zuvor auf Villösan gleich vor Arholma einen Taucher aus dem Wasser hatte waten sehen. Sie war felsenfest davon überzeugt, dass der Taucher nicht von der Norra-Basis gekommen und dass er daher auch kein Schwede gewesen sei.

»Wenn du den Mann gesehen hättest«, fragte sein Vater, »was hättest du gemacht?«

Die Freunde verstummten und sahen Max an. Die Art und Weise, wie sie ihn mit ihren Blicken maßen, verunsicherte ihn.

»Ich weiß nicht«, antwortete er leise.

»Wenn Hans-Göran hier der Taucher wäre, der gerade auf Villösan landet«, sagte sein Vater und gab dem Freund einen Klaps auf die Schulter, »was würdest du ihm sagen?«

»Ich würde ihn fragen, ob er sich verirrt hat«, antwortete Max.

Papa und seine Freunde lachten.

»Okay. Nehmen wir an, er würde in reinstem Hochschwedisch erzählen, dass er noch Pfifferlinge für eine Suppe sammeln müsste. Was dann?«

»Dann würde ich ihm irgendeine Frage stellen, um herauszufinden, ob er von hier ist.«

»Was für eine Frage?«

»Ich würde ihn fragen, ob er weiß, wer gestern in Hallstavik gewonnen hat: die Rospiggarna oder die Masarna.«

»Warum denn bitte das?« Papa grinste. »Hätte er damit nicht eine Fifty-fifty-Chance richtigzuliegen?«

»Nein – weil hier jeder weiß, dass die Speedway-Saison seit September vorbei ist.«

Papas Grinsen wurde immer breiter, und seine Freunde sahen von der anderen Seite des Lagerfeuers anerkennend zu Max hinüber. Papa bückte sich nach seinem Seesack.

»Du hast zwar erst morgen Geburtstag, aber ich will dir trotzdem jetzt schon etwas geben«, sagte er und zog aus seinem Seesack einen schimmernden Jagdstock.

»Der ist schwer, aber es dauert nicht mehr lang, bis du kräftig genug bist, um ihn zu schwingen. Vielleicht können wir ja schon im nächsten Frühling zusammen jagen gehen?«

Max schaute auf den Schläger hinab, der quer über seinem Schoß lag. Er wusste, dass die Robbenjagd ihn insgeheim auf etwas anderes vorbereiten sollte – auf genau das, worüber die Männer gesprochen hatten. Was jenseits der Ostsee lag, jenseits der Eisschollen und der Robben.

Im selben Augenblick begriff er, dass er eines fernen Tages gegen dieses Land im Osten Krieg führen würde.

Mit Paschies Buch in seiner Tasche eilte er die Treppe hinunter. Er lief an Strebor vorbei, der in seinem Kabuff am Eingang des Wohnheims auf seinem Stuhl saß und schlief. Unwillkürlich fragte er sich, was Strebor einnahm, um so gut zu schlafen. Wodka? Das »Wässerchen«, wie die Russen es nannten?

So schnell es seine schweren Glieder erlaubten, durchquerte er das Universitätsgelände und lief zur Bibliothek. Die Robbenjagd und die Spiele seiner Kindheit waren nur die Vorbereitung gewesen. Sie hatten ihn auch später noch verfolgt, in seiner Jugend, als sein Vater schon gestorben war, und irgendwann dazu geführt, dass er sich für den Militärdienst entschieden hatte.

Und jetzt würde ihm all das, was er damals gelernt hatte, dabei helfen, Paschie wiederzufinden. Nur was, wenn gerade sein Hintergrund die Ursache für ihr Verschwinden war?

23

Wladislaw Bagajew nahm die Kuckucksuhr noch einmal in die Hand. Dann stellte er sie wieder auf den Schreibtisch. Die Sekretärin des Universitätspräsidenten, Katja, hatte ihn angerufen und gebeten vorbeizukommen, um etwas Wichtiges abzuholen. Obwohl er gerade Pause gehabt hatte, war er ins Büro des Präsidenten geeilt. Er wusste schließlich, wie es lief: Wenn er einen guten Job machte – wenn er sich herumkommandieren ließ –, würde er womöglich irgendwann den heiß ersehnten Studienplatz bekommen. Mischin hatte ihn dazu ermuntert, sich in russischer Literatur und in Geschichte einzulesen, und er nutzte jede freie Minute, um sich fortzubilden. Eines fernen Tages würde sich ihm die Chance bieten, eine richtige Ausbildung anzutreten und dann einen angesehenen Posten zu bekleiden. Das wusste er genau. Und beim Präsidenten einen guten Eindruck zu hinterlassen war eine Gelegenheit, die er sich nicht entgehen lassen durfte.

»Bist du der Praktikant?«, hatte Katja gefragt. »Das hier ist ein Geschenk von einem der Geldgeber der Uni. Fürs Arbeitszimmer, das die Schweden angemietet haben. Sei auf der Treppe vorsichtig damit.«

Jetzt stand dieses Geschenk auf dem Tisch in Paschies Büro. Die Uhr tickte so laut, dass es von den Wänden des leeren Büros widerhallte. Im Institut war es merkwürdig still, seit Paschie verschwunden war. Max Anger war freundlich gewesen und hatte ihm ein Armband abgekauft, aber ansonsten war er nicht weiter in Erscheinung getreten.

Allerdings hatte er am Morgen angerufen und angekündigt, dass er am frühen Nachmittag vorbeikommen werde.

Spontan ließ sich Bagajew hinter Paschies Schreibtisch nieder. Hier drinnen konnte er sich besser auf seine Lektüre konzentrieren als draußen am Empfang, wo er sonst saß. Trotz des lauten Tickens der Kuckucksuhr.

Wenn er sich zusammenrisse, würde er bis zwei Uhr eine volle Stunde mit Lesen zubringen können.

Max lehnte sich zurück. Der Stuhl war nicht sonderlich bequem. Immerhin war es leise hier im Lesesaal der Bibliothek, die meisten anderen waren wohl noch beim Mittagessen. Er knetete sich den Nacken und sah dann wieder auf den Buchumschlag.

In *Paradigm Shift Next – Foreseeing the Future in the Information Technology Revolution* hatte John B. Colsanto die Mechanismen historischer Paradigmenwechsel beschrieben, die auch für aktuelle Veränderungen maßgeblich waren. Es war eine Ermahnung an den Leser, dass die Antworten auf Zukunftsfragen oftmals in vergangenen Ereignissen zu finden waren.

Max blätterte durch die Seiten, auf denen sich Paschie mit Bleistift Randnotizen gemacht hatte. Im fünften Kapitel hatte sie ein kleines Dreieck um die Seitenzahl 44 gezeichnet, und in die drei Ecken hatte sie geschrieben: *Geld – Technik – Politik.*

Vierundvierzig?, schoss es Max durch den Kopf. Bedeutete das 1944? War das Zufall oder Absicht?

Weiter hinten im Buch handelte ein Abschnitt von staatlichen Verteidigungsausgaben, und dort hatte Paschie die Stichworte *Schlucht von Schutul* und *Plantage* notiert.

Colsanto war der Ansicht, dass das Wachstum der schwedischen Wirtschaft unmittelbar mit der Tatsache zusammenhing, dass das Land auf Neutralität bestanden und sich um jeden Preis aus dem Zweiten Weltkrieg herausgehalten hatte. Auf den Seiten, die vom Krieg und von der Rolle Schwedens handelten, hatte Paschie auf eine Seite *Max* geschrieben – und auf die nächste: *Max, Max, Max, Max.*

Seinen Namen so oft vor sich zu sehen brachte ihn völlig aus dem Konzept. Was hatte sie gemeint? Hatte sie irgendetwas in den Zeilen entdeckt, was mit ihm zu tun hatte? Oder mit alledem, womit er sich nächtelang und an den Wochenenden beschäftigt hatte?

Hatten seine Nachforschungen über das Jahr 1944 für sie in irgendeiner Hinsicht in diese Richtung gewiesen? In welche Richtung überhaupt? Vor gar nicht allzu langer Zeit hatte Paschie mal im Scherz und fast kokett zu ihm gesagt: »Ich tue alles, worum du mich bittest, Max.«

Worum hatte er sie gebeten?

Max wandte sich wieder dem Buch zu. Colsanto hatte den wahnwitzigen Plänen Stalins, gigantische Kanäle und Dämme zu bauen, ein ganzes Kapitel gewidmet. An den Rand neben einen Absatz über Stalin hatte Paschie geschrieben: *Der Natur sind Fehler unterlaufen, die wir Bolschewiki wieder beseitigen müssen.*

Noch ein Stalin-Zitat.

Max sah auf die Uhr. War es wirklich noch so früh? Er fühlte sich, als hätte er bereits den ganzen Tag lang hier gesessen und gelesen. Er hielt sich die Armbanduhr ans Ohr, um sicherzustellen, dass sie nicht stehen geblieben war.

Nein, sie tickte laut vernehmlich.

Es war fünf vor zwei am Nachmittag, als Max die Bibliothek verließ und sich auf den Weg zur Fakultät machte. Er musste sich mit Mischin unterhalten. Vielleicht konnte der ja die eine oder andere Anmerkung aus Paschies Buch erklären.

24

Als der Computer eine eingehende Nachricht vermeldete, zuckte David Julin zusammen. Es war, als wüsste er intuitiv, von wem die E-Mail kam, noch ehe er sich zu seinem Rechner umgedreht hatte.

Ray.

David strich sich das Haar zurück und presste zwei Finger an die Nasenwurzel. Sein Mund war plötzlich knochentrocken. *Ich hab getan, worum du mich gebeten hast. Lass mich in Frieden.*

Kapierte dieser Mann überhaupt, was David getan hatte? Verstand er, dass David ihm den Schlüssel geliefert hatte, mit dem er jenen Angriff wiederholen konnte? Zumindest bis die Telia-Programmierer den Bug gefunden und beseitigt hatten.

Und dieser Mann wollte jetzt *mehr* von ihm?

David würde die Armee aus Programmierern nicht mehr lang auf Abstand halten können. Es war unmöglich, seine Spuren dauerhaft zu verwischen.

In der Betreffzeile der E-Mail stand: *»Parkplatz am Südeingang, 13.00 h. Oder 20.00 h bei dir. Deine Entscheidung.«*

David sah sich um. Jenseits seiner Bürotür in dem riesigen Telia-Großraumbüro in Kista im Stockholmer Norden saßen die Kollegen vor ihren Rechnern. David hatte auf einem eigenen Büro für sich und die Senior Consultants von SwitchCom bestanden. Nichts in der Welt verabscheute er mehr als Großraumbüros. Er sah auf die Uhr. Es war gleich halb eins. Er wusste genau, wo der Parkplatz lag. Aber er hatte diesem Mann doch schon gegeben, was er gefordert hatte – warum konnte er ihn nicht einfach in Ruhe lassen?

David war ein enormes Risiko eingegangen, indem er mit Ray kooperierte. Von Anfang an war klar gewesen, dass Ray nicht der Typ war, mit dem man gern zu tun hatte. Insbesondere dann nicht, wenn man selbst ein ganz normaler, gut ausgebildeter Mann war, ein Unternehmer, verheiratet, mit drei kleinen Kindern.

David hatte angenommen, mit seinem Intellekt würde er Ray schon in den Griff bekommen, genau wie er auch andere Menschen im Griff hatte.

Doch inzwischen wollte er nur noch eins: alles wieder in Ordnung bringen. Er wollte, dass alles wieder so würde wie zuvor, ohne dass irgendwer – erst recht nicht Gabbi – merkte, wie schlimm es wirklich stand.

Er schloss für einen Moment die Augen, rief sich die trügerischen Worte des Trainers wieder in Erinnerung: *Abbey Road ist ein bombensicherer Sieger.* Die Favoritin, eine Stute namens Astrakhan, hatte akut am linken Vorderbein behandelt werden müssen; keine Chance, dass sie den Heat gewinnen würde.

David hatte schier gezittert vor Erleichterung und Eifer. Das wäre seine Rettung. Er würde dem Untergang entgehen.

Bereits mit dreiunddreißig Jahren hatte er all seine Ziele im Leben erreicht. Die Frau erobert, in die er sich verliebt hatte. Eine Familie mit ihr gegründet. Dann war ein Gift in seinen Körper gesickert und hatte sich in ihm ausgebreitet. Abend für Abend, wenn Gabbi und die Kinder schon ins Bett gegangen waren, hatte er allein in diesem großen Haus in dieser Straße in Danderyd gesessen, die von Millionären bewohnt wurde, und gespürt, wie ihn die Dunkelheit übermannte.

Konnte das wirklich schon alles gewesen sein?

Sein hübsches, geordnetes Heim war für ihn ein Gefängnis geworden. Die innere Ruhe war Rastlosigkeit gewichen. Er hatte alles erreicht – und mit einem Mal fühlte sich das Leben sinnlos an. Für ihn gab es nichts mehr zu tun, nichts mehr aufzubauen.

Das Glücksspiel wurde zu seiner heimlichen Geliebten, zu dem Kick, den er so verzweifelt brauchte. Und es machte genauso süchtig wie die Extremsportarten, mit denen er sich als junger Mann beschäftigt hatte. Es wurde immer mehr. Er verlor immer mehr.

Am Ende sah er sich dazu gezwungen, sogar die Losanleihen zu veräußern, die seine Kinder zu Weihnachten bekommen hatten. Er hatte sie auf ihren Namen erstanden. »Das hier sind Zauberpapiere«, hatte er ihnen erklärt, als sie ihm gegenüber vor dem Weihnachtsbaum auf der Erde gesessen hatten. Den Augenblick würde er niemals vergessen. Ihre Augen hatten vor Liebe und Vorfreude geleuchtet. »Eines Tages verwandeln sie sich in das, was ihr euch wünscht. Ein Auto, ein Motorrad – womöglich sogar ein eigenes Haus.«

Doch die Zauberpapiere hatten sich in Luft aufgelöst.

Jedes Mal, wenn David an den Blick seiner Kinder dachte, starb ein kleiner Teil von ihm. Er hatte sich hoch und heilig geschworen, die Anleihen zu ersetzen; selbst wenn alles andere den Bach runterginge, würde er seine eigenen Kinder nicht darum betrügen. Tagaus, tagein lebte er seitdem mit dem Gefühl, sie bestohlen zu haben. Sein eigen Fleisch und Blut.

Dann war der Tipp mit Abbey Road gekommen.

David hatte schon oft genug auf Pferde gesetzt, um zu wissen, dass es so etwas wie einen bombensicheren Sieger gar nicht gab. Doch dieser Tipp klang so viel besser als alle anderen schnellen Lösungen, über die er nachgedacht hatte, und kam ihm wie gerufen.

Denn alles, was er brauchte, war ein einziger großer Gewinn. Die Summe würde er dann clever investieren und seine finanzielle Schieflage Stück für Stück wieder in Ordnung bringen.

Ein Mann in Davids Alter, der sich bei den üblichen High Rollers herumgetrieben und sich mit den Fahrern, Trainern und sogar mit den Reportern an der Rennbahn unterhalten hatte, der sich mit einer Selbstverständlichkeit dort bewegte, als würde er dort hingehören, war auf David zugetreten. Er musterte ihn intensiv, als würde er ihn auf den ersten Blick durchschauen.

»Bist du bei Abbey Road dabei?«

»Wär sicher nicht verkehrt.«

»Brauchst du noch Hilfe?«

»Ja.«

»Ich bin Ray.«

»David.«

Sein kräftiger Handschlag überraschte David. Ray war imstande, ihm den Arm auszureißen – und anscheinend wollte er, dass David das auch bewusst war.

Sowie das Rennen gestartet hatte, versuchte David, Ray im Publikum ausfindig zu machen, doch erst etwa zur Hälfte des Laufs entdeckte er ihn. Er sah entspannt aus, auch wenn Abbey Road noch nicht in Führung lag. Während sich die Pferde allmählich der Ziellinie näherten, arbeitete Ray sich langsam vor in Davids Richtung. Als Astrakhan alle Gerüchte Lügen strafte und mit einer teerschwarzen Halslänge vor Abbey Road durchs Ziel donnerte, beugte Ray sich zu David und sagte mit ruhiger, kontrollierter Stimme, sie würden sich in zwei Tagen treffen, um das mit den Schulden zu regeln.

Dann bummelte er weiter und ließ David auf der Tribüne stehen. Die anderen Zuschauer waren inzwischen aufgestanden und in Richtung Ausgang geströmt. Nur David blieb sitzen. Wie betäubt.

Diese Schulden würde er unmöglich mit Geld begleichen können. Seine Konten waren leer, fast der komplette Familienbesitz war mittlerweile liquidiert und in Rauch aufgegangen. Er hatte sogar seine zukünftigen Dividenden an die US-Firma verscherbelt, die sein Unternehmen übernommen hatte. Das Haus war beliehen, und sein Monatsgehalt deckte knapp die laufenden Kosten der Familie.

Die Schulden wuchsen mit jedem neuen Tag.

Seine Fingerkuppen schwebten für einen kurzen Moment über den Tasten seines Laptops. Dann wanderte der Mauszeiger in Richtung von Rays Mail.

Der Teufel des Glücksspiels hatte jede einzelne Entscheidung in seinem Alltag kontrolliert und den Weg geebnet, der schließlich zu dieser E-Mail von Ray geführt hatte – dem Einzigen, der ihm noch mehr Geld leihen konnte.

David klickte die Mail an. Sie enthielt kein einziges Wort, bloß einen Link. Er versuchte, die Reihe aus Buchstaben und Ziffern zu deuten – vergebens. Da standen lateinische Buchstaben vermischt mit Symbolen, die er noch nie zuvor gesehen hatte. Er klickte auf den Link. Der Mediaplayer ging auf, und der Inhalt fing an zu buffern. *15 % – 35 % – 65 % – 80 % – 100 %.*

Erst war das Fenster schwarz. Dann tauchte ein Textband auf seinem Bildschirm auf.

Systema.

Als Nächstes erschien das Bild eines schlammigen, von Nadelhölzern gesäumten Waldwegs. Zwischen Traktorspuren stand hohes Gras. Der Weg endete an einer Lichtung. Rotorendröhnen wurde laut, und die Kamera fuhr hinauf in den schmutzig grauen Himmel. Mit hoher Geschwindigkeit näherte sich ein schwarzer Hubschrauber. Über der Lichtung vollzog er eine halbe Drehung, schwebte kurz über der Kamera, ging dann in einen langsamen, kontrollierten Sinkflug über und landete im Gras.

Der Motor erstarb, die Rotorblätter kamen allmählich zum Halt, und die umstehenden Bäume, die sich im Wind gebogen hatten, richteten sich wieder auf. Dann stieg ein Mann aus dem Hubschrauber und stiefelte auf die Kamera zu. Er war schlank, durchtrainiert und trug einen Tarnanzug. Unvermittelt blieb er stehen und zog hinter seinem Rücken einen Gegenstand hervor wie einen Pfeil aus einem Köcher.

Der Mann war ihm nur allzu gut bekannt. Nicht bloß das Gesicht, auch der Körperbau, die Proportionen, seine Bewegungen. Es war ohne Zweifel Ray, allerdings eine jüngere Version. In dem Video war er höchstens Mitte zwanzig.

Ray fing an, den Gegenstand hin- und herzuschwingen, machte einen Schritt nach vorn, schwang ihn erst halb, dann ganz um sich herum. In die Vorwärtsbewegung baute er Boxhiebe und niedrige Kicks ein, die auf einen unsichtbaren Gegner zielten, der sich zwischen ihm selbst und der Kamera befand. Er wurde immer schneller – irgendwann sah es aus, als würde ein Kampfhubschrauber auf die Kamera zurasen. Mit seiner Waffe entwickelte er schier grenzenlose Kräfte, als könnte er damit zerschmettern, was immer sich ihm in den Weg stellte. Während er diesen geschmeidigen, tödlichen Tanz vollführte, blieb sein Gesicht vollkommen ausdruckslos, nicht ein Gesichtsmuskel zuckte, und in seiner Miene lag nicht das geringste Anzeichen von Aggressivität oder Emotion.

Bei der Waffe handelte es sich um eine Art Spaten, den er abwechselnd in einer Hand oder beidhändig hielt. Der Spatenstiel bestand aus dunklem Holz, das Blatt aus schwarzem Metall.

Als Ray innehielt, zoomte die Kamera ihn heran. Sobald er stillstand, war er wieder ein ganz normaler junger Mann mit schmalem Gesicht und eisblauen Augen, einer langen, schmalen Nase und einer kleinen Narbe über der Oberlippe, als hätte er eine leichte Lippen-Kiefer-Gaumenspalte gehabt. Den kurzen Pony hatte er nach links gekämmt.

Mit einem explosiven Wurf schleuderte er den Spaten mit dem rechten Arm in die Höhe. Das Video zeigte in Zeitlupe, wie der Spaten Dutzende Meter weit durch die Luft rotierte und schließlich sein Ziel traf – eine weiße Schaufensterpuppe, die vor einem Baum stand. Er säbelte den Kopf der Puppe ab, schickte weiße Plastiksplitter über den Boden und setzte seinen Flug fort, bis er tief in den Baumstamm eindrang. Nur noch der Stiel ragte heraus.

David ließ den Kopf in beide Hände sinken und massierte sich Schläfen und Augenbrauen. Was zur Hölle hatte er getan?

Der Parkplatz an der Trabrennbahn Solvalla war eine halbe Stunde entfernt. Er sah noch einmal auf die Uhr. Er könnte es immer noch schaffen. Aber warum sollten sie sich noch einmal treffen?

»Oder 20.00 h bei dir. Deine Entscheidung.«

David stand auf und wandte sich zur Tür. Dann drehte er sich noch mal um und schaute zum Schreibtisch, sah das Foto von Gabbi und den Kindern an. Seine Familie. Dann eilte er durch das Großraumbüro zu den Fahrstühlen.

25

Das laute Ticken der Kuckucksuhr hatte auf Bagajew eine fast schon hypnotische Wirkung. Er richtete sich auf seinem Stuhl auf und wischte sich mit der Hand über den Mund. Speichel blieb auf seinem Handrücken zurück. War er allen Ernstes eingeschlafen?

Er warf einen Blick auf die Uhr. Es war inzwischen zwei, vielleicht eine knappe Minute vor zwei. Dass Max ihn hier vorfände, wenn er käme, um zu arbeiten, wäre nicht in Ordnung. Bagajew schob seine Bücher zusammen und stand auf. Bevor er aus der Tür trat, warf er noch einen letzten Blick auf die Kuckucksuhr.

Sie tickte nicht mehr. War er deshalb aufgewacht? Katja hatte ihm gesagt, sie dürfe keinen Schaden nehmen.

Bagajew legte die Bücher zurück auf den Schreibtisch und streckte sich nach der Uhr aus.

Max eilte um die Ecke und hatte das Hauptgebäude der Universität beinahe erreicht. In der Bibliothek war er müde geworden, aber der schnelle Spaziergang durch die klare Luft hatte ihn erfrischt. Noch während er lief, hatte er urplötzlich das Gefühl, als würde sein Körper ihn vor einer Gefahr warnen, und schon im nächsten Augenblick spürte er die Detonation: Der Boden unter seinen Füßen bebte, und die Druckwelle hätte ihn beinahe zu Boden geworfen.

Er duckte sich, kniff die Augen zusammen. Spürte, wie er an der Schulter getroffen wurde. Es musste ein Stück Mauerwerk aus dem Gebäude sein. Dann nahm er wieder dieses ganz bestimmte Geräusch wahr, das alle Ruhe und Stille zersprengte wie ein Blitz aus heiterem Himmel. Genau wie vor drei Jahren in Bosnien. Wo er nicht hätte sein dürfen. Wo Jonas Karlsson gestorben war.

Ein paar Sekunden lang waren seine Atmung und sein Herzschlag das Einzige, was er noch hörte. Dann kam der Schrei.

Max riss die Augen auf, und einen Wimpernschlag später stürmte er in Richtung Hauptgebäude.

Leute kamen ihm durch den Haupteingang entgegengerannt. Eine junge Frau hatte beide Hände vors Gesicht geschlagen, taumelte heraus und fiel auf dem Asphalt auf die Knie. Als sie zu Boden sackte, sah er, dass eine große Glasscherbe in ihrem Hals steckte. Blut sprudelte stoßweise aus der Wunde wie Wasser aus einem lecken Rohr. Die Ordner, die sie sich unter den Arm geklemmt hatte, rutschten zu Boden. Die weiße Bluse war im Handumdrehen rot gefärbt.

Die Halsschlagader. Man würde nichts mehr für sie tun können, sie war dem Tod geweiht.

Max erschauderte, als er an der Fassade hinaufblickte und die drei zerborstenen Fenster entdeckte. Er stürzte auf den Eingang zu, dem Strom aus Menschen entgegen, die versuchten, aus dem Gebäude zu fliehen – einige hoch konzentriert und sicheren Schritts, andere wie benebelte Schlafwandler.

Er arbeitete sich vorwärts, ohne dass irgendjemand Notiz von ihm nahm, durchquerte die verwaiste Schleuse mit den Metalldetektoren.

Ich will wissen, welche Fenster das waren.

Verzweifelt versuchte er, den Gedanken beiseitezuschieben, kämpfte sich weiter ins Gebäude vor. Jeder einzelnen Person, der er begegnete, stand die Panik ins Gesicht geschrieben, die Angst vor weiteren Explosionen. Durchs Treppenhaus wirbelten Papierfetzen, Schals, Handschuhe. Essensreste und Mörtelbrocken lagen auf der Treppe, in den Fensternischen und auf den Treppenabsätzen.

Als Max sich bis zu den Wirtschaftswissenschaften vorgearbeitet hatte, entdeckte er eine Blutspur auf dem Granitboden. Die Eingangstür war verschwunden – der Rahmen, in dem sie gehangen hatte, war zersplittert, die Scharniere vollkommen verbogen. Was von der Tür noch übrig war, lag vor der Rückwand auf dem Treppenabsatz verstreut. Langsam betrat er den Flur, hielt sich die Hand vor den Mund, musste trotzdem husten. Zwei Körper lagen im Eingangsbereich der Fakultät. Er packte den, der näher bei ihm lag, an den Füßen und zog ihn in den Gang. Es war eine der jungen Frauen, die für Mischin arbeiteten. Ihr Gesicht war von Schnittwunden übersät, die verbrannte Haut hing in Fetzen, und das entblößte Fleisch war von Hunderten winziger Glasscherben und Metallsplitter zersiebt. Max kontrollierte ihren Puls – sie lebte noch.

Der Zweite war ein Mann, den Max noch nie gesehen hatte, womöglich ein zufälliger Besucher. Er hatte sich den Arm ausgekugelt und war bewusstlos. Max schob ihn in die stabile Seitenlage.

Dann rief er den Leuten nach, die über den Flur an ihm vorbeirannten, doch sie ignorierten ihn und stürzten auf die Treppe zu. Zwei älteren Männern stellte er sich in den Weg. Er nickte in Richtung der beiden bewusstlosen Personen auf dem Boden.

»Bringen Sie sie nach unten!«

In der Luft hing mittlerweile dichter schwarzer Rauch. Die Hitze war unerträglich, obwohl die Fenster bei der Explosion zerborsten waren. Max hoffte darauf, Sirenen von Löschzügen zu hören, doch alles, was zu ihm durchdrang, waren die schnellen Schritte aus dem Treppenhaus, die Schreie von unten und das Hämmern seines Herzens.

Wo war Paschies Arbeitszimmer? Durch den Rauch konnte er nichts mehr erkennen. Max kroch den Flur entlang, schnitt sich die Hand an einer Scherbe auf. Er schälte sich aus Jacke, Schal und Pullover, wickelte den Schal um die blutende Hand, den Pulli um die andere. Dann warf er die Jacke auf den Boden, um sich darauf zu stützen und Hände und Knie nicht zusätzlich zu verletzen.

Einen Moment später erreichte er eine Schwelle, von der er annahm, dass sie zu Paschies Arbeitszimmer führte. Das Erste, was er sah, waren Stücke eines schwarzen Telefonkabels am Boden. Er kroch in den Raum hinein und versuchte, sich zu der Stelle vorzuarbeiten, wo der Schreibtisch gestanden hatte.

Dann stieß er gegen etwas, was aussah wie ein Stiefel. Er griff danach. Er fühlte sich zu leicht an – es steckte kein Bein darin.

Max versuchte, durch den Rauch hindurch irgendetwas zu erkennen. Die Schnürsenkel des Lederstiefels waren verkohlt, Fetzen einer weißen Tennissocke klebten im Innern des Stiefels, verbrannte Fleischfetzen hingen an dem nackten Beinstumpf eines jungen Mannes.

26

David Julin bog auf den Solvalla-Parkplatz ab, entdeckte den dunkelblauen VW Passat, der ein Stück entfernt von den anderen Autos neben einer Straßenlaterne stand … und dann Ray, der entspannt an der Fahrertür lehnte.

Er parkte neben Rays Wagen.

Er stellte den Motor ab, blieb noch kurz sitzen und blickte hinüber zu den Zuschauerrängen, ohne sie wirklich wahrzunehmen. Sein Puls raste, und er atmete ein paarmal tief ein und wieder aus, ehe er sich schließlich dazu durchrang, die Fahrertür zu öffnen. Ray war niemand, dem man sichtlich nervös entgegentreten wollte.

»Wir unterhalten uns in meinem Wagen«, sagte er, als David auf ihn zuging, und ohne ihn anzusehen, zog er die Tür auf und setzte sich ans Steuer.

David starrte den Wagen an. Dann blickte er sich um. Auf dem Parkplatz stand eine Handvoll Autos. Abgesehen vom Rauschen der Autobahn und einem Flugzeug, das gerade in Bromma gestartet war, war es vollkommen still. Er wollte nicht hier sein, nicht jetzt, allein mit diesem Mann, der sich ihm als Ray vorgestellt hatte. Irgendwie musste er diesem Albtraum ein Ende setzen. Er konnte nirgendwohin fliehen – nicht solange seine Firma ihn und er den Monatslohn brauchte. Nicht solange er drei Kinder zu versorgen hatte.

Er musste einen Schlussstrich unter die Sache mit Ray ziehen.

Ray folgte ihm mit eisigem Blick aus seinen blauen Augen,

als David um den Wagen herumging. Der Wagen hatte ein schwedisches Kennzeichen, und Ray sprach hervorragend Schwedisch, auch wenn er definitiv etwas Unschwedisches an sich hatte. Das Video, das er David gemailt hatte, war ohne jeden Zweifel in einem anderen Land aufgenommen worden.

Er zog die Beifahrertür auf und stieg ein. Ray sah genauso ruhig aus wie immer, er schien bloß diese eine Gemütslage zu kennen. Der Schmiss in seiner Lippe trug außerdem noch zu seinem starren Ausdruck bei.

Das blaue Hemd unter dem Blazer sah frisch gebügelt aus, und die braunen Lederschuhe waren so gut gepflegt, dass der Schotter und der Schmutz auf Stockholms Straßen ihnen nichts anhaben konnten.

Das ordentliche Erscheinungsbild und der feste Blick hatten eine eigenartig beruhigende Wirkung, und David fühlte sich leicht betäubt. Die Aggressionen, die er noch während der Herfahrt verspürt hatte, waren wie weggefegt, jetzt, da er neben diesem Mann saß, der gut und gern als einer der Aberhundert namenlosen IT-Berater hätte durchgehen können, mit denen David sowohl bei Telia als auch bei Ericsson zusammenarbeitete.

Wer Ray aber tatsächlich war, hätte er nicht sagen können.

»Du hältst dich wacker«, sagte Ray. »Aber du musst endlich begreifen, dass nicht du bestimmst, sondern ich, wann deine Schuld beglichen ist.«

»Hast du überhaupt eine Ahnung, was ich …«

»Und fall mir nicht ins Wort. Wenn ich rede, dann hörst du mir gefälligst zu.«

Seine eisblauen Augen blitzten.

»Ich weiß alles über dich, mehr als deine Familie, und ich glaube, es ist in deinem Interesse, dass das auch so bleibt.«

David spürte, wie mit einem Mal sein Mund, die Zunge,

der Hals, sein ganzes verdammtes System streikte. Er konnte nur noch nicken.

»Gut. Natürlich weiß ich, was du durchgemacht hast. Du glaubst doch wohl nicht allen Ernstes, dass mir nicht klar ist, welche Konsequenzen meine Anweisungen haben?«

»Aber es kam sogar in den Nachrichten!«, platzte es aus David heraus. »Was willst du denn noch von mir?«

Endlich hatte er sein Sprechvermögen wiedererlangt, und damit prasselten auch die Fragen auf ihn ein: *Du bist kein illegaler Wettbaron, nicht wahr? Du bist ein Hubschrauberpilot, der irgendeinen gottverdammten Kampfsport beherrscht, und du bist kein bisschen mit den Trainern befreundet. Diese verdammte Astrakhan war gar nicht verletzt, wie sie alle behauptet haben, stimmt's?*

Zum Glück gelang es ihm, den Mund zu halten. Stattdessen wartete er, was als Nächstes kommen würde.

Er wusste, dass er Ray nicht an der Nase herumführen konnte. Dass dieser Typ auf dem Gebiet der Telekommunikation unangenehm gut Bescheid wusste.

Ohne mit der Wimper zu zucken, reichte Ray ihm einen Zettel mit dem Namen und der Adresse einer Organisation, von der er noch nie gehört hatte. Dann gab er ihm die neuen Instruktionen – und es klang geradezu lächerlich einfach. Im ersten Moment war David fast beleidigt angesichts der banalen Aufgabe, dann einfach nur erleichtert. Das würde ihn maximal ein paar Stündchen kosten. Aber was dann? Waren sie danach endlich quitt?

Erneut wägte er seine Alternativen ab. Er musste wieder daran denken, was Ray gesagt und was er nicht gesagt hatte. *Wenn du nicht tust, was ich dir sage, findet unser nächstes Treffen bei dir zu Hause statt.*

Er legte die Hand an den Türgriff.

»In ein paar Tagen hast du's«, sagte er und stieß die Tür auf.

27

Max saß auf einem Hocker im Bad seiner Studentenwohnung. Schweigend, hoch konzentriert und routiniert wusch Ilja seine Wunden mit einer Aluminiumsalzlösung aus. Flink tauchten seine langen Finger immer wieder in den Kulturbeutel und versorgten Max' Wunden – er wäre ein geschickter Chirurg geworden, hätte die Lotterie des Lebens ihm ein anderes Los beschert.

»Fühlt sich das okay an?«, fragte er, als er fertig war.

»Wunderbar«, sagte Max. »Danke.«

Ilja wusch sich die Hände und trocknete sie an einem Handtuch ab.

»Wann erzählst du mir endlich, was hier wirklich vor sich geht?«, fragte er dann, sah ihn im Spiegel an, und Max fing seinen Blick auf.

Die Ader unter Iljas linkem Auge pulsierte wie immer.

»Du bist in Gefahr, Max. In verdammter ernsthafter Gefahr.«

Max stand auf und spritzte sich Wasser ins Gesicht, fuhr sich mit der unverletzten Hand durchs Haar und trocknete sich ab.

»Was glaubst du denn, was hier vor sich geht?«

»Deine Freundin hat irgendwen verärgert. Jemanden mit Verbindungen. Diese Bombe sollte nicht nur den Fachbereich in Schutt und Asche legen – sie sollte alles vernichten, woran Paschie gearbeitet hat. Womöglich sollte sie auch dich treffen. Du kannst hier nicht mehr wohnen bleiben, du musst irgendwo anders unterkommen und dir einen anderen Namen zulegen.«

Einen anderen Namen?, dachte Max. Er und Paschie hatten ein ganz ähnliches Spiel gespielt. *Wie soll ich deiner Meinung nach denn heißen? Wie soll ich deiner Meinung nach aussehen?* Dieses Spielchen hatten ihr die Russinnen an der Uni beigebracht, sie spielten es ein bisschen zu oft und mit zu vielen Leuten.

»Willst du vielleicht, dass ich eine Schwedin bin?«, hatte Paschie mal gefragt. »Eine Kajsa? Und ich hätte gerne eine Mischung aus einem Engländer und einem Skandinavier – das muss doch die perfekte Kombination sein! Du bist Paul Olsen. Mein Paul.«

Max nickte.

»Ich suche mir ein Hotel, checke unter falschem Namen ein und zahle bar. Aber was ist mit dir? Du springst doch jetzt hoffentlich nicht ab?«

Er kannte die Antwort bereits. Ilja war geradeheraus und ein blitzschneller Denker. Womöglich würde aus ihm eines Tages trotz allem ein guter Anwalt werden.

»Sag mir, was ich tun kann«, erwiderte er.

»Margarita – von der ich dir erzählt hab – arbeitet für St. Petersburg GSM, und sie weiß unter Garantie mehr, als ich aus ihr rausholen konnte.«

»Ich check sie ab.«

»Okay, gut.«

Iljas Chirurgenfinger verschwanden erneut in Max' Kulturbeutel. Er angelte ein Tablettendöschen hervor und hielt es in die Höhe.

»Alprazolam?« Er wackelte mit dem Döschen vor Max' Gesicht hin und her. »Das Zeug ist heftig.«

Max hatte keine Lust, darüber zu sprechen, über die Nebenwirkungen oder Entzugserscheinungen. Und auch nicht darüber, dass er gezwungen war, alle drei Wochen zu seinem Arzt zu gehen, um sich ein neues Rezept ausstellen zu lassen.

»Bist du jetzt auf Droge? Weil das Mädchen verschwunden ist?«

Max schluckte.

»Mit Paschie hat das nichts zu tun.«

Ilja zog einen Stuhl heran und setzte sich Max gegenüber.

»Okay, ich sehe hier ein paar Probleme.«

Er strich sich über das ölige Haar, und Max fragte sich, ob Ilja gleich losjammern würde, nur um dann zu dem Schluss zu kommen, dass er für den Job mehr Geld bräuchte. Gott bewahre, wenn er eines Tages Anwalt werden würde.

»Du läufst Gefahr, vollkommen durchzudrehen. Oder von einem Moment auf den anderen einzuschlafen.«

»Ach was.«

»Na klar, weil du der Superman aus Schweden bist. So was hier hat auf dich ja keinen Einfluss. Ich hab Junkies erlebt, die das hier fressen, um halbwegs durch die Nacht zu kommen!«

»Die hat mein Arzt mir verschrieben. Das erste Mal damals, als ich aus Bosnien wiederkam. Und das zweite Mal vor einem Monat.«

»Was ist in Bosnien passiert?«

Max drehte sich zum Spiegel. Spannte Bauch- und Brustmuskeln an. Ilja ließ ihn dabei nicht aus dem Blick.

»Du weißt genau, was in Bosnien passiert ist. Das wissen alle.«

»Okay, wenn du nicht darüber reden willst …« Ilja schnaubte. »Und was war vor einem Monat?«

»Da ist meine Mutter gestorben.«

Ilja sah ihn überrascht an.

»Das tut mir leid«, sagte er dann und drückte Max die

Pillendose in die Hand. »Es ist nicht leicht, seine Eltern zu verlieren … vor allem so früh.«

»Vertraust du mir jetzt nicht mehr?«

»Ich vertraue dir mehr als den allermeisten anderen auf dieser Welt. Aber eine Sache musst du mir verraten.«

»Sicher«, sagte Max. »Und was?«

»Wenn du Panikattacken bekommst, weil die beiden Frauen, die du geliebt hast, auf einmal nicht mehr da sind oder weil dich nachts die Erinnerung an den Krieg wieder einholt, dann holt dich die Benzo wieder runter. Du hast noch drei Tabletten. Was ist, wenn die aufgebraucht sind?«

28

»Sieht aus, als hättest du verloren, David«, rief jemand aus einer der Arbeitsnischen.

Ein schneller Seitenblick, und David wusste, wer nach ihm gerufen hatte. Ein rundlicher, kahlköpfiger Kerl in gestreiftem Hemd mit Hosenträgern. Mit einem grotesk großen Sandwich in der Hand beugte er sich über seine Tastatur.

David war noch eine ganze Weile am Steuer seines Wagens sitzen geblieben, hatte sich die Augen gerieben und immer wieder in den Rückspiegel geblickt. *Sie werden dir anmerken, dass etwas nicht stimmt. So kannst du dort nicht auftauchen.*

Doch im nächsten Moment war ihm die Sporttasche im Kofferraum eingefallen. Sie lag dort seit seinem letzten Match vor rund fünf Wochen. Der Griff des Squash-Schlägers ragte ein Stück aus der Tasche heraus. Eine Stunde Squash gleich nach dem Mittagessen – nur deshalb war das Gesicht dieses viel beschäftigten, erfolgreichen Unternehmers gerade so rot. Zumindest würden das der fette, speckige Kerl in seiner Arbeitsnische und die Kollegenschaft glauben. *David Julin – entwickle und ernte!*

»Fredrik Stenlund von Carnegie«, rief David zurück. »Eine Höllenrückhand.«

»Es ist Freitagnachmittag, und du siehst aus wie an einem Montagmorgen«, frotzelte der Mann.

David drehte sich zu ihm um.

»Was willst du damit andeuten?«, fauchte David und bereute sofort. Er durfte jetzt keine Aufmerksamkeit erregen. Aber das war leichter gesagt als getan, besonders angesichts solcher Typen – Kollegen, die ihn für eine Art Superstar hielten. Dabei hatten sie womöglich irgendwann mal in der Uni nebeneinandergesessen.

Der Mann hob beide Hände.

»Ich will damit nur sagen, dass du echt erholt aussiehst – als hättest du ein freies Wochenende hinter dir, während der Rest von uns aus dem letzten Loch pfeift und nur noch darauf wartet, endlich auszustempeln und die Füße hochzulegen.«

David rang sich ein Lächeln ab. *Ich wünschte mir ja auch, dass es schon vier Uhr wäre und du und alle anderen Feierabend machen und mich endlich hier alleine lassen würdet.*

An der Trennwand seiner Arbeitsnische hing eine Art Messingschild. Es sah aus wie die Plakette für den Sieger einer Hundeausstellung. *Best in Show – Lennart.*

Lennart? David konnte sich nicht daran erinnern, ihn schon mal hier gesehen zu haben.

»Lennart«, sagte er. »Wenn du weiterkommen willst als alle anderen, dann wär's schon mal kein schlechter Start, freitags länger zu bleiben und montags früher anzufangen.«

Mit diesen Worten machte er sich auf den Weg. Ganz zuhinterst in den Büroräumlichkeiten lagen zwei Besprechungszimmer. Eines davon war für externe Berater reserviert. An der Tür prangte das SwitchCom-Logo.

Er zog die Tür hinter sich zu, fuhr den Rechner hoch, der dort stand, und nahm seinen Laptop aus der Sporttasche.

Dann loggte er sich in sein Arbeits-Mailkonto ein. Unter den Hunderten von E-Mails, die er weder gelesen noch beantwortet hatte, war eine mit *Hohe Priorität* und *Vertraulich* gekennzeichnet. Sie war im Laufe des Tages eingegangen. In der Betreffzeile stand in roter Schrift: *Interne Untersuchung des Blackouts.*

War die E-Mail lediglich an ihn gegangen, oder hatten die anderen sie auch bekommen? Es gab nur eine Möglichkeit, das herauszufinden: sie zu öffnen und nachzusehen. Aber was, wenn der Absender eine Lesebestätigung angefordert hatte? Die ihn sofort in Kenntnis setzte, sobald David die Mail anklickte? In dem Fall würde der Absender wissen, dass er die Nachricht erst jetzt geöffnet hatte – erst am Nachmittag und kurz bevor ein neuerlicher Angriff aufs System erfolgen würde.

Trotzdem wollte er sich sicher sein. Er musste mit jemandem reden. Mit jemandem, auf den er sich verlassen konnte. Aber mit wem? David sah sich um.

Was wäre denn mit diesem Mann mit dem üppigen Baguette-Sandwich? Und dem schütteren Haar? Eine Person, von der niemand Notiz nahm. Die niemand ernst nahm.

Er griff zum Telefon auf dem Konferenztisch und ließ sich verbinden.

»Lennart? David hier. Ich war bis eben mit anderen Sachen beschäftigt – was hat es denn bitte mit dieser Blackout-Untersuchung auf sich?«

Lennart lachte. Nein, wieherte.

»Machst du Witze? Das war doch überall in den Nachrichten. Von unseren SIM-Karten sind sämtliche Daten verschwunden, und wir haben keine Ahnung, wie das passieren konnte.«

»Ach, das«, sagte David und versuchte, ebenfalls zu lachen. »Davon hab ich natürlich gehört. Ich dachte irgendwie, es ginge um was anderes. Dann ist die Polizei jetzt eingeschaltet, oder?«

»Nein, nein. Ist nur eine interne Untersuchung.«

»Hast du die E-Mail auch gekriegt, die … heute Vormittag verschickt wurde?«

»Klar, alle haben die gekriegt.«

»Okay, dann weiß ich ja Bescheid. Danke, Lennart, und sorry, dass ich dich beim Mittagessen gestört hab.«

Also hatte die interne Untersuchung anscheinend keine Spur gefunden, die zu ihm führte. Dem Himmel sei Dank. Aber diesmal würde er es schlauer angehen müssen. Sich in das System zu hacken, wenn niemand damit rechnete und nur die Standard-Sicherheitsmaßnahmen griffen, war das eine. Doch ab sofort würden sie rund um die Uhr nach neuen Zugriffen Ausschau halten.

Seine Schläfen pochten. Sollte Ray ihn auffordern, noch mehr zu tun, würde er mit Sicherheit auffliegen. Und dann würde er alles erzählen.

Aber konnte er das wirklich tun? Etwa vor einem Monat hatte Caspar seinen ersten eigenen Computer bekommen. Er liebte ihn mehr als alles andere und erzählte seither, er wolle mal das Gleiche werden wie sein Papa.

Durch die Glaswände des Besprechungsraums sah David, wie die ersten Bildschirme ausgeschaltet wurden.

Geht endlich, dachte er. Geht ins Wochenende. Geht heim zu euren Frauen und euren heimeligen Häusern. Macht eine Flasche Wein auf, seid glücklich und zufrieden mit eurem armseligen Monatslohn, mit dem Bruchteil, der euch bleibt, wenn das Finanzamt und der Baufinanzierer ihren Anteil eingesackt haben. Schaut euch irgendeine Familiensendung im Fernsehen an.

David musste sich zusammenreißen, um sich wieder abzuwenden. Jetzt fuhr er auch den Laptop hoch, dessen Prozessor achtmal so leistungsfähig war wie der des Bürorechners. *Ich bin hier vielleicht allein, aber dort draußen bewachen sie jetzt alles, was im System vor sich geht.*

Er würde ein paar Haken schlagen müssen, damit sie ihn nicht als Urheber des Angriffs identifizierten. Über vier virtuelle private Netzwerke, die IP-Adressen zwischen Hubs in Daegu, Charlotte, Belgrad und Melbourne hin- und herschickten und maskierten, konnte er sich unerkannt in die Firmenserver einschleichen.

Wer immer jetzt bei diesem Zugriff zusieht, wird die Welt nicht mehr verstehen, dachte David.

Sobald er sich Zutritt verschafft hatte, war es ein Leichtes, die Vertragsdaten zu lokalisieren, um die Ray ihn gebeten hatte.

»Ich will die komplette Liste sämtlicher Verträge, die auf den Namen der Organisation laufen. Ihre Nummern, die dazugehörigen Kontaktdaten und Adressen. Ich brauche detaillierte Infos zu ihrem kompletten Telefonverkehr – wer mit wem innerhalb und außerhalb der Organisation gesprochen hat, wer wen angerufen hat und für wie lange und den jeweiligen Standort. Hast du das kapiert, David?«

Die Liste bestand lediglich aus drei Namen. Für alle drei Verträge war die Firma als Rechnungsadresse hinterlegt. Zwei davon waren auf ein und dieselbe Person registriert, eine gewisse Sarah Hansen, der dritte auf einen Mann namens Max Anger.

David rief das Log zu Sarah Hansens erstem Vertrag auf. Fast sämtliche Verbindungsdaten waren mit dem Ländercode 7 versehen. Welches Land war das? Er öffnete den Browser und wurde sofort fündig. Russland. Unwillkürlich musste er an Ray und an das Video denken, das der ihm geschickt hatte. War Ray womöglich Russe?

Dann sah er sich Sarah Hansens zweiten Vertrag an. Diesmal war die Liste der Verbindungsdaten länger, die meisten Nummern schienen hiesige zu sein, doch auch hier waren ein paar ausländische Anschlüsse dabei. Anscheinend telefonierte diese Sarah viel – aber dass sie beide Verträge nutzte, war doch höchst unwahrscheinlich. Sie konnte schließlich nicht an zwei Orten gleichzeitig gewesen sein. Der erste Vertrag musste also von jemandem genutzt werden, der sich in Russland aufhielt.

Eine der letzten Nummern, die Sarah angewählt hatte, kannte er. Er klickte die Liste der eingegangenen Anrufe an. Auch dort wurde er fündig. Die beiden hatten vor einer knappen Stunde miteinander gesprochen.

Drehte er jetzt langsam durch?

Sarah Hansen? Den Namen hatte er noch nie gehört.

Er wechselte wieder zum Browser, um sich zu versichern – an sich vollkommen unnötig, aber zumindest wusste er jetzt, was er zuvor nur geahnt hatte.

Wir leben miteinander, ohne auch nur das Geringste voneinander zu wissen.

Die Nummer, die Sarah Hansen vor Kurzem angerufen hatte, gehörte Gabriella Julin. Gabbi.

Seiner Ehefrau.

Er zog sein Handy aus der Tasche. Schickte ihr eine knappe SMS.

»Wer ist Sarah Hansen?«

29

Max strich mit dem Finger über das harte Plastik der Pillendose. Am Ende gelang es ihm, den Blick davon abzuwenden, und er sah hinüber zu den Papierbogen an der Wand. Seit Ilja das Wohnheim verlassen hatte, hatte Max mehrere neue Blätter angebracht – direkt neben den Bogen, auf den er *St. Petersburg* GSM und *St. Petersburg Times* geschrieben hatte. Auf ein weiteres Blatt hatte er Paschies Bleistiftnotizen aus dem Buch übertragen, das sie versucht hatte, ihm zu schicken. Die eingekreiste Zahl *44*. Die Stichworte *Geld – Technik – Politik*. Das Stalin-Zitat. Und dann *Schlucht von Schutul* und *Plantage*, was ihm rein gar nichts sagte.

Was hatte das alles zu bedeuten? Wo hatte Paschie das alles hingeführt?

Er griff zum Hörer und rief in Schweden an.

»Hej, Sarah.«

Sarah atmete hörbar aus.

»Bin ich froh, von dir zu hören! Ich hab gerade erst mit Mischin telefoniert.«

Max zuckte zusammen, und die Pillendose klapperte.

»Geht es ihm gut? Hat er erzählt, was passiert ist?«

»Er ist vollkommen erschüttert«, antwortete Sarah, und dann klang es, als würde sie schluchzen. »Er hat erzählt, dass er rund ums Gebäude Rettungsfahrzeuge gesehen hat, als er von einem Mittagessen mit dem Unipräsidenten wiedergekommen ist. Er hat dich gesucht, hatte aber deine Handynummer nicht.«

Max presste sich die Pillendose an die Stirn und schilderte, wie die Welt um ihn herum explodiert war, als er zur Uni zurückgekehrt war. Erzählte von den Toten und Verletzten. Vom Chaos. Von Iljas Verdacht.

»Glaubst du wirklich, die Fakultät ist in die Luft gejagt worden, weil du nach Paschie suchst?«

»Ich weiß es nicht. Ich hätte nicht gedacht, dass ich bislang überhaupt in Erscheinung getreten wäre. Aber irgendwer will, dass die Fakultät die Arbeit niederlegt. Und alle töten, die etwas damit zu tun haben.«

»Du hattest unglaubliches Glück, Max.«

Glück? War es wirklich Glück gewesen? Konnte man in so einem Zusammenhang tatsächlich noch von Glück sprechen? Unwillkürlich sah Max die Frau vor sich, aus deren Hals das Blut geströmt war. Wer war sie gewesen? Wer trauerte jetzt um sie? Und dann der junge Praktikant, Bagajew. Das Einzige, was Max von ihm noch vorgefunden hatte, war ein Fuß. Da klang *Glück* schlicht und ergreifend falsch.

Max ahnte, dass Sarah schon über die Folgen dieser Vorkommnisse nachdachte, was er seinerseits bis jetzt noch nicht geschafft hatte. Ihre Außenstelle in Sankt Petersburg war wieder bei null. Jetzt, da Paschie verschwunden und der Fachbereich in Schutt und Asche gelegt worden war, waren sie schlechter aufgestellt denn je, um den Verpflichtungen gegenüber ihren Kunden und Geldgebern nachzukommen. Charlie K., der den Geistesblitz gehabt hatte, mit Mischin zusammenzuarbeiten, würde alles andere als begeistert sein.

Und die Wahl stand kurz bevor.

Max drehte den Deckel von der Pillendose. Tatsächlich waren nur noch drei Benzos übrig.

Hoffen wir mal, dass jetzt nicht täglich eine Bombe hochgeht.

Sarah ergriff als Erste wieder das Wort. »Ich nehme an,

es wäre zwecklos, dich zu überreden, dass du wieder nach Hause kommst.«

Max fischte eine der Tabletten heraus und balancierte sie kurz auf der Fingerspitze. Hellblau, zwei Milligramm, rund, leicht bikonvex. Ohne Bruchrille, um sie zu zerteilen.

Er legte sie sich auf die Zunge, griff zu seinem Wasserglas und schluckte sie hinunter.

Noch zwei übrig. *»Was passiert, wenn die verbraucht sind?«*

»Gibt es irgendetwas, was ich für dich tun kann?«, fragte sie.

Ja, schick mir eine Ladung Alprazolam, dachte er.

»Kannst du mal checken, ob St. Petersburg GSM auf der Liste der Unternehmen steht, die wir an Paschie geschickt haben?«, erwiderte er.

»Die Liste hab ich mir gleich nach unserem Treffen im Bootshaus vorgenommen. St. Petersburg GSM stand drauf. Aber das muss an sich noch nichts bedeuten.«

Max spürte, wie sich die angstdämpfende Pille auflöste und ihm sofort warm wurde. Die träge, einlullende Wirkung des Valiums legte sich inmitten dieser Hölle über ihn wie ein lindernder Watteverband.

Ich brauche mehr Benzos. Ansonsten würde er es wie die Russen halten müssen und Wodka trinken.

Schlagartig wurde er müde. Er durfte jetzt nicht einschlafen – nicht mit Sarah in der Leitung.

Er starrte zur Wand hinüber. Im Schein der Straßenlaternen konnte er die Namen Wallentin und Borgenstierna leuchten sehen.

»Und kannst du versuchen, für mich Kontakt mit Borgenstierna aufzunehmen?«

»Warum denn das?«

»Vertrau mir einfach, Sarah. Irgendetwas sagt mir, dass

Paschie versucht haben könnte, mir bei meiner Recherche zu helfen.«

Sarah seufzte.

»Okay, ich kann's ja mal versuchen. Kann ich sonst noch was tun?«

»Ich brauche Geld«, sagte er. »Ich muss in ein Hotel umziehen.«

»Ich lass dir dein nächstes Gehalt anweisen.«

Max schloss die Augen.

»Danke. Ich sehe sie überall, Sarah. Auf den Straßen, in den Autos, die an mir vorbeifahren. In der Uni.«

»Das kann ich gut verstehen«, gab Sarah zurück. »Hoffen wir einfach, dass es ihr gut geht.«

30

Max biss sie sanft ins Ohrläppchen, und sie kicherte. Er hatte sich so dicht an sie geschmiegt, als würden sie ein und denselben Körper teilen. Seine Zunge wanderte hinab zu ihrem Hals. Er wusste ganz genau, was er tun musste, damit ihr Körper auf ihn reagierte.

Ein Gluckern drang an ihre Ohren, aber sie nahm es kaum zur Kenntnis. Das Einzige, woran sie denken konnte, waren seine Küsse – die Küsse jenes Mannes, der sie liebte und der ihren Körper so gut kannte.

Max sah sie an, sah ihr direkt in die Augen. In seinem Blick lag Kummer.

»Tut es sehr weh?«, fragte er.

Erst in diesem Moment wurde ihr der Schmerz bewusst.

Die Finsternis um sie herum war dicht und kompakt. Hatte sie überhaupt die Augen aufgeschlagen? Paschie wusste es nicht; das Einzige, was sie jetzt spürte, war der Schmerz. Sie war an den Handgelenken angekettet, konnte ihre Hände nur ein paar Zentimeter bewegen. Schultern und Ellbogen taten weh. Der Schmerz hatte sich über ihren ganzen Rücken ausgebreitet, während sie geschlafen hatte und sich ihre Bauchmuskeln endlich entspannt hatten, ihr Oberkörper aber durch die Fesseln aufrecht gehalten wurde.

Ihr Kopf fühlte sich schwer an, ihr Körper schien aus Porzellan oder aus Glas zu bestehen. *Bin ich überhaupt noch ein Mensch aus Fleisch und Blut?* Ihr war kalt, und sie war komplett steif. Was hatte er mit ihr gemacht? Was war das in ihrem Mund?

Ein Plastikrohr … genauso kalt wie die Handschellen an ihren Handgelenken. Sie erinnerte sich wieder daran, wie er ihr in den Bauch geschlagen hatte. Mit der Erinnerung kam auch der Schmerz zurück und brandete über sie hinweg wie eine heiße Welle. Ihr Körper krampfte sich zusammen, so wie unter seinen Schlägen. Das Rasseln der Ketten übertönte ihren Schrei. Als sie endlich verstummte, fühlte es sich an, als hätte die abgestandene Luft in dieser Kammer ihren Schrei einfach verschluckt. Einzig die Schmerzen in den Schläfen und im Hals sagten ihr, dass sie überhaupt geschrien hatte.

Hier war niemand, der sie hätte hören können.

Wird mich hier jemals jemand finden? Tod oder lebendig?

Das Letzte, woran sie sich erinnern konnte, war, dass sie zu Boden gesackt war und getan hatte, was der Alte von ihr verlangte. Danach war alles schwarz, bis sie wieder aufgewacht war. In Ketten.

Wer war dieser Mann, der ihr das Plastikrohr in den Mund geschoben hatte?

Im nächsten Augenblick fiel ihr die Warnung des Journalisten wieder ein. *»Komm diesem Unternehmen nicht zu nahe.«* Der Alte hatte erwähnt, dass sie Fragen gestellt hatte – stand er mit ihnen in Verbindung? Arbeitete auch er für sie?

Diese Nachricht auf ihrem AB. Der anonyme Hinweis. Eine Männerstimme, förmlich, in gebrochenem Russisch, mit ausländischem Einschlag. Auch er hatte St. Petersburg GSM erwähnt.

Wer war der anonyme Anrufer gewesen?

Paschie hatte versucht, ihn zurückzurufen, aber er war nicht mehr ans Telefon gegangen. Und Max hatte sie auch nicht erreicht.

Bist du hier in Sankt Petersburg, Max?

Sie war sich sicher, dass er nach ihr suchen würde, Tag und Nacht, bis er sie gefunden hätte.

Sie musste stark sein. Sie versuchte, an den Sommer zu denken. An den Sommer nach der Wahl. Da würden sie sich freinehmen und einfach nur Zeit miteinander verbringen. Durch die Stockholmer Schären segeln. Genau wie im vergangenen Sommer, mit dem Boot ihrer Träume, das derzeit in der Nähe seines Elternhauses auf Arholma vertäut lag. In dem kleinen Boot lag man so nah beieinander, dass man sich genauso gut auch einen Schlafsack teilen konnte. Paschie versuchte, sich wieder ins Gedächtnis zu rufen, wie das Wasser gegluckst und das Boot sie in den Schlaf gewiegt hatte.

Der Traum von Max und vom Sommer fand ein jähes Ende, als sie ein Geräusch aus dem Heizkörper hörte. Was war das? Sie krümmte sich zusammen, und der Schmerz durchzuckte sie von den Fingerspitzen bis hinauf in die empfindsamen Schultern.

Er wird wiederkommen. Und er wird versuchen, mich dazu zu bringen, ihm von dir zu erzählen, Max. Aber ich werde kein Wort sagen.

Stockholm, im August 1943

Tatjana war in Moskau gewesen, sodass sie sich für einen guten Monat nicht gesehen hatten. Die Sehnsucht hatte ihn verzehrt, und er zitterte am ganzen Leib, als er durch die Kirchentür schlüpfte. Endlich würde er sie wiedersehen, sie küssen, ihren Duft einatmen. Sein Rücken war schweißnass – und das nicht nur vor Aufregung. Auch wenn es immer noch früh am Morgen war, wartete der Sommertag bereits mit ordentlichen Temperaturen auf.

Seit ihrem letzten Treffen hatte Carl sich verschiedenen Vorbereitungen gewidmet. Von ein paar Freunden aus dem Auswärtigen Amt hatte er verlässliche Informationen zur Arbeit in der Botschaft eingeholt. Tatjanas Arbeitsbereich umfasste kulturelle Angelegenheiten, trotzdem trat sie in offiziellen Zusammenhängen niemals in Erscheinung. Tatsächlich trat sie überhaupt nie in Erscheinung, wenn man von vereinzelten Besuchen an der Seite ihres Mannes im Konserthuset und in der Oper absah.

Ihr Mann hieß Wiktor Gusin und war für industrie- und handelspolitische Themen zuständig. Auch er galt als öffentlichkeitsscheu. Weder das Auswärtige Amt noch der Nachrichtendienst wusste viel über ihn – außer dass darüber spekuliert wurde, sein Ansehen in Moskau könnte über kurz oder lang eine Bedrohung für Madame Kollontai darstellen, deren Loyalität vonseiten der Sowjetführung zusehends infrage gestellt wurde. Madame Kollontai, meist nur Madame genannt, war die erste akkreditierte Diplomatin überhaupt und die erste Frau, die aus dem Ausland nach Stockholm entsandt worden war. Sie hatte hervorragende Beziehungen in die schwedische Gesellschaft, unterhielt unter anderem gute Verbindungen zum schwedischen Außenminister.

Das Zerwürfnis zwischen Gusin und Kollontai hatte Carl auf die entscheidende Idee gebracht. Durch seine Kontakte im Rechtswesen, allen voran zum Justizminister, mit dem er gut bekannt war, hoffte er, an den Außenminister heranzukommen und mit dessen Hilfe Tatjana zur Flucht zu verhelfen.

Doch gute Beziehungen und potenzielle Zerwürfnisse zwischen Tatjanas Mann und seiner Vorgesetzten würden nicht ausreichen. Sie würden gezwungen sein, sich einen stichhaltigen Grund auszudenken, warum die schwedischen Behörden riskieren sollten, es sich mit einem russischen Spion zu verscherzen, der in der Moskauer Zentralmacht durchaus angesehen war.

Tatjana saß in Hut und Mantel in einer der vorderen Bankreihen. Carl konnte ihr schon auf den allerersten Blick ansehen, dass etwas nicht stimmte. Als er ihre Wange berührte, zuckte sie zusammen. Ihre Haut fühlte sich kalt an.

Sie drehte sich zu ihm um, sah ihn mit verzweifeltem Blick an. Ihr Gesicht war fleckig, und die feinen Härchen, die man nur erkennen konnte, wenn das Licht in einem ganz bestimmten Winkel darauf fiel, waren tränenfeucht.

Er setzte sich neben sie.

»Tatjana?«

Sie starrte ins Leere, atmete stockend.

»Was ist passiert?«

»Ich weiß nicht, ob ich das hier schaffe.«

Sie zitterte am ganzen Leib.

»Es … Es war in seinem Haus in Kunzewo … Seither wache ich jede Nacht auf und sehe diese Tür vor mir, das dunkle Holz, die schimmernde Klinke. Mein Gesicht spiegelt sich darin, meine verzerrte, verzagte Miene. Die Tür wurde hinter mir ins Schloss gedrückt, ich war ganz allein und ausgeliefert, und dann zog er mir die Kleider aus …«

Tränen strömten ihr übers Gesicht, als sie versuchte weiterzuerzählen. Ihr ganzer Körper bebte.

Carl schob den aufflammenden Zorn beiseite und nahm sie in den Arm. Erst verkrampfte sie sich, dann ließ sie die Umarmung zu.

»Du musst es mir nicht erzählen. Ich sorge dafür, dass so etwas nie wieder geschieht. Ich sorge dafür, dass du dieses Land nie mehr verlassen musst.«

»Nein, du verstehst das nicht … Die Macht, die dieser Mann hat …«

»Wir erheben Anklage gegen deinen Mann und lassen eure Ehe annullieren.«

Sie blickte zu ihm auf.

»Wie soll das gehen?«

»Wir müssen irgendetwas finden, Tatjana. Irgendetwas, was die Behörden davon überzeugt, dass er hinter Schloss und Riegel gehört. Damit er dir nie wieder wehtun kann.«

Samstag, 2. März

31

Noch ehe Gabbi den Tisch abgedeckt hatte, waren die Kinder auch schon ins Wohnzimmer gestürmt und hatten sie in der Küche allein gelassen. Sie trat an die Spülmaschine und fing an, die schmutzigen Teller einzuräumen.

Dann kam David in die Küche und ließ sich wortlos auf einen Stuhl sinken. Er war spät heimgekommen, sie war bereits zu Bett gegangen, als sie hörte, wie er die Haustür aufschloss. Sowie er sich hingelegt hatte, war er sofort eingeschlafen. Er war vollkommen fertig gewesen.

Am Morgen hatte sie dann einen Squash-Schläger aus seiner Tasche ragen sehen. Hatte er wieder mit dem Training angefangen? Sie hoffte, dass er deswegen so erschöpft war.

Sein Stuhl knarzte.

»Du hast auf meine SMS von gestern gar nicht reagiert«, sagte er.

Behutsam schob Gabbi die Spülmaschine zu und versuchte, das Schaudern zu unterdrücken, das ihr den Rücken hinaufkroch und im Nacken sitzen blieb.

»Wer ist Sarah Hansen?«

Sie hatte einfach nicht gewusst, was sie darauf antworten sollte. Sie hatte lediglich gewusst – und das war das Schlimmste überhaupt –, dass sie nicht würde lügen können.

»Guten Morgen, mein Schatz.«

»So schwer kann es doch nicht sein, auf eine SMS zu antworten. Oder kriegst du gerade so viele, dass du auf meine nicht mehr reagieren kannst?«

Er mahlte mit den Kiefern. Er sah vollkommen ausgelaugt aus, als würde ihn etwas von innen aufzehren.

»Was hast du noch mal geschrieben?«

»Ich wollte wissen, wer Sarah Hansen ist«, antwortete David.

Woher kannst du die kennen, verdammt?, hätte sie am liebsten gefragt. Schnüffelst du in meinen Sachen? Kontrollierst du mein Telefon? Meine Handtasche?

Sie zwang sich zu einem Lachen.

»Ach so – das ist Sarah aus dem Stall.«

»Stall? Aus welchem Stall?«

»Sarah war in der Unterstufe im selben Reitstall wie ich. Womöglich war das, bevor wir uns kennengelernt haben?«

David massierte sich mit beiden Händen die Schläfen. Als er wieder zu ihr hinübersah, war sein Blick vollkommen leer. Als wäre er auf null gestellt worden. Oder als wüsste er über alles Bescheid.

Für einen Augenblick blieb ihr die Luft weg. Und wenn er Bescheid wüsste? Was für eine Szene würde sich dann gleich hier in der Küche abspielen? Würde er ins Auto springen und davonfahren? Oder würde er sie rauswerfen?

»Und jetzt seid ihr euch wieder über den Weg gelaufen oder was?«

»Ja, in Östermalm, als ich in der Stadt war und mir diese Vorhänge angesehen hab, über die wir nachgedacht haben. Fürs Gästezimmer.«

»Ach.«

Vielleicht war sie ja gerade besser als gedacht? David stand auf und zog den Gürtel um seinen Morgenmantel enger. Gabbi konnte sehen, dass er darunter nackt war. Wahrscheinlich war er gerade auf dem Weg zur Dusche gewesen.

»Muss vor meiner Zeit gewesen sein«, brummte er nur, drehte sich um und schlurfte aus der Küche.

32

Abgesehen von der Dame hinter dem Tresen war der Eingangsbereich von Brice & Stadthaller in Sankt Petersburg komplett verwaist. Die Nummer, die Paschie angerufen hatte, war die des Chefs, Marcel Rousseau, doch als Max dort angerufen hatte, war er zum Empfang umgeleitet worden. Die Dame, mit der er dort gesprochen hatte, hatte ihm versichert, dass sie für potenzielle Kunden auch samstags ansprechbar seien, und um einen Termin zu bekommen, hatte Max ihr erklärt, dass er vorhabe, eine neue Firma zu gründen, und in ein paar Buchhaltungs- und Steuerfragen den Rat von Brice & Stadthaller brauche. Er hatte sich tatsächlich dazu durchgerungen, sein neues Alter Ego zu verwenden – den Kosenamen, den Paschie ihm gegeben hatte. Nun würde also Paul Olsen den Termin wahrnehmen.

»Er hat jetzt Zeit für Sie«, sagte die Rezeptionistin in untadeligem Englisch.

Lächelnd stand sie von ihrem Platz auf. Sie trug ein figurbetontes dunkles Kleid. Max nahm an, dass die meisten Kunden das zu schätzen wussten.

Sie führte Max in einen hellen Besprechungsraum.

»Hier lernt Herr Rousseau gern seine zukünftigen Kunden kennen«, erklärte sie und füllte ein Wasserglas, das auf dem Tisch stand.

Ihr Haar streifte Max' Schulter, als sie an ihm vorbei den Raum verließ.

Er setzte sich und streckte sich nach dem Glas aus. Einen

Augenblick später kam Marcel Rousseau durch die Tür. Er trug einen maßgeschneiderten hellblauen Anzug und eine karierte Krawatte. Kein Ehering, stattdessen steckte ein goldener Siegelring am Ringfinger der rechten Hand. Er war um die vierzig, hatte dunkle Augen und rötliches Haar, das an den Schläfen bereits leicht ergraut war.

»Sie müssen Paul Olsen sein«, sagte er.

Dem Akzent zufolge war er kein Russe. Max musterte ihn verstohlen und beschloss dann, ohne Umschweife zur Sache zu kommen.

»Ich bin kein potenzieller neuer Kunde«, sagte er. »Ich wollte Sie sprechen, weil Sie mit einer Freundin von mir Kontakt hatten.«

Rousseau sah Max irritiert an, sagte aber nichts und schenkte bloß Tee aus einer filigranen Kanne ein. Nahm sich alle Zeit der Welt.

»Ich brauchte einen Vorwand, dafür muss ich mich entschuldigen«, fuhr Max fort. »Aber es schien mir die einzige Möglichkeit zu sein, einen Termin bei Ihnen zu bekommen.« Er nickte in Richtung Empfang und lächelte gekünstelt.

»Sie tun, was man ihnen sagt, und weichen auch nicht davon ab«, sagte Rousseau. »Das ist der große Vorteil, aber auch der große Nachteil an russischem Personal.«

Er schob die Tasse auf Max zu und schenkte auch sich selbst einen Tee ein.

»Aber sei's drum. Welche Freundin meinen Sie?«

»Ihr Name ist Paschie Kowalenko. Wir arbeiten zusammen.«

»Und wer sind Sie?« Freundlich lächelnd ließ Rousseau sich ebenfalls am Tisch nieder. »Ich weiß bislang nur, dass Sie nicht hier sind wegen einer Firma namens …« Er überflog die Unterlagen, die er mitgebracht hatte. »… Seidenstraße. Wär im Übrigen ein guter Name.«

»Ich arbeite für einen Thinktank in Stockholm. Wir beschäftigen uns hauptsächlich mit Entwicklungsmärkten, sicherheitspolitischen Fragen und der Wiederherstellung demokratischer Strukturen im Osten.«

»Der Wiederherstellung?«, hakte Rousseau nach und zog die Stirn kraus. »Ich wüsste nicht, dass es hier je demokratische Strukturen gegeben hätte.«

Wieder ein breites Lächeln. Dumm war er offensichtlich nicht.

»Paschie hat Sie kürzlich kontaktiert. Können Sie mir sagen, worum es bei Ihrem Gespräch ging?«

»Ich vermute, Sie würden sie selbst fragen, wenn Sie die Möglichkeit hätten«, entgegnete Rousseau. »Ist etwas passiert?«

»Sie ist verschwunden.«

Marcel verzog kaum merklich das Gesicht.

»Tut mir leid.«

»Sie haben sie also getroffen ...«

Ergeben hob Rousseau die Hände.

»Ja. Sehr sympathische Person. Sie hatte, wie soll ich es ausdrücken, etwas Unabhängiges an sich.«

»Haben Sie sie öfter als ein Mal getroffen?«

»Na ja, wir hatten einen Termin ... und dann bin ich ihr noch ein paarmal vor dem Eingang begegnet. Da hat sie dann versucht, mich in ein weiteres Gespräch zu verwickeln. Sie war wirklich hartnäckig.«

»Und warum wollten Sie nicht mit ihr reden? Haben Sie etwas zu verbergen?«

»Etwas zu verbergen? Nein. War ich anderweitig beschäftigt? Ja.« Rousseau nahm einen Schluck Tee. »Ich hab tatsächlich kurz darüber nachgedacht, sie Ihnen auszuspannen.«

Erneut lächelte er Max an.

Max sah ihn lange an und nahm dann ebenfalls einen Schluck Tee. Stark, aber kein bisschen bitter.

»Ich bitte um Verzeihung«, legte Rousseau nach. »Ich meine natürlich, dass ich darüber nachgedacht habe, sie abzuwerben – Freigeister wie sie können wir hier sehr gut brauchen.«

»Worüber wollte sie mit Ihnen sprechen?«

»Sie hat mich zu einem Unternehmen befragt. Als ich ihr erklärt habe, was wir unter vertraulicher Zusammenarbeit mit unseren Kunden verstehen, hat sie sich stattdessen nach eher grundsätzlichen Bilanzierungs- und Steuerfragen erkundigt, nach gesetzlichen Rahmenbedingungen und so weiter.«

»Nach gesetzlichen Rahmenbedingungen?«

Rousseau nickte nachdrücklich.

»Ganz genau. Was immer die Bevölkerung hier umsetzen will, wird in Teilen dadurch behindert, dass wir selbst fünf Jahre nach dem Zerfall der Sowjetunion immer noch mit der alten Sowjetverfassung leben. Ein anderes Regelwerk existiert derzeit noch nicht.«

Rousseau lachte und schüttelte dann den Kopf.

Max ahnte, dass dies – trotz allem Kopfzerbrechen – durchaus auch erfolgversprechende Vorhaben ermöglichen konnte.

»Bei allem Respekt für Vertraulichkeit«, sagte er, »aber werden nicht genau zu diesem Zweck Revisionen durchgeführt – um sicherzustellen und der Öffentlichkeit zu demonstrieren, dass dem geltenden Gesetz entsprochen wird?«

Rousseaus Lächeln verblasste ein wenig.

»Worauf wollen Sie eigentlich hinaus?«

»Ich glaube, dass Paschie Ihnen Fragen zu St. Petersburg GSM gestellt hat. Habe ich recht?«

»St. Petersburg GSM ist einer unserer Kunden, so viel kann ich bestätigen. Das habe ich auch zu Paschie gesagt – aber ich bin sicher, dass Sie das schon wussten. Sie hat im Übrigen eingesehen, dass ich ihr darüber hinaus nichts über das Unternehmen erzählen konnte.«

»Sie müssen mir nicht antworten, aber es gibt doch sicher nichts, was Sie daran hindert, mir zu sagen, welche Fragen sie Ihnen gestellt hat?«

Rousseau goss sich eine weitere Tasse Tee ein, hielt dann die Kanne hoch und sah Max fragend an.

Der schüttelte den Kopf.

»Ich muss wissen, woran sie gearbeitet hat, damit ich eine Chance habe, sie wiederzufinden.«

»Sie glauben, dass ihr Verschwinden mit den Fragen zusammenhängt, die sie mir gestellt hat?«, hakte Rousseau nach.

»Ich weiß es nicht, ich weiß nur, dass ich sie finden will.«

»Menschen verschwinden ständig, unter den merkwürdigsten Umständen.«

Rousseau spielte mit ihm. Er gab sich zuvorkommend, war aber nicht im Geringsten hilfsbereit.

»Ich habe Blut von ihren Badezimmerwänden tropfen sehen«, sagte Max, ohne dass er das Zittern in seiner Stimme unterdrücken konnte.

Rousseau hatte schon den Mund aufgemacht, schloss ihn aber sofort wieder.

»Das klingt ja fürchterlich. Trotzdem weiß ich nicht, was ich da für Sie tun kann.«

»Wer sind die Gesellschafter von St. Petersburg GSM?«

Rousseau schüttelte den Kopf.

»Es tut mir wirklich leid, aber das darf ich Ihnen nicht verraten.«

»Vielleicht können Sie mir stattdessen sagen, was es mit

den Milliarden-Dollar-Einlagen auf sich hat und warum Paschie, die sicher genau danach gefragt hat, jetzt spurlos verschwunden ist?«

Rousseau stand auf.

»Tut mir leid, aber ich habe keine Ahnung, wovon Sie reden.«

Max sprang von seinem Stuhl auf und lehnte sich über den Tisch.

»Ich glaube eher, dass Sie keine Ahnung haben, was für ein Ungetüm Sie hier beschützen«, sagte er. »Eines Tages wird es sich noch gegen Sie wenden.«

33

Der Gefängnisdirektor hustete und sah mit einem schiefen Grinsen zu Nestor Lasarew hinüber, als wollte er sich für sein Äußeres entschuldigen.

Seit er die Leitung des Kresty-Gefängnisses übernommen hatte, war sein Bauch auf einen enormen Umfang angewachsen – alles nur wegen der lukrativen Nebentätigkeiten, die es ihm erlaubten, sich hier eine Gänseleber und dort ein Gläschen Champagner zu gönnen. Der Bauch störte ihn selbst, vor allem weil er ansonsten dürr wie eine Bohnenstange war. Lasarew fragte sich, wo dieser Kerl seine Klamotten herbekam. Wurde die graublaue Uniform der Strafverfolgungsbehörde eigens für ihn umgeschneidert, oder gab es sie in Standardgröße für fette Kröten?

Das Büro des Gefängnisdirektors strahlte ungefähr genauso viel Fürsorglichkeit aus wie der Rest des Gebäudes. Überall Beton und Stahl. Farbe wurde hier nur auf den Gitterstäben verschmiert, damit die nicht vom Rost porös und durchlässig wurden für die verlorensten Kinder Sankt Petersburgs, vor denen die Behörden ihre Stadt beschützen mussten. Gefangene hausten auf zugigen, feuchten Fluren, in denen es die ganze Zeit von der Decke tropfte.

Der Direktor kippte Wodka in sich hinein, als wäre es Wasser. Von früh bis spät, tagaus, tagein – trotzdem erweckte er den Eindruck, als wäre er ganz bei der Sache. Er sei nur »gut geölt«, wie er es ausdrückte, und damit auch für sämtliche Vorschläge offen. Vorschläge, die üblicherweise etwas damit zu tun hatten, dass im Austausch gegen Bares oder sexuelle Gefälligkeiten mit Minderjährigen irgendetwas durch den Gefängnisbeton sickerte.

»Zwei, sagten Sie?«, hakte der Direktor nach.

»Für diese Sache kann ich meine üblichen Leute nicht einsetzen.«

»Ich habe niemanden, der Ihren Ansprüchen genügen würde, Lasarew. Hier sitzen bloß die Straßenköter.«

Er lachte und fing sofort wieder an zu husten. Sein säuerlicher Atem wehte körperwarm zu Lasarew hinüber.

»Köter kann ich wunderbar gebrauchen. Und wie gesagt gleich zwei – und möglichst widerstandsfähig. Die niemand vermisst, wenn sie wider Erwarten nicht zurückkehren sollten.«

»Ihre Standardanforderungen gelten diesmal also nicht?«

»Nein, diesmal dürfen sie auch wie Straßenköter aussehen.«

»Dann hätte ich zwei – ich glaube, an denen werden Sie zumindest für eine Weile Ihre Freude haben. Passen Sie bloß auf, dass Sie sie draußen nicht unbeaufsichtigt von der Leine lassen. Wenn sie trotzdem Probleme machen, knallen Sie sie einfach ab.«

»Der normale Preis?«

»Ausgezeichnet.«

Nestor Lasarew traf die beiden Männer vor den Gefängnistoren. Der eine war am ganzen Körper tätowiert, der andere war ein Riesenkerl mit Zottelhaaren und Bart.

Er dirigierte sie zu seinem Mercedes und setzte sie in aller Kürze davon in Kenntnis, worum es gehen sollte und wer er selbst überhaupt war. Er musste sicherstellen, dass den beiden klar war, dass sie auf Knien vor ihm durch den Dreck rutschen und in der Isolierzelle landen würden, ohne einen einzigen Funken Tageslicht zu sehen, sobald sie auch nur im Geringsten von seinen Anweisungen abwichen. Der Tätowierte wurde blass, sodass seine Tätowierungen umso stärker hervortraten. Der Große nickte stumm.

Lasarew warf ihm seinen Autoschlüssel zu.

»Eine der hiesigen Tageszeitungen ist hinter mir her. Insbesondere ein Reporter will meine Warnungen nicht ernst nehmen. Im Handschuhfach liegt alles, was ihr wissen müsst. Seht zu, dass ihr ihn ausschaltet.«

34

Max nahm einen Schluck Kaffee und sah sich in dem kleinen Café um. Die meisten anderen Gäste waren Studenten. In ihre Schals gehüllt, saßen sie zusammen und unterhielten sich lautstark. Er war bei Brice & Stadthaller mehr oder minder rausgeworfen worden, nachdem er Rousseau derart angeblafft hatte. War er der Wahrheit zu nahe gekommen?

Die Tür ging auf, und Max blickte auf. Es war der Mann von dem Autorenfoto aus der *St. Petersburg Times*, Juri Domaschow. Er war groß und schlank, hatte einen beigefarbenen Trenchcoat an und einen leuchtend roten Schal um die Schultern. Mit seinem perfekt geföhnten blonden Haar hätte er in einer britischen Popband aus den Achtzigern Keyboard spielen können.

Max hob die Hand, und Juri Domaschow steuerte auf seinen Tisch zu.

»Ich hoffe, es geht schnell«, sagte er. »Ich will nicht zu spät zu meinem Croquis-Kurs kommen.«

»Sie zeichnen?«

»Nein, ich stehe Modell. Ich liebe es, wie die Mädels mich anstarren, wenn ich mich ausziehe.« Domaschow zog einen Stuhl heran und setzte sich. »Ich wohne in Uninähe, gleich neben dem Wohnheim. Gar nicht weit von meinem Hauseingang ist ein Loch im Zaun. Nachts ist da ordentlich Verkehr, wenn Sie verstehen, was ich meine.«

Max war klar, dass Domaschow ihn provozieren wollte. In aller Seelenruhe griff er nach seinem Kaffee.

»Wie ich schon am Telefon sagte, würde ich gerne mehr erfahren über Ihre Treffen mit St. Petersburg GSM.«

Domaschow zuckte mit den Schultern, winkte eine Bedienung heran und bestellte eine Tasse Tee. Er war ein erfahrener Journalist, der es gewohnt war, sein Gegenüber erst mal zu beobachten und zu beurteilen, und anscheinend hatte er sofort begriffen, wie Max tickte: Er war niemand, der sich leicht vom Thema abbringen ließ.

»Ich hab versucht, mit verschiedenen Menschen zu sprechen – Fußvolk, Berater, Geschäftsführung«, erklärte er. »Nachdem ich Marcel Rousseau in seinem Büro interviewt hatte, bekam ich einen Anruf – irgendjemand wollte sehen, was ich vorhatte zu schreiben. Natürlich hab ich mich geweigert. Dann sollte der Follow-up-Artikel auf einmal nicht mehr erscheinen, also hab ich mich mit anderen Dingen befasst. Die Sache ist für mich gegessen.«

Max seufzte. Domaschow war ohne Zweifel ein Mann mit zahlreichen Talenten, aber Lügen gehörte nicht dazu.

»Wer hat angerufen und verhindert, dass dieser Artikel veröffentlicht würde?«

»Da müssen Sie schon mit der Chefredaktion sprechen. Ich glaube, es kam jemand vorbei und hat den Chefredakteur in seinem Büro besucht.«

Domaschow grinste schief und nahm einen Schluck Tee.

Max ahnte, dass ein Gespräch mit dem Chefredakteur nichts bringen würde. So funktionierte es hier eben: Um Chefredakteur einer Tageszeitung zu werden und vor allem zu bleiben, musste man sehr genau wissen, wie man sich verhielt.

Er musterte Domaschow, der sich mit der Hand übers Gesicht fuhr und sich im Café umschaute.

»Was?«, sagte er unvermittelt und sah Max wieder an. »Ich wurde gebeten, die Sache ad acta zu legen. Das ist alles.«

»Aber ich lege die Sache nicht ad acta«, entgegnete Max. »So arbeite ich nun mal nicht.«

Domaschow lehnte sich vor.

»Wenn Sie damit weitermachen, dann sind Sie nicht bei Trost.«

»Haben Sie das auch zu Paschie gesagt?«

»Ja, aber sie wollte auch nicht hören.«

Natürlich hat Paschie nicht hören wollen, dachte Max. Nicht wenn er recht hatte mit seinem Verdacht, was die Gesellschafter von St. Petersburg GSM anging. Nicht, wenn das genau die Sorte Männer war, denen Paschie Einhalt gebieten wollte.

»Erzählen Sie mir, was Sie ihr erzählt haben«, forderte er den Journalisten auf. »Woher stammen die zig Millionen für St. Petersburg GSM?«

Domaschow sah sich erneut um – doch diesmal wirkte er nervös.

»Ihre Freundin ist eine wirklich kluge Frau.«

»Ich weiß.«

»Ein bisschen zu klug, als gut für sie wäre. Sie wusste, dass ich St. Petersburg GSM schon eine Weile im Visier hatte. Irgendwas ist da nämlich faul.«

»Und hat Paschie herausfinden können, was?«

»Nein … oder vielmehr: keine Ahnung. Wir haben uns dem Unternehmen aus unterschiedlichen Richtungen genähert. Sie interessierte die Technologie, mich eher das Geld.«

»Und wie kommen Sie darauf – dass sie klug wäre?«

»Wir haben uns über eine Sache unterhalten, die mir einfach nicht einleuchten wollte: wie man brandneue, volldigitale Mobiltelefone eines westlichen Fabrikats so billig verkaufen kann, dass Hans und Franz sie sich leisten können, obwohl sie im Einkauf ein Vermögen kosten.«

»Und sie hat Ihnen helfen können, das Rätsel zu lösen?«

Domaschow nickte.

»Sie hat mir erklärt, dass man dafür die Schwächsten in dieser Gesellschaft anzapft – bettelarme, obdachlose Rentner.«

Eine junge Bedienung kam mit einem schweren Tablett an ihrem Tisch vorbei.

»Verstehe ich nicht«, murmelte Max.

»Diese Leute sind Kriegsveteranen.«

Hierzulande durften Veteranen gratis U-Bahn fahren. Ihnen wurden Urlaubsscheine für Sotschi ausgestellt. Trotzdem konnte Max sie beim besten Willen nicht mit einem neu gegründeten Mobilfunkunternehmen in Verbindung bringen. Aber Paschie hatte die Verbindung offenbar erkannt.

»Was hat Paschie ausgegraben?«

»Vor allem ging es da wohl um den Import der Geräte an sich. Hauptsächlich aus Finnland – Nokia, Sie wissen schon. Die Importzölle sind mörderisch. Ich hab es einfach nicht begriffen. Wie konnten sie die Dinger über die Grenze holen, ohne dafür ein Vermögen hinzublättern? Die Antwort waren die Rentner.«

Und endlich dämmerte Max, was dahintersteckte. Marcel Rousseau hatte es sogar selbst angedeutet, als sie sich unterhalten hatten. Womöglich hatte er es Paschie gegenüber ebenfalls erwähnt, oder aber er hatte sich unfreiwillig verraten, und sie hatte die Wahrheit aus ihm rausgekitzelt.

»Wir leben immer noch mit der alten Sowjetverfassung«, murmelte er, und Domaschow nickte.

»Ganz genau. Unsere alten Sowjethelden zahlen keine Steuern.«

»Aber dieses Privileg genießen doch nur Privatleute? Wie kann man so was dann in großem Stil umsetzen?«

»Man bemächtigt sich ganz einfach ihrer Identitäten, agiert über Vollmachten in ihrem Namen. Man importiert auf ihren Namen ausländische Waren. Im Gegenzug gibt man ihnen ein Dach über dem Kopf, Wodka und etwas zu essen. Die Alten verschwinden von der Straße, alle sind zufrieden, keiner stellt Fragen.«

Irgendwas ist da doch oberfaul, dachte Max. So viel war klar. Aber war das wirklich alles illegal? Moralisch war all das natürlich absolut unvertretbar: alte, in Not geratene Menschen für solche Zwecke einzuspannen. Doch die Idee dahinter war ganz ohne jeden Zweifel clever. Sofern Domaschow und Paschie so weit gekommen waren und die Führungsetage der St. Petersburg GSM davon Wind bekommen hatte – reichte das tatsächlich schon aus, um Druck auf eine Zeitung auszuüben, die darüber nicht berichten sollte? Und um Paschie zu entführen? Um eine Institution in die Luft zu sprengen, die mit der Uni verknüpft war?

»Da muss doch noch viel mehr dahinterstecken, damit St. Petersburg GSM derart alarmiert war«, wandte Max ein. »Wonach hat sich Paschie noch erkundigt?«

»Wie gesagt: Sie war eher an der Technologie interessiert. Oder nein: Sie war davon besessen.«

Es war schon das zweite Mal, dass er das so betonte. Nur dass Max es nicht einleuchten wollte, was das zu bedeuten hatte.

»Können Sie etwas genauer werden?«

»Sie war am Hintergrund interessiert – an der Unternehmensgeschichte. An den Umständen der Firmengründung. Sie hat erwähnt, dass sie von einem Gerücht gehört hatte, demzufolge die Technologie, auf der das ganze Unternehmen fußt, ursprünglich aus Schweden stammte und gestohlen worden wäre.«

Aus Schweden? Industriespionage gehörte in der schwedischen Wirtschaft zum Alltag, wurde aber unter dem Deckmäntelchen der internationalen Diplomatie hübsch verschleiert. Wenn es mal nicht die Russen waren, dann waren es die Chinesen.

»Ich hab Ihren Artikel gelesen«, sagte Max. »Der Vorsitzende, dieser Mann mit dem pompösen Zitat – hat Paschie je mit ihm gesprochen?«

»Nein, das glaube ich nicht. Er gibt keine Interviews«, antwortete Domaschow. »Aber sie hat mit Marcel Rousseau gesprochen.«

Max nickte. Das wusste er bereits.

»Erzählen Sie mir von diesem Vorstandsvorsitzenden.«

Im selben Moment ließ die Bedienung ihr Tablett fallen, und Domaschow zuckte zusammen, als eine Tasse auf dem Steinboden zerschlug.

»Nestor Lasarew?« Er tupfte sich mit der fleckigen Serviette die Mundwinkel ab. »Bis 1991 weiß man nicht viel über ihn. Ich habe ein bisschen recherchiert, er hat wohl die meiste Zeit in Moskau gelebt, hatte Verbindungen zum Parteiapparat. Und anscheinend war er so eine Art Pionier der Telekommunikation. Das Unternehmen hatte einen Vorgänger – ebenfalls hier in Sankt Petersburg. Eine Art Versuchslabor, in dem sie herumwerkelten, ehe diese Telefoniesache Fahrt aufnahm. Es sieht ganz danach aus, als hätte er einen Background beim Militär, aber das muss nichts heißen. Den haben viele. Sämtliche Spuren in die Vergangenheit verlaufen sich etwa 1964. Man findet keinerlei frühere Informationen über ihn. Es ist fast, als wäre er von einem Tag auf den anderen auf der Bildfläche erschienen.«

»Und Paschie? Glauben Sie, dass sie etwas über ihn ausgegraben haben könnte?«

»Sie hat es ganz sicher versucht«, antwortete Domaschow. »Ich durfte ja nicht mehr.«

Wann immer Domaschow darauf zu sprechen kam, dass er einen Maulkorb angelegt bekommen hatte, hatte Max das bestimmte Gefühl, dass er eigentlich mehr erzählen wollte. Max wusste noch genau, wie Margarita sich ausgedrückt hatte, als er nachgebohrt hatte: *»Ich hab nie jemanden von der Organisation getroffen.«* Er gab sich einen Ruck. Vielleicht würde Domaschow ja darauf reagieren.

»Warum erzählen Sie mir nicht von der Organisation, die hinter St. Petersburg GSM steckt? Und die Abermillionen Dollar von ausländischen Konten hierher verschiebt?«

Domaschow nahm einen Schluck Tee und wischte sich den Pony aus der Stirn.

»Genau an diesem Punkt bin ich gegen eine Wand gerannt. Und an diesem Punkt habe ich auch aufgegeben. Und zwar ein für alle Mal. Das schwöre ich beim Grab meiner Mutter.«

Dann sah er sich verstohlen um und beugte sich so weit nach vorn, dass die Männer fast mit den Köpfen aneinanderstießen.

»Sie meinen die Iwanowitsch-Stiftung«, flüsterte er. »Ich glaube, dass das in Wahrheit ein Konsortium ist, das mit der allerersten Generation russischer Mafiosi in Verbindung steht. Das von mächtigen alten Parteigenossen unseres ersten großen Mafiapaten ins Leben gerufen wurde.« Domaschow atmete tief durch. »Sprich: von Personen rund um den früheren ZK-Generalsekretär Leonid Breschnew. Haben Sie jetzt eventuell das Bedürfnis, die Sache ad acta zu legen?«

Max hielt Domaschow die Tür auf. Iwanowitsch – der nationalistischste und russischste aller russischen Vatersnamen. Und der perfekte Name für eine Stiftung, die so wenig Aufmerksamkeit wie möglich erregen sollte.

»Breschnew?«, wiederholte Max, als sie auf die Straße traten. »Wie alt ist denn dieser Lasarew?«

»Wie gesagt, vor 1964 keine Spur von ihm.«

»Aber irgendetwas müssen Sie doch über die Stiftung herausgefunden haben? Wo ist der Stiftungssitz? Wer genau hat sie ins Leben gerufen? Irgendeine Art Gründungsakte muss es doch geben.«

Domaschow hustete.

»Gibt es auch. Die Stiftung hat ein Mann gegründet, der damals noch beim Global Player KPMG angestellt war und inzwischen ein rasant wachsendes Beratungsunternehmen hier in dieser Stadt leitet.«

Brice & Stadthaller. Marcel Rousseau.

Domaschow musste den Namen nicht mal aussprechen. Endlich verstand Max, wie alles zusammenhing.

Sie überquerten den Newski-Prospekt, als Max in seinem Rücken plötzlich Motorenlärm hörte und sich umdrehte. Ein schwarzer Mercedes raste auf sie zu. Er packte Domaschow und zog ihn zu sich heran, war aber nicht schnell genug. Der Mercedes erwischte Domaschow seitlich, und Max verlor den Halt. Mit ungeheurer Wucht schleuderte Domaschows Leib gegen eine Mauer, fiel zu Boden und rollte auf die Straße.

»Juri!«, schrie Max.

Er stürzte auf ihn zu, ging neben ihm in die Hocke, hörte, wie sich der Mercedes mit hoher Geschwindigkeit entfernte.

Hilflos blickte er auf den Mann hinab, mit dem er gerade noch gesprochen hatte und der jetzt leblos und blutüberströmt am Boden lag.

Von überallher kamen Passanten gerannt. Max versuchte, den Schock beiseitezuschieben, betastete den Hals des Mannes, um den Puls zu fühlen, aber da war nichts. Domaschow hatte sich das Genick gebrochen.

Eilig suchte er Domaschows Taschen ab. Ein Schlüsselbund. Ungesehen stopfte er ihn sich in die Tasche.

35

Sarah blätterte ihre Unterlagen noch einmal durch. Wo hatte sie diesen Artikel über die Unruhen in den Fabriken am Stadtrand von Moskau hingelegt? Über die Arbeiter, die seit vier Monaten keinen Lohn mehr bekommen hatten?

Sie seufzte, schob die Brille ein Stück den Nasenrücken hinab und massierte sich die Stirn. Bereits am Morgen hatten sie Kopfschmerzen angeflogen, die einfach nicht verschwinden wollten. Dabei hatte sie doch sonst nie Kopfweh.

Ihre Gedanken kreisten in einem fort darum, was Max berichtet hatte. Das Blut in Paschies Badezimmer. Die Bombe in der wirtschaftswissenschaftlichen Fakultät. Mischins zittrige Stimme, als sie zuletzt mit ihm telefoniert hatte.

Sobald sie im Büro gewesen war, hatte sie im Södersjukhuset angerufen, aber dort war ihr mitgeteilt worden, Borgenstierna sei zu geschwächt, um Besuch zu empfangen. War er das wirklich – oder wollte er nur nicht mit ihr reden? Sollte sie hinfahren und ihn überraschen? Sie notierte sich ein paar Dinge auf dem Block, der vor ihr lag, und hatte plötzlich unbändige Lust auf einen Zigarillo.

Als es am Türrahmen klopfte, schaute sie auf und blickte in Charlies lächelndes Gesicht.

»Da ist aber jemand fleißig. Darf ich reinkommen?«

»Na klar.«

Sarah deutete auf den Besucherstuhl, doch Charlie blieb in der Tür stehen.

»Okay, wenn ich die Tür zumache?«

Was war denn jetzt wieder passiert? Es war Samstag, und sie waren die Einzigen in den Vektor-Büros. Trotzdem wollte Charlie die Tür hinter sich schließen.

Sie nickte knapp, und Charlie zog mit einem behutsamen Klicken die Tür ins Schloss. Dann setzte er sich Sarah gegenüber auf den blauen Sessel und schlug die Beine übereinander.

Er räusperte sich.

»Wie du ja weißt, komme ich in unterschiedlichen Zusammenhängen mit einer Menge Leute in Kontakt, unter anderem auch mit ein paar der einflussreichsten Unternehmer dieses Landes.«

»Und keiner umschmeichelt sie besser als du, Charlie. Wenn du nicht wärst, würden wir heute nicht in diesen Büroräumen sitzen.«

Charlie sah sich um und ließ den Blick über die hellen Stilmöbel schweifen. Nickte in Richtung des großen Fensters.

»Ich glaube und hoffe, dass wir bei diesen Menschen großes Vertrauen genießen«, sagte er. »Heute hat mich ein alter Freund angerufen, der, wie der Zufall es will, bei einem unserer größten Sponsoren arbeitet – Frank Ståhl, der Telia-Sprecher.«

»Den habe ich heute Morgen erst im Frühstücksfernsehen gesehen«, erwiderte Sarah, die ihre Zweifel hatte, ob Frank und Charlie wirklich so eng befreundet waren. »Sie haben ihn hart rangenommen.«

Charlie seufzte und zupfte sich die perfekt sitzende Anzugjacke zurecht.

»Dieser Blackout stellt sie vor ernsthafte Probleme. Und ich muss wohl nicht erst betonen, dass ihnen die Kunden reihenweise davonlaufen.«

»Dabei hat er getan, was er konnte, um die Zuschauer davon zu überzeugen, dass sie alles unter Kontrolle haben.«

»Klar. Und genau darüber wollte ich auch mit dir reden.«

Der lockere Plauderton war urplötzlich wie weggefegt.

»Was Frank mir erzählt hat, ist streng vertraulich, und ich muss dich bitten, es genauso zu behandeln.«

Sarah nickte.

»Telia hat dreihunderttausend Kunden im digitalen Mobilfunkmarkt, doppelt so viele wie der nächste Konkurrent, und die Prognose liegt bei drei Millionen innerhalb von fünfzehn Jahren. Außerdem kontrollieren sie die komplette Analoginfrastruktur im Festnetzbereich. Und als würde das nicht reichen, sind auch Funk und Fernsehen zunehmend von den Telia-Netzwerken abhängig. Frank meint, wer immer hinter diesem Super-GAU steckt, könnte in der Lage sein, in sämtliche Telia-Systeme einzudringen und sie unter seine Kontrolle zu bringen – und somit auch den Informationsfluss in diesem Land steuern.«

Was Charlie da beschrieb, hätte im Notfallplan für den nationalen Verteidigungsfall integriert sein können. Aber Charlie hatte immer schon eine Neigung zu Verschwörungstheorien gehabt und war fast schon paranoid, wenn es um eine Bedrohung der schwedischen Souveränität ging.

Charlie lehnte sich nach vorn und senkte erneut die Stimme.

»Es hat eine weitere Attacke auf ihr System gegeben.«

»Einen weiteren Blackout? Hab ich gar nicht bemerkt.«

»Nein, diesmal keinen Blackout«, entgegnete er. »Die zweite Attacke war weitaus subtiler, und wenn sie nicht sämtliche Sicherheitsvorkehrungen hochgesetzt hätten, wäre sie höchstwahrscheinlich nicht einmal entdeckt worden. Es ist diesmal auch nichts Schlimmeres passiert – aber es gibt Parallelen bei der Vorgehensweise.«

Das Fenster klapperte, als eine heftige Bö über das Gebäude hinwegfegte.

»Und warum hat Frank dir das erzählt?«

»Frank weiß, dass ich mit dir im Vorstand sitze, Sarah. Er will die Behörden, die Polizei und den Geheimdienst außen vor lassen. Wenn die sich einmischen, rufen sie damit im Handumdrehen auch die Presse auf den Plan, und er hat die Befürchtung, dass sie dann die Kontrolle vollständig verlieren könnten.«

Er räusperte sich wieder. Schob erneut seine Jacke zurecht.

»Bei der zweiten Attacke hat sich jemand Zugang zu vertraulichen Informationen verschafft. Der Hacker hat dafür gesorgt, dass das System sozusagen für einen Augenblick weit offen stand. Er hätte alles damit machen können – sämtliche Informationen löschen, sie vernichten, von fremder Leute Handys Anrufe generieren. Aber er war nur auf eine einzige Sache aus. Auf Informationen zu einem einzigen Kunden.«

»Wer sollte das gewesen sein?«

»Vektor«, antwortete Charlie. »Die zweite Attacke diente einzig und allein dazu, unsere Daten auszuspähen.«

36

Max war zum Wohnheim zurückgekehrt, lief den Zaun entlang und fand nach einer Weile tatsächlich das Loch, das Domaschow erwähnt hatte. Domaschow hatte deutlich mehr gewusst, als er erzählt hatte. Wenn sein Chefredakteur ihm verboten hatte, weiter in der Sache St. Petersburg GSM zu wühlen, dann hatte er seine Rechercheergebnisse wohl kaum am Arbeitsplatz liegen lassen. Blieb nur noch seine Wohnung.

Max musste sich dort umsehen, ehe ihm jemand zuvorkam.

Sein Herz hämmerte so heftig, dass er es gegen seine Rippen schlagen spürte. Sein Kopf fühlte sich leicht an – als würde der Wind, der um die hohen Häuser pfiff, geradewegs durch ihn hindurchgehen. In jeder Sekunde, die er innehielt, hatte er wieder die Geschehnisse vom Newski-Prospekt vor Augen. Warum hatte er nicht schneller reagiert? War er dermaßen eingerostet?

Er bückte sich, schlüpfte zwischen den Zaunlatten hindurch und entdeckte zu seiner Rechten die Tür des Hauses, in dem Domaschow gewohnt hatte. Max sah auf die Uhr. Seit Domaschow überfahren worden war, waren zwanzig Minuten vergangen. Wer immer die Nachbarn waren – es war unwahrscheinlich, dass sie bereits von seinem Tod erfahren hatten.

Die Tür war unverschlossen, und auf einer Übersichtstafel im Treppenhaus stand, dass Domaschow im dritten

Stock wohnte. Max rannte die Treppe hoch und sah sich noch mal um, ehe er den Schlüsselbund hervorholte. Er fand den richtigen Schlüssel, und mit einem dumpf-metallischen Quietschen ging die Tür auf. In der Diele standen Schuhe, Stiefel, lagen Handschuhe und Schals – alles in perfekter Ordnung. Hier lebte nicht nur ein Mann. Gleich hinter der Diele lag die Küche, und auch die war pedantisch sauber. Max lief an der Küchentür und an zwei Zimmertüren vorbei – ein Kinderzimmer, ein Elternschlafzimmer.

Hinter der Schlafzimmertür befand sich ein Arbeitszimmer. Max sah sich um. Das Arbeitszimmer schien Domaschow allein genutzt zu haben. Regale vom Boden bis zur Decke. Ein Schreibtisch am Fenster mit Blick auf das Unigelände.

Unter dem Fenster schlenderten Studenten vorbei. Eine feine Schicht Pulverschnee hatte sich über die Erde gelegt, und mit jedem ihrer Schritte wirbelten Flocken auf.

Max ließ den Blick über das Unigebäude schweifen, bis er die Fenster entdeckte, hinter denen Paschie und Mischin gearbeitet hatten. Rußflecken, zerborstene Fenster. Wenn Domaschow die Explosion vom Schreibtisch aus mit angesehen hatte, dann hatte er auch alles andere mitbekommen.

Max machte sich auf die Suche. Die Regale enthielten Hunderte Ausgaben der *St. Petersburg Times*. Er fuhr den Rechner hoch, und während er wartete, zog er eine Schreibtischschublade nach der anderen auf. Sie waren alle leer. Max warf einen Blick auf den Bildschirm, aber dort tat sich immer noch nichts.

Irgendwo ging eine Tür, und Max hörte, wie jemand durchs Treppenhaus hüpfte. Eine Frau ermahnte ihre Kinder. Max warf einen Blick in den Vorgarten hinunter. Dort war niemand. Er wandte sich wieder zum Bildschirm um, doch da stand immer noch *Bitte warten*.

Dann wurde ein Schlüssel ins Schloss der Wohnungstür geschoben, und Max erstarrte.

Scheiße.

Denselben Weg, den er gekommen war, konnte er nicht nehmen. Aber sollte er jetzt aus dem Fenster klettern und sich auf die Feuertreppe hangeln?

»Hallo?«, rief eine weiche Stimme aus der Diele. »Juri?«

Max sah erneut aus dem Fenster. Der Sprung hinüber auf die Feuertreppe wäre halsbrecherisch, aber er hatte keine Wahl. Während er sich zum Fenster umdrehte, blieb er mit dem Fuß an dem dicken Teppich hängen. Irgendetwas lag darunter – ein Blatt Papier, mit der bedruckten Seite nach unten.

Er ging in die Hocke, um es aufzuheben.

»Juri, bist du da?«

Es war ein Foto, das Porträt eines Mannes. Auf die Rückseite hatte jemand handschriftlich einen Namen notiert.

Die Leere, die Max zuvor gespürt hatte, wich einem abrupten Schwindelgefühl, als würde er nicht in das Gesicht des Menschen auf dem Bild, sondern in einen jähen Abgrund hinabblicken.

Was geht hier vor?

Die Hand, in der er den DIN-A-4-Ausdruck hielt, fing an zu zittern.

Das Gesicht kam ihm bekannt vor, auch wenn er nicht wusste, woher.

Max faltete das Papier zusammen und schob es in die Innentasche.

Draußen kamen leichtfüßige Schritte näher, die abrupt vor der Schlafzimmertür stehen blieben, als die Mutter rief: »Stopp! Komm sofort zurück!«

Irgendetwas lag in ihrer Stimme – womöglich hatte auch das Kind es gleich bemerkt. Denn mit einem Mal war es in der Wohnung totenstill. Max entriegelte das Fenster und zog es unter lautem Quietschen auf. Eine Bö fegte durchs Arbeitszimmer, als in seinem Rücken die Zimmertür aufging.

Die Frau schrie aus Leibeskräften – und Max sprang.

37

Der Ausschlag an seinem Hals juckte wie seit Langem nicht mehr. Nestor Lasarew hatte seine Krawatte ablegen müssen, damit die Salbe einwirken konnte und Luft an die Ekzeme kam. So war er zwar nicht ganz korrekt gekleidet, aber was bedeutete das schon, immerhin würde er seine Gäste nicht gleich heute empfangen.

Vor dem entscheidenden Termin würde er täglich weitere Vorbereitungen treffen. Endlich stand ihr erstes Treffen bevor, nachdem sie bislang ausschließlich über eine Reihe anonymer Kuriere Kontakt gehabt und über verschlüsselte Leitungen telefoniert hatten. Den Anstoß dazu hatte Lasarew selbst gegeben – in einem vertraulichen Telefonat mit jemandem, von dem er wusste, dass er sich auf ihn verlassen konnte, ganz gleich aus welcher Richtung gerade der Wind wehte. Dem Telefonat waren weitere gefolgt, und irgendwann war aus dem Vorstoß eines Mannes eine ganze Gruppierung geworden.

Auf dem Fernsehbildschirm, der die Bilder der Überwachungskameras aus den Räumlichkeiten zeigte, die Lasarew erst kürzlich wieder in Betrieb genommen hatte, konnte er verfolgen, wie sein Besucher eintraf und im Flur Platz nahm. Der schlichte Holzstuhl sah unbequem aus – als würden die Stuhlbeine sich jeden Moment durch die Sitzkissen und dem Gast in die Gesäßmuskeln drillen. Während er auf seinem Stuhl hin und her rutschte, sah es fast so aus, als würde er sich gegen die herausstehenden Stuhlbeine pressen, um Schmerzsignale an sein Gehirn zu produzieren. Hätte Lasarew es nicht besser gewusst, hätte er angenommen, dass der Mann ganz bewusst eine erlernte Technik anwendete, um die Signale an sein Hirn zu kontrollieren. Doch eine solche Technik erlernten Schweizer Wirtschaftsprüfer nicht. Womöglich war da irgendwas in seiner dubiosen Vergangenheit.

Die Tür zu Lasarews Arbeitszimmer bestand aus Massivholz – aus einem exotischen Holz, das nicht in diesen Breitengraden heimisch war. Es war tiefdunkel und sah sehr schön aus. Die Tür wurde von einem bogenförmigen Portal mit kunstfertigen Schnitzereien eingerahmt, das die Schönheit der Tür und ihre Symmetrie zusätzlich betonte. Symmetrie und Klarheit. Keine losen Enden.

Die alte Türklinke bestand aus Messing. Während sein Besucher draußen darauf wartete, dass sich die Tür öffnete, starrte er unverwandt die Klinke an.

Lasarew drückte auf einen Knopf unter der Schreibtischplatte, und die Tür sprang ein paar Zentimeter auf. Erneut warf er einen Blick auf den Bildschirm.

Es war alles ruhig. Fast hätte er sich das Treiben von früher zurückgewünscht, doch es würde nicht mehr lange dauern, bis die Räumlichkeiten erneut ihrer Bestimmung dienten.

Marcel Rousseau stand auf. Schnippte sich ein paar Schuppen von den Schultern. Auf dem Weg zur Tür warf er einen Blick auf das Gemälde, das neben der Tür hing. Der große Führer von Partei und Staat, der auf einem Treppenabsatz stand und die Hände zu einer Willkommensgeste ausstreckte. Um ihn herum formierten sich Würdenträger aus der russischen Geschichte und vor ihm, auf den Stufen und dem unteren Treppenabsatz, Repräsentanten jeglicher Volksgruppen, über die er herrschte. Jeder Pinselstrich, jeder Lichtfleck auf dem Bild schien von dem Mann im Zentrum des Gemäldes auszugehen.

Er war die Sonne.

Als Rousseau auf den Schreibtisch zutrat, stand Lasarew auf und wies auf seinen Besucherstuhl.

»Setzen Sie sich«, sagte er mit einem Lächeln im Gesicht.

Er ahnte, dass der Klang seiner Stimme den jungen Mann in Alarmbereitschaft versetzte.

Du hast dich dazu entschlossen, dein altes Leben, deine Karriere, deine Familie aufzugeben, um für mich zu arbeiten. Womöglich nicht um der Sache willen. Aber um meines Geldes willen.

»Was haben Sie auf dem Herzen, Marcel?«

»Ich komme in einer delikaten Angelegenheit.«

Lasarew zog die Augenbrauen hoch.

»Es tut mir leid, aber es scheint fast, als wäre schon wieder jemand aufgetaucht«, sagte Rousseau. »Jetzt sucht ein Mann nach dieser Frau …«

Natürlich ist noch jemand aufgetaucht, dachte Lasarew. Vergiss ja nicht, dass ich dir einen Schritt voraus bin.

»Ach?«, sagte er. »Was können Sie mir über ihn erzählen?«

»Er hat sich einen Beratungstermin bei mir erschlichen. Dann hat er sich nach ihr erkundigt, hat aber nicht dieselbe Frage gestellt, die *sie* mir gestellt hatte. Anscheinend hat er davon keine Kenntnis.«

»Ein Russe?«, wollte Lasarew wissen.

»Nein, Schwede. Er hat behauptet, sein Name wäre Paul Olsen.«

Olsen? Da war er wohl kaum Schwede. Eher Däne. Oder war das ein Deckname?

»Und was haben Sie erzählt?«

»Natürlich nichts – keine Silbe!«

Lasarew hob beschwichtigend die Hand, und Rousseau atmete ein paarmal tief durch.

»Was glauben Sie, was er von Ihnen wollte, Marcel?«

Rousseau räusperte sich und schluckte trocken. Schien in seinem hochroten Kopf nach irgendeiner Erklärung zu suchen, die ihn aus dieser Lage wieder hinausmanövrieren würde, ohne dass er einen folgenschweren Fehler beging. Er rieb sich die Hände, als würden sie mit einem Mal ganz fürchterlich brennen.

»Mein Gefühl sagt mir, dass diese Sache mit Ihnen persönlich zusammenhängen könnte«, brachte er schließlich hervor. »Und ich fürchte, wir sollten die anderen informieren. Es tut mir aufrichtig leid, aber ich …«

Lasarew legte den Finger an die Lippen. Abgesehen von der Uhr, die auf dem Schreibtisch vor sich hin tickte, war es in dem Raum mucksmäuschenstill.

»Beruhigen Sie sich«, sagte er. »Was meinen Sie damit – es könnte mit mir persönlich zusammenhängen? Worauf spielen Sie an?«

»Darauf, dass diese Paschie sich nach der Herkunft der Technologie erkundigt hat. Das deutet doch darauf hin, dass irgendjemand eine Verbindung hergestellt hat zwischen St. Petersburg GSM, Ihnen und all dem, was 1944 in Stockholm passiert ist.«

Gewissermaßen. Lasarew streckte sich.

Schon als sie sich über ihre Zusammenarbeit verständigt hatten, hatte Lasarew sich gefragt, wie viel Rousseau über die Vergangenheit und die anderen in der Organisation hatte ausgraben können. Er musste versucht haben, so viel wie irgend möglich in Erfahrung zu bringen, bevor er sich dazu bereit erklärt hatte, für sie zu arbeiten. Rousseau war gewissenhaft, so viel war sicher, von Natur aus ein Feigling, aber schier verzweifelt geldgierig.

Letztendlich hatte er den Schluss gezogen, dass Rousseau alles Menschenmögliche unternommen haben musste, um herauszufinden, wer Lasarew wirklich war. Was ihn aber nicht weiter beunruhigt hatte.

Bis heute.

»Wer hätte gedacht, dass Sie all die Jahre über diese alte Geschichte Bescheid wussten? Ich bin beeindruckt.«

Er stand auf und schlenderte bedächtig an der Reihe mit gerahmten Bildern an der Wand entlang. *Wir sollten die anderen informieren.* Hatte Marcel das gerade wirklich gesagt? Mit welchem Recht glaubte er, eine solche Aussage zu treffen? Lasarews Autorität zu untergraben? Und auf diese Weise letztlich auch die Führung innerhalb der Organisation zu gefährden?

Lasarew machte ein paar Schritte an einer schwarzen Samurai-Rüstung vorbei, die neben einem Cello in der Ecke stand. Der Raum war ganz speziell geschnitten – Lasarew selbst hatte den Plan gezeichnet, damit er seinen Zwecken perfekt diente, und trotz der Jahrzehnte, in denen das Zimmer nicht mehr verwendet worden und verstaubt war, war es immer noch in einem guten Zustand.

Auf den ersten Blick wirkte es quadratisch. Allerdings waren die Wände nicht exakt parallel, sondern so angeordnet, dass optimale Aufnahmebedingungen herrschten. Alles, was in diesem Zimmer gesagt wurde, wurde aufgezeichnet – und zwar damals wie heute.

Aber wer war nun dieser Mann, dieser Paul Olsen, der sich ihm angeblich an die Fersen geheftet hatte? Ein ehrgeiziger MUST-Rekrut? Vom schwedischen Nachrichtendienst? Vor denen hatte Lasarew nie Respekt gehabt – und vor den anderen Zweigen der schwedischen Streitkräfte ebenso wenig. Die Armee dieser amerikahörigen, selbstverleugnerischen sozialdemokratischen Regierung kam im Vergleich zu den Streitkräften anderer Nationen regelrecht einem Affront gleich. Also warum sollte er sie jetzt auf einmal fürchten?

Rousseau glaubte anscheinend allen Ernstes, sie müssten *die anderen informieren.* Dass ein Mann aus Schweden plötzlich Lasarews Witterung aufgenommen hätte.

Als er sich zu Rousseau umdrehte, saß dieser zusammengesackt auf seinem Stuhl und zupfte nervös an seinem Ohrläppchen.

Du kommst allen Ernstes her und forderst meine Führerrolle heraus, indem du irgendwelche Dinge andeutest? Wie kannst du es wagen, mich infrage zu stellen?

Vor einem Plattenspieler und einem gerahmten Foto im Regal blieb er stehen. Das Foto war vor einer Ewigkeit geschossen worden – in den frühen Vierzigern. In der Mitte Lasarew, neben ihm die beiden Personen, die ihm damals am nächsten gestanden hatten. Eine davon hatte ihn verraten und dafür mit dem Leben bezahlt.

In Stockholm.

Warum in aller Welt sollte er die Schweden jetzt auf einmal ernst nehmen? Er würde sich von diesem hochnervösen Wirtschaftsprüfer doch nicht ins Bockshorn jagen lassen? Jetzt da sein Lebenswerk kurz vor der Vollendung stand? Die Organisation, die zusehends an Stärke gewann, das Unternehmen, das immer erfolgreicher wurde, das Vermögen, das stetig anwuchs – all das würde alsbald seine Verwendung finden.

Rousseau war ein Hosenscheißer, der um seine Rente bangte. Es gab überhaupt keinen Grund, irgendjemanden zu informieren, im Gegenteil, das hier würde er eigenhändig aus der Welt schaffen.

»Wer außer Ihnen weiß sonst noch Bescheid?«, fragte Lasarew, und Rousseau zuckte zusammen.

»Natürlich niemand. Ich würde nie …«

»Ich meine, wer hat Ihnen geholfen, meinen Hintergrund zu recherchieren, ehe Sie sich dazu entschlossen haben, für mich zu arbeiten?«

Rousseau fasste sich wieder ans Ohrläppchen und schien zu überlegen, wie er reagieren sollte. Sollte er lügen oder die Wahrheit sagen? Sich selbst retten oder jemand anderen?

»Niemand«, sagte er mit zittriger Stimme. »Das sei Ihnen versichert.«

Also jemand, der dir wichtig ist, dachte Lasarew und strich mit der Hand über den Plattenspieler. Womöglich deine arme Frau, die du in Lugano sitzengelassen hast. Sie wird dafür büßen, und sie wird sogar noch etwas mehr leiden, weil du mir direkt ins Gesicht gelogen hast.

»Alles folgt einer gewissen Logik«, sagte er. »Gewisse Dinge sind schon von Anfang an ersichtlich, andere brauchen länger, bis sie sich klären. Aber alles folgt einer gewissen Logik.«

Er schaltete den Plattenspieler an. Ein Bariton erklang, begleitet lediglich von einem Flügel. Schuberts *Winterreise*. Er blickte wieder auf das alte Foto. Drehte es zur Wand, griff nach seiner Stimmgabel, schlug sie gegen das Regal und hielt sie sich ans Ohr.

»Perfekt intoniert.«

Rousseau saß reglos vor dem Schreibtisch und folgte Lasarew mit dem Blick.

»Und hier sagt uns die Logik: Sofern die Sache wirklich mit mir persönlich in Verbindung stehen sollte, dann wird sie letztlich auch auf mich verweisen, so wie eine Kompassnadel immer nach Norden weist.«

Lasarew stellte sich hinter Rousseau und legte die Hände auf dessen Schultern.

»Sie waren wirklich fleißig, Marcel.«

Rousseaus Schultern verkrampften. Die Kraft in Lasarews Händen hatte noch jeden überrascht.

»Aber Sie haben sich mit unserem Arrangement nicht zufriedengegeben, nicht wahr? Sie haben geglaubt, Sie müssten sich auf eigene Faust ein bisschen umhören, damit Sie das Gesamtbild kennen?«

Rousseau keuchte leise.

»Ich hoffe doch, dass ich in meinem Dienst für die Organisation nicht auf irgendeine Weise riskiert ...«

Lasarew hielt die Stimmgabel an Rousseaus Hals. Dann packte er mit der Linken zu, und noch ehe der Wirtschaftsprüfer reagieren konnte, wurde seine Stirn auf die Tischplatte gedrückt. Lasarew spürte, wie die Energie seiner Jugend ihn von Neuem durchströmte. Seine linke Hand war stark – der Kraft, mit der er den Mann niederdrückte, konnte der nichts mehr entgegensetzen. Lasarews Finger bohrten sich um dessen Nackenwirbel wie scharfkantige Schrauben.

Im nächsten Augenblick stieß er Rousseau die Stimmgabel in den Hals. Sie bohrte sich unter den Adamsapfel, und gewaltsam ruckte er zuerst nach oben, dann nach unten und ließ sie schließlich zur Seite schnellen.

Rousseau schoss von seinem Sitz auf, bog den Rücken durch, und von seinen Lippen löste sich ein markerschütternder Schrei, der vom Blut erstickt wurde, das seinen Mund füllte und über seine Brust strömte. Rousseau versuchte noch, sich aus Lasarews Griff zu winden – vergebens. Dann erschlaffte sein Körper.

Als Lasarew losließ, schlug Rousseaus Kopf dumpf auf der Schreibtischplatte auf, und aus seinem Mund floss ein letzter Schwall Blut.

38

Vor dem Kowalewski-Friedhof im Rajon Wsewoloschsk stieg Max aus dem Taxi. Er sah hinüber zu der kleinen türkisfarbenen Kapelle mit dem spitzen, verzinkten Turm, der wie ein Pfeil gen Himmel ragte. Im selben Moment, als die Autotür ins Schloss fiel, fingen die Glocken an zu läuten. Die Trauerfeier würde gleich beginnen.

Max hatte seit den Ereignissen in der Uni nicht mehr mit Mischin gesprochen. Jetzt kam der ältere Mann vor der Kapelle auf ihn zu und streckte die Hand aus.

»Afanassi«, platzte es aus Max heraus. »Wie gut, Sie zu sehen!«

»Gleichfalls«, sagte Mischin und schüttelte ihm die Hand, schwang sie wie einen Pumpenschwengel. »Ich war noch schnell unten am Fluss bei den Walrossern.«

»Walrosser?«

Mischin lächelte ihn an.

»Meine alten Freunde. Wir gehen ein paarmal in der Woche in die Sauna und anschließend im zugefrorenen Fluss eisschwimmen. Gut fürs Herz. Und für die Seele.«

Sein Lächeln erlosch.

»Ich bin entlassen worden«, sagte er leise. »Mit sofortiger Wirkung. Die Fakultät wird nicht wieder aufgebaut.«

»Wie bitte? Warum denn nicht?«

Mischin schüttelte den Kopf.

»Ich glaube, das hat jemand weit oberhalb des Universitätspräsidenten beschlossen.«

Stand nicht der Präsident zuoberst in der Hierarchie? War es die Univerwaltung gewesen … oder irgendein hohes Tier in der Sankt Petersburger Stadtverwaltung?

Gemeinsam schlossen sie sich einer Handvoll Trauergästen an. Die Frauen hielten ein wenig Abstand, waren schwarz gekleidet, ein paar von ihnen weinten hörbar. Die Männer hielten rote Rosensträuße in den Händen, ihre Wangen waren tränenfeucht und die Gesichter düster. Die Prozession wurde von drei orthodoxen Priestern mit langem Haar und buschigen Bärten angeleitet. Sie hatten kornblumenblaue Gewänder mit aufgestickten orthodoxen Kreuzen angelegt – Kreuze mit drei Querbalken, deren dritter, die Fußstütze, ähnlich steil abfiel wie die russische Tradition.

Max und Mischin nahmen auf einer Sitzbank Platz, während die Priester hinter der Ikonostase verschwanden.

Sowie er saß, schloss Max die Augen. Lauschte auf das verklingende Glockenläuten. Siebzehnmal hatten sie geschlagen. Um das rechte Handgelenk hatte er sich das Armband gelegt, das er dem jungen Mann abgekauft hatte, der nun vor ihm in einem Sarg lag. Irgendwo in dieser Kapelle saß auch die Schwester, die das Armband gefertigt hatte. Eine Schwester, die von nun an samstags allein auf dem Markt sitzen würde.

Wladislaw Bagajew war fast noch ein Kind gewesen.

Max sah sich in der Kirche um. Erkannte keins der anderen Gesichter wieder. War jemand in diese Kirche gekommen, um ihnen aufzulauern? War sogar hier eine Bombe deponiert worden?

Ich muss dieser Sache auf den Grund gehen, bevor noch mehr unschuldige Menschen sterben. Ich muss Paschie finden.

Die Polizei hatte in der Presse verlauten lassen, dass die Gasleitungen im Universitätsgebäude schadhaft gewesen seien. Die Uni sei mehrfach gewarnt worden, dass sie auf eine Katastrophe zusteuere, sofern das Problem nicht behoben werde. Der Universitätspräsident hatte umfassende Untersuchungen angekündigt, die Verantwortlichen würden zur Rechenschaft gezogen werden. Anscheinend hatte man auch Mischin zum Sündenbock erklärt.

Max schloss erneut die Augen. Erinnerte sich wieder an die Trauerfeier in der Kapelle auf Arholma, der er vor einem Monat beigewohnt hatte. An den Abschied von seiner Mutter.

Er war als Erster angekommen und hatte sich ganz vorn in die hübsche kleine Kapelle gesetzt. Paschie gegenüber hatte er die Beerdigung nicht erwähnt, er hatte sie nicht von der Arbeit ablenken wollen und war vor allem davon ausgegangen, er würde stark genug sein und alleine klarkommen.

Doch als er in der Kapelle gesessen und den weiß gekalkten Bogen unterm Dach betrachtet hatte, der aussah wie ein geblähtes Segel, hatte er gewusst, dass es nicht stimmte. Die Einsamkeit, die Trauer und die Unwiderruflichkeit des Todes hatten ihn schier übermannt.

Irgendwann hatte er eine Hand auf seiner Schulter gespürt.

Sarah hatte die Beerdigung erwähnt, und Paschie war auf der Stelle aufgebrochen. Hatte verstanden, dass er sie an seiner Seite brauchte.

Im selben Augenblick hatte Max gewusst, dass er nicht länger einsam war. Und dass er Paschie dringender brauchte, als ihm klar gewesen war.

Er schlug die Augen auf und blickte zu dem Sarg, der ganz zuvorderst in der Kirche stand. Wladislaw war gestorben, aber er weigerte sich zu glauben, dass auch Paschie tot war. Sie durfte einfach nicht tot sein.

Als sie von Wladislaws letzter Ruhestätte aufbrachen, fiel ein leichter Sprühregen.

»Ich glaube, ich bin auf eine Spur gestoßen«, sagte Max, und Mischin sah ihn überrascht an.

»Es ist hier nicht sicher für Sie. Sie sollten wieder nach Schweden zurückfahren.«

Max schüttelte den Kopf.

»Ich muss Paschie finden. Helfen Sie mir, Mischin. Ich gebe mein Bestes, damit Sie bis auf Weiteres von Vektor bezahlt werden.«

Mischin seufzte schwer.

»Ein junger Mann ist bei einer Explosion ums Leben gekommen. Eine junge Frau ist höchstwahrscheinlich tot. Reicht das immer noch nicht?«

»Wir haben beide viel verloren«, sagte Max. »Aber jetzt müssen wir der Sache auf den Grund gehen. Was hier passiert ist, sind nicht ein, zwei voneinander unabhängige Unglücksfälle. Es ist der Anfang von etwas Größerem. Sie kennen dieses Muster doch.«

Mischin starrte auf seine Schuhe.

»Worauf sind Sie denn gestoßen? Was sollen wir weiter untersuchen?«

»Ich glaube, dass die Spur zu Paschie über eine Organisation führt, die wiederum St. Petersburg GSM finanziert.«

»Was für eine Organisation?«

Inzwischen waren sie am Parkplatz angelangt. Mischin nickte zu seinem Wagen hinüber.

»Das weiß ich noch nicht«, sagte Max. »Aber Paschie wusste, was sie tat. Wir haben es hier mit einer Umverteilung von Vermögenswerten zu tun – während gleichzeitig ein neuer Präsident gewählt werden soll. Und inmitten von all dem vollzieht sich eine technologische Revolution. Das Vermögen, das derzeit den Besitzer wechselt, ist von einer

Tragweite, wie sie die Welt noch nicht gesehen hat. Dafür würden gewisse Leute sterben ... oder töten. Und diejenigen, die aus der Sache als Sieger hervorgehen, werden nicht nur die reichsten Bewohner Russlands sein, sondern darüber hinaus die Mächtigsten der Welt.«

»Und wohin führt uns das alles?«

»Zu der Bombe – und zu den fadenscheinigen Erklärungen. Welche Leute stecken dahinter?«

Mischin schüttelte bloß den Kopf und sah zu seinem Auto.

»Afanassi, Paschie hatte in dem Buch, das Sie mir gebracht haben, Randbemerkungen notiert. Sagt Ihnen die Schlucht von Schutul etwas?«

Mischin runzelte die Stirn.

»Ist das alles?«, hakte er nach. »Schlucht von Schutul?«

»Nein, da stand noch etwas«, sagte Max. »Plantage.«

Mit einem Mal war Mischins Stirnrunzeln wie weggewischt, und ein Schatten glitt über sein Gesicht.

»Die Plantage ist ein Mythos«, sagte er. »Sonst nichts.«

Dann trat er auf sein Auto zu und zog die Fahrertür auf. Max hielt die Tür fest.

»Ich bin noch nicht fertig.«

Mischin starrte auf Max' Hand.

»Ich beginne langsam, an Gott zu glauben«, sagte er. »Um des Trosts und meines Seelenfriedens willen. Woran glauben Sie, Max?«

»Ich glaube daran, dass jeder Mensch ein Recht zu leben und ein Recht auf Freiheit hat.«

»Und auf Demokratie?«

»Die Demokratie ist ein guter Anfang. Aber sie reicht nicht immer aus.«

»In einer Demokratie haben all diejenigen, die etwas besitzen, einen Grund, ihre Stimme abzugeben«, sagte

Mischin. »Diejenigen, die nichts besitzen, haben nicht den geringsten Grund.«

Max musste an das Stalin-Zitat denken, das Paschie in dem Buch vermerkt hatte. *»Die Leute, die Stimmen abgeben, entscheiden nichts. Die Leute, die die Stimmen auszählen, entscheiden alles.«*

Mischin legte seine Hand schwer auf Max' Schulter.

»Von undemokratischen Kräften hört man immer wieder, die Demokratie sei eine Religion für Egoisten«, sagte er. »Und das Heilmittel gegen diesen Egoismus sei eine Welt, in der alles allen gehört … oder wie sie es ausdrücken: in der einem alles gehört. Wir wissen, wohin das schon einmal geführt hat. Ich bin auf Ihrer Seite – aber ich kann keine Frauen aufspüren, die verschwunden sind, oder Mordanschläge aufklären. Was soll ich Ihrer Meinung nach tun?«

»Zuallererst einmal könnten Sie mir erzählen, was es mit dieser Schlucht von Schutul und der Plantage auf sich hat. Sie wissen offensichtlich, was dahintersteckt.«

Mischin sah nach oben in den grauen Himmel. Der Regen war stärker geworden.

»Setzen wir uns ins Auto«, sagte er. »Dass wir uns hier draußen verkühlen, ist doch nicht nötig.«

Max zog die Beifahrertür hinter sich zu, und Mischin schaltete den Motor an und drehte die Heizung auf. Im warmen Gebläse wärmte er sich kurz die Hände. Dann seufzte er schwer.

»Während des Afghanischen Krieges und der Erstürmung von Kabul ist vieles ganz fürchterlich schiefgegangen«, hob er an. »Die Schlucht von Schutul beispielsweise steht für eine schreckliche Tragödie. Ein riesiger Konvoi hatte nach tagelangen Gefechten den Rückzug angetreten. Vor den Rebellen in der Gegend war zwar ausdrücklich gewarnt worden, aber die Soldaten waren vollkommen entkräftet.

Die Befehlsleitung – ich glaube, es war nur ein Leutnant – hatte angeblich die Gelbsucht …«

Mischin kratzte sich am Kopf.

»Als sie sich der Schlucht näherten, wurde der Konvoi aufgeteilt. Zwei Einheiten zu beiden Seiten und ein kleineres Erkundungsteam, das die Schlucht durchqueren sollte. Natürlich gab es dort Rebellen. Sie waren perfekt getarnt und in dem unwegsamen Gelände unmöglich zu entdecken. Wir hatten Glück, in dem Hinterhalt starben nur fünf oder sechs Kameraden. Die Befehlsleitung war oberhalb der Schlucht und unversehrt geblieben.«

»Klingt nach einem x-beliebigen Kriegseinsatz«, murmelte Max. »Was war so speziell an diesem hier?«

»Die eigentliche Tragödie kam erst noch – und daran waren nicht die afghanischen Rebellen schuld. Denn statt direkt ins Lager zurückzukehren, wurden die Überlebenden – an die hundert Mann – hinauf auf einen Gletscher beordert. Dort mussten sie eine ganze Woche ausharren – in Sommeruniformen und mit nur zwanzig Schlafsäcken, die sie sich teilen mussten. Sechzig sind aus den Bergen nicht mehr zurückgekehrt. Was genau dort oben passiert ist, weiß kein Mensch. Wahrscheinlich sind die meisten erfroren. Aber immer wieder tauchen Berichte auf – schreckliche Geschichten … dass die hungernden Soldaten sogar ihre eigenen Kameraden aufgegessen hätten.«

Max erschauderte, obwohl es im Inneren des Wagens allmählich angenehm warm wurde.

»Aber warum in aller Welt mussten sie hoch auf den Gletscher?«

»Zur Strafe. Die GRU-Führung war außer sich, weil der Konvoi irgendwelche Befehle ignoriert hatte. Ich habe gehört, dass damals an der Spitze ein besonders rücksichtsloser Mann gestanden hat, der schließlich den Beschluss fasste.«

GRU stand für *Glawnoje Raswedywatelnoje Uprawlenije* – das leitende Zentralorgan des russischen Militärnachrichtendiensts, womöglich des größten Nachrichtendiensts der Welt.

Teil der GRU war auch eine fünfundzwanzigtausend Mann starke Spezialeinheit – Tötungsmaschinen, die unter dem Namen Speznas bekannt waren und jederzeit an jedem Ort der Welt einsatzbereit waren. Während seiner Zeit beim Militär hatte Max sich ausführlich mit der Einheit beschäftigt. Die Speznas-Kräfte waren die personifizierten Erzfeinde gewesen: sowjetische Elitesoldaten, die regelrecht darauf programmiert waren, keine Gnade walten zu lassen und selbst niemals um Gnade zu flehen. Während der Ausbildung hatte er eine Menge über diese Tötungsmaschinen gelernt und unter anderem gehört, dass sie alles, was ihnen zur Verfügung stand, als tödliche Waffe einsetzen konnten: sei es ein banaler Spaten, seien es die eigenen Fingerspitzen. Aber er hatte auch gelernt, wie man sie zum Reden bringen konnte: indem man ihre Kiefer fixierte, sodass sie sich nicht die eigene Zunge abbeißen und verbluten konnten.

»Warum, glauben Sie, hat Paschie ausgerechnet das in diesem Buch notiert?«

Mischin stellte die Heizung wieder ab und drehte sich auf seinem Sitz zu Max herum.

»Wie können wir wissen, wie jemand anderes denkt? Wollte sie uns damit etwas sagen? Vielleicht. Aber verstehen wir auch, was? Leider nicht.«

Er starrte hinüber zum Friedhof. Max beschlich allmählich das Gefühl, dass sie nie erfahren würden, welche Verbindung Paschie hergestellt oder warum sie dieses gottverdammte *Schlucht von Schutul* in das Buch gekritzelt hatte.

»Was ist mit dem anderen …«, fragte er schließlich. »Der *Plantage*?«

»Die hat es nie gegeben«, erwiderte Mischin.

»Aber was wird darüber erzählt?«

»Es soll ein geheimes Areal für Trainings- und Verhörzwecke gewesen sein, so etwas wie ein Ausbildungslager … und zwar hier in Sankt Petersburg.«

»Ein Gelände der GRU?«

Mischin nickte.

Max schob die Hand in die Innentasche seiner Jacke und zog das Foto heraus, das er bei Domaschow gefunden hatte.

»Hat das hier auch etwas mit der GRU zu tun?«

»Wo haben Sie das her?« Mischin starrte das Bild an.

»Es lag in der Wohnung eines toten Journalisten unter dem Teppich.«

Das Foto war alt – etwa dreißig Jahre. Der Mann war groß gewachsen und breitschultrig. Auf dem Kopf – der für den Körperbau ein wenig zu klein wirkte – hatte er einen dichten Haarschopf, der aussah wie Stahlwolle. Der lange Hals verlieh ihm ein überlegenes Aussehen – wie das eines großen Raubvogels, der seine Beute bereits ins Visier genommen hatte und bereit war zuzuschlagen. Die Augen waren dunkel, der Blick hypnotisch, fast schon magnetisch. Seine Brust war über und über mit Abzeichen und Orden dekoriert. Zwei davon kamen Max bekannt vor: eine schwarze Fledermaus vor einem Kreis, der sowohl das Erdenrund als auch ein Fadenkreuz symbolisieren konnte, und der doppelköpfige Adler vor einem roten fünfarmigen Kreuz.

Speznas und GRU.

Max drehte das Blatt um. Auf der Rückseite hatte Domaschow einen Namen notiert.

»Lasarew?«, fragte Mischin. »Nestor Lasarew? Wie der Vorstandsvorsitzende der St. Petersburg GSM?«

»Keine Ahnung«, sagte Max. »Klingt aber naheliegend.«

»Überlassen Sie mir das Foto, dann schaue ich mal, was ich über ihn herausfinden kann.«

Mischin drehte das Blatt wieder um und musterte die eiskalten Augen und die Symbole, die die Uniform des Mannes zierten.

Und langsam, aber sicher verstand Max, warum Domaschow den Befehl erhalten hatte, seine Recherchen einzustellen.

Hast du Paschie verschleppt? Wenn ja, werde ich dich finden. Und wenn es das Letzte ist, was ich in meinem Leben tue.

39

Sarah Hansen stand in ihrem Büro und betrachtete die dunklen Bäume jenseits der großen Fensterfront. Von Wind war heute keine Rede, aber ihr war klar, dass sich das im Handumdrehen ändern konnte. Unruhig trommelte sie mit den Fingern an die Scheibe. Der letzte Zigarillo war schon viel zu lange her.

Sie seufzte, warf einen letzten Blick nach draußen, verließ ihr Büro und eilte hinüber in Max' Arbeitszimmer. Er war niemand, der sich mit zahlreichen Gegenständen umgab. Keine Bilder an der Wand, keine Zimmerpflanzen, keine Obstschale. In einer Ecke des Schreibtisches stapelten sich Papiere, in der anderen mehrere Bücher. Im Papierkorb fand sie den Beipackzettel eines angstlösenden Medikaments. Wie hatte er sie gleich wieder genannt? Benzos?

Du bist kein Analytiker, Max, dachte sie. Du gehörst raus ins Feld. Dich hier drinnen zu beschäftigen ist doch, als würde man einen Löwen in einen Käfig sperren.

Sarah sah die Unterlagen auf dem Schreibtisch durch. Darunter befand sich auch die Kopie eines Zeitungsartikels aus dem Jahr 1944. Sie zog das Blatt heraus und las die Überschrift. *»Neue Familien für Waisenkinder.«* Darunter ein Foto von mehreren hohläugigen Kindern. Wie lange das her war – es war in einem anderen Zeitalter gewesen. Auf einem anderen Planeten.

Auf ein anderes Blatt hatte Max handschriftlich den Namen *Carl Borgenstierna* notiert, und darunter: *»hat 1944* *mit Dr. Wallentin zusammen Ostseestiftung gegründet. Erfolgreicher Jurist, Richter am Stockholmer Appellationsgericht, später Gerichtspräsident. Wallentin, Leiter des 1944 eröffneten Södersjukhuset. Starb 1986. Borgenstierna unverheiratet, keine Kinder. Wohnt im Stammsitz der Familie in Gamla stan. Familie wird auch Violette Lilien genannt.«*

Ganz zuunterst auf dem Blatt war die Durchwahl der Station im Södersjukhuset notiert, auf der Borgenstierna lag. Sarah hatte wiederholt dort angerufen, allerdings ohne Erfolg. Sie würde hinfahren und ihn unangemeldet besuchen müssen.

Sie nahm den Hörer von Max' Bürotelefon ab und rief die Auskunft an, trug ihr Anliegen vor und ließ sich direkt verbinden.

»Kannan, hallo?«, meldete sich ein Mann.

War sie falsch verbunden worden?

»Ich dachte, ich hätte die Ostseestiftung angerufen?«

»Hier ist die Gebäudeverwaltung«, erklärte der Mann. »Die Ostseestiftung ist aus unseren Räumlichkeiten ausgezogen.«

»Wann denn das?«

»Darf ich fragen, wer Sie sind?«

»Entschuldigung. Ich heiße Sarah Hansen und bin die Leiterin von Vektor, einer Institution, die unter anderem mithilfe von Carl Borgenstierna und der Ostseestiftung ins Leben gerufen wurde.«

»Ausgezogen sind sie zwischen den Jahren. Der Mietvertrag ist zum Jahresende ausgelaufen.«

»Wissen Sie auch, wohin die Stiftung gezogen ist?«, hakte Sarah nach.

»Nirgendwohin«, antwortete der Mann. »Die haben ihre Arbeit eingestellt.«

Wie konnte das sein? Allerdings würde das erklären,

warum Max so große Schwierigkeiten gehabt hatte, mit Borgenstierna in Kontakt zu treten. Aber warum hatte Max das nie erwähnt? Erneut beschlich Sarah das dumpfe Gefühl, in den letzten Tagen einiges verpasst zu haben.

»Sind Sie da sicher?«, fragte sie nach einer Pause.

»Carl war zwanzig Jahre lang Mieter bei uns. Dann hat er beschlossen, dass er fertig wäre. Und was Carl sagt, meint er auch so.«

»Was macht er denn jetzt? Wissen Sie das?«

»Er hat erwähnt, dass er im Januar in die Schweiz wollte … vielleicht zum Skifahren.«

Der Mann lachte.

»Was ist daran so lustig?«

»Carl Borgenstierna ist vierundachtzig Jahre alt und nicht mehr sonderlich fit.«

Als Sarah wieder in ihr Büro zurückgekehrt war, ließ sie sich schwer auf den Schreibtischstuhl sinken. Sie brauchte jetzt dringend einen Zigarillo. Stattdessen streckte sie sich nach dem Telefon, wählte Charlies Nummer und erzählte ihm, was sie gerade in Erfahrung gebracht hatte.

»Der alte Borgenstierna war schon immer schwer einzuschätzen. Aber wie dem auch sei – das klingt für uns nicht gerade gut.«

»Was könnte er in der Schweiz gemacht haben?«

»Ich versuche mal, mich schlauzumachen. Hoffentlich hat er dort nicht sein ganzes Geld zur Bank getragen.«

»Als du diese Stiftungen kontaktiert und auch Borgenstierna als Sponsor angeworben hast … war das ausschließlich damals, als wir Vektor gegründet haben?«

»Nein«, antwortete Charlie. »Ich habe auch später noch mal auf Geldgeber zugehen müssen.«

»Und auf welche?«

»Tatsächlich musste ich nur auf einen zugehen.«

»Borgenstierna?«

»Stimmt genau. Er hat uns die gesamte Summe sofort zugesichert.«

Sarah dachte kurz darüber nach. Welche Beweggründe mochte Borgenstierna dafür gehabt haben? Er hatte nie irgendwelche Veranstaltungen besucht, trat nie mit anderen Vektor-Investoren in Erscheinung. Warum hielt er sich derart im Hintergrund?

»Und zu welchem Zweck brauchten wir die neuen Gelder?«

»Ach, das war vor gut zwei Jahren«, antwortete Charlie, »als du Max Anger einstellen wolltest.«

40

Max hatte die Augen geschlossen und ließ das Wasser auf sich herabprasseln. Er drehte so viel heißes Wasser auf, wie er ertragen konnte – bis die Haut anfing zu brennen. Am Ende konnte er nicht mehr stillstehen und begann, auf der Stelle zu hüpfen.

Sein Herz schlug immer heftiger, und als sein Körper sich endlich wieder lebendig anfühlte, drehte er das heiße Wasser ab. Jetzt strömte kaltes Wasser über ihn, und seine Zähne klapperten. *Nur noch ein paar Sekunden.* Als es begann wehzutun, drehte er das Wasser ab, streckte sich nach dem Handtuch und frottierte sich trocken, bis die Haut glühte.

Seine Absprache mit Mischin auf dem Friedhof verbuchte er als Fortschritt. Er würde ihn an seiner Seite brauchen, um dieses Rätsel zu lösen. Allerdings waren die Dinge, über die sie sich unterhalten hatten – die militärischen Symbole und Abkürzungen –, verdammt beunruhigend. Für Paschie ... und für sie alle. Was immer sich dahinter verbarg: Max ahnte, dass die Person, in die er sich in den vergangenen Jahren verwandelt hatte – die nicht mehr an der Küste, sondern hinter einem Schreibtisch arbeitete –, jetzt in den Hintergrund würde treten müssen.

Er würde wieder zum Soldaten werden müssen.

Im Schlafzimmer warf er einen Blick auf seine Notizen an der Wand. Er hielt beim Namen Rousseau inne. Domaschow, der Journalist, hatte angedeutet, dass Rousseau der Schlüssel zu diesem ganzen St.-Petersburg-GSM-Mysterium sein könnte; er war derjenige, der sämtliche Wirtschaftsdaten des Unternehmens kannte und überwachte. Er hatte auch die Stiftung angemeldet, die hinter dem Unternehmen stand.

Und dann die Schweiz – diese kleine Nation in den Alpen, die für ihre Geheimniskrämerei bekannt war.

Er nahm den Hörer von der Gabel. Es war schon spät, aber darauf konnte er jetzt keine Rücksicht nehmen, und die Person, mit der er dringend sprechen musste, hielt sich ohnehin nicht an geregelte Arbeitszeiten.

Sarah nahm den Anruf fast sofort entgegen.

Max erzählte ihr von dem Journalisten, der vor seinen Augen umgekommen war, von dem Foto, das er in der Wohnung des Mannes entdeckt hatte, und dass Mischin fürs Erste direkt von Vektor würde entlohnt werden müssen.

»Aber das alles – so schrecklich das jetzt klingt … sind doch alles nur Indizien?«, wandte Sarah ein. »Noch dazu ziemlich schwache, wenn du mich fragst.«

»Ich weiß jetzt, woran Paschie gearbeitet hat, bevor sie verschwunden ist«, entgegnete Max und zwang seine Stimme zur Ruhe. »Und ich weiß, dass genau diese Kräfte hinter ihrem Verschwinden stecken.«

Sarah schwieg, dann war ein Paffen zu hören, als sie sich einen Zigarillo anzündete.

»Schon, aber wer sind *diese Kräfte*? Und wie können sie dich zu Paschie führen?«

Max schloss die Augen.

»Ich höre nicht auf zu suchen, bis …«

»Bis was?«

»Bis sie wieder bei mir ist.«

Für eine Weile sagte keiner etwas.

Sarah zog erneut an ihrem Zigarillo.

»Hier passiert gerade auch so einiges«, sagte sie nach

einer Weile. »Und zwar einiges, was mir den Schlaf raubt. Anscheinend spioniert uns jemand aus – indem er unsere Mobilfunkdaten anzapft.«

»Wie bitte?«, rief Max. »Ist diese Leitung denn sicher?«

»Ich glaube schon.«

Max sah sich um. Es kam ihm so vor, als würde irgendeine unbekannte Macht sich ihnen nähern und drohen, sie alle zu vernichten. Wo würde er sich noch sicher fühlen? Und wann?

»Woher willst du wissen, dass wir ausspioniert werden?«

»Charlie hat einen Hinweis von Telia bekommen. Allerdings war das vertraulich, und er musste schwören, es nicht öffentlich zu machen. Sie sind allerdings dabei, die Sache aufzuklären.«

Max trat an die Wand mit den Notizen. Fixierte den Namen St. Petersburg GSM.

»Das passt ins Bild«, sagte er schließlich.

»In was für ein Bild?«

»Ich glaube, dass all das – die Bombe, mit der wir zum Schweigen gebracht werden sollten, und dass die Behörden dabei mitspielen – zu gewissen Personen führt, die mit dem russischen Militär in Verbindung stehen … und zwar mit dem Nachrichtendienst.«

Sarah nahm einen tiefen Zug von ihrem Zigarillo.

»Aber was soll das mit St. Petersburg GSM zu tun haben? Oder mit Telia?«

»So was wie Telekommunikation ist doch militärisches Fachgebiet«, erklärte Max. »Immerhin sind Nachrichtendienste Spezialisten, wenn es darum geht, sich in andere Systeme einzuhacken und Gespräche abzuhören. Ich sehe da eine ziemlich deutliche Verbindung.«

»Allerdings befinden wir uns diesbezüglich auch in

gefährlichen Gewässern. Mit so etwas sollte Vektor nie zu tun haben …«

»Aber jetzt ist es eben so, Sarah. Und wir müssen Paschie finden.«

Max konnte regelrecht spüren, wie schwer Sarah am anderen Ende der Leitung ausatmete. Sie war so weit weg und doch so nah – und für die Kräfte, die hier in Bewegung geraten waren, spielte Distanz keine Rolle. Ihre Macht erstreckte sich über die ganze Welt.

»Wusstest du, dass die Ostseestiftung ihre Arbeit eingestellt hat?«, fragte Sarah.

»Was? Davon hatte ich keine Ahnung!«

»Die Geschäftsräume stehen inzwischen leer.«

Max schloss die Augen. Hörte wieder, wie sein Vater die Namen Wallentin und Borgenstierna flüsterte.

»Und Borgenstierna kann ich nicht erreichen. Sie wollen mich nicht zu ihm lassen.«

»Bleib dran. Es geht jetzt nicht mehr nur darum, was er über meinen Vater weiß. Ich glaube, dass Paschie irgendetwas über ihn und 1944 rausgefunden hat, was zu ihrem Verschwinden geführt hat.«

»Vielleicht sollten wir uns mal damit beschäftigen, was 1944 überhaupt passiert ist«, wandte Sarah ein.

»Das wäre mein nächster Schritt gewesen, aber dazu bin ich nicht mehr gekommen, weil ich hierherfliegen und mich auf die Suche nach Paschie machen musste.«

»Ich werde sehen, was ich tun kann«, sagte Sarah. »Wir müssen jetzt jeden Stein umdrehen.«

»Konzentrier dich auf die Wochen um den 1. März. Da ist mein Vater nach Arholma gekommen.«

»Verstanden.«

»Danke, Sarah. Aber, du, ich brauche noch Hilfe bei einer anderen Sache. Sitzt du gerade am Computer?«

»Moment, ja, jetzt.«

Sarah fing an, auf ihre Tastatur einzutippen. Max blickte wieder zu seinen Zetteln an der Wand. Neben *St. Petersburg GSM* hatte er die *Iwanowitsch-Stiftung* notiert. Und einen Pfeil zu *Rousseau* gezogen.

»Es geht um eine Firma namens Brice & Stadthaller – sie gehört Marcel Rousseau, der hier in Sankt Petersburg als Wirtschaftsprüfer arbeitet. Zuvor war er bei einer größeren Schweizer Firma, bei der KPMG, hat dann aber sein eigenes Unternehmen gegründet. Und in der Schweiz ist auch eine Stiftung namens Iwanowitsch registriert, die offenbar hinter der St. Petersburg GSM steht. Schau mal, was du über Brice & Stadthaller finden kannst und ob irgendetwas zu der Stiftung bekannt ist, die er dort angemeldet hat. Ich glaube nämlich, dass wir da weiterkommen.«

»Ich habe ein paar Bekannte, die bei Banken arbeiten und bei denen ich mich umhören könnte«, sagte Sarah. »Ich rufe dich zurück, sobald ich kann.«

Max saß auf der Bettkante. Drückte seine Fußsohlen auf den Zimmerboden und bohrte seine Ellbogen in die Knie. Die Hände, in denen er das Pillendöschen hielt, zitterten wie Espenlaub.

Soeben war die vorletzte Alprazolam seinen Rachen hinabgerutscht. Sein Körper bettelte darum, sich wieder hinlegen zu dürfen, doch Max blieb auf der Bettkante sitzen. Er wollte nicht schlafen. Jedes Mal wenn er die Augen zumachte, sah er das Gesicht des GRU-Mannes vor sich. *Lasarew.* Handelte es sich um denselben Lasarew, der im Vorstand von St. Petersburg GSM saß? Woher war er ihm so bekannt vorgekommen?

In seinem Kopf klangen immer noch die Glocken der Kapelle nach. Nur deshalb hatte er die Tablette genommen.

Die Glocken schlugen gerade zum fünfundzwanzigsten Mal.

Fünfundzwanzig Glockenschläge. Für Paschie.

Er stellte die Pillendose auf den Nachttisch und sah auf seine Unterarme hinab. Folgte mit den Fingerspitzen der Narbe. Ein Querschläger hatte ihn gestreift und eine Furche in seine Haut gerissen, ehe sie in den Hals des schwedischen Kameraden eingedrungen war. Max hätte gar nicht in Bosnien sein dürfen. Ein Kampftaucher hatte dort ganz einfach nichts zu suchen. Jonas Karlsson aus Luleå mit seiner immer guten Laune und den Sommersprossen auf den Wangen war der richtige Mann am richtigen Ort gewesen. Aber vielleicht hatte die Kugel Max' Arm auch deshalb nur gestreift? Angeblich gab es Bosnier, die glaubten, dass ihre Kugeln die Namen ihrer Opfer trugen.

Ein Querschläger, in die falsche Richtung unterwegs, in einem Krieg, der nicht ihr Krieg gewesen war.

Auf dem anderen Arm zeichnete sich immer noch die Brandwunde ab, die er sich mit einer Seenotrakete eingehandelt hatte. Im Suff mit anderen Teenagern hatte er sie in einer Mittsommernacht auf einer Nachbarinsel in den Schären gezündet. Die anderen waren älter gewesen, hatten ihn abgefüllt und dann am Ufersaum liegen lassen. Auch dort hätte Max niemals sein dürfen.

Er nahm die Dose wieder in die Hand. Die Tablette kullerte darin herum wie ein Puck auf dem Eis. Draußen war noch alles vereist gewesen, als sie damals die Boote und Ruder frisch lackiert hatten. Mit einem Blick auf das blitzblanke Holz hatte sein Vater gesagt, darauf könnten jetzt die Fliegen Schlittschuh laufen.

Max schloss die Augen. Sah mit einem Mal wieder das schlafende Robbenjunge vor sich.

Es hatte noch einen zweiten Versuch gegeben. Er war ein

zweites Mal über das Eis gelaufen – an einem Frühlingsmorgen, noch ehe die Sonne aufgegangen war. Hatte allen beweisen wollen, wozu er imstande war. Dass auf dem Eis inzwischen Schmelzwasserpfützen standen, hatte ihn nicht abgeschreckt, auch wenn nur ein paar Meter von ihm entfernt erste Eisschollen im Wasser schwammen – in einem Wasser, von dem er wusste, dass darin kein Mensch länger als einige Minuten überleben konnte.

Als die Sonne im Osten über den Horizont kroch, hatte er wieder festen Boden unter den Füßen gehabt. Der Schnee am Ufer war pappig und schwer. So leise wie möglich marschierte er weiter und war bis hoch zur Klippenkante fest entschlossen.

Er wusste, dass das Junge immer noch dort sein würde, aber als sein Blick schließlich darauf fiel, waren auch die Zweifel wieder da. Diesmal, hatte er sich vorgenommen, würde er sich darüber hinwegsetzen. Er würde es mit einem gezielten Schlag töten und das Tier bei Sonnenaufgang übers Eis zurück nach Arholma schleppen.

Ein Schlag mit dem Holz war alles, was nötig war. Gezielt zwischen die Augen. Bis der Blinzelreflex aussetzte.

Er schlich näher heran, machte kaum ein Geräusch und blieb direkt vor dem schlafenden Robbenjungen stehen. Er konnte sehen, wie sich der perfekt weiße Pelz hob und senkte, und das leise Schnarchen hören, wann immer das Tier einatmete. Mit seinem muskulösen rechten Arm hob er den Stock hoch über den Kopf und ging in eine Position, in der er alle Kraft in den Schlag legen konnte.

Im selben Moment machte der Seehund die Augen auf. Sah neugierig und verspielt zu ihm herauf.

Die schiere Raserei ergriff von ihm Besitz. Überspülte sein Gehirn.

Er sah einfach nur noch rot.

Eine Woche später kam sein Vater zu ihm ins Zimmer und befahl Max, sich anzuziehen und ihn unten am Boot zu treffen. Sie ruderten in Richtung Nachbarinsel, und allmählich dämmerte ihm, wohin sie unterwegs waren. Nachdem sie das Boot an Land gezogen hatten, lief der Vater mit langen Schritten hinauf auf die Klippen. Max blieb neben dem Boot stehen, bis der Vater sich umdrehte und ihn zu sich winkte. Und er konnte nicht anders, als zu gehorchen.

Sein Vater blieb vor einem eingesunkenen Schneehügel stehen, einem der wenigen, die noch nicht komplett geschmolzen waren, weil er in nördlicher Richtung unter den langen Ästen einer Fichte lag. Seit Max zuletzt einen Fuß auf diese Insel gesetzt hatte, war es wärmer geworden, und das rote Schmelzwasser um den Fichtenstamm verriet sein Geheimnis.

Mit einem Zweig stocherte der Vater in dem Schneehügel herum, und Stück für Stück kam das tote Robbenjunge zum Vorschein. Sofort stand Max wieder vor Augen, was passiert war, nachdem das Tier zu ihm hochgeblickt hatte. Aus dem einen gezielten Schlag war eine Salve unkontrollierter Prügelschläge geworden, die aus dem weißen Tier einen konturlosen hellroten Klumpen gemacht hatte. Das Einzige, was noch an das Junge erinnerte, war der schreckgeweitete Blick, der nach wie vor in den toten Augen erkennbar war.

»Ein Mann räumt nach seinen Fehlern auf«, sagte der Vater leise.

Er sah Max an.

»Hast du das verstanden?«

Max schluckte ein paarmal. Irgendwann gelang es ihm zu nicken.

Er konnte sich daran noch ganz genau erinnern, auch wenn es inzwischen unendlich lange her war. Max sah auf sein Handgelenk hinab, konnte fast den Abdruck erkennen, den der feste Griff des Vaters dort hinterlassen hatte, als er ihn packte und dazu zwang, dem toten Tier Gerechtigkeit widerfahren zu lassen.

Seit der Beerdigung seiner Mutter war er ein einziges Mal nach Arholma zurückgekehrt. Er hatte mit der Frau gesprochen, die seinen Vater als Pflegesohn bei sich aufgenommen hatte. Anita Elofsson. Während seiner eigenen Kindheit hatte Max mit ihr keinen Kontakt gehabt, und er wusste auch, dass sein Vater mit ihr kaum noch gesprochen hatte, seit er volljährig geworden war. Für Max war Anita einfach nur eine Frau, die rauchte wie ein Schlot und der er hin und wieder im Inselladen begegnet war. Anita Elofsson war nicht sonderlich zugänglich gewesen, aber letzten Endes hatte sie ihm doch verraten, an welchem Tag sein Vater auf die Insel gekommen war. Am 1. März 1944. »Der Tag, an dem der Ärger losging«, hatte sie gesagt. Es war ganz sicher keine leichte Aufgabe, ein fremdes Kind großzuziehen – aber sie war für ihre Mühen entlohnt worden, und zwar von einer Institution, die sich Ostseestiftung nannte.

Max hatte weiter recherchiert und herausgefunden, dass die Ostseestiftung von zwei Männern ins Leben gerufen worden war, deren Namen er nur zu gut kannte. Wallentin und Borgenstierna. Dann hatte er den Filialleiter der Roslagens Sparbank in Elmsta aufgesucht, der ihm bestätigt hatte, dass seine Familie all die Jahre von der Stiftung Zahlungen erhalten hatte.

Was nichts weiter bedeuten musste. Trotzdem war es ein bemerkenswerter Zufall.

In der Woche, ehe Paschie verschwunden war, hatte Max in der Bibliothek gesessen und die Melderegister durchgesehen. Wallentin war schon seit Jahren tot. Carl Borgenstierna war noch am Leben, aber er hatte weder auf Max' Briefe noch auf Anrufe reagiert. Und als er ihn schließlich persönlich aufgesucht hatte, war der Alte nicht bei Bewusstsein gewesen.

Genau bis hierher war er gekommen, als ihn die Nachricht von Paschies Verschwinden ereilt hatte. Danach hatte nur mehr gezählt, sie wiederzufinden.

Jetzt war diese Stiftung aufgelöst worden, und Borgenstierna kämpfte in einem Krankenhaus ums Überleben.

Der Tod war in Max' Leben immer schon überraschend gekommen. Nie hatte er die Möglichkeit gehabt, sich zu verabschieden. Die genauen Umstände der Todesfälle zu beleuchten brachte ihm die Toten auch nicht wieder, das war ihm natürlich klar. Aber zumindest konnte er so die Erinnerung an die Toten hochhalten und dafür sorgen, dass ihre Bestrebungen im Leben nicht umsonst gewesen waren.

Das galt für Jakob, seinen Vater.

Das galt für den Journalisten, der auf offener Straße ermordet worden war.

Das galt für den Praktikanten, den sie gerade beerdigt hatten.

Und immer noch beschäftigte ihn das Gesicht auf dem Foto.

Wo habe ich dich schon mal gesehen?

In seinem Kopf verklangen die Glocken der Kapelle und wichen einer Stimme. Paschies Stimme. *»Ich glaub, ich hab da was für dich. Was Neues, womit du nicht gerechnet hast.«*

Er schüttelte den Kopf. Gesichter und Stimmen hatten ihn nachts immer schon verfolgt. Deshalb nahm er Benzodiazepine – um sie in Schach zu halten. Doch inzwischen schien die Droge nicht mehr zu helfen.

Wie viele Menschen müssen noch sterben?

Seine Gedanken wurden jäh unterbrochen, als das Telefon klingelte.

»Max, hier ist Sarah.«

Max sah auf die Uhr. Seit sie zuletzt gesprochen hatten, waren zweieinhalb Stunden vergangen. Er fühlte sich schwer und müde.

»Hast du etwas herausgefunden?«, stieß er hervor.

»Ich hab mit einem Bekannten gesprochen, der bei der Credit Suisse in Zürich arbeitet. Er hat sich für mich in Sachen KPMG umgehört, aber dort scheint niemand einen Marcel Rousseau zu kennen. Zu der Stiftung habe ich nichts herausfinden können, aber ehrlich gesagt habe ich auch nicht damit gerechnet. Allerdings meinte mein Bekannter, er hätte auch schon mehreren westlichen Unternehmen geholfen, sich in Sankt Petersburg niederzulassen. Seine Bank hat dabei mit diversen Wirtschaftsprüfungsfirmen zusammengearbeitet, und diesbezüglich hat er dann ein bisschen herumtelefoniert. Brice & Stadthaller wird von keiner der größeren Zürcher Banken empfohlen. Anscheinend entspricht ihr Code of Conduct nicht den internationalen Standards. Wächst aber rapide – allerdings nur durch Kunden aus der früheren Sowjetunion. Er persönlich hält es für wahrscheinlich, dass dort Geld gewaschen wird. In der Schweiz hat Brice & Stadthaller bislang bloß mit einer kleineren Privatbank zusammengearbeitet, die aber wiederum ein paar der vermögendsten Kunden der Welt betreut. Klar, dass diese Bank sich bedeckt hält und über ihren Kundenkreis schweigt. Stillschweigen ist unter Russen hoch geschätzt.«

Eine Fassade also, die aussah wie eine gut etablierte Wirtschaftsprüfungsfirma in westlichem Gewand. Hinter der eines der am rasantesten wachsenden Unternehmen der Stadt beraten wurde. Und hinter der man das Geld russischer Gangster wusch.

Im selben Moment fiel ihm wieder ein, was Rousseau

gesagt hatte: »*Wir werden dadurch behindert, dass wir selbst fünf Jahre nach dem Zerfall der Sowjetunion immer noch mit der alten Sowjetverfassung leben. Ein anderes Regelwerk existiert derzeit noch nicht.*«

Ein Trugbild also, in einem quasi rechtsfreien Land? Die Maske einer uralten Hydra, die wieder zum Leben erwacht war? Genau wie St. Petersburg GSM selbst?

»Danke, Sarah. Wir hören uns morgen.«

»Eine Sache wäre da noch … die hab ich vorhin vergessen zu erwähnen. Aber der Gebäudeverwaltung zufolge ist Carl Borgenstierna im Januar in die Schweiz gereist. Diese Reise muss unmittelbar vor seiner OP stattgefunden haben. Keine Ahnung, ob da irgendein Zusammenhang besteht.«

»Die Wahrscheinlichkeit ist groß. Es wäre wirklich gut, wenn du weiterhin versuchen könntest, mit ihm Kontakt aufzunehmen.«

Nachdem sie aufgelegt hatten, nahm Max die Liste der Nummern zur Hand, die Paschie mit ihrem Handy angerufen hatte. Inzwischen hatte die Benzo ihre volle Wirkung entfaltet. Seine Arme wogen gefühlte dreißig Kilo. Er zwang sich, nicht daran zu denken.

Eine Nummer unterschied sich von den anderen. Eine ausländische Nummer. Konnte das eine Schweizer Nummer sein? Und hatte die mit all dem hier zu tun? Mit Brice & Stadthaller, mit Marcel Rousseau, St. Petersburg GSM? Oder mit Carl Borgenstierna?

Kurzentschlossen griff Max zum Telefon. Es klingelte ein paarmal, dann hörte er eine Frauenstimme: »Guten Abend, willkommen im Hotel Seehof, was kann ich für Sie tun?«

»Wo bin ich gelandet?«, fragte Max. Er sprach viel zu langsam, leicht benebelt.

»Im Hotel Seehof in Davos.«

Davos? Also doch in der Schweiz. Mit wem hatte Paschie gesprochen, der in einem Hotel in Davos abgestiegen war?

»Diese Nummer hier hat mich angerufen. Vielleicht könnten Sie mir helfen herauszufinden, wer mich da erreichen wollte?«

»Das hier ist die Nummer des Empfangs, Herr …«

»Olsen«, antwortete Max.

Aber das weißt du doch, Paschie. Er schloss erneut die Augen, sah sie vor sich, mit einem grauen Portiershütchen mit roter Krempe auf dem Kopf und einem strahlenden Lächeln im Gesicht.

»Herr Olsen, wir haben hier nicht wenige Zimmer – hat die Person kürzlich erst versucht, Sie anzurufen?«

»Na ja … Könnten Sie mir vielleicht die Namen Ihrer Gäste aus den letzten zwei Wochen nennen?«

»Nein, Herr Olsen, kann ich leider nicht. Unsere Kunden vertrauen darauf, dass wir …«

Stillschweigen bewahren. Verdammte Schweizer. Ein ganzes Land, das darauf aufbaute, dass Kunden alles tun konnten, was sie wollten, ohne dass jemand davon Wind bekam.

»Es geht um Leben und Tod, ich brauche diese Namen …«

»Leider kann ich Ihnen nicht helfen. Ich verbinde Sie jetzt mit unserer Sicherheitsabteilung, bleiben Sie bitte einen Moment dran.«

Max legte auf. Ließ seinen schweren Körper auf die Matratze sinken. Das Letzte, was er vor sich sah, bevor er einschlief, war Paschies lächelndes Gesicht.

Stockholm, im September 1943

Carl beugte sich über den Herd und atmete tief ein. Kanincheneintopf mit Steckrüben, gewürzt mit Muskat und Pflaumen.

Es war das erste Mal, dass sie sich außerhalb der russischen Kirche trafen. In ein Restaurant konnten sie nicht gehen, aber der Restaurantleiter des Gyldene freden hatte ihm das Rezept verraten und ihm bei den Zutaten geholfen.

Als er den Eintopf umrührte, musste Carl wieder daran denken, was Tatjana gesagt hatte. »Die Lage war akut. Mein Volk verhungerte.« Er hoffte, dass das Abendessen da nicht anmaßend erschien.

Seine Familie war verreist, und er hatte das Haus in Gamla stan für sich allein. Er hatte den anderen erzählt, er könne nicht mitfahren, weil seine Arbeit bei Gericht erfordere, dass er das Wochenende durcharbeite.

Seit Tatjana von ihrer Moskaureise im Sommer wiedergekommen war, hatten sie sich intensiv der Planung gewidmet. Sie hatte sich als wagemutig erwiesen, hatte sich der Rolle angepasst, die ihr Mann und Vorgesetzter von ihr zu spielen verlangte, damit niemand Verdacht schöpfte. Tatsächlich hatte ihr vermeintlicher Gehorsam sogar dazu geführt, dass sie umso mehr Bewegungsfreiheit hatte, was sie nicht nur für weitere Treffen mit Carl ausnutzte. Sie engagierte sich überdies für die Wohltätigkeitsarbeit von Priester Stefan und kümmerte sich um all jene, die vor dem roten Grauen über die Ostsee geflohen kamen. Sie war sich vollkommen im Klaren, wie die Führung in der Sowjetunion und deren Handlanger in der Stockholmer Botschaft reagieren würden, wenn sie ihr auf die Schliche kämen.

Tag für Tag setzte sie ihr Leben aufs Spiel, und Tag für Tag wuchs sie an Stärke und an Lebenslust.

Als es an der Tür klingelte, rannte Carl die Treppe hinunter in den Verkaufsraum im Erdgeschoss. So hatten sie es vereinbart – wenn irgendjemand ihr folgen würde, könnte sie behaupten, sie hätte eines der feinsten Geschäfte der Stadt für Nautica und Seekarten aufsuchen wollen.

Tatjana streifte die Kapuze ihres Mantels ab und lächelte ihn an. Dann warf sie einen Blick nach oben. Er ahnte, dass sie das violette Lilienmuster in Augenschein nahm, das die Decke zierte.

»Das Wappen meiner Familie«, erklärte er. »Wir sind die Violetten Lilien.«

»Das sieht sehr hübsch aus.«

Er führte sie die Treppe hinauf in die oberen Räumlichkeiten, hängte ihren Mantel in der Stube auf und führte sie in den Salon, wo Tatjana sich setzte – allerdings nicht auf eins der eleganten und bequemen Sitzmöbel, sondern auf ein Höckerchen, das an einer Wand stand und das die Putzfrau für gewöhnlich benutzte, wenn sie Staub wischte.

Carl reichte ihr ein Glas.

»Ich hab etwas …«, sagte sie. »Mein … Mann ist damit schon seit Längerem beschäftigt. Es muss sich um etwas handeln, was sowohl bei Madame als auch in Moskau großes Interesse geweckt hat. Sie sind wohl auf eine geheime schwedische Forschung gestoßen – irgendeine Verteidigungstechnologie. Es hat etwas mit Feldkommunikation zu tun, aber leider ist das auch schon alles, was ich zur-

zeit weiß. Er hat Daten auf einem Mikrofilm erhalten – und anscheinend sind sie derart heikel, dass Madame darauf bestanden hat, den Film nicht in der Botschaft aufzubewahren.«

»Und wo dann?«

Tatjana nippte behutsam an ihrem Wein.

»Komm und hol ihn dir«, sagte sie.

Dann stellte sie das Weinglas auf den Boden und streckte ihr rechtes Bein in Carls Richtung.

Carls Blick glitt vom Rocksaum an ihrem Bein hinab bis zu ihrem Schuh.

Der Absatz.

»Du hast nur diesen Abend, bevor ich den Film wieder zurücklegen muss.«

Sonntag, 3. März

41

Sarah saß im Wohnzimmer an ihrem kleinen Schreibtisch mit Blick über den Kalvfjärden und den Nationalpark Tyresta am gegenüberliegenden Ufer. Konzentrier dich auf die Wochen um den 1. März, hatte Max gesagt, als sie sich darauf verständigt hatten, gemeinsam jeden Stein umzudrehen. An jenem Tag war Jakob Anger als Pflegekind nach Arholma gekommen. Vor zweiundfünfzig Jahren.

Es war die Suche nach der Nadel im Heuhaufen.

Sarah sah einem Vogel nach, der über die Bucht flog. Sie musste daran denken, was sie am Vortag in Max' kleinem Vektor-Büro vorgefunden hatte – all die Unterlagen, die auf seinem Schreibtisch gelegen hatten. Der Artikel, den er ausgeschnitten hatte – *»Neue Familien für Waisenkinder.«* Sie klappte ihren Laptop auf.

Jakob Angers leiblichen Eltern konnte alles Mögliche zugestoßen sein. Sarah hatte gehört, wie Max mal von den verschiedenen Gerüchten erzählt hatte, die auf der Insel kursierten. Wenn Jakobs Eltern tatsächlich arme Obdachlose gewesen wären, würde sie nie etwas über sie herausfinden. Sie entschied sich, stattdessen von der Prämisse auszugehen, dass irgendein Ereignis – vielleicht ein Unfall – der Auslöser gewesen war. Etwas, was auf irgendeine Art dokumentiert sein mochte.

Max' Vater war gerade eine Woche alt gewesen, als er zu seiner Pflegefamilie gekommen war. Insofern musste er um den 23. Februar herum zur Welt gekommen sein. Aber wo hatte er seine erste Lebenswoche verbracht? Und wie weit würde sie in die Vergangenheit zurückgehen müssen? Ein paar Tage vor seiner Geburt? Eine Woche?

Erneut wanderten ihre Gedanken zu den Aufzeichnungen in Max' Arbeitszimmer.

Borgenstierna. Erfolgreicher Jurist, Richter am Stockholmer Appellationsgericht, später Gerichtspräsident. Wallentin, Leiter des 1944 neu eröffneten Söder-Krankenhauses. Starb 1986.

War Jakob im Södersjukhuset zur Welt gekommen?

Sie rief den Internet-Browser auf, wartete geduldig, bis das Modem sich eingewählt hatte, und klickte sich in den Cyberspace. Über die Passagen-Suchfunktion gelangte sie auf die Webseite des Södersjukhuset. Sie überflog die Seite und stieß schon bald auf die Information, auf die sie gehofft hatte: Das Krankenhaus war am 3. April 1944 eingeweiht worden.

Also *nachdem* Jakob zur Welt gekommen war.

Sarah klappte den Laptop wieder zu. Sie legte die Füße auf den Tisch und den Kopf in den Nacken. Dann nahm sie ihre Brille ab, presste Daumen und Zeigefinger leicht auf die Augenlider. *Denk nach, Sarah. Du warst doch mal das cleverste Mädchen der Welt.*

Sie versuchte, sich in die Stockholmer Kriegsjahre zurückzuversetzen. Wenn irgendetwas Außergewöhnliches passiert war, wo hatte man das zuallererst erfahren?

Dann kam ihr eine Idee, und sie setzte sich wieder auf. Sie hob den Hörer ab, rief die Auskunft an und bat um die Nummer von Sveriges Radio.

»Zentrale«, meldete sich ein Mann, der sich anhörte, als würde er alsbald in Rente gehen.

»Ich bräuchte Informationen aus Ihrem Archiv«, sagte Sarah, nachdem sie sich vorgestellt hatte. »Aus Stockholm im Jahr 1944 – in der Zeit zwischen dem 20. Februar und dem 1. März.«

»Wenn es um Nachrichten geht, haben Sie zwei Möglichkeiten«, erklärte er ihr. »Entweder bestellen Sie Kopien der Mitschnitte, oder aber Sie lassen sich eine Mitschrift schicken.«

»Was geht denn schneller?«

»Erst mal müssen Sie ein Formular ausfüllen, das Sie am Empfang von Sveriges Radio in der Oxenstiernsgatan bekommen. Werktags zwischen acht und vier. Ich kann Ihnen das Formular auch zusenden. Das kommt dann allerdings per B-Post, dauert also ein paar Tage. Die Bearbeitungszeit beträgt dann vier Wochen …«

»Vier Wochen?«, platzte es viel zu schrill aus ihr heraus. Im Hinblick darauf, wie schnell sich in Sankt Petersburg die Ereignisse überschlugen, fühlte sich das an wie eine Ewigkeit. »Gibt es keinen Expressservice? Kann man da nicht einen Aufpreis bezahlen, um …«

»Nein, kann man nicht.«

Die Antwort des Mannes hatte etwas Endgültiges, und Sarah musste einsehen, dass sie mit ihm nicht würde verhandeln können. Sveriges Radio mit seinen endlosen Fluren und Korridoren funktionierte genau wie ein Sowjetstaat: Verteilungswirtschaft, Fünfjahresplan, unmotiviertes Personal. Dieses Telefonat fortzusetzen war zwecklos.

Ihre Gedanken wanderten wieder zurück zu dem Artikel. Er war in der *Stockholmstidningen* erschienen, allerdings gab es die Zeitung nicht mehr. Doch Peter Tillberg, den sie noch aus ihrer Zeit beim Militär kannte, war inzwischen bei *Dagens Nyheter* angestellt.

Vielleicht konnte der ihr helfen?

»Wir haben den Dienst im vergangenen Jahr eingestellt«, erklärte Peter über ein knisterndes Handy, nachdem sie ihm ihr Anliegen erklärt und gefragt hatte, ob es möglich sei, Zeitungen aus dem Jahr 1944 einzusehen. »Es war einfach zu teuer, es rief niemand mehr an und wollte diese alten Zeitungen bestellen. Aber probier's doch mal in der Kungliga Biblioteket. Dort sind doch sämtliche Publikationen archiviert. Sie streiten zwar immer noch darum, wer welche Rechte an welchen Texten hat – aber ich glaube, dass sie zumindest eine anständige Menge Material, Mikrofiches und die Zeitungen selbst dahaben. Allerdings wirst du dich dort erst beim Recherchedienst anmelden müssen, und es dauert ein paar Tage, bis du einen Zugang bekommst. Sofern du überhaupt zugelassen wirst.«

Warum musste das alles so verdammt viel Zeit kosten?

»Aber weißt du, was du noch machen kannst?«, fuhr Peter fort. »Es gibt da ein paar kleinere Läden, die sich auf Modernes Antiquariat spezialisiert haben – alte Plakate, Zeitschriften, solche Dinge. Da gehe ich manchmal hin, wenn ich etwas Bestimmtes suche. Ein ziemlich gut sortierter Laden liegt an der Surbrunnsgatan in Vasastan. Jocke, der Typ, der dort arbeitet, hat einen guten Überblick. Ich meine, er hat sogar sonntags auf.«

»Danke, Peter«, sagte Sarah und legte auf.

Dann also ein kleiner Ausflug nach Vasastan.

Charlie K. zog die Tür zur Dampfsauna im Sturebad auf. Greger Lennström kam jeden Sonntagmorgen für eine Runde Wassergymnastik her. Danach konnte man ihn immer in der Sauna antreffen.

»Wie war das Training heute?«, fragte Charlie, als er die Sauna betreten hatte und kurz mit der Hand vor dem Gesicht herumwedelte, um durch den Dampf etwas zu sehen.

Er meinte, ein Lächeln zu erkennen.

»Sie ist wirklich unterhaltsam – die Frau, die das Training leitet. Und es tut meinem Knie gut. Aber das hier ist letztendlich die Belohnung.«

Lennström lehnte sich zurück und atmete ein paarmal tief ein.

»Alles in Ordnung im Büro?«, wollte Charlie wissen.

»Es läuft. Mich brauchen sie dort immer weniger, Charlie, und ich weiß nicht recht, was ich davon halten soll.«

Lennström war jahrelang einer der erfolgreichsten Fusionsberater Stockholms gewesen. Er saß in so vielen Aufsichtsräten, dass Charlie den Überblick verloren hatte. Lennström selbst womöglich auch. Er hatte ein paar fette, ertragreiche Posten gehabt, sich aber auch um mehrere Wohltätigkeitsorganisationen gekümmert. Unter anderem um die Ostseestiftung.

Charlie ließ sich auf der Bank vor Lennström nieder.

»Die Ostseestiftung scheint ihre Arbeit eingestellt zu haben«, sagte er. »Das sind beunruhigende Nachrichten für uns von Vektor – ihr wart wichtig für uns.«

Lennström schüttelte den Kopf.

»Borgenstierna war seinerzeit ein herausragender Jurist. Aber er ist eigen geworden, sieht überall nur noch russische Gespenster. Es ging einfach nicht mehr.«

»Was meinst du damit?«

»Eine der Firmen, die an der Ostseestiftung beteiligt war und sie gefördert hat, wollte in den Osten expandieren. Die neuen Möglichkeiten nutzen. Borgenstierna hat darin bloß eine Bedrohung gesehen. Daraufhin ist einer nach dem anderen ausgestiegen ... Ich glaube, es fing vor knapp einem Jahr an. Und ich glaube außerdem, dass es der Telia-Sprecher war – du weißt schon, der gerade in der Presse ist ...«

»Frank Ståhl? Der Unternehmenssprecher?«

»Genau der. Die zwei sind ziemlich aneinandergeraten. Borgenstierna war gegen die Telia-Expansion im Osten.

Und er hat sich in die Sache mächtig reingehängt, in allen möglichen Netzwerken und Kanälen, er hat sogar versucht, Zeitungsartikel zu lancieren. Zum Glück haben die Redaktionen ihn nicht weiter ernst genommen. Anscheinend haben sie sich darüber zerstritten, dass Telia eine gewisse Firma übernehmen wollte, die ihren Sitz irgendwo in der früheren Sowjetunion hatte.«

Charlie wischte sich den Schweiß von der Stirn.

»Borgenstierna kann sich doch nicht in Telia-Geschäfte einmischen? Und wenn die Telia-Chefs sauer auf ihn sind, ist das noch lange kein Grund, um die Arbeit einer Stiftung einzustellen, die sich seit dem Zweiten Weltkrieg für Flüchtlingsarbeit und die Förderung von Wirtschaftsbeziehungen zwischen den Ostseeanrainern starkgemacht hat.«

Lennström seufzte und lehnte sich wieder zurück. Seine Schultern glänzten.

»Es war wohl eine Art Schneeballeffekt. Borgenstierna wurde immer verschlossener und widerspenstiger. Das wollte keiner länger mitmachen. Und dann hat er auch noch seine Diagnose bekommen.«

»Ich hab gehört, er soll im Januar in der Schweiz gewesen sein. Weißt du, was er dort gemacht hat?«

Für einen Augenblick klarte der Dampf in der Sauna auf, und er konnte Lennström in die Augen sehen, der sich jetzt nach vorn beugte und Charlie mit einem Hundeblick ansah.

»Was machen größenwahnsinnige alte Männer wohl im Januar in der Schweiz?«

Im selben Moment war Charlie die Sache klar. *Natürlich.*

»Davos? World Economic Forum?«

Lennström grinste.

»Borgenstierna hat irgendeine internationale Kooperation erwähnt, irgendetwas zur Förderung der Demokratie.«

»Aber geht es in Davos nicht um riesige Summen?«

Lennström lachte.

»Oh ja, nur dort zu sein kostet ein kleines Vermögen.«

Verdammt, dachte Charlie, sag jetzt nicht, dass der Alte seine restlichen Mittel irgendeiner ausländischen Organisation hinterhergeworfen hat. Wie hatte ihm das nur entgehen können? Gelder, die Sarah und Max gut gebrauchen konnten!

Charlie runzelte die Stirn und versuchte, sich zu konzentrieren. Wie sollte er seine Frage stellen, ohne dass Lennström ihn als schlechten Verlierer in der Schlacht um die Stiftungsgelder ansah?

»Kann die Stiftung laut Statuten denn auch außerhalb des Ostseeraums investieren?«, fragte er zu guter Letzt.

»Wie schon gesagt«, erwiderte Lennström. »Die Ostseestiftung war eine One-Man-Show und Borgenstierna früher mal ein glänzender Jurist. Und was immer er sich vorgenommen hatte, wurde unterstützt.«

Charlie stand auf. Er hatte schlagartig genug vom Dampf.

42

»Die Bosse scheißen nicht dort, wo sie essen.«

Der Vorschlag, im Grand Hôtel Europe einzuchecken, war von Ilja gekommen. Mit irgendwelchen Abrechnungen vonseiten der Unterwelt war hier, wo die Mafiabosse sich gerne aufhielten, nicht zu rechnen. Das war wohl eine Art Ehrenkodex. Sogar die Verschlagensten konnten sich auf eine Zuflucht einigen – und das Grand Hôtel Europe war eine der sichersten. Nachdem er die rigorosen Zugangskontrollen des Hotels über sich hatte ergehen lassen, war auch Max zu dem Schluss gekommen, dass dies die richtige Wahl war. Der weiße Marmorboden der Lobby war strahlend sauber, und die weinroten Teppichbahnen auf den Treppenstufen waren schnurgerade ausgerichtet. Teuer – und perfekt.

»Ihr Pass, Herr Olsen?«, fragte der Mann beim Check-in mit einem breiten Lächeln.

Sein Goldzahn blitzte.

»Ich würde gerne bar bezahlen«, erwiderte Max.

Er legte zwei Bündel Geldscheine auf den Empfangstresen. Der Mann starrte darauf hinab. Max schob den einen zu ihm rüber. Er enthielt genauso viel, wie das Zimmer kosten sollte.

»Leider habe ich meinen Pass im Augenblick nicht bei mir«, fuhr er fort und schob auch den zweiten Stapel vor. »Aber das hier dürfte hoffentlich als Pfand reichen, für den Fall, dass Ihnen unvorhergesehene Kosten entstehen?«

Der Mann lächelte ihn erneut an.

»Selbstverständlich, Herr Olsen, selbstverständlich.«

Max machte es sich in einem sogenannten *belle chambre* gemütlich, einer Juniorsuite von fünfzig Quadratmetern mit Parkettboden, antiken Möbeln, einem großzügigen Wohnzimmer mit Fenstern vom Boden bis zur Decke und einer fabelhaften Aussicht über den Newski-Prospekt. Das hier hätte Sarah Hansen zwar ähnlicher gesehen als Max oder Paschie, aber er hatte es sich aufgrund der Sicherheit und nicht um des Luxus willen ausgesucht.

Er setzte sich auf einen der weich gepolsterten Sessel, nahm einen Schluck Mineralwasser und schaltete den Fernseher ein. Die Wiederholung einer Sendung aus dem Kreml. Auf wackligen Beinen trat Jelzin an einen Schreibtisch, der lediglich mit der neuen, früheren Flagge Russlands dekoriert war. Als Max sah, welche Schwierigkeiten Jelzin hatte, sich auf den Stuhl zu schieben, sah er seine schlimmsten Befürchtungen wahr werden.

Sowie der Wahlkampf eingeläutet worden war, waren Jelzins Umfragewerte ins Bodenlose gefallen. Sein unberechenbares Verhalten hatte seinem Ansehen enorm geschadet. Es hatte einfach zu viele Zwischenfälle gegeben. Shannon Airport vor zwei Jahren, als er zu betrunken gewesen war, um aus dem Flieger zu steigen, und der irische Premier gedemütigt auf der Landebahn hatte warten müssen. Oder dieser Journalist, der Stein und Bein schwor, den russischen Präsidenten nur in Unterhose bekleidet an der Pennsylvania Avenue beobachtet zu haben, wie er versuchte, ein Taxi anzuhalten und eine Pizza zu bestellen.

Was würde er wohl diesmal der Nation und dem Rest der Welt verkünden? Womöglich hatte der Kreml Informationen aus den Provinzen erhalten, wo der Wahlkampf kaum noch Unterstützer fand, und daraufhin beschlossen, etwas zu unternehmen. Immerhin hatten Wahlkampfberater Jelzin schon zu einem sehr viel früheren Zeitpunkt empfohlen, die anstehende Wahl abzusagen – eine Möglichkeit, die der Präsident gemäß der russischen Verfassung hatte, sofern er die nationale Sicherheit gefährdet sah. Das wäre das Schlimmste, was passieren könnte, dachte Max. Das würde zu Unruhen, vielleicht sogar zu einem Bürgerkrieg führen.

Max streckte sich nach der Fernbedienung und machte den Ton lauter, aber es half nicht viel; der Präsident war kaum zu verstehen. Allerdings klang er aggressiv. Machte für die katastrophalen Umfragewerte seinen eigenen inkompetenten Stab verantwortlich. Er schimpfte sein Wahlkampfteam in Grund und Boden und pickte dann zwei Personen heraus, die eingewechselt werden sollten. Von nun an würde Anatoli Tschubais den Wahlkampf leiten. Den Mann kannte Max nur allzu gut – er war der Zauberer hinter Jelzins Wirtschaftspolitik und vorderste Vorantreiber der sogenannten »Schocktherapie«, der Privatisierung mit gleichzeitiger Liberalisierung der Preise. Warum in aller Welt hatte er ausgerechnet Tschubais ins Wahlkampfteam geholt – einen Mann, der dafür bekannt war, den Staat zu plündern und den Aufstieg der Oligarchen zu fördern? Diese Ernennung hatte einen tieferen Sinn.

Die zweite Schlüsselfigur war eine gewisse Tatjana Djatschenko. Zuerst sagte ihm der Name nichts. Doch sowie der Präsident anfing, von ihr zu erzählen, änderte sich seine Tonlage, und Max wischte sich frustriert über die Stirn. Jelzins Tochter.

Game over.

Er stellte den Fernseher aus und ging ins Schlafzimmer. Beschloss, auch hier wieder seine Zettel aufzuhängen. Er fing mit der Meinungsumfrage und dem Bericht über Wahlbetrug an, den er von Sarah bekommen hatte. Dann machte er mit der Spur weiter, die mit Paschies Verschwinden zu tun hatte, mit St. Petersburg GSM, mit Margarita, Rousseau, Domaschow und dem medienscheuen Vorstandsvorsitzenden Lasarew, der womöglich ein und derselbe Mann war wie auf dem Foto, das er Mischin mitgegeben hatte. Dann die Iwanowitsch-Stiftung. All diese Namen notierte er rund um das St.-Petersburg-GSM-Logo – den Kosmonauten, der schwerelos durchs Weltall schwebte. Und er zog einen Kreis um den Namen Rousseau. Er war der Dreh- und Angelpunkt.

Max dachte darüber nach, was Domaschow ihm zu Paschies Fragen nach St. Petersburg GSM erzählt hatte: über den Ursprung des Unternehmens, über das Gerücht, dahinter könnte eine gestohlene schwedische Technologie stecken. Er schrieb *Technologie* auf ein Blatt und dann die Notizen aus Paschies Buch: *Schlucht von Schutul/Plantage. Geld – Technik – Politik.*

Neben den Zweig rund um St. Petersburg GSM befestigte er zwei Zettel mit den Namen *Borgenstierna* und *Wallentin*, die einen eigenen Zweig ergaben.

Als er fertig war, machte er einen Schritt zurück und betrachtete die Linie, die er von *Meinungsumfragen* zu *Borgenstierna* gezogen hatte.

Im nächsten Moment klingelte das Zimmertelefon. Als er Iljas Stimme hörte, wusste Max sofort, dass sein alter Freund keine guten Nachrichten für ihn hatte.

»Ich hab diese Frau durchleuchtet, die du erwähnt hast.«

Margarita Juschkowa, die Dame, die für St. Petersburg GSM in der Buchhaltung arbeitete.

»Was ist passiert?«

»Mach dir jetzt nicht ins Hemd, sie ist immer noch am Leben«, entgegnete Ilja. »Aber ihr Freund ist tot.«

Max ließ sich auf den Korbsessel neben dem Telefon sinken.

»Wer war ihr Freund?«

»Ich habe den Verdacht, du könntest ihn kennen. Französisch klingender Name. Rothaariger Schnösel mit teuren italienischen Anzügen.«

Max schloss die Augen. Nicht Marcel Rousseau, nicht der Mann, der die Iwanowitsch-Stiftung ins Leben gerufen hatte. Er war der Schlüssel gewesen.

»Verdammt, Ilja, das kann doch nicht wahr sein!«

»Margarita ist auch nicht begeistert.«

Mit Rousseau war er Paschie am nächsten gekommen.

»Was ist passiert?«

»Er ist in einem Industriegebiet erstochen worden – nicht weit entfernt von ein paar ziemlich berüchtigten Nachtclubs, in die nicht einmal ich einen Fuß setzen würde. Was er da gewollt hat, ist allen ein Rätsel.«

Ein Raubüberfall, der aus dem Ruder gelaufen war? Ein betrunkener Spaziergang in der falschen Gegend mitten in der Nacht? Rousseau hatte auf ihn nicht wie jemand gewirkt, dem so etwas passieren würde.

»Wie hast du davon erfahren?«

»Ich bin Margarita in ein Café gefolgt. Sie war mit ihren Kindern unterwegs. Sie hatte gerade ihre Freundin begrüßt, als ihr Handy klingelte. Ich habe mit angesehen, wie sie in die Knie gegangen ist und dann hemmungslos geheult hat. Die Freundin hat ihr wieder aufgeholfen, sie haben sich kurz unterhalten, und dann ist Margarita auf die Straße gelaufen, in ein Taxi gesprungen und hat die Kinder bei der anderen Frau zurückgelassen.«

Seine Gedanken rasten. Hier war doch irgendwas im Gange – aber was? Max ballte die Faust. *Reiß dich zusammen, zum Teufel.* Warum war Rousseau erstochen worden?

War das nur ein unglücklicher Zufall? Gab es so etwas überhaupt?

Hatte das Ungeheuer, vor das Rousseau sich gestellt hatte, sich nun tatsächlich gegen ihn gewandt?

Was machte eine Frau, die den Schluss zog, dass sie in Gefahr war? Wohin fuhr sie? Nach Hause, um ihre Sachen zu packen?

»Margarita weiß, was mit Rousseau passiert ist«, sagte Max. »Komm und hol mich ab, so schnell du kannst. Wir müssen sie finden, bevor die anderen es tun. Sonst verwischen sie noch sämtliche Spuren.«

43

»Warten Sie weitere Befehle ab«, sagte Nestor Lasarew und beendete das Telefonat.

Er ließ die Hand kurz auf der Tischplatte ruhen, genoss das Gefühl des massiven Holzes unter seinen Fingern. Nestelte ein bisschen an der Papiertüte herum, die vor dem Computer stand.

Bald sag ich dir, was wir mit den Schweden machen.

Er hatte mit seinem Soldaten in Stockholm gesprochen. Ein guter Mann, einer der besten, Lasarew hatte ihn selbst ausgebildet – hatte aus einem hageren Teenager einen kompletten Speznas-Soldaten gemacht, der in Afghanistan seine Feuertaufe bestanden hatte.

Lasarew hatte sich die Informationen notiert, die er über sein Satellitentelefon erhalten hatte. Man hatte ihm bestätigt, dass die Organisation in Stockholm tatsächlich jemanden in Sankt Petersburg beschäftigte – und dass diese Person seine Gefangene Paschie Kowalenko war. Vektor hatte sie mit einem schwedischen Handy ausgestattet, damit sie mit ihr regelmäßig Kontakt aufnehmen konnten.

Nur wo war dieses verdammte Handy?

Lasarew hatte weder bei ihr noch in dem Schuppen, in dem sie gehaust hatte, ein Telefon gefunden.

Sein Informant würde ihm auf üblichem Wege eine vollständige Analyse der Vektor-Telefonverbindungen und der einzelnen Vertragspartner zukommen lassen.

Er fluchte in sich hinein. Diese Informationen waren

natürlich nützlich, aber sie bedeuteten nichts Gutes. Er stand auf, schnappte sich die Papiertüte und verließ das Büro, schob die Stahltür auf und eilte die Treppe hinunter.

Immer noch verärgert, machte er die Tür zum Abstellraum auf und schaltete die nackte Glühbirne an.

Paschie Kowalenko ließ den Kopf hängen, das Kinn ruhte auf dem Schlüsselbein. Sie versuchte, die Augen aufzuschlagen, aber selbst das schwache Licht der Glühbirne bereitete ihr Schmerzen.

»Du musst durstig sein«, sagte er. »Und womöglich auch hungrig.«

Paschie brachte durch das Plastikrohr keinen einzigen Mucks hervor.

Lasarew zog den Stuhl heran, der neben der Tür gestanden hatte, und setzte sich direkt vor sie. Dann machte er die Tüte auf und zog die Flasche Moskowskaja-Wodka heraus. Er rammte den Flaschenhals in das Plastikrohr und kippte den Inhalt der Flasche in Paschies Hals.

Sie wand sich heftig hin und her, fing an zu prusten und zu würgen, versuchte vergebens, die Flüssigkeit durch das Rohr wieder auszuspucken. Sie schrie, so laut sie konnte, doch dann kapitulierte ihr Rachen, und sie konnte nicht mehr anders, als den Wodka in großen, schweren Schlucken hinunterzuwürgen. Als die Flasche nur noch halb voll war, zog er sie wieder aus dem Rohr.

Wodka rann ihr über die Mundwinkel.

»Essen?«

Paschie starrte ihn an. Ihr Blick war fest – der schiere Widerstand. Sie schüttelte den Kopf.

»Ich weiß, dass du mit Marcel Rousseau gesprochen hast, dem Wirtschaftsprüfer von Brice & Stadthaller«, sagte Lasarew.

Von Paschie kam nicht die geringste Reaktion.

»Mit dem redest du nie wieder. Den habe ich eigenhändig umgebracht.«

Immer noch nichts.

»Und jetzt sieht es ganz so aus, als würde ein junger Mann hier vor Ort nach dir suchen.«

War sie nicht gerade leicht zusammengezuckt?

»Ein attraktiver junger Mann.«

Irgendwas geschah mit ihrem Blick. Er schien einen neuen Fokus zu haben.

»Erzähl mir von ihm.«

Er griff nach dem Plastikrohr und drehte es heraus. Paschie winselte, und ihr liefen Tränen über die Wangen. Wenn die Stifte in den Gaumen schnitten, taten sie so richtig weh. Als das Rohr draußen war, atmete sie ein paarmal tief ein, schluckte und biss dann mit aller Kraft die Zähne zusammen, schloss den Mund zum ersten Mal seit mehreren Tagen.

»Wenn du noch mal versuchst, mich anzuspucken«, sagte er und wischte den Speichel vom Rohr an ihrer Wange ab, »dann setze ich das hier wieder ein.«

Er bewegte das Rohr hin und her.

»Ich weiß, dass dieser junge Mann aus Schweden kommt. Ein gewisser Paul Olsen.«

Diesmal bestand nicht der geringste Zweifel. In ihren Augen flackerte die Hoffnung auf.

Hoffnung, die dich bald ein für alle Mal verlassen wird, Tatarenhure.

»Erzähl mir von dieser Organisation. Steht ihr mit der MUST in Verbindung?«

Die Abkürzung für den schwedischen Militärnachrichtendienst schien Paschie nichts zu sagen. Im Gegenteil, sie sah verwirrt aus.

Er zog ein Stück Roggenbrot aus der Tüte und hielt es ihr an die Lippen.

»Iss, Mädchen.«

Ein winziges Stückchen schluckte sie hinunter.

»Und jetzt rede.«

»Ich … weiß nicht«, stieß sie hervor.

Lasarew zog eine Augenbraue hoch.

»Du bist nur noch deshalb am Leben, weil ich von dir Informationen brauche. Wenn ich der Meinung bin, dass deine Informationen von Bedeutung sind, denke ich darüber nach, dich am Leben zu lassen. Wenn nicht, bringe ich dich ohne Zögern um.«

»Ich habe keine Ahnung, was Sie meinen.«

Willensstark, dachte Lasarew. Wirklich beeindruckend.

»Du hast also keine Ahnung, warum ein junger Mann aus Schweden sich nach dir erkundigt? Wirklich keine Ahnung?«

Paschie sagte nichts.

»Es gibt eine Kooperation zwischen dieser Organisation und der Universität – zwischen den Wirtschaftswissenschaften und dieser Sache, die ihr Vektor nennt.« Er wartete auf eine Reaktion, aber es kam keine. »Vektor besteht aus Exmilitärs und ist ein geheimer Zweig des schwedischen Nachrichtendienstes. Du denkst vielleicht, dass du für eine Art Forschungseinrichtung arbeitest, aber in Wahrheit arbeitest du für das schwedische Militär und hast dein Heimatland verraten. Und du weißt, was wir hierzulande mit Verrätern machen.«

Er verstärkte den Griff um das Plastikrohr in seiner Hand.

»Diese Wirtschaftsfakultät existiert im Übrigen nicht mehr«, fuhr er fort. »Während du hier in der Dunkelheit gesessen hast, ist das Institut in die Luft geflogen. Sämtliche Mitarbeiter sind dabei ums Leben gekommen. Weil du mir ins Gesicht gespuckt hast, statt mit mir zu reden.«

Paschie schlug die Augen nieder. Wieder kamen ihr die Tränen.

»Sie mussten deinetwegen sterben.«

Ihr Oberkörper fing an zu zittern. Sollte er ihr gleich die Kleider vom Leib reißen? So was brachte Frauen doch für gewöhnlich zum Reden.

»Wie viele Menschen müssen noch sterben, Paschie?«

Immer noch mit geschlossenen Augen schüttelte sie den Kopf.

»Du weißt genau, dass ich die Wahrheit früher oder später auch so rauskriege.«

Lasarew stand von seinem Stuhl auf. Mit flehentlichem Blick sah sie zu ihm auf.

»In ein paar Tagen habe ich hier Gäste. Da kommt es mir nicht sonderlich gelegen, dass du hier rumjaulst und stinkst. Hast du mich verstanden? Das hier ist deine letzte Chance. Wer ist der junge Mann?«

Die dunklen Augen starrten zu ihm auf, aber sie hatte ihre Ruhe wiedererlangt.

»Er wird dich kriegen«, sagte sie.

Lasarew ging vor ihr in die Hocke.

»Ach, wird er das?«

Er packte sie am Haar, zog es zurück, sodass der Hals bloßlag.

»Vielleicht sollte ich dich meinen Gästen anbieten. Wenn meine Kameraden aus der Organisation mit dir fertig sind, glaube ich kaum, dass er dich noch zurückhaben will.«

Dann griff er zu. Die langen Finger, die ihm einst eine ganz andere Karriere versprochen hatten, legten sich um ihren dünnen Hals.

Sie keuchte.

Nein, nicht jetzt!

Kopfschüttelnd stand er wieder auf. Vor ihm am Boden röchelte Paschie sich die Seele aus dem Leib.

Noch ist deine Zeit zu sterben nicht gekommen. Ich brauche dich noch. Bis dieser junge Mann tot und alles vorbei ist.

44

Der Portier wich ein paar Schritte zurück, als der Jeep vor dem Grand Hôtel Europe abbremste. Ilja drückte auf die Hupe, obwohl Max längst durch den Ausgang gekommen war. Dann schob er die Beifahrertür auf und blickte Max mit einem Wolfsgrinsen entgegen.

»Wo soll's denn hingehen, Chef?«

Max schnallte sich an und zog das Fax heraus, das Ilja ihm am Tag zuvor geschickt hatte.

»Unter den Nummern, die du aus Paschies Handy gezogen hast, war eine aus Rasliw – Schukowa uliza 41, Wohnung 104B.«

Ilja fädelte auf die Hauptstraße ein.

»Und was sollen wir da?«

»Ich hoffe, dass Margarita dort wohnt.«

Ilja fuhr in nördlicher Richtung aus der Stadt. Der Jeep glich Unebenheiten und Schlaglöcher im Asphalt aus und wich Lieferwagen und Oberleitungsbussen aus, die ebenfalls versuchten, die kaputten Straßen von Sankt Petersburg zu bewältigen.

Sie mussten so schnell wie möglich zu Margarita kommen. Und zwar vor den anderen – wer immer das sein mochte. Trotzdem schien Ilja immer noch nicht zu begreifen, wie eilig sie es hatten. Als der Verkehr noch dichter wurde, bog er ab und landete in einem Viertel, das aussah wie ein endloses Labyrinth aus schmalen Gassen und verschlungenen Kanälen.

Max biss die Zähne zusammen und musste sich einen Fluch verkneifen.

Zu guter Letzt erreichten sie Rasliw. Die Kleinstadt schien über Nacht aus dem Boden gestampft worden zu sein. Gut zwanzig riesenhafte Klötze ragten augenscheinlich willkürlich über das Areal verteilt über ihnen auf – nirgends Straßenzeilen oder Geschäfte. Nur ein dichter Wald, der alles umgab.

Die Wohnhäuser sahen aus, als würden sie sich mit dem nächsten Regenguss auflösen oder wie Kartenhäuser in sich zusammenfallen, sobald der nächste Sturm aufzog. Die Fassaden bröckelten wie schuppige Haut. Nicht wenige Fenster sahen aus wie schwarze, leere Höhlen, und wo Wohnungen ausgebrannt waren, zeichnete sich immer noch der Ruß der Flammen auf dem Putz ab.

Der Kontrast zum Stadtzentrum Sankt Petersburgs mit seiner Farbpracht und der architektonischen Fülle hätte kaum größer sein können. Max sah wieder vor sich, wie Margarita ihre Kinder wie jeden Werktagmorgen in die Krippe in der Nähe ihres Arbeitsplatzes brachte. Wenn man sich hier in Rasliw umsah, war es die Mühe sicher wert. Vom neuen Geld, der neu erstehenden Mittelklasse, von der so oft die Rede war, war hier beileibe nichts zu spüren.

Ein schwarzer Mercedes stand vor Margaritas Haus.

»Das ist das Auto, mit dem Domaschow, der Journalist, überfahren wurde«, stellte Max fest.

»Wunderbar, dann haben wir ja jetzt die Möglichkeit, sie uns zu schnappen«, erwiderte Ilja.

Max schüttelte den Kopf. Es musste ihnen jetzt um Margarita gehen.

Vor dem Wagen standen zwei Männer in Lederjacken. Max nahm sie aus der Ferne in Augenschein. Der eine sah aus wie die russische Version eines Wikingers: groß, breitschultrig, mit langem schwarzem Haar und dichtem Bart. Sein Partner war ein wenig kleiner, sehnig, geschmeidig, mit kahl rasiertem Schädel, haarlosem Gesicht und tätowierten Händen.

Die hatte wohl kaum die Telefongesellschaft geschickt. Die Männer sahen aus, als trügen sie weithin sichtbar das Zeichen einer alten Zunft: der Zunft der Diebe. Sie waren aus einem bestimmten Grund hierhergeschickt worden. Die Frage war nur, aus welchem.

»Siehst du das Kellerfenster an der Ecke?«, fragte Max und nickte in Richtung eines offenen Fensters. »Während du rübergehst und zwei neue Kumpels kennenlernst, steige ich dort ein.«

Ilja grinste.

»Bei einem Freund wie dir kann ich neue Kumpels wirklich brauchen. Gib mir ein paar Minuten, bevor du loslegst. Sollte der Plan nicht funktionieren, liegt auch noch eine *gratsch* im Handschuhfach.«

Ilja schlug die Fahrertür hinter sich zu, um sicherzustellen, dass die beiden Verbrecher ihn auch hörten. Dann marschierte er zielsicher auf die beiden zu und pumpte dabei seinen massigen Oberkörper auf. Ohne jeden Zweifel sah er angsteinflößend aus – selbst mit russischem Gangstermaß gemessen. Max hoffte, dass Iljas Erscheinungsbild und Cleverness ausreichen würden und er die Knarre nicht bräuchte.

Er hielt noch einen Moment inne, streckte sich dann aber doch nach der *gratsch*. Wer wusste schon, was ihn in der Wohnung erwartete?

Bis er die Beifahrertür aufstieß, hatte Ilja die Männer schon in ein Gespräch verwickelt. Mit der Pistole im Hosenbund eilte Max auf das Kellerfenster zu. Er ging in die Hocke und streckte das linke Bein durch die Öffnung, kauerte sich zusammen, zog das rechte Bein nach und glitt dann bäuchlings hinein.

Er kam auf die Beine und zog die *gratsch* wieder hervor. Das Gefühl, eine Pistole zu halten, war ihm unangenehm vertraut, auch wenn er seit zwei Jahren keine Schusswaffe mehr in der Hand gehabt hatte.

Im Treppenhaus blieb er kurz stehen und lauschte. Über ihm war alles still. Der Übersicht im Erdgeschoss zufolge lag Wohnung 104B im vierten Stock. Er warf einen Blick in Richtung Aufzug, doch der war erkennbar hinüber. Die Türen fehlten, und hinter einem großen X aus Holzplanken klaffte der leere Aufzugschacht. Aber die Treppe erschien ihm ohnehin attraktiver – lieber bewegte er sich frei als zu riskieren, in einem Fahrstuhl stecken zu bleiben.

Im ersten Stock schlug ihm ein merkwürdiges Blöken entgegen. Eine Ziege war am Treppengeländer festgebunden und stierte ihn an. Verwundert schüttelte er den Kopf und lief weiter nach oben.

Im vierten Stock rannte er auf die entscheidende Tür zu. Er legte das Ohr ans Türblatt und lauschte, die *gratsch* immer noch in der rechten Hand. Hinter der Tür war es mucksmäuschenstill. Er drückte auf den Klingelknopf. Als er kein Klingelgeräusch hörte, klopfte er. Auf der anderen Seite näherten sich Schritte. Dann war es wieder still.

Einen Türspion gab es nicht, und Max nahm an, dass die Person auf der anderen Seite genau wie er still dastand und versuchte, auf Geräusche zu lauschen.

Nach einer Weile ging die Tür langsam auf, und hinter einer Sicherheitskette kam ihr Gesicht zum Vorschein.

»*Sie?*«, flüsterte Margarita.

»Es tut mir wahnsinnig leid, was passiert ist«, sagte Max, sowie Margarita Anstalten machte zurückzuweichen. »Sie sind in Gefahr und dürfen nicht hierbleiben. Sie haben bestimmt schon die Männer gesehen, die unten auf Sie warten. Wenn Sie nicht mit mir mitkommen, wird es Ihnen genauso ergehen wie Marcel.«

Margarita schlug die manikürte Hand vor den Mund. Mit der anderen Hand hielt sie die Sicherheitskette umklammert.

»Gott …«

»Margarita?«

Sie wischte sich über die rot geäderten Augen.

»Sie haben erzählt, dass er betrunken war, als er diesen gottverdammten Club besuchen wollte.«

»Aber das glauben Sie nicht.«

»Ich *weiß*, dass es nicht stimmt.«

»Hat Marcel Ihnen erzählt, wo er hinwollte?«

Margarita dachte einen Augenblick nach. Behutsam berührte Max mit seiner Linken ihre Hand, die auf der Kette lag.

»Ich muss zurück zu meinen Kindern«, flüsterte sie.

»Erzählen Sie mir, was Marcel zu Ihnen gesagt hat, bevor er verschwunden ist. Dann fahren wir direkt zu ihnen und holen sie ab.«

»Was ist mit den Männern dort unten?«

»Ich kenne einen Fluchtweg.«

Margarita schüttelte den Kopf. Dann sah sie ihn entschlossen an.

»Marcel war nervös. Weil ihm eine Besprechung bevorstand. Und er hat mir auch erzählt, wen er treffen sollte.«

45

Margarita legte sich flach auf die Rückbank des Jeeps. Durch die Windschutzscheibe konnte Max sehen, wie Ilja irgendetwas zu den Verbrechern sagte und dann in Richtung Auto zeigte.

Nein, bring sie jetzt nicht hierher, dachte Max. Bist du verrückt geworden?

Einer der beiden – der mit den Tätowierungen – zückte ein Handy. Dann schien er ein paar Minuten lang aufgeregt mit jemandem zu telefonieren, ehe er das Telefon wieder einsteckte. Er sah in Richtung Jeep und dann zu Ilja, der langsam auf seinen Wagen zuschlenderte. Und ans Beifahrerfenster klopfte. Dann kreiselte er mit dem Finger und bedeutete Max, das Fenster runterzukurbeln. Er streckte sich nach dem Handschuhfach, während er gleichzeitig Margarita zuzwinkerte.

Als er feststellte, dass das Handschuhfach leer war, sah er Max an, der die *gratsch* mit der Linken zwischen Fahrer- und Beifahrersitz versteckt hielt. Ilja zog die Augenbrauen hoch und nahm sie Max ab.

»Glaubst du, dass du die Karre fahren kannst?«

Max nickte.

»Dann sehen wir uns nachher im Hotel.«

»Aber du kannst doch nicht hierbleiben – wenn die zwei merken, dass sie abgehauen ist!«

Ilja zuckte wie so oft nur mit den Schultern.

»Mach dir um mich keine Sorgen«, sagte er. »Ich hab ja die hier.«

Mit der *gratsch* in der Hand winkte er zum Abschied, machte auf dem Absatz kehrt und lief wieder auf die zwei Männer zu.

Max rutschte auf den Fahrersitz, ohne Iljas Rücken dabei aus den Augen zu lassen. Würden sie sich wirklich wiedersehen? Doch darüber durfte er jetzt nicht nachdenken. Er musste Ilja das Vertrauen entgegenbringen, das er verdiente. Und er musste Margarita und die Kinder in Sicherheit bringen.

Er ließ den Motor an und fuhr davon, ohne sich nach den zwei Gangstern umzusehen.

Schweigend fuhren Margarita und Max nach Sankt Petersburg zurück. Der Duft ihres Parfüms – eine Chemiekeule, die wohl blumig wirken sollte – vermischte sich mit den Abgasen des Jeeps.

Sie war in Sicherheit – wenigstens für den Augenblick – und würde zumindest fürs Erste nicht denselben Weg gehen wie ihr Schweizer Liebhaber, Marcel Rousseau. Der Mann, der mit dem Feuer gespielt hatte. Dass er sie in Sicherheit gebracht hatte, erfüllte Max mit einer gewissen Genugtuung.

Zumindest das war ihnen geglückt.

Paschie hatte ihm einmal erzählt, dass Russinnen künstliche Blumen lieber hatten als echte. Sie meinte, wenn sie je eine neue Karriere einschlagen sollte, dann in der Kunstblumenbranche. Künstliche Blumen seien das perfekte Produkt für das neue Russland. Die Russen liebten Flimmer und Schönheit, waren aber berüchtigt dafür, dass sie all das nicht aufrechterhalten konnten. Echte Blumen erforderten Aufmerksamkeit und Pflege, während Plastikblumen für die Ewigkeit gemacht waren. Sie waren billig, hübsch, verlangten einem nichts ab, sie waren einfach perfekt. Tatsächlich hatte Max noch nie einen Russen kennengelernt, der auf Natürlichkeit Wert gelegt hätte – eher im Gegenteil.

Natürlichkeit wurde als etwas Armes, etwas Rückständiges angesehen.

Paschie hatte auch schon eine Idee gehabt, wie sie es kompensieren würde, dass künstliche Blumen keinen Duft verströmten: mithilfe von künstlichem Veilchenduft, der ihre Verkäufe ankurbeln würde. In Max' Vorstellung hätte dieser Duft genauso gerochen wie Margaritas Parfüm von der Rückbank.

Er schenkte ihr Kaffee nach.

»Danke, das reicht.«

In einer Sitzgruppe aus vier Rohrstühlen in einem der Hotelrestaurants saß Max ihr und den Kindern gegenüber. Über ihnen hing die Replik einer alten Sankt Petersburger Straßenlaterne. Von draußen fiel Licht durch das gewölbte Dach.

»Sie sind hier sicher«, sagte er. »Zumindest fürs Erste.«

Ohne aufzublicken, löffelte Margarita Zucker in ihren Kaffee und rührte das dampfende schwarze Getränk um.

»Was hat Marcel Ihnen erzählt?«, fragte er.

Margarita sah ihn an, erschauderte, riss sich dann aber zusammen.

»Warum tun Sie das?«

»Wie Sie wissen, bin ich auf der Suche nach einer Freundin.«

»Ich will weg aus Sankt Petersburg«, sagte sie. »Ich will nie wieder einen Fuß in diese Stadt setzen.«

Eine Bedienung kam vorbei, und Margarita bestellte zwei Bananen-Milchshakes.

»Wo wollen Sie denn hin?«

»Ich habe einen Onkel in Prag. Ich werde zu ihm fahren.«

»Okay«, sagte Max. »Wenn Sie mir jetzt alles erzählen, dann organisiere ich die Fahrt für Sie.«

Sie nickte.

»Ich weiß, dass Marcel bei einem internationalen Wirtschaftsprüfungsunternehmen aus der Schweiz angestellt war«, sagte Max. »Warum ist er nach Sankt Petersburg gekommen?«

»Marcel hatte gewisse Schwächen.«

»Haben wir die nicht alle?«

Margarita nahm einen Schluck Kaffee.

»Er war immer noch verheiratet«, sagte sie. »Wussten Sie das? Er hat seine Familie in der Schweiz zurückgelassen.«

»Aber was hat ihn hierhergeführt?«

»Die Arbeiterjugend.« Margarita verzog das Gesicht.

»Eine Schweizer Jugendorganisation?«

Margarita schüttelte den Kopf.

»Die ostdeutsche Arbeiterjugend. Er ist als Günther Baumann im damaligen Karl-Marx-Stadt zur Welt gekommen und dort aufgewachsen. Er war ein riesiges Schwimmtalent und hat sich bei den Jugendfestspielen engagiert.«

Das Gleiche hatte es in der Sowjetunion auch gegeben – dort hatte der kommunistische Jugendverband Komsomol geheißen. Die letzten Weltfestspiele der Jugend und Studenten hatte man 1989 im nordkoreanischen Pjöngjang ausgetragen. Die nächsten sollten in Havanna stattfinden. *Für antiimperialistische Solidarität, Frieden und Freundschaft.*

»Und bei einer dieser Gelegenheiten hat er sich in den Westen abgesetzt? Und ist in der Schweiz gelandet?«

»Im Frühsommer 1980, um genau zu sein.«

Zu jener Zeit hatte es nur zwei Alternativen gegeben. Entweder schaffte man den Absprung, was alles andere als leicht und nur einer Handvoll Spitzensportlern gelungen war. Oder aber man wurde von denen, die Leben und Seelen der Jugend kontrollierten, ganz gezielt im Westen eingesetzt: von der Stasi, dem überaus effizienten DDR-Nachrichtendienst.

»Und seine Frau?«, hakte Max nach.

»War Schweizerin«, antwortete Margarita. »Ich weiß von ihr nur, dass sie grässlich geldgeil war und ihre Gier keine Grenzen kannte.«

»Und die Firma – Brice & Stadthaller? Und St. Petersburg GSM?«

»Ich hab hoch und heilig geschworen, darüber nie ein Wort …«

Sie biss sich auf die zitternde Unterlippe und sah für eine Weile starr zur Decke. Schließlich wandte sie sich wieder an Max.

Sie war nicht länger an ihren Schwur gebunden.

»Er hat immer von alten Kontakten gesprochen. Und von einem Angebot, das er nicht ausschlagen konnte. Was genau das zu bedeuten hatte, weiß ich nicht. Aber ich habe gründlich darüber nachgedacht.«

»Was waren das für Kontakte? Aus der Politik? Dem Militär?«

»Keine Ahnung. Marcel war in vielerlei Hinsicht ein Geheimniskrämer.«

»Was hatte es mit diesem Angebot auf sich?«

»Er meinte, wir könnten dann überall hinziehen – überallhin auf der ganzen Welt.«

Margarita streckte sich nach der Serviette, die neben einem der Milchshakes für die Kinder lag, und wischte sich damit über die Wangen.

»Er wollte sich scheiden lassen.«

»Was glauben Sie, was ihm zugestoßen ist?«

»Er ist ermordet worden.«

Max beugte sich vor.

»Von wem?«

»Er hat mir noch erzählt, dass er sich mit *ihm* treffen wollte. Ich hab ihm angesehen, wie nervös er vor dem Gespräch war.«

»Wer ist *er*?«, hakte Max nach.

»Marcel hat den Namen nie erwähnt. Aber er ist der Chef, die oberste Führung.«

»Und wenn Sie einen Tipp abgeben müssten?«

Erneut veränderte sich ihr Gesichtsausdruck. Es war, als würde sie für einen Moment verschwinden. Dann riss sie sich zusammen.

»Er ist das personifizierte Böse. Er ist ein alter Mann mit einem ziemlich speziellen Äußeren. Großer Körper, kleiner Kopf. Ein Phantom aus der düstersten Zeit in der Geschichte unseres Landes.«

»Hat Marcel ihm je einen Namen gegeben – einen Spitznamen vielleicht? Oder Titel?«

Margarita beugte sich vor und senkte die Stimme zu einem Wispern.

»Er nannte ihn Josef Stalins Lieblingssohn.«

46

Lennart Svedberg zog die Tür zum Besprechungsraum hinter sich zu. Heftete seinen Blick auf den Teppichboden mit dem kubistischen blau-grauen Muster. Doch das mulmige Gefühl blieb. Er starrte auf seine Schuhspitzen, als er zu seinem Arbeitsplatz zurückging, wich den Blicken der Kollegen aus.

Er fühlte sich, als wäre er zum Schuldirektor zitiert worden. Die Scham, die im ganzen Körper brannte, erinnerte ihn unangenehm an jenen Tag, an dem er erstmals aus dem Pornokino in der Döbelnsgatan getreten war.

Hoffentlich sieht mich keiner!

Aber natürlich sahen sie ihn, verdammt. Ausgerechnet heute waren sie alle an ihrem Platz. Sie waren ja auch alle reinzitiert worden.

Der Besprechungsraum war für den ganzen Tag für Frank Ståhl und seine interne Inquisition reserviert worden. Und sie machten es auf die harte Tour: ein verschworenes Trüppchen, bloß Frank und ein weiterer Mann, der sich Vernehmungsspezialist schimpfte. Kein Socializing, kein freundlicher Smalltalk, sondern gleich zur Sache, setz dich, dann die erste Frage. Frank hatte die ganze Zeit stumm dagesessen und Lennart nicht aus den Augen gelassen.

Ich hab nichts Falsches getan. Absolut nichts.

Warum hatte er dann trotzdem so ein schlechtes Gefühl? Weil vielleicht die anderen denken konnten, dass er etwas angestellt hatte? Aber die waren auch reinzitiert worden. Einer von denen konnte schließlich auch der Schuldige sein.

Vielleicht hatten sie ja gehofft, dass er derjenige wäre, der die Infos durchgestochen hatte?

»Alle sind schuldig, bis sie ihre Unschuld bewiesen haben.« So hatte es dieser Vernehmungsleiter formuliert.

Während Lennart zurück an seinen Schreibtisch schlurfte, blickte er an der Trennwand zu seinem Kollegen vorbei über den Gang, der mittig durch das Großraumbüro verlief. Diese Frau, eine jüngere Kollegin, vielleicht Anfang dreißig, sah sofort weg, als ihre Blicke sich trafen.

Ich hab nichts falsch gemacht!

Er öffnete seinen digitalen Kalender im Computer und schlug das Datum und die Zeiten nach, nach denen Frank und sein Handlanger sich erkundigt hatten. Dabei konnte sich doch wohl kein Mensch daran erinnern, was genau an einem x-beliebigen Tag in seinem Leben passiert war?

Was er vor sich sah, stimmte exakt mit dem überein, was er im Besprechungsraum erzählt hatte. Ja, er war am entscheidenden Freitagnachmittag hier gewesen.

»Und ist da irgendwas Bemerkenswertes passiert? Hast du hier irgendetwas mitbekommen, was anders war als sonst?«

Wussten sie, dass er zu früh Feierabend gemacht hatte? Hätte er ihnen das sagen müssen?

Lennart öffnete sein Mailprogramm, um nachzusehen, was in der Zwischenzeit eingetrudelt war. Im selben Moment fiel es ihm wieder ein. Es war genau an diesem Tag gewesen, als er mit David Julin gesprochen hatte – de facto war es überhaupt das erste Mal gewesen. Lennart scrollte zu der Mail, die an dem Tag gekommen war. Die mit der internen Untersuchung. Deretwegen David angerufen und nachgefragt hatte.

Was hatte er damals gleich wieder gesagt?

»Dann ist die Polizei jetzt eingeschaltet, oder?«

Lennart hatte es so gedeutet, als hätte David – ganz wie man es von ihm erwarten würde – so viel um die Ohren gehabt, dass er sich von derlei schmutzigen Angelegenheiten nicht aus dem Tritt bringen ließ. Dass so was in seinem Leben keine größere Sache war.

Aber vielleicht hatte es einen anderen Grund für die Frage gegeben?

Aber – David Julin? Einer der Architekten des Systems? Der musste doch über jeden Verdacht erhaben sein.

Lennart versuchte, sich genauer an den Nachmittag zu erinnern, an dem David mit der Sporttasche über der Schulter ins Büro zurückgekehrt war. Was hatte er davor gleich wieder gemacht?

»Fredrik Stenlund von Carnegie. Eine Höllenrückhand.«

Lennart rief seine Suchmaschine auf und suchte nach dem Namen des Unternehmens. Er fand die Nummer einer Wertpapiergesellschaft namens Carnegie und griff zum Hörer.

»Hej, ich würde gerne mit Fredrik Stenlund sprechen.«

»Einen Augenblick«, sagte die Dame aus der Telefonzentrale. »Mit wem bitte?«

»Fredrik Stenlund.«

»Tut mir leid, aber ein Fredrik Stenlund arbeitet hier nicht.«

Ordentlich aufgereiht stand eine Sockerkompaniet-Kiste neben der anderen auf der Bank im Laden an der Surbrunnsgatan. Comics, Männermagazine, Stickerbogen, Bogen mit Textilabzeichen. Hinter dem Verkaufstresen stand der Mann, von dem Sarah annahm, dass es sich um Jocke handelte. Er hielt etwas in den Händen, blickte aber auf, sowie Sarah in seine Richtung schaute.

»Kann ich helfen?«

Er trug eine schwarze Latzhose und ein rot kariertes Holzfällerhemd und hatte sich das graue Haar zu einem Pferdeschwanz gebunden.

»Jocke?«, sprach Sarah ihn an und trat auf ihn zu. »Ich heiße Sarah, Peter Tillberg von der DN hat mir einen Tipp gegeben, dass ich Sie fragen soll … Ich brauche nämlich Informationen über Stockholm im Jahr 1944.«

»Ein bestimmtes Ereignis?«

»Alles, was zwischen dem 20. Februar und dem 1. März Nachrichtenwert gehabt hat.«

»Zeitungen habe ich leider ausgelagert, die nehmen zu viel Platz weg. Und ich kann auch nicht ins Lager fahren und einfach irgendeine Zeitung raussuchen, wenn Sie nicht genau wissen, wonach Sie suchen.«

Sarah nickte nachdenklich.

»Aber die Händlerschürzen hätte ich hier«, sagte Jocke und wandte sich zum hinteren Teil des Ladens um. »Vielleicht können Sie ja damit etwas anfangen.«

Er umrundete eine riesige Kommode mit unzähligen kleinen Schubfächern. Davor standen ein paar Kisten mit alten Werbeaushängen in Plastikhüllen.

»Welches Datum suchen Sie gleich wieder?«

»20. Februar bis 1. März 1944.«

Er rückte eine Kiste nach vorn.

»Fangen Sie hiermit an«, sagte er.

Berlin kapituliert, Goebbels begeht Selbstmord, stand auf dem ersten Plakat. Damit hatte also das *Svenska Dagbladet* an dem Tag aufgemacht.

»Danke«, sagte Sarah.

Sie ging in die Hocke und begann, die Kiste zu durchsuchen. Sie stieß auf eine Menge spannender Schlagzeilen, bei denen aber das Datum nicht passte. Offensichtlich waren sie nicht chronologisch sortiert, was ihr die Suche erschwerte.

Sie kniete sich auf den Boden, wo es leicht zog. Immer schneller blätterte sie durch die Plastikhüllen. Sie hatte das Gefühl, als liefe ihr die Zeit davon.

Mit einem Mal hielt sie abrupt inne. Was war das gewesen? Was hatte sie gerade gesehen?

Sie blätterte zurück. Spürte, wie ihr der Atem stockte.

»Russische Bomben auf Stockholm!«

Die Schlagzeile stammte vom 23. Februar 1944.

47

»Coco Pops!«, schrie Vilma. »Coco Pops!«

»Wir wollen Coco Pops, wir wollen Coco Pops!«, stimmte Caspar mit ein.

Gabbi Julin starrte die beiden an. Sie hatten den vollen Einkaufswagen in einen Spielplatz verwandelt, in ein Piratenschiff für Kinder, das bis obenhin mit Nudeln, Windeln, Feuchttüchern, Brot und all den anderen Dingen beladen war, die sie als Familie brauchten, um durch die nächste Woche zu kommen.

Wie anders Sarah Hansens Leben im Vergleich aussah. Ein Leben in perfekter Ordnung, ein Leben, in der eine Frau selbst entscheiden konnte, ob sie gerade arbeiten oder sich entspannen wollte. Gabbi liebte ihre Kinder heiß und innig, das tat sie wirklich – aber in was für einen Menschen hatten ihr Mann und ihre Kinder sie verwandelt? Was war das bitte für ein Leben? Und konnte sie nicht vielleicht doch beides haben?

Sie wäre nicht die Einzige, die ein Doppelleben führte. Ob homo oder hetero – was spielte das für eine Rolle? Wen kümmerte das noch? Solange sie es geheim halten konnte, tat sie auch niemandem weh. Womöglich sogar im Gegenteil: Vielleicht würde es ihr so was wie das hier erleichtern – vielleicht könnte sie auf diese Weise ja eine bessere Mutter für diese Coco-Pops-süchtigen Monster sein, die sie gerade ankreischten.

Gabbi seufzte, legte noch eine Schachtel Coco Pops in

den überfüllten Wagen, und Vilma und Caspar waren auf der Stelle still.

Auf dem Weg zur Kasse versuchte sie, sämtliche Gänge mit Spielsachen, Eis, Limos und Süßigkeiten zu meiden. Sie hatte ohnehin fast alles beisammen, und der Wagen war so schwer, dass sie ihn kaum noch anschieben konnte. Sie wuchtete ihn vorwärts und zog mit der anderen Hand Teodor im Kinderwagen hinter sich her.

Dann warf sie einen letzten Blick auf ihren Einkaufszettel. Davids Sachen! Die hatte sie ja komplett ausgeblendet!

Sie knüllte den Zettel zusammen. War sie überzeugend genug gewesen, als er sie nach Sarah gefragt hatte? Sie wusste es nicht, hatte seinen Blick nicht deuten können, dabei hatte sie ihn früher lesen können wie ein offenes Buch.

Ich muss mich von ihm trennen. Ich schaffe das nicht mehr.

Sie schüttelte den Kopf.

Wie du wieder klingst! Wie eine jämmerliche Heulsuse – und das mit neunundzwanzig!

Gabbi packte auch noch Hamburgersoße, Hamburgerfleisch und Brötchen in den Wagen. Dann endlich konnte sie zu den endlos langen Schlangen an den Kassen gehen.

Doch kaum hatte sie sowohl den Einkaufs- als auch den Kinderwagen zu der Schlange manövriert, die sich am schnellsten vorwärtszubewegen schien, sprang Caspar aus dem Wagen und wieselte davon. Ohne lang zu überlegen, hielt Gabbi Vilma den Mund zu, damit sie endlich aufhörte, dermaßen hysterisch zu schreien.

»Ich bin in einer Sekunde wieder da, okay? Bleib hier!«

Sie erwischte Caspar an der Kapuze, als er sich gerade über die offenen Süßigkeitenfächer hermachen wollte. Sie zerrte ihn zu sich herum.

»Was glaubst du eigentlich, was du da machst?« Dann schüttelte sie ihn. »Du läufst nie wieder von mir weg, hast du verstanden?«

Caspars Unterlippe begann zu zittern, und sofort krampfte sich ihr Magen zusammen. Sie zog ihn an sich.

»Entschuldige, Caspar, bitte entschuldige! Mama hatte doch einfach nur Angst um dich, als du weggelaufen bist.«

Den warmen, kleinen Körper zu spüren beruhigte ihren Puls.

Herr im Himmel, ich drehe wirklich langsam durch.

Gabbi nahm Caspar auf den Arm und eilte zurück zur Kasse. Vilma stand im Einkaufswagen, hatte die Hälfte ihrer Einkäufe hinausgeworfen und sich zu allem Übel auch noch in die Hose gemacht. Fehlte nur noch, das Teodor im Kinderwagen wach wurde.

Gabbi schloss für einen Moment die Augen und stellte sich Sarahs warme Hände vor, die sie zum Leben erweckten.

»Mach das nicht, Liebling«, murmelte sie und war selbst verwundert, wie ruhig sie klang.

»Haben Sie eine Kundenkarte?«, fragte die Frau an der Kasse.

Ihr wippender Pferdeschwanz war definitiv lebendiger als ihre Stimme.

»Bitte?«, fragte Gabbi zurück.

»Haben Sie eine Ica-Kundenkarte?«, fragte der Pferdeschwanz.

»Nein, nein, hab ich nicht.«

»Coco Pops! Coco Pops!«

Vilma stürzte sich auf das Laufband zwischen die Einkäufe. Gabbi riss sie zurück, und sofort fing das Mädchen an zu heulen.

»Wollen Sie eine Kundenkarte?«

»Was? Nein. Danke. Ich will einfach nur bezahlen.«

Und von hier verschwinden.

Die Frau an der Kasse nannte ihr die Gesamtsumme.

»Hier.« Gabbi hielt ihr eine schwarze American Express hin.

Plötzlich kribbelte es in ihrem Nacken, und Gabbi drehte sich um. Ein Mann in den Fünfzigern sah sie an. Er hatte ein kariertes Tweed-Sakko an und eine runde Hornbrille auf der Nase. Er lächelte sie an.

Irgendwie kam er ihr bekannt vor, aber sie konnte ihn nicht einordnen und wandte sich wieder der Kassiererin zu.

»American Express nehmen wir nicht«, sagte die mit monotoner Stimme.

»Von mir aus ...« Gabbi griff erneut in ihre Handtasche und zückte eine Handelsbanken-Karte. »Ist die okay?«

Dann drehte sie sich wieder um und wollte nachsehen, ob der Mann sie immer noch ansah. Sie zuckte zusammen, als ihr dämmerte, dass alle sie anstarrten. Der Mann im Tweed-Sakko war der Einzige, der dabei freundlich aussah.

»Tut mir leid, Frau Julin, aber die geht nicht durch.«

»Was haben Sie gesagt?«

»Die geht nicht durch, Frau Julin. Die Bank nimmt sie nicht an, womöglich haben Sie nicht mehr genug auf dem Konto.«

Mit einem Mal hörte sich ihre Stimme richtig lebhaft an. Anscheinend hatte sie jetzt endlich Spaß.

»Könnten Sie es bitte noch einmal versuchen?«

»Ich hab's schon dreimal versucht.«

Zumindest nannte sie sie nicht mehr Frau Julin. Eine Frau hinter Gabbi seufzte schwer und stellte mit einem dumpfen Geräusch ihren Einkaufskorb am Boden ab.

»Coco Pops!«

Vilmas Kreischen war wirklich ohrenbetäubend. Dann

erwischte Caspar die Schachtel auf dem Laufband und schmetterte sie gegen Gabbis Brust.

»Können Sie bar bezahlen?«, fragte der Pferdeschwanz.

Gabbi schloss erneut die Augen, schüttelte den Kopf und hoffte darauf, dass sie im Erdboden versank.

»Kann ich Ihnen vielleicht helfen?«

Gabbi blickte auf. Der lächelnde Mann mit dem Tweed-Sakko war neben ihr aufgetaucht.

»Sie scheinen ein kleines Problem zu haben, Gabbi, lassen Sie mich Ihnen helfen.«

Sie starrte den Mann an. *Gabbi?* Er lächelte schon wieder. Kannte sie ihn wirklich?

Der Mann hielt der Kassiererin seine Karte und die Handvoll Sachen hin, die er hatte einkaufen wollen, doch erst als alles schon über die Bühne gegangen war, begriff Gabbi, was soeben passiert war.

Träumte sie? Mit einem Mal waren selbst die Kinder still.

Dann ging das Spielchen weiter. Der Mann half ihr, die Einkäufe in Papiertüten zu packen, schnappte sich den Einkaufswagen und schob ihn Richtung Ausgang. Gabbi zeigte stumm auf den Saab, der auf dem Parkplatz stand. Der Mann belud den Wagen und schlug den Kofferraumdeckel zu.

»Ich weiß nicht, wie ich Ihnen danken soll«, sagte sie.

»Ach was. Sagen Sie David einfach schöne Grüße.«

»Von wem denn? Ich kann Sie leider immer noch nicht einordnen.«

»Meine Freunde sagen Charlie K.« Er gab Gabbi die Hand. »Wir haben uns vor ein paar Jahren kennengelernt, als David zum Unternehmer des Jahres gekürt wurde. Sie beide mussten ziemlich viele Hände schütteln, da sehe ich es Ihnen nach, dass Sie sich nicht an mich erinnern können.«

Der Mann lächelte sie wieder an, und endlich meinte

Gabbi, sich wieder daran zu erinnern, dass sie sich tatsächlich schon einmal begegnet waren. Dieser Tag vor zwei Jahren hatte sich wie eine Filmszene angefühlt. Dass sie darin gar keine so geringe Rolle gespielt hatte, wirkte inzwischen komplett unwirklich. David hatte das Ziel seiner Träume erreicht, er hatte eigenhändig etwas aufgebaut, ein Vermögen gemacht und damit Zugang zu einem exklusiven Kreis internationaler Leistungsträger erhalten. Sie hatten damals einen Babysitter organisiert, im Grand Hôtel eingecheckt und sich in der Whirlpool-Wanne geliebt.

»Ich bin nur froh, dass ich mit vielen meiner alten Studenten noch so guten Kontakt habe.«

»Sie waren sein Professor?«, fragte Gabbi.

»Internationales Marketing – an der Handelshögskolan. David war ein fantastischer Student, allerdings war ausgerechnet Marketing nicht so recht sein Ding.«

»Kann ich mir vorstellen. Aber weiß er, wie er Sie erreichen kann? Wir müssen Ihnen doch die Einkäufe …«

»Da machen Sie sich mal keine Gedanken. David weiß schon, wo er mich findet. Richten Sie ihm einfach aus, er soll mal anrufen.«

»Wird gemacht, natürlich!«, sagte Gabbi. »Und noch mal ein großes Dankeschön!«

Er lächelte erneut. Dann drehte er sich um und ließ Gabbi neben ihrem Wagen stehen.

48

Informationen für die Öffentlichkeit waren inzwischen wesentlich schwieriger zu kontrollieren, stellte Nestor Lasarew fest, als er die marmor- und granitverkleidete Eingangshalle zur Russischen Nationalbibliothek betrat. Der Siegeszug der Personal Computer und des Internets hatte sie vor enorme Herausforderungen gestellt. Das hier war die Zukunft, so viel war ihm klar, aber seine Zeit wäre bald abgelaufen, und dann würden andere auf den Plan treten und die Kontrolle übernehmen. Doch wenn es so war, wie er glaubte – dass diese Leute aus Stockholm in seiner Vergangenheit wühlten und ihn zu enttarnen drohten –, musste er sich an einem Ort wie diesem selbst um alles kümmern. Es war lediglich eine Frage der Zeit, bis sie hier auftauchten – wenn sie nicht schon längst hier gewesen waren.

Im Lesesaal für Zeitungen und Magazine ließ er sich vor einem der Bildschirme nieder. Er tippte seinen richtigen Namen ein. Kein Treffer. Gut.

Dann tippte er seinen neuen, offiziellen Namen ein – und es erschien derselbe Treffer wie schon vor einer Weile. Dieser verfluchte Artikel aus der *St. Petersburg Times.* Wie hatte der Schmierfink gleich wieder geheißen? Lasarew überflog den Text, fand den Namen und ein kleines Autorenbild. Der Mann mit dem perfekt geföhnten Haar. Domaschow, richtig. War auf dem Newski-Prospekt überfahren worden. Was für eine Tragödie.

Er tippte auch den Spitznamen ein, der ihn seit seiner

Kindheit auf der schwarzen ukrainischen Erde bis nach Moskau, zur GRU und durch die Jahre beim Militär verfolgt hatte. Jede Menge Treffer; die meisten handelten jedoch von ornithologischen Themen. Zur Sicherheit klickte er sie trotzdem alle an. Vereinzelt waren auch ein paar merkwürdige Sachen darunter. Zwei Artikel aus grauer Vorzeit. Die waren heikel, wenn sie in falsche Hände gerieten. Konnte man die an diesem Computer löschen? Lasarew hatte so eine Ahnung, dass das nicht möglich sein würde. Aber bestimmt gab es eine zentrale Datenbank. Nur dass er dazu keinen Zugang hatte. Noch nicht.

Stattdessen versuchte er, sich in seine Verfolger hineinzuversetzen. Sie hatten sich nach der Herkunft der Technologie erkundigt. Eine solche Frage stellte man nicht, ohne über gewisse Hintergrundinformationen zu verfügen oder ohne dass man irgendeinen Hinweis erhalten hatte. War dieses zusammengewürfelte Trüppchen aus Akademikern und Journalisten wirklich von der MUST beauftragt worden? Wenn ja, dann war ihr Erfindungsreichtum für ihn zum ersten Mal im Leben wirklich überraschend.

Aber warum hatten sie sich ausgerechnet jetzt an seine Fersen geheftet, nach so vielen Jahren? Weil die Telekommunikation neuerdings zum Heiligen Gral geworden war? Möglich. Vielleicht hatten die Sozialdemokraten aber auch endlich ihre wahre Färbung offenbart. Genauso blau wie Reagan.

Oder war er auf dem Holzweg? Hing das alles vielleicht mit etwas anderem zusammen?

Was hatte Rousseau gleich wieder angedeutet? Dass es mit Lasarew persönlich zu tun haben könnte. Konnte es sein, dass sein Verfolger eine private Verbindung zu ihm hatte? Konnte das allen Ernstes sein?

Er dachte fieberhaft nach und fixierte den Bildschirm. Auf den Spitznamen, den er ins Suchfeld getippt hatte.

Er war damals früh aufgestanden, lang vor Sonnenaufgang, an jenem schicksalhaften Tag im ostukrainischen Donezk. Das war 1982 gewesen. Eine dicke graue Wolkendecke hatte über der Stadt gehangen. Über der Stadt und einem Land, das immer ein Eckpfeiler des Imperiums gewesen war und es auch bleiben würde.

Endlich war der Tag gekommen – dieser entscheidende Schritt zurück in ein würdevolles Leben, nach Jahrzehnten der erzwungenen Unterwürfigkeit gegenüber Menschen, die es nicht wert waren, über dieses Reich zu herrschen. Der Schritt hinaus aus seiner persönlichen Hölle.

An jenem Tag sollte alles wieder in Ordnung kommen – in eine Ordnung, die seit einer abscheulichen Nacht und dem frühen Morgen des 5. März 1953 nicht mehr gegolten hatte.

Damals war alles zum Teufel gegangen.

Damals hatten die neue Regierung und der neue Regierungschef ihn zum Teufel gejagt – genau wie alles andere, was der große Führer für ihr Land getan hatte. Es war ihnen nur mehr die Wahl geblieben zwischen Flucht und Tod. Die Flucht, um nicht mit einem Lappen in der Kehle eine Kugel in den Kopf zu kriegen wie ein jaulender Hund und dann seine Asche in irgendeinem Wäldchen außerhalb von Moskau verstreut zu wissen. Wie es Beria widerfahren war.

Selbst die dunklen Wolken über Donezk konnten seine gute Laune an jenem Morgen 1982 nicht trüben. Er war regelrecht euphorisch, musste sich zur Ruhe zwingen, durfte den Geschehnissen jetzt nicht vorgreifen. Immerhin war die Sache noch nicht in trockenen Tüchern, aber er hatte bereits den süßen, warmen Geschmack des Sieges auf der Zunge.

Der Vertrag sollte erst um neun unterschrieben werden, und er bezweifelte, dass dieses Wodkaschwergewicht rechtzeitig aufwachen würde. Am Vortag hatte er mit ihm zu Abend essen müssen. Eine allerletzte Mahlzeit.

Die ersten Schritte waren die schwierigsten gewesen. Er war auf Moskaus Straßen umhergezogen, damals noch als junger Mann, hatte nach einem Strohhalm gesucht, nach irgendetwas, was ihn aus der Gosse wieder hinauf an die Spitze zu katapultieren vermocht hätte. Jahrelang hatte er versucht, ein Leben im Verborgenen zu führen, war zum Einsiedler geworden, hatte die Ära Chruschtschow so gut wie möglich ausgesessen. Doch die Erinnerungen hatten ihm keine Ruhe gelassen, und er wusste, dass er auch erst wieder zur Ruhe kommen würde, wenn er die große Tat vollendet hätte. Alles, was ihm noch geblieben war, waren die starken Fäuste und seine geheime Expertise.

Irgendwann entdeckte er eine kleine Werkstatt, in der Komponenten für die militärische Feldkommunikation hergestellt wurden. Ihm war natürlich klar, dass er nicht einfach so dort hineinmarschieren durfte. Ohne jeden Zweifel hatte der KGB überall in dieser kleinen Firma seine Spitzel, und wie die Dinge derzeit aussahen, stand sein echter Name garantiert auf sämtlichen Verhaftungslisten.

Also nahm er einen neuen Namen an.

Als Nestor Lasarew tauchte er eines Samstagnachmittags im Jahr 1964 im Gorki-Park auf, wo der Chefingenieur der Firma, Pawel Dubtschak, ein überaus versierter Spieler, ein Simultanschachturnier für die Angestellten und ihre Familien organisierte.

Lasarews Geheimnis war sein Fahrschein zurück in ein geordnetes Leben. Die Armee hatte ein riesiges Problem, das die Militärführung nicht auszuräumen vermochte, das ein paar schwedische Ingenieure jedoch gelöst hatten. Es hatte mit der Reichweite zu tun. An der FOA, dem Forschungslabor des schwedischen Militärs, hatten die Ingenieure eine Funktechnik entwickelt, die Kommunikation über Antennen jenseits der Sichtweite ermöglichte. So konnten sie

Sendestellen im Abstand von bis zu hundertfünfzig Kilometern installieren und nicht wie zuvor bloß alle zwanzig bis vierzig Kilometer. Darauf war die russische Armee immer noch beschränkt. Die neue Technik kam einer Revolution auf dem Schlachtfeld gleich.

Der Chefingenieur, Pawel Dubtschak, war von Mal zu Mal, da sie sich beim Schach trafen, interessierter an Lasarews Ausführungen. Als sie diesmal die Partie fertig gespielt hatten, nannte er ihm eine Person, die ihm im Tausch gegen seine Einsichten etwas anbieten würde, ohne dass die Behörden davon Wind bekämen. Es handelte sich dabei um Pawels älteren Bruder, Konstantin Dubtschak, der sich auf dem Schwarzmarkt als führender Beschaffer für die politische Elite etabliert hatte und der für riesige Summen verschiedenste nationale Vermögenswerte an den neuen Staatschef, Breschnew, und dessen engsten Mitarbeiterstab vermittelte.

Konstantins Karriere hatte rasant an Fahrt aufgenommen, als ein Freund aus Kindertagen, Nikolai Psurtsew, zu einem von Breschnews vordersten Lakaien auserwählt worden war.

Lasarews Reise vom Gorki-Park bis in die Morgendämmerung über Donezk hatte unglaubliche achtzehn Jahre gedauert.

In diesen achtzehn Jahren hatte er großteils auf die eine oder andere Art für Konstantin Dubtschak gearbeitet. Und es hatte ihn beinahe wahnsinnig gemacht.

Bei einer Gelegenheit hatte er alles riskiert und einen alten Verbündeten namens Titjakow kontaktiert, der immer noch einen hohen Posten bei der GRU bekleidete. Irgendwie hatte er die Säuberungs- und Entstalinisierungsmaßnahmen überstanden. Lasarews echter Namen war im innersten Kreis nur allzu gut bekannt gewesen, insofern hatte er selbst keine andere Wahl gehabt als unterzutauchen, während Titjakow irgendwie klargekommen und im militärischen Nachrichtendienst verblieben war – und immer noch über genügend Verstand verfügte, um sich gegenüber Lasarew loyal zu verhalten. Im Frühling 1968 ermöglichte er ihm, inkognito nach Prag zu reisen und sich dort um den einen oder anderen Aufrührer zu kümmern. Und Titjakow war es auch, der im Zuge seines eigenen Aufstiegs Lasarew immer mehr Einfluss auf die 2. unabhängige Speznas-Brigade gewährte.

Die unterschiedlichen Missionen, auf die sich Lasarew begab – Seite an Seite mit handverlesenen Männern aus Skandinavien, dem Baltikum, dem Kaukasus und später dann mit der gesamten Brigade in Afghanistan –, bewahrten ihn davor, die geistige Gesundheit zu verlieren.

Je größer der Mythos um ihn wurde, umso mehr sickerte auch die Wahrheit über ihn durch.

Und umso mehr Respekt und Furcht brachte man ihm entgegen.

Indem er sowohl als Offizier als auch als Schwarzmarkthändler arbeitete, konnte er ein kleines Vermögen beiseitelegen. Er sparte alles für den einen Moment auf ... für den einen Morgen. 1982.

Gerüchten zufolge war der alte Mann im Kreml drauf und dran, den Kampf gegen seine Krankheit zu verlieren. Die ganze Welt wusste, dass die Wirtschaft stagnierte, und sein Beschluss, gegen die afghanischen Mudschahedin in den Krieg zu ziehen, hatte wie die letzte verzweifelte Laune eines sterbenden Kaisers gewirkt. Breschnews Freunde und Angehörige hatten es inzwischen furchtbar eilig, so viele Geschäfte wie nur möglich abzuschließen, ehe ein neuer Clan die Führung übernahm und einen Schlussstrich unter ihre Machenschaften zog.

Und genau in dieser Lage hatte Lasarew endlich die Möglichkeit, sich ein ganz eigenes, heiß umkämpftes nationales Eigentum unter den Nagel zu reißen. Um Punkt neun Uhr stand er parat, hatte sich in Schale geworfen, um die feinen Moskauer willkommen zu heißen. Ein einziger Hotelbediensteter stand stocksteif wie eine Statue in der Zimmerecke. Auf dem Konferenztisch standen Silbertabletts mit *salo*, weißem, erkaltetem Rückenspeck – eine ukrainische Delikatesse, die Psurtsew liebte, wie Lasarew wusste –, mit marinierten Heringen und Kaviar sowie flaschenweise Wodka und *sowjetskoje schampanskoje.*

Am Tischende lagen auf einer braunen Lederunterlage die Verträge zur Unterschrift bereit. Lasarew spürte von Minute zu Minute, die verstrich, wie sein Körper schwerer wurde. Schweiß stand ihm auf der Stirn. Was, wenn der Staatsmann seine Pläne geändert hatte?

Lasarew hatte volle vierzehn Tage mit Dubtschak in dem Hotel verbracht. Dubtschak hatte den Verkauf der Kohlegruben und Stahlwerke verhandelt und die Erlöse auf sämtliche Steuerparadiese dieser Welt verteilt. Die Konten gehörten Leuten, die entweder über Blutsbande oder eine enge Freundschaft mit Breschnew, Psurtsew oder irgendeinem anderen der ranghohen Plünderer verbunden waren. Lasarews eigenes Projekt war im Vergleich dazu eine Nebensächlichkeit: eine Sendelizenz für Nordwestrussland. Ein Telekommunikationsmonopol in der zweitgrößten Stadt der Union. Sankt Petersburg.

Von dort aus würde er das Reich wieder aufbauen. Moskau war voll von Schurken und Ungläubigen, davon hatte er inzwischen ein für alle Mal genug. Der Stillstand, den er überall erkennen konnte, und die Dekadenz, die Dubtschak und die anderen an den Tag legten, machten ihn ganz krank. Während der vergangenen vierzehn Tage hatte er keine einzige Flasche vorgefunden, die keinen Alkohol enthalten hätte. Es war ihm nicht gelungen, auch nur eine einzige Mahlzeit aus frischen Zutaten zu essen. So weit waren sie also gekommen – und das in einem Teil des Imperiums, der früher als Kornkammer Europas bezeichnet worden war.

Sie hatten wirklich alles zerstört, was der große Führer aufgebaut hatte.

Lasarew hatte all seinen Hass, all seinen Abscheu für sich behalten. Doch schon bald würde er ihnen zeigen, was er in Wahrheit empfand.

Es war bereits halb elf, als Dubtschak endlich auftauchte. Barfuß und in einen violetten Hotelmorgenmantel gehüllt. Irgendetwas klebte in seinen Haaren, was aussah wie Sahne oder Quark. Er sah nicht mal in Lasarews Richtung, sondern marschierte schnurstracks auf den Kellner zu und zupfte ihm den Kugelschreiber aus der Brusttasche. Lief dann, ohne ein einziges Wort zu sagen, weiter zum Konferenztisch. Er überflog den Vertrag und setzte dann auf jedes Blatt seine Unterschrift in die untere rechte Ecke.

Anschließend ließ er den Kugelschreiber fallen, schnappte sich eine Flasche Wodka und eine Flasche *schampanskoje* und ging. Auf halbem Weg zum Aufzug drehte er sich noch einmal um, hob den Schampus zum Gruß in die Höhe und warf Lasarew einen Blick zu, in dem sowohl ein *Glückwunsch* als auch ein *Lebwohl* lagen. Dann nahm er den Aufzug und verschwand aus Lasarews Leben.

Am darauffolgenden Morgen sollte ihn das Hotelpersonal mit einer Kugel im Kopf im Bett auffinden.

Im Schlaf erschossen.

Nachdem Dubtschak mit dem Fahrstuhl verschwunden war, hörte er Geräusche aus der Hotellobby. Schnelle Schritte aus dem Treppenhaus. Der Kellner trat ans Fenster und sah auf die Straße hinunter. Ohne sich umzudrehen, sagte er: »Er ist jetzt da.«

Wärme breitete sich in seiner Brust aus.

Sicherheitsleute strömten über die Treppe herein und nahmen das kleine Foyer zwischen den Aufzügen und dem Besprechungsraum in Beschlag. Hätte irgendeiner von ihnen die Order erhalten, ihm die Pistole an den Kopf zu setzen, hätte ihn niemand mehr aufhalten können, und es hätte wohl auch niemand Fragen gestellt. Trotzdem hatte Lasarew keine Angst, im Gegenteil, im Angesicht der Leibwächter und der Disziplin, die sie an den Tag legten, wurde ihm umso wärmer. Ob sie nun über seine wahre Identität Bescheid wussten oder nicht – ihm war klar, dass sie es tatsächlich zu weit getrieben hatten. Aber hätten sie ihn loswerden wollen, hätten sie längst entsprechend gehandelt.

Ein leises Pling vom Aufzug durchbrach die Stille. Die Türen gingen auf, und ein Mann tauchte vor ihm auf. Verhältnismäßig klein, rundes Gesicht, Glatze, Nadelstreifenanzug, weißes Hemd, rote Krawatte, elegante ausländische Schuhe. Lasarew erkannte ihn auf den ersten Blick wieder. Psurtsew war in ganz Russland bekannt – ein Mann, dem es gelungen war, sich länger als irgendjemand sonst im Zentrum der Macht festzubeißen.

Der sowjetische Staatsminister für das Kommunikationswesen nahm sich alle Zeit der Welt, erst die Räumlichkeiten in Augenschein zu nehmen, ehe er den Konferenzraum selbst betrat. Als er ein Stück auf ihn zugekommen war, machte Lasarew einen Schritt nach vorn und streckte die Hand aus.

»Eine Ehre, Herr Minister Psurtsew.«

Psurtsew nickte und trat an den Konferenztisch. Er blätterte die Verträge bis zum letzten Blatt durch. Neben seinen Namen hatte Lasarew in einem Anflug von Kühnheit eine kleine Figur gezeichnet, ein Bildchen, das auf seinen Spitznamen verwies. Den Spitznamen, der ihn bereits seit Kindertagen und bis hinein in die geheimsten Kreise innerhalb des Militärs verfolgt hatte.

Der Minister blickte auf, und für ein, zwei Sekunden hielt er mit Lasarew Blickkontakt.

Du bist das?

In all den Jahren, die er im Schatten gelebt hatte, hatte er genau das am meisten vermisst: hochoffiziell Teil der russischen Streitmacht zu sein. Jetzt, da er sich den würdevollen Wiedereintritt gesichert hatte und Chruschtschow, Breschnew, Dubtschak und all die anderen Verräter alsbald tot sein würden, konnte er endlich wieder die Rolle einnehmen, die der große Führer von Beginn an für ihn vorgesehen hatte. Die Reichtümer, die er während seiner Einsätze zusammengetragen hatte, würde er in die kostbare Lizenz investieren, die er sich gerade gesichert hatte.

In der Russischen Nationalbibliothek tippte Lasarew seinen alten Spitznamen jetzt zusammen mit einem Städtenamen nach dem anderen ein – Stadt um Stadt, die seine Brigade infiltriert und ausgelöscht hatte.

Er sah sich die Suchergebnisse an und ließ sie auf sich wirken. Unter seinen widerstreitenden Gefühlen geriet sein Blut in Wallung.

Dann schaltete er den Computer aus, indem er einfach den Netzstecker zog. Er sah sich im Lesesaal um. Hatte sein impulsives Verhalten Aufmerksamkeit erregt? Die Besucher um ihn herum sahen wie betäubt aus – von den flimmernden Bildschirmen in den Bann geschlagen.

Irgendwie hatten die Schweden Witterung aufgenommen. Nach all den Jahren. Und während sie sich schlaugemacht hatten, waren sie unter Garantie auch hier gewesen und hatten dieselbe banale Suche unternommen wie Lasarew.

Er schrieb einige Suchbegriffe auf ein Blatt Papier, Wörter,

Namen, die in Richtung seines empfindlichsten Geheimnisses weisen könnten. Dann schrieb er eine Telefonnummer daneben, unter der man ihn zu jeder Tages- und Nachtzeit erreichen konnte.

Anschließend stand er auf, verließ den Leseplatz und ging auf den Bibliothekar zu, einen jungen Mann mit speckigem Haar und einer verwaschenen Strickjacke.

Ein junger Mann, der gleich das Angebot seines Lebens bekommen würde.

49

Das Essen stand auf dem Tisch. Tacos. Gabbi hatte die Kinder entscheiden lassen, was es geben sollte. Sie verstand nicht, wie sie dermaßen wütend auf sie hatte werden können.

Auf David war sie allerdings immer noch wütend. Dass er sie einer solchen Demütigung hatte aussetzen können! Die ganze Nachbarschaft kaufte im Ica Maxi in Danderyd ein – und unter Garantie saßen sie jetzt alle beim Essen und zerrissen sich die Mäuler. *Du errätst nicht, was ich heute beim Einkaufen erlebt hab! Gabbi Julin – ja, ganz richtig, Davids Frau. Ohne eine einzige Krone in der Tasche.*

Caspar kam zuerst an den Tisch gelaufen, und zwar mit so viel Tempo, dass er nicht mehr bremsen konnte und mit der Hüfte gegen den Tisch donnerte, sodass die Schüssel mit den Tomatenwürfeln umkippte und auf dem Küchenboden landete. Vilma kam mit Teodor im Arm hinter ihm hergestolpert.

»Teodor auch Hunger«, rief sie.

Und endlich setzte sich auch David zu ihnen. Ohne jede Regung blickte er auf den gedeckten Tisch hinab.

Er verhielt sich schon seit einer ganzen Weile merkwürdig, und zwischen ihnen war die Stimmung eisiger als je zuvor. Wann hatten sie eigentlich zuletzt miteinander geschlafen? Hatte David sich überhaupt je wieder darüber beschwert, dass es schon viel zu lange her sei, dass er sie habe anfassen dürfen? Dabei war er früher nonstop hinter ihr her gewesen und hatte gar nicht genug von ihrem Körper kriegen können.

»Oh, es gibt Tacos?«, stellte er fest.

»Ja! Taco Taco Taco!«, schrie Caspar.

David schenkte ihm ein Lächeln.

»Okay, jetzt aber mal ganz ruhig.«

Dann fing er an, Caspar mit dem Teller zu helfen.

Gabbi bückte sich, hob die Schüssel auf und wischte mit ein paar Blatt Küchenrolle den Boden wieder sauber. Sollte sie noch mal Tomaten würfeln? Mit einem Blick auf das Schlachtfest, das am Tisch bereits in vollem Gange war, beschloss sie, dass niemand die Tomaten vermisste.

»Sauerrahm?«, fragte David. »Käse?«

Caspar grinste breit und nickte.

»Ich auch!«, schrie Vilma.

David lächelte sie an. Wirklich die Geduld in Person.

»Charlie K. lässt grüßen«, sagte Gabbi, und David hielt mitten in der Bewegung inne.

»Wo hast du den denn getroffen?«

»Im Ica Maxi.«

»Hier in Danderyd?« David stellte die Schüssel mit dem Käse zurück auf den Tisch. »Eigenartig. Der wohnt doch auf Värmdö, und zwar ein gutes Stück im Hinterland. War er hinter dir her … Ich meine, hat er dich angesprochen?«

»Was ist denn mit dir los? Es ist doch wohl nicht schlimm, dass ich zufällig deinen alten Professor getroffen habe?«

»Wie gesagt, das hier ist nicht gerade seine Gegend.«

Gabbi seufzte. *Hör bloß auf, alles so verdammt logisch zu sehen. Das Leben ist nun mal kein Computerprogramm.*

»Vielleicht war er ausnahmsweise in der Gegend? Oder er hat unterwegs haltgemacht?«

»Ja, klar. Ich habe nur gefragt, ob er dir aufgelauert hat.«

»Warum sollte er mir *auflauern*?«

»Was weiß ich?« David streckte sich nach Vilmas Teller. »Vergiss einfach, dass ich gefragt habe.«

Er sah so entspannt und selbstsicher aus, dass Gabbi nicht länger an sich halten konnte.

»Er hat mich auslösen müssen, David. Alles, was hier heute auf dem Tisch steht, hat er bezahlen müssen. Das Essen, das deine Kinder gerade essen, Teodors Windeln und diese gottverdammte Hamburgersoße, die du unbedingt haben wolltest. Warum ist kein Geld mehr auf unserem Konto? Und warum erfahre ich so etwas erst, wenn ich mich vor der halben Nachbarschaft blamiere?«

David stellte Vilmas Teller ab.

»Und da war er ganz zufällig da?«, hakte er leise nach. »Um deinen Einkauf zu bezahlen?«

Unvermittelt schlug er mit der Faust auf den Tisch. Das Glas Tacosoße kippte um, und die Soße sickerte in die Tischdecke.

»Verdammt!«

David sprang so abrupt auf, dass sein Stuhl nach hinten fiel. Noch ehe die Lehne auf den Boden krachte, war er aus dem Esszimmer geflüchtet. Teodor und Vilma fingen sofort an zu heulen, und Caspar sah Gabbi mit leerem Blick an, den Mund voll Hackfleisch, und kaute wie auf Autopilot.

»Hier ist David Julin«, hörte Gabbi aus dem Flur. »Nein, Sie hören mir jetzt mal zu! Sie halten sich gefälligst von meiner Familie fern, ist das klar? Wenn Sie meiner Familie noch ein einziges Mal zu nahe kommen, dann werden Sie das bereuen!«

Unwillkürlich hob Gabbi die Hand ans Schlüsselbein und spürte, wie ihr Herz klopfte.

David? Was in aller Welt ist denn in dich gefahren? Bist du jetzt vollkommen verrückt geworden?

David nahm die Kopfhörer ab. Endlich war es still im Haus. Keine Geräusche mehr, weder aus der Küche noch aus den Zimmern. Die Kinder schliefen sicher längst. War Gabbi überhaupt zu Hause? Oder war sie weggefahren? Zu dieser neuen alten Bekannten, zu dieser Sarah Hansen?

Er stellte die Musik in seinem Rechner ab und klickte den Webbrowser an. Charlie Knutsson. Artikel über Geschäftskontakte nach Japan, wie man sich Japanern gegenüber adäquat höflich verhielt, wie man deren Visitenkarte anständig entgegennahm. Dann sein Buch, *Geschäftsreisen durch Afrika.* »Uganda, das fruchtbarste Land der Welt, wo Pflanzen nicht sprießen, sondern aus der Erde schießen.« Dieser alte Vollidiot. Lebte allen Ernstes immer noch sein altes Scheinleben und glaubte, irgendeine Art Kolonialherr zu sein.

David suchte nach einer Verbindung. Es musste einen Zusammenhang geben. Warum sonst sollte er plötzlich aufgetaucht sein, als Gabbi ohne Geld dagestanden hatte? An einen Zufall wollte er nicht glauben.

Charlie K. war ihm auf der Spur.

Sie waren ihm auf der Spur.

Es musste ganz einfach eine Verbindung geben. Es musste eine Erklärung geben.

Und diese Erklärung stand ihm prompt vor Augen, als er es mit anderen Suchbegriffen versuchte. Auf der Liste der Vorstandsmitglieder jener Firma, die er für Ray ausspioniert hatte, stand Charlie Knutsson direkt neben Sarah Hansen.

Charlie gehört auch zu Vektor … Sie sind mir auf den Fersen! Und Gabbi steckt mit ihnen unter einer Decke!

50

Die Limousine hielt neben ihnen, und Margarita drückte seine Hand. Den Wagen und den Flug nach Prag am Nachmittag hatte Max mit seiner Kreditkarte bezahlt, würde beides letztlich aber Vektor in Rechnung stellen. Unter Garantie würde Sarah das nicht unkommentiert hinnehmen, aber darüber konnte er sich im Moment keine Gedanken machen. Er musste dafür sorgen, dass sie in Sicherheit kamen.

Er hätte ein besseres Gefühl gehabt, wenn er selbst und Ilja die kleine Familie beaufsichtigt hätten, aber Ilja war nach wie vor nicht wieder aufgetaucht, was Max zusehends Sorgen bereitete.

Ursprünglich hatte er mit ihnen mitfahren wollen, aber als er die Limousine an der Hotelrezeption gebucht hatte, war dort eine Nachricht für Paul Olsen hinterlegt gewesen. Afanassi Mischin hatte angerufen und ausrichten lassen, dass er etwas gefunden hatte und sich später noch mal melden würde, und diesen Anruf wollte Max um keinen Preis verpassen.

Wenn Mischin etwas über Lasarew herausgefunden hätte, könnte dies einen Durchbruch bei der Suche nach Paschie bedeuten. Und das war derzeit wichtiger als alles andere.

Er half den Kindern in den Wagen und drückte Margarita einen Zettel in die Hand, auf den er seinen Namen und darunter seine russische Handynummer notiert hatte.

»Schicken Sie mir eine SMS, wenn Sie bei Ihrem Onkel in

Prag angekommen sind«, sagte er. »Nur damit ich Bescheid weiß.«

Margarita blickte auf den Zettel hinab und steckte ihn kommentarlos in die Tasche.

»Danke«, sagte sie. »Ich hoffe sehr, dass Sie Ihre Freundin finden. Dass alles gut geht mit Ihnen beiden.«

Sobald die Limousine um die Ecke auf den Newski-Prospekt abgebogen und verschwunden war, lief Max hinauf in sein Hotelzimmer. Vor seinen Aufzeichnungen an der Wand blieb er stehen. Einiges hatte sich inzwischen aufgeklärt, aber er war noch immer meilenweit davon entfernt zu verstehen, wie alles zusammenhing. Neben Marcel Rousseaus Namen notierte er *Günther Baumann, DDR-Bürger, tot.*

Und auf dem Blatt, auf dem bereits der *Vorstandsvorsitzende* stand, fügte er *Stalins Lieblingssohn* hinzu.

Dann schaltete er den Fernseher an. Hier im Hotel konnte man tatsächlich schwedisches Fernsehen empfangen. Es lief gerade *Aktuellt*, und heute handelte das Nachrichtenmagazin von persönlicher Integrität und Datensicherheit, von Sicherheitsbedenken hinsichtlich der Datenspeicherung im Land, von Internet, E-Mail und Mobiltelefonie.

Der Telia-Skandal war immer noch in aller Munde. Ganz offensichtlich wollte sich die latente Unruhe in der Bevölkerung nicht legen. Max sah hinüber zu seinem schwedischen Handy, in dem eine Telia-SIM-Karte steckte. Damit konnte er sich immer noch nicht in ein örtliches Netz einwählen. Es war vorübergehend unbrauchbar.

Er zappte zu CNN, der Sender übertrug Bilder aus der Duma, in der Jelzin am Freitag eine Rede gehalten hatte. Der Internationale Währungsfonds hatte damit gedroht, aufgrund *undemokratischer Entwicklungen in Russland*, wie es hieß, sämtliche Zahlungen nach Moskau einzustellen. Jetzt wartete man dort gespannt auf Jelzins Reaktion.

In welcher Verfassung befand er sich momentan? Begriff das Volk überhaupt, wie viel auf dem Spiel stand, jetzt, da der Präsident zu ihnen sprechen würde?

An seinem Rednerpult machte Jelzin zunächst einen entschlossenen, starken Eindruck. Er war brandrot im Gesicht, mahlte mit den Kiefern, spuckte beim Reden und feuerte Anschuldigungen in sämtliche Richtungen. Er zog wirklich jedes Register seines dramatischen Talents.

Nach einer Reihe unverhohlener Vorwürfe gegen diverse korrupte Kräfte innerhalb seines eigenen Stabs und der Polizei hielt er plötzlich inne und ließ seinen Zuhörern kurz Zeit, die Energie in seinem so typischen starren Blick unter den hochgezogenen Augenbrauen wahrzunehmen.

Als er schließlich fortfuhr, klang er fast schon selbstkritisch, trotzdem waren die Energie und die Leidenschaft immer noch dieselben. Dieser unerwartete Kniff erzeugte Wirkung. Jelzin beteuerte seine Liebe zu Russland und redete vom Weg in eine strahlende Zukunft. Dann gemahnte er die Bevölkerung, vorwärts zu blicken, statt in nostalgischen Erinnerungen an die Vergangenheit zu schwelgen.

Die Rede nahm erneut eine abrupte Wendung, und Jelzin ging wieder zum Angriff über. Hitzig schimpfte er über unverantwortliches Unternehmertum, doch während er die neuen Firmen an den Pranger stellte, streckte er gleichzeitig auch eine Hand aus – er sei durchaus willens zu verhandeln.

Verhandeln wolle er auch mit den Generälen der Armee. Innerhalb der russischen Streitkräfte hatte es jüngst immer wieder vereinzelte Persönlichkeiten von hohem Rang gegeben, die den Präsidenten offen kritisiert hatten. Die Generalität als solche wagte Jelzin nicht zu attackieren; dafür waren diese Leute viel zu mächtig. Er sprach sich deutlich gegen die geplante NATO-Erweiterung aus und sicherte der Armee zusätzliche Ressourcen zu.

Dann wechselte er auf die ihm ureigene Weise von Neuem das Thema. Russland dürfe sich nicht vom Rest der Welt isolieren, ausländische Investitionen seien unverzichtbar für das zukünftige Wachstum sowie für den ganz normalen Bürger, der nur so von einer offeneren Gesellschaft profitieren könne. Deshalb müsse Russland die Bedingungen des Währungsfonds und der Weltbank erfüllen. Außerdem habe er beruhigende Nachrichten für seine Zuhörer: Im Zuge der Debatte, die beim World Economic Forum in Davos angestoßen worden sei und heute beigelegt würde, hätten sich die Vertreter des Internationalen Währungsfonds von der Dynamik und Entschlossenheit der russischen Führung derart beeindruckt gezeigt, dass man sich auf das größte Darlehen für Russland geeinigt habe, das je eingeräumt worden sei.

Gute Nachrichten. Und ein kluger Schachzug vonseiten der Weltbank und des IWF. Max sah die Gesprächsrunden regelrecht vor sich und ahnte, wer sich für den Deal starkgemacht hatte: der US-Präsident oder der britische Premier – womöglich auch der deutsche Kanzler?

Die Westmächte investierten Unsummen in den russischen Markt. Verglichen mit Rüstungsausgaben waren das allerdings Peanuts.

Allmählich hatte sich die Rede des Präsidenten in eine Art gut geölte, perfekt inszenierte Pressekonferenz verwandelt. Vor dem Rednerpult drängten sich Fotografen. Nun wurde auch der IWF-Direktor von Sicherheitskräften auf das Podium geleitet, um dem russischen Präsidenten die Hand zu schütteln. Sowie sie einander die Hände reichten, brach ein Blitzlichtgewitter los, und die Duma-Abgeordneten sprangen auf und klatschten samt und sonders Beifall.

Zurück im Fernsehstudio in Atlanta kommentierte ein Politikexperte, was die Zuschauer soeben zu sehen bekommen hatten.

Unwillkürlich legte sich ein Grinsen über Max' Gesicht. Der alte Mann – er hatte es immer noch drauf.

Ein paar Stunden später wachte Max auf seinem Sofa auf. Der Fernseher lief immer noch, aber er hatte keinen Schimmer, was ihn geweckt hatte. Irgendein Geräusch womöglich, oder hatte er geträumt? Als er zum Fernseher schaute, musste er wieder an Jelzins Rede denken.

Davos? Hatten sie nicht erwähnt, dass die ganze Diskussion um die Finanzspritze für Russland in Davos ihren Anfang genommen hatte? Sofort waren seine Gedanken wieder beim Hotel Seehof und bei Paschies Handy.

Hatte Borgenstierna seine Finger mit im Spiel gehabt?

Es klopfte an der Tür. Womöglich war es das, was ihn geweckt hatte.

Max sah durch den Türspion und atmete erleichtert aus.

Gott sei Dank. Du bist okay.

Dann machte er die Tür auf.

»Wo ist sie?«, fragte Ilja.

»Sitzt im Flieger und verlässt soeben Russland.«

»Gut.«

Ilja ging auf den Couchtisch zu und schaltete den Fernseher aus. Dann zog er die blickdichten Gardinen vor den Fenstern zum Newski-Prospekt zu.

»Hat sie geredet?«

Max erstattete Bericht, und dann war es an Ilja zu erzählen, was passiert war. Er hatte mit den Gangstern über Waffen gesprochen. Russische Kriminelle waren immer an Handfeuerwaffen interessiert, und die *gratsch* war ein Ass im Ärmel gewesen, um einen Deal zu initiieren oder auch nur Aufmerksamkeit zu erregen.

Der Verkauf war dann natürlich nicht zustande gekommen. Das hatte Ilja auch gar nicht beabsichtigt. Die Gangster waren irgendwann unruhig geworden, als Margarita immer noch nicht wieder aufgetaucht war. Einer von ihnen war hinauf zur Wohnung gelaufen und hatte dann durchs Fenster gerufen, dass sie verschwunden sei. Sein Mitstreiter war ihm auf der Stelle nachgerannt.

»Glück gehabt, dass sie dich nicht aufs Korn genommen haben.«

»Mit der geladenen *gratsch* in der Hand habe ich mich einigermaßen sicher gefühlt.«

Sobald der zweite Mann in dem Wohnhaus verschwunden war, hatte Ilja einen Wagen aufgebrochen, kurzgeschlossen und hatte dann noch eine Weile gewartet. Als die zwei zu guter Letzt wiedergekommen waren, hatte Ilja ihren Mercedes verfolgt. Sie waren zu einer Industriebrache am Stadtrand gefahren.

Ilja beschrieb sie ihm.

»Klingt nach der Stelle, wo sie Rousseau gefunden haben«, sagte Max.

»Zumindest ziemlich ähnlich«, pflichtete Ilja ihm bei. »Allerdings liegt dieses Areal ein Stück weiter vom Stadtzentrum entfernt.«

Das Telefon fing an zu klingeln. Als Max den Hörer abnahm, war Mischin dran.

»Max, kommen Sie gleich morgen früh zur Russischen Nationalbibliothek. Ich habe eine amerikanische Zeitschrift mit dem Interview einer Augenzeugin, einer Afghanin, gefunden, die einen Mann beschreibt, den sie den *Schlächter von Nawzad* nennt – Nawzad ist ihre Heimatstadt. Er war Generaloberst der GRU.«

»Gibt's ein Bild?«, wollte Max wissen.

»Sie beschreibt ihn ziemlich genau … und Sie werden die Beschreibung spannend finden. In der Speznas wurde damals gemunkelt, dass es sich um denselben Mann handeln könnte, der auch für die Katastrophe in der Schutulschlucht verantwortlich war.«

Sofort musste Max an die Stichworte in Paschies Buch und an das Foto denken, das er in Domaschows Wohnung unter dem Teppich gefunden und Mischin mitgegeben hatte.

Lasarew.

Der Mann, der ihm vage bekannt vorgekommen war.

Der Mann, der aller Wahrscheinlichkeit nach Paschie entführt hatte.

51

Mit hängenden Schultern saß Max im Sessel und starrte auf den dunklen Newski-Prospekt hinaus. Der Fernseher lief, diesmal aber nur um der Geräuschkulisse willen. Damit gewisse Gedanken ihn nicht heimsuchten. Gedanken an Paschie, an St. Petersburg GSM, an das Böse, das im Verborgenen lauerte.

Unten auf der Prachtstraße war kaum noch ein Mensch unterwegs. Wenn ein Auto vorbeifuhr, zählte er die Sekunden, bis das nächste kam. Als das Telefon klingelte, warf er einen flüchtigen Blick auf die Uhr. Viertel nach zwölf – bei ihr zu Hause war es nicht halb so spät wie hier.

»Hallo, Sarah.«

»Hallo«, erwiderte sie mit leicht rauer Stimme, die sie immer hatte, wenn sie zu viel rauchte. »Ich hab den halben Tag in einem kleinen Laden in Vasastan verbracht und bin die Händlerschürzen alter schwedischer Zeitungen aus den Vierzigern durchgegangen – und zwar genauer gesagt vom 1. Februar bis zum 1. März 1944.«

Die Wärme, die in ihm aufstieg, überraschte ihn selbst. Sarah hatte sich auf seine Seite geschlagen. Endlich war er nicht mehr vollkommen allein.

»Und was hast du gefunden?«

»Eine Schlagzeile, derzufolge Stockholm von russischen Bombern attackiert worden ist. Als ich das gesehen habe, hat mein Herz kurz ausgesetzt – vor allem, wenn man bedenkt, was dort drüben gerade vor sich geht. Ich habe versucht, unvoreingenommen zu bleiben, und habe auch noch den ganzen Rest durchforstet, aber nichts sonst hat so perfekt gepasst.«

Bomben auf Stockholm? Hatte er davon nicht schon einmal gehört? Wenn er für seine Nachforschungen nur mehr Zeit gehabt hätte, wenn er nur früher damit angefangen hätte!

»Die Russen behaupten, die Nordgruppe hätte von Leningrad aus falsch navigiert«, fuhr Sarah fort. »Angeblich hätte Turku angegriffen werden sollen.«

»Die Nordgruppe aus Leningrad ... Und was genau haben sie erwischt?«

»Sowohl militärische als auch zivile Ziele in den nördlichen Stockholmer Schären, Nacka und in der Gegend rund um Strängnäs. Die größten Bomben fielen allerdings auf Stockholm selbst – zum Beispiel wurde ein Freilufttheater in Eriksdal getroffen, was überhaupt keinen Sinn ergibt. Allerdings gibt's da noch mehr, was eigenartig ist. Da muss ich noch ein bisschen weiterforschen.«

»Und wann genau war der Angriff?«

Max konnte hören, wie Sarah am anderen Ende der Leitung tief einatmete.

»Das ist es ja gerade, Max. Am 22. Februar 1944. Das ist womöglich der Tag, an dem dein Vater zur Welt kam.«

Stockholm, von Oktober bis November 1943

»Es muss jetzt schnell gehen«, sagte Tatjana.

Sorge flackerte in ihrem Blick – eine Sorge, die vor ihrer Moskaureise nicht da gewesen, aber seither durch wiederkehrende Albträume immer stärker geworden war.

Sie hatten die Gardinen vorgezogen. So konnten sie sich vor der Welt verstecken. Die Nacht hatte ihnen eine kurze Atempause beschert, doch jetzt dämmerte ein neuer Tag, der sie dazu zwang, wieder getrennte Wege zu gehen.

Fast sechs Wochen waren vergangen, seit sie den Mikrofilm mitgebracht hatte. Eine schier unfassbar lange Zeit.

Es hatte sich komplett unwirklich angefühlt, als sie die Büroräume einer gewissen Organisation betreten hatten, die sich Aufklärungseinheit nannte. Den Kontakt hatte Carls Bekannter, der Justizminister, hergestellt. An sich war er kein Freund der Einheit. Er war der Ansicht, dass der Nachrichtendienst, zu dem die Einheit gehörte, auch ohne Zutun der Regierung zurechtkommen musste. Aber nachdem Carl ihm von Tatjana berichtet hatte, hatte er dann doch Kontakt zum Untergouverneur der Stadt aufgenommen, der seinerseits ein Treffen mit Carl arrangiert hatte.

Das Treffen fand in einem Hinterzimmer ohne Fenster statt. Hinter der Tür befand sich ein Kleiderständer mit drei Hüten und Trenchcoats. Seitlich waren vier Schreibtische mit Stühlen zu beiden Seiten aufgereiht worden. Die Tische selbst waren leer, nirgends auch nur ein Fetzen Papier. Ein Radio dudelte im Hintergrund – ein Lied, das Tatjana gern mochte und mit dessen Hilfe sie Schwedisch übte: Ulla Billquists Schlager »Mein Soldat«.

Unter anderen Umständen hätte er gelächelt, wie er es sonst jedes Mal tat, wenn er das Lied hörte. Doch hier lächelte man nicht. Zwei Männer in gebügelten Gabardinehosen, Pullundern über weißen Baumwollhemden und mit schmalen, dunklen Krawatten musterten ihn kühl, kehrten ihm wortlos den Rücken und verschwanden in ein angrenzendes Zimmer.

Der Mann, der übrig blieb, hieß Hedin. Er trat ihm entgegen und bat Carl darum, sein Anliegen zu umreißen. Als Carl fertig erzählt hatte, nahm Hedin den Film an sich und ließ Carl allein, um das Material zu kopieren. Währenddessen durfte Carl sich an einen der Tische setzen.

Als Hedin wiederkam, wirkte er verändert. Er stellte Carl mehrere Fragen, auf die er keine Antwort wusste. Was er darüber hinaus wisse, wie er garantieren könne, dass die Infos nicht längst das Land verlassen und die Parteiführung in Moskau erreicht hätten? Anhand von Hedins Reaktion wusste Carl, dass das hier ein großes Ding war. Die Genies aus dem Forschungslabor des schwedischen Militärs hatten einen technologischen Durchbruch erzielt, von dem der Feind um keinen Preis Wind bekommen durfte.

Hedin und seine Kollegen aus der Aufklärungseinheit wussten über die Liebesbeziehung zwischen Carl und Tatjana Bescheid. Mit einem bedingungslosen Segen hatte Carl nicht gerechnet, nicht jetzt und auch nicht für die Zukunft, aber das scherte ihn nicht weiter. Hauptsache, sie schnappten sich ihren Ehemann.

»Warum dauert das denn so lange?«, fragte Tatjana, die neben ihm im Bett lag.

»Sie bereiten den Zugriff vor«, erklärte Carl. »Das ist natürlich eine heikle Angelegenheit. Ich fürchte, wir müssen einfach noch ein bisschen Geduld aufbringen.«

»Und was kommt dann? Was passiert dann mit ihm?«

»Er wird der Spionage angeklagt und landet lebenslänglich im Gefängnis.«

Carl strich ihr über die Wange und streichelte ihr übers Haar, während sie ihm die Brust kraulte.

»Wenn es erst so weit ist, dann sind wir endlich frei, Tatjana. Dann kümmere ich mich darum, dass deine Ehe annulliert wird.«

Sie atmete tief aus und seufzte schwer.

»Am Freitag gehen wir in die Oper. Erzähl ihnen das. Das wäre die Gelegenheit. Uns läuft die Zeit davon – nicht mehr lange, und man sieht es mir an.«

»Man sieht es dir an?«, hakte Carl nach. »Was denn?«

Sie nahm Carls Hand und legte sie sich auf den Bauch. Ihre Augen schimmerten feucht.

»Ich bin schwanger.«

Carl tigerte in der Wohnung auf und ab und sah pausenlos auf die Uhr. Draußen auf den Straßen am Norra Bantorget fuhren Autos vorbei, Fußgänger schlenderten vorüber. Er blickte auf das funktionalistische, fast schwerelos wirkende Restaurant Rotunda mit seiner rechteckigen Konstruktion und dem kreisrunden Überbau hinab. Neonschilder leuchteten an der Fassade. Inzwischen war der Betrieb für den heutigen Tag eingestellt worden, die Außenterrasse war verwaist, und unten auf dem Vorplatz standen Busse in mehreren Reihen.

Er sah hinüber zum Carlbergska huset und zum Vinterpalatset, auf den die Pärchen Hand in Hand zuschlenderten, die sich auf den Tanzabend freuten, der dort gleich begin-

nen würde. Carl konnte es kaum erwarten, bis auch er und Tatjana dort Hand in Hand hingehen und sich mit all den anderen als freie, einander liebende Menschen an jedwedem Stockholmer Abend amüsieren würden.

Ein gewisser Andersson würde Tatjana nach dem Zugriff direkt in die Wohnung bringen. Und dann würde ihr neues Leben ohne Heimlichtuerei endlich beginnen.

Das schwarze Bakelittelefon auf dem Tisch schwieg immer noch. Carl hätte am liebsten kontrolliert, ob es überhaupt funktionierte. Seit Beginn der Vorstellung in der Oper waren jetzt dreißig Minuten vergangen. Rein juristisch betrachtet war die Sache klar. Die Regierung hätte niemals die Erlaubnis für den Zugriff erteilt, wenn die Beweislage nicht hinreichend für ein zu erwartendes Urteil gewesen wäre.

Das Herz hämmerte in seiner Brust. Als die Glocke der Adolf Fredriks kyrka zur vollen Stunde schlug, zuckte er zusammen. Irgendetwas musste schiefgegangen sein.

Er stürzte zum Telefon und wählte die Nummer, die man ihm für den Notfall gegeben hatte, nannte seinen Namen und den des Mannes, den er sprechen müsse: Hedin.

Er konnte hören, wie er mehrmals weiterverbunden wurde, und versuchte, sich vorzustellen, was mit seinem Anruf passierte – wie er von den Geschäftsräumen der Aufklärungseinheit überstellt wurde in ein Büro am Gustav Adolfs torg, wo die achtköpfige Einsatztruppe ihre Basis für den Zugriff aufgeschlagen hatte.

Dann erklang die aggressive Stimme aus dem Hörer.

»Ja, Hedin hier?«

»Wo sind Sie?«, fragte Carl. »Warum geben Sie nicht Bescheid?«

»Es hat Komplikationen gegeben.«

Komplikationen?, dachte Carl. Welche Komplikationen?

»Wie geht es Tatjana? Wo steckt sie?«

Keine Antwort.

»Hedin?«, hakte er nach.

»Ja?«

»Haben Sie ihn?«

»Ja.«

»Und Tatjana?«

»Sie wird derzeit verhört.«

Carl zuckte zusammen.

»Sie haben mir versichert, dass Andersson sie direkt zu mir bringen würde!«

»Können Sie wirklich sicher sein, dass sie unschuldig ist, Carl?«

Ihm war, als wäre die Zeit stehen geblieben. Was wollte Hedin damit andeuten?

»Sie war es doch, die uns das gestohlene Material überhaupt erst gegeben hat!«

»Das könnte eine Finte der gegnerischen Seite gewesen sein. Das hier ist größer, als wir jemals geahnt hätten.«

»Es war keine Finte, und die Sache ging von meiner Seite aus!«

»Anscheinend ist der Mann wichtiger, als wir angenommen haben. Wir versuchen, das Ausmaß des Schadens zu eruieren, den diese Operation nach sich ziehen wird. Und nachdem Sie gerade selbst zugegeben haben, dass die Sache von Ihrer Seite ausgegangen ist, werde ich dafür sorgen, dass Sie das hier auch wieder bereinigen.«

Carl hatte Schwierigkeiten zu verstehen, was Hedin andeuten wollte. Was meinte er damit – dass der Mann wichtiger war als angenommen?

»Was ist passiert, Hedin?«

»Die Regierung ist eingeschaltet. Die Russen haben von sich hören lassen. Wie man sich letztendlich einigen wird, kann ich Ihnen nicht sagen.«

Was in aller Welt verhandelten sie, und warum hatten sie Tatjana nicht wie vereinbart sofort zu ihm gebracht?

Unwillkürlich musste er daran denken, dass sie immer wieder Albträume gehabt hatte. Albträume von einer dunklen Tür aus irgendeinem edlen Holz, mit Schnitzereien und einer Klinke aus Messing, in der sich ihr schmerzverzerrtes Gesicht spiegelte.

»Bitte, Sie dürfen sie nicht ausliefern! Das wäre ein schrecklicher Fehler! Sie würden sie umbringen!«

Montag, 4. März

52

Auf dem Weg zu seinem Treffen mit Mischin nippte Max an seinem Pappbecher mit Kaffee, den er sich im Grand Hôtel vom Frühstücksbüfett mitgenommen hatte. Er hatte der Versuchung widerstanden, die letzte Benzo zu schlucken, und entsprechend die ganze Nacht wach gelegen. Der flüchtige Moment der Entspannung, der auf sein Telefonat mit Sarah gefolgt war, war von Detonationen, Querschlägern, schreienden Robbenjungen und dem Bild von Paschies Blut am Badezimmerspiegel zerrissen worden. Die Grenzen zwischen Damals und Heute, zwischen Nacht und Tag, zwischen Wachen und Schlaf waren zusehends verwischt. Am Morgen war sein Blick als Erstes auf den Zettel mit der Notiz *Bombenangriff Stockholm 1944: Theater Eriksdal* gefallen. Er hatte sich nicht einmal mehr daran erinnern können, dass er ihn aufgehängt hatte.

Erneut warf er einen Blick auf sein russisches Handy. Kein einziger Anruf, keine SMS. Seine Hand zitterte. Das konnte doch nicht schon der Entzug sein? Ging das so schnell? Würde er eine weitere Nacht ohne eine Benzo überleben?

Ilja parkte den Jeep direkt vor dem Neubau der Russischen Nationalbibliothek am Newski-Prospekt, nachdem er erst in weitem Bogen um den gepflasterten Vorplatz mit den Brunnenschalen gefahren war. Die neue Zweigstelle diente hauptsächlich als Magazin, verfügte aber auch über brandneue Lesesäle mitsamt internetfähigen Computern. Mischin wartete bereits am Eingang zwischen zwei hellgrauen Kalksteinsäulen.

»Guten Morgen, Max!« Er gab ihm die Hand. »Gut, dass Sie herkommen konnten.«

Dann nickte er Ilja zu. Sofern ihn dessen Äußeres irritierte, ließ er es sich zumindest nicht anmerken.

Er eilte vor Max und Ilja durch einen großen Lesesaal in die Zeitungs- und Zeitschriftenabteilung.

Max sah sich interessiert um. Unter der Decke hing – wie anscheinend in jeder Bibliothek in Sankt Petersburg – ein Kristallleuchter, und die Türgriffe sahen aus wie die in der alten Bibliothek am Newski-Prospekt, mit Schnitzereien im Stil des 19. Jahrhunderts. Auch die dunklen Wandpaneele hatte man hier wieder aufgegriffen. Gleiches galt für die niedrigen Tischlampen mit Kupferfuß und flaschengrünem Glasschirm. Das Einzige, was die zeitlose Eleganz störte, waren die neu installierten Plastikkisten mit der Aufschrift IBM.

Abgesehen von einem jungen Mann in einer viel zu weiten Strickjacke, der mit einem Stapel Zeitschriften unter dem Arm am Infotresen stand, war kein Mensch zu sehen.

»Hier, was ich Ihnen zeigen wollte …« Mischin setzte sich vor einen Computer.

Der Junge in der Strickjacke ließ die Zeitschriften geräuschvoll auf den Tresen fallen, und Ilja drehte sich zu ihm um. Max legte ihm beschwichtigend die Hand auf die Schulter.

Dann steuerte der Mann auf ihren Arbeitsplatz zu.

»Bitte entschuldigen Sie die Störung, Herr Mischin, aber darf ich fragen, ob ich ein Foto von Ihnen machen könnte? Ich würde es gern an die *Nasch sowremennik* schicken, wenn Sie nichts dagegen hätten.«

Mischin sah zu Max, der die Stirn runzelte. *Lassen Sie*

ihn sein Foto für die Zeitschrift schießen, signalisieren Sie ihm, dass Sie keine Einwände haben.

Mischin nickte dem jungen Mann zu.

»Machen Sie nur.«

»Danke sehr, das ist wirklich eine große Ehre.«

Und im nächsten Moment zückte er auch schon eine Polaroidkamera.

»Gehören Sie zum Forschungsteam des Professors?«, fragte er mit einer knappen Geste in Max' und Iljas Richtung.

»Nein«, antwortete Max.

Er machte einen Schritt zur Seite und zog Ilja mit sich, damit sie nicht im Bild standen.

»Danke vielmals, Professor Mischin«, sagte der junge Mann, nachdem er zwei Bilder geknipst hatte.

Anschließend zog er sich wieder an seinen Infotresen zurück.

Als sie wieder unter sich waren, lächelte Mischin gequält.

»Ich musste mich erst anmelden, um einen Computerzugang zu erhalten. Anscheinend kennt man meinen Namen …«

»Was haben Sie gefunden?«, drängte Max, und Mischin drehte sich wieder zum Bildschirm um.

»Sie haben recht, Verzeihung … Also, nachdem Sie mir erzählt hatten, dass Paschie in dem Buch, das sie Ihnen geschickt hat, die Schlucht von Schutul vermerkt hat, habe ich nach Artikeln gesucht, in denen sie erwähnt wird. Was immer je auf Russisch publiziert wurde, hat sich natürlich als mehr oder minder wertlos erwiesen. Doch dann bin ich in einer amerikanischen Zeitschrift über eine Erwähnung der Schlucht von Schutul gestolpert – der Artikel gibt den Augenzeugenbericht einer Afghanin wieder, die als Flüchtling in die USA kam. Sie erwähnt unter anderem einen

Mann, der in dem Artikel nur der Schlächter von Nawzad genannt wird – das ist ein abgelegenes Städtchen etwa drei Stunden nordwestlich von Kandahar.«

Mischin tippte etwas in die Tastatur.

»Hier, lesen Sie selbst.«

Er drehte den Bildschirm in Max' und Iljas Richtung.

Die Frau, die darauf bestanden hatte, anonym zu bleiben, obwohl die Ereignisse, auf die sie sich bezog, über fünfzehn Jahre zurücklagen, beschrieb einen russischen Generaloberst, der 1980 eines Frühlingsmorgens bei Sonnenaufgang ihre Heimatstadt erreicht hatte. Er führte eine Einheit von fünfzig Soldaten an – auffällig wenige für einen Mann seines Ranges. Doch seine Truppe war, wie sich herausstellen sollte, spezialisiert darauf zu zerstören und zu töten. Und den Mann, der dieser Truppe vorstand, werde sie nie vergessen, schrieb die Frau. Als er über den Schotterweg ging, der in die Stadt hineinführte, war die Sonne gerade erst hinter der Bergkette von Urusgan im Osten aufgegangen. Sand- und Staubpartikel flirrten im Licht.

Sie selbst war bereits aufgestanden, um nach dem wenigen Vieh zu sehen, das der Familie geblieben war, als sie ihn kommen sah. Seine Gestalt zeichnete sich vor der gleißenden Morgensonne ab. Er war groß gewachsen, kräftig und breitschultrig, größer als der durchschnittliche russische Offizier. Außerdem unterschied er sich durch gewisse körperliche Merkmale ganz deutlich von den anderen: Er hatte einen langen, dünnen Hals und einen auffällig kleinen Kopf, der wie das Köpfchen eines Vogels auf seinem breiten Körper saß.

Nachdem die Speznas-Einheit die Stadt eingenommen hatte, bekam die Frau mit, wie die Männer Geschichten über ihren Anführer erzählten. Sie nannten ihn *Kormoran*. Die Soldaten berichteten – in einer Mischung aus Bewunderung und Angst –, wozu er imstande war. Was in der Schlucht von Schutul passiert sei, sei nur ein Beispiel dafür, was passieren könne, wenn man nicht der Stimme der Vernunft folge … *seiner* Stimme der Vernunft.

Eine Weile später ließ der Mann sich einen Flügel bringen – weiß Gott, woher. Ein solches Instrument hatten die Bewohner nie zuvor gesehen, geschweige denn, dass sie jemals gehört hätten, wie es klang. Der Generaloberst setzte sich davor und fing an zu spielen. Die Frau hatte noch nie in ihrem Leben derartige Klänge gehört. Melancholie und Hoffnung ergriffen von ihrem Körper Besitz und spülten über ihre Seele hinweg. Wie konnte jemand mit denselben Händen etwas derart Schönes schaffen und eine solche Zerstörung anrichten?

Diesen Augenblick sollte die Frau nie mehr vergessen. Später, nachdem sie in den USA eine neue Heimat gefunden hatte, gelang es ihr tatsächlich, das Stück zu identifizieren. Es handelte sich um Mozarts 23. Klavierkonzert.

Und auch was tags darauf am Morgen passieren sollte, würde sie ihr Lebtag lang verfolgen. Die Erinnerungen daran würden jedes Mal, wenn sie Mozarts berühmtes Konzert hörte, von Neuem wachgerufen.

Die Männer des Kormorans hatten sämtliche Vorräte der Einwohner geplündert. Und die Frauen vergewaltigt. Danach hatten sie den Männern, die sie auf dem Weg durch die Stadt antrafen, befohlen, auf die Knie zu gehen. Einer nach dem anderen wurde hingerichtet. Anschließend setzten sie die Häuser in Brand.

Krieg ist Wahnsinn.

Max wandte den Blick vom Bildschirm ab. Er wollte nicht weiterlesen. Neben ihm stand Ilja, der die Fäuste geballt hatte. Die Ader unter seinem Auge schien angeschwollen zu sein.

Mischin räusperte sich.

»Tja, schreckliche Lektüre«, sagte er. »Ich gehe davon aus, dass diese Männer zur 2. unabhängigen Speznas-Brigade gehörten, die es seit 1962 gab und die von 1979 bis 1989 im Afghanistankrieg im Einsatz war. Die Einsatzgebiete der anderen Brigade waren Skandinavien und das Baltikum, aber wann immer der Generalstab sie andernorts brauchte, konnte sie jederzeit woanders hingeschickt werden.«

»Langer Hals, kleiner Kopf ...«, murmelte Max.

»Ein Augenzeugenbericht, in dem jedes Detail stimmt«, stellte Mischin fest. »Das ist fast so gut wie ein Foto.«

»Lasarew«, sagte Max. »Der Kormoran. Stalins Lieblingssohn.«

»Stalins Lieblingssohn?«, wiederholte Mischin.

Max erklärte ihm, dass Marcel Rousseau seinen Chef so bezeichnet hatte, und Mischin runzelte die Stirn.

»Was, glauben Sie, hat das zu bedeuten?«, wollte Max wissen.

»Was das zu bedeuten hat?«, fiel Ilja ihm ins Wort. »Das ist doch nur blödes Gerede!«

Mischin seufzte schwer.

»Es kann blödes Gerede sein. Es kann aber auch wahr sein.«

»Josef Stalin hatte zwei Söhne«, erklärte Max. »Beide sind jung gestorben. Stalin war als Vater schlimmer denn als Tyrann.«

»Stalin hatte zwei leibliche Söhne, stimmt. Einer hat sich in deutscher Gefangenschaft das Leben genommen, nachdem sein Vater sich geweigert hatte, ihn gegen einen deutschen Offizier auszutauschen, der den Sowjets in die Hände gefallen war. Der andere – ein Bomberpilot – hat sich zu Tode gesoffen. Ich würde wetten, dass Stalin beide Söhne zutiefst verachtet hat – aber man weiß von anderen jungen

Männern, die er ins Herz geschlossen hat und die fast wie Söhne für ihn waren. Söhne, die er sich allerdings selbst ausgesucht hat.«

Selbst ausgesuchte Söhne? Womöglich nicht mal ungewöhnlich für einen Diktator. Wie hatte sein Vater immer gesagt? »Deine Familie hat Gott für dich bestimmt. Sei froh, dass er dich zumindest deine Freunde selbst wählen lässt.«

»Glauben Sie das denn?«, hakte Max nach. »Dass er Stalin nahegestanden haben könnte?«

»Schwer zu sagen. Es gab eine Menge Hardliner sowohl in der Politik als auch beim Militär, die über die Jahre eine enge Beziehung oder geistige Verwandtschaft zu Stalin gepflegt haben. Vielleicht ist das aber auch nur eine Art Legende, die er selbst über sich in Umlauf gebracht hat? Allerdings wirft das auch ein neues Licht auf die andere Sache, die ich ausgegraben habe.«

Mischin zog seine Aktentasche auf den Schoß.

»Was haben wir aus diesem Artikel gelernt?«, fragte er. »Was war eine besonders Bemerkung wert?«

»Dass er ein kaltblütiger Massenmörder war«, antwortete Ilja.

»Der Spitzname und die Beschreibung seines Äußeren«, fügte Max hinzu.

Mischin trommelte auf seine Aktentasche, während Max noch mal rekapitulierte, was er soeben gelesen hatte. Die Zeugenaussage der Afghanin, die den Gräueln entronnen und geflohen war, als ihre Heimatstadt in Schutt und Asche gelegt wurde. Dann dieser Mann voller Widersprüche …

»Das 23. Klavierkonzert«, murmelte er.

Mischin nickte.

»Mozart. Ungewöhnlich für einen Generaloberst der GRU, möchte ich meinen. Wenn er so alt ist, wie wir vermuten, dann war er einer der wenigen, denen das Privileg zuteilgeworden ist, Mozarts Stücke zu studieren. Ich vermute daher, dass er früher eine Art musikalisches Wunderkind gewesen sein könnte.«

»Das womöglich sogar schon als kleiner Junge unter dem Namen Kormoran bekannt gewesen ist?«, hakte Max nach.

»Genau das habe ich auch gedacht«, sagte Mischin. »Und ich habe das hier gefunden.«

Er machte die Aktentasche auf und angelte ein DIN-A4-Papier daraus hervor: die Kopie eines alten Artikels aus einer Zeitschrift namens *Vosmoi.*

»Der junge Mann, der mich gerade fotografiert hat«, erklärte Mischin und deutete dezent hinüber zu dem Bibliothekar, »hat mir gestern Abend damit geholfen.«

Vosmoi bedeutete Achtel. Der Text war kaum zu verstehen, aber Max begriff zumindest, dass er von Musik handelte. Etwa in der Mitte der Seite war ein kleines, körniges Foto abgedruckt: das Bild eines Flügels, an dem ein kleiner Junge saß. Hinter dem Jungen stand ein älterer Mann mit strengem Blick – der Vater, womöglich auch der Großvater. Die Bildunterschrift lautete: *»Der junge Kormoran spielt den ›Hummelflug‹.«*

»Aus welchem Jahr stammt der Artikel?«, erkundigte sich Max.

Mischin faltete einen handgeschriebenen Zettel auf, den er zusammen mit der Kopie aus der Tasche gezogen hatte.

»Aus dem Jahr 1930.«

Max wandte sich wieder dem Artikel zu. *»Ausnahmetalent Wiktor Gusin – oder der Kormoran, wie ihn seine Freunde und Bewunderer nennen –, meistert mit nur zwölf Jahren und unter dem tosenden Applaus des Publikums Rimski-Korsakows rasantes Interludium. Unter den Zuhörern befindet sich auch der Vorsitzende des Rates der Volkskommissare, Wjatscheslaw Molotow.«*

»Ist das unser Mann?«, erkundigte sich Ilja, und Max nickte.

»Ja, das ist er. Der Kormoran. Als junges Ausnahmetalent.«

Und Molotow, der berüchtigte sowjetische Außenminister. Hatte er den Kormoran entdeckt und ihn in die innersten Zirkel rund um Stalin eingeführt?

Bei seiner Recherche zu Ereignissen in Stockholm in den Vierzigern war er über ein Zitat von Molotow gestolpert. In diversen Erklärungen hatte der behauptet, sowjetische Kampfpiloten hätten anstelle von Bomben Nahrungsmittel für die hungernde finnische Bevölkerung abgeworfen. Seither hatten die russischen Streubomben in Finnland nur noch *Molotows Brotkörbe* geheißen. Die Finnen wiederum konterten mit Flaschen voll brennendem Benzin, die sie den Russen entgegenschleuderten. Mit den sogenannten *Molotowcocktails* sollten sie ihr Brot schön runterspülen.

Molotow war vehementer Gegner der Entstalinisierungspolitik gewesen. Er hatte Chruschtschow offen dafür kritisiert und galt bis zu seinem Tod 1986 als glühender Stalinist.

Max setzte sich auf seinem Stuhl zurecht und sah zu Mischin hinüber. Ihm hatten sie inzwischen gleich mehrere Indizien zu verdanken. Der Vorstandsvorsitzende der St. Petersburg GSM, Lasarew, hieß in Wahrheit Wiktor Gusin, sein Spitzname war berüchtigt, und er hatte Hunderte, wenn nicht Tausende Menschen auf dem Gewissen. Und eine Verbindung zum innersten Kreis um Stalin. *Sein Lieblingssohn.*

Was bedeutete das für die Iwanowitsch-Stiftung? Max erschauderte bei dem Gedanken. Er hatte das untrügliche Gefühl, als würde gerade der schlimmste Abschnitt der Weltgeschichte wieder zum Leben erwachen.

Mit der Verbindung von St. Petersburg GSM und diesen alten Männern – Stalins Weggefährten – war Paschie mitten in ein extrem heikles Spannungsfeld geraten. Aber hatte sie das sehenden Auges getan? Oder war sie von den Ereignissen eingeholt worden? Wenn sie tatsächlich geahnt hätte, dass die aktuelle Entwicklung mit Männern wie Stalin und Molotow in Verbindung stand, hätte sie niemals die Finger davongelassen. Sie hätte jede Warnung – ob nun von Domaschow oder von jemand anderem – in den Wind geschlagen. Selbst auf Max oder Sarah hätte sie nicht mehr gehört.

Wahrscheinlich hatte sie sich genau deshalb tagelang nicht mehr gemeldet – sie war einer spektakulären Entdeckung auf der Spur gewesen: dass nämlich eines der erfolgreichsten neuen Unternehmen der Stadt auf einige der übelsten Verbrecher der Weltgeschichte zurückverwies.

Mit einem Mal kamen ihm all diese Indizien bombensicher vor. Und jetzt hatten sie endlich auch ein Motiv, warum Paschie verschleppt worden war.

Aber was hatte sie auf diese Spur gebracht? Max war es bestimmt nicht gewesen.

Er dachte wieder an das Zitat. Das Zitat an der Wand ihres Büros in der Universität. *»Die Leute, die Stimmen abgeben, entscheiden nichts. Die Leute, die die Stimmen auszählen, entscheiden alles.«* Und was hatte sie gleich wieder in das Buch geschrieben? *»Der Natur sind Fehler unterlaufen, die wir Bolschewiki wieder beseitigen müssen.«*

Max kam noch ein drittes Stalin-Zitat in den Sinn, das womöglich bekannteste von allen.

»Der Tod ist die Lösung aller Probleme. Keine Menschen, keine Probleme.«

»Mischin«, sagte er. »Wir wissen jetzt, mit wem wir es zu tun haben und warum. Jetzt müssen wir herausfinden, *wo* er Paschie hingebracht hat. Wo könnte dieses Monster sie gefangen halten?«

»Mein Tipp wäre die Plantage«, erwiderte Mischin. »Und ich glaube sogar, ich weiß, was damit gemeint sein könnte.«

53

Die Stahlbeschläge unter seinen Sohlen krachten über den harten weißen Fliesenboden, als Nestor Lasarew die Küche durchquerte. Früher einmal war es hier voller Leben gewesen, nicht so wie jetzt. Hier in der Großküche war tagaus, tagein Essen für dreihundert Mann zubereitet worden: Frühstück, Mittag- und Abendessen. Damals hatten die Menschen noch richtig hart gearbeitet, ohne über ihren Lohn zu lamentieren und ohne freie Wochenenden auf dem Land. Sie waren stolz gewesen, ihrem Land dienen zu dürfen. Ein Päuschen – fünf Minuten auf einer Aluminiumbank – war ausreichend gewesen, um wieder zu Kräften zu kommen, solange nur der Zweck der Arbeit der richtige war.

Er freute sich auf den Tag, an dem dieser Ort wieder mit Leben erfüllt sein würde.

Am hinteren Ende der Küche befanden sich zwei Türen aus rostfreiem Stahl. Er zog eine davon auf, streckte die Hand durch den Türspalt und schaltete das Licht an. Über dem Lichtschalter waren weitere Schalter angebracht, und als er den Strom anstellte, ertönte sofort wieder das Brummen des Kühlaggregats. Er trat in die Mitte des Kühlraums und atmete tief ein. Die Luft hier drinnen war erstaunlich frisch. Aber bei minus zwanzig Grad hatte alles, was sonst anfangen würde zu stinken, einfach keine Chance – tierische Proteine beispielsweise. Er stellte den Thermostat ein und kehrte in die Küche zurück.

Die Öfen in seinem Rücken waren so groß, dass man ein

ganzes Wildschwein oder Lamm darin schmoren konnte. Direkt vor ihm standen zwei Gasherde, jeder mit sechs Kochfeldern. Eines der Felder war deutlich größer als die anderen – hinreichend groß für seine Zwecke. Obenauf standen zwei grobe, gusseiserne Kessel mit je einem Meter Durchmesser. Ursprünglich waren die Gasfelder für Werkstätten vorgesehen gewesen, doch dann waren sie auf sein Anraten hier in der Großküche installiert worden. Sie brachten Wasser in den großen Eisentöpfen in null Komma nichts zum Kochen.

Er griff nach dem Schlauch, der von einem Haken an der Decke hing, und fing an, die Töpfe mit Wasser zu füllen.

Als beide voll waren, zog er eine Schublade unter der langen Arbeitsplatte auf und sah auf seine Souvenirs aus den Käffern rund um Kandahar hinab. Sie blitzten im Schein der Lampen, waren einfach nur perfekt, rasiermesserscharf.

Der muslimischen Sitte zufolge durfte in der Klinge kein einziger Kratzer sein, andernfalls wäre sie verdorben und dürfte nicht mehr benutzt werden. Ein einziger Schnitt der langen Klinge mit der abgerundeten Spitze, und Halsschlagader und Halswirbel wären durchtrennt.

Das würdevolle Ritual und die Schönheit des darauffolgenden Todes hatten ihn in ihren Bann geschlagen.

Ein einziger Schnitt.

Lasarew musterte die Rillen und den Abfluss in der Arbeitsplatte. Dann stellte er eine Wanne auf den Boden direkt unter das Ende der Arbeitsplatte und eine in die Spüle. Aus einer anderen Schublade nahm er eine Schatulle aus Hartholz. Darin lagen acht Schröpfgläser. Er nahm eines in die Hand und wärmte es auf.

Durch die Wärme bildete sich ein Vakuum im Glas, das die darunterliegende Haut ansaugte und das Blut herauszog.

Ich werde euch von dem Gift reinigen, das in euren Körpern lauert.

Draußen auf dem Flur hörte er sie schluchzen und heulen.

Heul, solange du noch kannst, schoss es ihm durch den Kopf. Du hast ja keine Ahnung, welche Qualen dir bevorstehen.

Er hatte angeordnet, dass Margarita Juschkowas Kleidung und Gepäck durchsucht würden, sobald sie sie und die Kinder vom Flughafen mitgenommen hätten. Lasarew hatte ihr Handy und einen Zettel an sich genommen, auf dem in handgeschriebenen kyrillischen Buchstaben der Name Max und eine russische Mobilfunknummer standen.

Der Zettel war das Einzige, was Lasarews Interesse geweckt hatte.

Wer war dieser Max?

Er hatte sich den Zettel und das Handy in die Jackentasche geschoben. Dann hatte er seinen Handlangern das Verhör überlassen und das Ganze über einen Monitor in seinem Arbeitszimmer verfolgt.

Tatsächlich machten sie sich gar nicht schlecht. Auch wenn er sich auf sie nicht zu hundert Prozent verlassen konnte.

Es war dieser junge Überflieger, die rechte Hand des Bürgermeisters, gewesen, der Lasarew davon abgeraten hatte, hier in der Stadt seine eigenen Leute einzusetzen. Gar nicht dumm – und sicher hatte er recht gehabt. Es war eine Frage der Zeit, ehe er nach Moskau ins Zentrum der Macht berufen würde, ganz gleich wer diese Farce von einer Präsidentschaftswahl gewann.

Außerhalb Russlands sah die Sache anders aus. Lasarew musste bloß den Hörer in die Hand nehmen, und dort draußen führten Männer seine Befehle aus, die die perfekte Ausbildung durchlaufen hatten und wussten, wie die Welt inzwischen funktionierte.

Zum Beispiel sein Soldat in Stockholm.

Sowie Lasarew endlich auch in Sankt Petersburg nur noch mit Männern wie ihm arbeiten könnte, würde einiges in Bewegung geraten.

Auch wenn die Verhörmethoden seiner Gehilfen fast schon amateurhaft gewesen waren, gab es für ihn keinerlei Veranlassung mehr, Margarita Juschkowa noch einmal zu befragen. Sie hatte es mit Finten versucht, hatte sich dumm gestellt, aber am Ende hatten sie dann doch alles aus ihr rausgekriegt. Endlich wusste Lasarew, wo sich Paul Olsen befand. Oder Max, wie Margarita ihn genannt hatte.

Im Grand Hôtel Europe – da versteckst du dich also?

Bald wäre wieder Jahrestag. Da durfte er sich nicht ablenken lassen. Sie durften nicht mal ahnen, dass irgendwas außer Kontrolle geraten war. Dieser Schwede musste aus dem Weg geräumt werden.

Ein letztes Mal sah er sich in der Küche um. Für seine Handlanger war alles vorbereitet.

»Kommt rein«, rief er.

Der Mann mit der tätowierten Wieselfratze versuchte, seinen Blick aufzufangen, als er die Küche betrat.

Sei froh, dachte Lasarew, dass du vorübergehend ein bisschen Freiheit schmecken darfst, bevor ich dich für weitere fünfzehn Jahre ins Kresty-Gefängnis werfen lasse. Hättest du deinen Fehler nicht augenblicklich wiedergutgemacht und sie vom Flughafen hierhergebracht, hätten sie Russland für immer verlassen. Und dich hätte man auf irgendeiner Parkbank in der Stadt gefunden – mit deinem bemalten Schädel auf dem Schoß.

Die Angestellten von St. Petersburg GSM hatten samt und sonders keine Ahnung, dass Lasarew ihre Passnummern und Namen an der Passkontrolle des Flughafens Pulkowo hinterlegt hatte. Solange er es mit Idioten wie den beiden

Gangstern zu tun hatte, war er nur froh, dass einige der alten Strukturen immer noch intakt waren. Er sollte den Beamten von der Passkontrolle für ihr nächstes Personalfest etwas Nettes schicken.

Der große, stämmige Partner des Tätowierten mit den langen Haaren und dem Bart schien ein wenig cleverer zu sein. Den Unterlagen zufolge stammte er aus den endlosen Wäldern Sibiriens. Ein großer, menschenscheuer Mann, der im Affekt eine Frau getötet hatte, die er im Wald überfallen und vergewaltigt hatte.

Er hatte die beiden Kinder mit einem Seil gefesselt. Waren es zwei Jungen oder ein Junge und ein Mädchen? Schwer zu sagen, so wie die Leute heutzutage ihre Kinder einkleideten. *New York Rangers*? Ein *amerikanisches* Eishockeyteam! So weit war es also schon gekommen!

Jetzt trat der Große ein. Er hatte Margarita Juschkowa am Arm gepackt. Ein Stück vor Lasarew blieben die beiden stehen.

Lasarew sah sie an.

»Du hast mit dem Feind geredet«, sagte er. »Mit diesem Schweden – Max. Das ist also der Dank dafür, dass ich dir einen Job verschafft habe, in dem du besser verdient hast als jeder andere aus deiner gottverdammten Trabantenstadt. Hast du wirklich geglaubt, er wäre eine Art Held?«

Margarita wimmerte, als sie Lasarews dunkle Stimme hörte.

»Es gibt keine schwedischen Helden. Und es dauert nicht mehr lange, bis Schweden in eine Oblast unter der Kontrolle des Kreml verwandelt wird.«

Die Gangster hatten klare Anweisungen. Sie wussten exakt, was sie zu tun hatten und was sie vorbereiten mussten, ehe die große Zusammenkunft stattfinden würde.

Margarita Juschkowa ließ Lasarew nicht aus den Augen.

Bei seinem Anblick war sie regelrecht erstarrt, als hätte sie ein Gespenst gesehen – den Mann, für den ihr Liebhaber gearbeitet und den er immer gefürchtet hatte. Den Mann, von dem viele ihrer Kollegen von der St. Petersburg GSM behauptet hatten, dass es ihn in Wahrheit gar nicht gab.

»Da sind deine Kinder«, fuhr Lasarew fort und hielt den Finger in das Kochwasser. »Und das hier wird ihr Todesurteil sein.«

Das Wasser war gerade erst lauwarm, wurde aber sekündlich heißer. Er lächelte Margarita an.

»Weißt du, was rund um den Siedepunkt mit menschlichen Zellen passiert, mit den inneren Organen, mit der Muskelmasse?«

Junge oder Mädchen – es spielte keine Rolle, solange das Alter stimmte. Und für seine Zwecke sahen sie ausgezeichnet aus. Sie waren verstummt, sahen nicht einmal mehr ihre Mutter an, sondern starrten nur noch vor sich hin. Jetzt ging es nur ums nackte Überleben.

Lasarew machte ein paar Schritte auf den großen Mann zu. Auf den Bären aus Sibirien.

»Das hier soll das Letzte sein, was sie im Leben sieht. Wenn ihr fertig seid, ist sie deine Belohnung.«

Der Mann atmete leicht unregelmäßig und blinzelte ein paarmal. Dann drehte er sich zu seinem tätowierten Kumpel um. Ein Lächeln breitete sich auf seinem Gesicht aus.

»Und wenn du mit ihr fertig bist, fesselt sie einfach an eines von den Heizungsrohren auf den Fluren unter dem Hangar. Die Ratten kümmern sich dann um den Rest.«

Der Schrei einer Frau, die um das Leben ihrer Kinder fürchtete, hatte einen ganz speziellen Ton. Lasarew hatte derlei Schreie schon häufig gehört. Sie waren immer wieder faszinierend. Der Klang war immer gleich – ob man sich nun im östlichen oder im westlichen Russland, in Afghanistan oder in Schweden befand.

Mit diesem animalischen Schrei in den Ohren verließ er die Küche, und seine Handlanger machten sich daran, seine Befehle auszuführen.

54

Das Rohr war nicht mehr da, aber es war noch lange nicht vorbei. Der Kater, der auf den Wodka gefolgt war, den er in sie hineingezwungen hatte, wurde stärker, und jede Bewegung verursachte Unwohlsein. Unter keinen Umständen durfte sie sich noch mal übergeben. Die Stifte, die außen am Rohr gesessen hatten, hatten ihr den Gaumen aufgerissen, und die Galle würde in den Wunden brennen.

Sie hatte keine Ahnung, in welchem Gebäude sie sich befand. Was machte dieser Alte hier? Und was redete er da von Vektor – als wären sie irgendeine schwedische Version der CIA? Paschie kannte sowohl Max' als auch Sarahs alte Verbindungen zum schwedischen Militär, aber ihr Arbeitgeber war doch kein verdeckter Nachrichtendienst? Und warum sollte ein neu gegründetes Mobilfunkunternehmen wie St. Petersburg GSM mit einer solchen Organisation in Konflikt geraten?

Hatte vielleicht der Hinweis damit zu tun? Den sie von dem Mann in der Schweiz bekommen hatte?

Ihr war, als würden Puzzleteile sich zusammenfügen – da war etwas, was ihr zuvor nicht aufgefallen war. Wenn sie die Nachricht auf ihrem AB nicht abgehört hätte, wäre sie nicht hier gelandet – wer war er also, dieser Mann, der sie von einem Davoser Hotel aus angerufen hatte und der dann nicht mehr erreichbar gewesen war, als sie zurückgerufen hatte?

Welche anderen Folgen konnte ihre Suche nach der

Wahrheit über die St. Petersburg GSM noch nach sich ziehen? Die Fakultät ist in die Luft gesprengt worden, und es hat mehrere Tote gegeben. Das hatte ihr Entführer erwähnt.

Ihretwegen.

Das konnte doch nicht wahr sein.

Tränen liefen ihr übers Gesicht. Wer waren *alle*?

Mischin, der ihr Mentor gewesen war, seit sie als junge, einsame und verwirrte Studentin in die Stadt gekommen war?

Paul Olsen?

Als das Ungeheuer diesen Namen genannt hatte, war in ihr ein Sturm der Gefühle entbrannt. Nur sie selbst und Max wussten, wer Paul Olsen wirklich war. Als sie den Namen gehört hatte, war neue Hoffnung in ihr gekeimt, und die hatte ihr Stärke verliehen. Das war sicher nicht die Absicht dieses Monsters gewesen.

Nachdem der Mann nach Paul gefragt hatte, konnte Max nicht in der Fakultät gewesen sein, als die Bombe explodiert war. Er war nicht unter den Opfern. Es gab immer noch Hoffnung, dass sie einander wiedersehen könnten. Wenn sie selbst dafür sorgte, dass sie überlebte.

Aus dem Nichts gellte der markerschütternde Schrei einer Frau zu ihr herüber, drang durch die Betonwände, schien überhaupt nicht mehr aufzuhören.

Dann laute, dumpfe Männerstimmen, die wie wütende Wölfe klangen.

Was ging dort oben vor? Würde diese schreiende Frau bald Paschies Platz einnehmen?

Oder ich ihren?

55

Wie hatte binnen so kurzer Zeit ein solcher Prunk entstehen können? Wieder eines der verwerflichen Beispiele für Jelzins Verschwendungssucht.

Lasarew hatte mit gekrümmtem Rücken die Lobby des Grand Hôtel Europe betreten; das Gewicht seines langen Oberkörpers lastete auf dem Gehstock in der rechten Hand. Wieder einmal hatte die Bescheinigung der Herzoperation in London ihm freies Geleit durch die Metalldetektoren gewährt.

Für seine Zwecke war Paul Olsens Wahl des Aufenthaltsorts nicht gerade optimal. Hier würde er mit Schmiergeld nicht weit kommen, und die Sicherheitsvorkehrungen waren rigoros. Aber immerhin war er schon mal drinnen, bewaffnet und bereit, dem jungen Schweden von Angesicht zu Angesicht gegenüberzutreten. Er spielte die Rolle des alten Mannes mit eingeschränkter Beweglichkeit weiter und drückte auf den Aufzugknopf. Erst als die Türen in seinem Rücken zuglitten, richtete er sich zu seiner beeindruckenden vollen Körpergröße auf und schraubte den Schalldämpfer auf seine Makarow.

Mit langen, zielstrebigen Schritten näherte er sich Max' Hotelzimmer – so war er immer schon gegangen: pflichteifrig im Angesicht von Konflikten und Gefahren und unbeirrt direkt ins Feuer. Die Waffe hielt er in der Rechten in seinem Mantelärmel versteckt, die Finger fest um den Lauf gelegt.

Er klopfte an die Tür zum *belle chambre* des Schweden.

Bei der französischen Bezeichnung musste er wieder an den rothaarigen Verräter denken, den er mit einer Stimmgabel umgebracht hatte. Wenn der junge Mann in seinem Zimmer wäre – welchen Tod sollte er sterben? Was wäre für ein solch armseliges schwedisches Leben das passende Ende? Ein paar Schüsse in die Stirn? So etwas überlebte kein Held der Welt. Und wenn er damit fertig wäre, würde er sich dieser elenden Tatarenhure widmen, die derzeit den Hangar besudelte. Es würde ihm das größte Vergnügen bereiten. Er würde dafür sorgen, dass dieser Augenblick zum krönenden Abschluss all des Ärgers würde.

Keine Reaktion. Lasarew angelte ein Bund Dietriche hervor. Er hatte seit bestimmt dreißig Jahren kein Schloss mehr geknackt, aber gewisse Handgriffe verlernte man nicht – wie das Fahrradfahren. Nach einem kurzen Augenblick schob er die Tür auf.

Die Minisuite war penibel aufgeräumt. Jenseits des Durchgangs zum Schlafzimmer konnte er ordentlich zusammengelegte Kleidungsstücke auf einem Stuhl gleich neben dem Bett erkennen. Auf dem Couchtisch lag ein akkurat zusammengeschobener Stapel Papier.

Niemand hier.

Lasarew blätterte die Unterlagen durch und legte sie wieder exakt so hin, wie er sie vorgefunden hatte.

Wahlbetrug? Meinungsumfragen? Die Unterlagen glichen denen, die er zu Hause bei Paschie entdeckt hatte. Ohne jeden Zweifel war er im richtigen Zimmer, beim richtigen Mann.

Er betrat das Schlafzimmer. An der rückseitigen Wand hatte Paul Olsen eine Collage aus weißen Papierbogen mit Notizen aufgehängt.

Lasarew stellte sich direkt davor.

Er erschauderte, als er die Aufzeichnungen überflog. Es handelte sich um eine nicht ganz vollständige Übersicht über sein Leben. Er betrachtete die einzelnen Stichpunkte, erinnerte sich wieder an die Ereignisse – von der Gegenwart bis in eine lang zurückliegende Vergangenheit.

In der Mitte klafften große Lücken. *Die düstere Zeit in meinem Leben.*

Wie war das möglich?

Paul Olsen, der Mann, auf den er Jagd machte, war seinerseits offenbar ihm auf den Fersen, so viel war unmissverständlich klar.

Aber warum? Und wer war dieser Mann?

Lasarew starrte erneut auf die Aufzeichnungen:

Wahlbetrug und Meinungsumfragen

Paschie

St. Petersburg GSM

Iwanowitsch

Marcel Rousseau/Günther Baumann, DDR-Bürger, tot

Margarita, Domaschow

Vorstandsvorsitzender

Stalins Lieblingssohn?

In der Mitte prangte das Logo der St. Petersburg GSM – der Kosmonaut, der durch den Weltraum driftete. Lasarew hatte sich das Symbol für sein großes Lebenswerk selbst ausgesucht.

Ein Kreis um Rousseaus Namen. Warum?

Technologie – sie war davon besessen.

Und schon wieder – der Verweis auf die Technologie. Warum in aller Welt war sie so wichtig für die Mitglieder dieser merkwürdigen Organisation, die aus Journalisten und Akademikern bestand?

Sie ist das Einzige, was ich habe hinüberretten können, um mein Leben wieder aufzubauen, um mein Lebenswerk zu vollenden. Sie war sein *Geschenk. Mein Erbe.*

Er wandte sich den anderen Notizen zu.

Plantage. Schlucht von Schutul. Geld – Technik – Politik.

Sie hatten sein Leben allen Ernstes von Afghanistan – wo er begonnen hatte, ein Vermögen anzuhäufen und an seiner Legende zu feilen – bis zum heutigen Tag rekonstruiert, bis in die Gegenwart, in der er drauf und dran war, seinen Lebenstraum zu verwirklichen.

Hatten sie sein Hauptquartier ebenfalls aufgespürt? Hielt er sich dort gerade auf, dieser junge Schwede, während Lasarew wie der letzte Idiot hier vor dieser Wand stand und auf seine eigene Kurzbiografie starrte?

Ein Stück abgerückt von der Collage hing ein weiteres Blatt an der Wand. Zwei Namen.

Wallentin. Borgenstierna.

Und daneben: *Bombenangriff Stockholm 1944: Theater Eriksdal.*

Für einen Moment war Lasarew wie erstarrt. Er spürte die kalten Ketten wieder um seinen Leib, sah das Licht verblassen und hörte, wie eine massive Zellentür, die hinter ihm zuschlug, sämtliche Geräusche verschluckte. Er schloss die Augen. Die Geräusche kamen wieder, sie stammten von Motoren, hoch über ihm. Rachegetöse – die Rache an einer jungen Frau, die ihn verraten hatte, die damals annähernd genauso alt gewesen war wie die Tatarenhure, die jetzt auf der Militärbasis festgekettet war.

Die schönsten Betrüger waren die tödlichsten. Wie konnte sich die Geschichte nur auf diese Weise wiederholen? Welcher Laune des Schicksals war er ausgesetzt? Die beiden Frauen verdienten das gleiche Ende, die gleiche letztgültige Lösung.

Lasarew machte drei Schritte nach vorn und riss den Papierbogen von der Wand.

Dann lebst du also noch? Ihr werdet alle das gleiche Schicksal erleiden wie die Verräterin 1944.

56

Max, Ilja und Mischin saßen im großen Speisesaal des Grand Hôtel Europe auf Stühlen mit Armlehnen und mit rotem Samt bezogenen Polstern. Kellner in Livree eilten um sie herum. Auf den Tischen weiße Tischwäsche und flackernde Stearinkerzen. Topfpflanzen auf hohen Sockeln. Weinrot gemusterte Vorhänge waren vor die zahlreichen Durchgänge gezogen, durch die sich das Personal lautlos herein- und wieder hinausbewegte.

Auf dem Tisch hatten sie zwei Karten ausgeklappt: eine von 1976 und eine aus dem vergangenen Jahr. Über die Karten hatte Mischin eine dünne, transparente Plastikfolie gelegt, auf die er schreiben und Markierungen anbringen konnte. Es handelte sich jeweils um den gleichen Ausschnitt – ein Areal am Stadtrand, direkt an der Newa-Mündung in die Ostsee. Auf der Karte aus dem Jahr 1976 war das Gebiet als militärische Sperrzone und mit *Marinestützpunkt, Staatliches Institut für Meeresbiologie und maritime Entwicklung* ausgezeichnet worden. Auf der aktuellen Karte stand an der gleichen Stelle lediglich knapp *Baltische Bucht, Hafenareal.*

»Und dorthin bist du dem schwarzen Mercedes gefolgt, nachdem wir bei Margarita waren?«, fragte Max.

Ilja nickte.

»Ganz genau.«

Mischin räusperte sich.

»Als ich das hier entdeckt habe, habe ich sofort einen

alten Kollegen von der Universität angerufen – Gatschow. Er wohnt in der Nähe, und an der Uferpromenade führt er immer seinen Hund aus. Er hat mir dabei geholfen, alles zusammenzusetzen.« Mit dem Stift tippte Mischin auf einen Punkt auf der neueren Karte. »Hier laufen die großen Ostseefähren aus Helsinki und Stockholm ein.«

»Und wie sieht es dahinter aus?«, wollte Max wissen.

»Alles stillgelegt. Die Passagiere von der Fähre werden so schnell wie möglich mit Bussen in die Innenstadt geschafft. Eine funktionierende Infrastruktur gibt es dort ansonsten keine mehr, gerade einmal ein, zwei Kioske. Dafür aber jede Menge aufgelassene Lagerhallen.«

»Und den einen oder anderen berüchtigten Nachtclub«, fügte Ilja hinzu.

Einer der akkurat gekleideten Kellner näherte sich ihrem Tisch. Sie verstummten, während er nachschenkte.

Konzentriert sah Ilja auf die Karte.

»Afanassi, gar nicht weit von der Marinebasis hat doch früher ein Krankenhaus gestanden, oder nicht?«

»Das stimmt, auf der alten Karte ist es noch verzeichnet, auf der neuen schon nicht mehr. Warum?«

»Ein Krankenhaus und ein Forschungszentrum direkt nebeneinander«, sagte Ilja. »Das muss doch etwas bedeuten.«

»Es war genau hier …«

Mischin tippte mit dem Finger auf eine Stelle in unmittelbarer Nachbarschaft zum Hauptgebäude des Marinestützpunktes.

»Exakt bis dorthin hab ich den Mercedes verfolgt«, erklärte Ilja.

In Max' Ohren rauschte der Puls. Um sich herum nahm er kaum noch etwas wahr.

»Und dorthin haben sie ganz sicher auch Paschie verschleppt«, murmelte er.

»Gatschow hat dort übrigens einen makabren Fund gemacht«, sagte Mischin, dessen Stimme jetzt einen anderen, einen sehr viel ernsteren Ton angenommen hatte. »Menschliche Überreste.«

Menschliche Überreste? Max lief ein eiskalter Schauer den Rücken hinunter. Er biss die Zähne zusammen. Versuchte, seinen Herzschlag wieder zu beruhigen.

»Überreste?«, wiederholte er. »Sie meinen, er hat dort eine Leiche gefunden?«

Mischin schluckte.

»Er hat es anders beschrieben, aber ich wollte ihm damals nicht glauben.«

»Warum nicht?«

»Max«, sagte Mischin. »Wenn Sie tatsächlich hinfahren wollen, sollten Sie sich auf das Äußerste gefasst machen. Wenn es wirklich stimmt, was mein Freund erzählt hat, dann lagen dort Knochen eines Menschen im Wasser, der von anderen gekocht und gegessen worden war ...«

57

Zurück in seiner Suite starrte Max sich im Flurspiegel an. Vierundzwanzig Stunden ohne Benzo. Bekamen seine Augen allmählich ihre ursprüngliche Farbe zurück?

Ilja, der gleich zur Baltischen Bucht fahren würde, um die Lage zu sondieren, stand an der Tür, legte Handschuhe an und warf sich seinen blau-weißen Zenit-Sankt-Petersburg-Schal über. Max gab ihm noch einen Schulterklopfer und wandte sich in Richtung Schlafzimmer.

»Ilja, warte!«, rief er plötzlich.

»Was ist denn noch?«

Max legte einen Finger an die Lippen.

Dann warf er einen Blick auf die Unterlagen auf dem Couchtisch, den säuberlichen Stapel und die Position, in der er dalag. Trat ans Fenster, das auf den Newski-Prospekt hinausging.

»Hier war jemand«, sagte er.

»Die Putzfrau?«

»Nein.«

Seine Sachen sahen immer noch genauso aus, wie er sie liegen gelassen hatte. Trotzdem stimmte etwas nicht. Er ging ins Schlafzimmer. Das Bett war frisch bezogen worden, aber etwas anderes war verändert worden.

Es dauerte einen Moment, bis Max wusste, was.

An der Wand fehlte ein Bogen Papier. War es von der Wand gefallen, und hatte die Putzfrau es weggeworfen? Unwahrscheinlich. Der Service hier im Grand Hôtel war erstklassig, sie hätten den Zettel entweder zurückgehängt oder auf dem Schreibtisch liegen lassen.

Max stellte sich vor die Wand. Welcher Zettel fehlte?

Er rief sich in Erinnerung, wie die Wand zuvor ausgesehen hatte.

Hörte, wie sein Vater mitten in der Nacht die Namen ins Telefon brüllte.

Wallentin. Borgenstierna.

Von allen Notizen war ausgerechnet diese verschwunden.

Jetzt galt es also nicht mehr nur, Paschie schnellstens zu finden. Er würde auch schleunigst nach Stockholm zurückkehren und diesen Mann im Krankenhaus aufsuchen müssen. Ehe der seine Geheimnisse mit ins Grab nahm.

Sarah unterschrieb hektisch den Taxibeleg, schlug die Tür zu und eilte auf den Eingang des Södersjukhuset zu.

Angesichts der neuen Informationen kam es ihr dringlicher denn je vor, mit Carl Borgenstierna zu sprechen.

Sie hatte eine Handvoll Leute auf den Bombenangriff 1944 angesetzt, und was sie soeben erfahren hatte, hatte ihr für einen Moment die Sprache verschlagen.

Sie lief an den Leuten in der Eingangshalle vorbei und vermied die Blicke der Aufsicht und der Angestellten hinter dem Informationstresen. Warum, hätte sie selbst nicht sagen können, immerhin hatte sie nichts Illegales vor. Trotzdem hatte sie ein mulmiges Gefühl. Als würde sie verfolgt.

Im Aufzug drückte sie mehrmals hintereinander auf den Knopf nach oben.

Sie hätte längst herkommen müssen, genau wie Max es ihr gesagt hatte.

Als die Aufzugtüren aufgingen, eilte sie schnurstracks

auf den dortigen Empfang zu. Eine Stationsschwester mit rotem Brillengestell sah von ihrer Zeitschrift auf.

»Ich möchte bitte zu Carl Borgenstierna«, sagte Sarah.

»Moment.« Die Frau gab etwas in den Computer ein. »Sind Sie eine Verwandte oder enge Freundin?«

»Eine alte Bekannte.« Sarah war selbst überrascht, wie schnell ihr das über die Lippen kam. »Wir waren mal Kollegen.«

Was de facto stimmte. Borgenstierna war immerhin einer der wichtigsten Geldgeber ihrer Firma gewesen.

»Tut mir leid, Carl Borgenstierna ist nicht mehr bei uns.«

»Wie bitte?«

Die Krankenschwester kratzte sich mit ihren rot lackierten Fingernägeln am Hals.

»Ich denke, Sie sollten mit seinen Angehörigen sprechen«, sagte sie.

»Warum denn?« Sarahs Stimme klang leicht zu schrill. »Ist er verstorben?«

Die Schwester schüttelte den Kopf.

»Ich darf nicht einfach jedem erzählen, was hier in seiner Akte steht – auch keiner alten Arbeitskollegin.«

Sarah hob die Hand.

»Das verstehe ich natürlich, aber ich muss ihn dringend sprechen. Es ist wirklich wichtig.« Sie hielt kurz inne, beschloss dann aber, mit der Sprache rauszurücken und zu sagen, was ihr zuletzt auf der Seele gelegen und ihr den Schlaf geraubt hatte: »Es hat mit einem engen Vertrauten von ihm zu tun. Die Lage ist ernst. Ich muss wirklich wissen, wie ich ihn erreichen kann – oder *ist* er verstorben?«

»Nein, oder zumindest nicht soweit ich weiß.«

Sarah atmete erleichtert aus. *Dem Himmel sei Dank.* Sie

versuchte sich an einem Lächeln, auch wenn es sie leicht irritierte, wie sachlich und unverblümt die Schwester über den Tod sprach.

Sie räusperte sich.

»Aber wir konnten für Carl Borgenstierna wirklich nichts mehr tun.«

58

David scrollte durch die Forenbeiträge. Einige User waren wie immer verlässlich, andere entpuppten sich als Schaumschläger. Er massierte sich den Lendenbereich. Er hatte sich hoch und heilig geschworen, nie wieder auf Pferde zu setzen und stattdessen alles für die Familie zu tun. Und jetzt saß er doch wieder hier, verbrachte den Montagabend vornübergebeugt vor dem Computer und ging die Tipps für die anstehenden Rennen durch.

Der E-Mail-Eingangston. Irgendwas war an seine Job-Adresse gegangen. Was konnte das sein?

Er klickte den Posteingang an. Der dumpfe Schmerz in seinem Rücken wurde augenblicklich schlimmer, als er sah, dass die Nachricht von Frank Ståhl stammte.

»Habe heute versucht, Sie anzurufen, aber Sie waren nicht erreichbar. Bitte melden Sie sich bei mir, es ist wichtig.«

Frank hatte es zuvor tatsächlich auf dem Handy probiert, aber David hatte den Anruf weggedrückt. War eine kleine Atempause denn wirklich zu viel verlangt – zumindest mal für einen Abend?

»Hier, bitte.«

David zuckte zusammen. Als er aufsah, stand Gabbi mit Teodor vor ihm.

»Caspar und Vilma sitzen vor dem Fernseher, aber Teodor schreit sich die Seele aus dem Leib«, sagte Gabbi und drückte David ihren jüngsten Sohn in den Arm.

Sowie der kleine Körper seinen eigenen berührte, ließen die Schmerzen im Rücken nach. Er klickte seine Arbeits-E-Mails wieder zu und schob Teodor in Richtung Rechner.

»Willst du mal sehen, was Papa gerade macht?«

Er rief den Browser wieder auf, und Teodor zeigte mit seinen Fingerchen auf den Bildschirm.

»Pferd«, quiekte er.

»Ganz genau. Das ist ein Trabrennpferd. Das kann superschnell laufen.«

Teodor hämmerte auf die Tastatur, und der Browser schloss sich.

David wippte mit dem Knie auf und ab.

»Jetzt bist du ein Cowboy«, sagte er und holte den Browser zurück auf den Bildschirm.

Im selben Moment ging wieder eine E-Mail ein. Diesmal privat. Hatte Frank Ståhl auch seine private E-Mail-Adresse?

Er rief das Mailprogramm auf, und der kurze Friede, den er mit Teodor auf seinem Schoß verspürt hatte, war wieder zunichte. Würde er die E-Mail wirklich lesen müssen? Insgeheim wusste er, dass es sich nicht vermeiden ließ. Er musste sich damit auseinandersetzen. Um seines Lebens willen. Um seiner Kinder willen.

Die E-Mail war von Ray.

Und die Betreffzeile lautete: *Ein letzter Auftrag.*

Vilma und Caspar hatten sich links und rechts von Gabbi aufs Sofa gesetzt. Sie sahen alle beide bettschwer aus, aber der Fernseher und der *König der Löwen* fesselten noch immer ihre Aufmerksamkeit. Gabbi selbst war von den Bildern, die an ihr vorüberflimmerten, und von den Liedern völlig unbeeindruckt.

Eine Tür weiter saß ihr Mann, der kaum reagiert hatte, als sie ihm Teodor in die Arme gedrückt hatte. Der seinen Blick inzwischen überhaupt nicht mehr von seinem Computer und den verdammten Pferden abwenden konnte.

Das halte ich keine Woche länger aus. Keinen Tag länger.

Ihre Gedanken wanderten nach Tyresö, zu dem hübschen Haus unten am Wasser, zu einer Frau, die mit beiden Beinen mitten im Leben stand, die jederzeit tun und lassen konnte, was sie wollte.

Die Hände dieser Frau fehlten ihr ganz fürchterlich.

»David?«

Keine Reaktion.

»David?«, rief sie erneut und diesmal ein wenig lauter.

»Ja, was ist?«

»Ich habe eben eine Nachricht von Mama gekriegt, ihr geht es wieder schlechter. Ich werd morgen zu ihr fahren müssen und bleibe dann über Nacht.«

59

Die Vorstellung, sie mit einer bloßen Hand zu erwürgen, versetzte ihn fast in erotische Erregung. Sie war geschwächt und würde ihm umso weniger Widerstand entgegensetzen, nachdem er sie gezwungen hatte, auch noch den Rest aus der Wodkaflasche hinunterzuwürgen. Die Adern an ihrem Hals schwollen bedenklich an, als das Blut nicht mehr abfließen konnte. Instinktiv krampften sich Rachen und Luftröhre zusammen, um irgendwie Luft in die Lunge zu pumpen.

Lasarew lockerte den Griff um Paschies Hals. Sie keuchte schwer. Ihre Lunge verlangte panisch nach Luft.

»Ich brauche dich nicht mehr«, sagte er. »Ich weiß jetzt, wo dieser Paul Olsen wohnt. Ich war da und weiß jetzt außerdem, wer ihn hergeschickt hat. Dass ich dich gehen lasse, steht nicht mehr zur Debatte. Du hast jetzt nur noch die Wahl zwischen einem schnellen und einem langsamen Tod.«

Mit der Linken zauberte er den Zettel von der Wand aus dem Grand Hôtel hervor, und mit rechts zückte er die Makarow. Er hielt ihr das Papier direkt vors Gesicht und drückte den Pistolenlauf an ihre Schläfe.

»Zum allerletzten Mal: Wie stehst du mit Carl Borgenstierna in Verbindung?«

Paschie schüttelte nachdrücklich den Kopf. Sie hatte die Augen geschlossen.

Die hält nicht durch, schoss es ihm durch den Kopf. Es

ist entschieden. Sie will also einen langen, qualvollen Tod, und genau den soll sie haben.

Er stopfte den Zettel zurück in die Innentasche seiner Jacke und schob die Pistole wieder ins Holster.

Dann entriegelte er das Vorhängeschloss, das die an der Wand monierten Ketten zusammengehalten hatte, und zog Paschie vom Boden hoch. Sie schien fast nichts zu wiegen. Er schleifte sie über den Betonboden in Richtung Ausgang zum Innenhof. Dort war er schon seit Jahren nicht mehr gewesen, aber er wusste, dass er genau das vorfinden würde, was er brauchte, um ihr Schicksal zu besiegeln.

Als er in die Kälte hinaustrat, hatte er den Eindruck, als hätte Paschies Körper von allein begriffen, was passieren und was ihr gleich bevorstehen würde, denn mit einem Mal fing sie an zu zappeln, als wäre plötzlich wieder Leben in ihr – wie ein Fisch, den man an Bord eines Fischerbootes gezogen hatte.

»Nein!«, kreischte sie.

Als Lasarew ihr den Mund zuhalten wollte, biss sie zu. Er ließ sie los, sodass sie auf den nassen Asphalt stürzte. Dann trat er ihr mit aller Kraft in den Bauch, und sie krümmte sich.

Feiner, eiskalter Niesel regnete auf sie herab.

Der Bootsverschlag war nach oben und zum Innenhof hin offen. Die Holzwände waren in der Nässe morsch geworden. Lasarew zog die Ketten mitsamt Schlössern durch die Halterungen an der Stirnseite, dann zog er Paschie wieder hoch und wuchtete sie weiter. Ließ ihren Körper bis zur Hüfte in die trübe, grünlich gelbe Brühe hinunter. Dann zerrte er ihre Arme auseinander und kettete sie seitlich an.

Paschie legte den Kopf in den Nacken. Regen tropfte ihr ins Gesicht und schimmerte im Mondlicht.

Früher, dachte Lasarew, hieß es doch immer, die ideologischen Ketzer seien härter bestraft worden als christliche Ketzer. Was doch auch naheliegend war. Mit Menschen, die sich der Vernunft nicht beugen wollten, konnte man nicht das gleiche Nachsehen haben wie mit denen, die bloß schwachen Glaubens waren. Und dass die Sowjetdoktrin der Wahrheit entsprach, war immerhin wissenschaftlich erwiesen.

Und das passiert, Tatarenhure, wenn man sich der Vernunft widersetzt. Du brauchst gar nicht um Gnade zu winseln. Wer Mütterchen Russland verrät, hat keine Gnade mehr verdient.

60

»Alles okay? Abfahrbereit?«, fragte Ilja.

Nach dem Einbruch in sein Hotelzimmer waren sie sich einig gewesen, dass der Wagen im Moment der sicherste Ort für sie war. Max hatte ausgecheckt und sein Gepäck in den Kofferraum geworfen.

»Ich bin bereit«, antwortete Max.

Sie fuhren in Richtung Baltische Bucht, wo der Marinestützpunkt lag.

Es war viel los auf den Straßen, sie steckten mittendrin im Feierabendverkehr. Allmählich wurde es dunkel in Sankt Petersburg, und mit der Dämmerung zog wie so oft Nebel auf.

Während Ilja durch den Verkehr steuerte, hielt Max nach dem schwarzen Mercedes Ausschau. Es waren diverse schwarze Wagen unterwegs, die er unmöglich auseinanderhalten konnte, und es kam ihr so vor, als wären sie viel zu schnell unterwegs – nicht nur sie selbst, sondern alle, die Max mit suchendem Blick streifte.

Und wie aus heiterem Himmel fiel Max ein, woher er das Gesicht von dem Foto kannte.

Jakob Anger hatte an jenem Tag, am 6. Juni 1982, keinen Mercedes gefahren. Er hatte einen weißen Volvo 140 gefahren und Max und seine Mutter vor einem Friseursalon im brandneuen Einkaufszentrum in Elmsta abgesetzt. Dann war er weiter zu einer Werkstatt in Norrtälje gefahren, um anschließend in Stockholm Besorgungen zu machen. Niemand hatte gewusst, was genau er in Stockholm vorhatte. Und sie sollten es auch nie erfahren.

Max hasste den Geruch in dem Friseurladen. Das Shampoo, das Kaffeepulver in der Maschine, die in einem fort Kaffee auszuspucken schien, den Geruch frisch gewaschener Haare – und dann Haar, das unter einem viel zu heißen Föhn verbrannt roch. Mama musste an jenem Nachmittag noch schnell ein paar Dinge erledigen und wollte Max bei Greta, einer Aushilfe, im Salon zurücklassen.

Er weigerte sich, mit einer Frau zu warten, die er gar nicht kannte. Schließlich einigten sie sich darauf, dass er mit ein paar *Buster*-Heften und den Sportseiten der *Dagens Nyheter* draußen vor der Tür wartete.

Sobald Mama gegangen war, betrat ein merkwürdiger Kunde den Salon, ein Mann mittleren Alters, der mit Greta sprechen wollte. Er war groß, ordentlich gekleidet, trug ein marineblaues Polohemd und eine graue Hose und sprach mit einem komischen Akzent. Er überreichte Greta einen Blumenstrauß und ein verschnürtes Paket. Die beiden verschwanden im Hinterzimmer des Salons in Richtung Pantryküche und Toilette und zogen die Tür hinter sich zu.

Max versuchte, nicht weiter darüber nachzudenken, was hinter dieser Tür vonstattenging. Stattdessen konzentrierte er sich auf die NHL-Tabelle in der Sportbeilage.

Nach einer Weile kamen die beiden wieder zurück. Der Mann setzte sich auf einen der Ledersitze vor den Spiegeln. Greta fummelte kurz an seinem kräftigen, dichten Haar herum. Sie wechselten kein Wort. Wenig später war der Mann wieder verschwunden.

Bis Mama wiederkam, verging eine gefühlte Ewigkeit. Irgendwann war Ladenschluss, aber als Babysitter konnte Greta Max ja schlecht allein lassen. Er fühlte sich komplett ausgeliefert. Warum kam sie nicht wieder? Hatte sie ihren Sohn vergessen?

Irgendwann kam sie dann doch. Nur dass sie eine andere Person geworden war. Ihr Körper, ihre Kleidung – all das war immer noch dasselbe, aber er konnte ihr deutlich ansehen, dass etwas in ihr zerbrochen war. Es war fast, als hätte der Krebs, der sie Jahre später umbringen würde, an eben jenem Junitag zu wachsen begonnen. Max war erst dreizehn gewesen.

Sie nahm ihn fest in den Arm. Max konnte sich nicht dazu überwinden, die Umarmung zu erwidern. Dann erzählte sie, was passiert war – dabei wusste er das doch: Papa hatte den Wagen in die Werkstatt gebracht … Doch als er von dort hatte weiterfahren wollen, hatten die Bremsen nicht mehr funktioniert. Er war zu schnell geworden. Und er war auf der Stelle tot gewesen.

Niemand war je dafür zur Verantwortung gezogen worden. Es hieß nur, der Wagen sei schon alt gewesen, das Ganze ein tragischer Unglücksfall, aber daran hatte Max nie geglaubt. Früher an jenem Tag war mit den Bremsen doch noch alles in Ordnung gewesen. Außerdem war der Mechaniker spurlos verschwunden. Aber wer in aller Welt hätte Papa umbringen wollen?

Auf dem Beifahrersitz zuckte Max heftig zusammen. Mehr denn je wünschte er sich, er könnte eine Benzo einwerfen. Sollte er Ilja erzählen, woran er sich soeben wieder erinnert hatte?

Er sah zu ihm hinüber. Mit finsterer Miene überholte Ilja einen Sattelschlepper und wich mit Mühe und Not einem Schlagloch aus. Würde er ihm glauben? Oder würde er annehmen, dass genau das passierte, wenn man keine blauen Pillen mehr einnahm?

An einer Ausfahrt, die lediglich mit 23 markiert war, fuhr Ilja ab. Als der Asphalt in Schotter überging, war es um sie herum dunkel geworden. Hinter den Fenstern konnte Max erahnen, dass der Wind auffrischte – Ostwind, der in einen Sturm umzuschlagen drohte. Rechter Hand brandeten Ostseewellen donnernd an den Strand. Leuchttürme erhellten in einer Sekunde die Umgebung, um in der nächsten alles wieder in Finsternis zu tauchen.

Auf der linken Seite erstreckte sich ein weitläufiges Industrieareal, das von spärlich verteilten Straßenlaternen nicht hinreichend ausgeleuchtet wurde. Grau zeichneten sich die Dächer vor dem schwarzen Himmel ab. Geklinkerte Schornsteine ragten hier und da über den Gebäuden empor, lehnten in unterschiedliche Richtungen und spien weißen Rauch in die Luft.

Die Plantage, schoss es Max durch den Kopf. Ein Chamäleon, das sich als Lagerhallen und Hangars getarnt hatte. Eine Bestie, die hatte sterben können, um wieder neu zum Leben zu erwachen, je nachdem, woher der Wind gerade wehte.

Ilja schaltete die Scheinwerfer aus, ging vom Gas und hielt am Straßenrand.

»Siehst du die Lichter da in den winzigen Fenstern direkt unterm Dach? In dem Gebäude direkt vor uns?«

Er zeigte auf eine Art Hangar, der dem Hauptgebäude des Stützpunktes direkt gegenüberlag.

Max nickte.

»In dieses Gebäude sind die Männer verschwunden.«

Eine Weile blieben sie stumm sitzen. Max ließ Revue passieren, was er in den letzten vierundzwanzig Stunden in Erfahrung gebracht hatte. Der Kormoran. Der Schlächter von Nawzad. Die Schlucht von Schutul. Mozarts 23. Klavierkonzert. Die Zettel, die er an die Wand seines Hotelzimmers gepinnt hatte, der Blätterstapel, der jetzt in seiner Reisetasche hinten im Kofferraum lag. Sämtliche Notizen – mit einer Ausnahme.

Wo hab ich dich da nur mit hineingezogen, Paschie?

Sie hatte ihm einmal erzählt, wie Moskau erst beschlossen hatte, die Ressourcen in der Barentssee und in den sibirischen Sümpfen zu erschließen, und daraufhin die Armee ausgeschickt hatte, um eine Million Menschen auf eine Insel inmitten eines gigantischen Sumpfgebiets in Nordrussland zwangsumzusiedeln. Männer, Frauen, Väter, Mütter, Großeltern – regelrecht eine ganze Nation innerhalb der sowjetischen Bevölkerung.

Sie alle waren gestorben. Eine Million Tote. *Satschjom?* Warum?

Im Frühjahr dann, als die Sümpfe und Feuchtgebiete wieder auftauten, waren überall Leichen zum Vorschein gekommen. Noch heute berichteten Nomadenfamilien vor Ort von Massengräbern, die immer dann entdeckt wurden, wenn es im Frühling zu Erdrutschen kam. Abertausende Sowjetbürger. Die wenigsten davon begraben. Stattdessen lagen ihre Überreste immer noch über die Inseln in der Barentssee verteilt. Und nachdem dort die Temperaturen selten über den Gefrierpunkt stiegen, würden sie liegen bleiben – oder sitzen, perfekt bewahrt, genau wie sie gestorben waren, erfrorene Mahnmale eines der größten Verbrechen, denen die Menschheit jemals zum Opfer gefallen war.

Sie saßen immer noch dort und warteten auf eine Erklärung. *Satschjom?*

Die Erklärung, die mitunter abgegeben wurde, hatte irgendetwas mit dem Kollektiv zu tun. Die Wünsche und Lebensvorstellungen des Individuums hatten für Stalin wenig Wert gehabt, und er hatte den Wert des individuellen Lebens systematisch zunichtegemacht. Angeblich gingen

Russen lieber ins Gefängnis als ins Arbeitslager. Denn in der Einsamkeit der Lager wurden die Hoffnungen der Inhaftierten umso effektiver zerschlagen. Dort gab es kein Ich mehr, kein Du, kein Leben und keinen Tod.

Genau dafür hatte er gestanden – jenen Mann, der seinen eigenen Sohn nicht gegen einen deutschen Offizier hatte austauschen wollen. Der Mann, dessen Lieblingssohn der Kormoran gewesen war.

Max spähte zu den Lichtern im Hangar hinüber.

Bist du da drinnen, du Teufel?

Abwechselnd hielten sie Wache. Sosehr Max es sich gewünscht hätte, konnten sie nicht einfach hineinstürmen. Sie würden Paschie nicht mehr retten können, wenn sie tot wären. Sie mussten sich erst einen Überblick über die Lage verschaffen.

Am Morgen stieß Ilja ihn mit dem Ellbogen an.

»Da kommt jemand«, flüsterte er.

Ein Sankt Petersburger Taxi näherte sich und blieb direkt vor dem Hangar stehen. Hinten ging die Tür auf, und ein junger Mann stieg aus. Er bezahlte, und das Taxi fuhr wieder davon. Der Mann zog ein Handy aus der Tasche und fing an zu telefonieren. Er hielt einen Umschlag in der Hand.

»Den kenn ich doch«, murmelte Ilja.

Eine zweiflüglige Tür, durch die ein Lkw gepasst hätte, ging auf, und der Mann setzte sich in Bewegung. Schlanker, jugendlicher Körperbau, speckige Haare.

Der Umschlag – was steckte in dem Umschlag?

Fotos. Wie ein Stromschlag zuckte es durch Max hindurch, als er den jungen Mann wiedererkannte. Der Umschlag enthielt Fotos eines namhaften russischen Professors, und diese Fotos waren mitnichten für die Zeitschrift *Nasch sowremennik* gedacht.

Stockholm, im Januar 1944

Carl saß im Auto an der Kreuzung Eriksdals-, Ecke Vickergatan und wartete auf Tatjana. Inzwischen sah man es ganz deutlich, dachte er, als er sie auf das Auto zulaufen sah. Und zwar nicht nur wegen des Bauchs. Auch ihre Wangen waren runder geworden und die schmalen Lippen voller.

Was wächst da eigentlich in mir, was solche Auswirkungen auf mich hat?, hatte sie eines Morgens gefragt und sich im Spiegel betrachtet.

Ihr braunes Haar war glänzender, voller geworden. Ihre Laune und ihre Energie schwankten beträchtlich, genau wie Wallentin es prophezeit hatte.

Auf Carl hatten die ersten sichtbaren Anzeichen, dass die Frau, die er liebte, ein Kind unter dem Herzen trug, eine schier umwälzende Wirkung gehabt – als wäre alles andere im Leben plötzlich nicht mehr von Bedeutung: Freunde, Vergnügungen, die Arbeit. Seine Gedanken kreisten jetzt um etwas anderes: um Tatjanas Verwandlung und das Kind, das sie zur Welt bringen würde.

Nach Eriksdal hatten sich ihre russischen Freunde zurückgezogen, jetzt, da es in der Kirche an der Birger Jarlsgatan nicht mehr sicher war. Sie waren in Kontakt mit Theaterleuten gekommen, die hier im Viertel am Ufer des Årstaviken eine Freiluftbühne etablieren wollten. Tatjana hatte sich nicht nur bei einem Weihnachtsbasar zugunsten von

Flüchtlingen aus Russland und dem Baltikum engagiert, sondern nahm auch zusehends an den Aktivitäten der Theatergruppe teil und sah dies als eine Art Neustart in ihr neues Leben an. Wenn das Kind erst da wäre und wieder Frieden in Europa einkehrte, würde sie sich endlich ihrer wahren Berufung widmen: Sie träumte davon, den nicht ganz so gut betuchten Stockholmern, die in den Vierteln rund um das Theater wohnten, Tschechows Stücke näherzubringen.

Carl schob die Beifahrertür auf. Es war ein richtig klassisch schwedischer Winter: fünfzehn Grad unter null und Schneemassen überall. In ihren eleganten hohen Lederstiefeln kam sie im Schnee auf dem Gehweg nur mühsam voran.

Als sie das Auto erreichte, sah sie ernst aus.

»Jemand ist hinter mir her«, sagte sie.

Carl war felsenfest davon überzeugt, dass Hedin sie immer noch observieren ließ.

»Tja«, sagte er. »Kann schon sein, dass sie uns immer noch im Visier haben.«

»Nein, du hast mich falsch verstanden. Triin – du weißt schon, die Estin, von der ich dir erzählt habe? Sie hat öfter einen Mann in der Gegend beobachtet. Und hat ihn Russisch sprechen hören.«

»Stockholm ist voller Leute, die Russisch sprechen.«

Tatjana legte ihm eine Hand auf die Schulter.

»Hör mir zu«, sagte sie. »Ich habe ihn heute auch wieder gesehen – er hat mich im Theater von draußen beobachtet. Ich kenne diesen Blick – so hat mein Mann mich auch immer angesehen.«

»Hedin meint, wir sind in der Wohnung am Norra Bantorget sicherer als überall sonst«, erwiderte Carl und ließ den Motor an.

Tatjana atmete tief durch.

»Ich glaube nicht, dass die schwedischen Behörden die

leiseste Ahnung davon haben, was als Nächstes passieren könnte. Sie haben einen Fluchtplan für ihn.«

»Das ist unmöglich. Er sitzt im Hochsicherheitstrakt.«

»Und dort werden sie ihn rausholen. Er ist der Kormoran, Carl – und nicht nur, weil er so aussieht. An ihm perlt alles ab. Er steht Stalin so nahe, dass nichts anderes eine Rolle spielt.«

Er schüttelte den Kopf.

»Was willst du damit andeuten?«

»Genau das war es doch, was Hedin und die anderen so aufgeschreckt hat, als sie uns festgenommen haben. Sie sind regelrecht in Panik geraten. Urplötzlich war die Sachlage eine ganz andere – die Sache war viel, viel größer, als sie angenommen hatten. Nur deshalb haben sie mich so lange dabehalten und verhört.«

Carl sah über ihren flehentlichen Gesichtsausdruck hinweg und ließ den Blick über die winterlichen Gehwege und die kahlen Bäume im Blecktornsparken schweifen. Was Tatjana da erzählte, war absurd.

»Und was soll das bedeuten?«, fragte er. Mehr fiel ihm dazu nicht ein.

»Du musst sie warnen. Die Sowjets werden nicht zulassen, dass er in einem schwedischen Gefängnis verrottet. Ich weiß nicht, was genau sie vorhaben, aber ich weiß ganz sicher, dass Stalin keine Maßnahmen scheut. Diese Befreiung wird nicht nur eine Gefahr für uns persönlich sein, sondern für ganz Stockholm, womöglich für das ganze Land.«

Dienstag, 5. März

61

Ilja fuhr, so schnell er konnte, aber wieder einmal mussten sie den Tatsachen ins Auge sehen: Sie waren zur Stoßzeit unterwegs, und der Verkehr am Morgen war noch schlimmer als der nach Feierabend, wenn das überhaupt möglich war. Im Stau vor der Börsenbrücke hinter einem großen Transporter, der Abgase ausspuckte, versuchte Max erneut, Mischin ans Telefon zu kriegen, allerdings ohne Ergebnis.

»Er geht nicht ran.«

»Sie können ihn noch nicht geschnappt haben«, erwiderte Ilja. »Wir haben einen Vorsprung.«

»Aber wir sitzen hier fest.«

»Es geht gleich weiter.«

Ilja weigerte sich, eine Niederlage einzugestehen, und sah immer irgendeine Möglichkeit. Solange man am Leben war, konnte man den Ausgang gewisser Ereignisse beeinflussen, und niemand war besser darin, Dinge aufs richtige Gleis zu setzen, als Ilja. Allerdings klang er diesmal selbst nicht recht überzeugt.

Ein Stück weiter entdeckte Max eine Metrostation in der Straße.

»Ich rufe dich von Mischin aus an.«

Und schon hatte er die Beifahrertür hinter sich zugeschlagen und scherte sich auch nicht länger um Iljas gedämpfte Rufe. Ilja wollte nicht, dass Max alleine durch die Straßen lief, aber im Augenblick hatten sie tatsächlich keine Wahl. Max musste Mischin rechtzeitig erreichen, und den Jeep konnten sie schließlich nicht einfach am Straßenrand stehen lassen.

Er ignorierte Iljas hartnäckiges Hupen und rannte die Treppe zur Metro hinunter.

Unten sah er sich um. Vor den Fahrkartenschaltern hatten sich lange Schlangen gebildet.

In Russland standen die Sperren am Zugang zu den Gleisen immer komplett offen – bis man sie durchquerte. Wenn man dann keine Metromünze einwarf, fiel die Sperre zu und erwischte einen hart an der Hüfte, ganz gleich wie schnell man war. Max hatte das während seines Studiums in Moskau immer wieder ausprobiert.

Er sprang von der Treppe, rannte auf die Sperre zu und setzte wie ein Hürdenläufer darüber, hörte, wie jemand entsetzt aufschrie.

Auf der Rolltreppe zum Gleis schob er sich durch das Gedränge. Nicht wenige schubsten zurück. Einige riefen ihm nach, und jemand von der Aufsicht blies scharf in seine Pfeife.

»He! Du! Bleib stehen!«

Max kletterte über den Handlauf und schlitterte auf der abschüssigen Fläche zwischen den Rolltreppen nach unten.

Am Gleis stand eine Metro bereit. Im allerletzten Moment sprang er hinein, und die Türen glitten hinter ihm zu. Jetzt würde es nicht mehr lange dauern, bis er an der Wiborgskaja wäre, wo Mischin wohnte.

Sobald die Metro losgefahren war, checkte er sein Handy. Keine Nachrichten. Er versuchte erneut, Mischin zu erreichen, allerdings wieder vergebens.

Die kurze Fahrt kam ihm endlos vor. Max trommelte nervös an die Glasscheibe in der Tür, und sowie sie aufging, sprintete er aus dem Wagen in Richtung Ausgang.

Er wusste, wo Mischin wohnte, war aber noch nie bei ihm gewesen und fand das Haus nur mithilfe eines älteren Ehepaares, das er nach dem Weg fragte. Als er es endlich erreichte, stand die Tür zur Straße offen. Er rannte die Treppe hinauf und hämmerte gegen Mischins Wohnungstür.

»Mischin!«

Keine Reaktion. Er klopfte noch lauter.

»Afanassi!«

Immer noch keine Regung. In der Wohnung war es mucksmäuschenstill. Und auch im Treppenhaus war kein Geräusch zu hören.

Sag, dass du da bist …

Es war zwanzig Minuten nach acht. Lag Mischin wirklich noch im Bett und schlief? Er klopfte erneut an, diesmal noch lauter.

»Mischin! Machen Sie die Tür auf!«

Hinter ihm ging die Tür zur Nachbarwohnung auf, und eine alte Frau steckte den Kopf heraus. Sie war sicher zehn Jahre älter als Mischin und sah Max schläfrig an.

»Wissen Sie zufällig, wo Ihr Nachbar ist?«, fragte Max.

»Wie spät ist es?«, fragte die Frau zurück.

»Zwanzig nach acht.«

Die Frau lächelte, und zwischen den Runzeln verwandelten sich ihre Augen in zwei schmale Schlitze.

»Da finden Sie ihn unten am Fluss.«

Richtig. Mischin und die Walrosser.

Der Marinestützpunkt hatte näher an der Newa gelegen als Mischins Wohnung. Noch während Max die Treppe wieder hinunterrannte, rief er Ilja an.

»Wo steckst du denn?«

»Ich stehe immer noch im Stau.«

»Kannst du umkehren?«

»Warum zur Hölle sollte ich umkehren?«

»Mischin ist womöglich ganz in deiner Nähe. Da gibt es eine Badestelle, wo alte Männer im Fluss eisbaden gehen. Weißt du, was ich meine?«

»Ja, klar, aber das ist die andere Richtung!«

»Wie komme ich da hin? Wir treffen uns dort!«

62

Nestor Lasarew lief über die glitschige Holztreppe ans Ufer hinunter. Dass in den vergangenen Jahren – seit Glasnost und Perestroika, seit Wissenschaft und Vernunft durch Irrsinn ersetzt worden waren – immer mehr Leute diese alte Tradition pflegten, war ihm nicht entgangen.

Vor der Revolution war das Bad im Eisloch zu Epiphanias am 19. Januar für die Gläubigen eine Selbstverständlichkeit gewesen. Sogar dieser verdammte Zar hatte an dem Ritual teilgenommen.

Ketzerei der Rückwärtsgewandten, nichts weiter. Er hatte gehört, dass in diesem Jahr an die Zwanzigtausend allein in Sankt Petersburg eisbaden gewesen waren. Zwanzigtausend, die er liebend gern in einen Zug nach Sibirien gesetzt hätte, wo sie dann nach Herzenslust im Eiswasser herumplanschen konnten, bis ihre Organe versagten.

Lasarew hatte gehofft, dass auch der Professor dem Bombenanschlag an der Universität zum Opfer gefallen wäre. Aber anscheinend war er mit heiler Haut davongekommen. Wie das hatte passieren können, würde er bei Gelegenheit mit dem Herrn Universitätspräsidenten Levi klären. Nachdem der junge Bibliothekar ihm die Fotos aus der Nationalbibliothek gebracht und erzählt hatte, was Mischin an seinem Computer im Lesesaal aufgerufen hatte, war die Sache klar gewesen. Der alte Professor hatte schon die ganze Zeit für die Schweden gearbeitet.

Genau wie Lasarew es von Anfang an gemutmaßt hatte.

Seine zwei Handlanger hatten nicht lange gebraucht, um ihn ausfindig zu machen. Sie hatten sogar angeboten, sich um ihn zu kümmern, aber das hier wollte Lasarew eigenhändig erledigen.

Er zog die Tür zu dem Holzverschlag auf – ein kleiner Umkleideraum, dahinter die Sauna – und nickte den rund fünfzehn Männern zu, die sich an diesem Morgen dort versammelt hatten. Dann warf er einen Blick zum Fluss, ehe er eintrat. Dort unten hingen zwei Männer bis zur Hüfte im Wasser und stützten sich mit den Ellbogen auf dem Eis auf. Sie hatten lächerliche Wollmützen auf dem Kopf, wie sie sonst Kinder trugen, und waren in ein Schachspiel vertieft.

Ein Stück weiter zur Flussmitte hin entdeckte Lasarew den Mann, hinter dem er her war – er ließ sich gerade langsam ins eisige Wasser gleiten.

Lasarew legte seine Kleidung ab und verließ den Schuppen, ohne sich erst in der Sauna aufzuwärmen. Mit einem weinroten Handtuch um die Hüften marschierte er mit langen Schritten hinunter aufs Eis.

Der Mann im Eisloch hatte ihm den Rücken zugewandt. Inzwischen lag er bis zum Hals im Wasser und schnaufte leise. Er wirkte beinahe meditativ, als wäre sein Bad allen Ernstes die rituelle Reinigung, von denen diese frommen Idioten sprachen.

Dann mal auf ein gesundes Jahr!

»Junger Mann«, rief Lasarew. »Haben Sie etwas dagegen, wenn ich das Eisloch mit Ihnen teile?«

Afanassi Mischin warf einen flüchtigen Blick über die Schulter.

»Selbstverständlich nicht, mein Freund, kommen Sie nur.«

Lasarew ließ sich mit dem Rücken zu der einer guten Handbreit dicken, scharfen Eiskante ins kalte Wasser gleiten. Mischin hatte ihm immer noch den Rücken zugekehrt, doch sowie Lasarew mit den Füßen den lehmigen Flussboden berührte, drehte Mischin sich um.

Ihre Blicke trafen sich.

Mischin fiel die Kinnlade runter.

»Sie?!«

63

Max rannte, so schnell er konnte, von der Metrostation Primorskaja in Richtung der Badestelle an der Newa. Bis er dort ankam, war er auf dem nassen Bürgersteig mehrmals ausgerutscht, hatte sich aber jedes Mal wieder fangen können. Dann sah er Iljas Jeep aus der entgegengesetzten Richtung auf sich zurasen.

Ilja stieg direkt neben ihm auf die Bremse und sprang aus dem Wagen. Gemeinsam rannten sie die Treppe hinunter. Als sie die Eisfläche erreichten, hielt Max nach Mischin Ausschau, konnte ihn aber nirgends entdecken.

Er lief auf einen Mann auf einer Bank zu, der sich gerade die Schuhe anzog, und fragte, ob er Mischin gesehen habe.

»Afanassi?«, sagte er und wies in Richtung Holzverschlag. »Probieren Sie es mal in der Sauna.«

Max schob die Tür auf und rief: »Mischin?«

Drei Männer standen nackt im Umkleideraum und starrten Max an.

»Haben Sie Afanassi Mischin gesehen?«

Die Männer schüttelten den Kopf.

Max zog die Tür hinter sich zu und eilte zurück ins Freie.

Unten am Wasser rief jemand. Ein Mann. Er und ein zweiter Mann standen bis zur Hüfte im Wasser und spielten Schach. Irgendetwas war mit seiner Stimme – Max hatte nicht verstehen können, was er gerufen hatte, aber der Unterton war unmissverständlich, und mit einem Mal schien um die Badestelle alles stillzustehen. Ein eisiger

Wind fegte vom Fluss und dem dahinter liegenden Meer zu Max herauf, und für einen Augenblick fühlte er sich, als stünde er wieder zu Hause im Nordwind – in einem Wind, der alles Leben in einer Kapsel aus Eis zu verschließen vermochte.

Der Schachspieler kletterte aus dem Eisloch, als stünde es schlagartig in Flammen, und warf die Schachfiguren um, als er versuchte, auf die Beine zu kommen. Der zweite Mann war stehen geblieben und hatte den Blick auf das schwarze Wasser unter ihm gerichtet.

Dann schrie auch er.

»Mann im Wasser! Da ist ein Mann im Wasser!«

Max rannte die letzten Meter auf das Eisloch zu. Jetzt versuchte auch der zweite Mann, sich aus dem Wasser zu hieven, stemmte sich allerdings nur mit einer Hand auf. Mit der anderen schien er irgendetwas festzuhalten, was unter der Oberfläche driftete.

Mit vereinten Kräften zogen Max und der ältere Mann den Körper aus dem Wasser. Max drehte ihn herum. Doch noch ehe er in das Gesicht blickte, ahnte er bereits, was passiert war.

Mischin starrte zu ihm auf. Max tastete nach dessen Puls – nichts. Er versuchte es mit einer Herzmassage. Vergebens.

Du darfst nicht sterben! Komm wieder zu dir!

Doch für Afanassi Mischin kam jede Hilfe zu spät.

64

Mittlerweile war die Polizei eingetroffen und hatte die Badestelle abgesperrt. Max und Ilja kehrten zu ihrem Wagen zurück. Sie konnten ohnehin nichts mehr ausrichten. Max rief Sarahs Nummer auf, aber der Anruf konnte nicht durchgestellt werden. Stattdessen versuchte er es unter ihrer Festnetznummer in Tyresö. In Schweden war es durch die Zeitverschiebung drei Stunden früher, insofern war es zu Hause in Stockholm früh am Morgen. Dort war die Sonne noch nicht einmal aufgegangen.

Trotzdem meldete Sarah sich schließlich. Max kam sofort zur Sache und erzählte ihr, was sie über Nestor Lasarews Vergangenheit und seine Verbindung zu Stalin und dessen innerstem Zirkel herausgefunden hatten – und schließlich auch, was an der Newa vorgefallen war.

»Um Himmels willen! Ist das wahr? Afanassi Mischin wurde ermordet?«

»Ich bin zu spät gekommen.«

»Du kannst so nicht mehr weitermachen, Max, du musst sofort nach Hause kommen.«

»Nicht solange das hier nicht zu Ende ist. Nicht jetzt, wo wir endlich die Schaltzentrale lokalisiert haben. Ich nehme stark an, dass Paschie genau da gefangen gehalten wird, und ich werde einen Weg finden, um dort reinzukommen.«

»Du begibst dich in Lebensgefahr!«, rief Sarah. »Du weißt doch nicht mal, ob Paschie überhaupt noch lebt – und du hast keinerlei Beweise, bloß Indizien!«

Max atmete tief durch. Darüber konnte er im Augenblick nicht streiten.

»Hast du Carl Borgenstierna erreicht?«

Sarah seufzte.

»Carl Borgenstierna ist nicht mehr im Krankenhaus. Ich habe keine Ahnung, wo sie ihn hingebracht haben. Aber ich habe mehr über den Bombenangriff 1944 rausgefunden. In Stockholm hatten sie einen Spion ins Gefängnis geworfen, der drei Tage nach der Bombardierung wieder freigelassen wurde.«

»Einen Spion?«, fragte Max. »Wer immer in meinem Hotelzimmer gewesen ist und meine Aufzeichnungen gesehen hat, hat ein einziges Blatt weggenommen. Ausgerechnet das mit den Namen Wallentin und Borgenstierna.«

»Meinem Informanten zufolge war Borgenstierna in das juristische Nachspiel verwickelt. Er hat sich um die Schadenersatzansprüche gegen die Stadt und die Versicherungen gekümmert.«

Sarah holte hörbar zittrig Luft.

»Max, die Sache ist eindeutig zu groß. Dem Mann war Industriespionage vorgeworfen worden. Er hatte Forschungsergebnisse der FOA gestohlen – der militärischen Forschungseinrichtung.«

»Und worum ging es bei dieser Forschung?«

»Um irgendeine Entdeckung, die bei der Feldkommunikation im Krieg eine Rolle gespielt hat. Die Technologie, die in der FOA entwickelt worden war, hat den Grundstein für ein komplett neues Geschäftsfeld gelegt – in der Telekommunikation. Es ging um Mobilfunk …«

Sie war von der Technologie besessen.

St. Petersburg GSM.

Die Attacke auf den schwedischen Telia-Konzern.

Abgehörte Vektor-Telefone.

Das Bild fügte sich zu einem Ganzen. Und alles hatte mit gestohlenen Forschungsergebnissen der FOA zu tun.

Geld – Technik – Politik.

Allmählich fielen die Puzzleteile an ihren Platz.

Leise und bedächtig setzte Sarah ihren Bericht fort. Erzählte, dass eine Protestnote zwischen Diplomaten die einzige Antwort Schwedens auf die Bomben des 22. Februar 1944 geblieben war. Ein der Spionage angeklagter Sowjetbürger war wieder freigelassen und kein Wort darüber verlautbart worden. Drei Tage nach dem Angriff war der Mann ausgereist und nach Moskau zu Stalin zurückgekehrt.

Die strategisch wichtige Nordgruppe hätte falsch navigiert, so die offizielle Erklärung von schwedischer Seite.

Der Schwede bewahrt Stillschweigen.

»Hier in Schweden war der Spion unter einem Decknamen bekannt«, fuhr Sarah fort. »Seinen richtigen Namen hat die Öffentlichkeit nie erfahren.«

»Er hieß Kormoran«, murmelte Max. »In Sankt Petersburg nennt er sich Nestor Lasarew. Er ist der Vorstandsvorsitzende von St. Petersburg GSM. Und seine persönliche Schlacht gegen Schweden hat gerade von Neuem begonnen.«

65

Charlie Knutsson stand auf einer Trittleiter vor seinem ältesten Apfelbaum in seinem weitläufigen Garten auf Värmdö. Stockholmer kümmerten sich einfach nicht richtig um ihre Apfelbäume. Es kursierten unzählige Ansichten darüber, wie man sie richtig zurückschneiden müsse, wann genau – und dann wiederum behaupteten andere, dass man sie gar nicht zurückschneiden solle.

Doch Charlie hatte sich ein Stück Kivik mitgebracht – Kivik, die Apfelstadt –, und es bereitete ihm ein enormes Vergnügen, sich noch vor dem Frühjahr um seine geliebten Bäume zu kümmern.

Vor dem Haus fuhr jemand auf den Kiesplatz vor. Wer konnte das sein? Er erwartete doch keinen Besuch?

Von seinem Standpunkt aus konnte er nicht erkennen, wer es war, er sah nur Äste, also stieg er von der Trittleiter.

Frank?!

»Hallo, Charlie«, rief Frank Ståhl, der in einer grünen Jägerjacke und mit schweren Schuhen quer über die feuchte Wiese auf ihn zustapfte.

So hatte Charlie ihn noch nie gesehen. Sonst trug er immer teure Anzüge mitsamt Krawatte und blank polierte Schuhe und saß in irgendeinem besseren Restaurant rund um den Stureplan, wenn sie sich begegneten.

Es war bis heute immer Charlie gewesen, der auf einem Treffen bestanden hatte. Jetzt kam Frank von ganz allein zu ihm – zu ihm nach Värmdö obendrein, den ganzen Weg aus der Innenstadt.

»Ich habe schon aufgehört zu zählen, wie oft ich dich hierher eingeladen habe und du nie Zeit hattest zu kommen«, sagte Charlie. »Hab ich vergessen, dass ich dich eingeladen hatte?«

Er streckte die Hand aus, und wie immer drückte Frank viel zu fest zu.

»Kann ich dir etwas anbieten – Kaffee vielleicht?«

»Das ist nett, Charlie, aber nein danke. Ich muss gleich wieder in die Stadt zurück. Allerdings habe ich ein Anliegen, das ich mir dir persönlich besprechen wollte.«

Franks faltiges Gesicht sah plötzlich noch zerknitterter aus.

Was war passiert?

»Kannst du dich noch an unser Gespräch über die Ausfälle bei Telia erinnern?«, fuhr er fort, und Charlie nickte.

»Ist noch mehr vorgefallen?«

»Bei unserer internen Untersuchung ist ein Name aufgetaucht – einer, der mir Bauchschmerzen bereitet. Du kennst den Mann ...«

Wer sollte das sein? Anscheinend wartete Frank auf eine Reaktion.

»Und wer ist es?«

»David Julin.«

»Ist nicht dein Ernst!«

Charlie hätte beinahe losgelacht, doch dann blieb ihm das Lachen im Halse stecken. David hatte ihn angerufen und ihn am Telefon beschimpft – und das, nachdem er selbst gerade dessen Frau im Supermarkt vor einer Unannehmlichkeit bewahrt hatte. Charlie hatte das unbestimmte Gefühl, dass da irgendetwas nicht gestimmt hatte, aber David konnte doch wohl kaum in diese Affäre verwickelt sein?

»Ist er nicht einer eurer wichtigsten Geschäftspartner?«

»Genau das macht mir zu schaffen«, erwiderte Frank. »Hast du in letzter Zeit irgendwas munkeln hören?«

Charlie zuckte mit den Schultern. Er wusste nicht recht, was er sagen sollte. Sollte er erzählen, dass David ihn am Telefon angeschrien hatte? Ihn bedroht hatte?

»Welchen Grund könnte er haben, sich in unser System zu hacken?«, hakte Frank nach.

Geld?, schoss es Charlie durch den Kopf. David hatte seine Firma für über eine Milliarde Kronen verkauft und bei der Vektor-Gründung eine ansehnliche Summe gespendet. Der brauchte doch kein Geld?

»Wird gegen David offiziell ermittelt?«, fragte er.

»Noch halten wir es im engsten Kreis«, antwortete Frank. »Und dazu gehörst du auch.«

Charlie nickte nachdenklich.

»Hast du in letzter Zeit von ihm gehört?«

Mit einem Mal glich das Gespräch einer Vernehmung.

Was wollte Frank überhaupt hier? Es gab da jemanden, mit dem er lieber erst sprechen wollte, ehe er zu Frank Ståhl auch nur ein einziges Wort sagte. Um ihr das Leben nicht noch schwerer zu machen. Was, wenn sie wirklich in Schwierigkeiten steckten? Ihre Kinder waren immerhin noch klein. Hatte Frank von dem Vorfall bei Ica Wind bekommen? Und von Davids Anruf? Was immer er gleich sagte, würde eine Gratwanderung werden.

»Tut mir leid, aber ich glaube nicht, dass ich dir helfen kann. Ich habe mit David kaum noch Kontakt. Aber ich kann mir wirklich nicht vorstellen, warum er Telia sabotieren sollte. Das wäre einfach absurd.«

Frank nickte.

»Danke, Charlie. Sag Bescheid, wenn du etwas hörst.«

Er machte kehrt und marschierte zu seinem Auto zurück.

Charlies Puls beruhigte sich wieder, je weiter Frank sich entfernte.

Dann blieb er auf halbem Weg stehen und drehte sich noch einmal um.

»Bis morgen!«, rief er noch. »Auf eurem Vektor-Fest!«

Sobald Charlie hörte, dass Frank davongefahren war, legte er die Gartenschere aus der Hand, zog sich die Gartenhandschuhe von den Fingern und lief ins Haus. In der Garderobe holte er sein Handy aus der Jacke und rief sie an.

Der Anruf landete direkt auf ihrer Mailbox.

»Hej, hier ist Gabbi. Bitte hinterlassen Sie mir eine Nachricht.«

»Gabbi, Charlie Knutsson hier. Können wir uns unterhalten? Ich mache mir Sorgen um David.«

66

Der Arzt hatte sein Bedauern zum Ausdruck gebracht, aber alle wussten es, und selbstredend wusste Carl Borgenstierna es auch. Die Aussichten für den Vierundachtzigjährigen waren alles andere als rosig.

Wenn er ein anderer gewesen wäre, jemand ohne sein Vermögen, hätten sie die Transplantation gar nicht erst vorgenommen. Jetzt, da sie wussten, dass es nichts genutzt hatte, fragte Carl sich, warum sie es überhaupt versucht hatten. Warum gegen den Lauf der Natur ankämpfen? Es kam ja doch jeder mit einer Kapsel im Körper zur Welt – und dem berühmten Bild von Carl Larsson zufolge brach die Kapsel irgendwann in den Fünfzigern auf, und dann verströmte das Gift.

Warum sich also noch fünf zusätzliche Jahre kaufen? Was hatte er sich eigentlich gedacht, was die Zukunft für einen dummen alten Mann noch bereithalten sollte?

Einfach den Tatsachen ins Auge blicken. Der menschliche Körper war geboren, um zu sterben.

Ehe er sich der Operation unterzogen hatte, hatte er noch eine letzte Anstrengung unternommen. Die neue kapitalistische Herrscherkaste, die neuen Zaren … Wie hatten sie die Oberhand gewinnen können? Als die Delegierten zu der Jahrestagung in jenem Alpendorf gekommen waren, hatte keiner von ihnen mit dem amtierenden Präsidenten Jelzin reden wollen. Alle hatten den Herausforderer Schuganow treffen wollen, den Vorsitzenden der KPRF, dieser retrokommunistischen Partei … den Mann, der zurückwollte zur alten Sowjetherrschaft.

Irgendwer hatte letztlich dagegen angehen müssen.

Das Treffen war von russischen Finanzmagnaten initiiert worden, und alle – Amerikaner, Deutsche, Briten, der IWF, die Weltbank – hatten sofort zugesagt, als wäre dies der letzte Hoffnungsschimmer. Vielleicht war doch noch nicht alles verloren? Eine solche Vereinbarung hatte es nie zuvor gegeben. Alles streng geheim und unselig – und im Namen der Demokratie.

Carl hatte lange darauf hingearbeitet und sich aufgeplustert, um noch eine kleine Rolle in dem großen Zusammenhang zu spielen – und um im Gegenzug die Antwort zu erhalten, nach der er ein halbes Jahrhundert gesucht hatte.

Wo steckt dieses Ungeheuer?

Waren seine Handlungen moralisch vertretbar gewesen? Was er und Wallentin sich zurechtgelegt hatten, gab ihm Kraft.

Wir praktizieren hier nicht die Demokratie, wir schützen sie.

Auch durch das Versprechen, das er Tatjana gegeben hatte, fühlte er sich stark.

Indem Rache geübt wurde.

Es hatte ihn amüsiert, als das Personal auf seiner Station ausgetauscht worden war; die OP-Kräfte waren durch Pfleger ersetzt worden. Dann war er aus dem Södersjukhuset in dieses Stift verlegt worden, das von Ordensschwestern geleitet wurde und östlich der Innenstadt direkt an der Ostseeküste lag – Ironie des Schicksals, dass sie ihn zum Sterben ausgerechnet an jenes Meer gebracht hatten, das sein Leben bestimmt hatte. Ein letzter Kniff eines sadistischen Gottes, der die Welt lenkte und der offenbar gewollt hatte, dass seine Zeit auf Erden mit einem Blick zum Horizont und hinüber nach Russland enden sollte.

Sein Zimmer sah wie ein Hotelzimmer mit Meerblick aus. Sie nannten es Hospiz. Carl nannte es einen Ort zum Sterben. Vor dem Fenster sah es nett aus: Baumreihen, die den Rasen säumten und hinter denen das immer noch zugefrorene Meer lag. Allerdings hatten die Pflegekräfte keine Zeit, ihren Patienten zur Grundstücksgrenze und darüber hinaus zu bringen. Insofern war die Strandlage ja wohl Werbegewäsch. Aber womöglich würde er schneller, als ihm lieb wäre, alles von oben betrachten können, wenn seine Seele endlich den gebrechlichen Körper verließe und gen Himmel stiege.

Es klopfte, und Carl drehte sich zur Tür. Er wusste genau, wer kommen würde. Die Schwestern hatten den Morgentermin für ihn organisiert. Ihm war fast, als würde er sich in einen Säugling zurückverwandeln – das Einzige, was er noch selbst tun konnte, war atmen und schlucken. Um alles Weitere kümmerten sich andere.

Sie war Mitte vierzig. Die Firma, bei der sie angestellt war, hieß Rigus und hatte sich auf den Tod spezialisiert.

»Nicht jeder hat die Möglichkeit, sein eigenes Begräbnis zu planen«, hatte eine der Nonnen gesagt.

Die Rigus-Frau ließ sich an Carls Bett nieder. Wie hatte sie sich gleich wieder vorgestellt? Carl beschloss im Stillen, dass sie Yvonne hieß.

Yvonne legte einen weißen Hefter neben den Stapel Post, die er sich hierher nachsenden ließ, und neben das Album mit der violetten Lilie, das er unbedingt mit ins Krankenhaus hatte nehmen wollen. Auf dem Poststapel lag zuoberst ein Brief von Vektor, der vor zwei Wochen aufgegeben worden war und von dem jungen Mann stammte, der mehrmals versucht hatte, ihn zu erreichen, und der ihn sogar im Aufwachraum im Söder heimgesucht hatte.

Max Anger.

Und dann hatte ihn sogar die Chefin von Vektor selbst besuchen wollen. Sarah Hansen.

Yvonne erkundigte sich, ob Carls Familie einen Anwalt hatte oder ob sie ihm jemanden vorschlagen sollte. Ein Problem modernen Lebens in Schweden war tatsächlich, dass die Leute sich vor wichtigen Treffen nicht mehr vorbereiteten oder recherchierten.

Ich bin selbst nicht nur der Anwalt meiner Familie, ich bin der Anwalt der ganzen Nation.

Doch zu der jungen Frau sagte er nur: »Danke, aber den brauche ich nicht. Es ist alles geregelt.«

Sie fragte, ob Carl eine Begräbnisversicherung habe, und das mochte womöglich die dümmste Frage gewesen sein, die ihm jemals gestellt worden war. Warum in aller Welt sollte jemand so eine Versicherung abschließen?

Mach dir mal keine Gedanken, hätte er am liebsten gesagt, ich bezahle schön selbst für meinen Tod. Ich werde damit niemandem zur Last fallen.

Yvonne legte ihm ein Dokument vor, das sie *Weißes Archiv* nannte, eine Art Fragebogen, in dem man Organisatorisches und Wünsche für die eigene Trauerfeier hinterlegen konnte. Carl starrte auf die erste Frage – *Art der Bestattung. Beispiel: Ich möchte nicht einbalsamiert werden.* Einbalsamiert? Wie Lenin in seinem Mausoleum auf dem Roten Platz?!

Frage zwei: Kleidung. Beispiel: Ich möchte einen Nadelstreifenanzug/mein violettes Sommerkleid/meinen Lieblingsschlafanzug und darunter Unterwäsche tragen.

Frage drei: zu benachrichtigende Personen. Beispiel …

Carl sah die Frau an, die vielleicht Yvonne hieß. Sie blickte auf das Display ihres Handys, womöglich verschickte sie gerade eine SMS an jemanden, den sie benachrichtigen wollte. Sein Blick wanderte zu dem Poststapel auf dem Schreibtisch, zu seinem Album, zu Max' Brief.

Zu benachrichtigende Personen?

Er betrachtete das alte Foto, das neben ihm auf dem Nachttisch stand.

»Auf Verrat an Mütterchen Russland steht für mich die Todesstrafe.«

Ihre Stimme war in ihm niemals verstummt.

Lebend hatte er sie zum letzten Mal spätabends am 22. Februar 1944 gesehen. Irgendwer hatte ein weißes Laken über sie gelegt. Wo ihr rechtes Bein hätte sein müssen, fiel das Laken unterhalb des Beckenknochens flach über die Pritsche. Ihr Bauch hatte wie punktiert ausgesehen, und Carl hatte sie kaum wiedererkannt.

Er hatte die Verwandlung miterlebt – den letzten Atemzug, der so schwach gewesen war, dass er ihn kaum bemerkt hätte, die leichte Vibration der Luft um sie herum und dann die Starre, die sich wie eine Maske über ihr Gesicht gelegt hatte. Dann kam die unerträgliche Schönheit jenes Augenblicks, als sie keinen Schmerz mehr spürte. Nur dass sich ihr Schmerz in Carls Körper fortsetzte. Am liebsten hätte er nur mehr nach innen geblickt, um nie wieder etwas sehen zu müssen. Ihr Gesicht in jenem friedlichen Moment hatte sich für immer in seine Netzhaut gebrannt – ein Bild, das er mit niemandem würde teilen können.

Er hatte es nicht über sich bringen können, sie auf der Pritsche allein zu lassen, nicht einmal, um in das angrenzende Zimmer zu gehen, aus dem ein kläglicher Schrei drang.

Zu benachrichtigende Personen?

Er hatte jemanden benachrichtigt. Zwar nicht Max, aber jemanden, der ihm nahestand.

War sie aktiv geworden? Hatte sie das, was er ihr erzählt hatte, ernst genommen? Hatten die beiden, sie und Max, inzwischen alle Fäden aufgenommen? Und würde das endlich für Wiedergutmachung und Frieden sorgen?

Oder würde es zu umso mehr Leid führen?

Carls Blick wanderte von Max' Brief zurück zu der alten Fotografie.

Wenn das Böse niedergerungen würde und er seine Rache bekäme, würde er vielleicht doch noch seinen Frieden finden?

Yvonne sah von ihrem Handy auf. Offenbar konnte sie ihm ansehen, dass er an dem Weißen Archiv nicht länger interessiert war.

»Oh bitte, verzeihen Sie, Herr Borgenstierna … Kann ich Ihnen irgendetwas Gutes tun?«

Ja, fahr wieder heim zu deinen Leuten, dachte Carl. Ich weiß ganz gut, was ich mir wünsche.

Keine Trauerfeier jedenfalls. Kein Lieblingsschlafanzug. Feuerbestattung, aber bloß keine modische Urne! Er wusste auch genau, wo er beerdigt werden wollte: in einem anonymen Grab auf dem Storkyrkogården. Am Fuße eines kleinen Baumes sollte seine Asche verstreut werden. Kein Grabstein, keine Plakette, nirgends eine Erwähnung. Seine Existenz sollte regelrecht ausradiert werden, so wie sie *sie* ausradiert hatten. Genau das wünschte er sich. Ihr, die auf ihn wartete, nachzufolgen.

Nach zweiundfünfzig Jahren.

Nachdem die Frau sich Carls Wünsche notiert hatte, schob sie ihre Unterlagen zusammen, stopfte sie in ihre Tasche, stand auf und wandte sich zum Gehen. Ihr Weißes Archiv legte sie auf Carls Schreibtisch.

»Das lasse ich Ihnen mal da, Herr Borgenstierna. Falls Sie Ihre Meinung ändern.«

67

Die Sonne schien über der Hafenanlage, als Max und Ilja zur Baltischen Bucht zurückkehrten. Im hellen Licht sah die Umgebung irgendwie noch düsterer aus als zuvor. Sie stellten den Jeep ein paar Straßenzüge entfernt ab und versuchten, möglichst unbekümmert auszusehen, als sie in Richtung des Hangars schlenderten.

Während der Nacht hatten sie die umliegenden Gebäude inspiziert, die als Versteck dienen mochten, und eines im Speziellen ausfindig gemacht, das im selben Block lag wie der Hangar – eine aufgelassene, verfallene Turnhalle. Durch eine Hintertür verschafften sie sich Zutritt und stiegen geduckt hinauf ins Obergeschoss.

Alles, was hier von Wert gewesen war, war geplündert worden. Die Dachplatten waren verschwunden; Betonziegel und Moniereisen ragten in den Himmel wie die Zweige eines abgestorbenen Baumes. Sämtliche Fenster waren eingeschlagen. Die Türen, die vom Treppenhaus ins obere Stockwerk führten, fehlten. Auf dem kahlen Betonboden standen Pfützen, und über Schwellen und Türzargen flatterten zerfetzte Plastikplanen im Wind.

Max stellte sich so dicht an die Wand, dass er durch ein zerschlagenes Fenster unauffällig zum Hangar spähen konnte. Das Herz pochte in seiner Brust, es fühlte sich an wie Peitschenschläge, die ihn von den Rippen bis hinauf in die Schläfen trafen. Die ganze Zeit sah er Mischins Leiche vor sich und musste das Bild wegblinzeln, um sich wieder auf den stillgelegten Marinestützpunkt und den daneben errichteten Hangar zu konzentrieren.

Bist du da drinnen, Paschie? Oder bist du *da drinnen? Du, der du Mischin angeblich für eine Literaturzeitschrift fotografieren wolltest?*

Seine Kiefermuskeln verspannten sich, als er an den jungen, spindeldürren Mann mit Brille und Strickjacke dachte.

Er sah zu Ilja hinüber, der statt den Hangar Max anstarrte.

»Ich geh da rein«, teilte er ihm mit.

Ilja schüttelte den Kopf.

»Das glaub ich nicht.«

»Ich erwarte nicht, dass du mitkommst, aber ich muss auf der Stelle zu Paschie.«

Max steuerte schon auf das Treppenhaus zu, als Ilja ihn unsanft am Arm packte. Max drehte sich zu ihm um und sah das Blut in der Ader unter seinem linken Auge pulsieren.

»Lass mich los.«

Ilja zog die *gratsch* aus seinem Hüftholster.

»Dann können wir dich genauso gut hier und jetzt erschießen. Wäre für mich leichter, wenn ich deine Leiche zurück nach Stockholm schaffen soll. Sonst müsste ich dich da drinnen erst suchen.«

Ilja winkte mit dem Pistolenlauf in Richtung des Hangars.

Max versuchte, sich aus Iljas Griff zu befreien, doch der packte fest zu.

»Dann ist hier also Schluss?«

»Im Gegenteil. Nicht wenn du dich wieder beruhigst und mir jetzt gut zuhörst.«

Entschlossenheit lag in seinem Blick. Und tiefe Empathie. Max nickte, und Ilja steckte die *gratsch* wieder weg.

»Diese Leute haben doch schon unter Beweis gestellt, dass sie willens und imstande sind, ihre Widersacher auf unterschiedlichste Weise aus dem Weg zu räumen. Du musst damit rechnen, dass sie bewaffnet sind.«

»Und was machen wir jetzt?«, fragte Max.

Er verhaspelte sich, seine Atmung war hektisch. Er fühlte sich, als würden sämtliche Frequenzen in seinem Körper auf Anschlag funken.

Ilja runzelte die Stirn.

»Hast du keine Tabletten mehr?«

Max schüttelte den Kopf. *Nur noch eine.*

»Und wie geht es dir?«

»Beschissen.«

Ilja nickte.

»Wenn du trotzdem reinwillst, hör mir zu. Wir können da nicht einfach so am helllichten Tag hineinspazieren. Wir warten hier und ruhen uns aus, bis es dunkel wird, und währenddessen überlegen wir, ob es nicht noch einen anderen Weg gibt, um reinzukommen.«

68

Sarah ließ sich in ihren Stuhl zurücksinken, sah aus dem Fenster, auf die Bäume draußen am Valhallavägen, die im Wind schwankten. Immer wieder kehrte sie in Gedanken zu dem Telefonat mit Max zurück, zu alldem, was er berichtet und was sie inzwischen selbst herausgefunden hatte. Paschie wurde womöglich in einem Hangar gefangen gehalten. Mischin war tot. Ein Mann, der 1944 in Stockholm der Spionage angeklagt worden war, nannte sich mittlerweile Lasarew und war Vorstandsvorsitzender der St. Petersburg GSM. Und Borgenstierna war aus dem Södersjukhuset weggebracht worden.

Sarah neigte normalerweise nicht dazu, in Stress zu geraten, aber das hier war verdammt noch mal zu viel. Sie nahm die Brille ab und massierte sich die Nasenwurzel. Erst hatten die Telefone nicht mehr funktioniert. Dann waren private Daten verschwunden, und schließlich hatte Charlie berichtet, dass sie ausspioniert worden waren. Was bedeutete das für sie alle? Und für die nationale Sicherheit?

Die FINEC in Sankt Petersburg aufzubauen hatte sie zwei Jahre gekostet. Jetzt waren sie wieder bei null. Sarah hatte keine Ahnung, wie es für sie weitergehen sollte.

Und wo steckte Carl Borgenstierna? War er wieder zu Hause? In seinem Familiensitz in Gamla stan? Im Erdgeschoss war ein Geschäft untergebracht, Sarah war schon mehrmals daran vorbeigelaufen. Womöglich würde sie sich dort irgendwie Zutritt verschaffen müssen.

Sie hätte sich ohrfeigen können – und zwar nicht zum ersten Mal. Sie hätte von Anfang an auf Max hören sollen.

Und dann war da auch noch die SMS vom Vorabend. Sarah streckte sich nach ihrem Handy und rief die Nachricht auf. Sie hätte nicht sagen können, zum wievielten Mal sie die jetzt las. Mit jedem einzelnen Wort stieg mehr Wärme in ihr auf – vom Unterleib bis zum Hals.

»Ich halte es nicht mehr aus. Muss morgen Abend zu dir kommen.«

Die Sorge – um die Zukunft von Vektor, um die Zukunft Schwedens. Die Vorfreude auf den heutigen Abend. All diese Gefühle standen miteinander im Widerstreit.

Plötzlich schaltete sich das Handydisplay ab.

Was war denn jetzt passiert? Sarah nahm den Akku heraus, fischte eine Sicherheitsnadel aus ihrer Handtasche, um die SIM-Karte zu entnehmen, rieb sie an ihrer Bluse sauber, pustete einmal drüber und setzte SIM und Akku wieder ein. Trotzdem funktionierte das Telefon nicht mehr.

Sie sah sich in ihrem Büro um. Würde sie auch ohne Handy klarkommen? Sie hatte es gerade mal seit eineinhalb Jahren, doch jetzt, da es nicht mehr funktionierte, würde sie nicht mal einen Nachmittag ohne es durchstehen.

Sie würde Max von ihrem Festnetztelefon aus anrufen. Aber Gabbi? Sie hatten einander eine Reihe SMS geschrieben – intime Dinge obendrein. Wo waren diese SMS jetzt? Wohin waren sie verschwunden? Über das tote Plastikteil in ihrer Hand hatte sie zumindest keinen Zugang mehr dazu. Würde sie Gabbi auch vom Festnetz aus anrufen können? Was, wenn sie bei einer unbekannten Nummer nicht abnahm? Den gemeinsamen Abend wollte sie unter keinen Umständen aufs Spiel setzen.

Hatte Telia diese Attacke denn immer noch nicht im Griff?

Oder sabotierte jemand ausschließlich die Vektor-Telefone? War das Handy für immer im Eimer, oder hatte sich nur die Software aufgehängt?

Sarah griff zum Telefon auf ihrem Schreibtisch.

»Violet? Könntest du bitte den Telia-Kundendienst für mich anrufen?«

Ein undankbarer Auftrag – aber Sarah ging davon aus, dass die Telia-Leute im Moment ziemlich viel um die Ohren hatten und ihr endlos frustrierende Minuten in der Warteschleife bevorstehen würden.

»Ist irgendwas passiert?«, fragte Violet zurück.

»Mein Handy funktioniert nicht mehr. Keine Ahnung, was da kaputt ist. Die machen so viel Ärger zurzeit, das sollen sie jetzt wieder geradebiegen.«

»Ich ruf sie an.«

»Danke, Violet. Du bist ein Schatz.«

Sein Rechner vermeldete eine Nachricht – ein Anruf von Vektor an den Telia-Kundendienst.

David Julin ließ sofort alles stehen und liegen und starrte auf seinen Bildschirm. Genau so etwas hatte Ray vorausgesagt – dies war der Startschuss für den neuen Auftrag, den er ausführen müsste.

Er setzte sich das Headset auf. Nahm noch einen Schluck Wasser, weil sein Mund so trocken war.

»Guten Tag, Sie sprechen mit dem Telia-Kundendienst«, sagte er. »Was kann ich für Sie tun?«

»Hallo?«, sagte eine Frau am anderen Ende der Leitung. »Ist da der Kundendienst?«

»Ja, hier ist der Kundendienst«, antwortete David so ruhig wie möglich.

»Sehr gut. Ich hab schon befürchtet, es würde länger dauern.«

Nur nichts überstürzen. Immer mit der Ruhe. Und keinen Mist bauen.

»Wie kann ich Ihnen helfen?«, fragte David erneut.

»Ich rufe für meine Chefin an, für Sarah Hansen. Wir haben in den letzten Tagen massive Probleme mit unseren Telefonen gehabt, und jetzt ist auch noch ihr Handy defekt.«

»Soll ich Ihnen ein Ersatzgerät schicken?«

»Ach, das wäre klasse. Wäre es möglich, dass es noch vor Feierabend eintrifft?«

»Wir können es auch direkt zu ihr nach Hause schicken.«

»Das wäre wahnsinnig nett, das richte ich ihr gerne aus. Es geht um den folgenden Anschluss ...«

David musste die Nummer gar nicht erst notieren, die ihm die Frau diktierte. Er kannte sie bereits auswendig.

»Gar kein Problem, wir kümmern uns darum. Ich sorge dafür, dass das Handy noch heute Abend zu Sarah Hansen nach Hause geliefert wird.«

69

Max hörte, wie sein Vater ins Arbeitszimmer im Keller eilte. Er sah den Schreibtisch mit den Büchern, Notizblöcken und Zeitungen förmlich vor sich. Und die Flasche Bell's Scotch Whisky. Max konnte ihn vor sich hin murmeln hören. Führte er jetzt schon Selbstgespräche? Max griff zum Telefon auf dem blau lackierten, kleinen Nachttisch und hielt sich den Hörer ans Ohr.

»Ich will mit dem Anwalt sprechen«, sagte Papa gerade.

»Wer ist denn da? Wissen Sie eigentlich, wie spät es ist?«, fragte eine Frauenstimme. »Sie haben die Nummer von Herrn Doktor Wallentin gewählt, hier gibt es keinen Anwalt.«

»Dann will ich den Doktor sprechen. Sagen Sie ihm, dass ich von Arholma aus anrufe.«

»Tut mir leid«, sagte die Frau. »Aber ich werde dieses Gespräch jetzt beenden.«

»Geben Sie mir Ihren Mann!«

Es krachte im Hörer, als die Frau das Telefon beiseitelegte. Max hielt die Luft an. In seinem Ohr hörte er Papa schwer atmen.

»Wer ist denn da?«, fragte im nächsten Moment eine tiefe, verschlafene Männerstimme.

»Ich rufe von Arholma an. Sie wissen schon, dieses gottverlassene Drecksloch draußen in der Ostsee. Sie waren vor fünfundzwanzig Jahren mal hier.«

»Wie haben Sie mich gefunden?«, wollte der Mann wissen.

»Es hat ein bisschen gedauert«, erwiderte Papa. »Hallo? Sind Sie noch dran?«

»Das hier ist ein Fehler«, sagte der Mann. »Ein *fataler Fehler.*«

»Fünfundzwanzig Jahre!«

»Hören Sie.« Jetzt klang der Mann entschlossen und hellwach. »Rufen Sie mich etwa von zu Hause aus an?« Dann klang es, als würde er die Sprechmuschel zuhalten, weil plötzlich sämtliche Hintergrundgeräusche verstummten. »Ich beende jetzt dieses Gespräch.«

»Warten Sie!«, rief Papa.

»Nein«, entgegnete der Mann. »Dieses Gespräch hat niemals stattgefunden, verstanden? Und es wird auch kein weiteres geben.«

»Hallo? Wallentin?«

Es klickte in der Leitung, dann konnte Max nur noch Papas unregelmäßigen Atem hören. So leise wie möglich legte er den Hörer auf die Gabel.

Und mit einem Mal zuckte er heftig zusammen – durch die Bodendielen drang ein markerschütternder Schrei. Dann warf Papa unten im Keller mit Sachen um sich, und er hörte, wie die Whiskyflasche auf dem Boden zerschellte. Papa schrie immer lauter.

Immer lauter.

Als Max aufwachte, war ihm eiskalt. Ein paar Meter zur Linken saß Ilja und lehnte schlafend an der kahlen Betonwand. Er hatte seinen Wachposten verlassen. Ilja war in vielerlei Hinsicht ein fabelhafter Kerl, aber bei allem, was auch nur im Entferntesten mit dem Militär zu tun hatte, war er schlicht und ergreifend fehl am Platz, so viel war sicher.

Das hier ist meine Sache, nicht deine, mein Freund. Dir muss doch allmählich klar sein, dass dieser Auftrag unter-

bezahlt war – auch wenn du geglaubt hast, dass du mit fünfzehntausend Dollar gut wegkommen würdest.

Max stemmte sich hoch und trat an das kaputte Fenster, von dem aus er den Marinestützpunkt und den Hangar sehen konnte. War Lasarew hergekommen, während sie geschlafen hatten? Oder war er schon die ganze Zeit da gewesen?

Allmählich wurde es dunkel, und in den aufgelassenen Gebäuden würden sie bald nichts mehr sehen können.

Max schaltete die Taschenlampe an, die Ilja aus dem Jeep mitgenommen hatte. Die Wand in Iljas Rücken war über und über mit Graffiti beschmiert.

Fuck OMON!

HUNGER!

Gorbatschow muss sterben!

14.9.1991 – letzter Kosakentanz!

Lang lebe Wympel!

Direkt neben die Türzarge hatte jemand die Karikatur eines der Speznas-Logos gemalt – die geballte Faust, die eine Kalaschnikow hielt. Nur dass hier der Mittelfinger ausgestreckt und der Gewehrlauf durch einen geäderten Penis ersetzt worden war.

An der gegenüberliegenden Wand prangten noch mehr Graffiti – detailreiche Bilder, fast wie Höhlengemälde, spielerische ebenso wie schmerzhafte Szenen, Kinder, die einander an den Händen hielten, die in einen Wald liefen und sich dort versteckten. Daneben Waffen und Panzer.

In die Mitte hatte jemand eine große Gestalt gemalt. Sie sah aus wie ein Waldwesen – eine riesige, hexenartige Figur mit kurzen Beinen und extrem langem Oberkörper. Sie streckte die Arme in Richtung der Kinder aus, die vor ihr davonrannten. In den Händen hielt sie lange Messer mit blutverschmierten Klingen. Jenseits des Weges, den die fliehenden Kinder eingeschlagen hatten, brannten aufgehäufte Äste und Zweige. Unter dem Feuer war der Boden mit Schädelknochen bedeckt.

Die Figur war weder Mann noch Frau; sie hatte langes, strähniges Haar, trug Kleiderfetzen, die von ihrem fast schon anorektisch dürren Körper hingen. Im Hintergrund verschmolzen Baumstämme und Wurzeln mit dem Wald. Oberhalb des hochflammenden Feuers hingen orthodoxe Kreuze in den Baumwipfeln.

Was für ein widerliches Bild. Was sollte das darstellen? Und wer hatte das gemalt?

Max wandte sich wieder dem Hangar zu. Ein Wagen näherte sich – ein schwarzer Mercedes. Das elektrisch betriebene Tor glitt zur Seite, und von seiner erhöhten Position konnte Max über die Mauern in den Hof sehen. Dann kamen noch mehr Wagen – insgesamt sechs.

»Ilja«, sagte er. »Wir haben Besuch.«

Ilja war auf der Stelle wach, lief zu einem anderen Fenster, presste sich genau wie Max mit dem Rücken an die Wand und drehte den Kopf, sodass er den Hangar sehen konnte.

»Veranstaltet da jemand eine Party oder was?«

Männer stiegen aus, begrüßen sich, schüttelten Hände, umarmten sich und drückten einander Küsse auf die Wangen. Das Ganze dauerte vielleicht fünf, sechs Minuten. Dann bog ein weiteres Fahrzeug um die Ecke, eine lange schwarze Limousine, und fuhr auf den Hangar zu. Vorneweg fuhren zwei Motorräder, hinten die Nachhut. Bei der Limousine handelte es sich um einen Sil. Daneben sahen selbst West-Pendants wie Rolls-Royce oder Maybach blass aus. Der Sil war namengebend für die sogenannten Moskauer Sil-Kolonnen, in denen die Parteibonzen sich durch die Stadt bewegten. Ursprünglich hatte der Markenname Sis gelautet – das Akronym für *Sawod imeni Stalina*. Doch nachdem die neue

Sowjetführung alles Stalinistische hatte ausmerzen wollen, war der Name Stalin gegen den des Werksvorstands Lichatschow ausgetauscht und der Autobauer zu Sil umbenannt worden.

»Der Ehrengast …«, murmelte Ilja.

»Los!«, sagte Max und bedeutete ihm mitzukommen, lief in Richtung Treppenhaus und leuchtete mit seiner Taschenlampe die Wände entlang. Über ihnen führte eine Stahltreppe hinauf zwischen die Dachbalken.

»Von da oben sehen wir besser.«

Oben angekommen, entdeckten sie eine schmale Plattform rund um einen Schornstein, auf der sie sich hinstellen konnten. Sowie sie über die Dachsparren balanciert waren, gingen sie hinter dem Schornstein in Deckung und beobachteten von dort, was am Hangar vor sich ging.

Die beiden Motorradfahrer hatten ihre Maschinen zu beiden Seiten einer verbeulten Metalltür abgestellt. Sie waren von Kopf bis Fuß in schwarze Lederkluften gehüllt und hatten schwarze Helme auf. Aus dem hintersten Wagen stiegen zwei breit gebaute Männer in identischen grauen Mänteln und blank polierten Lederstiefeln aus und verschwanden in Richtung Mauer außer Sicht. Dann ging die Tür der Limousine auf. Erst kam ein Fuß zum Vorschein, ein Bein, dann das andere. Ein Mann schob sich heraus und richtete sich auf dem Hof zur vollen Körperlänge auf. Um ihn herum schien alles zu schrumpfen – selbst die Limousine. Der Mann trug einen eleganten braunen Mantel. Er drehte den Kopf in beide Richtungen, als müsste er sich die Nackenwirbel zurechtrücken. Der lange Hals, der aus dem Revers ragte, sah aus wie der eines Vogels. Verglichen mit seinem riesigen Körper war der Kopf unverhältnismäßig klein.

»Der Kormoran ist gelandet«, stellte Max leise fest.

70

Erneut unternahm Paschie einen Versuch, den Kopf zu heben. Ihr war elendig kalt, und womöglich hätte sie das hier nicht überlebt, wenn sie nicht den Wodka im Blut gehabt hätte.

Es konnte nicht mehr lange dauern, ehe die Sonne jenseits der Mauern unterging. Dann würde die Feuchtigkeit, die von der Ostsee heraufkroch, sie zusätzlich auskühlen.

Zu beiden Seiten konnte sie an den Wänden ihres Gefängnisses Kratzspuren im gelblich braunen Schlamm erkennen. Hatte hier vor ihr schon einmal jemand gehangen? Und hatten der Hunger und der Durst dieser Person so lange zugesetzt, bis sie den Schleim von den Wänden genagt hatte, um überhaupt etwas zu sich zu nehmen?

War das auch eine Frau wie ich gewesen?

Was war das eigentlich für eine Zelle, in der sie sich befand? Irgendwie fühlte sie sich unschön an den *Archipel Gulag* erinnert.

Was war das hier?

Neben ihr bewegte sich etwas.

Irgendetwas lebte hier in diesem Wasserloch, in das man sie abgeseilt hatte – anscheinend Larven oder Insekten. Allerdings war da auch noch etwas Größeres. Irgendwas streifte sie, als es vorüberglitt, am Schienbein, dann am Oberschenkel. Und mit einem Mal schnappte es nach ihr – und sie geriet in Panik, zog sich an beiden Armen hoch und trat mit den Beinen im Wasser wild um sich. Hyperventilierte.

Allzu lange würde sie sich nicht mehr oben halten können. Doch ihre Arme wurden immer zittriger, und dann hatte sie keine Wahl mehr und tauchte mit dem Unterleib wieder in die Brühe ein.

Das Wesen kam wieder.

Sie wollte lieber gar nicht wissen, was das war, was diese Grube mit ihr teilte. Als das Schnappen wieder einsetzte, schaffte sie es nicht mehr, sich zu wehren.

Wir wollten doch zusammen hinfahren – nach Thailand, nach Bangkok, wo die Leute ihre Füße in Fischtanks steckten. Weißt du noch, wie wir darüber geredet haben? Das war nur eines der vielen Dinge, die wir unternehmen wollten, sobald wir alles in Ordnung gebracht hätten. Wenn die Ungerechtigkeiten und die Wurzellosigkeit endlich aus der Welt geräumt wären. Wenn wir endlich planen und einen Neustart wagen und uns eine eigene sichere Basis hätten schaffen können. Eine Familie.

Max. Wenn ich noch mal das Sonnenlicht sehen soll, dann musst du dich beeilen.

Der Durst war unerträglich. Sie begann, die Wände ihres Gefängnisses abzulecken, um zumindest etwas Feuchtigkeit zu sich zu nehmen. Ihre Zunge war geschwollen und fühlte sich wie vertrocknetes Leder an, ihr Mund wie Sandpapier. Fieber pulste in ihrem Kopf.

Lasarew war zu ihr gekommen und hatte sich vor ihr aufgebaut. Als sie gehört hatte, wie die Tür mit dem Milchglaseinsatz aufging, und Lasarew auf sich hatte zukommen sehen, hatte sie schier unerklärliche Kräfte entwickelt. Sie hatte sich fast schon aufgegeben, doch dann verlieh der Hass ihr neue Kraft. Sie wollte den Tag erleben, an dem dieses Schwein seine gerechte Strafe erhielte.

Lasarew knöpfte ihr die Bluse auf und starrte auf ihre Brüste. Sie stellte sich ohnmächtig, damit er nicht auf die

Idee kam, ihr noch ganz andere Dinge anzutun. Die Finte funktionierte, er zeigte kein größeres Interesse an ihr. Wenn ihm oder seinen Freunden einfallen sollte, über sie herzufallen, würde sie alles in ihrer Macht Stehende tun, damit sie ihren Willen nicht bekämen. Sie würde ihre allerletzten Kräfte mobilisieren, um zurückzuschlagen.

Mich kriegt ihr nicht!

Es gab nur einen einzigen Mann, den sie noch mal an sich heranlassen würde.

Mit dem auffrischenden Wind drangen auch Geräusche von der Rückseite des Gebäudes an ihr Ohr. Sie konnte Autotüren schlagen hören und tiefe Stimmen, die einander auf Russisch begrüßten.

Die anderen aus der Organisation.

Paschie spürte, wie sie am ganzen Körper zu zittern begann.

Wenn sie jetzt einschliefe, würde sie nicht wieder aufwachen. Die Männerstimmen wurden lauter, kamen näher.

Mich kriegt ihr nicht.

Lieber sterbe ich.

71

Wie würden sie reagieren, nachdem sie endlich angekommen waren? Wenn sie sähen, wer die jeweils anderen in der Organisation waren? Wenn sie erführen, wer *er* in Wahrheit war?

Nestor Lasarew ließ den Blick über die Gästeschar schweifen. Er hatte ihren Treffpunkt mit Bedacht gewählt – hier war sein altes Terrain, niemand kannte das Gelände besser als er, genau hier hatten er und seine Untergebenen Hunderte der besten Männer innerhalb der Roten Armee ausgebildet und trainiert, damals während seiner finstersten Jahre, in denen seine wahre Identität genauso geheim gewesen war wie dieses Areal.

Dieser Treffpunkt verband sie alle mit dem Mann, dem sie noch immer dienten – und nicht viele hatten Stalin so nahegestanden und überlebt. Lasarew selbst hatte ihm nicht bloß nahegestanden, er war in dessen Nähe regelrecht aufgeblüht.

Indem er das alte Gelände der Plantage wieder in Betrieb nahm, würde Lasarew die Abtrünnigen leicht von jenen unterscheiden können, die noch immer ungebrochen an die Sache glaubten. Als sie sich gemeinsam auf den Weg machten, ließ er sie zwar nicht in sein Arbeitszimmer eintreten, erwähnte aber, wo es lag, und stellte sicher, dass sie die Tür und das Gemälde sahen, das daneben hing.

Habt ihr auch nur eine Ahnung, was ich durchgemacht habe, um diese Tür aus seiner Datscha in Kunzewo zu retten – die Tür, die in seine privaten Gemächer führte –, und was ich tun musste, um sie über all die Jahre zu verstecken? Vor Leuten wie Molotow und Beria?

Als sie daran vorbeigingen, ließ er die anderen nicht aus den Augen. Wer von ihnen erkannte die Tür wieder?

Wo wart ihr an jenem Abend des 1. März 1953? Erinnert ihr euch noch an die frühen Morgenstunden tags darauf, als ein panischer Losgatschow vom Privatanschluss im Schlafzimmer den Arzt alarmierte? Der dann eine Gehirnblutung diagnostizierte, woraufhin sofort Dadajew, der Doppelgänger, hinzugerufen wurde?

Wo wart ihr am 5. März vor exakt dreiundvierzig Jahren? Als die Bürger der Union weder aßen noch zur Toilette gingen und nur noch stumm vor Sorge ausharrten?

Mit vierundsiebzig Jahren … Kaum vorstellbar, was er noch hätte leisten können, wenn seine Ärzte keine solchen Pfuscher gewesen wären.

Er erinnerte sich noch genau an Lewitans Stimme – jedes einzelne Wort hatte sich für alle Zeiten in sein Innerstes gebrannt. *Zutiefst betroffen teilen das Zentralkomitee der Kommunistischen Partei, Ministerrat und Präsidium ihrer Partei sowie der Arbeiterschaft mit, dass am 5. März um neun Uhr fünfzig abends der Generalsekretär des Zentralkomitees der KPdSU und Vorsitzende des Ministerrates seiner schweren Erkrankung erlegen ist. Das Herz des engsten Mitarbeiters Lenins, des weisen Anführers und Lehrers der Kommunistischen Partei und des sowjetischen Volkes, hat aufgehört zu schlagen.*

Menschen wurden totgetrampelt, als die trauernden Massen auf den Straßen zu groß wurden. Wie viele starben damals? Hunderte. In den Schulen der gesamten Sowjetunion standen die Schüler auf den Fluren und weinten.

Bis heute galt der Todestag als größere Tragödie denn der Große Vaterländische Krieg.

Er war nicht nur mein *Vater. Er war unser aller Vater.*

Habt ihr je mit klopfendem Herzen, mit diesem Kribbeln in den Fingerspitzen, mit zum Bersten gefüllter Lunge vor dieser Tür gestanden und euch stärker und leichter denn je gefühlt, so als könntet ihr fliegen?

Lasarew führte seine Gäste weiter zum Hangar und kommentierte mit keiner Silbe die alten Flugzeuge, die er restauriert und dort in Position geschoben hatte – zwei Iljuschin-Schturmowik-Schlachtflugzeuge und einen DB3-Langstreckenbomber.

Er steuerte einen Aufenthaltsraum an, ein karges Zimmer, das durch eine Glasfront vom Hangar abgetrennt war. Waren sie inzwischen zu verwöhnt, um sich an einem solchen Ort wohlzufühlen? Machten ihnen die Kerosindämpfe und der Motorölgeruch zu schaffen? Oder hatte all das den gegenteiligen Effekt und spendete Trost und Hoffnung? Weckte die Sehnsucht nach einem neuerlichen Krieg?

Entlang des improvisierten Besprechungstischs, der aus mehreren Arbeitsbänken zusammengesetzt worden war, ließen sie sich nieder und studierten die Karten von Russland und Westeuropa, die Lasarew aufgehängt hatte.

Sie gehörten der militärischen Führungsriege an und hatten sich von Lasarews Mission und Fernziel angesprochen gefühlt: von der Wiedererrichtung des Sowjetimperiums, wie Stalin es angeführt hatte. So unendlich viel hatten sie seither eingebüßt, so viele Jahre katastrophaler Reformen durchlaufen und Verräter erlebt – von Chruschtschow und Breschnew bis hin zu Gorbatschow, der schließlich den Zerfall der Union zugelassen hatte. Und was Jelzin getan hatte, war vollends unverzeihlich. Er wusste es inzwischen selbst und war genau deshalb auf dem besten Weg, sich totzusaufen, ehe er abgesetzt und vor Gericht gestellt werden konnte.

Mit Titjakows Überlegungen zu ihrem Einsatz in Prag

1968 hatte alles angefangen. Schritt für Schritt hatte die Organisation Gestalt angenommen. Denn wie Lasarew feststellen konnte, war er mit seiner Verzweiflung angesichts des Zerfalls des Sowjetreichs mitnichten allein. Es gab noch andere Rechtgläubige und Anführer innerhalb der Bewaffneten Organe, die sich von der aktuellen politischen Ordnung oder vielmehr Unordnung nicht vom rechten Weg abbringen ließen.

Die Gruppe hatte Lasarew bei den Investitionen in die Funklizenz tatkräftig unterstützt. Er hatte sie tatsächlich davon überzeugen können, dass sie mit gebündelten Kräften umso schlagkräftiger wären und ihre jeweiligen Vermögenswerte aus diversen Kriegen mithilfe eines Unternehmens in einem schnell wachsenden Zweig der Konsumbranche sogar reinwaschen könnten.

Der Plan war simpel. Indem sie Zollabgaben umgingen, würde das Unternehmen in Rekordgeschwindigkeit wachsen und dann an die Börse gebracht. Das Vermögen, über das die Gesamtorganisation letztlich verfügte, würde derart anwachsen, dass ihre persönlichen Gewinne im Vergleich dazu Peanuts wären. Ein solches Kollektivvermögen konnte am Ende den entscheidenden Unterschied ausmachen: Indem sie es in Waffen und Spitzentechnologie investierten, könnten sie eine Militärmacht etablieren, die stark genug wäre, um sämtliche abweichenden politischen Strömungen wieder einzufangen.

Iwanowitsch. Die einigende Kraft, mit deren Hilfe die Sowjetunion als Weltmacht wiederauferstehen würde.

Lasarew eröffnete die Runde, und der Reihe nach – von Ost nach West, sodass er selbst das letzte Wort hatte –, setzten sie einander von ihren jeweiligen Fortschritten in Kenntnis.

Als Vorletzter ergriff Bykow das Wort, der Neffe des

früheren Verteidigungsministers Jasow und einer der einflussreichsten Männer in der Oblast Tula. Aus seiner Einheit hatte ein Verbindungsmann Kontakt zu einer Gruppe tschetschenischer Rebellen aufgenommen, die in den Besitz zweier mobiler ballistischer Boden-Boden-Raketen vom Typ OTR-23 Oka gekommen waren – komplett mitsamt Atomsprengköpfen. Als er den Preis nannte, den die Tschetschenen dafür aufgerufen hatten, ging ein Grollen und Murmeln durch die Runde. Lasarew selbst schwieg, fing Bykows Blick auf und nickte.

Die Spindeln gehören uns. Wir holen sie uns zurück und durchsieben den tschetschenischen Abschaum mit Blei.

Nachdem Bykow seinen Bericht abgeschlossen hatte, sahen alle erwartungsvoll zu Lasarew. Er wartete noch einen Augenblick, bis er sich sicher war, dass er die volle Aufmerksamkeit hatte, und erhob sich von seinem Stuhl.

»Ich danke Ihnen allen für Ihr Engagement«, sagte er einleitend. »Heute fällt der Startschuss für die finale Vision. Diese Scharade rund um die Präsidentschaftswahl ist das perfekte Ablenkungsmanöver. Wir brauchen nur noch eine Weile zuzusehen, wie die Westmächte mit ihrer Finanzpolitik ganz genau so weitermachen und die Bevölkerung sich von vermeintlich freien Wahlen blenden lässt. Bis dahin sichern wir unsere Position und ergreifen wieder die Macht über das Reich. Wir stehen bereit, um die Kontrolle über die Zukunft zu übernehmen.«

»Ist das denn wirklich so?«, hakte Kolymin aus Kurgan nach.

Kolymin war ein intelligenter, weitsichtiger Mann. Von ihm hatte auch die Idee gestammt, sich der steuerbefreiten Pensionäre zu bedienen, um die Einfuhrzölle auf die importierten Handys zu umgehen. Ein brillanter Kopf, aber unendlich pessimistisch.

»Den jüngsten Berichten zufolge ist der Westen umgeschwenkt und stellt sich jetzt doch zu hundert Prozent hinter Jelzin«, fuhr Kolymin fort. »Sie alle haben von der Finanzspritze durch die Weltbank und dem schamlosen Finanzierungsplan für seinen Wahlkampf gehört, nicht wahr? Und davon, dass diese elende Initiative diverser Oligarchen in Davos auf einmal enorm Fahrt aufnimmt? Wenn ich mich so umhöre, ist die Sorge groß, dass dieser Boris Nikolajewitsch, dieser Verräter, mit den Medien und der aktuellen Stimmungslage im Rücken und mit der CIA, die den Wahlprozess unterwandert und steuert, am Ende doch als Sieger hervorgeht!«

»Und wie würden Sie vorgehen, um so schnell wie möglich wieder die Herrschaft über dieses Land zu übernehmen?«, fragte Lasarew. »Würden Sie sich allen Ernstes dieses Überrests einer kompromisszerfressenen Kommunistischen Partei bedienen? Die ausgerechnet von einem Versager wie Schuganow angeführt wird? Glauben Sie wirklich, dass das Ergebnis dann die Art von Großmacht wäre, die Sie und ich für Russland vor Augen haben? Glauben Sie wirklich, dass es zu unseren Lebzeiten noch so kommen würde?«

Kolymin starrte ihn an.

»*Wollen* wir, dass Jelzin die Wahl gewinnt?«

»Das Abkommen hat Jelzin in Davos mit seinem alkoholverdünnten Blut unterschrieben. Er ist doch nur noch eine Marionette! Sein Nachfolger steht längst Gewehr bei Fuß.«

Am Tisch wurde es still. All diejenigen, die diesbezüglich nicht eingeweiht waren, vermuteten den Nachfolger unter den Anwesenden.

»Er ist nicht hier«, erklärte Lasarew. »Aber er ist bereits hier in der Stadt.«

Titjakow nickte nachdrücklich.

Lasarew umrundete den langen Tisch, trat an die Stirnseite und stellte sich vor die Karten an der Wand. Mit seinem langen Zeigefinger tippte er auf die Region, die ihn am meisten interessierte.

»Diese Kleinststaaten hier erwirtschaften zusammengenommen mehr als das aktuelle russische Bruttonationaleinkommen. Keiner von ihnen hat eine eigene Streitmacht, aber alle stehen mehr oder weniger in Verhandlungen mit der NATO.«

»Wir haben doch gerade erst damit angefangen, die Militärstützpunkte innerhalb der Union wieder in Betrieb zu nehmen«, warf Kolymin ein.

»Wir können nicht warten, bis diese Rattenhirne im Kreml und die sogenannte Kommunistische Partei sich einig werden, wie sie das größte Land der Welt durch irgendwelche Reformen wieder auf Spur bringen«, widersprach Lasarew mit neu entbrannter Energie in der Stimme. »Würden gute Bolschewiken das je tun? Von denen sind die engagiertesten und hartnäckigsten zum Großteil von mir persönlich ausgebildet worden. Sie sind derzeit weltweit als Agenten eingesetzt – glückliche Männer, denen der derzeitige Zustand Russlands erspart bleibt.«

»Was ist mit den Ostseeanrainern?«, wollte Bykow wissen.

»Wir haben die Telekommunikationssysteme in Schweden und in Finnland unterwandert. Mein Schläfer in Stockholm wurde aktiviert. Er ist einer unserer Besten und hat bei einer ganzen Reihe bahnbrechender Testläufe herausragende Ergebnisse erzielt. In einer Hinsicht muss ich Kolymin allerdings recht geben: Wir haben nicht länger die Offensivschlagkraft, die wir früher hatten. Aber heutzutage bedeutet Krieg auch etwas anderes, und wir müssen entsprechend umdenken. Wir werden mittels neuer Informationstechniken die Kontrolle übernehmen.«

»Und niemand ist auf diesem Gebiet besser bewandert als Sie«, warf Titjakow ein.

Titjakow war ihr Mann in Tomsk. Er hatte Rückgrat und die notwendige Kaltschnäuzigkeit. Er war es auch, der sich um die Lobbyarbeit gekümmert hatte – sowohl hinsichtlich des Bürgermeisters, Sobtschak, als auch der Oligarchen. Er hatte den Weg geebnet für den jungen Mann im Rathaus, in den die Oligarchen große Hoffnungen setzten, weil er so zupackend war und ein Näschen für gute Geschäfte hatte. Auf wen er wirklich setzte, würde der einstige KGB-Mann erst enthüllen, wenn er im Kreml säße. An diesem Tag würden die Oligarchen, die ihn dorthin befördert hätten, jedes lobende Wort und jedes Geschenk zurücknehmen wollen und den Moment verfluchen, da sie den Schattengenerälen unwissentlich wieder zur Macht verholfen hätten.

»Heutzutage marschiert man nirgends mehr mit Panzern ein. Man zielt direkt auf die Schlagader, die diese Länder mit Blut und Sauerstoff versorgt, mit Geld und Informationen. Und mit Schweden fangen wir an.«

In einigen Gesichtern waren Irritation und Entsetzen zu lesen, in anderen die schiere Euphorie. Damit hatte nun wirklich niemand von ihnen gerechnet. Lasarew konnte ihnen ansehen, wie die Verwunderung allmählich in Versuchung umschlug.

Schweden – das undenkbare Ziel!

»Ich nehme an, Sie haben alle von der GSM-Technologie gehört? Und von einem rasant wachsenden Netz aus miteinander verbundenen Rechnern namens Internet?« Hier und da Nicken am Tisch. »Auf ganz spezielle Weise – die nicht nachvollzogen werden kann – können wir uns an zentralen Punkten einschleichen und die Kontrolle übernehmen. Allerdings nicht, indem wir wie früher dasitzen und abhören, was sich die Leute am Telefon erzählen. Sondern indem wir den Informationsfluss steuern. In einem Land wie Schweden, das bei besagter Technologie weltweit führend ist, werden immer mehr zentrale, gesamtgesellschaftlich hoch relevante Funktionen in die Technologie eingespeist, die wir wiederum kontrollieren.«

Murmeln am Tisch. Lasarew spürte, wie der Stolz in ihm anschwoll.

Das hier hab ich über unzählige Jahre ausgeheckt. Ich hab es dir an deinem Grab geschworen.

»Wir kommen an Regierungsunterlagen, an Klinik- und Gefängnisakten. Wir können Signale abschalten und umleiten und nicht nur Rundfunk, Fernsehen und Telefonie, sondern auch Flughäfen steuern. Wir können Zahlungen an Banken, an die Rentenkasse und an Versicherungskonzerne umleiten und stornieren. In den letzten Tagen haben wir einen Testlauf gestartet, bei dem dreihunderttausend schwedische Mobiltelefone abgeschaltet wurden.«

Mittlerweile sahen selbst die größten Zweifler angetan aus.

»Aber das ist noch nicht alles«, fuhr Lasarew fort. »Die GSM-Technologie eröffnet uns fantastische Möglichkeiten, wenn es um die Fernsteuerung technischer Geräte geht – von Herzschrittmachern über Raketenbasen bis hin zu Sprengkörpern. Und wenn man beispielsweise Telefonmasten erst einmal unter seine Kontrolle gebracht hat, kann man sie mit Kernwaffen oder Kampfgasen bestücken. GSM, meine lieben Freunde, ist der perfekte Rote Knopf.«

Lasarew ließ seinen kleinen Exkurs nachwirken. Unendliche Möglichkeiten – eine vernetzte Welt, in der von Russland aus die Hirne und Herzen anderer Länder gesteuert würden. Massenvernichtung per Knopfdruck aus weiter Ferne. Er hatte gewusst, dass die Generäle, die an diesem Tisch saßen, es verstehen würden.

Endlich war der Moment gekommen. Lasarew hob die Hände, um dem allgemeinen Gemurmel ein Ende zu setzen.

»Die Weltrevolution ist immer noch möglich. Durch den moralischen Verfall in den vergangenen Jahrzehnten haben wir viel Boden verloren, und um unser Ziel zu erreichen, müssen wir erneut zu dem werden, was wir schon einmal waren: zu Kriegern der Doktrin. Ich selbst werde der Erste sein. Es ist an der Zeit für mich, wieder die Bühne zu betreten.«

Die Männer wechselten verstohlene Blicke. Sie wirkten unsicher.

Einige von euch wissen längst Bescheid. Andere haben eine Ahnung. Und der Rest hat nichts verstanden.

»Als Nestor Lasarew habe ich im Verborgenen alles darangesetzt, *seine* Ehre wiederherzustellen. Ich bin ein Kind russischer Eltern, das in der hungernden Ukraine zur Welt gekommen ist. Nicht ein einziges Mal hab ich gehört, dass meine Eltern die Vision unseres Führers von dem weltgrößten Imperium und von Reichtum angezweifelt hätten, der unserer russischen Herrscherrasse würdig wäre. Ich wurde dazu erzogen, Opfer zu bringen. Sämtliche egoistischen Bedürfnisse hintanzustellen. Dem Kollektiv zu dienen. Dem ewigen Leben, das den Tod überwindet. Der Utopie. *Er* hat sich meiner angenommen. Mein ursprünglicher Name lautet Wiktor Gusin.«

»Der *Kormoran*?«, hörte er Kolymin flüstern.

»Kobas Sohn«, kam es von Bykow.

Die Männer starrten ihn an.

»Sind Sie bereit, in die Schlacht zu ziehen, so wie wir einst in die Schlacht zogen?«, fragte Lasarew. »Sind Sie bereit, auf Ihre Privilegien zu verzichten und wieder als Soldaten durch die Straßen zu streifen? Wie es unsere Väter getan haben?«

»Unter Ihrem Befehl, Herr Generaloberst«, erwiderte Bykow, und die anderen Generäle am Tisch nickten nachdrücklich.

Lasarew hob die Hand und spürte, wie ihm am ganzen Leib warm wurde. Dann hob er sein Glas.

»Auf ihn, dessen Herz heute vor dreiundvierzig Jahren aufgehört hat zu schlagen. Lang lebe Stalin!«

»Lang lebe Stalin!«

72

Der kalte Wind, der durch die schmalen Gassen von Gamla stan fegte, roch leicht nach Zimt. Den ganzen Winter lang hatte Sarah in der Altstadt immer ein weihnachtliches Gefühl – selbst jetzt im März. Sie zog ihr Tuch zurecht, sodass es den Hals komplett bedeckte. Dieser Nordwind, dachte sie, der war in Stockholm wirklich etwas Besonderes. Und Max schien seit seiner Kindheit auf Arholma dazu ein ganz spezielles Verhältnis zu haben. Die Meteorologen im Fernsehen sprachen gern von »Russenkälte«, weil der Nordwind die Kälte aus Sibirien mitbrachte. Und genauso fühlte es sich auch an, als sie die Taxitür zuschlug.

Sie lief die Skottgränd hinauf zur Österlånggatan und dann linker Hand weiter zum Köpmantorget. Dort warf sie einen flüchtigen Blick hinauf zur Statue des Heiligen Georg und des Drachen und lief dann die Köpmangatan entlang bis zur Själagårdsgatan.

An der Straßenecke im Erdgeschoss des Hauses, das der Familie Borgenstierna gehörte, befand sich ein Geschäft für Nautica und Antiquitäten. Sarah spähte durchs Schaufenster. Der Laden war geschlossen, wie bisher jedes Mal, wenn sie hier vorbeigekommen war. Im Fenster hingen alte Plakate aus dem Stockholm der Dreißiger- und Vierzigerjahre. Ein Musical namens *Show Boat*, das im Oscarsteatern aufgeführt worden war: eine schwarze Frau, die einen Korb auf dem Kopf trug, dahinter der dunkelblaue Mississippi und ein Schaufelraddampfer, aus dessen Schornstein weißer

Rauch quoll. Die Uraufführung von *Zorina* in der Stockholmer Oper.

Auf der nugatbraun bemalten Decke entdeckte sie violette Lilien. Weiter hinten im Raum stand ein Typ im Blaumann auf einer Trittleiter und schien am Verteilerkasten zu nesteln. Sie klopfte an die Tür. Der Mann drehte sich zu ihr um und schüttelte den Kopf. Sie klopfte erneut an und winkte ihn zu sich. Er stieg von der Trittleiter und schloss die Tür auf.

»Es ist geschlossen«, sagte er.

»Ich weiß. Aber ich habe einem Freund versprochen, mir eine ganz bestimmte Sache anzusehen, nach der er schon seit Jahren sucht. Könnte ich mich ganz kurz umsehen? Es dauert auch nur fünf Minuten.«

Der Mann zuckte mit den Schultern.

»Fünf Minuten, dann bin ich wieder weg.«

Der Mann wandte sich wieder dem Verteilerkasten zu, und Sarah folgte ihm in den Laden. An Bildern von Harald Lindberg und Roland Svensson vorbei. Schärenansichten, Porträts. Vor einem großen Teleskop mit Messinggehäuse auf einem Stativ blieb sie kurz stehen und fuhr mit dem Finger durch den Staub, der sich daraufgelegt hatte. Hier war schon länger niemand mehr gewesen.

In einer Ecke weiter hinten war eine Tür angelehnt. Dahinter brannte gedimmtes Licht. Der Mann hatte ihr den Rücken zugekehrt, und Sarah machte ein paar schnelle Schritte auf die Tür zu, zog sie auf und schlüpfte hindurch. Das schwach gelbliche Licht kam von einer alten Schreibtischlampe, und daneben standen vier gerahmte Fotos auf dem Schreibtisch. Fotos von ein und derselben Frau.

Auf den ersten Blick sah die Frau aus wie eine Schauspielerin aus einer der Vorstellungen, für die auf den alten Plakaten im Schaufenster geworben wurde. Doch als sie näher herantrat, erkannte sie, dass es sich um private Fotos handelte. Borgenstierna war nie verheiratet gewesen und hatte keine Kinder. Wer war also die Frau? An der Wand neben dem Schreibtisch befand sich ein Lichtschalter. Als Sarah ihn umlegte, erschauderte sie beim Anblick dessen, was sie im Deckenlicht vor sich sah.

Die ganze Wand hinter dem Tisch war über und über bedeckt mit Fotos jener Frau. Langes, lockiges Haar fiel ihr über die Schultern. Die Bilder an der Wand bildeten eine Art Collage – nur dass es sich um Abzüge ein und desselben Bildes handelte. Es waren sicher Hunderte. Die Frau machte einen eleganten Knicks, hatte ein strahlendes Lächeln im Gesicht und mit einer Hand den wogenden Kleiderstoff gegriffen. Eine einstudierte Willkommensgeste – als begrüßte sie ihr Publikum zu einer Aufführung.

Sarah wandte den Blick ab. An der Wand zu ihrer Linken hingen Aushänge von Tageszeitungen und ausgeschnittene Artikel. Samt und sonders aus den Vierzigern. Sie ließ den Blick darüberschweifen.

Bomben auf Helsinki. Angriff auf Stockholm – Regierung kommt zu einer Krisensitzung zusammen, sowjetische Botschafterin nach Moskau zurückberufen. Ministerpräsident bestätigt Spionagetätigkeit auf schwedischem Boden. US-Geheimdienst unterstützt schwedische Widerstandsbewegung hinsichtlich sowjetischer Okkupation. Fehlnavigation aufseiten russischer Nordgruppe. Keine Toten.

Als sie sich wieder zur Tür umwandte, entdeckte sie auf dem Schreibtischstuhl ein aufgeschlagenes Fotoalbum. Zögerlich ging sie darauf zu. Die Bilder waren in den Schären aufgenommen worden. Ein Mann zog einen Kahn an Land. Derselbe Mann – groß, in Jagdkleidung – hielt einen erlegten Wasservogel in die Kamera.

Sarah blätterte um. Und hielt den Atem an.

Ein Foto zeigte einen kleinen Jungen, den sie als Erwachsenen kannte.

»Hier dürfen Sie nicht rein!«

Sie zuckte zusammen und drehte sich um.

Der Elektriker sah sie misstrauisch an.

»Die fünf Minuten sind um. Sie gehen jetzt besser.«

»Natürlich«, murmelte Sarah. »Bitte entschuldigen Sie.«

Sie eilte an dem Mann vorbei und spürte, wie er ihr nachstarrte, als sie in Richtung Ladentür lief. Als sie die Tür aufzog und ihr der Wind entgegenschlug, atmete sie tief durch.

Bis sie zu Hause ankam und die Tür hinter sich zumachte, war sie immer noch leicht zittrig. Wer war die Frau gewesen, mit deren Bildern die Wände des Antiquitätenladens plakatiert waren? Die Erinnerung daran, dass sie allen Ernstes in dieses Zimmer geschlichen war, in dem sie nichts zu suchen gehabt hatte, widerte sie regelrecht an.

In dem Zimmer war die Trauer geradezu greifbar gewesen.

Doch die Erinnerung an das Fotoalbum bereitete ihr umso mehr Kopfzerbrechen. Verzweifelt versuchte sie, Ordnung in ihre wild kreisenden Gedanken zu bringen.

Dass Carl Borgenstierna sie großzügig unterstützt hatte, als sie Max hatten anstellen wollen, war leicht zu erklären. Immerhin war er einer der Hauptgeldgeber der Institution gewesen, und die Arbeit, der sich Vektor verschrieben hatte, entsprach auf ganzer Linie den Interessen der Ostseestiftung. Max anzuheuern war für die Zukunft des Thinktanks ein wichtiger Schritt gewesen.

Aber dass er ein Kinderbild von Max besaß? Und der erwachsene Mann auf den Fotos – das musste Max' Vater Jakob Anger gewesen sein.

Wie ein gellender Alarm schrillten die Fragen in ihrem Kopf.

Sie ging in die Küche. Blieb auf halbem Weg abrupt stehen.

Plötzlich war alles glasklar. Die Fotos der Frau, die Schlagzeilen aus den Vierzigern, die Bilder von Jakob und Max Anger.

Konnte das wirklich wahr sein?

Sarah lief zum Telefon und wählte Max' russische Nummer. *Geh ran, Max!* Doch sie landete auf einer Mailbox. Sie legte auf, wählte die Nummer erneut. *Geh ran!* Wieder nur die Mailbox.

»Max, Sarah hier. Ich war bei Borgenstierna in Gamla stan. Ein Zimmer ist komplett mit Fotos einer Frau aus den Vierzigern tapeziert. Unter Garantie war das dieselbe Frau, die du auf dem Foto im Krankenhaus gesehen hast. Ich hab auch Bilder deines Vaters entdeckt und … ein Bild von dir. Inzwischen glaube ich, du hattest recht – die Frau und Borgenstierna haben eine Verbindung zu deiner Familie.«

Ein Signalton, und die Leitung war tot. Hatte sie alles sagen können? Was sie wirklich glaubte, hatte sie nicht laut ausgesprochen. Das war womöglich besser so. Besser, Max zog seine eigenen Schlüsse.

73

Die Männer kamen wieder heraus; sie waren zu vierzehnt, zählte Max. Die beiden Motorräder starteten zuerst. Die Sil-Limousine und der schwarze Mercedes, der als Nachhut gekommen war, blieben auf dem Hof zurück.

»Was zur Hölle war das?«, fragte Ilja. »Irgendeine Art Vorstandssitzung?«

Max schüttelte den Kopf. Nestor Lasarew war wie ein Zar mit Leibgarde hier vorgefahren. Genauso wenig war es ein Treffen mit alten Kumpanen gewesen, da wären derartige Sicherheitsmaßnahmen nicht nötig gewesen. Wenn es wirklich so war, dass diese Militäranlage früher als geheime GRU-Basis gedient hatte, befanden sie sich hier anscheinend auf Lasarews heimischem Terrain.

Aber wer waren die Gäste gewesen? Max nahm an, dass sie in irgendeiner Verbindung zu der rätselhaften Stiftung standen, die bei St. Petersburg GSM die Strippen zog.

Iwanowitsch.

»Warum nennt man eine Stiftung eigentlich Iwanowitsch?«, fragte Max.

»Warum nennt man einen Telefonanbieter Ericsson?«

»Weil der Gründer zufällig so hieß.«

Ilja grinste ihn an.

»Na, vielleicht gab's ja bei der Stiftung einen Gründer namens Iwanowitsch … oder Iwan.«

»Schon gut«, sagte Max. »Also, was wollten diese Männer hier?«

»Das waren Militärs, so viel ist sicher. Ziemlich hochrangige noch dazu, mindestens Offiziere. Entweder ehemalige oder immer noch aktive.«

»Fanatische Abweichler?«, hakte Max nach. »Die gerade ihre eigene Miliz organisieren?«

»Sie sind in der Dämmerung hierhergekommen«, sagte Ilja. »Insofern dürfte es sich um lichtscheue Gestalten handeln. Aber warum haben sie sich ausgerechnet heute getroffen? An diesem Abend?«

Max sah auf seine Armbanduhr.

»Am 5. März«, murmelte er.

Und im selben Moment war es ihm klar. Natürlich, es lag auf der Hand.

»Heute ist Stalins Todestag.«

Alles verwies immer wieder auf ein und denselben Mann: Stalin. Und hier hatte alles eine symbolische Bedeutung – etwa dass Lasarew in einem Sil vorgefahren war.

»Ein Stalin-Kult ...«

»Der sich versammelt hat, um uns alle in eine strahlendere Zukunft zu führen«, ergänzte Ilja.

Iwanowitsch bedeutete »Iwans Sohn«. Und Iwanowitsch war auch einer der vielen Kosenamen – neben Koba –, den Stalin während der Revolutionsjahre gehabt hatte.

In jüngeren Erhebungen, in denen gefragt worden war, wen die Russen für den größten Staatsmann der Geschichte hielten, hatte Josef Stalin rund zwanzig Prozent erzielt, obwohl der Terror, mit dem er sein Regime gefestigt hatte, und Abermillionen Tote inzwischen weithin bekannt waren. Unter Stalins Herrschaft hatte sich die rückständige russische Feudalgesellschaft zu einer weltweit führenden Industrienation und militärischen Supermacht entwickelt. Unter Stalin war im Großen Vaterländischen Krieg, wie der Ostfeldzug der Nazis von den Russen genannt wurde, der

Faschismus besiegt worden. Um ihn war ein unvergleichlicher Personenkult entstanden. Stalin war nicht nur Regierungsoberhaupt und Landesvater gewesen, sondern fast schon ein Gott.

Man hatte ihn als »die Sonne« bezeichnet, weil ohne ihn kein Leben möglich war. Und weil alle, die ihm *zu* nahe kamen, verbrannten …

Stalin-Anhänger gab es nach wie vor überall auf der Welt – allein in Großbritannien zwei signifikante Gruppierungen, die den Behörden und den Medien nur allzu gut bekannt waren.

Allerdings schien diese Iwanowitsch-Bewegung im Gegensatz zu vielen anderen fanatischen Gruppierungen in unmittelbarer Nähe zum großen Führer selbst gestanden zu haben – und zu den Verbrechen, die er verübt hatte. Wenn Paschie der Wahrheit über diese Männer auf die Spur gekommen wäre, hätte sie garantiert keine Ruhe gegeben – dann hätte sie nichts lieber tun wollen, als sie zu enttarnen. Sie hätte sie vor das Kriegsverbrechertribunal in Den Haag schleppen wollen wie jeden x-beliebigen Nationalsozialisten.

Die höheren Gebäude hinter dem Hangar hatten früher einmal Staatliches Institut für Meeresbiologie geheißen. Da lag der Gedanke nicht ganz fern, dass dort auch noch ganz andere Forschung betrieben worden war.

Max' Puls beschleunigte erneut, und ihn packte die Wut, als er an die unvorstellbaren Verbrechen dachte, die diese Männer und ihre Gefolgsleute an der Menschheit verübt hatten. Doch er durfte jetzt nicht länger derlei Gedanken nachhängen.

Er durfte nicht mal daran denken, was sie Paschie angetan haben mochten.

»Ich muss da rein, Ilja. Und zwar sofort. Als wir uns die

Karten angesehen haben, hat Mischin doch ein Krankenhaus erwähnt und dieses Forschungsinstitut, das auf dem Gelände lag. Woran hattest du da gleich wieder gedacht?«

»Ich bin mir nicht sicher, ob das eine gute Idee ist«, sagte Ilja mit einem Stirnrunzeln. »Leidest du an Klaustrophobie?«

»Nein.«

Im Amphibiengeschwader hatte Max selbst Kameraden trainiert, mit Atemluftflaschen durch Unterwassertunnel zu tauchen.

Ilja lief ins Treppenhaus und sah aus einem Fenster zur rückwärtigen, dem Hangar abgewandten Seite hinaus.

»Da drüben muss das Krankenhaus gelegen haben. Und dort das Institut für Meeresbiologie.«

Er zeigte wieder in Richtung Hangar.

»Früher wurden in der Sowjetunion sämtliche größeren Gebäude – Krankenhäuser, aber sicher auch ein Forschungszentrum – durch unterirdische Heißluftsysteme beheizt. Als sie das Krankenhaus abgerissen haben, sind die Tunnel unter Garantie so belassen worden. Wir müssen nur den Tunnel finden, der das Krankenhaus mit dem Institut für Meeresbiologie verbunden hat. Das ist unser Zugang.«

Unter normalen Umständen hätte Max alle möglichen Fragen zu diesem Unterfangen gehabt, doch er wusste, dass er im Moment keine Antworten erhalten würde. *Waren diese Tunnel noch immer in Betrieb? Oder nicht? Wie warm war es dort unten? Wie war die Sicht? Wie hoch die Luftfeuchtigkeit?* Heißluftsystem war nicht gleich Heißluftsystem. Es gab hohe, breite Durchlässe, durch die ein erwachsener Mann aufrecht hindurchgehen konnte. Andere waren so eng, dass wirklich bloß Dampf durchgepumpt werden konnte. Durch solche Tunnel kam man maximal auf allen vieren und indem man sich so klein wie möglich machte und imstande war, sich wie eine Schlange vorwärtszubewegen. Hier und da konnte man in solchen Tunneln auch auf Lebewesen stoßen – auf Kriminelle, die sich dort versteckten. Auf Obdachlose. Junkies. Ratten.

Für Iljas Plan gab es keinerlei Garantie. Aber es war der einzige Plan, den sie hatten.

Dort in dem Hangar warteten die Antworten auf sämtliche Fragen, die Max im Kopf herumschwirrten.

Dort … bei Paschie. Und dem Kormoran.

Er nahm sein Handy, das er zuvor stumm geschaltet hatte, aus der Tasche. Zwei verpasste Anrufe von Sarah. Er rief die Mailbox auf und hörte ihre Nachricht ab.

74

Nachdem er sich draußen auf dem Hof von den Männern verabschiedet hatte, kehrte Lasarew in sein Zimmer zurück. Das Treffen war genau so verlaufen, wie er es sich vorgestellt hatte.

Nach einer Weile gesellten sich die beiden Gangster zu ihm, allerdings ohne ihn anzusehen. Sie stellten zwei Platten auf den Tisch und holten aus einem Schrank Teller und Besteck.

Er sah auf die Uhr. Perfektes Timing. Seine Handlanger hatten genaue Instruktionen erhalten – von der Tötung über die Zubereitung bis zur Art des Anrichtens. Er hatte ihnen aufgetragen zu warten, bis er alleine und bereit wäre für diesen Augenblick, auf den er hingefiebert hatte.

Heute ist der Jahrestag deines Todes. Dein Vermächtnis weist mir den Weg.

Der Tätowierte und der Sibirier fingen an, das Fleisch auf den Tellern anzurichten.

Auf dass die Kraft der Jugend durch dieses Opfer auf mich übergehe.

Lasarew stellte sich vor, dass die anderen aus der Organisation immer noch um ihn herumsäßen wie Geister. Dass sie ihn mit offenen Mündern und leeren Blicken anstarrten.

Wo wart ihr in den Dreißigern? Als ich ein kleiner Junge war und in der Ukraine lebte und unaussprechliche Opfer bringen musste, um zu überleben? Während des Holodomor, jener schwersten aller Prüfungen, bei der die Überzeu-

gung und der Wille der Menschen härter denn je auf die Probe gestellt wurden? Als meine Mutter das Fleisch meiner Schwester zubereitete, damit mein Überleben gesichert war?

Er führte die Gabel an den Mund.

Junges Fleisch war einfach das beste.

Es waren deine Kinder, Margarita. Das allein war ihr Todesurteil.

Mit jedem Bissen wuchs der Hunger. Er aß mit einer solchen Besessenheit, dass er sich mit der Serviette den Speichel vom Kinn wischen musste. Schluck um Schluck spürte er, wie jede Faser seines Körpers wieder erstarkte.

Er hatte die Hungersnot überlebt, weil seine Mutter das größte aller Opfer dargebracht hatte. Nur ein paar Tage später war Molotow auf ihn aufmerksam geworden und hatte ihn sukzessive in die inneren Zirkel des Kreml eingeführt.

Wenn seine Mutter ihre Tochter nicht geopfert hätte, wenn er jenes Stück Fleisch nicht bekommen hätte, wäre er heute nicht dort, wo er war. Und genau diese Erinnerung ehrte er in diesem Augenblick.

Die Männer aus der Organisation hatten ihm versichert, dass sie bereit seien, Opfer zu bringen. Schon bald sollte er erfahren, ob sie tatsächlich zu ihrem Wort standen.

75

»Vielleicht nimmst du die hier?«

Ilja kramte eine *gratsch* hervor, die derjenigen, die Max gerade erst vor ein paar Tagen in der Hand gehalten hatte, zum Verwechseln ähnlich sah.

Das Gewicht in seiner Hand fühlte sich gut an. Max freute sich regelrecht darauf, den Rückstoß in der Schulter zu spüren, sobald er sie benutzte. Er hatte beschlossen, Ilja vorerst nicht zu erzählen, was Sarah ihm auf die Mailbox gesprochen hatte – er würde es erst selbst sacken lassen müssen. Das war etwas, worum er sich später kümmern würde. *Danach.*

»Sobald ich in den Tunnel gestiegen bin, können wir nicht mehr kommunizieren«, erklärte er. »Die Handys werden dort nicht funktionieren. Wenn ich am anderen Ende rauskomme, schick ich dir eine SMS. Du bleibst hier und behältst die Umgebung im Blick. Sobald du meine SMS hast, fährst du so schnell und leise, wie du kannst, mit dem Jeep bis vor das Tor.«

Ilja nickte und salutierte knapp.

»Wenn du irgendwas Verdächtiges beobachtest, schick mir eine Nachricht. Ziemlich sicher stehen wir gleich beide unter Strom, besser, wir vereinbaren jetzt sofort eine Handvoll Kürzel für die wahrscheinlichsten Szenarien. Wenn's so weit ist, haben wir keine Zeit, noch lange Nachrichten zu tippen.«

Max notierte Codes für die drei wahrscheinlichsten Ereignisse auf seiner und auf Iljas Seite. Drei, das besagte die Faustregel: Drei war immer das Maximum.

Sie schlichen aus der Rückseite des Gebäudes. Ilja warf einen Blick hinunter zum Wasser, dann hinauf zu den breiten Zufahrten zur Autobahn.

»Hier irgendwo müsste was sein«, erklärte er.

Sie suchten nach Hinweisen am Boden, wo der Schnee von der unterirdisch durchgeschleusten Wärme geschmolzen war. An der zerbrochenen Bordsteinkante sah Max, dass der Schnee sich ganz leicht anders färbte, und zur Mitte der Zufahrt hin war der harte Boden von Schneematsch und Schmelzwasser bedeckt.

Er gab Ilja ein Zeichen, der sofort zu ihm herüberkam. Sie traten mit den Stiefelspitzen in den Boden und schaufelten mit beiden Händen Schnee und Schotter zur Seite. Darunter kam ein gusseiserner Gullydeckel zum Vorschein.

Ilja schob die Finger in eine Vertiefung des Deckels und versuchte, ihn anzuheben.

»Der sitzt zu fest«, sagte er. »Wir brauchen ein Eisenrohr oder so.«

»Oben auf dem Dach hab ich Moniereisen gesehen«, murmelte Max und lief zurück ins Gebäude, während Ilja weiter so viel Schnee und Eis wie möglich vom Gullydeckel entfernte. Dann kam Max mit einer Stange aus Betonstahl wieder, und sie hebelten den Gullydeckel auf.

»Du denkst an die Codes?«, fragte Max.

»Natürlich. Und jetzt viel Glück.«

Mit den Füßen voran hangelte sich Max hinunter. Der Tunnel war niedriger, als er gehofft hatte, und er duckte sich hinein. Dann warf er Ilja einen letzten Blick zu, nickte, und Ilja schob den Gullydeckel zurück an seinen Platz.

Als das schwere Eisen in die Halterung zurückfiel, hallte das Geräusch in den Tunneln wider. Jetzt war Max allein in dieser engen rabenschwarzen Umgebung. Er schaltete die Taschenlampe ein, doch der Lichtkegel reichte nur knappe fünf Meter weit. Er würde sich auf seinen Orientierungssinn, den er bei diversen nicht enden wollenden Nachtfahrten durch die Stockholmer Schären geschärft hatte, auf sein Bauchgefühl und die Erinnerung an die Karten verlassen müssen.

Er ging auf alle viere. Ein Stück weiter vor ihm sah der Tunnel aus, als würde er noch kleiner, was bedeutete, dass er mit den Füßen voraus krabbeln müsste, sollte er an irgendeiner Stelle umkehren müssen. Unwillkürlich wanderten seine Gedanken zu Hein Espen, dem norwegischen Kameraden, der im Marinestützpunkt Haakonsvern in einem Tunnel der Anlage die Kontrolle verloren hatte, in Panik geraten und anschließend nie wieder der Alte gewesen war.

Max hatte sich antrainiert, die eigene Angst zu überwinden und die Panik zu beherrschen, sobald ein Tunnel so eng wurde, dass man an den Schultern kaum mehr hindurchpasste und sie in Richtung Kinn drücken musste, selbst wenn man sich dabei die Schlüsselbeine brach und »sich noch mal so durch einen Durchgang zwängt wie bei der eigenen Geburt«, wie es ein Offizier mal formuliert hatte.

Etwa auf halber Höhe baumelte rechts von ihm ein Kabelbündel. Links von ihm saßen mehrere Rohre für den Wasserdampf mit einem Durchmesser von vielleicht fünfundzwanzig Zentimetern. Die Temperatur war erträglich, aber womöglich nur, weil der Gullydeckel über ihm gerade erst geöffnet worden und kalte Luft in den Tunnel geströmt war.

Er richtete die Taschenlampe auf das oberste Dampfrohr und spuckte in die Richtung. Es zischte, als sein Speichel auf dem heißen Metall landete. Es würde schon bald ziemlich warm hier drinnen werden.

Er kroch weiter in die Dunkelheit hinein. Nach einer

Weile oder einer Ewigkeit – sicher konnte man sich hier unten nicht sein – glaubte er, eine scharfe Kurve vor sich zu erkennen. Er kroch auf Ellbogen und Zehen vorwärts, um die Taschenlampe weiter halten und nach vorn richten zu können. Mit jeder Bewegung gelangte er gerade einmal ein paar Zentimeter vorwärts, ihm wurde immer wärmer, und er schwitzte. Kurz hielt er inne, streifte sich die Jacke ab und ließ sie einfach liegen.

Der Tunnel machte eine rechtwinklige Biegung. Dahinter war es nicht mehr ganz so eng, und auch die Decke hing ein wenig höher. Max ging in die Hocke. Hier verliefen die Rohre quer über die Tunneldecke. Der Abstand zwischen dem untersten Rohr und dem Tunnelboden betrug gerade noch zwei Handbreit. Hier würde er nicht weiterkommen. Sollte er die Rohre wegtreten? Aber womöglich würde sich dann der Tunnel mit kochend heißem Wasserdampf füllen, der ihn weichkochte wie Gemüse. Die einzige Alternative bestand darin, sich zwischen den Rohren hindurchzuschieben.

Er stemmte sich so hoch wie möglich in Richtung Tunneldecke. Schweiß lief ihm von der Stirn in Augen und Mund. Er schmeckte das Salz auf der Zunge. Die Hitze drang durch seine Kleidung und versengte ihm die Haut.

Erst schwang er das linke Bein über das Rohr und streckte es wie zu einem flachen Kick seitwärts. Die Hälfte war geschafft. Mit einem Bein in der Waagerechten und den Rohren zwischen seinen Schenkeln zischte der Schweiß auf dem Metall. Sein Schritt befand sich nur Millimeter von der sengenden Hitze entfernt. Wenn er jetzt ausrutschte, würde er an dem Rohr verglühen. Vorsichtig verlagerte er sein Gewicht auf die andere Seite. Mit der Hose streifte er das Rohr, und prompt breitete sich der Gestank von verbranntem Stoff aus. Im selben Moment, als er sich mit dem rechten Fuß abstieß, verlagerte er den Oberkörper zur anderen Seite, prallte hart mit der linken Schulter auf und versuchte, sich abzurollen und so ruhig wie möglich liegen zu bleiben.

Er hatte es geschafft.

Endlich hatte er mehr Platz und konnte sich schneller vorwärtsbewegen.

Im selben Moment hörte er ein Geräusch.

Er hielt inne und schaltete die Taschenlampe aus. Lauschte in die schwarze Hitze des Tunnels. *Wo war das Geräusch hergekommen?* In einer Sekunde klang es, als käme es von vorn, in der nächsten von hinten.

Was war das? Waren das Ratten?

76

Lasarew versuchte, den Zweifel beiseitezuschieben, der ihn angeflogen hatte. Er war jetzt im Besitz detaillierter Informationen aus der Telia-Datenbank – sämtliche Verbindungslisten und Verträge, die auf die Stockholmer Firma Vektor liefen. Zwei Verträge liefen auf den Namen Sarah Hansen, doch eines der Telefone hatte sich anscheinend in Sankt Petersburg befunden. Das war unter Garantie Paschies Handy gewesen.

Offenbar war diese Sarah Hansen – gebürtige Polin – die Chefin der Organisation. Sie hatte die Aufgaben delegiert.

Aber sie war nicht sein eigentliches Problem.

Es gab keinen Paul Olsen. Lasarew hatte schon von Anfang an gemutmaßt, dass der Name ein Fake war. Allerdings war der Name, den er stattdessen in den Unterlagen entdeckt hatte, nichts weniger als ein Schock für ihn.

Max Anger.

In Margaritas Hinterlassenschaften hatte er einen Zettel mit einer Nummer und dem Namen Max gefunden. Das konnte kein Zufall sein. Der Mann, der sich unter dem Decknamen Paul Olsen derzeit irgendwo in dieser Stadt aufhielt, war also Max Anger.

Jener Tag im Juni – vor dreizehn Jahren, der Friseursalon im kleinen Einkaufszentrum von Elmsta ... Der gleißende Sonnenschein, die junge Friseurin, die ihm zugearbeitet und den entscheidenden Hinweis geliefert hatte, dass Jakob Anger an dem Tag allein unterwegs sein würde ... Dieser versoffene Mechaniker, der getan hatte wie geheißen, ehe er hinter die Werkstatt geschleppt und ihm eine Kugel ins Genick gejagt worden war …

War an diesem Tag nicht alles schlussendlich geregelt gewesen?

Hatte es allen Ernstes noch einen Anger gegeben? *Einen Sohn?*

Vor dem Friseursalon hatte ein kleiner Junge an einem Tisch gesessen und finster von seinem Heft aufgeblickt …

Der Ausschlag im Nacken juckte schlimmer denn je.

Ist das dein Werk, Borgenstierna? Deine teuflische Art, dich an mir zu rächen?

Er kramte den Bogen Papier aus der Schreibtischschublade, den er aus dem Grand Hôtel mitgenommen hatte. Hielt ihn in die Höhe, überflog alles zum wiederholten Mal. Wie lange hatten Wallentin und Borgenstierna an ihren Racheplänen gearbeitet? Hier, in *seiner* Stadt?

Hatten sie herausgefunden, wo er sich versteckt hielt? War Max Anger womöglich in diesem Moment auf dem Weg zu ihm?

Lasarew stand auf und kreiste mit den Schultern, um die Steifheit zu vertreiben. Dann lief er in sein Arbeitszimmer und trat vor das Foto im Regal. Er hatte das Bild zur Wand gedreht, als Rousseau zu Besuch gekommen war. Auf die Rückseite hatte Lasarew ihren Namen, das Geburts- sowie das Todesdatum vermerkt.

Dann bist du also immer noch am Leben, Carl Borgenstierna?, dachte er. Dann bist es auch ganz sicher du, der hinter der Stockholmer Firma steckt, hinter dem Forschungsbereich an der Sankt Petersburger Uni, und der Paschie und Max Anger geschickt hat?

Ist das deine Art, Rache zu üben?

Übernimm endlich Verantwortung für die Rolle, die du

gespielt hast. Ich habe dafür gesorgt, dass sie ausgeschaltet wurde, aber du hast sie komplett aus den Geschichtsbüchern getilgt. Bestimmt auf Befehl der schwedischen Regierung. Hat sie dir angedroht, dich umzubringen, falls du je die Wahrheit über den 22. Februar 1944 erzählen würdest? Und nicht nur dich?

Den Jungen auch.

Den Jungen, den wir zu guter Letzt entdeckt haben.

Ich habe dich und Wallentin über all die Jahre weiter abhören lassen. Nur so haben wir schließlich erfahren, dass Jakob Anger draußen vor der Küste lebte.

Warum von allen Frauen ausgerechnet sie, Carl?

Sie hat uns gehört.

Lasarew ballte die Faust. Die Namen Wallentin und Borgenstierna verschwanden in dem zusammengeknüllten Papierball und endgültig aus seinem Leben.

Das Mädchen im Innenhof, diese Paschie – die war genau wie Tatjana: eine Verräterin, die sich in den Feind verliebt hatte. Für sie würde jede Hilfe zu spät kommen. Lasarew hatte noch einmal nach ihr gesehen, ehe die Gäste gekommen waren. Sie hatte fertig geschrien, hatte nicht mal mehr versucht, Widerstand zu leisten, als Lasarew ihr die Bluse aufgeknöpft hatte. Mit ihrem blassen, im Regen schimmernden Leib hatte sie ausgesehen wie eine Elfe in einer Winterlandschaft.

Deine Ostsee-Meerjungfrau, werter Max Anger. Jetzt steht also der endgültige Abschluss bevor. Komm nur und versuch, dich zu rächen. An ihren gefrorenen Brustwarzen saugt niemand mehr, im Gegenteil, das Leben wurde aus ihr ausgesaugt.

77

Max leuchtete auf das Ziffernblatt seiner Armbanduhr. Er war schon viel zu lange hier unten im Tunnel. Er hatte sich so leise und so vorsichtig, wie er konnte, vorwärtsgearbeitet, bis er dieses Geräusch gehört hatte. Dort wo er sich befand, war der Tunnel etwas höher. Hier kam er nur noch leicht gebückt voran. Und er musste allmählich auf Höhe des Hangars sein. Mithilfe der Taschenlampe suchte er nach einem Durchlass, der von den Rohren wegführte, nach einer Luke, einer Tür.

Das Geräusch schien immer näher zu kommen, sich entlang der Rohre fortzusetzen. Er richtete den Lichtkegel nach hinten. Doch auch dort – nichts.

Allerdings wurde das Geräusch lauter, als er sich wieder in Bewegung setzte, und es kehrte kontinuierlich wieder. Kurz darauf hörte er schnelles Trappeln – wie ein leiser Trommelwirbel. Tausende winziger Tippelschritte. Das Trommeln wurde von einem Winseln begleitet – und mit einem Mal hörte er grelle Schreie überall: vor sich. Hinter sich. Unter und über sich.

Max lief schneller. Er musste dem Geräusch auf den Grund gehen. Der Schweiß strömte ihm aus allen Poren, und sein Herz hämmerte so schnell, dass es wehtat.

Als im Lichtkegel der Taschenlampe schließlich etwas auftauchte, glaubte Max erst, einen großen Ameisenhaufen vor sich zu sehen. Doch die Tiere, die vor ihm auf einem leicht erhöhten Teil des Tunnelbodens herumkrabbelten, waren keine

Ameisen. Es waren schwarze Ratten – von kleinen, vielleicht hamstergroßen Exemplaren bis hin zu Riesenbestien.

Bei dem Gestank drehte sich ihm der Magen um.

Trotzdem war ihm klar, dass er an den Ratten vorbeimusste. Er zog Iljas Pistole. Mit dem Kolben schlug er ein paarmal gegen eines der Rohre, und ein dumpfes Echo hallte durch den Tunnel. Bei dem unerwarteten Geräusch ergriffen einige Ratten die Flucht. Andere – ein paar größere – blieben an Ort und Stelle. Vorsichtig schlich Max näher heran, schlug erneut gegen das Rohr, brüllte, und mehr Ratten huschten davon.

Dann richtete er die Taschenlampe auf eine der großen Ratten, die immer noch auf der Erhebung saßen. Sie hatte ihre Nagezähne in ein Stück Fleisch geschlagen, ihre Schnauzen waren blutig.

Max ging noch näher heran.

»Los, haut ab!«

Ein paar Ratten blieben beharrlich auf dem Körper sitzen. Mit der Taschenlampe schlug er nach ihnen, und jetzt floh auch der Rest.

Er hatte das Gefühl, sein Schädel würde explodieren, als er den Lichtkegel über den Leib und das Gesicht wandern ließ. Es handelte sich um eine Frau. Die Augen waren weit aufgerissen und starrten zum Gewölbe des Tunnels. Sie war komplett nackt. An ihrem Hals prangten riesige Hämatome. Der ganze Körper war blutüberströmt. Die Haut war aufgeplatzt, aufgeschlitzt, stellenweise schien sie komplett abgeschält zu sein, und auf Brüsten und Bauch kam das weiche Fleisch zum Vorschein.

Ich hätte dich und deine Kinder zum Flughafen bringen müssen. Ich habe euch im Stich gelassen.

Max ging neben Margarita Juschkowas Leiche in die Knie und ließ die Taschenlampe fallen.

Im nächsten Augenblick rammte ihn jemand zu Boden.

78

Eine ausgiebige heiße Dusche. Hoffentlich würde das Wasser den Stress der letzten Tage und die Eindrücke aus Borgenstiernas Haus von ihr abspülen.

Anschließend cremte sie sich mit einem Body-Öl ein, das ihre Haut ganz weich machte, genau wie Gabbi es gern mochte. Dann verließ sie das Bad, schlüpfte in ihren Kimono und schloss das Fenster, das sie zum Lüften aufgerissen hatte, nachdem sie einen Zigarillo geraucht hatte.

Ihr Körper glühte immer noch von der heißen Dusche. Im Wohnzimmer drehte sie eine Weile am Dimmer herum, bis die Beleuchtung perfekt war – nicht zu hell, nicht zu dunkel. Sie wollte sich entspannen können und trotzdem alles mitbekommen: jede Nuance, jede noch so kleine Veränderung, jedes Wort, das nicht gesprochen wurde. Dann schob sie die acht CDs, die sie durch die verschiedenen Stadien der Nacht bringen sollten, in den CD-Wechsler. Diesmal musste alles perfekt sein. Sie wollte nichts dem Zufall überlassen. Nichts durfte sie stören: kein Moment peinlicher Stille, keine Unsicherheit.

Welche Musik Gabbi wohl hörte? Hörte sie überhaupt Musik? Am besten Billy Joel statt Roxy Music.

Auf nichts konnte sie sich richtig konzentrieren. So hatte sie noch nie für jemanden empfunden.

Sie zündete die Kerzen auf den Fensterbänken an – dicke weiße Duftkerzen, die dezent nach Vanille rochen und die ihr ein Kunde in London geschenkt hatte. Perfekt, um den

Zigarillogeruch zu vertreiben. Dann hastete sie in die Küche und holte die Flasche Rosé aus dem Kühlschrank. Musste man einen Rosé dekantieren? Und war der Rosé nicht ein Sommerwein? Trotzdem glaubte Sarah, dass Gabbi ihn mögen würde. Sie entkorkte die Flasche und schnupperte daran. Schenkte zwei Gläser ein, hob eins an die Lippen und nippte.

Herr im Himmel. Auf diesen Abend hatte sie sich mehr oder weniger seit dem Morgen vorbereitet – wie ein Teenager! Dann fiel ihr Blick auf ihr Spiegelbild auf der dunklen Glasklappe des Bosch-Ofens. *Bist du wirklich bereit für all das, Sarah Hansen? Werden wir uns, werden wir diese ungewohnten Gefühle je beherrschen können?*

Sie griff erneut zu ihrem Weinglas, nahm einen größeren Schluck. Der Wein half ihr, sich wieder halbwegs zu beruhigen. Trotzdem war ihr immer noch unverhältnismäßig warm. Sie zog den Kimono auf und stand halb nackt in ihrer Küche. Wenn die Kinder sie jetzt sähen! Nur gut, dass sie heute auswärts übernachteten.

Als sie ein Auto die Auffahrt herauffahren sah, knotete sie den Kimono wieder zu und stellte das Glas auf die Anrichte. Das war nicht Gabbis Saab ... und er blieb gut fünfzig Meter vor ihrem Haus stehen. Ein blauer VW mit getönten Scheiben.

Ihre Straße war eine Sackgasse, und sie wohnte am Ende. Hinter den getönten Scheiben konnte sie rein gar nichts erkennen. Allerdings klebte an der Seite ein Aufkleber mit einem Logo ... Irgendein Firmenwagen ...

Dann stieg ein Mann auf der Fahrerseite aus. Er hatte einen graubraunen Overall an und sah aus wie ein Kurierfahrer. Er blickte sich in sämtliche Richtungen um und kam mit einer Schachtel in der Hand auf ihr Haus zu.

Sekunden später klingelte es an der Tür. Sarah warf einen

flüchtigen Blick in den Flurspiegel. Sie zupfte den Kimono zurecht und öffnete die Haustür. Der Kurierfahrer hatte schulterlange, zurückgekämmte Haare und eine achteckige Brille auf der Nase. Auf der Brusttasche seiner Uniform prangte das gleiche Logo wie auf seinem Wagen – das Logo von SwitchCom.

»Sarah Hansen?«, fragte er.

»Ja, das bin ich. Und wer sind Sie?«

»Ich komme vom Servicecenter, das sich im Auftrag von Telia um Reparaturen und Ersatzhandys kümmert. Hatten Sie ein neues Handy bestellt?«

»Ja, doch, natürlich«, sagte Sarah. »Ich habe mich nur gewundert. Hatte ich schon fast vergessen.«

»Ich bräuchte noch Ihre Unterschrift …«

Er hielt ihr ein Formular hin, und Sarah unterschrieb. Erst dann wechselte die Schachtel den Besitzer.

Blau-weiß, ein Nokia 1610.

»Die SIM kann leider erst morgen früh aktiviert werden … oder genauer gesagt: ab Mitternacht. Wir mussten ein Datum hinterlegen, und die Karte ist auf morgen programmiert.«

Der Mann sprach zu schnell. Wenn Sarah ihm in irgendeinem Nachtclub begegnet wäre, hätte sie sofort nach einer Spur von Aufputschmitteln in seinen Pupillen gesucht. Oder war er nervös? Weil sie beinahe nackt vor ihm stand?

»Macht gar nichts«, erwiderte Sarah. »Ich hab heute Abend noch was vor. Hauptsache, morgen früh funktioniert es wieder. Muss ich noch irgendwas beachten?«

»Nein, sonst ist alles bereinigt. Schalten Sie das Handy morgen einfach an.«

Als ihr dämmerte, dass sie zu schnell unterwegs war, ging Gabbi Julin vom Gas. Sie war fast da. Die Straßen waren schmal und schlecht einsehbar. Ihr eigenes Haus war leer gewesen, als sie es verlassen hatte: Die Kinder waren bei den Nachbarn – einer glücklichen Familie, in der es noch eine Oma gab, die oben im Dachgeschoss wohnte und sich darum kümmerte, dass es allen gut ging.

Wenn David heimkäme, würde er doch nur wieder Tipps und Gerüchte über die morgigen Rennen in Solvalla einholen. Dass sie nicht auf dem Sofa saß und sich eine romantische Komödie ansah, die sie schon mal gesehen hatte, machte da keinen Unterschied. Nicht für ihn. Und er würde sie auch nicht vermissen, wenn er sich schlafen legte.

Als sie in Sarahs Einfahrt einbog, sah sie, wie ein Mann in einem Overall die Fahrertür eines dunkelblauen Sedan aufzog, der ein Stück entfernt vom Haus parkte. Als sie an ihm vorbeifuhr, warf er ihr einen flüchtigen Blick zu. Im Rückspiegel konnte sie sehen, dass er stehen blieb und ihr nachstarrte.

Gott, war das David?

Das Herz schlug wild in ihrer Brust. Das konnte doch nicht David gewesen sein? Ihr Gehirn musste ihr einen Streich spielen. War es die Unruhe – die ständige Heimlichtuerei?

Sie stellte ihren Wagen in Sarahs Einfahrt ab, griff nach ihrer Tasche und eilte auf die Haustür zu. Als sie noch mal über die Schulter blickte, war der Sedan bereits losgefahren.

Reiß dich zusammen, verdammt. Jetzt nimm dich endlich zusammen!

Sie spähte durchs Küchenfenster. Da stand sie – Sarah, ihre Aphrodite, mit einem Glas Wein in der Hand.

Sie klopfte an, und einen Moment später machte Sarah ihr auf.

Sie drückte die Tür hinter sich zu und ließ ihre Tasche auf den Boden fallen. Sah Sarah an. Konnte sich nicht länger beherrschen.

»Jetzt glaub ich wirklich, dass ich verrückt werde.«

Sarah machte einen Schritt auf sie zu, knotete den Kimono auf und ließ Gabbi ihre weiche Haut berühren. Die Wärme spüren.

»Alles gut. Jetzt bist du ja bei mir. Hier kann dir nichts passieren.«

79

Der perfekte Rote Knopf. Früher waren es riesige Bedienfelder gewesen, Kontrolltische mit Hunderten von Knöpfen und Reglern, Bildschirmen mit grün-roten Anzeigen, massenhaft Menschen im Raum und einer eigenen Sprache aus Codes und Kommandos. Inzwischen waren es nur mehr er und ein Mobiltelefon. So einfach war das. So genial.

Er hatte gerade mit seinem Mann in Stockholm gesprochen. Sie waren die letzten Details durchgegangen, die Lasarew gestört hatten. Sarah Hansen und Max Anger. Der Mann hatte ihm versichert, dass alles in die Wege geleitet worden sei. Was jetzt noch anstünde, würde er mithilfe des Telefons selbst ausführen können.

Und dann würde sich zeigen, ob Paul Olsen tatsächlich Max Anger war. Der würde auch noch drankommen. Aber erst würde er sich um Sarah Hansen kümmern.

Es war nur folgerichtig, dass der erste Schlag ausgerechnet eine Polin treffen würde. Genau wie der Rest ihres Volkes hatte sie anscheinend vergessen, dass die Sowjets sie vor den Nazis gerettet hatten – vor einer Großmacht, für die die slawische Rasse nur geringfügig mehr wert gewesen war als die jüdische.

Lasarew rief das Programm auf seinem Handy auf. Tippte den Sicherheitscode ein. Hob den Finger über die Taste.

Im selben Augenblick hörte er ein merkwürdiges Hallen, das aus den Heizkörpern zu kommen schien. Da war es wieder … und wieder. Als würde jemand gegen die Rohrleitungen und Installationen hämmern.

Es kam von unten.

Er warf einen Blick auf den Bildschirm, um zu sehen, was die Überwachungskameras eingefangen hatten, doch vor seinem Arbeitszimmer schien alles in Ordnung zu sein. Auf dem Flur war nichts zu sehen. War einer der Teilnehmer des Treffens im Hangar geblieben? War irgendjemand im Besprechungsraum? Er hatte die Gangster beauftragt, den Hangar zu bewachen. Hatten sie schon wieder Mist gebaut?

Nein. Er hatte das Feuer in den Augen des Sibiriers gesehen. Sofern die Frau die Vergewaltigung überlebt hatte, hatten sie es unter Garantie zu Ende gebracht, so wie Lasarew es ihnen aufgetragen hatte.

Mensch gegen Tier.

So klang das Geräusch gerade.

Der Lärm von unten schwoll an. Heftige Schläge gegen die Rohrleitungen. Die aus dem Heizkörper hinter seinem Schreibtisch widerhallten.

Dann der jähe, markerschütternde Schrei eines Mannes.

Lasarew schob sein Telefon in die Tasche und verließ das Büro.

80

Die Taschenlampe war ein gutes Stück nach hinten gerollt. Max lag auf dem Rücken, der andere lag auf ihm, und in der Finsternis rangen sie miteinander. Der Mann boxte in Richtung seines Gesichts, doch Max blieb ständig in Bewegung. Die Fäuste seines Gegners trafen hart auf den Betonboden, und Max konnte nur ahnen, wie weh das tat.

Dann schob der Mann seinen Kopf nach unten. Der Gestank nach Tabak und Schweiß verursachte Max Übelkeit. Womöglich spürte der Angreifer, dass Max größer und stärker war? Er versuchte, an Max vorbeizugreifen. Wonach – nach einer Waffe?

Max streckte sich nach seiner *gratsch*, konnte sie aber nicht erreichen, solange der Mann auf ihm saß. Bei dem Versuch, sich über Max zu beugen, schlug der Mann mit dem Rücken und beiden Armen gegen das Dach des Tunnels. Das Rohr zischte, als es sich durch seine Kleidung und in seine Haut brannte. Ein Aufschrei, und der Geruch nach verbranntem Fleisch machte sich im Tunnel breit.

Max schob ihn in Richtung der Dampfleitung, und der Mann schrie immer lauter. Mit einem einzigen kräftigen Ruck gelang es ihm schließlich, sich aus Max' Griff zu befreien, und er versuchte, von ihm wegzukriechen.

Sofort drehte Max sich in die andere Richtung, um nach seiner Taschenlampe zu greifen, und endlich konnte er den Lichtstrahl auf seinen Gegner richten. Der Mann bewegte sich ruckartig. Max richtete den Lichtkegel auf dessen Kopf.

Das Gesicht war von einer Reihe offener Wunden gezeichnet, die rechte Gesichtshälfte war blutverschmiert, das Ohr sah verbrannt aus. Über der linken Schulter klaffte eine große offene Wunde, und seine Lederjacke hing in Fetzen von seinem Arm. Die Brandwunden auf seinem Rücken zogen sich bis zu seinem Hals. Trotzdem konnte Max einige Tätowierungen erkennen.

Max zog die *gratsch* und zielte auf den Mann.

»Stehen bleiben!«, rief er.

Der Mann reagierte nicht. Stattdessen sah er sich nach einem Fluchtweg um.

Max entsicherte die Waffe, doch der Mann lachte nur.

»Weißt du überhaupt, wo du hier bist?«, fragte er.

Max' Zeigefinger spannte sich um den Abzug. Noch ein winziges bisschen, und der Mann würde tot zu Boden gehen.

»Wo ist sie? Die andere Frau?«

»Tja, wahrscheinlich auch schon jenseits.« Der Mann lachte wieder. »An die wollten nicht mal die Ratten ran.«

Max schluckte schwer. Blinzelte. Legte den Finger erneut um den Abzug. *Er lügt. Er will mich aus der Fassung bringen. Jetzt einen kühlen Kopf bewahren. Er kennt den Weg zum Hangar. Er weiß, wo Paschie ist. Als toter Mann nützt er mir nichts mehr.*

Der Mann kroch erneut los, schleppte sich vorwärts wie ein Schimpanse. Max setzte ihm nach, doch der andere wurde schneller. Waren sie nicht in die völlig falsche Richtung unterwegs? Zurück in die Richtung, aus der Max gekommen war? Hatte der Typ dort irgendwo eine Waffe deponiert?

»Bleib stehen!«, rief er ihm nach.

Aber der Mann eilte weiter.

Max versuchte, die Art der Fortbewegung zu imitieren – vornübergebeugt, auf die Handflächen gestützt –, und holte etwas auf. Der Mann warf einen Blick über die Schulter. Als er auch noch ins Straucheln geriet, schleuderte Max die Taschenlampe von sich, stürzte sich auf ihn und erwischte ihn, ehe sie die rechtwinklige Kehre erreichten. Er packte den Mann am Hals.

»Bring mich zu ihr, dann lass ich dich gehen.«

»Eher sterbe ich«, fauchte der Mann, »als dass ich mich dem Kerl da oben ausliefere! Dein Mädchen hilft dir eh nicht mehr. Sie ist gestern Nacht gestorben.«

Max wurde schwarz vor Augen. Er schubste den Mann von sich weg direkt auf das rot glühende Rohr zu, das quer über den Gang verlief.

Donnernd krachte der Mann dagegen, das zweihundert Grad heiße Metall schnitt durch seinen nackten Hals. Brandgeruch schlug Max entgegen, doch er schob den Verbrecher umso fester gegen das Rohr.

Hast du nicht gerade noch darum gebeten? Um einen Tod hier unten bei den Ratten?

Der Mann stieß ein paar schwache Schreie aus, aber seine Stimme ging im Brodeln des kochenden Blutes auf dem Rohr unter.

81

Max ließ Margarita Juschkowas Leiche dort, wo sie war. Mit seiner Taschenlampe machte er sich wieder auf die Suche nach einer Luke oder einem Durchgang, der hinauf in den Hangar führte. Nach einer Weile stieß er auf eine niedrige Tür in der rechten Tunnelwand. Der Typ hatte Margaritas Leiche offenbar nicht allzu weit getragen.

Durch den Türspalt leuchtete er zunächst den Raum dahinter aus. Gestank schlug ihm entgegen, und er schluckte schwer. Der Raum vor ihm sah aus wie eine alte Schreinerwerkstatt, die in eine Art Lager verwandelt worden war.

Auf dem Boden lag ein Stück Plastikrohr, daneben eine Papiertüte mit Brotresten. Eine leere Wodkaflasche stand unter einem Stuhl. An die Wände waren Regale montiert worden. Er ließ den Lichtkegel der Taschenlampe über den Fußboden wandern. Die Blutflecke erinnerten ihn wieder an Paschies Bad.

Ein Stück weiter entdeckte er eine Tür, durch den Türspalt drang Licht.

Max zog das Handy aus der Tasche. Kein Netz. Er drückte die Klinke nach unten und spähte in einen Kellergang. Von dort führte eine Metalltreppe nach oben, direkt daneben befand sich eine Tür mit einem Milchglaseinsatz. Max legte das Ohr an die Scheibe, spürte die Kälte, die von draußen heraufzog, konnte aber abgesehen vom Wind nichts hören. Die Tür musste nach draußen führen, was eigenartig war. Immerhin befand er sich hier noch im Kellergeschoss ... Lag dahinter ein tiefer angelegter Innenhof? Er schaute wieder auf sein Handy. Immer noch kein Netz. Das hier war kaum ein geeigneter Fluchtweg.

Er wandte sich der Treppe zu. Als er sie halb hinaufgestiegen war, vibrierte es in seiner Tasche. Ilja hatte eine SMS geschickt. Eine 1. Alles war nach Plan verlaufen. Max antwortete mit einer 2.

Ich bin drinnen, bin aber auf Widerstand gestoßen.

Dann lief er weiter die Treppe hoch, bis er einen breiten Flur erreichte, von dem zu beiden Seiten Türen abgingen. Geradeaus führte ein Korridor in den Hangar.

Die rechte Tür war eine Stahltür und sah aus wie die, die er von draußen hatte sehen können. Die linke Tür war deutlich älter, aus einem Edelholz gezimmert, mit einer geschwungenen, schimmernden Messingklinke. An der Wand daneben hing ein riesiges Gemälde, und Max zuckte leicht zusammen, als er sah, was darauf abgebildet war. Es war eine berühmte Darstellung von Stalin, der zuoberst auf einem Treppenabsatz stand und eine Gästeschar willkommen hieß, die aus Vertretern sämtlicher sowjetischer Völker bestand.

Über der Tür war eine Überwachungskamera montiert, die seinen Bewegungen folgte wie der Kopf einer Schlange.

Noch ehe Max reagieren konnte, hörte er ein Klicken, und die Lichter im Gebäude gingen aus.

Schlagartig war alles dunkel.

Max angelte sein Handy hervor und schickte Ilja eine Nachricht. Eine 3.

Konfrontation.

In den Keller würde er nicht fliehen können, das wäre eine Sackgasse. Stattdessen wandte er sich der Stahltür zu. Er drückte sie auf, und kalter Wind schlug ihm entgegen. Als er auf dem Hof stand, hörte er erneut ein Klicken, und mit einem Mal stand er in gleißendem Licht wie in einem Fußballstadion.

Geblendet blieb er stehen. Er fühlte sich wie eine lebende Zielscheibe. Was würde zuerst kommen? Das Geräusch des sich lösenden Schusses? Oder der stechende Schmerz, den die Kugel verursachte? Mit einem Mal sah er alles klar vor sich. Der Tod war stets an seiner Seite gewesen. Er war bereit zu sterben, wenn es das war, was ihm jetzt bevorstand.

Direkt vor ihm trat eine große Gestalt ins grelle Licht. Sie hielt mit beiden Händen eine Waffe und zielte auf Max' Kopf.

Der zweite Gangster, den er vor Margaritas Haus gesehen hatte.

»Waffe weg!«, befahl er und machte zwei weitere Schritte auf Max zu.

Max ließ die *gratsch* fallen.

»Die Taschenlampe auch.«

Auch die ließ Max aus der Hand gleiten. Der Mann kam ein Stück näher. Max konnte sehen, wie sein Gesicht zuckte.

»Wie zur Hölle bist du hier reingekommen?«

Max schüttelte den Kopf.

Im nächsten Moment krachte der Pistolenkolben hart in seinen Mundwinkel. Er riss er den Kopf nach hinten und taumelte zurück, um nicht das Gleichgewicht zu verlieren.

»Wo ist Ljoscha?«

Ljoscha musste der tätowierte Partner gewesen sein. Doch er gab keine Antwort.

»Auf die Knie, Hände über den Kopf!«

Max gehorchte. Er blickte zu dem riesigen Russen auf, der seine Waffe immer noch in beiden Händen hielt.

Kein erfahrener Schütze also.

»Wo Ljoscha ist, will ich wissen.«

Als Max erneut nicht antwortete, trat der Mann ihm mit seinem stahlkappenbewehrten Stiefel gegen das Kinn. Max stürzte hintüber und spuckte Blut. Der Mann ging einmal um ihn herum und blieb neben ihm stehen, die Pistole auf Max' Kopf gerichtet.

Du brauchst nicht auf meinen Kopf zu zielen. Ein Schuss in den Bauch, und du hast mich unschädlich gemacht. Der Kopf ist eine viel zu kleine Fläche für einen unerfahrenen Schützen.

»Ich frag dich jetzt zum letzten Mal: Wo ist Ljoscha?«

Max sah sich um.

»Wer ist Ljoscha?«

Der Mann schien zu zögern.

»Wie bist du hier reingekommen?«, wiederholte er.

Max blickte sich um. Ein paar Meter weiter lag ein Gegenstand, den er würde verwenden können.

Der Mann trat erneut zu. Doch genau darauf hatte Max gewartet. Die Stahlkappe traf ihn in die Flanke, direkt unter den Rippen, und seine Nieren explodierten vor Schmerz. Doch diesen Schmerz konnte er wegstecken. Er hustete, schmeckte Blut, und noch während der Russe seinen Tritt ausführte, rammte Max ihm seinen linken Arm in die Kniekehle. Durch dessen unsicheren Stand während des Trittes gelang es ihm, den Riesenkerl auf die Bretter zu schicken.

Sowie der Typ am Boden lag, rollte Max zur Seite und griff zu dem Gegenstand, den er gesehen hatte – ein Keramikgefäß. Er schlug es mit Wucht auf den Boden, griff sich eine große Scherbe und stieß sie dem Mann oberhalb des Stiefelschafts ins Bein.

Der Typ schrie auf, krümmte sich und versuchte, die Scherbe herauszuziehen.

Max spurtete zur Limousine und ging dahinter in Deckung. Als der Gangster einen Augenblick später den ersten Schuss abfeuerte, prallte das Projektil ein gutes Stück über Max von der Wand ab.

Aus dem Augenwinkel meinte Max, eine Bewegung wahrzunehmen. Er spähte hinüber zur Mauer. Irgendjemand kletterte darüber.

Ilja.

Der nächste Schuss löste sich – und diese Kugel riss dem Gangster eine tiefe Wunde ins Bein. Es war kein tödlicher Schuss, aber wenn man bedachte, dass Ilja auf der Mauer kauerte, alles andere als übel.

Dann wurde wieder alles dunkel.

Max spurtete quer über den Hof, griff sich die *gratsch* und kehrte zu seinem Platz hinter der Limousine zurück. Der Gangster robbte in die entgegengesetzte Richtung, zog die Stahltür auf und warf sie hinter sich zu.

»Bist du okay?«, rief Ilja.

»Ja. Bin hinter der Limo.«

Ilja sprang von der Mauer, schaltete seine Taschenlampe an und richtete sie auf die Limousine.

»Du hast was abbekommen«, stellte Ilja fest.

»Das waren deine Kumpels ...«

»Ich hab ihn aber nicht erschossen, oder?«

»Nein, er hat sich reingeschleppt. Aber sein Komplize ist tot. Unten im Tunnel.«

Ilja nickte. Einer weniger, um den man sich Gedanken machen musste.

»Bringen wir das hier zu Ende«, sagte Max.

»Irgendwer spielt mit der Beleuchtung.«

»Wahrscheinlich der Kormoran. Er hat Überwachungskameras installiert, sicher auf dem ganzen Gelände.«

Im schwachen Mondlicht sah der Hangar noch viel größer aus. Irgendwo dort drinnen warteten Paschie, der Kormoran und die Antworten auf all ihre Fragen.

»Die Stahltür – da geh ich jetzt rein«, sagte Max.

Ilja grinste.

»Ich nehme an, es ist zu spät, um mein Honorar neu zu verhandeln?«

82

In der festen Überzeugung, dass der Kormoran jeden ihrer Schritte überwachte, liefen sie wieder in das Gebäude. So darf das hier nicht enden, dachte Max. Er musste Paschie finden. Und er musste dem Kormoran ins Gesicht sehen.

Iljas Taschenlampe leuchtete zehn Meter weit voraus. Max steuerte die Tür aus dunklem Edelholz neben dem berühmten Stalin-Gemälde an. Die Messingklinke blitzte im Taschenlampenlicht. Max spähte zu der Überwachungskamera hinauf und erwartete, dass sie sich auf sie richtete, als sie auf die Tür zutraten. Doch sie bewegte sich nicht.

Max nickte Ilja zu, der versuchte, die Tür aufzumachen. Es war abgeschlossen. Ilja warf sich mit voller Wucht dagegen, doch die Tür gab keinen Millimeter nach.

»Geh zur Seite«, sagte Max.

Dann richtete er die Pistole auf das Schloss und drückte ab. Zwei Schüsse, die durch das gesamte Gebäude hallten, aber das spielte keine Rolle mehr, das Überraschungsmoment war sowieso dahin. Dann trat Max zweimal gegen die Tür. Das Holz war knochenhart und hielt zwei Tritten stand. Nicht aber dem dritten.

Ilja blieb an der Schwelle stehen und behielt den Flur im Blick, während Max in den Raum stürzte. Ein Schreibtisch auf der einen, ein Bücherregal auf der anderen Seite.

Von Paschie keine Spur.

Auf dem Schreibtisch stand ein Monitor, der die Bilder von der Überwachungskamera übertrug, daneben ein paar neuere Handys. Er drehte sich um und entdeckte in der Ecke neben dem Regal eine Samurai-Rüstung.

Es musste noch weitere Zimmer geben.

Draußen vom Hangar drangen Geräusche herein, und Ilja winkte Max zu sich, doch im selben Moment blieb Max' Blick am Bücherregal hängen. *Gib mir noch eine Sekunde!* Er eilte auf das Regal zu. Darin stand ein Bilderrahmen, der mit der Fotoseite zur Wand zeigte. Auf der Rückseite hatte jemand etwas notiert.

Er nahm den Rahmen in die Hand.

Tatjana Sedowa.

Geboren am 7. November 1919 in Bairak, Ukraine.

Gestorben am 22. Februar 1944 in Stockholm, Schweden.

Ihm lief ein eiskalter Schauer den Rücken hinunter.

Am 22. Februar 1944 in Stockholm …

Wieder hörte Max die Stimme seiner Mutter.

»Grab dich nicht in die Vergangenheit ein …«

Aber dafür war es jetzt zu spät.

Seine Hand zitterte, als er den Rahmen umdrehte. Es war ein Hochzeitsbild – eine russische Hochzeit. Bei all den kultischen Objekten, die rund um das Hochzeitspaar arrangiert worden waren, hätte man meinen können, das Foto wäre in einer Kirche aufgenommen worden. Am Bildrand konnte man Sitzreihen mit Gästen erahnen, und hinter dem Brautpaar stand ein riesiges Blumenarrangement. Die gleichen Blumen trug die Braut im Haar und als Brautstrauß in beiden Händen. Wie ein Priester stand ein Mann vor dem Paar, der eine patriarchale Liebe ausstrahlte. Mit ausgestreckten Armen hieß er sie im Licht willkommen.

Max blinzelte. Er kannte diese Personen – den Standesbeamten, den Bräutigam, die Braut.

Den Mann, der allem Anschein nach die Trauung vorgenommen hatte, konnte man gar nicht verwechseln: Der kräftige Körper, der Schnurrbart und das dichte Haar, das wie Stahlwolle aussah, das selbstsichere, weltgewandte Lächeln, die autoritäre Haltung – so war der sowjetische Diktator Josef Stalin auf der ganzen Welt bekannt.

Beim Bräutigam handelte es sich um den jungen Nestor Lasarew … *Wiktor Gusin.* Neben seinem großen Führer sah er aus wie ein Leuchtturm: dieser ellenlange Körper, der lange, dünne Hals, der kleine Kopf … und das breite Lächeln im Gesicht.

Josef Stalins Lieblingssohn.

Beim Anblick der Frau stockte ihm der Atem. Sarahs Mailbox-Nachricht … ein ganzes Zimmer in der Stockholmer Altstadt, das mit ihrem Foto tapeziert worden war … ein Raum in Carl Borgenstiernas Haus …

Er hatte Tatjana Sedowa zuvor ein einziges Mal gesehen, aber er war sich zu hundert Prozent sicher, dass es sich um ein und dieselbe Frau handelte. Dieselbe Frau, die auch Sarah auf den Fotos gesehen hatte.

Er hatte sie auf einer ausgeblichenen Fotografie auf dem Nachttisch eines Krankenbettes in einem Stockholmer Krankenhaus gesehen.

An Carl Borgenstiernas Krankenbett.

Er musste wieder daran denken, was Sarah gesagt hatte.

»Ich hab auch Bilder deines Vaters entdeckt und … ein Bild von dir. Inzwischen glaube ich, du hattest recht – die Frau und Borgenstierna haben eine Verbindung zu deiner Familie.«

Hatte seine Mutter ihm deshalb das Versprechen abgenommen, nicht in der Vergangenheit zu stochern? Weil sie geahnt hatte, wo all das hinführen würde?

Es hatte ihn hierhergeführt – zum grausamsten Mann aller Zeiten.

Max stopfte sich das Bild in den Hosenbund und zog sein Hemd darüber.

Die schwedischen Behörden hatten die Wahrheit über den 22. Februar 1944 vertuscht und totgeschwiegen. Dass damals niemand ums Leben gekommen war, war eine Lüge.

Er wusste zwar immer noch nicht, wie all diese Details zusammenhingen, aber Tatjana hatte an jenem Abend ihr Leben gelassen. In Stockholm.

83

Ilja beugte sich zu Max und flüsterte: »Der Typ, den ich angeschossen hab, ist irgendwo da drin.«

Er nickte in Richtung Hangar.

Seite an Seite und mit gezogenen Waffen betraten sie die große, offene Halle. Der Wind pfiff durch die Ritzen im Dach, und bleiches Mondlicht fiel durch die schmalen Dachluken hoch über ihnen. Im Zwielicht konnte Max die Umrisse dreier alter Flugzeuge ausmachen. Er stieß gegen einen Blecheimer, der neben einem der Flugzeuge gestanden hatte, und ein Lappen fiel heraus.

Max bückte sich und hob ihn auf. Blau-roter T-Shirt-Stoff. Eine Kindergröße.

New York Rangers.

Das Shirt hatte Margaritas Sohn getragen.

Ich hätte mit ihnen zum Flughafen fahren müssen.

Vom rückwärtigen Ende des Hangars konnte er einen schwachen Lichtschein erahnen. Ein großes Fenster. Hinter der Scheibe befand sich ein Aufenthaltsraum für die Arbeiter, ein Ort, an dem sie sich über ihre Pausenbrote hermachen konnten. Schlichte Holzbänke und -tische. An einem der Tische saß ein Mann, den Rücken dem Hangar zugekehrt. Sein Hals ragte aus einem Polokragen. Kleiner Kopf. Dichtes weißes Haar.

Direkt vor der Glaswand parkte der schwarze Mercedes. Die Fahrertür stand offen, aber der Fahrer war nirgends zu sehen.

Max und Ilja verständigten sich darauf, sich von zwei Seiten zu nähern. Ilja ging hinter einem Anhänger mit Werkzeug in Deckung, Max hinter einem Flugzeugrumpf.

»Siehst du jemanden?«, wisperte Max.

»Nur den Mann hinter der Scheibe.«

»Und der Typ, den du angeschossen hast?«, hakte Max nach. »Hast du ihn mehr als ein Mal erwischt?«

»Weiß nicht. Sitzt womöglich im Auto. Keine schlechte Idee, wenn man nicht mehr so gut laufen kann.«

Max gab Ilja ein Zeichen. Er würde sich gleich dem Wagen und dem Aufenthaltsraum nähern. Dann fixierte er wieder den Mann. Der saß vollkommen still da, schien etwas zu betrachten, was er in den Händen hielt – als läse er ein Buch –, und schien völlig unberührt von dem, was hinter ihm im Hangar vor sich ging.

Max schlich vorwärts, doch schon nach wenigen Schritten vernahm er ein Geräusch und blieb abrupt stehen. Eine Art Tropfen. Er spähte zu Ilja hinüber. Vor dessen Füßen bildete sich eine Blutlache.

Das Blut tropfte von der Decke.

»Ilja!«, schrie Max und stürzte sich auf ihn.

Direkt über ihm saß rittlings auf einem Stahlträger der schwarzhaarige Gangster. In einer Hand hielt er ein langes Messer, und mit der anderen hatte er eine Makarow auf Ilja gerichtet. Er grinste bloß, als Ilja zu ihm hochsah. Dann stieß er sich ab.

Noch während der Mann in der Luft war, fielen mehrere Schüsse. Aus mehreren Waffen. Mit dem Bein traf der Gangster Max im Nacken. Der stürzte vornüber und ließ die *gratsch* fallen.

Auch Ilja ging zu Boden, und Blut spritzte aus seiner Schulter. Jetzt stand der Gangster fast direkt neben Max. Auch er war verletzt – seine gesamte rechte Körperhälfte hatte keine Kraft mehr. Mit der linken kämpfte er darum, sich aufrecht zu halten. Er hatte immer noch ein Grinsen im Gesicht.

Bei seinem Sprung war ihm die Pistole aus der Hand geglitten, und jetzt machte er ein paar Schritte auf Max zu und hob das Messer. Im nächsten Augenblick zerfetzte eine neuerliche Salve seinen erhobenen Arm. Er taumelte vorwärts, und sein Grinsen wurde noch breiter.

Max rappelte sich auf, schnappte sich die Pistole vom Boden, stürmte auf den Gangster zu und trat ihm hart gegen beide Knie. Er ging zu Boden.

Jetzt zielte Max auf dessen Stirn. Und endlich war das Grinsen erloschen.

»Ilja?«, rief Max, ohne den Blick vom Kopf des Gangsters abzuwenden.

Erst antwortete Ilja nicht. Dann kam ein schwaches Ja.

»Ich bring dich ins Krankenhaus, Ilja. Bleib wach, hörst du?«

Jetzt endlich bewegte sich der Mann hinter der Glasscheibe. Wiktor Gusin, der Kormoran, hatte sich zu seiner vollen Körperlänge aufgerichtet und blickte in den Hangar.

Er hatte ein Handy in der Hand, das er sich jetzt ans Ohr hielt.

Rief er Verstärkung?

Max' Handy vibrierte in seiner Tasche. Er streifte den Gangster am Boden mit einem flüchtigen Blick – er rührte sich nicht mehr, er würde langsam, aber sicher sterben. Dann angelte er mit der Linken sein Handy aus der Tasche.

Starrte auf das Display. Es war Margaritas Nummer.

Er drückte auf das grüne Hörersymbol.

»Max?«, hörte er eine Männerstimme. »Max Anger?«

Max sah Gusin durch die Fensterscheibe an. Er konnte die Atemzüge des Mannes hören, während er darauf wartete, dass Max etwas sagte.

Doch statt einer Antwort richtete Max die Pistole auf Gusin, drückte den Abzug und feuerte.

84

David sah sich um. Drinnen oder draußen im Garten? Bei den Schaukeln? Nein, das Schaukelgestell war zu niedrig. Die Küche wäre passend. Dort hatten sie einige ihrer schlimmsten Momente miteinander verbracht.

Ein letzter Job. So hatte Ray es formuliert. Aber auf ihn war einfach kein Verlass. Es gab immer noch einen allerletzten Job.

Mithilfe der Trittleiter montierte David den Kristallleuchter vom Haken in der Küche und legte ihn vorsichtig auf das Wohnzimmersofa. Der Leuchter war ein kleines Vermögen wert.

David war zu spät aufgegangen, dass jener letzte Job, mit dem Ray ihn beauftragt hatte, eine Grenzüberschreitung darstellte, die er nicht mehr rückgängig machen konnte.

Das Seil war annähernd so dick wie sein Handgelenk. Er nahm seine Breitling ab und legte sie neben den Leuchter auf das Sofa.

Das Seil hatte er vor Jahren ersteigert. Dem Auktionator zufolge hatte es früher die Reling eines Beibootes geziert, das zum Luxuskreuzfahrtschiff des Gründers der Amsterdamer Heineken-Brauerei gehörte. David hatte es aus reiner Raffgier gekauft, damals, als sie noch in Geld geschwommen und sich im VIP-Getümmel des Auktionshauses mit Reich und Schön umgeben hatten.

Er konnte sich nicht einmal mehr erinnern, was genau sie mit dem Seil ursprünglich vorgehabt hatten. Irgendwas mit einem Zimmer in ihrem Haus, das sie im maritimen Stil hatten einrichten wollen.

Er schaffte es kaum, eine Schlinge in das dicke Seil zu knoten. Aber David war schon immer hartnäckig gewesen.

Als er fertig war, fummelte er das Seil durch den Haken in der Decke.

Wenn er all dem nicht selbst ein Ende bereitete, würde es für alle Zeit so weitergehen. Ray würde nie aufhören, Druck auf ihn auszuüben, und ein anderer Ausweg war David nicht eingefallen. Er würde sich auf der Straße immer umschauen müssen, über die Schulter blicken, sich um die Sicherheit der Kinder sorgen.

Ray und seine Kumpanen würden womöglich Zeit verstreichen lassen, ihn in einem trügerischen Gefühl von Sicherheit wiegen, und dann, eines Tages, würde jemand vor dem Haus auftauchen und David wieder daran erinnern, dass jener *letzte Job* ihn zu einer Art Blutsbruder gemacht hatte, zu einem von ihnen, und das für alle Ewigkeit, *nicht wahr, David?*

Die Grenzüberschreitung hatte darin bestanden, einen Menschen umzubringen. Und da spielte es auch keine Rolle mehr, ob er unter Vorspiegelung falscher Tatsachen dazu getrieben worden war. Sie würde seinetwegen sterben, und damit hätte auch er seine Lebensberechtigung verspielt. David Julin war Geschichte.

Er selbst hatte den Bug auf Sarahs Handy aufgespielt, sodass sie ein neues Gerät brauchte. Er hatte die Verbindung zum echten Kundendienst gekappt und sämtliche Anrufe, die von den Vektor-Apparaten ausgegangen waren, auf seine eigene Nummer umgeleitet. Er hatte das Ersatzhandy mit Rays kleiner Sonderausstattung versehen.

Ray hatte ihm auch erklärt, wann, wie und wo er das Päckchen übergeben sollte, und David hatte den Befehl sklavisch ausgeführt. Ohne auch nur kurz zu zögern, geschweige denn abzubrechen.

Er betrachtete die Stühle rund um den Küchentisch. So machten sie es doch immer in Filmen. Vielleicht einer dieser ultramodernen Holzstühle, die Gabbi so gern mochte. Sie hatte darauf bestanden, dass die in die Küche kamen. Nein, der alte, durchgesessene Stuhl vor seinem Rechner passte besser. Der hatte Rollen.

Doch schon auf halbem Weg dämmerte ihm, dass der Stuhl höher sein musste. Schließlich entschied er sich für die Trittleiter.

Als er Gabbi draußen in Tyresö erkannt hatte, war schlagartig alles anders gewesen. Noch an Ort und Stelle hatte er seinen Entschluss gefasst. Er hatte gehofft, etwas anderes zu empfinden – Klarheit, Freiheit. Aber das Ganze war noch viel verwickelter, als er geglaubt hatte.

Dieser spezielle gelbe Lack. Diese Farbe, die man nur für das Saab 900 Cabrio bekam – das Auto, das sie sich gewünscht hatte, als sie geheiratet hatten. Er hatte ihr teurere Wagen vorgeschlagen, aber nein, sie hatte immer schon von diesem gelben Cabrio geträumt. Gabbi aus Filipstad. Es sollte schick, aber nicht versnobt sein.

Ohne es zu ahnen, war sie an ihm vorbeigefahren. Und dann hatte sie ihm einen Blick zugeworfen, als wäre er jemand vollkommen Fremdes. Er hatte wie versteinert dagestanden.

Bist du immer noch dort?

Unter dem Seil und dem Haken an der Decke breitete er eine Plastikplane aus. Was hatte Gabbi bitte mit der Chefin eines Thinktanks zu tun, der den Groll gewisser Russen geweckt hatte? Er hatte eine Weile gebraucht, um das Bild zusammenzusetzen. Das war kein Lesekreis gewesen. Und auch keine Verschwörung gegen ihn. Gabbi arbeitete nebenbei nicht als Spionin.

Sie hat mich angelogen, sie hat die Kinder angelogen und erzählt, dass ihre Mutter krank wäre.

Er zog seinen Krokoledergürtel aus den Schlaufen. Den hatte er während der Flitterwochen in einer sündhaft teuren Boutique in Miami gekauft. Caspar liebte diesen Gürtel und hatte mal erwähnt, dass er ihn gerne haben wollte.

Die Interne Ermittlung von Telia hatte angerufen und eine Nachricht hinterlassen: Er solle so schnell wie möglich ins Büro kommen. Sie hätten mehrmals versucht, ihn zu erreichen, und wenn er sich nicht umgehend melde, werde man die Polizei einschalten.

Die Polizei? Da würde er vernommen und letztlich verurteilt werden. Würde die Hosen runterlassen und der ganzen IT-Branche und den Reportern von *Dagens Industri* erzählen müssen, wie tief man fallen konnte, wie schnell es gehen konnte, dass man vom Unternehmer des Jahres zum Knacki wurde. Im Hinblick darauf, was alsbald in Tyresö passieren würde, würden vielleicht sogar Reporter von den Tageszeitungen und Boulevardblättern im Gerichtssaal erscheinen. Der Millionär, der unter Mordanklage stand. Er sah die Schlagzeilen schon vor sich.

Ich kann mich nicht länger verstecken.

Er stieg die Trittleiter bis nach oben hinauf. Von dort sah die Küche komplett anders aus.

Hinter dem Wohnzimmerfenster in Tyresö hatten zwei Stumpenkerzen gebrannt und stimmungsvolles Licht verbreitet. Zwei Gläser Rosé hatten bereitgestanden. Die Anlage hatte Achtzigerjahre-Pop gespielt. Und unter dem Kimono hatte die Frau nichts getragen.

Ich war ein spielsüchtiger Idiot, der alles verloren hat.

Ich wollte dich, die Kinder, die Familie nicht verlieren!

Ich wollte mich selbst nicht verlieren.

Ich wollte uns *nicht kaputt machen.*

Mit beiden Händen griff er nach dem Seil, drehte es so, dass der dicke Knoten links unter seinem Kinn saß – der Knoten würde seitlich sitzen müssen, wenn sein Genick oder die Wirbel brechen sollten.

Ein letzter Job.

Er hätte seinen Kindern nie wieder in die Augen sehen können.

Der Blutdruck würde sofort in den Keller gehen. Er würde nichts mehr spüren.

Verzeih mir!

85

Statt das Glas zu durchschlagen, hatten die Kugeln bloß Kratzer auf der Scheibe hinterlassen. Max keuchte schwer, und sein Herz hämmerte. Die Hand mit der Pistole verkrampfte sich.

Wiktor Gusin hatte nicht einmal mit der Wimper gezuckt. Der alte Mann auf der anderen Seite der Scheibe stand reglos da. Dann nahm er ganz langsam das Telefon vom Ohr und schob es sich in die Tasche.

Max ging auf die Fensterscheibe zu. Er überschlug, wie viele Kugeln noch im Magazin steckten. Drei Schuss hatte er gerade abgefeuert, zuvor an der Tür zum Bürogebäude zwei. Also waren noch drei übrig. Seelenruhig trat er Gusin entgegen.

Was immer der dort auf der anderen Seite zur Verfügung hatte, es würde ihm durch das Panzerglas nichts anhaben können.

Je näher er herankam, umso mehr vom Raum konnte er sehen. In der Mitte waren mehrere kleinere Tische zusammengeschoben worden, und drumherum standen einfache Stühle. An den Wänden hingen Karten der früheren Sowjetunion, die über und über mit Markierungen bedeckt waren: Sterne, Kreuze, Linien. Er entdeckte auch eine Karte von Nordwestrussland. Darüber prangte der ihm inzwischen allzu gut bekannte Kosmonaut im All. St. Petersburg GSM. Auf der Karte waren diverse Sendemasten eingezeichnet – und unter den Mastensymbolen waren schwarze Kleeblätter auf gelbem Grund aufgeklebt worden ... das weltweit gängige Warnzeichen für Radioaktivität.

Was habt ihr hier ausgeheckt? Sendemasten mit Kernwaffen auszustatten, die man dann per Fernsteuerung abfeuern kann? Eine grenzübergreifende Schreckensherrschaft?

Jetzt stand er dem alten Mann direkt gegenüber, nur die Scheibe trennte sie noch. Der Kormoran, wie Lasarew seit Kindertagen genannt wurde, überragte Max um einen Kopf. Er war sicher achtzig Jahre alt, doch trotz der deutlichen Hinweise auf sein fortgeschrittenes Alter – das weiße Haar, die Runzeln auf den eingefallenen Wangen und um die Augen – bestand nicht der geringste Zweifel, dass es sich um ein und denselben Mann handelte.

Ein Gesicht vergesse ich nie.

Juni, am schwedischen Nationalfeiertag.

Ich habe nie geglaubt, dass es ein Unfall war.

86

Irgendetwas hatte sie geweckt. Gabbi schlief immer noch tief und fest neben ihr im Bett, sie hatte wirklich einen gesunden Schlaf. Aber weshalb war sie dann wach geworden? Auch das letzte Mal, als Gabbi über Nacht geblieben war, hatte sie wach gelegen. Sie war es einfach nicht gewohnt, dass jemand neben ihr lag.

Sie spähte zum Radiowecker am Bett. Es war gerade einmal zehn nach eins in der Nacht. In Sankt Petersburg noch später. Wie es wohl Max ging – hatte er Paschie lebend finden können? Und war er selbst noch am Leben?

Denk so was nicht!

Hatte er all das, was er über die Ereignisse des Jahres 1944 herausgefunden hatte, mit der Herkunft und dem Schicksal seiner Familie in Verbindung bringen können? Und damit, was derzeit in Stockholm passierte?

Nicht das ungewohnte Gefühl, eine Frau neben sich zu haben, hatte sie geweckt, schoss es Sarah durch den Kopf. Sondern die Unruhe, die sie nicht vertreiben konnte, seit Max nach Sankt Petersburg geflogen war. Die Unruhe hatte noch zugenommen, nachdem sie mit Charlie K. gesprochen hatte, der ihr von der Verbindung zwischen den Attacken auf Telia und dem Spähangriff auf Vektor erzählt hatte.

Sarah wusste, dass sie nicht wieder einschlafen konnte. Vorsichtig, um Gabbi nicht zu wecken, schlüpfte sie aus dem Bett. Auf dem Flur fiel ihr Blick auf die Schachtel, die immer noch auf der Konsole lag. Die hatte sie fast vergessen.

Doch jetzt erinnerte sie sich wieder an die merkwürdige Unterredung mit dem Typen an der Haustür und daran, wie seltsam nackt sie sich ihm gegenüber gefühlt hatte.

Und dann Gabbi, die völlig durch den Wind gewesen war.

Die ganze Welt steht Kopf.

Zehn nach eins. Der Mann hatte gesagt, die SIM-Karte wäre ab Mitternacht aktiviert. Die Karte war eine sogenannte Zwillingskarte, insofern hoffte sie, dass die Daten ihrer alten Karte darauf gespeichert waren. Vielleicht hatte Max ihr in der Zwischenzeit eine Nachricht geschickt.

Hatte er ihre Nachricht wohl abgehört?

Sie nahm das Päckchen vom Konsolentisch. Es war mit dickem Tape umwickelt. Für ein Handy war es ganz schön schwer. Sie setzte sich auf die Bank im Flur, schob ihren langen, scharfen Daumennagel unter das Klebeband und ritzte es auf. Als sie den Deckel anhob, wusste sie erst nicht, was sie vor sich sah. Irgendetwas war an dieses Handy angekoppelt – deshalb war das Päckchen auch so schwer.

Herr im Himmel!

An dem Handy hing ein schwarzes Metallrohr mit einem rot blinkenden Display. Eine Schockwelle jagte durch ihren Körper.

Vorsichtig legte sie die Schachtel zurück auf die Konsole. Dann rannte sie in die Küche, riss das Festnetztelefon von der Station an der Wand und wählte den Notruf.

Während der paar Sekunden, die verstrichen, ehe jemand ihren Anruf entgegennahm, rasten Horrorszenarien vor ihrem inneren Auge vorbei. Tränen verschleierten ihren Blick.

»In meinem Haus ist eine Bombe.«

87

Wie stabil würde das Glas sein? Max blickte über die Schulter zu dem Mercedes. Durch die offene Fahrertür konnte er sehen, dass der Schlüssel steckte. Er kehrte dem Kormoran den Rücken und ging auf den Wagen zu.

Der Motor sprang sofort an, als Max den Schlüssel herumdrehte. Wiktor Gusin hatte sich an die Rückseite des Raumes zurückgezogen.

Max legte den Rückwärtsgang ein und lenkte den Wagen in einem weiten Bogen in den offenen Bereich des Hangars.

Gusin lehnte an der Wand mit den Karten seines eingebildeten Großreichs. Er hatte wieder sein Telefon gezückt und tippte etwas ein.

Max schaltete die Scheinwerfer des Wagens aus, und abgesehen vom schwachen Mondschein und dem Licht, das aus dem Aufenthaltsraum fiel, war es im Hangar finster.

Er legte den Sicherheitsgurt an.

Die Bremsen haben versagt. Die Polizei hat den zuständigen Mechaniker nie finden können.

Er trat das Gaspedal durch, und der Turbomotor brüllte auf. Es hämmerte in seiner Brust, und sein Arm zitterte, als er ihn sich vor das Gesicht hielt, um seine Augen zu schützen, während der Wagen auf die Glasscheibe zuschoss.

88

»Verlassen Sie auf der Stelle das Haus. Nehmen Sie nur das Allerwichtigste mit. Stellen Sie sicher, dass niemand mehr in der Nähe Ihres Hauses ist.«

Sarah rannte aus der Küche und griff sich im Vorbeilaufen den grünen Kleidersack aus Militärzeiten, der unter der Bank im Flur lag. Dann eilte sie ins Wohnzimmer zum Kaminsims. Die Familienbilder. Dann ins Zimmer der Kinder, um die Lieblingskuscheltiere ihrer Tochter und die Buzz-Lightyear-Figur ihres Sohnes zu holen. Was noch? *Was sind die wichtigsten Sachen in meinem Leben?* Sie rannte in die Küche zurück, riss den Kühlschrank auf. Eine Packung Hüttenkäse. Auf dem Rückweg schnappte sie sich ihr Brillenetui vom Küchentisch.

Unterwäsche zum Wechseln, Make-up.

Im Flur ließ sie den Stoffsack fallen und rannte ins Schlafzimmer. Riss die Schublade auf, warf sie wieder zu – und erinnerte sich erst da wieder an die Frau, die in ihrem Bett lag.

Verdammt!

Mit der Unterwäsche in der Hand ging sie neben Gabbi in die Hocke und legte ihr eine Hand auf die warme Hüfte.

»Wach auf, Gabbi!«

Gabbi reagierte nicht. Um sie herum geriet das Schlafzimmer ins Wanken, und sie musste sich am Bett abstützen.

Sie schüttelte Gabbi immer heftiger.

»Wach sofort auf! Im Haus ist eine Bombe!«

Die Verzweiflung in ihrer Stimme schien bei Gabbi etwas auszulösen. Sie schlug die Augen auf und sah Sarah erschrocken an. Dann sprang sie mit einem Satz aus dem Bett und schlüpfte in ihre Kleider.

Der Mann, der den Notruf entgegengenommen hatte, hatte ernst geklungen, sobald sie ihm den Gegenstand in der Schachtel beschrieben hatte. Ein Sprengkommando war schon auf dem Weg. Sarah hatte nur unzusammenhängend berichten können, was am Vorabend vorgefallen war. Wie der Mann ausgesehen hatte, der zu ihr gekommen war und das Ersatztelefon gebracht hatte – zurückgekämmtes Haar, achteckige Brillengläser. Was auf seinem Overall und auf dem blauen Passat gestanden hatte. SwitchCom.

Gabbi warf sich den Mantel über und lief zur Haustür, obwohl ihre Füße nicht mal richtig in den Schuhen steckten. Die nackten Fersen schauten heraus.

Sarah fummelte an ihrem Schlüsselbund. Musste sie jetzt wirklich zuschließen?

»Meine Tasche!«, rief Gabbi, als ihr Blick auf Sarahs Kleidersack fiel. »Ich kann nicht ohne meine Tasche fahren!«

Wir sind schon unterwegs, hatte der Mann gesagt. Sie schüttelte den Kopf, weigerte sich, die Tür noch einmal aufzuschließen. Dann packte sie Gabbi am Arm und zog sie vom Haus weg.

Im nächsten Moment wurden sie von einer Druckwelle zu Boden geschleudert. Rote Flammen schossen in den sternklaren Nachthimmel, und Sarah schrie aus Leibeskräften. Sie dachte, ihr Rücken und ihr Nacken würden verbrennen.

89

Um ihn herum war alles weiß und roch nach Plastik. Irgendetwas presste sich auf sein Gesicht. Dann gelang es ihm, den Sicherheitsgurt zu öffnen, und er schob den Airbag zur Seite, nahm die Pistole, versuchte, die Fahrertür aufzuschieben, aber es funktionierte nicht. Das Seitenfenster war zerborsten, und mit einem gequälten Ächzer schob er sich durch das Loch.

Überall lagen Glassplitter, an denen er sich schnitt: auf dem Boden, auf dem Tisch, in seinem Haar. Sein Hals tat weh. Er kickte einen Stuhl aus dem Weg und arbeitete sich zur Motorhaube vor. Die elegante lange Schnauze war eingedrückt wie eine Getränkedose.

Der Mann, der sich Nestor Lasarew genannt hatte, war quasi mit dem Wagen verschmolzen. Wo ihn die Front des Wagens in die Wand genagelt hatte, war er regelrecht zusammengefaltet.

Aber er lebte noch. Mit suchendem Blick und halb offenem Mund verfolgte er Max' Bewegungen. Aus seinem Mundwinkel rann eine Mischung aus Speichel und Blut.

»Wo ist sie?«, fragte Max. »Wo ist Paschie?«

»Du?«, fauchte der Mann. »Unglaublich!«

Max entsicherte die *gratsch*.

»Was habt ihr hier in dieser Kriegszentrale ausgeheckt, *Wiktor Gusin*? Denn so heißt du wirklich, stimmt's? Wer waren diese Männer, die vorhin hier waren?«

Gusin kicherte gequält.

Max ließ den Blick über die Karten an der Wand schweifen. Radaranlagen, Funkmasten. Über ganz Nordwestrussland, Finnland und Schweden verteilt.

»Deine Willenskraft«, sagte der Kormoran. »Einzigartig. Ich kenne dieses Feuer in deinem Blick. Dieses Feuer kann allem, was sich dir in den Weg stellt, ein Ende setzen. Keine Macht der Welt ist stärker als ein Mann mit einem solchen Willen, mit einem solch stählernen Willen ...«

»Wo ist Paschie?«

»Vergiss die Tatarenhure. Sie ist weg. Genau wie Jakob Anger weg ist. In dir selbst findest du etwas viel Wertvolleres.«

Max brachte die Pistole in Anschlag. Das Gefühl, als würde seine Hand krampfen, war wieder da.

»Wo ist Paschie?«

»Du hättest hören sollen, wie sie unsere Namen gerufen und eine Zukunft vorhergesehen haben, wie auch *er* sie sich vorgestellt hat – eine Welt, die *uns* zu Füßen liegt.«

Er hustete.

»Wir haben einen Nachfolger bestimmt, Max. Es spielt keine Rolle mehr, ob dieser Säufer wiedergewählt wird oder nicht. *Unser* Nachfolger steht schon im Schatten bereit. Wir werden die Strippen ziehen, und *du* kannst ihn zusammen mit uns steuern ... als Teil deines Erbes.«

Max sah sich um. Ein Stück vom Autowrack entfernt lag das Telefon, das Gusin in der Hand gehalten hatte, als Max in ihn hineingerast war. Es sah aus wie eine Mischung aus Handy und Walkie-Talkie. Ein Satellitentelefon vom Militär.

»Wen hast du angerufen?«, wollte Max wissen. »Hast du deine Speznas-Einheit angefordert? Dafür ist es jetzt zu spät.«

Mit überraschend viel Kraft packte Wiktor Gusin Max am Handgelenk. Max hielt ihm den Lauf der *gratsch* an den Schädel.

»Du warst der Junge vor dem Friseursalon.«

Max konnte Gusins rottigen Atem riechen. Seine Hand verkrampfte sich erneut.

»Die Kraft hat eine Generation übersprungen. Genau wie Jakow und Wassili war auch Jakob Anger ein Versager.«

»Wovon zur Hölle redest du?«

»Es muss nicht so zu Ende gehen, Max. Es gibt noch einen anderen Weg für dich.«

Max bemerkte, dass sein Arm leicht nach unten gesackt war. Er hob die Waffe wieder an Wiktor Gusins Kopf.

»Wer war Tatjana Sedowa? Wie ist sie gestorben?«

»Wie eine Verräterin«, antwortete Gusin.

Jetzt drückte Max den Lauf der *gratsch* fest zwischen die Augen des alten Mannes.

»Sie war deine Frau.«

Gusin schüttelte den Kopf.

»Du warst in meinem Arbeitszimmer. Verstehe.«

Dann fing er an zu lachen. Blut spritzte Max ins Gesicht. Angeekelt wischte er es weg.

»Hast du mit Borgenstierna nicht längst alles besprochen? Der hat dich doch geschickt, oder nicht?«

»Was hätte ich mit Borgenstierna besprechen sollen?«

»Was im Sommer 1943 passiert ist. Die Reise nach Kunzewo außerhalb von Moskau, die dunkle Tür, durch die sie gegangen ist. Die Albträume, die sie später Nacht für Nacht gequält haben.«

Der Kormoran wischte sich das blutige Kinn an der Schulter ab.

»Dann hast du es also immer noch nicht verstanden? Du kennst die Wahrheit immer noch nicht, Max Anger.«

Max bekam nur noch mühsam Luft. Was der Kormoran da sagte, sickerte wie Gift in ihn hinein, und er hatte das Gefühl, als würde der Boden unter ihm schwanken.

Du lügst, genau wie du es dein Leben lang getan hast. Du lügst, um deine eigene Haut zu retten.

»Warum hast du meinen Vater umgebracht?«

Ein Lächeln – ohne jede menschliche Wärme – breitete sich auf Gusins Gesicht aus.

»Weil es mir befohlen wurde.«

»Von wem?«

Max spannte den Hahn der *gratsch*.

»Hör mir jetzt zu«, sagte Wiktor Gusin nachdrücklich. »Du bist für Größeres bestimmt.«

»*Wer* hat den Befehl gegeben?«

»Sein Vater«, antwortete der Kormoran.

Dann packte er Max von Neuem am Arm.

»Es muss nicht auf diese Weise enden, Max.«

Für einen Moment schien sich alles zu drehen. Die Worte des Kormorans lösten in ihm Gedanken aus, die er nie hatte denken wollen. Er befreite sich aus dessen Griff.

»Das kann nur auf eine Weise enden«, entgegnete er. »Auf eine einzige Weise.«

Er spannte den Abzug und ließ Wiktor Gusins Gesicht nicht aus dem Blick, während der Schuss im Hangar hallte.

90

Eine kräftige Böe rüttelte am Fenster. Draußen heulte der Wind, und drinnen jaulte Scharik, die am Boden lag und ihre schmerzende Hüfte an den warmen Heizkörper drückte.

»Draußen kommt Sturm auf, das ahnst du, nicht wahr, meine Gute?«, murmelte Gatschow. »Solche Stürme hatten wir im Lauf des Jahres schon öfter. Kein Grund zu wimmern.«

Dann war ein lauter Knall zu hören, und Scharik hob den Kopf. Gatschow hatte schon vor geraumer Zeit die Hoffnung aufgegeben, in dieser Nacht Schlaf zu finden. Obwohl es erst auf die Wolfsstunde zuging, setzte er sich in seinen Lieblingssessel, legte die Füße hoch und fing an zu lesen.

Der Fernseher lief, aber weder er selbst noch sein Hund scherten sich darum, was auf der Mattscheibe zu sehen war. Gatschow horchte auf einen weiteren Knall, hörte aber nur, wie die Wellen gegen die Wellenbrecher und den Kai schlugen – und Sauggeräusche. Dann ein dumpfer Aufprall und das Prasseln des Wassers, das sich über den Beton unten an der Marina verteilte.

Er hatte nicht vergessen können, was er während seines Morgenspaziergangs entdeckt hatte. Seither hatten er und der Hund die Strandpromenade gemieden und sich für Schariks Gassirunde andere Wege entlang der Baltischen Bucht gesucht.

Zugleich hatte Gatschow seit jenem Morgen ein schlechtes Gewissen. Obwohl Mischin ihm dezidiert abgeraten hatte, hatte er sich selbst die immer gleiche Frage gestellt: Sollte er nicht doch die Polizei rufen? In den vergangenen Nächten seit jenem grässlichen Morgen hatte er mehrmals merkwürdige Geräusche aus Richtung des alten Marinestützpunktes gehört.

Er hatte Stimmen gehört, Schreie, Klagelaute – und sie hatten ihn bis in seine Träume verfolgt. Das Ganze dauerte bereits so lange, dass er sich allmählich fragte, ob er sich das alles nur einbildete. Genau wie den lauten Knall.

Er hatte sich wie ein Pistolenschuss angehört.

Er hatte noch einen gehört und dann noch einen.

Mischin hatte Gatschow über das Gelände und die Gebäude ausgefragt. Er hatte erwähnt, dass er dort irgendetwas suchte – etwas, was womöglich mal im Hafenareal gelegen hatte. Was einer fernen Vergangenheit angehörte und mit einer Abteilung des Militärs zu tun haben könnte, von der niemand etwas hatte wissen dürfen.

Nicht dass diese Andeutungen Gatschows Nerven beruhigt hätten. Aber Mischin war ein kluger Mann und ein guter Freund obendrein, und wenn er Hilfe brauchte, dann stand Gatschow ihm selbstverständlich zur Seite.

Scharik stemmte sich vom Boden hoch. Ihr Winseln schlug um in Kläffen, sie verließ die warme Heizung, sprang mit den Vorderpfoten aufs Fensterbrett und spähte in die dunkle Nacht hinaus.

Er hätte die Polizei längst alarmieren müssen. Eine Nachbarin hatte ihm von illegalen Nachtclubs erzählt, von Bordellen und von gewalttätigen Auseinandersetzungen in der Gegend. Sie hatte bereits bei der Polizei angerufen und ihre Besorgnis zum Ausdruck gebracht, aber dort hatte man sich nicht bemüßigt gefühlt, vorbeizufahren und nach dem Rechten zu sehen.

Und dann das. Kannibalismus. Pistolenschüsse mitten in

der Nacht. Die Vorstellung, dass sich irgendeine geheime Militärorganisation dort auf dem Areal bewegte. Mit einem Mal kam es Gatschow so vor, als lebte er in einem Kriegsgebiet. Er stand auf, stellte sich ebenfalls ans Fenster und tätschelte seinem Bluthund den Rücken.

»Hast du dort draußen irgendwas entdeckt, Scharik?«

Eine weitere heftige Böe – so stark diesmal, dass das Fenster knirschte, Kälte hereindrang und ihm ins Gesicht schlug.

Peng! Peng! Peng!

Noch mehr Schüsse.

Jetzt reicht's. Gatschow war mit ein paar Schritten im Flur, wählte den Notruf der Polizei und wartete.

Als endlich jemand abnahm, konnte Gatschow gar nicht schnell genug erzählen.

Es dauerte eine Weile, bis der Mann reagierte.

»Und wo genau, sagten Sie, sind die Schüsse gefallen?«

»Ich vermute, in der alten Sowjetanlage für Meeresforschung draußen an der Baltischen Bucht.«

»An der Baltischen Bucht?«, hakte der Mann nach. »Dann verbinde ich Sie mal weiter, Herr Gatschow. Da sprechen Sie am besten mit Polizeiinspektor Papanow.«

Für ein paar Minuten war es still in der Leitung. Dann meldete sich ein Mann mit ruhiger, kontrollierter Stimme: »Erzählen Sie mir noch mal, was Sie gesehen und gehört haben.«

Gatschow kam der Aufforderung nach.

»Und wie war Ihr Name gleich wieder?«

»Sergei Gatschow.«

»Und Sie wohnen …?«

Er nannte dem Mann seine Adresse.

»Sind Sie allein zu Hause?«

»Scharik ist bei mir, meine alte Bluthündin. Warum?«

Urplötzlich fühlte sich dieses Gespräch nicht mehr richtig an. Der Mann hatte weder alarmiert noch beunruhigt darauf reagiert, was Gatschow ihm erzählt hatte – irgendwie schien ihn etwas ganz anderes zu interessieren. *Sind Sie allein zu Hause?* Aus welchem Grund sollte das wichtig sein?

»Sie bleiben jetzt bitte, wo Sie sind, Gatschow. Ich fahre sofort los und komme bei Ihnen vorbei.«

91

Max verließ Lasarews Kommandozentrale und lief wieder in den Hangar. Ilja war noch bleicher als zuvor, aber Max konnte immer noch seinen Puls ertasten. Er zog sein Hemd aus und wickelte es um Iljas zerschossene Schulter, um die Blutung einigermaßen zu stillen. Ilja hatte mindestens drei Kugeln abgekriegt, und wenn Max ihn nicht alsbald in eine Klinik brächte, wäre sein Schicksal besiegelt. Trotzdem musste er erst Paschie finden.

Iljas Körper schleifte schwer über den Boden, als Max ihn aus dem Hangar und quer über den Innenhof bis zur Straße schleppte.

Aus der Ferne glaubte er, Geräusche zu hören – oder war das der Wind? Nein, da war noch etwas anderes.

Er bugsierte Ilja auf den Beifahrersitz, sodass die verletzte, immer noch stark blutende Schulter hochgelagert war.

»Bleib wach«, sagte er noch, aber Ilja reagierte nicht. »Ich bin in ein paar Minuten wieder da, dann fahr ich dich ins Krankenhaus.«

So schnell er konnte, lief Max zurück über den Hof und in den Hangar. In seinem Kopf kreiste die immer gleiche Frage.

Paschie, wo bist du?

Er lief nach unten in den Keller – es gab nur einen Ort, an dem er noch nicht gesucht hatte. Er drückte die Tür mit dem Milchglaseinsatz auf und landete in einem trostlosen Innenhof. Der Boden war mit Lehm und Schneematsch bedeckt.

Eiskalter Regen prasselte auf ihn herab, und der Wind rüttelte am Dach.

Am rückwärtigen Ende des Hofs stand eine Baracke, und je näher er kam, umso deutlicher konnte er Laute hören.

Ein Kratzen. Ein Keuchen.

Max sprintete in Richtung der Baracke. Im selben Moment wurde aus der Bewegung dort drinnen ein wildes, verzweifeltes Zerren, das urplötzlich erstarb.

Als Max die Baracke erreichte, gaben seine Beine nach. *Paschie!* Dort hing sie – ins Brackwasser getaucht, allem Anschein nach leblos, festgekettet und mit nacktem Oberkörper. Die Ketten bewegten sich kaum merklich, auch wenn ihr Körper völlig schlaff war.

Er sprang auf sie zu, versuchte, ihre Arme zu befreien, doch die stählernen Handschließen saßen bombenfest. Sie hatte keine Fingernägel mehr. Der Schlick, der die unteren Wände der Baracke bedeckte, war kreuz und quer von einem Muster aus tiefen Kratzern und Furchen durchzogen. Ihr Kopf war auf die Brust gesunken.

»Paschie, hörst du mich?«

Ganz leicht hob er ihren Kopf an.

Es durfte einfach nicht wahr sein, nicht nach all dem, was passiert war ... Erst fühlte er gar nichts – dann einen ganz schwachen Puls. Er presste seine Lippen auf ihren Mund. Sie war eiskalt. Doch dann spürte er einen Hauch von Wärme.

Sie lebt noch!

Max zog ihr Augenlid nach oben, sah aber nur Weiß.

Dann zückte er seine *gratsch*.

Er hatte zwei Schuss übrig, aber mehr brauchte er auch nicht.

Als auch die zweite Handschließe aufsprengte, hielt er Paschie fest. Er zog sie aus der Grube und trug sie hinaus in den Innenhof. Sie war federleicht, ihre Arme und Beine schlenkerten bei jedem von Max' Schritten.

Vorsichtig legte er sie ab und versuchte, sie mit seinem Körper zu wärmen.

»Ich bin hier, Paschie, ich bin hier«, sagte er und streichelte ihre Wange.

Wieder hörte er das Geräusch. Es war näher gekommen, und jetzt bestand kein Zweifel mehr, worum es sich handelte: Es war eine Sirene – mehrere Sirenen, mehrere Streifenwagen. Allerdings wollte er nicht recht glauben, dass sie ihm zu Hilfe kamen.

92

Zwei junge Polizeianwärter schritten langsam durch den Hangar. Erst entdeckten sie die Spur eines blutenden Körpers, der aus einem Raum gezerrt worden war. Dann einen Mann mit langem schwarzem Haar und buschigem Bart, der hinter einem der alten Flugzeuge tot zusammengesackt war. Um ihn herum eine Blutlache.

Einer der beiden hob den Blick und zeigte auf einen schwarzen Mercedes, der durch eine Wand aus Glas gefahren und in die rückwärtige Wand gekracht war. Leuchtröhren flackerten an der Decke. Über der Motorhaube des Wagens konnte er flüchtig das Gesicht eines alten Mannes ausmachen. Eines alten Mannes, dem in die Stirn geschossen worden war.

Der junge Polizist wollte auf den Wagen zulaufen, wurde aber von seinem Kollegen zurückgehalten.

»Warten wir auf Papanow«, sagte er. »Du weißt doch, was er uns befohlen hat.«

Sie versuchten, sich ein Bild davon zu machen, was vorgefallen war.

Mit einer Taschenlampe in der Hand kam Papanow irgendwann in aller Seelenruhe über den finsteren Gang geschlendert.

»Bleiben Sie hier«, trug er den beiden Polizisten auf.

Dann lief er auf die dunkle Tür zu, an der sie auf dem Weg in den Hangar vorbeigekommen waren. In Windeseile war er aus dem Zimmer wieder raus und hechtete eine Metalltreppe nach unten. Genauso schnell, wie er verschwunden war, tauchte er wieder auf und kam auf die beiden Polizeianwärter zu.

»Die Einbrecher sind über die Strandpromenade geflüchtet. Beeilen Sie sich, ich kümmere mich in der Zwischenzeit um den Tatort«, sagte er.

»Einbrecher?«, hakte einer der jungen Männer nach.

»Haben Sie nicht gehört, was ich gesagt habe? Worauf warten Sie noch?«

Als die beiden den Hangar verlassen hatten, zog Papanow ein Handy aus der Tasche, wählte eine Nummer und setzte seinen Vorgesetzten von den Ereignissen in Kenntnis.

»Wie ich's befürchtet habe ... Der Kormoran ist tot.«

Der Mitarbeiter des Bürgermeisters gab Papanow höchst effizient und ohne die geringste Gefühlsregung diverse Instruktionen.

»Verstanden, Chef«, sagte Papanow und legte auf.

Die Order war deutlich gewesen. Papanow kehrte zu seinem Dienstfahrzeug an der Straße zurück und kramte zwei große Plastiksäcke hervor. Dann lief er über die Glassplitter hinweg in den Raum, in dem sich der Mercedes und der Kormoran befanden. In aller Eile, aber mit höchster Vorsicht hängte er die Karten ab und stopfte sie in einen der Plastiksäcke. Anschließend eilte er ins Arbeitszimmer des Kormorans und klaubte die Gegenstände zusammen, die der Chef aufgezählt hatte. Als er fertig war, warf er die Säcke in den Kofferraum des Streifenwagens und versicherte sich, dass das Schloss zugeschnappt hatte.

Er hatte alles gefunden, was der Chef aufgezählt hatte – abgesehen von zwei Gegenständen: das Foto im Regal und das Satellitentelefon.

Ihn streifte der Gedanke, dass er hier nie wieder würde sauber machen müssen, wenn sich mal wieder jemand an einem menschlichen Körper gütlich getan hätte. Diesen Teil seines Jobs würde er gewiss nicht vermissen.

Er setzte sich ins Auto und öffnete das Handschuhfach. Fand den Schalldämpfer und schraubte ihn auf seine Waffe. Anschließend nahm er die Notiz in die Hand, die er auf der Wache angefertigt hatte. *Gatschow. Allein mit Hund.*

Er rief sich die Adresse in Erinnerung.

Dann schob er die Pistole in die Jackentasche und machte sich auf den Weg.

93

Endlich ging die Tür zur Notaufnahme der Amerikanischen Klinik auf, und ein Mann mittleren Alters mit blonden Locken kam bedächtig auf Max zu und stellte sich als Dr. Cleaver vor.

»Ihre Freunde hat es schlimm erwischt«, erklärte er.

»Aber sie überleben?«

»Wir dürfen vorsichtig optimistisch sein, aber noch ist es zu früh, um ganz sicher zu sein. Die Frau hat schwere Verletzungen in der Mundhöhle, die sich entzündet haben. Außerdem war sie über einen langen Zeitraum sehr niedrigen Temperaturen ausgesetzt. Aber sie ist stark.«

Ja, das ist sie.

»Und Ilja?«

»Er hat vier Schuss abgekriegt und eine Menge Blut verloren. Ein Wunder, dass kein lebenswichtiges Organ verletzt wurde. Er hat eine Menge Glück gehabt, aber sein Zustand ist noch nicht wieder stabil.«

Eine starke Frau und ein Mann mit viel Glück ... Das war eine bessere Zusammenfassung, als er zu träumen gewagt hatte.

»Die Frau ist über ihren Arbeitgeber in Stockholm bestens abgesichert. Sie darf entweder hierbleiben oder aber sich in jedwedes Krankenhaus ihrer Wahl verlegen lassen. Der Mann scheint allerdings keine Krankenversicherung zu haben ...«

Max besprach mit dem Arzt, was mit Paschie passieren

sollte. Sie gingen die notwendigen Schritte durch, um die Verlegung vorzubereiten. Max füllte eine Reihe Formulare aus, ließ Kopien seines Reisepasses ziehen und gab seine Stockholmer Wohnadresse, die Vektor-Adresse sowie die Krankenversicherung an, die die Behandlungskosten übernehmen würde.

»Und was ist mit Ilja?«, fragte der Arzt, als sie mit den Formalitäten fertig waren. »Was machen wir mit ihm?«

»Seine Kosten übernehme ich vorab in bar.«

»Vorab in bar? Mit vier Schussverletzungen würden die meisten Kliniken zuallererst die Polizei verständigen.«

»Verständigen Sie nicht die Polizei«, sagte Max. »Ich kann Ihnen auf der Stelle fünfzehntausend Dollar zahlen.«

»Tut mir wirklich leid, Herr Anger, aber das deckt nicht mal …«

»Und aus Stockholm werden regelmäßig Überweisungen kommen, bis er wieder imstande ist, die Klinik zu verlassen. Setzen Sie einfach sämtliche Ausgaben auf ein und dieselbe Rechnung.«

Der Arzt nickte. Unkonventionelle Lösungen schienen ihm nicht fremd zu sein, da war er anscheinend kein bisschen anders als so viele Ausländer, die eine Weile in Sankt Petersburg gelebt hatten. Es war sowohl für den Patienten als auch für ihn selbst besser, Max' Vorschlag anzunehmen, als Ilja den russischen Behörden zu übergeben, die ihn mit hoher Wahrscheinlichkeit einfach in die Gosse befördern würden.

»Wird Paschie wieder ganz gesund?«

»Wenn wir so vorgehen wie besprochen, bekommt sie die bestmögliche Behandlung.«

Max nickte.

»Wollen Sie bei dem Transport dabei sein?«

»Nein, ich nehme sie dort in Empfang.«

Auf dem Weg nach draußen zog Max sein Handy aus der Tasche und rief Sarahs Nummer auf. Dann fiel ihm wieder ein, was Sarah erzählt hatte: dass die Vektor-Handys womöglich abgehört wurden. Er legte wieder auf und wählte stattdessen ihre Festnetznummer. Nichts. Nicht mal ein Freizeichen.

Max schüttelte den Kopf und rief im Büro an. Er konnte hören, wie sein Anruf durchgestellt wurde.

»Vektor, Charlie Knutsson am Apparat?«

Max zuckte zusammen. Der Vorstandsvorsitzende hatte doch sonst nie das Telefon abgehoben?

Er wusste, wie nah Sarah und Charlie sich standen, und was immer er Sarah hatte erzählen wollen, konnte er genauso gut mit Charlie besprechen.

»Charlie, hier ist Max. Ich hab Paschie gefunden. Sie lebt.«

»Oh, Gott sei Dank! Endlich gute Neuigkeiten!«

Charlies Stimme klang merkwürdig angespannt.

»Was ist los? Was ist passiert?«

»Ich hab furchtbare Nachrichten, Max – in Sarahs Haus ist eine Bombe explodiert. Wir wissen immer noch nicht, wie es dazu kommen konnte und wie es um sie steht.«

Wieder eine Bombe! Auf einen Schlag war die Erleichterung, die Max im Krankenhaus verspürt hatte, wie weggefegt.

Es war noch immer nicht vorbei.

Dann fiel ihm wieder ein, dass Gusin im Hangar etwas in sein Telefon getippt hatte. Hatte er die Bombe ferngezündet, während Max im selben Raum gestanden hatte? Hatte er deshalb all diese unsinnigen Dinge erzählt, um Zeit zu schinden?

Du Schwein! Du wolltest nur noch einen Menschen mit in den Tod reißen. Als hättest du nicht schon genug auf dem Gewissen!

»Max?«, kam es von Charlie.

»Ja?«

»Die Polizei ist vor Ort, und wir versuchen …«

Doch Max hörte gar nicht mehr zu. Er zog das Satellitentelefon aus der Tasche, das Gusin im Moment seines Todes im Hangar in der Hand gehalten hatte. Es war deutlich größer, massiver und schwerer als ein normales Handy. Max klickte sich durch die Menüführung und rief die Liste der getätigten Anrufe auf. Das letzte Gespräch hatte Gusin mit einem Teilnehmer führen wollen, der nicht unter seinem Namen, sondern unter einem Land gespeichert war.

Schweden.

»Charlie, ich muss Schluss machen …«

Er legte sofort auf.

Dann rief er von dem Satellitentelefon *Schweden* an und hörte, wie ein Mann sich meldete. Seine Finger krallten sich um das Telefon, als er den Namen hörte.

Nach einigen Sekunden Schweigens war die Sorge in der Stimme des Mannes deutlich hörbar.

»Lasarew? Hallo, Lasarew? Lasarew?«

94

»Carl?«, fragte die Krankenschwester. »Können Sie nicht schlafen? Soll ich das Radio einschalten?«

Borgenstierna winkte müde. Schalt nur das Radio ein, ich kann ja doch nicht schlafen, hätte er gerne gesagt, aber es kam nichts über seine Lippen.

Im selben Moment, als die Schwester die Tür hinter sich zuzog, gingen die Nachrichten los.

Die erste Meldung kam aus Russland: die jüngsten Meinungsumfragen vor der anstehenden Wahl. Es sah nach einem Kopf-an-Kopf-Rennen aus. Wieso konnten sie sich dort nicht für den Fortschritt entscheiden? Schon wieder? Was war denn noch nötig, um die finsteren Kräfte, die das Land in den Untergang zu ziehen drohten, ein für alle Mal zu vertreiben?

Der Feind gab einfach nicht auf. Und vergab nicht. Vergaß nicht. Er war immer noch dort draußen. Und der Kampf, den Carl und all die anderen hinter den Kulissen auf den Fluren der Macht geführt hatten, musste fortgeführt werden, auch nach seinem Tod, bis Russland wieder ein freies Land wäre, ein europäisches Land, ein Land, das im Frieden mit seinen Nachbarn leben wollte.

Das Schlimmste war das Misstrauen, das ihm entgegenschlug. Der Stachel, der ihm seit den Vierzigern im Fleisch saß, schmerzte bis heute, da er sich gezwungen gesehen hatte, die Ostseestiftung aufzulösen. Sie hatten ihm nicht geglaubt, weder die damaligen Regierungsmitglieder und der Nachrichtendienst noch die aktuellen Wirtschaftsgrößen. Sie hatten auf seine Warnungen nicht hören wollen und ihn lächerlich gemacht. Hedin und die anderen vom Nachrichtendienst hatten ihm nie vollends geglaubt – und auch ihr nicht –, dass ihre Liebe echt gewesen war. Genauso gut hätte Carl selbst ein russischer Spion sein können. Was Ståhl und Lennström und die anderen von ihm dachten, wusste er nicht. Womöglich hielten sie ihn für einen alten Esel, der immer noch die seit den dunkelsten Kriegstagen überlebte Angst vor Russland vor sich hertrug und sich in Verschwörungstheorien verrannte.

Im Radio kam die nächste Meldung – und auch die stammte aus Russland. Der Vorstandsvorsitzende des größten Mobilfunkanbieters im Nordwesten Russlands war nach einem, wie es hieß, bizarren Unglücksfall tot aufgefunden worden.

In einem alten Hangar auf einem stillgelegten Gelände am Stadtrand von Sankt Petersburg, in dem der viel gerühmte Unternehmenschef eine Privatsammlung alter Schlachtflugzeuge aus dem Zweiten Weltkrieg untergebracht hatte, war es Einbrechern gelungen, seinen Wagen zu kapern. Als sie damit in den Hangar gerast waren, war der Vorstandsvorsitzende zu Tode gekommen.

Der Vorstandsvorsitzende, Nestor Lasarew, war einundachtzig Jahre alt geworden.

Lasarew?

Den Namen hatte einer der Oligarchen aus Sankt Petersburg erwähnt.

Die Stiftung dient bloß als Tarnung für die Schattengeneräle. Und zu denen gehört auch der Mann, den Sie suchen. Lasarew ist der Kormoran.

Und der ist gestorben?

Borgenstiernas Herz setzte für einen Moment aus, und

kurz fühlte sich sein Kopf ganz leicht an. Es fiel ihm schwer zu atmen, und sein Hals brannte.

Er streckte sich nach dem Alarmknopf aus.

Das Zimmer um ihn herum fing an, sich zu drehen – wie Wasser, das in einer Badewanne in den Ausguss wirbelte.

Aus der Ferne hörte er jemanden rufen.

»Herr Borgenstierna! Herr Borgenstierna!«

Stockholm, im Februar 1944

Carl stand in seiner Küche am Herd und bereitete das Abendessen zu. Er trat ans Küchenfenster, spähte auf die Straße und hoffte, Tatjana zu entdecken. Sie war ins Theater gegangen und schien heute später als sonst zurückzukommen. Er verzehrte sich nach ihr. Lange würde es nicht mehr dauern, bis ihr Kind zur Welt kommen sollte.

Carl hatte ihre Wohnung mit größter Sorgfalt ausgewählt. Sie lag direkt am Tegnérlunden, in Fußnähe zum Sitz des Gewerkschaftsbundes und dem der Regierungspartei. Die unmittelbare Nähe zu diesen beiden Grundpfeilern der schwedischen Gesellschaft gab ihnen beiden ein Gefühl von Sicherheit. Hier war sie sicher. Vor ihrem Mann.

Carl hatte Hedin davon zu überzeugen versucht, dass die Sowjets für Wiktor Gusins Inhaftierung Rache üben würden. Doch Hedin hatte ihm nicht glauben wollen. Der Krieg neigte sich dem Ende zu. Warum sollten die Russen etwas gegen Schweden unternehmen – vor allem nachdem die Schweden sich aus dem Krieg herausgehalten hatten?

Carl warf einen Blick zum Herd, als er plötzlich ein tiefes Grollen hörte, das zu einem gewaltigen Motorendröhnen anschwoll. Dann herrschte für einen Moment eine unheilvolle Stille.

Als die erste Detonation ertönte, musste er sich am Fensterbrett festhalten. Die ganze Wohnung bebte, Blumentöpfe und Kerzenleuchter fielen zu Boden. Er sah aus dem Fenster. Auf der anderen Straßenseite waren die Fensterscheiben aus den Rahmen gedrückt worden. Menschen standen in den gähnenden Fensterlöchern und starrten fassungslos nach draußen.

Dann wurde alles schwarz. Der Strom war ausgefallen.

Und immer noch fielen Bomben.

Während die Flugzeuge sich ihrem Ziel genähert hatten, waren die Motoren abgestellt worden. Wie überlebensgroße Metalldrachen waren sie herübergeschwebt – lautlos und in der Winternacht vollkommen unsichtbar. Carl warf sich seinen Wintermantel über und rannte auf die Straße. Die Luft war so kalt, dass es sich anfühlte, als würde er Eiszapfen einatmen. Unter seinen Füßen mischten sich Eiskristalle mit dem zerborstenen Fensterglas.

Seine Gedanken überschlugen sich. Er musste Tatjana finden – sie hatte vorausgesehen, dass so etwas passieren würde, dass sie Rache an ihr nehmen und dass sie ihren Mann befreien würden. Aber Stockholm bombardieren? Das war doch Wahnsinn!

Dann wurden die Motoren wieder angeschaltet, und das Dröhnen war zurück. Sie flogen verhältnismäßig hoch. Carl vermutete, dass sie südlich der Stadt einen Bogen geflogen waren und jetzt wieder auf das Zentrum zusteuerten. Er rannte am Hauptbahnhof vorbei, quer durch Gamla stan und direkt hinein in das Gewitter über ihm.

Am Södermalmstorg bog er rechts ab auf die Hornsgatan, blieb dann aber abrupt stehen, als er das Loch in der Straße sah. Ein Mann stand am Kraterrand und schrie aus vollem Hals. Carl nahm den vagen Gestank von verbranntem Fett wahr. Als er das Loch in der Straßenmitte erreicht hatte, spähte er nach unten. Dort lag ein Pferd, das sich im Schnee und in den Trümmern wälzte und das mit unkontrollierten, verzweifelten Bewegungen versuchte, die Flammen auf seinem Rücken zu ersticken.

Der schreiende Mann zog einen Revolver und richtete ihn auf das Tier. Carl musste sich abwenden und blickte zum Himmel. Inzwischen waren noch mehr Bomber aufgetaucht, und als ihm dämmerte, was ihr nächstes Ziel sein würde, rannte er sofort weiter. Auf den Revolverschuss reagierte er nicht einmal mehr. Als der Himmel erneut verstummte, warf er sich zu Boden. Alles bebte, und zerborstenes Glas regnete von den umstehenden Häusern herab.

Dann wurde es wieder still. Carl rappelte sich auf und lief weiter.

Als er die Böschung erreichte, die zum Eriksdalspark hinunterführte, blieb er erneut stehen. Sein Herz raste, und der Puls dröhnte in seinen Ohren.

Die Grünanlage hatte sich in einen einzigen klaffenden Krater verwandelt, als wäre ein Meteor mitten hineingekracht. Die Bankreihen brannten wie Zunder, überall um ihn herum Flammen. Wo war Tatjana?

Nach einer gefühlten Ewigkeit entdeckte er die Überreste des Theaters.

Er stürzte den Hügel hinab, stolperte im Schnee, stürzte, kam wieder auf die Beine und rannte weiter. Völlig entkräftet, erreichte er schließlich die Tür, die nur mehr an einem Scharnier hing. Er zwängte sich hindurch und rief ihren Namen.

»Tatjana!«

Im selben Moment sah er sie. Sie lag unter einem herabgestürzten Dachsparren am Boden. Sie hatten es wirklich getan – sie hatten sich an der Frau gerächt, die er liebte. Er wusste, dass es nur noch eine Frage der Zeit war, bis der Mann, der ihr Leben zerstört hatte, wieder auf freiem Fuß wäre.

Laut schreiend, nahm er Tatjana in die Arme und hob sie hoch. Sie zeigte keine Regung, aber darüber wollte er nicht einmal nachdenken.

Mit Tatjana in seinen Armen rannte er in Richtung Södersjukhuset. Er musste Wallentin finden, Wallentin würde sie retten müssen.

Mittwoch, 6. März

95

Es war ein fürchterliches Erwachen gewesen. Sie hatte von David geträumt, dann hatte Sarah sie aus dem Bett gezerrt und irgendetwas von einer Bombe geschrien. Die Explosion hatte sie zu Boden geworfen. Dann die Sirenen. Das Chaos. Männer, die ihnen Decken um die Schultern legten und Fragen stellten.

Gabbi schlug sämtliche Hilfsangebote und medizinischen Ratschläge aus. Sie wollte nirgends ihren Namen angeben. Sie wollte nicht, dass ihr Mann käme und sie abholte. Für Sarah sah die Sache anders aus. Der Anschlag hatte ihr gegolten.

Gabbi hatte sich hinter das Steuer ihres Saab gesetzt. Es hatte noch nicht mal gedämmert, und sie konnte nicht mitten in der Nacht nach Hause kommen. Dafür gäbe es keine einzige glaubwürdige Erklärung.

Also fuhr sie mit dem Auto herum und suchte nach Möglichkeiten, die Zeit totzuschlagen. Der einzige Laden, der schon offen hatte, war der McDonald's im Tyresö Centrum. Dort bestellte sie sich einen Kaffee, starrte durchs Fenster nach draußen und versuchte, die Blicke und Rufe der betrunkenen Jugendlichen zu ignorieren, die nach einer Nacht in der City an ihr vorbeiströmten. Was tat sie eigentlich hier – Mutter dreier Kinder, eine Frau in ihren besten Jahren? Die mit einer anderen Frau herumexperimentierte, die jemand umbringen wollte?

So hatte sie sich das Leben nicht vorgestellt.

Die Zeit verging unendlich langsam. Sie schaltete ihr Handy wieder ein. Ein verpasster Anruf. Und er war nicht von David.

Sie rief die Mailbox auf und erkannte die Stimme sofort wieder, auch wenn sie diesmal anders, sehr viel ernster klang als bei ihrer letzten Begegnung. Das war er, der großzügige Gentleman, der sie an der Ica-Kasse gerettet hatte.

»Gabbi, Charlie Knutsson hier. Können wir uns unterhalten? Ich mache mir Sorgen um David.«

Unwillkürlich sah sie wieder den Mann mit dem Auto vor sich. Der David so verblüffend ähnlich gesehen hatte.

Trotzdem, um diese Uhrzeit konnte sie Charlie noch nicht anrufen.

Nachdem sie ihren vierten Kaffee ausgetrunken hatte und es sechs Uhr geworden war, beschloss sie, sich ins Auto zu setzen und nach Hause zu fahren. Sie würde gegen halb sieben da sein, noch ehe jemand aufgewacht wäre. Die Kinder schliefen auswärts, und David war allein zu Hause. Vielleicht saß er immer noch mit Kopfhörern vor seinem Rechner und bereitete sich auf die Rennen des Tages draußen in Solvalla vor.

Ihretwegen konnte er genauso gut im Bett liegen und schlafen. Sie würde kein Problem damit haben, neben ihm unter die Decke zu schlüpfen und sich noch für ein, zwei Stündchen hinzulegen. Oder aber sie bereitete in aller Ruhe ein anständiges Frühstück vor und überraschte ihn damit. So etwas kam immer gut an. Sie konnte sowieso nicht an Schlaf denken.

In ihrem Traum war David in sie eingedrungen, stark, hart, leidenschaftlich, so wie es früher gewesen war, ehe die Kinder gekommen waren, die Firma, das Haus. Das Geld.

Die Stadt war noch nicht erwacht. Es waren kaum Autos auf der Straße, und sie war schneller zu Hause als gedacht.

Als sie in ihre Straße einbog, war im Nachbarhaus noch immer alles dunkel. Das war ihr gerade recht. Sie wusste schließlich, wie gerne sich die Nachbarinnen die Mäuler zerrissen. Das junge Pärchen aus der Provinz, das zu Geld gekommen war, mit dem sie nicht umgehen konnten. Klar, dass das nicht klappen konnte.

Dass diese Weiber recht behalten sollten, war das Letzte, was sie wollte.

Sie war fast da, als sie einen Mann in einen Wagen einsteigen und eilig davonfahren sah.

Was war das denn bitte?

Wer war da bei ihnen zu Hause gewesen?

Gabbi parkte in der Einfahrt und sprang aus dem Wagen. Als sie die Verriegelung betätigte, schien das Zuschnappen des Schlosses so laut durch die stille Straße zu hallen, dass sie befürchtete, sie könnte die komplette Nachbarschaft aufwecken.

Sie warf einen Blick zurück. Hatte der blaue Wagen hier geparkt oder gewendet? Inzwischen war er nirgends mehr zu sehen.

Und was war das hinter den Küchenvorhängen? Ein länglicher Schatten?

Als sie die Tür aufschloss, schlug ihr ein merkwürdiger Geruch entgegen. Abgesehen von einem Tropfgeräusch aus der Küche war es im Haus mucksmäuschenstill. War das der Wasserhahn über der Spüle? Nein, es klang eher, als würde etwas auf eine Plastikoberfläche tropfen.

Sie stellte die Tasche im Flur ab.

»Hallo?«, rief sie in die Stille und die Dunkelheit hinein. »David?«

Vom Flur aus konnte sie ins Wohnzimmer sehen. Der große Kristallleuchter aus der Küche lag auf dem Sofa, daneben lag Davids Uhr.

Sie drehte sich nach rechts in Richtung Küche.

David!

Gabbi stürzte auf die Trittleiter zu, die umgefallen war, versuchte, sie wieder aufzustellen, rutschte auf der nassen Folie aus, die über dem Küchenboden ausgebreitet war, schlug der Länge nach hin, und die Leiter fiel auf sie drauf. Das Glitschige, Nasse, das über die Plane schwappte, sickerte durch ihre Kleidung.

Nein, David, bitte nicht, nein!

Sie versuchte, die verfluchte Leiter wieder aufzurichten, stellte sie hin, umklammerte Davids Beine, dann seine Taille. Als sie sich bis zur obersten Sprosse gehangelt hatte, versuchte sie mit aller Kraft, ihn anzuheben, damit sein Gewicht nicht mehr von der Schlinge um seinen Hals getragen würde.

Aber er war viel zu schwer.

Und sie kam viel zu spät.

96

Ray hatte den Passat am Fiskartorpens-Hof im Lill-Jansskogen geparkt. Jetzt lehnte er sich an das Auto, hielt einen Briefbogen in der einen und ein Feuerzeug in der anderen Hand.

Die bläuliche Flamme und die stiebenden Funken verschwanden in der schwarzen, feuchten Nachtluft.

In den letzten Monaten, seit Gusin ihn kontaktiert und ihm mitgeteilt hatte, dass es endlich so weit sei, hatte er sich unendlich lebendig gefühlt. Er hatte regelrecht eine Gänsehaut bekommen, als er Gusins Stimme gehört hatte. Erst da war ihm klar geworden, wie sehr er ihn vermisst hatte – den Mann, der sein Leben für immer verändert hatte, als er ihn als armen Straßenjungen aus Sankt Petersburg bei sich aufgenommen, ihm neues Vertrauen in sich selbst und in sein Vaterland geschenkt und ihn auf der Plantage ausgebildet hatte. Als sie dann durch Afghanistan vagabundiert waren, hatte er eine Entscheidung gefällt – er würde für diesen Mann ganz einfach alles tun.

So war es auch gekommen. Nach dem Krieg war er nach Schweden geschickt worden. »Fürs Vaterland«, hatte Gusin gesagt. Aus Rodion Avian Jumatow war Ray geworden, ein bestens integrierter litauischer Einwanderer mit dem erdachten Namen Karvelis. Der Speznas-Soldat in ihm ruhte, er ging diversen Jobs nach, kümmerte sich um sein kontinuierliches Training, aber das Leben wurde langsam grau. Bis zu jenem Tag vor zwei Monaten, als Gusin unverhofft anrief und ihm mitteilte, dass es so weit sei. Das Vaterland brauchte ihn wieder.

Ray folgte den aufsteigenden Funken mit dem Blick und rief dann seine schwedische Kontaktperson an.

»Du hattest recht«, sagte er. »Wir haben es mit David Julin zu weit getrieben. Als ich bei ihm ankam, hatte er sich erhängt.«

Der Mann atmete ein paarmal tief durch.

»Bist du dir zu hundert Prozent sicher?«

»Ich hab ihn mit eigenen Augen gesehen.«

»Das sind hervorragende Neuigkeiten, Ray.«

»Er hat einen Brief hinterlassen, in dem er alles gestanden und auf diverse Dateiordner und E-Mails hingewiesen hat. Er hat darin auch den Kontakt mit mir erwähnt und ein paar weitere Personen genannt, mit denen die Behörden Kontakt aufnehmen sollten – unter anderem einen Kumpel von dir, dem gegenüber er sich erklären wollte.«

»Herr im Himmel! Und was hast du gemacht?«

»Das Schicksal hat uns in die Hände gespielt. Seine Frau kam überraschend nach Hause, aber ich hab es noch geschafft, die Festplatte zu formatieren und den Brief einzupacken.«

Ray schwenkte das brennende Papier. Um ein Haar hätten die Flammen seine Fingerspitzen angesengt.

»Es ist alles beseitigt.«

Er konnte die Erleichterung hören.

»Gut gemacht. Dann gehen wir jetzt die letzten Aufgaben durch. Wie gesagt, scheint inzwischen die Polizei involviert zu sein. Sarah Hansen hat den Bombenanschlag überlebt.«

»Kümmer du dich um deinen Freund«, sagte Ray. »Ich stürze derweil Stockholm ins Chaos. Die Tatarenhure, ihr schwedischer Held und sein Chef sollen die Höllenfeuer erleben, die sie verdienen.«

97

Von dem himmelblauen Sessel aus sah das Büro so aus wie immer, nur dass es diesmal nicht Sarah war, die die Tür hinter ihnen zugezogen hatte, sondern Charlie K.

Charlie hatte sich an den Schreibtisch gesetzt, und Max hatte sich ihm gegenüber auf den Sessel fallen lassen. Seine Glieder schmerzten, aber noch konnte er sich keine Pause erlauben. Er war von Arlanda direkt zu Vektor gefahren.

»Gut, dich wohlbehalten wiederzusehen, Max«, begann Charlie. »Ich kann nur vermuten, welche Hölle du durchlaufen hast.«

»Ich komm schon klar. Aber wie geht's Sarah? Habt ihr schon herausgefunden, was mit ihr passiert ist?«

Charlie setzte sich auf dem Schreibtischstuhl zurecht und drückte den Rücken durch.

»Sie hat's zum Glück nach draußen geschafft, bevor die Bombe hochgegangen ist, und ist glimpflich davongekommen. Jetzt ist sie mit Lisa und Björn zusammen und erholt sich.«

Max schloss die Augen. Ließ einen Moment der Dankbarkeit zu. Dann sah er wieder Charlie an.

»Hat sie Personenschutz?«

Charlie nickte.

»Sie glauben, dass die Bombe ferngezündet wurde. Wir hatten hier eine Zeit lang mehrere Attacken auf das Mobilfunknetz. Angriffe, die sich anfangs nur gegen Telia zu richten schienen, bis sich immer klarer abzeichnete, dass sie gegen Vektor und am Ende gegen Sarah persönlich gerichtet waren. Und anscheinend wurden unsere Vektor-Telefone schon eine ganze Weile abgehört.«

Der Kormoran, der auf der anderen Seite der Glasscheibe an seinem Satellitentelefon herumhantiert hatte. Die Karten an den Wänden. Schweden und Finnland. Reines Glück, dass Sarah überlebt hatte.

»Was sagt die Polizei?«

»Die ist jetzt überhaupt erst eingeschaltet worden.«

Drohungen gegen die nationale Sicherheit waren selten Angelegenheit der Polizei.

»Woher weißt du denn, dass die Polizei nicht schon früher informiert war?«

»Ich hab von dem Hackerangriff auf unsere Vektor-Daten von einem alten Bekannten erfahren – Frank Ståhl, der in der Telia-Geschäftsführung sitzt.«

Frank. Das war jetzt schon das zweite Mal binnen kürzester Zeit, dass er den Namen hörte.

»Und du hast nie darüber nachgedacht, die Polizei einzuschalten?«

»Frank hat mich davon überzeugt, es nicht zu tun. Er selbst und das Unternehmen sind wichtige Kooperationspartner für uns. Er hatte gute Gründe.«

Charlie war schon immer ein Pragmatiker gewesen. Blieb nur zu hoffen, dass niemand sterben musste, nur weil für Leute wie ihn die Interessen von Sponsoren immer an erster Stelle standen.

»Aber in Tyresö ist die Polizei dann aufgetaucht? Und was haben sie gesagt?«

»David Julin steht unter Verdacht, die Telia-Systeme gehackt zu haben. Er hat sowohl zu mir als auch zu Sarah Verbindungen. Ein Überflieger aus der IT-Branche. Das Ganze ist wirklich komplett irreal, aber es kann tatsächlich sein, dass er in finanzielle Schwierigkeiten geraten ist und sich dann vor jemandes Karren hat spannen lassen – als kleines Rädchen im Getriebe. Hinter der ganzen Sache steckt jedenfalls kein durchgeknallter Einzeltäter.«

Sie nennen sich Iwanowitsch und haben Schweden den Krieg erklärt.

Sollte Max Charlie ins Bild setzen? Welche Folgen würde das haben?

Charlie seufzte.

»David hat seine Festplatte zerstört und sich das Leben genommen. Über Server in Palo Alto sind sie trotzdem an sein Hotmail-Konto gekommen. Darin lag eine E-Mail von einer Person, von der sie annehmen, dass sie hinter der Sache steckt. Sie haben sie mir gezeigt, weil sie dachten, ich könnte dabei helfen, die Person zu identifizieren.«

»Und wer war diese Person?«

»Keine Ahnung. Er nennt sich Ray und ist Hubschrauberpilot. Treibt einen Kampfsport namens Systema. Durchschnittlich groß, kurze Haare mit Seitenscheitel, leichte Lippenspalte, tadellos gekleidet. Die Polizei will, dass du dich meldest. Hier ist die Nummer – deine Kontaktperson bei der Rikskrim heißt Sofia Karlsson.«

Charlie hatte sich die Nummer auf einen gelben Post-it-Zettel notiert und hielt ihn Max unter die Nase.

»Bei der Rikskrim?«, hakte Max nach. »Dann vermuten sie also einen russischen Spion?«

»Anscheinend ist er ein GRU-Agent, der schon seit geraumer Zeit in Schweden lebt.«

Max stopfte den Zettel in die Innentasche seiner Jacke und stand auf. Langsam, aber sicher fielen die Puzzlesteine an ihren Platz. Trotzdem konnte er Charlie noch nicht alles erzählen, was er in Erfahrung gebracht hatte. Er durfte ihn keiner Gefahr aussetzen. Es war schon viel zu viel passiert.

»Dieser Spion darf unter keinen Umständen erfahren, dass ihm die Polizei auf den Fersen ist. Vielleicht hört er immer noch unsere Telefone ab«, erklärte er. »Kannst du sicherstellen, dass sowohl Sarah als auch die Polizei das beherzigen?«

Charlie nickte.

»Sonst finden wir ihn nie.«

»Sofia Karlsson von der Rikskrim glaubt, dass er womöglich *dich* finden will, Max.«

98

Zu Hause. In seiner dunklen Wohnung ging Max das Gespräch mit Charlie in Gedanken noch einmal durch. Er und Sarah würden über vieles reden müssen, aber das musste noch warten. Der Anrufbeantworter hatte eine neue Nachricht gespeichert.

Vielleicht eine von dieser Sofia Karlsson von der Rikskrim?

Die hohen weißen Gummistiefel, die Paschie für einen Preis, der bei ihr Schwindel ausgelöst hatte, bei NK gekauft hatte, standen immer noch im Flur und warteten auf sie.

Ihre Hand war so zart gewesen, als er sie im Krankenhaus gehalten hatte. Die Wärme war in ihren Körper zurückgekehrt, und inzwischen führte sie einen stummen Kampf gegen die Entzündungen. Der Arzt hatte gesagt, sie sei eine starke Frau, und das musste sie auch sein. Sie musste wieder hierher zurückkommen.

Trotzdem war es immer noch nicht vorbei.

Irgendwo in Stockholms Straßen lauerte ein GRU-Agent, ein Speznas-Soldat. Max versuchte, sich in den Mann hineinzuversetzen. Unter Garantie hatte er inzwischen von Lasarews Tod in Sankt Petersburg erfahren. Als Spion hatte er jetzt zwei Möglichkeiten: unterzutauchen und die Füße stillzuhalten – oder aber zu Ende zu bringen, was immer sein Chef ihm befohlen hatte. Es war unwahrscheinlich, dass er hier in Stockholm auf eigene Faust agieren würde.

Außerdem würde jemand anders die Leitung der Organisation übernehmen, die sich an Stalins Todestag versammelt hatte. Kein einzelner Mann war stärker als die gesamte Bewegung. Nicht Stalin, nicht Gusin. Ihr Kampf würde fortgeführt werden. Was das für Max, Vektor und Schweden bedeutete, würde sich bald zeigen.

Max war ausgebildet worden, um zu verstehen, wie ein GRU-Agent in einer solchen Lage handelte und dachte. Er war in Kampfbereitschaft versetzt worden, also stand er unter Druck, und seine wahre Identität drohte jetzt aufzufliegen. Er würde keinen Augenblick lang ruhen, sondern alles registrieren, was sich um ihn herum tat.

Und alles hören, was um ihn herum gesagt wurde.

Ein Schwede und ein russischer Agent. Wie brillant sie auch gewesen sein mochten, hätten sie all das nicht ohne Hilfe bewerkstelligen können: den Amoklauf in den Telia-Servern – bei einer Firma, die in der Mobiltelefonie weltweit führend war und Spezialisten aus aller Herren Länder beschäftigte.

Es war schon etwas mehr nötig, um dort einzudringen und sich auch noch derart bedeckt zu halten, um die Polizei und alle anderen auf Abstand zu halten.

Max musste wieder an die Stimme denken, die seinen Anruf aus Sankt Petersburg vom Satellitentelefon des Kormorans entgegengenommen hatte. An den Namen, den die Person genannt hatte. Und daran, was Charlie berichtet hatte.

Sie waren tatsächlich so weit gegangen und hatten Sarahs Haus in die Luft gesprengt.

Nichts war schlimmer als Krieg. Trotzdem fühlte Max sich verpflichtet, bestimmte Dinge zu verteidigen, bestimmte Dinge zu bekämpfen. Zu jeder Zeit, in jeder Lage, um jeden Preis.

Wenn seine Vermutung stimmte, gab es einen Verräter unter ihnen.

Wut stieg in ihm auf wie ein Feuer. Seine Wangen wurden heiß, und seine Muskeln verspannten sich.

Wieder warf er einen Blick auf den gelben Haftzettel, den er von Charlie bekommen hatte. Die Nummer der Polizistin.

Ihr habt ja keine Ahnung, mit wem ihr es zu tun habt.

Max hatte die Pistole im Hangar am Stadtrand von Sankt Petersburg zurückgelassen. Hier hatte er keine Schusswaffe zur Verfügung – und auch keinen Helfershelfer. Hier war er auf sich gestellt und angreifbarer, als er es in Sankt Petersburg gewesen war.

Er musste handeln, damit Paschie und Sarah nicht weiteren Gefahren ausgesetzt wären. Und um seines eigenen Überlebens willen. Endlich hatte er verstanden, wie alles zusammenhing – und dass er diese Angelegenheit nicht der Polizei überlassen durfte.

Aber wie konnte er Gerechtigkeit üben und sich gleichzeitig innerhalb des gesetzlichen Rahmens bewegen?

Er lief ins Schlafzimmer und zog eine Kiste unter seinem Bett hervor. Dort lag es: das Geschenk seines Vaters, das er damals eigentlich gar nicht hatte annehmen wollen und von dem er sich dann aber doch nicht hatte trennen können. Er holte den Jagdstock hervor, drehte ihn hin und her. Er war schwer, lag aber perfekt in der Hand. Er schob ihn in seinen Jackenärmel und pferchte die Kiste wieder unters Bett.

Als er wieder auf die Füße kam, fiel sein Blick auf die Schneiderpuppe mit dem gelben Hut auf dem Kopf, die auf Paschies Seite des Bettes stand. Er hatte das Gefühl, als würde sie ihn direkt ansehen, seinen Blick auffangen. Er ging darauf zu, nahm den Hut herunter und betrachtete den kahlen Kopf, das reglose Plastikgesicht.

Im selben Moment stand sein Plan. Jetzt wusste er endlich, wie er vorgehen wollte.

Er zog den Kleiderschrank auf und zerrte seinen grünen

Militärrucksack hervor. Dann trat er vor seinen Putzschrank, in dem er auch sein Werkzeug aufbewahrte, und legte einen Seitenschneider sowie Verbandsrollen und dünne Seile in den Rucksack.

Als er fertig war, nahm er den Autoschlüssel vom Haken im Flur und hörte seinen Anrufbeantworter ab.

Auf diese Nachricht hatte er seit Wochen gewartet.

»Hier ist Carl Borgenstierna.«

99

Max hatte Stunden im Södersjukhuset zugebracht. Er hatte die Lagepläne mit sämtlichen Not- und Seitenausgängen studiert, sich den Zeitpunkt des Schichtwechsels und der Warenlieferungen gemerkt und die Sicherheitsvorkehrungen sowie das Überwachungssystem ausgekundschaftet. Das Ergebnis war zufriedenstellend und wenig überraschend: Die Sicherheit war eine Katastrophe.

Problemlos hatte er einen Rollstuhl entwendet und unter einem Treppenabsatz abgestellt, wo er leicht wieder an ihn herankommen konnte – direkt neben den Rampen für die Lebensmittellieferungen. Die Rampe selbst und auch die Tür dahinter waren unbewacht. Die Schließvorrichtung hatte er mithilfe einer Codekarte geöffnet, die er von einem Tablett stibitzt hatte, als eine Krankenschwester Kaffee holen gegangen war.

Mit dem Auto verließ er das Krankenhausgelände, fuhr über den Ringvägen nach Skanstull und dann in Richtung Autobahnauffahrt zur E4.

Er musste wieder daran denken, was Mischin auf dem Friedhof gesagt hatte – dass man von undemokratischen Kräften immer wieder hörte, die Demokratie sei eine Religion für Egoisten. Dass die Gegner der Demokratie eine Welt erschaffen wollten, die niemandem gehörte – oder wie sie es ausdrückten: eine Welt, in der alles einem gehörte.

Die Verkörperung dieses einen hatte er in der Sankt Petersburger Peripherie in einem Hangar getroffen. Wiktor Gusin.

Auf der Suche nach der Wahrheit war Max schon weit gekommen, doch einige letzte Puzzleteilchen fehlten immer noch. Er musste noch ein paar letzte Dinge erledigen, erst danach würde er sich um all das kümmern, was er noch immer nicht verstand. Wenn Paschie in Sicherheit wäre, würde er endlich Carl Borgenstierna aufsuchen.

Als Max sich den entlegeneren südlichen Vororten näherte, schaltete er erstmals wieder sein schwedisches Handy ein. Es wählte sich sofort ins Netz ein. Telia.

Dann rief er Sarahs Nummer auf.

»Ich hab gehört, was passiert ist. Geht es dir gut?«

»Schön, deine Stimme zu hören, Max! Ich bin am ganzen Körper grün und blau, stehe noch unter Schock und bin am Boden zerstört, aber darüber reden wir ein andermal. Wie geht es Paschie?«

»Sie ist in Sicherheit. Es ist vorbei. Die Krankenversicherung, die Vektor für sie abgeschlossen hatte, hat die Notüberführung per Hubschrauber nach Schweden übernommen. Sie liegt im Söder auf Station 56.«

»Himmel, Max, dass es so weit hat kommen müssen!«

»Sie hat ein Einzelzimmer, ein sogenanntes Hochrisikozimmer mit Schleuse. Sie schläft die ganze Zeit. Ihr Kopf ist komplett einbandagiert.«

»Bist du jetzt gerade bei ihr?«

»Nein, aber so oft ich kann. Ich habe ein paar Leuten versprochen, heute Abend beim Vektor-Fest vorbeizuschauen. Ich komme für eine Weile, fahr dann aber spätestens um acht wieder zu ihr.«

»Hast du schon mit ihr reden können?«

»Sie war noch nicht wieder wach, als ich gefahren bin, und die Frage ist auch, ob sie überhaupt schon wieder sprechen kann. Ihr Rachen ist komplett zerschnitten und schlimm entzündet. Aber ich habe ihr einen Stift und

Papier dagelassen. Mit einem Gruß von mir. Vor ein paar Minuten hat mich eine Schwester angerufen und erzählt, dass sie gerade aufgewacht ist und etwas aufgeschrieben haben soll.«

»Und was?«

»Irgendwas, was sie dort rausgefunden hat und womit ich nicht gerechnet hab.«

»Weißt du, worum es geht?«

»Ich glaube, dass sie herausgefunden hat, wer der Kopf dieser Iwanowitsch-Stiftung in Schweden ist. Wenn das wirklich stimmt, dann können wir sie hier vor Gericht bringen.«

»Hoffentlich! Pass gut auf dich auf, und grüß Paschie von mir!«

Max legte auf, fuhr an einer Tankstelle kurz vor Södertälje ab, schaltete das Handy wieder aus und warf es in einen Mülleimer.

Zurück im Södersjukhuset schob Max den Rollstuhl auf die Laderampe und von dort auf die Straße und über den Personalparkplatz. Dort stellte er den Rollstuhl neben einer Baustelle ab, versteckte ihn hinter ein paar Stücken Dachpappe und zog anschließend seinen Seitenschneider aus dem Rucksack. Er zwickte ein Loch in den Zaun, sodass zwei Männer nebeneinander hindurchpassten, kroch auf die andere Seite und knüpfte den Durchgang mit dem Seil wieder zu. Aus ein paar Metern Abstand konnte man nicht einmal sehen, dass der Zaun aufgebrochen worden war.

Dann sprang er wieder in sein Auto und fuhr in Richtung Stureplan. Steuerte ein Parkhaus an und stellte den Wagen so nah wie möglich neben den Aufzügen ab, stieg aus und drückte den Aufzugknopf.

100

Er stand vom Sofa vor dem großen Fernseher auf. Von der Reportage aus Moskau hatte er genug gesehen. Obwohl in Russland so viel schiefgelaufen war, schien im Großen und Ganzen trotzdem alles nach Plan zu verlaufen. Jelzin rechnete mit seinem Sieg, dabei lag die wahre Macht bei ihnen, und ihr Mann an der Spitze stand Gewehr bei Fuß, um das Ruder im Kreml von diesem Säufer zu übernehmen. Noch ein paar Jahre, und der Wechsel wäre fällig. Der Neue würde sich sowohl um das Kapital als auch um die Auslandsbeziehungen kümmern können.

Das Kapital bewegte sich unten am Stureplan, direkt vor seinen Augen. Begriff überhaupt irgendjemand dort, welche Kräfte in der Zwischenzeit in Gang gesetzt worden waren? Er schlüpfte in seinen Mantel und zwängte seine großen Hände in ein Paar eng sitzende Lederhandschuhe. Sobald er die Aufgabe der anstehenden Nacht erledigt hätte, würde er die Handschuhe entsorgen. Er würde sie verbrennen oder ins Wasser werfen. Zusammen mit einem alten Bekannten.

Sarah Hansen hatte sich seit den Ereignissen in Tyresö bedeckt gehalten. Anscheinend stand sie mittlerweile unter Polizeischutz. Trotzdem war er sich sicher, dass Ray bis Anbruch der Nacht herausfinden würde, wo sie sich befand, und sie zum Schweigen brächte. Ihm entging nichts, und die schwedische Polizei stellte wohl kaum ein Hindernis dar.

Er beschloss, sich kein Taxi zum Valhallavägen zu bestellen, sondern lieber eines von der Straße unten am Stureplan heranzuwinken – eine dieser hässlichen Karren, die ihre Fahrten nicht registrierten. Er sah auf die Uhr. Wie spät war es inzwischen? Noch nicht mal halb acht. Das Fest hatte gerade erst begonnen, aber Charlie Knutsson hatte sicherlich jetzt schon so viel Schampus in sich hineingekippt, dass er leicht zu handhaben wäre.

Er schloss hinter sich ab und hastete zu den Aufzügen. Drückte auf den Knopf, die Klingel ertönte, und die Türen gingen auf.

Drinnen stand jemand.

»Hallo, Frank.«

»Max Anger?«, fragte er. »Was für eine Überraschung, Sie hier anzutreffen.«

Er streckte die Hand aus.

Max blickte flüchtig auf die Hand hinab. Ehe Frank Ståhl reagieren konnte, legte sich ein Arm um seinen Hals und drückte zu. Frank war stark, aber aus diesem Griff konnte er sich nicht befreien.

»*Ich* hab Sie von Lasarews Telefon angerufen«, fauchte Max in dessen Ohr. »Und Sie haben sich mit Ihrem Namen gemeldet. Ich konnte es kaum glauben, aber dann hab ich eins und eins zusammengezählt. Und herausgefunden, wer Sie wirklich sind.«

Er verstärkte seinen Griff, achtete allerdings darauf, dass er die Atemwege des Manns nicht blockierte, um keine permanenten Hirnschäden zu riskieren. Dann zog er seine Schultern zurück, um den Blutfluss zu stoppen. Zählte die Sekunden.

Er kam bis vier, und Frank sackte zu Boden.

Max verlor keine Zeit. Der Mann würde bald wieder zu Bewusstsein kommen, und dann würde er versuchen,

Widerstand zu leisten. Er drückte auf den Knopf für die Tiefgarage. Während sie nach unten fuhren, zog er Frank Mantel und Handschuhe aus, riss seinen Rucksack auf und kramte die Verbandsrollen heraus. Dann wickelte er Unterarme und Hände so fest ein, dass die Bandagen wie Fesseln saßen und lediglich die Fingerspitzen zu sehen waren. Anschließend fesselte er die Beine auf die gleiche Weise.

Als der Aufzug unten ankam, schleppte Max den immer noch bewusstlosen Mann in die Garage. Dort wickelte er den Kopf ein und legte ein paar Extralagen über den Mund, sodass er nicht schreien konnte, und ließ lediglich die Augen frei. Als er fertig war, stach er direkt unter der Nase Löcher in den Verband, sodass die Atemwege frei waren.

Zufrieden betrachtete er das Ergebnis, zog die Tür zur Rückbank auf und bugsierte Frank ins Auto.

Dann war es Zeit für den nächsten Schritt. Er fuhr aus der Tiefgarage auf die Kungsgatan in Richtung Sveavägen und Söderledstunnel, dann weiter zur Sachsgatan und zu dem Loch im Zaun, hinter dem das Södersjukhuset lag.

101

Im großen Besprechungsraum ließ Charlie K. den Blick über die Gäste schweifen, die ihn erwartungsvoll anlächelten. Die Vorbereitungen hatten sich gelohnt. Auf einer Hälfte des langen ovalen Tisches hatten die jungen Frauen, die er als Bedienungen angeheuert hatte, russischen Champagner, Wodka und Bier, moldavischen Rotwein und georgischen Kognak bereitgestellt, und auf der anderen Hälfte stand das Essen: Spezialitäten aus der russischen Küche wie Pelmeni, Schaschlikspieße, Kaviar und Blini, Ochsenzungenaufschnitt, Soljanka und Bœuf Stroganoff.

An der Tür hatte er sie willkommen geheißen. *Lange nicht gesehen, alter Freund. Schön, dass Sie kommen konnten! Ich hoffe, die Gründung in Nischni Nowgorod läuft gut? Egal, wie im Sommer die Wahl ausgeht, heute haben wir allen Grund zu feiern, oder was meinst du? Nein, nein, nein, unsere Arbeit ist noch lange nicht beendet, ganz gleich wie es ausgeht, dessen seien Sie versichert. Sarah Hansen konnte aus gesundheitlichen Gründen heute Abend leider nicht kommen.*

Es waren in etwa so viele Sponsoren und Kooperationspartner gekommen wie erwartet – sechsundvierzig an der Zahl: Schweden, Russen, Balten, Finnen, Osteuropäer und der eine oder andere US-Amerikaner. Alles war genau, wie Charlie es sich vorgestellt hatte. Trotzdem wollte die Unruhe nicht nachlassen. Irgendetwas störte ihn, etwas, was er nicht in Worte fassen konnte.

Irgendetwas fehlte. Abgesehen von Sarah.

Frank Ståhl war auch nicht aufgetaucht, was angesichts der jüngsten Ereignisse auch nicht gerade verwunderlich war.

Allerdings hatte er versprochen vorbeizukommen …

»Charlie!« Eine schwere Hand legte sich auf seine Schulter. »Das ist das Fest des Jahres!«

Charlie drehte sich um und zwang sich zu einem Lächeln. »Hans Pettersson – das freut mich aber zu hören!«

»Genau das haben wir doch jetzt gebraucht. Komm, trinken wir was, verdammt!«

Hans füllte zwei große Wodkagläser und drückte Charlie eines in die Hand.

»Wie sagt man in Russland gleich wieder? Ein richtig ordentlich verfluchter russischer Trinkspruch?«

»Auf die Brüderlichkeit zwischen den Völkern«, erwiderte Charlie.

»Auf die Brüderlichkeit zwischen den Völkern!«, rief Hans und kippte seinen Wodka hinunter.

Charlie nippte bloß an seinem.

»Aber sag mal, wollte Max Anger nicht auch hier sein? Erzähl mir nicht, dass er mit einer Erkältung zu Hause sitzt.«

Max?, dachte Charlie. Natürlich – das war es, was nicht gestimmt hatte! Auch Max hatte versprochen zu kommen.

Er lächelte Hans Pettersson entschuldigend an, schob sich zwischen den einander zuprostenden Gästen hindurch und verschwand in Sarahs Arbeitszimmer. Er kontrollierte sein Mobiltelefon. Keine Nachrichten. Sicherheitshalber hörte er auch seine Mailbox ab. Nichts. Dann rief er auf Max' Handy an.

Keine Reaktion.

Wo steckst du, Max?

Er kehrte zu den Gästen zurück. Wer konnte wissen, wo

Max sich herumtrieb? Sein Blick fiel auf die Teamassistentin, Violet. Mit einem Weinglas in der Hand stand sie lachend inmitten einer Gruppe aus Männern und Frauen.

Er legte ihr dezent die Hand auf den Arm.

»Haben Sie Max schon gesehen?«

»Max?« Violet sah ihn verwundert an. »Der ist noch nicht gekommen, glaube ich.«

»Hat er sich gemeldet? Hat irgendwer mit ihm gesprochen?«

»Nein, ich glaube nicht. Aber ich wusste ja nicht mal, dass er kommen wollte.«

Max hatte aber eindeutig gesagt, dass er beim Vektor-Fest dabei sein wollte. Und als Charlie mit Sarah gesprochen hatte, ehe er den Empfang vorbereitet hatte, hatte auch sie erwähnt, dass Max vorbeikommen wollte.

»Charlie, was ist los?«

Erst jetzt dämmerte ihm, dass er Violet immer noch am Arm festhielt.

»Verzeihen Sie, Violet«, sagte Charlie und zog die Hand zurück. Dann lächelte er gezwungen und versuchte, sich nichts anmerken zu lassen. »Ich muss kurz etwas mit ihm besprechen. Bitte entschuldigen Sie mich, ich versuche einfach, ihn telefonisch zu erreichen.«

Charlie machte kehrt, schlenderte in Richtung Tür und warf einen Blick auf die Fernsehbildschirme im Besprechungsraum. Sie waren an der Wand befestigt, und überall liefen russische Kanäle. Eine Wand aus Russen, die in Moskau auf dem Roten Platz Wahlkampfveranstaltungen abhielten.

Irgendetwas war mit Max anders gewesen, nachdem er aus Sankt Petersburg zurückgekehrt war. Charlie versuchte, sich zu erinnern, worüber sie geredet hatten, was Max gefragt und was er selbst geantwortet hatte. Was Max ihm erzählt oder regelrecht angeordnet hatte. Dass sie nichts gegen die Abhörmaßnahmen unternehmen sollten. Sonst würden sie den Agenten nie finden.

Charlie hatte Max gewarnt, dass er womöglich selbst derjenige sein könnte, auf den Jagd gemacht wurde. Doch in Max' Blick hatte er sehen können, dass er sich nicht als Beute, sondern als Jäger gefühlt hatte.

Max, schoss es ihm durch den Kopf, brich um Himmels willen hier in Stockholm keinen Krieg vom Zaun! Halt deine Gefühle und deine Instinkte unter Kontrolle. Werd bloß nicht wie sie.

102

Sie schlug die Augen auf. Im Zimmer war es gleißend hell.

Wo bin ich? Bin ich überhaupt am Leben?

Sie war allein im Zimmer. Nur von ein paar Maschinen zu ihrer Linken kam ein leises Brummen. Sie versuchte, sich zu bewegen, brachte aber nicht die Kraft auf. Als wäre sie festgebunden.

Ich bin in weiße Bandagen gewickelt. Wie eine Mumie.

Sie spitzte die Ohren, doch abgesehen von dem Brummen war es totenstill.

Sie war vollkommen kraftlos, brachte nicht mal einen Ton heraus. Es fühlte sich an, als hätte sie einen großen Klumpen im Mund.

Sie versuchte, den Kopf zu drehen, um durchs Fenster zu blicken. Bestimmt würde sie dort etwas entdecken. Doch selbst ihr Kopf fühlte sich wie festgebunden an, und sie konnte das Fenster lediglich im Augenwinkel erahnen. Es war dunkel, fast schwarz, doch hinter den weißen Vorhängen schimmerte Licht. Ein Licht, das sich bewegte.

Jetzt hörte sie auch ein Geräusch – es wurde lauter, schien näher zu kommen. Es kam von draußen, und es klang nach einem Hubschrauber. Der seinen Suchscheinwerfer auf ihr Zimmer gerichtet hatte.

Kommen sie mich jetzt holen?

103

Der Hubschrauber setzte sanft auf dem Landeplatz des Södersjukhuset auf, der sich auf dem Dach befand. Ray nahm den schwarzen Helm ab, legte ihn auf den Kopilotensitz und wartete, bis die Rotorblätter aufgehört hatten, sich zu drehen. Dann stieg er aus. Er zupfte die Ärmel seines schwarzen Overalls zurecht. Diesmal zierte keine Fledermaus seinen rechten Arm und keine geballte Faust, die eine Kalaschnikow hielt, den linken. Er hatte sich penibel vorbereitet und beide Embleme abgetrennt. Er würde niemandem offenbaren, wer er in Wahrheit war, und auch keine Spuren hinterlassen.

Die Verluste der vergangenen vierundzwanzig Stunden waren verheerend, doch die würde er jetzt rächen.

Sein Plan war waghalsig, aber er hatte nicht den geringsten Zweifel, dass er es schaffen würde. Wenn er hier fertig wäre, würde er zu Sarah Hansen fahren, ehe auch nur irgendwer begriffen hätte, was vor sich ging. Dort würde er den Rest zu Ende bringen.

Die Station 56 lag direkt unter dem Dach. Viel weiter hatten sie Paschie Kowalenko in ihrem Zustand nicht transportieren wollen.

Und die Sicherheitsvorkehrungen des Krankenhauses waren nicht der Rede wert. Das Personal würde sich wie eine Herde wild gewordener Schafe verhalten, wenn er loslegte. Bestimmt würden die meisten um ihr Leben rennen, wie Schweden es immer taten, wenn sie sich in einer Krise befanden. In weniger als drei Minuten würde er wieder in der Luft sein.

Dann wären Paschie und ihr Freund Geschichte. Was sie auf diesen Block notiert hatte, würde nie jemand zu Gesicht bekommen.

Ray nahm seine 6P9 zur Hand, eine einunddreißig Zentimeter lange, schallgedämpfte Waffe, die er seit seiner Ankunft in Schweden besaß. Er presste den Lauf an seinen Oberschenkel und lief auf die Tür zu, die vom Dach ins Gebäude führte.

Ein Krankenpfleger trat ihm an der Tür entgegen und sah ihn verdutzt an.

»Bringen Sie uns jemanden? Wo wollen Sie hin?«

Ray lächelte ihn an.

»Nein, ich bringe nichts. Ich hole etwas ab. Zwei Herzen.«

»Ich wusste nicht, dass …«

Der Mann verstummte, als Ray die Pistole auf ihn richtete. Dann fielen in schneller Folge zwei Schüsse – einer drang ins Herz, der andere in den Kopf. Der Mann fiel vor Rays Füßen tot zu Boden.

Ray stieg über die Leiche hinweg und steuerte das Treppenhaus an.

Er rannte die Stufen nach unten, zog die Tür zur Station 56 auf und warf noch einen Blick über die Schulter. Niemand zu sehen.

Gleich hinter der Tür befand sich ein kleines Krankenzimmer mit einer Toilette zur Linken und einer Garderobe. Eine weitere Tür direkt vor ihm hatte einen Glaseinsatz.

Ray spähte hindurch. Genau wie er erwartet hatte: eine Schleuse. Er zog die Tür auf und trat ein. Wartete ungeduldig, bis die Tür vor ihm ein Klicken von sich und dann den Weg in das sterile Zimmer freigab.

In Windeseile hatte er die Umgebung in Augenschein genommen. Vor sich sah er einen Körper, der reglos im Krankenbett lag. Er war komplett einbandagiert. In dem schwachen Licht konnte Ray kaum mehr als die Konturen erkennen. Auf der einen Seite des Bettes standen Maschinen, die den Körper am Leben hielten. Von den Maschinen verschwanden Kabel in einem Schrank mit weiteren elektrischen Geräten und großen Zylindern, die wahrscheinlich mit schmerzstillenden Gasen gefüllt waren.

Vor der anderen Bettkante stand ein verchromter Hocker, auf dem ein Block sowie ein Stift lagen. Ray schnappte sich den Block und überflog, was darauf stand. Sah zurück zum Bett. Die Decke war unter der Matratze festgesteckt. Die Arme lagen unter der Decke.

Was zur Hölle war das hier?

Wieder überflog er die Notiz. Ließ den Block zu Boden fallen und zog die Decke beiseite. Starrte auf den Körper.

Der urplötzlich anfing, sich zu regen.

Ray riss die Pistole in Anschlag und zielte auf den Kopf. Die bandagierte Person fing an zu murmeln – und zwar nicht mit einer Frauenstimme. Ray fing an, die Kopfbandage abzuwickeln, bis das Gesicht zum Vorschein kam. Ein Gesicht, das er nur zu gut kannte.

Frank Ståhl.

»Du?« Wieder warf er einen Blick auf den Block. Las zum dritten Mal die kyrillischen Buchstaben, die aufs Papier gekritzelt worden waren. *»Gib auf, euer Kampf ist vorbei.«*

Das musste Max Anger gewesen sein, schlussfolgerte Ray.

Erst Gusin, und jetzt das hier. Es war ein Fehler gewesen, sich mit einem Amateur wie Frank einzulassen.

Frank keuchte und bäumte sich auf, um sich zu befreien.

»Hilf mir hier raus, dann klären wir das«, sagte er.

Ray schüttelte den Kopf und zielte erneut.

»Nimm die Pistole runter, verdammt«, fauchte Frank. »Wir bringen das wieder in Ordnung, und du kriegst alles, was du dir wünschst. Hier in Schweden!«

»Nein«, erwiderte Ray. »Ich komme aus dieser Sache wieder raus, aber du schaffst es keinen Meter weit. Die knacken dich, noch bevor ich durch den Zoll marschiert bin. Und ich kann nicht riskieren, dass meine schwedischen Brüder und Schwestern deinetwegen auffliegen.«

»Ray, bitte!«

Ray spannte den Hahn.

»Ray!«

»Leb wohl, Frank.«

104

Der Mann sah aus wie ein Engel. Alles an ihm war weiß.

»Können Sie mich hören?«, fragte er. »Mein Name ist Cleaver, ich bin Arzt, und Sie befinden sich in der Amerikanischen Klinik in Sankt Petersburg. Verstehen Sie, was ich sage, Paschie?«

In der Amerikanischen Klinik?

»Paschie?«, wiederholte Dr. Cleaver. »Sie sind hier in Sicherheit und werden wieder gesund. Ich muss im Augenblick einfach nur wissen, ob Sie mich verstehen können. Max Anger hat Sie hergebracht, damit Sie hier versorgt werden. Wenn Sie mich verstehen können, nicken Sie bitte.«

Max? Paschie versuchte zu antworten, bekam aber kein Wort heraus.

»Versuchen Sie gar nicht erst zu sprechen, Paschie. Ihre Mundhöhle ist verletzt, aber das verheilt wieder. Antworten Sie einfach, indem Sie nicken oder den Kopf schütteln. In Ordnung?«

Alles, was sie wahrnehmen konnte, war der Geschmack von Blut. Wo war Max?

»Sie sind auf dem Weg der Besserung. Es dauert nicht mehr lange, und wir können Sie nach Schweden bringen. Dort wartet Max auf Sie.«

Paschie nickte und schloss die Augen.

105

So leise wie möglich näherte Max sich der Station 56. Der Mann, der sich Ray nannte, hatte die Tür zur Schleuse hinter sich offen gelassen. Max konnte hören, wie die beiden Männer miteinander redeten, wie ihre Stimmen immer hektischer klangen. Dann sah er, wie Ray seine Pistole auf Frank Ståhl richtete.

Max war mit wenigen Schritten neben Ray und hob den Jagdstock über den Kopf, doch Ray musste die Bewegung in seinem Rücken gespürt haben. Er wirbelte herum und wich zur Seite, sodass der Stock seine rechte Schulter traf. Max hörte, wie Knochen knackten. Ein Schuss löste sich, ehe die Pistole Ray entglitt und auf der anderen Seite des Bettes landete. Glassplitter regneten auf sie beide nieder.

Vom Bett aus sah Frank Ståhl Max entsetzt an.

Ray stützte sich mit dem unverletzten Arm auf dem Boden ab. Er atmete schwer.

»Du wusstest, dass ich dein Gespräch mit Sarah Hansen abgehört habe«, stieß er hervor.

»Ihr habt eine Bombe bei meiner besten Freundin deponiert und die Frau gefangen gehalten, die ich liebe.« Von Neuem hob Max seinen Jagdstock über den Kopf.

Ray machte eine ruckartige Bewegung, und mit einem Mal hielt er ein Messer in der Hand. In einem Wimpernschlag war er wieder auf den Beinen und machte ein paar Schritte zur Seite. Max konnte ihm ansehen, wie er gegen die Schmerzen ankämpfte.

In Rays Bewegungen lag eine vage Unsicherheit. Trotzdem wappnete Max sich gegen den Angriff, der jeden Augenblick folgen würde. Im selben Moment – ebenso unerwartet, wie er auf die Füße gesprungen war – drehte Ray sich um und stürmte durch die Schleuse.

Fast augenblicklich setzte Max ihm nach. Ray verschwand durch die Tür ins Treppenhaus.

Max stürzte hinterher. Von oben hörte er Rays Schritte. Jetzt war er nicht mehr ganz so schnell, anscheinend forderte die Verletzung ihren Tribut. Trotzdem war der Abstand zu groß. Bis Max die Tür zum Klinikdach erreichte, hatte Ray sie bereits hinter sich zugeschlagen. Er sprang über einen Toten am Boden und wuchtete die Tür auf.

Auf dem Dach wehte ein starker Wind. Ein paar Dutzend Meter vor ihm kämpfte Ray sich vorwärts. Für einen kurzen Augenblick verlor er das Gleichgewicht, fing sich wieder und rannte auf den Hubschrauber zu.

Milchsäure schoss in seine Oberschenkel. Er musste Ray erwischen, bevor er ins Cockpit springen, abheben und sich retten konnte.

Ray riss die Tür zum Cockpit mit der Linken auf, streckte sich nach irgendetwas unter dem Pilotensitz aus. Als Max erkannte, worum es sich handelte, verstärkte er den Griff um den Jagdstock. Wenn es nach Ray ginge, würden sie beide nicht lebend davonkommen.

Diesmal traf er Ray mitten auf den Scheitel. Der Schädelknochen brach, und Ray kippte zur Seite. In der Linken hielt er immer noch die Granate. Doch den Sicherheitsring hatte er nicht mehr ziehen können.

Max bückte sich, drehte Ray auf den Rücken und nahm ihm die Granate aus der Hand.

Dann blickte er ihm kurz in die Augen. Um sicherzugehen, dass der Blinzelreflex ausgesetzt hatte.

Stockholm, im September 1986

Vierundsiebzig ist kein Alter zum Sterben, schon gar nicht für einen Mann wie Wolfgang Wallentin, ein viriler, erfolgreicher Arzt. Als Carl über den burgunderroten Teppichboden auf das Bett des kranken Mannes zuging, fragte er sich unwillkürlich, ob das Schicksal sie gerade für ihre Beteiligung an den Vertuschungen rund um die Ereignisse des 22. Februar 1944 abstrafte. Womöglich lag Wallentin deshalb hier. Er war vom Krebs schwer gezeichnet.

Carl hatte Tatjana in jener Nacht vom Bombenkrater in Eriksdal zu Wallentin ins Krankenhaus getragen. Das Söder war zwar noch nicht offiziell eröffnet gewesen, aber Carl hatte gewusst, dass Wallentin sich dort aufhielt und dass die OP-Säle bereits voll einsatzfähig waren. Unmittelbar nach den Angriffen hatte es wieder angefangen zu schneien, als hätte eine höhere Macht beschlossen, sämtliche Spuren schnellstmöglich zu verwischen. Im Krankenhaus konnte Carl von seinem Stuhl an ihrer Seite hören, wie sie den Schnee draußen am Hammarby slussväg ins Wasser schoben. Diese Nacht, in der die Hölle über sie hereingebrochen war, bescherte niemandem auch nur ansatzweise Ruhe. Denn was schoben sie dort unten sonst noch ins Wasser? Bombensplitter mit kyrillischen Buchstaben? Leichen?

Von draußen auf dem Flur hatte er die Spätnachrichten im Radio hören können.

»… auf fehlerhafte Navigation durch die sowjetische Luftwaffe zurückzuführen. Statt des anvisierten Zieles in Finnland wurde die schwedische Hauptstadt angegriffen. Massive Gebäudeschäden, aber keine Toten. Die schwedische Regierung hat die sowjetische Botschafterin einberufen und eine diplomatische Protestnote aufsetzen lassen.«

Keine Toten?, war es Carl durch den Kopf geschossen. Er hatte zum Fenster gesehen und kurz darüber nachgedacht, sich einfach hinauszustürzen. Doch dann hatte er den Kopf geschüttelt. Tatjana hätte es ihm nie verziehen, wenn er sich für den Freitod entschieden hätte – für die Tat eines Feiglings. Das wäre nicht der Mann gewesen, in den sie sich verliebt und für den sie alles aufs Spiel gesetzt hatte. Ihre Liebesbeziehung hatte bei dem mächtigsten und gefürchtetsten Mann der Welt rasende Wut ausgelöst, und es spielte keine Rolle mehr, was das Verteidigungsministerium oder eine x-beliebige Sveriges-Radio-Nachrichtensendung in der Sache verlautbaren ließ.

An Wallentins Sterbebett schob Carl die Erinnerungen aus jener Nacht 1944 beiseite. Er setzte sich auf die Bettkante und nahm Wallentins knochige Hand. Es war, als hätte der Krebs Fleisch und Muskeln bereits zerfressen. Auch das Haar war ihm ausgegangen, und sein Gesicht glich dem eines Gespenstes. Doch der Blick war immer noch derselbe.

»Ich kann das hier nicht akzeptieren …«

»Das hast du in der Vergangenheit getan, und du wirst es wieder tun müssen«, erwiderte Wallentin. Er brachte die Worte nur mit Mühe heraus. »Aber eine Sache müssen wir noch besprechen.«

Carl rutschte auf seinem Stuhl herum.

»Du wolltest nie etwas wissen«, fuhr Wallentin fort. »Und ich könnte es natürlich mit ins Grab nehmen, aber

dann weiß nach meinem Tod überhaupt niemand mehr Bescheid. Und ich glaube einfach nicht, dass es das ist, was du willst.«

Der Schutzwall, den Carl mit den Jahren um sich herum errichtet hatte, brach, und er konnte die Tränen nicht länger zurückhalten. Wallentin drückte seine Hand.

»Du bist stark, Carl. Es ist nicht ihr Vermächtnis, sondern ihr Fleisch und Blut, über das wir hier reden.«

Carl sah an Wallentin vorbei aus dem Fenster. Draußen regnete es in Strömen.

»Ich weiß, dass du um ihretwillen ungeheuer stark sein kannst. Und das musst du jetzt auch sein.«

Was in aller Welt hatte er so lange für sich behalten?

»Du weißt, Carl, dass sie einen Sohn zur Welt gebracht hat. Du hast mich damals darum gebeten, mich um das Kind zu kümmern und niemandem – nicht einmal dir – zu verraten, was ich mit dem Kind gemacht habe. Während du dafür gesorgt hast, dass Tatjana aus sämtlichen offiziellen Dokumenten getilgt wurde, habe ich mich um die Versorgung des Jungen gekümmert. Er bekam den Namen Jakob Anger und lebte im Großen und Ganzen auf einer Insel in den Stockholmer Schären.«

»Lebte?«, hakte Carl nach.

»Er ist tot, mit dem Auto verunglückt. Es tut mir leid.«

In diesem Augenblick fiel alles von Carl ab. Wie bei einer heftigen allergischen Reaktion schnürte sich ihm die Kehle zu.

Sofort war er wieder zurück in jenem Zimmer, sah den jungen Wallentin vor sich.

Der klägliche Schrei, den Carl aus einem Krankenzimmer ein Stück den Flur hinunter vernommen hatte, bewies schließlich, dass aus dem Schrecken etwas Neues hervorgegangen war. Es war ein schwacher Trost, aber immerhin etwas, woran man sich festklammern konnte, um ein neues Leben zu beginnen, einen neuen Sinn zu finden.

Dass das Kind in ihrem Bauch überlebt hatte, grenzte an ein Wunder.

Wallentin legte seine starken Hände auf Carls Schultern, beugte sich zu ihm hinab und flüsterte ihm ins Ohr: »Sie sind hier, sie suchen nach dir, die Männer vom Geheimdienst. Nimm den Notausgang hinter meinem Arbeitszimmer. Lock sie von hier weg. Sie können hier nicht bleiben, das verstehst du doch?«

Carl nickte.

»Und morgen meldest du dich bei den Behörden. Bis dahin ist das Kind in Sicherheit. Ich kümmere mich um alles, was nötig sein wird.«

Als Carl sich zu Wallentins Vorschlag durchrang, hatte er Hedins Worte im Ohr: »Wir versuchen, das Ausmaß des Schadens zu eruieren, den diese Operation nach sich ziehen wird. Und nachdem Sie gerade selbst zugegeben haben, dass die Sache von Ihrer Seite ausgegangen ist, werde ich dafür sorgen, dass Sie das hier auch wieder bereinigen.«

Carl hatte geahnt, was auf ihn zukommen würde. Er würde sich um das juristische Nachspiel und sämtliche Ansprüche kümmern, die die Geschädigten an den Staat oder ihre Versicherungen herantrugen. Da nicht mitzuspielen – zu behaupten, dass der Angriff mitnichten auf eine Fehlnavigation zurückzuführen sei – war keine Alternative. Da hätte er sich genauso gut gleich aus dem Fenster stürzen können.

Der schwache, klägliche Schrei aus dem Nachbarzimmer hatte letztlich den Ausschlag gegeben. Weder die Russen noch die Schweden durften von Tatjanas Sohn Wind bekommen. Denn damit wäre auch sein Schicksal besiegelt.

In jener Nacht hatte Carl seinen Freund umarmt.

»Das Kind darf es niemals erfahren, Wolfgang«, hatte er gesagt. »Und ich darf es ebenso wenig wissen. Merk dir das, sonst werden wir alle sterben.«

Als er nun in Wallentins vom Krebs gezeichnetes Gesicht blickte, war ihm klar, dass seine lang verdrängte Hoffnung, jenes Kind eines Tages vielleicht doch kennenzulernen, niemals in Erfüllung gehen würde. Tatjanas Sohn, Jakob Anger, war gestorben.

Er räusperte sich, versuchte, die Erinnerungen beiseitezuschieben und die Tränen zu ersticken, und wandte sich wieder an seinen alten Freund.

»Hast du ihn je kennengelernt?«, wollte er wissen.

Wallentin holte bebend Luft.

»Ich hab ihn ein einziges Mal getroffen, an seinem achtzehnten Geburtstag. Damals bin ich zur Insel rausgefahren und hab ihm erzählt, dass es eine Stiftung gibt, die ihn auch weiterhin finanziell unterstützt, dass diese Unterstützung bislang an seine Pflegemutter gegangen ist, jetzt aber an ihn direkt ausbezahlt würde – unter einer Bedingung: Er dürfe nie herausfinden wollen, wer seine leiblichen Eltern waren.«

Wallentin hatte alles ganz genau so organisiert, wie sie es einst besprochen hatten. Und zweiundvierzig Jahre lang hatte er sich im Verborgenen darum gekümmert, ohne je ein Wort darüber zu verlieren.

»Wie war er?«

»Groß, willensstark. Durch und durch ein Kind der Schären.«

Tatjanas Gene.

»Du hättest dieses Wissen mit ins Grab nehmen können, Wolfgang. Warum erzählst du mir das alles ausgerechnet jetzt?«

»Weil es noch ein Kind gibt, das wir beschützen müssen. Jakobs Sohn, Max Anger. Er ist sechzehn Jahre alt.«

»Wo …?«

»Auf derselben Insel. Arholma. Er lebt zusammen mit seiner Mutter, Josefin, von den monatlichen Zuwendungen der Stiftung.«

Carl schlug die Augen nieder.

Es war noch nicht vorbei. Er hatte eine zweite Chance bekommen, alles wiedergutzumachen. Eine letzte Chance.

»Du hast recht – wie immer, mein Freund«, sagte Carl. »Ich weiß nicht, wie ich Danke sagen soll für alles, was du getan hast.«

Wallentin lächelte. Es sollte das letzte Mal sein, dass Carl ihn lächeln sah.

»Auf dem Tisch dort liegen zwei Alben«, sagte Wallentin noch und zeigte auf einen kleinen Schreibtisch am Ende des Schlafzimmers. »Darin bewahre ich Bilder und sämtliche Informationen auf, die ich zusammentragen konnte. Ich war so frei, eine violette Lilie auf den Deckel prägen zu lassen.«

Donnerstag, 7. März

106

Max sah aus dem Fenster. Gleißender Sonnenschein durchflutete den Wagen, während der Zug in Richtung Osten fuhr. Entlang der Gleise lagen bergeweise Schnee und Eisflächen, und auch die Straßen waren immer noch von schmutzig grauem Schneematsch bedeckt, doch auf einigen Wiesen kamen schon die ersten Grashalme zum Vorschein.

Der Zug fuhr an Häusern, Villen, einem Kaleidoskop aus bemalten Bretterzäunen, Putz und Dachschindeln vorbei. Hunderte Familien, alle mit eigenen Versionen von Geschichten, Geheimnissen und Lügen.

Max lehnte sich zurück und schloss die Augen. Dachte über alles nach, was vorgefallen war und was jetzt vor ihm lag. Würde er endlich die Antworten finden, nach denen er suchte?

Eine Ordensschwester hieß ihn am Empfang des Hospizes willkommen. Eine kurze Treppe führte hinab in einen größeren Aufenthaltsraum, der am rückwärtigen Ende über einen Anbau verfügte, einen verglasten Erker, hinter dem eine Rasenfläche erkennbar war, die bis hinunter zum Strand reichte.

Auf einem Sofa im Erker saß ein Mann.

»Ist das …?«

»Das ist Carl Borgenstierna, ja«, antwortete die Schwester. »Er hat darauf bestanden, sich für Ihren Besuch ordentlich anzuziehen und Sie hier zu treffen statt in seinem Zimmer.«

Borgenstierna sah Max auf sich zukommen, stand aber

nicht auf. Sein Schädel war kahl, nur an den Schläfen waren ihm noch ein paar dünne graue Strähnen geblieben.

»Danke, dass Sie sich zu guter Letzt gemeldet haben«, sagte Max. Borgenstierna ergriff seine ausgestreckte Hand.

»Ich muss Sie um Verzeihung bitten, dass ich so schwer zu erreichen war, Max«, sagte er nach einer Weile.

Er streckte seine zitternde Hand nach dem Wasserglas aus, das vor ihm auf dem Couchtisch stand. Nahm einen Schluck. Verschüttete ein wenig.

»Sie wollen mir einige Fragen stellen.«

Max ließ sich ihm gegenüber auf einen Korbstuhl fallen.

»Sie und Dr. Wallentin haben über den Bombenangriff am 22. Februar 1944 falsche Angaben gemacht, stimmt's?«

Carl Borgenstierna sah auf seine Hände hinab.

»1944, das ist lange her.«

»In jener Nacht ist eine Frau gestorben«, fuhr Max fort.

Er zog den Reißverschluss seiner Jacke auf und nahm den kleinen Rahmen aus der Innentasche. Dann stellte er das Foto mit der Rückseite zu Borgenstierna zwischen sie beide auf den Tisch. Er konnte sehen, wie Carl den Text überflog.

Tatjana Sedowa.

Geboren am 7. November 1919 in Bairak, Ukraine.

Gestorben am 22. Februar 1944 in Stockholm, Schweden.

Borgenstierna drehte den Rahmen um und betrachtete das Bild.

»Sie ist gestorben, als eine Bombe das Eriksdalsteatern getroffen hat«, erklärte Max. »Ich fand es immer schon eigenartig, dass diese russischen Bomber ausgerechnet ein Theater ins Visier genommen hatten und kein einziges militärisches Ziel. Mittlerweile weiß ich, warum. Sie war Ihre Frau, gehörte aber zugleich einem anderen Mann. Einem gefährlichen Mann.«

Borgenstiernas Hände zitterten, als er antwortete.

»Die Ehe war gegen ihren Willen arrangiert worden.«

Max beugte sich vor.

»Der Bombenangriff war kein Versehen und auch nicht die Folge einer fehlerhaften Navigation. Mit diesem Angriff sollte ein Mann namens Kormoran aus einem schwedischen Gefängnis freigepresst werden, und außerdem war der Angriff ein Vergeltungsschlag, dem eine Frau zum Opfer fallen sollte, die ihr Heimatland und ihren Mann verraten hatte. Einen Mann, den Stalin als seinen Sohn betrachtete.«

Borgenstierna schloss die Augen.

Als er sie wieder aufschlug, richtete er seinen Blick an Max vorbei auf den Hang und das Meer hinter dem Fenster.

»Es war das perfekte Verbrechen, für das niemand je bestraft und für das auch keine Rache geübt werden konnte.« Er streichelte das Gesicht auf dem Foto. »Das hatte sie nicht verdient.«

»Warum haben Sie dann alles verheimlicht, was mit ihr zu tun hatte?«

Borgenstierna wandte sich wieder Max zu.

»In jener Nacht ist nicht nur jemand gestorben. Es wurde auch jemand geboren. Das Kind, mit dem sie schwanger gewesen war.«

»Und dieses Kind wollten Sie schützen.«

Erneut strich Carl stumm über das Foto.

»Das Kind wäre gleich doppelt bedroht gewesen«, sagte Max nach einer Weile. »Vonseiten der russischen Aggressoren und vonseiten der Schweden, die den Frieden sichern wollten. Das Kind war der Beweis dafür, dass es für den Angriff ein Motiv gegeben hatte und dass er mitnichten ein Versehen gewesen war. Deshalb durfte dieses Kind nirgends auftauchen. Trotzdem wollten Sie es retten. Weil Sie sie geliebt haben.«

»Und das werde ich für alle Zeiten tun.«

Carl Borgenstierna sah Max erneut an.

»Das Kind, das sie damals erwartete, war Ihr Vater. Sie war Ihre Großmutter, Max.«

Max spürte, wie etwas in ihm anwuchs – eine warme Leichtigkeit. Das hier war es, wonach sein Vater immer gesucht hatte: die Spur, die in die Vergangenheit führte und erklärte, wer die Familie Anger wirklich war. Max wusste, dass er sich nie komplett fühlen würde, solange er nicht die ganze Wahrheit über sich kannte. Ganz gleich wie diese Wahrheit letztlich aussah. Ein weiteres wichtiges Puzzleteil fiel soeben an seinen Platz.

»Dann war mein Großvater also Russe?«

»Er ist in Bairak in der Ostukraine aufgewachsen. Auf schwarzer Erde, wie sie immer gesagt hat.«

Borgenstierna versuchte sich an einem Lächeln. Irgendetwas im Zusammenhang mit der schwarzen Erde hatte in ihm eine Erinnerung wachgerufen.

»Dann waren Sie das«, fragte Max, »der Paschie aus einem Hotel in Davos angerufen hat?«

Borgenstierna nickte.

»Und warum?«

»Wie meinen Sie das?«

»Ich habe so eine Ahnung, dass Sie mich mein Leben lang aus der Ferne beobachtet haben«, erklärte Max. »Und ich weiß, dass meine Familie zu großen Teilen von Geldern gelebt hat, die von der Ostseestiftung stammten … und dass Sie Vektor unterstützt haben, als ich dort angestellt werden sollte. Trotzdem haben Sie meine und Sarahs Versuche ignoriert, mit Ihnen Kontakt aufzunehmen. Dann plötzlich melden Sie sich, allerdings bei unserer Mitarbeiterin in Sankt Petersburg, Paschie Kowalenko …«

»Ich habe in den Nachrichten gehört, dass er gestorben ist«, fiel Borgenstierna ihm ins Wort. »Haben Sie ihn umgebracht?«

Max zuckte nicht mal mit der Wimper. Ließ nicht zu, dass Borgenstierna so einfach das Thema wechselte.

Er räusperte sich.

»Sie hatten eine Liste herumgeschickt«, sagte er dann. »Eine Liste mit Unternehmen, von denen Ihre Sponsoren sich wünschten, dass Sie sie bis zur Präsidentschaftswahl durchleuchteten. Eines dieser Unternehmen war St. Petersburg GSM. Das hatte Telia mit auf die Liste gesetzt – weil Telia über eine Übernahme nachdachte. Das konnte ich nicht zulassen! Das wäre doch einer Einladung an die russischen Schattengeneräle in die Flure der Macht hier in Stockholm gleichgekommen! Ich wusste schließlich, wer Nestor Lasarew war. Irgendjemand musste da schließlich einschreiten.«

Max ließ Borgenstiernas Worte auf sich wirken. Und nickte.

»Und der Grund, warum Sie nicht Sarah oder mich angesprochen haben …«

»Ist der gleiche, warum ich nicht direkt mit Ihrem Vater kommunizieren durfte. In der heißesten Phase hatte Wiktor Gusin einhundert operative Agenten in Schweden eingesetzt. All die Jahre über hatten sie ein Auge auf mich. Ich habe mich nie getraut, mit Ihnen Kontakt aufzunehmen, weil ich befürchten musste, dass Sie das gleiche Schicksal ereilen würde wie Ihren Vater. Sie haben ihn aufgespürt, weil er irgendwann anfing, aktiv nach mir und Wallentin zu suchen. Wenn ich Sie kontaktiert hätte, hätten sie Wind davon bekommen. Und dann hätten sie auch Sie unschädlich gemacht, Max. Indem Sie zu Hause unterrichtet wurden und abseits der Zivilisation aufwuchsen, sind Sie ihrem Radar entkommen. Gusin hat nie erfahren, dass Jakob einen Sohn hatte. Er wusste nicht, dass es Sie gibt.«

»Doch«, entgegnete Max. »Am Ende hat er es erfahren.«

Borgenstierna schüttelte den Kopf.

»Haben Sie meinen Vater je getroffen?«

Carl Borgenstierna sah Max stumm an.

»Nein, ich habe ihn nie getroffen. Wallentin hat dafür gesorgt, dass es Ihrem Vater an nichts gefehlt hat. Auf diese Weise habe ich nie erfahren, wo er sich befand. Und alles nur, um ihn zu schützen. Erst 1986 – da lag Wallentin bereits im Sterben – habe ich von Ihnen erfahren und die Verantwortung übernommen.«

»Aber Sie sind nicht … mein Großvater?«

Borgenstierna streckte sich erneut nach seinem Wasserglas und nahm mit zitternder Hand einen weiteren Schluck.

»Im Sommer 1943 lebte Ihre Großmutter mit zwei Männern, Max. Ich war einer davon.«

Das musste Max erst mal verdauen. Dann erinnerte er sich wieder daran, was Lasarew vor seinem Tod im Hangar gesagt hatte.

»Hatte Tatjana nach einem Ereignis im Sommer 1943 Albträume? Von einer dunklen Tür, die hinter ihr zuschlug?«

Alarmiert sah Borgenstierna zu Max auf. War das Angst in seinem Blick?

Dann plötzlich schien der alte Mann nicht mehr ganz anwesend zu sein. Stattdessen hörte Max die Stimme des Kormorans. Gesprächsfetzen kreisten in seinem Kopf. Nicht zum ersten und auch ganz sicher nicht zum letzten Mal.

»Ich kenne dieses Feuer in deinem Blick. Den stählernen Willen. Die Kraft hat eine Generation übersprungen.«

»Erzählen Sie mir von Tatjana«, forderte Max ihn auf. »Erzählen Sie mir von meiner Großmutter.«

Borgenstierna räusperte sich.

»Sie hat das Theater geliebt«, sagte er. »Die Hungersnot hat sie als junges Mädchen nach Moskau geführt, wo der Staat andere Pläne mit ihr hatte. Sie ging eine lieblose Ehe ein, um dann mit ihrem Mann nach Schweden zu ziehen und zu spionieren.«

Sie sprachen noch stundenlang miteinander. Über eine Zeit, die längst Geschichte war. Über eine Liebe, die nicht länger als ein paar Monate hatte andauern dürfen.

107

Eine Krankenschwester half ihm mit der Kleidung. Sie hatte sogar versucht, mit ihm zu plaudern, aber Carl Borgenstierna wollte nicht mehr reden.

Max Anger.

Irgendetwas Neues musste doch aus all dem entstehen, all das Böse musste doch zu etwas Besserem führen. Es musste einfach so sein.

Er hatte nach Tatjanas Albträumen gefragt. Nach dem Sommer 1943.

Hatte mit Gusins Tod auch dieser alte Fluch ein Ende, der seit über einem halben Jahrhundert über ihnen dräute? Würde er in anderer Form weiterleben? Oder konnte jetzt endlich Schluss sein mit all den Geheimnissen? Warum war es ihm dann derart schwergefallen, mit Max zu sprechen? Über dessen Großmutter?

Immerhin hatte er sein Bestes gegeben.

Hatte er damals vor zweiundfünfzig Jahren den richtigen Entschluss gefasst? Um sich und das Kind zu retten? Er konnte sich noch gut an jenes folgenschwere Gespräch mit Dr. Wallentin erinnern, an die Zweifel, die ihn lange gequält hatten und bis heute quälten.

»Wie lange dauert es, bis so ein Test ausgewertet ist?«

»Reiß dich zusammen, in Gottes Namen! Würde das Testergebnis irgendetwas an deinen Absichten mit dem Kind ändern?«

Wallentins Predigt hallte noch immer in ihm wider.

Heute lauter denn je.

»Mit diesem Test kann man nur jemanden ausschließen. Aber um den Mann auszuschließen, um den es dir hier geht, bräuchte ich seine Blutprobe.«

Und das war nun mal ein Ding der Unmöglichkeit. Der Mann war unerreichbar.

Als die Krankenschwester sein Nachtlicht ausgeknipst und vorsichtig die Tür hinter sich zugezogen hatte, stand Carl noch einmal auf und setzte sich an den Tisch.

Dort lag eines der beiden Alben, die er von Wallentin bekommen hatte und die alles über die Familie Anger auf Arholma enthielten. Er betrachtete die violette Lilie auf dem Deckel. Das Wappen der Familie Borgenstierna.

Daneben lag das Weiße Archiv mit der Telefonnummer von Rigus, der Firma, die sich auf alles spezialisiert hatte, was mit dem Tod zu tun hatte.

Zu benachrichtigende Personen.

Angaben zum Erbe und zum Testament.

Er griff zum Hörer und wählte die Nummer.

Irgendetwas in Max Angers Wesen hatte ihm die Unterhaltung ganz enorm erschwert. Ein Glühen, nein, ein Feuer, das ihm vertraut und fremd zugleich gewesen war.

Außerdem war er Tatjana Sedowa wie aus dem Gesicht geschnitten. Im Grunde war dies das Einzige, was eine Rolle spielte.

Rigus.

»Falls Sie Ihre Meinung ändern.«

Das Archiv und die Tätigkeit der Ostseestiftung müssten weitergeführt werden, auch wenn er selbst nicht mehr da sein würde.

Nachdem Carl das Telefonat mit der Rigus-Frau beendet hatte, legte er sich auf sein Bett und sah hinaus auf das Meer. Eine bislang unbekannte Müdigkeit machte sich in ihm breit. Er vermochte kaum mehr den Blick auf das Wasser und den Horizont zu richten, ehe ihm die Lider zufielen.

Sowie er eingeschlafen war, holte ihn der alte Albtraum wieder ein und brachte Schweißausbrüche mit sich. Er warf sich im Bett hin und her. Sah wieder ihr gramvolles Gesicht vor sich, als sie in der Kirchenbank der russischen Gemeinde in der Birger Jarlsgatan gesessen hatte.

»Seither wache ich jede Nacht auf und sehe diese Tür vor mir, das dunkle Holz, die schimmernde Klinke. Mein Gesicht spiegelt sich darin, meine verzerrte, verzagte Miene. Die Tür wurde hinter mir ins Schloss gedrückt, ich war ganz allein und ausgeliefert, und dann zog er mir die Kleider aus. Ich konnte noch hören, dass der Mann, der mich dort hingebracht hatte, dem Gesetz zufolge mein angetrauter Ehemann, auf der anderen Seite der dunklen Tür lachte. Während ich mir die Seele aus dem Leib schrie.«

Epilog

Mittwoch, 3. Juli

Max Anger stand neben einem kleinen Baum auf einem der Grabhänge des Storkyrkogården – ein friedlicher Ort, ohne Namensschilder, ohne Grabsteine. Er hatte überhaupt erst von dem Grabhang erfahren, nachdem ein Fotoalbum mit der Post an seine Adresse im Sveavägen geschickt worden war. Ein weißes Album mit einer violetten Lilie auf dem Deckel.

Immer fester drückte Paschie seine Hand, während er ihr alles erzählte. Carl Borgenstierna hatte den Familiensitz in Gamla stan an Max vererbt und ihn zum Verwalter der alten Ostseestiftung und ihren Vermögenswerten bestimmt.

Paschies Rachen war immer noch nicht ganz verheilt. Es tat immer noch weh, wenn sie redete, doch es gab andere Mittel und Wege, um zu kommunizieren: Gesten, Blicke, Gesichtsausdrücke, und wenn das immer noch nicht reichte, schrieb sie in einen Block, den sie in ihrer Handtasche bei sich hatte.

Die Wochen auf Arholma hatten geholfen. Die Zeit, die sie dort gemeinsam verbracht hatten. Sie waren noch einmal enger zusammengewachsen. Max hatte die Gräber seiner Eltern besucht, und als er seinem Vater erzählen wollte, dass er endlich die Wahrheit in Erfahrung gebracht hatte, hatte Paschie ihm die Kraft gegeben, die richtigen Worte zu finden. Sie war ihm eine Stütze gewesen, als er seiner

Mutter erzählte, dass sie tatsächlich recht gehabt hatte, dass er aber hoffte, sie würde trotz allem verstehen, warum er es nicht hatte lassen können, in der Vergangenheit zu stochern.

Es kam ihm so vor, als hätten sie gerade erst ein paar Minuten dort neben dem Baum gestanden, als Paschie erneut seine Hand drückte und auf eine imaginäre Armbanduhr tippte. *Wir müssen los*, schien sie ihm sagen zu wollen. Oder aber auch: *Wir müssen unseren Weg fortsetzen.*

Es war tatsächlich an der Zeit, in die Innenstadt zurückzufahren und den Wahlabend bei Vektor zu verbringen.

Max schickte einen letzten Gruß an Borgenstierna und Tatjana und gab ihnen ein stilles Versprechen. Dann eilte er gemeinsam mit Paschie zum Parkplatz, wo ihr Taxi auf sie wartete.

Siebzehn Tage zuvor hatte Max bei Paschie im Krankenhaus gesessen und die Sondersendungen zum ersten Wahlgang verfolgt. Schulter an Schulter und mit Milchshakes in den Händen hatten sie auf ihrem Bett gesessen. *Russland hat gewählt. Hier die Ergebnisse des ersten Wahlgangs.* Eine Reporterin hatte vor dem Parlamentsgebäude gestanden, gar nicht weit von jenem Platz entfernt, auf dem Jelzin fünf Jahre zuvor seine demokratischen Absichten zur Schau gestellt hatte, indem er Panzer vor einem widerspenstigen Parlament hatte auffahren lassen.

Die Reporterin war von Moskauer Durchschnittsbürgern umgeben. Die Grafik war vollkommen überflüssig – die Bilder und Kamerafahrten sagten bereits alles. Auf den Straßen herrschte wenig Euphorie. Die Reporterin berichtete, dass Jelzin vor dem Vorsitzenden der Kommunisten, Schuganow, ganz knapp in Führung liege, dass sein Vorsprung allerdings nicht reiche, um die Wahl für sich zu entscheiden.

Das Zentrale Wahlkomitee hatte daraufhin in einer Pressemitteilung verlautbart, dass ein baldiger zweiter Wahlgang unausweichlich sei.

Die große Überraschung des ersten Wahlgangs war indes, dass der Nationalist und General Lebed sage und schreibe fünfzehn Prozent der Stimmen bekommen hatte – was fast die Hälfte dessen war, was die zwei führenden Kandidaten jeweils hatten verbuchen können. Nun würde sich zeigen, welcher der beiden Kandidaten für die Stichwahl den alten Afghanistan-Veteranen auf seine Seite zu ziehen vermochte.

Im Fernsehen hatte man General Lebed gesehen, wie er sich durch eine Menschenmasse nach vorn drängte und dann in seiner unverwechselbaren, barschen Art zu einem TV-Reporter sagte: »Ich will einen Platz in der Regierung, der mir die Möglichkeit gibt, der Kriminalität den Kampf anzusagen und die rechts- wie linksextremen Kräfte zurückzudrängen, die dieses Land in ein tiefes, blutiges Chaos zu stürzen drohen.« Auf die Frage, ob er sich Jelzins Lager anschließen werde, hatte er geantwortet: »Sehe ich vielleicht aus wie ein Hofnarr?«

Ilja hatte Max eine SMS geschickt und geschrieben, dass General Lebed sich früher oder später sehr wohl als Hofnarr und als Gaukler outen werde.

Zusammen mit Sarah und Charlie K. hatte Max lange darüber nachgedacht, was Borgenstierna in Davos eigentlich vorgehabt hatte. Charlie K.s Sorge, Borgenstierna könnte das Vermögen der Ostseestiftung anderweitig investiert haben, hatte sich als unbegründet erwiesen. Die Gelder lagen jetzt in Max' Verantwortung, und er hatte beschlossen, damit den Wiederaufbau von Sarahs Haus zu finanzieren. Daraufhin hatte sie freundlich, aber bestimmt erklärt, dass sie für ihre Ausgaben selbst aufkomme.

Gabbi war zu ihren Eltern nach Filipstad gezogen, insofern würde Sarah erst einmal auf eigene Faust neu anfangen und das Haus lediglich für sich und ihre Kinder nutzen.

Aus Davos war gemeldet worden, dass mehrere schwerreiche russische Unternehmer mit gewaltigen Ressourcen und engen Verbindungen zu Jelzin ein internationales Hilfspaket zusammengeschnürt hatten, das in der Geschichte seinesgleichen suchte. Entsprechend war der Wahlauftakt von Spekulationen begleitet gewesen, welche unehrenhaften Zugeständnisse Jelzin den Oligarchen gemacht haben könnte.

Außerdem wurde gemunkelt, dass Carl Borgenstierna bei einem Treffen im Anschluss an das World Economic Forum anwesend gewesen sei, das letztlich unter dem Namen »Pakt von Davos« bekannt geworden war. Und man unkte, dass die Oligarchen aus den Reihen neuer starker Kräfte innerhalb der Sankt Petersburger Administration bereits Jelzins Nachfolger bestimmt hätten und dass dies von vornherein auch Teil des Pakts gewesen sei.

Dabei handelte es sich um dieselben einflussreichen Kräfte aus Sankt Petersburg, die den Vektor-Angestellten eine neuerliche Einreise in die Russische Föderation verwehrten. Der Vorwurf lautete auf *illegale nachrichtendienstliche Tätigkeit* und war unterzeichnet vom engsten Mitarbeiter des Bürgermeisters und Chef des Komitees für Auslandsbeziehungen im Sankt Petersburger Rathaus, Wladimir Wladimirowitsch Putin.

Max ging der Gedanke an Gusin und an die Organisation im Hangar außerhalb von Sankt Petersburg nicht mehr aus dem Kopf: wie sie mit den örtlichen Behörden zusammenarbeiteten – angefangen bei der Vertuschung der Vorgänge in Mischins Fakultät an der Universität. Konnte es tatsächlich sein, dass diese Generäle all das durchsetzen würden, was Gusin ihnen aufgetragen hatte? Dass sie Jelzins Nachfolger bereits bestimmt hatten, ganz gleich welches Ergebnis der zweite Wahlgang brachte? Dann stünden diese Generäle hinter den Oligarchen, die ihrerseits Jelzin beeinflussten. Wenn Max nur daran dachte, schwirrte ihm der Kopf.

Frank Ståhl hatte der Polizei erzählt, dass der russische Agent ihn gezwungen habe, den Hackerangriff auf das Telia-Netz zu vertuschen. Allerdings hatte es nicht lange gedauert, bis seine Ausflüchte als Bluff entlarvt worden waren. Frank hatte umgehend seinen Hut nehmen müssen, saß inzwischen in Untersuchungshaft und wartete auf seinen Prozess. In einer offiziellen Erklärung hatte Telia verkündet, ihr Sprecher habe sich schwerer Dienstvergehen im Zusammenhang mit der internen Ermittlung schuldig gemacht. Max hatte keine Ahnung, wo Frank sich im Moment aufhielt. Er wusste auch nicht, wie genau die Anklage gegen ihn lautete. Doch Sofia Karlsson von der Rikskrim hatte ihm erzählt, dass der Geheimdienst ihn nicht mehr vom Haken lassen werde.

Unter die ganze Telia-Affäre und auch unter Max' Beteiligung am Tod von Ray Karvelis hatten sie einen Schlussstrich gezogen, zumindest was die Öffentlichkeit anging.

Als der Taxifahrer vom Gas ging und vor den Vektor-Räumlichkeiten am Valhallavägen hielt, waren sich Max und Paschie einig, darüber heute nicht mehr nachzudenken.

Bereits im Wahlkampf hatten die Medien von einer Schicksalswahl zwischen einer demokratischen Öffnung und der Rückkehr zu einem kommunistischen Regime gesprochen – und nur darum ging es heute. Es würde keinen dritten Wahlgang geben.

Sie hofften für diese Nacht auf Euphorie in Russlands Straßen.

Danksagung

Hiermit möchte ich meiner Verlegerin, Karin Linge Nordh, für ihren Mut und ihre Bereitschaft danken, diese Erzählung in die bestmögliche Form zu bringen.

John Häggblom, meinem Lektor, für die Verwandlung von etwas so Schwerem in etwas so Unterhaltsames.

Joakim Hansson, meinem Agenten der Nordin Agency, für seine Leidenschaft für die Geschichte und für seinen Geschäftssinn – eine Kombination, die wenige besitzen und die unschätzbar wertvoll ist.

Mons Kallentoft, meinem Freund, für den Tritt in den Hintern und die SMS, die meine Sicht auf mich selbst und mein Leben für alle Zeiten verändert hat.

Meiner Familie, meinen Kollegen und meinen Freunden für ihre Geduld.

Und Ihnen, die bis hierher gelesen haben. Dies ist erst der Anfang.